SCIENCE FICTION

Herausgegeben
von Wolfgang Jeschke

Vom **BATTLETECH™-Zyklus** erschienen in der Reihe
SCIENCE FICTION & FANTASY:

Die Gray Death-Trilogie:
William H. Keith jr.: Entscheidung am Thunder Rift · 06/4628
William H. Keith jr.: Der Söldnerstern · 06/4629
William H. Keith jr.: Der Preis des Ruhms · 06/4630

Ardath Mayhar: Das Schwert und der Dolch · 06/4686

Die Warrior-Trilogie:
Michael A. Stackpole: En Garde · 06/4687
Michael A. Stackpole: Riposte · 06/4688
Michael A. Stackpole: Coupé · 06/4689

Robert N. Charrette: Wölfe an der Grenze · 06/4794
Robert N. Charrette: Ein Erbe für den Drachen · 06/4829

Das Blut der Kerensky – Trilogie:
Michael A. Stackpole: Tödliches Erbe · 06/4870
Michael A. Stackpole: Blutiges Vermächtnis · 06/4871
Michael A. Stackpole: Dunkles Schicksal · 06/4872

Die Legende vom Jadephönix – Trilogie:
Robert Thurston: Clankrieger · 06/4931
Robert Thurston: Blutrecht · 06/4932
Robert Thurston: Falkenwacht · 06/4933

Robert N. Charrette: Wolfsrudel · 06/5058
Michael A. Stackpole: Natürliche Auslese · 06/5078
Chris Kubasik: Das Antlitz des Krieges · 06/5097
James D. Long: Stahlgladiatoren · 06/5116
J. Andrew Keith: Die Stunde der Helden · 06/5128
Michael A. Stackpole: Kalkuliertes Risiko · 06/5148
Peter Rice: Fernes Land · 06/5168
Michael A. Stackpole: Die Kriegerkaste · 06/5195
Victor Milan: Auge um Auge · 06/5272
James D. Long: Black Thorn Blues · 06/5290
Robert Thurston: Ich bin Jadefalke · 06/5314
Blaine Pardoe: Highlander Gambit · 06/5335
Don Philips: Ritter ohne Furcht und Tadel · 06/5358 (in Vorb.)
William H. Keith jr.: Operation Excalibur · 06/5492 (in Vorb.)
Victor Milan: Der schwarze Drache · 06/5493 (in Vorb.)

Blaine Pardoe

Highlander Gambit

Siebenundzwanzigster Roman
im BATTLETECH™-Zyklus

Deutsche Erstausgabe

WILHELM HEYNE VERLAG
MÜNCHEN

HEYNE SCIENCE FICTION & FANTASY
Band 06/5335

Titel der Originalausgabe
HIGHLANDER GAMBIT
Übersetzung aus dem Amerikanischen von
Reinhold H. Mai
Umschlagbild: FASA Corporation
Die Karte auf Seite 7 zeichnete Mirjam Wehner
Die technischen Illustrationen im Anhang
zeichnete Duane Loose

Umwelthinweis:
Dieses Buch wurde auf
chlor- und säurefreiem Papier gedruckt

Redaktion: Ulrich Fröschle

Printed in Germany 1996
Umschlaggestaltung: Atelier Ingrid Schütz, München
Technische Betreuung: M. Spinola
Satz: Schaber Satz- und Datentechnik, Wels
Druck und Bindung: Ebner Ulm

ISBN 3-453-08582-5

Für meine Frau Cynthia und meine Kinder Victoria und *Alexander … ohne sie hätte dieses Buch keinerlei Bedeutung. Für meine Mutter Rose und meinen Vater David, die mir als Kind diese Spiele erlaubt haben. Bill Murphy verdient Dank dafür, daß er mich gelehrt hat, die Klassiker zu schätzen und mich ermunterte, selbst Autor zu werden. Entsprechendes gilt für die Hartford-Brüder.*

Ich möchte Sam für diese Chance danken, Donna und Sharon für die Zeit, die sie geopfert haben, um mir besseres Schreiben beizubringen, und Mike Stackpole für die Ermunterung.

Und schließlich danke ich noch der Central Michigan University … Heimat der kolossalen Chippewas und des Central Michigan Life – für einige der schönsten Erlebnisse meines Lebens.

Wenn Staaten, welche in der besagten Art erobert worden sind, gewohnt waren, nach eigenen Gesetzen in Freiheit zu leben, so gibt es drei Arten, sie zu behandeln. Die erste ist, sie zu zerstören; die zweite dort selbst zu residieren; die dritte, sie nach ihren eigenen Gesetzen weiterleben zu lassen, wobei man sich mit einem Tribut begnügt und in ihnen eine Oligarchie schafft, die das Land der Botmäßigkeit erhält.

Der Fürst, NICCOLO MACHIAVELLI, 1514

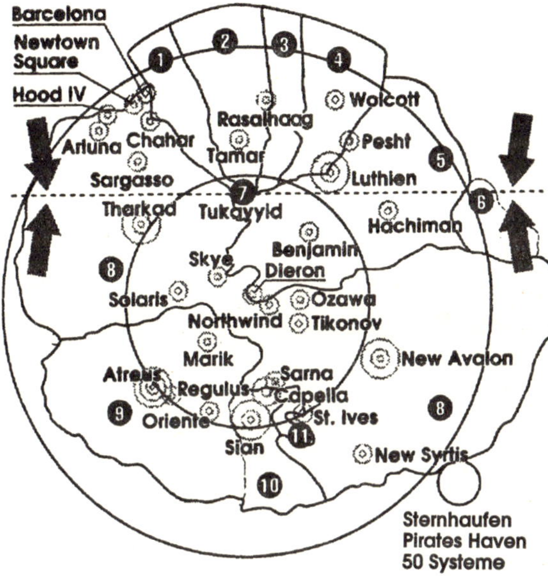

Karte der Nachfolgerstaaten

Clan-Waffenstillstandslinie

1. Jadefalken/Stahlvipern, 2. Wölfe, 3. Geisterbären, 4. Nebelparder/Novakatzen, 5. Draconis-Kombinat, 6. Außenweltallianz, 7. Freie Republik Rasalhaag, 8. Vereinigtes Commonwealth, 9. Liga Freier Welten, 10. Konföderation Capella, 11. St. Ives-Pakt

Karte erstellt durch COMSTAR,
nach Informationen des COMSTAR-EXPLORERDIENSTES
und des STERNENBUNDARCHIVS, Terra.

3054 COMSTAR-KARTENDIENST

PROLOG

Landungsschiff *Stonewall Jackson,* im Orbit um Elgin Kommunalität Tikonov, Konföderation Capella

21. Dezember 3028

»Lads und Lasses, nach jahrhundertelangem Warten ist unsere Zeit endlich gekommen. Wir sind Soldaten, Traditionsregimenter, und stolz auf unsere Stärke und Unabhängigkeit. Wir haben lange und hart gekämpft, haben zahllose Schlachten in den Diensten anderer gewonnen und verloren. Jetzt müssen wir unter eurem wachsamen Blick, dem Blick der Krieger der Northwind Highlanders über unsere Zukunft entscheiden.« Oberst Alastair Marion von den Marion's Highlanders breitete die Arme aus, um alle Mitglieder des Kriegerrats einzuschließen, der sich im Hangar des Landungsschiffs *Stonewall Jackson* um ihn versammelt hatte. Während er sprach, verklang im Hintergrund langsam Dudelsackmusik.

Die Wahl Marions als Sprecher hatte etwas Symbolisches, denn sein Regiment, die Marion's Highlanders, war auf Ningpo von der 3. Royal Guards-RKG nahezu aufgerieben worden.

Aber er würde sein Regiment wieder aufbauen, und wie die Kommandeure der drei übrigen Highlanderregimenter hatte auch Oberst Marion sofort auf den Aufruf der Clan-Ältesten zu einer Ratsversammlung reagiert. Die Obersten wurden von Delegierten begleitet, die für die Wünsche und Interessen jedes Highlanders sprachen, ohne Ansehen seines oder ihres Ranges. Als Versammlungsort hatten sie das Elgin-System gewählt, wo die MacCormac's Fusiliers noch um das Schicksal der Tikonov-Welten fochten. Das Landungsschiff der

Fusiliers hatte sie am Sprungpunkt erwartet, was ihre Anwesenheit auf der *Stonewall Jackson* erklärte.

Marion ließ den Blick über die Gesichter der um ihn Versammelten wandern. »Hanse Davion von den Vereinigten Sonnen hat uns ein Angebot unterbreitet, über das wir als Einheit und als Gemeinschaft abstimmen müssen. Er hat uns angeboten, was unseren Familien seit Jahrzehnten verwehrt war – die Rückgabe Northwinds!« Wilder Jubel und Applaus beantwortete diese Worte. Durch das hallende Echo des weiten Frachtraums schien es, als wären einige hundert mehr Mech-Krieger und Hilfstruppen versammelt, als sich tatsächlich eingefunden hatten. Für die Highlanders war die Loyalität zueinander schließlich auch das höchste Gut, und sie handelten wie ein Mann.

»Niemals in meinem Leben habe ich geglaubt, wir könnten eines Tages ein solches Angebot erwägen, aber wir haben tatsächlich Nachricht von Prinz Hanse Davion erhalten, daß er bereit ist, die Kontrolle über den Planeten Northwind an die Highlanders abzugeben. Ein Traum wird wahr, aber selbst Träume haben ihren Preis. Die einzige Möglichkeit für uns, dieses Angebot zu akzeptieren, besteht in der Aufkündigung unserer lange etablierten Verbindung mit dem Hause Liao und der Konföderation Capella. Wir müßten einem Volk den Rücken kehren, das wir seit den Sternenbundzeiten verteidigt haben. Eine Regierung im Stich lassen, die uns und unsere Familien in guten wie in schlechten Zeiten versorgt hat.« Der Hauch von Bedauern in seiner Stimme verschwand mit seinen letzten Worten: »Aber das ist der Preis für die Rückkehr auf unsere Heimatwelt!« Schweigen breitete sich im Hangar aus, als der Oberst triumphierend beide Arme hob.

Dann erklang eine andere Stimme aus der Versammlung, eine tiefe, donnernde Stimme. »Das ist eine Gelegenheit, von der wir Highlanders seit Jahrhunderten nur träumen konnten. Aber ich behaupte, der Preis ist zu hoch. Der Preis ist mehr als ein Wechsel der Nationalität, Highlanders – der Preis ist unsere Ehre. Meine Ehre steht nicht zum Verkauf, nicht einmal für die Rückkehr in die Heimat.«

»Major Jaffray hat recht«, pflichtete eine zweite Stimme bei, die einer Frau, über deren Oberkörper eine Kriegerschärpe mit leuchtendem blau-orange-farbenen Schottenmuster lag. »Aber wenn wir ablehnen, welche Chance hat dann irgendeiner von uns, Northwind jemals lebend zu Gesicht zu bekommen? Während wir hier stehen, geht die Konföderation Capella unter dem Ansturm der Armeen Hanse Davions in Flammen auf. Es besteht wenig Hoffnung, daß die Capellaner Northwind je zurückerobern und uns wiedergeben. Noch niemand in meiner Familie hat je einen Fuß auf Northwind gesetzt. Und keiner unserer Nachkommen wird Aussicht haben, Northwind je kennenzulernen, wenn wir dieses Angebot ausschlagen. Bevor ich sterbe, will ich wenigstens einmal die grünen Hügel unserer Heimat mit eigenen Augen gesehen haben.«

Oberst Henry MacCormack, Kommandeur der berüchtigten Fusiliers, kletterte auf einen Frachtcontainer neben Oberst Marion. »Machen wir uns keine Illusionen, Highlanders. Hanse Davions Überraschungsangriff hat das capellanische Heer zerschlagen, aber wir haben möglicherweise noch eine Chance, die Welten Tikonovs zu retten Vielleicht können wir aus der momentanen Niederlagenserie trotz allem noch einen capellanischen Sieg machen. Wenn… ja, wenn wir das Davion-Angebot ablehnen.« Ein Chor der Ablehnung hallte durch den Bordhangar und erstickte die schwache Zustimmung.

Corwin Jaffray ergriff erneut vom Boden der Halle das Wort. »Macht euch nichts vor, Highlanders. Hanse Davion wedelt uns mit seinem Northwind-Angebot nur vor der Nase, weil er genau weiß, welche Bedrohung wir für ihn darstellen. Wenn wir jetzt desertieren, verliert die Konföderation Dutzende von Welten, die wir noch verteidigen, und die Vereinigten Sonnen kostet das nur einen einzigen Planeten – Northwind.«

Oberst MacHenry von den 2. Kearny Highlanders, dem es nicht gelungen war, sich einen Weg durch die Menge zur improvisierten Rednertribüne zu bahnen, stand auf einem Container an der anderen Seite der Versammlung. »Wir kämpfen seit Jahren gegen die Davions, Lads. Wir wissen alle, was für Hunde sie sind. Was ist das Wort eines Hanse Davion wert? Wie lange, glaubt ihr, wird er uns Northwind tatsächlich regieren lassen? Nur bis diese kleine Balgerei ausgestanden ist. Und danach macht er uns zu seinen Schoßhündchen. Ich sage, wir können diesem Teufel nicht trauen. Schaut euch an, was er uns in Wirklichkeit anbietet. Northwind wird nicht ohne Vorbehalte unser, es soll eine Welt der Vereinigten Sonnen bleiben, unter unserer Verwaltung. Das ist nicht, was Liao uns versprochen hat – ein unabhängiges Northwind unter unserer totalen Kontrolle. Hört auf meine Worte, wenn dieser Krieg vorbei ist, wird der Fuchs von dieser Vereinbarung nichts mehr wissen wollen. Er wird die Karotte gegen den Stock tauschen, und uns nach seiner Fiedel tanzen lassen.«

»Aye«, stimmte ihm eine andere Frau aus der Menge zu, deren Schärpe sie als Techsergeantin auswies. »Hunderte aus unseren Sippen sind durch die Hände der Davion-Hunde gestorben. Jetzt erwartet er von uns, daß wir sie als unsere Lords, oder schlimmer noch, unsere Kameraden, akzeptieren. Meine Ehre steht nicht zum Verkauf!«

Ein weiterer Offizier, ein Major der 1. Kearny Highlanders, mit harten Zügen, gekleidet in den Tartan des Clan MacLeod, ergriff das Wort. »Ich höre eure Einwände, Brüder und Schwestern. Aber das eine Band, das uns über die Jahrhunderte als Einheit zusammengehalten hat, war der Gedanke, eines Tages in Freiheit auf Northwind zurückkehren zu können. Jetzt endlich, nach Jahrhunderten des Krieges, haben wir eine Chance, diesen Traum Wahrheit werden zu lassen. Ich jedenfalls will diese Chance nicht verspielen. Ich werde auf dem Boden unseres geliebten Northwind stehen!« Hurrarufe erfüllten den schwach beleuchteten Hangar, und die versammelten Krieger stampften so hart auf die Deckplatten, daß das gesamte Schiff unter ihren Stiefeln zu erbeben schien.

Oberst Marion meldete sich noch einmal zu Wort. »Diese Debatte könnte bis ans Ende der Tage dauern, aber nur für den Fall, daß es eurer Aufmerksamkeit entgangen ist: Da draußen tobt ein Krieg. Jeder hier versteht, worum es geht. Jedem Lad und jeder Lass unter uns wird das Herz bei dieser Entscheidung zerrissen. Ein Teil von uns wird sich von den Highlanders lossagen, welche Entscheidung wir heute auch treffen. Aber gleichgültig, wie die Abstimmung ausgeht, ich bitte jeden von uns, sich an unseren Ehrenkodex zu erinnern.« Seine Stimme hallte laut und klar durch den Raum. »Vergeßt nicht, wer einmal ein Northwind Highlander war, der bleibt es für sein ganzes Leben ... und darüber hinaus. Diejenigen unter euch, die nach unserer heutigen Entscheidung einen eigenen Weg einschlagen: Denkt daran, in unseren Reihen wird immer Platz für euch und eure Nachkommen sein. Blut ist das einzige Band, das nicht zerschnitten werden kann, nicht einmal von den mächtigsten Lords der Inneren Sphäre. Wenn alles gesagt und getan ist, die Northwind Highlanders kann nichts zerstören!«

Die Abstimmung erfolgte durch Handzeichen und dauerte keine zwanzig Minuten. Der Kriegerrat entschied sich, die Northwind-Vereinbarung zu ratifizieren. Alle vier Obersten gaben ihren Regimentern augenblicklich den Befehl, sich aus der Konföderation Capella zurückzuziehen und sich unter Anerkennung eines neuen Lehnsverhältnisses mit Prinz Hanse Davion von den Vereinigten Sonnen gegenüber direkt nach Northwind in Marsch zu setzen. In den folgenden Wochen verließen über zweihundert andersdenkende MechKrieger und Techniker mit ihren Familien die Reihen der Highlanders. Es gab weder eine Meuterei noch Verbitterung. Diejenigen, die sich gegen die Rückkehr zum Northwind entschieden hatten, würden weiter von dem Tag träumen, an dem sie diesen Weg doch noch gehen konnten, und diejenigen, die abreisten, trauerten um den Verlust treuer Freunde und Kameraden.

Die Desertion der Northwind Highlanders aus der Konföderation Capella besiegelte deren Schicksal im Vierten Nachfolgekrieg. Abermillionen Menschen kamen zur Beute der scheinbar unaufhaltsamen Davion-Kriegsmaschinerie hinzu.

1

Palast des Marik, Atreus
Marik-Commonwealth, Liga Freier Welten

8. August 3057

Sun-Tzu Liao studierte seinen Gastgeber äußerst sorgfältig. Er saß mit Thomas Marik in dessen Arbeitszimmer, von dem aus dieser den Großteil seiner Pflichten als Generalhauptmann der Liga Freier Welten erledigte. Die beiden Männer unterhielten sich. Und obwohl der junge Capellaner die Augen keine Sekunde vom düsteren und zernarbten Gesicht des Marik abwandte, nahm Liao alles auf, was sie umgab – die Kerzen, die Wandteppiche, die gebundenen Bücher, die Antiquitäten, die Modelle uralter Flugzeuge. Er war nicht zum erstenmal in diesem Zimmer, aber wie ein Raubtier wußte der Kanzler der Konföderation Capella, daß er seine Umgebung stets beobachten und allzeit bereit sein mußte, auf jeden Hinweis zu reagieren, auf jede Andeutung einer Gefahr oder einer sich bietenden Gelegenheit.

»Sie unterhalten eine Reihe subversiver Gruppen und revolutionärer Truppeneinheiten in der Mark Sarna, wenn ich mich nicht irre?« Thomas war tief in seinen wuchtigen Sessel eingesunken, der fast so schien, als sei er das Einzige im Universum, was ihn und das Gewicht auf seinen Schultern tragen konnte. Sun-Tzu bemerkte, daß Mariks Blicke zu wandern schienen, während er sprach, als bewegten sich seine Gedanken Lichtjahre entfernt von ihrer Unterhaltung. Aber der Ernst seiner Stimme war nicht zu verkennen.

»In der Tat«, bestätigte Sun-Tzu. »Meine Zhanzheng de Guang sind auf einer Reihe von Davion-Welten aktiv. Ich verfüge darüber hinaus über Verbindungen zu gewissen Tongs und Liao-loyalen Gruppierungen.«

Was hat Thomas vor? fragte er sich. *Er weiß ganz genau, daß ich seit einiger Zeit damit beschäftigt bin, Victor Davion in der Mark Sarna Schwierigkeiten zu machen.* Die einzige mögliche Antwort war, daß Thomas den Köder geschluckt hatte, den seine Agenten ausgelegt hatten – eine falsche Blutprobe, die ›bewies‹, daß Davion Mariks im Sterben liegenden Sohn Joshua durch ein Double ersetzt hatte. Der Junge war seit Jahren krank und in einem letzten, verzweifelten Rettungsversuch ins medizinische Institut des NAIW nach New Avalon geschickt worden.

»Gut«, stellte Thomas nachdenklich fest, und widmete dem Besucher jetzt seine volle Aufmerksamkeit. »Es hat sich eine Situation ›ergeben‹, die mich zwingt, in ›Verhandlungen‹ mit Victor Davion zu treten.« Mariks Betonung des Wortes ›Verhandlungen‹ ließ keinen Zweifel daran, daß er von sehr viel mehr redete als dieses Wort normalerweise implizierte.

Thomas machte eine Pause. Bevor er weitersprach, schien er Sun-Tzu einen Augenblick neugierig zu studieren. »Ich würde Ihre Agenten in der Mark Sarna gerne dazu verwenden, in einer Weise Druck auf ihn auszuüben, die ihn für einen Abschluß in meinem Sinne geneigter macht. Dazu möchte ich den Eindruck erwecken, daß wir über bestimmte Fragen geteilter Meinung sind. Sie werden auf Ihre Zentralwelt Sian zurückkehren.«

Sun-Tzu wählte seine Worte sorgsam und sprach sie langsam und gelassen aus. »Ich weiß, Sie beabsichtigen nichts dergleichen, Generalhauptmann, aber man könnte Ihre bisherigen Vorschläge – eine vorgetäuschte Streitigkeit und gesteigerte Aktivitäten meiner Leute in der Mark Sarna – als einen Versuch auslegen, mich abzuschieben, während Sie sich mit Victor Davion verschwören, mein Reich aufzuteilen. Ich persönlich würde so etwas nie von Ihnen erwarten, aber es ließe sich so auslegen.«

Thomas richtete sich auf und schaute Liao geradewegs in die Augen. »Sie haben recht, man könnte diesen Eindruck bekommen. Wie könnte ich Sie davon überzeugen, daß ich nicht vorhabe, Sie dem Wolf zum Fraß vorzuwerfen?« Falls Sun-Tzu an Thomas gezweifelt hatte, war das jetzt vorüber.

Der junge Kanzler hob eine Hand und studierte beiläufig die modisch langen Nägel der letzten drei Finger. Die komplexen Muster aus schwarzem Lack und Blattgold fingen das Flackern der Kerzen ein und funkelten wie winzige Sterne. »Da wäre die Sache mit dem Hochzeitstermin.« Thomas zögerte Sun-Tzus Eheschließung mit Isis Marik jetzt schon seit fünf Jahren hinaus, eine Tatsache, die dem Marik in ihren Beziehungen die Oberhand gesichert hatte.

Der Generalhauptmann schenkte ihm die Andeutung eines Lächelns, wie ein Schachspieler, der den gelungenen Zug eines Gegners anerkannte. »Ach ja, Isis«, meinte er leise. »In sechs Monaten werden wir bekanntgeben, daß die Hochzeit etwa weitere sechs Monate später stattfinden wird.«

Sun-Tzu verbarg seine Überraschung. Es schien, daß sie einen Meilenstein erreicht, einen neuen Weg eingeschlagen hatten. »Das ist akzeptabel, aber Versprechen sind schnell gebrochen. Nicht, daß ich Ihnen so etwas unterstellen würde, aber falls es zu einem Staatsstreich kommen sollte...« Er war am Zug, und Sun-Tzu ließ die Gelegenheit nicht ungenützt verstreichen. Vielleicht würde er eine solche Chance nie wieder bekommen.

Wieder sah Thomas ihn nachdenklich an. Das Kerzenlicht ließ sein vom Feuer vernarbtes Gesicht wie eine Ritualmaske erscheinen. »Sie haben recht. Nehmen Sie Isis mit nach Sian«, antwortete er, und Sun-Tzu war klar, daß es sich dabei keineswegs um eine spontane Entscheidung handelte. »Sie können sie dort als Geisel festhalten, so wie Victor meinen...« Das

Stocken bei Joshuas Namen fiel Sun-Tzu deutlich auf. Ein eindeutiger Beweis, sagte er sich, für den Erfolg seiner Agenten.

»Sie wäre keine Geisel, Thomas, sondern meine geliebte zukünftige Braut.«

»Ja, ich weiß, Sie würden für ihre Sicherheit sorgen. Ich werde die Kosten für diese zusätzlichen Aktionen tragen und meine Truppen dafür bereitstellen, Davion-Invasoren zurückzuwerfen, sollte Victor sich entscheiden, gegen Sie vorzugehen. Außerdem werde ich alle Truppenbewegungen mit dem Capellanischen Heer koordinieren, um dem Davion-Geheimdienst die Arbeit zu erschweren.«

Sun-Tzu verstand. Das alles waren keine hastigen Entscheidungen des Generalhauptmanns, sondern sorgfältig berechnete und abgestimmte Spielzüge. Hatte er Thomas unterschätzt, als er ihn für einen idealistischen alten Narren gehalten hatte? »Sehr gut. Wann reise ich ab?«

»Noch diese Woche. Präzentor Malcolm kann Ihnen helfen, Befehle an Ihre Guerilleros zu versenden, so daß die Aktionen anlaufen können, bevor Sie auf Sian eingetroffen sind. Ich nehme an, Sie werden Mitte September dort eintreffen, aber ich brauche einen früheren Start unserer Maßnahmen.«

»Es soll geschehen, Thomas.« Sun-Tzu wollte jubeln vor Begeisterung, beschränkte sich aber darauf, Thomas' leises Lächeln zu erwidern. »Zusammen werden wir Victor eine Lektion erteilen, die sein Vater nie gelernt hat.«

»Allerdings«, stellte der Generalhauptmann fest. »Die Zeit ist gekommen, und die Lektion, die er zu lernen hat, heißt Gerechtigkeit.« Die Wut in seiner Stimme war so scharf und kalt wie eine Messerschneide.

»Wenn es Ihnen nichts ausmacht, ziehe ich mich jetzt zurück«, meinte Sun-Tzu und neigte den Kopf. Thomas nickte langsam und stand auf, als er den Liao mit einem festen Händedruck verabschiedete.

Im Gang vor dem Büro des Generalhauptmanns blieb Sun-Tzu stehen und versuchte, dieses bemerkenswerte Gespräch zu verdauen. Er sah sich um und stellte nicht zum ersten Mal fest, daß der Marik die Flurwände in eine Galerie verwandelt hatte. Er selbst hatte Thomas' Neigung für Antiquitäten nie verstanden und als Überbleibsel aus seiner Zeit in den Diensten des mystischen ComStar-Ordens ausgelegt. Er wanderte langsam an den alten Karten und Gemälden vorbei und blieb abrupt stehen, als er eine riesige Wandkarte der Inneren Sphäre erreichte.

Die allem Anschein nach Jahrhunderte alte Karte zeigte die Innere Sphäre, wie sie zu Zeiten des Sternenbundes ausgesehen hatte, im Goldenen Zeitalter der Menschheit. Im Gebiet um Terra befanden sich viele Welten, deren Systeme die Davions der Konföderation Capella vor rund dreißig Jahren geraubt hatten, Planeten, auf denen Sun-Tzu in den letzten zwei Jahren Freiheitsbewegungen und Tongs aufgebaut hatte. Es würde keine Probleme machen, sie zu aktivieren, um dem Vereinigten Commonwealth Schwierigkeiten zu bereiten.

Sein Blick wanderte über die Systeme der Terranischen Hegemonie, des Herzens und der Seele des Sternenbunds. Der Name Northwind schien ihn geradezu anzuspringen, und der Anblick ließ die Gedanken des jungen Kanzlers Purzelbäume schlagen. Northwind. Sun-Tzu hatte sich vorgenommen gehabt, dort irgendwann eine Aktion zu starten. Aber jetzt, wo Marik ihn gebeten hatte, seine subversiven Aktivitäten zu forcieren, könnte Northwind eine seltene Gelegenheit zu einer ganz besonderen Operation liefern. Der Planet saß mitten im sogenannten Terranischen Korridor, der schmalen Brücke von Systemen, die als Verbindung der beiden riesigen Hälften des mächtigen Vereinigten

Commonwealth dienten. Ein erfolgreicher Schlag dort würde Victor nicht nur völlig überraschend treffen, er würde ihm auch ein System von strategisch und militärisch hohem Wert nehmen.

Und es würde ein Vergeltungsschlag gegen die Söldner werden, die Northwind als ihre Heimat beanspruchten. Die Northwind Highlanders, die Capella in der Stunde der größten Not im Stich gelassen und erlaubt hatten, daß die Davion-Invasoren die Hälfte der Konföderation besetzten. Das Schicksal bot ihm die Gelegenheit, sie für diesen Verrat bezahlen zu lassen.

Sun-Tzu wußte, daß zwei der Elite-Highlander-Regimenter zur Zeit an der Clan-Front stationiert waren, während die MacLeod's Highlanders die Garnison auf Northwind stellten und die Stirling's Fusiliers ganz in der Nähe auf Ozawa Dienst taten. Ohne den Blick von der Karte zu wenden, überdachte er sorgfältig seine Möglichkeiten. *Wenn es meinem Agenten gelingt, die Highlander zu unterwandern, kann ich ihn dazu benutzen, sie zu vernichten. Ein Mann kann von innen her mehr Schaden anrichten als ein Bataillon BattleMechs – wenn er funktioniert. Mit nur einem Regiment vor Ort wäre es fast unmöglich, selbst eine kleine Anzahl meiner Truppen zu vertreiben, wenn sie Zeit haben, ihre Stellungen zu befestigen. Ich werde die Highlander zerstören und das Haus Liao an der Einheit rächen, die uns verraten hat, und an dem Prinzling, der mich bedroht.*

Sun-Tzu hob den Arm und tippte seine Kennung in den Armbandcomp. Der Name seines Agenten erschien auf dem winzigen Bildschirm. ›Jaffray, Loren.‹ Er grinste und rief sich ins Gedächtnis, wo die 1. Todeskommandos stationiert waren. Loren Jaffrays Vorgeschichte machte ihn zum perfekten Werkzeug für diese Operation. Nicht nur das, denn er war auch ein Mitglied der Todeskommandos. Die Kommandos hatten allesamt einen Bluteid geschworen, auf Befehl des

Kanzlers ihr Leben zu opfern. In ihrer Hingabe für die Konföderation Capella ließen sie selbst Elitetruppen hinter sich.

Ich werde Isis sagen, dies sei eine gute Gelegenheit für uns, durch mein Reich zu reisen, so daß sie mein Volk und meine Welten kennenlernen kann. Und dadurch habe ich einen Vorwand, um auf Krin Halt zu machen. Loren Jaffray weiß es noch nicht, aber wir zwei haben einen Termin. Einen ganz besonderen Termin. Einen Termin mit dem Schicksal ...

2

Lake Fairfax
Krin, Konföderation Capella

1. September 3057

»Worum geht es bei dieser Übung, Oberst?« fragte der schlaksige Robenträger am Sichtschlitz des Bunkers, ohne das elektronische Fernglas von den Augen zu nehmen. Mit bloßem Auge waren nur die gefrorene Oberfläche des Lake Fairfax und eine kleine Hütte auf einem Hügel zu erkennen, neben der ein Dutzend BattleMechs in der matten, weißgrauen Bemalung ihrer Wintertarnung aufragten. Mit Hilfe des Fernglases konnte der Mann in der Robe außerdem noch einen *Husaren* erkennen, der in der Nähe einer steilen Felsklippe versteckt war, die ihn vor einer Entdeckung von der Hütte aus verbarg. Der *Husar* lief im Energiesparmodus, aber obwohl auch er eine weißgraue Tarnbemalung trug, hob er sich deutlich vom Schnee ab. Der Pilot saß nicht im Innern der Maschine, sondern grub vor ihm im Schnee. Er schien nichts von den Beobachtern im fernen Bunker zu ahnen. Die Reflektion des starken Sonnenlichts hätte eine Beobachtung ohne die eingebauten Filter des Fernglases unmöglich gemacht.

Auch Oberst Hertzog von den Todeskommandos verfolgte den Ablauf der Operation auf der anderen Seite des Sees. »Das Kadettenteam wird von einem unserer besten Offiziere angeführt, Hoheit. Einem Major Jaffray, demselben, nach dem Ihr gefragt habt. Das Szenario, das wir durchspielen, ist eine Rettungsaktion. Wir nehmen an, daß der Feind einen unserer Leute gefangengenommen hat und in der Hütte festhält. Er hat eine volle Kompanie mittelschwerer und schwerer BattleMechs und einen Infanteriezug zur Verfügung. Major Jaffray und sein Team verfügen für die Rettung nur über eine Lanze mittelschwerer und leichter Mechs und zwei Züge Bodentruppen. Alle diese Krieger haben bei dieser Übung schon versagt.«

»Versagt?« Sun-Tzu senkte das Fernglas und starrte den Oberst ungläubig an.

Hertzog lächelte leicht und nickte. »Wie Ihr wißt, ist unsere Ausbildung rigoros, und nicht jeder schafft sie, nicht sofort. Ich bin sicher, der Major wird uns vorführen, warum wir die neuen Todeskommandos auf diese Weise testen.«

Der Kanzler wandte sich wieder der Szene am See zu. »Wo sind die anderen Mechs des Majors? Ich sehe nur einen einzelnen Husar, kaum ausreichend gegen diese Gegner.«

»Er hat mehrere Maschinen vor drei Tagen unter der Seeoberfläche stationiert.«

Der große, dunkelhaarige junge Mann grinste, während er beobachtete, wie der Mechpilot seine Grabarbeit beendete und sich auf den Weg zurück ins Mechcockpit machte. »Ich verstehe. Der gute Major läßt seine Truppen aus dem See angreifen, um den Feind abzulenken, während die Infanterie das Minenfeld durchquert, das er sorgfältig von Hand entschärft hat. Die gegnerischen Mechs widmen sich seinen Kameraden im See, und seine Infanteriezüge befreien derweil die Geisel.«

»Möglicherweise, Hoheit«, stimmte Oberst Hertzog zu. »Aber diese Lösung könnte Jaffray zu offensichtlich erscheinen. Und das Risiko, das er damit eingegangen ist, drei Mechs drei Tage lang unter Wasser zu lassen, läßt mich vermuten, daß er andere Pläne hat. Wie ich bereits sagte, er ist dafür bekannt, etwas, nun, nennen wir es: unkonventionell, zu sein.«

Sun-Tzu stellte das Fernglas auf der Fensterbank ab und trat an den riesigen grünen Tisch in der Mitte des Bunkers. Es handelte sich offensichtlich nicht um einen gewöhnlichen Tisch, denn er besaß eine computerisierte Instrumentenkonsole und eine Beleuchtung. »Wie funktioniert das, Oberst?«

Hertzog legte einen Schalter um, und die Oberfläche des Holotisches erwachte flackernd zum Leben. Vor den beiden Männern entstand ein Hologrammbild des Geländes um den See und die Hütte. Die Szenerie war bis ins Detail genau, jeder Baum und sogar der frische weiße Schnee wirkten, als würde der Beobachter auf eine reale Winterlandschaft blicken. Die Minen waren als kleine blaue Punkte zu sehen. Die nur fünf Zentimeter hohen BattleMechs wirkten mehr wie Spielzeugfiguren als die tödlichen, zehn Meter großen Kriegsmaschinen, die sie in Wirklichkeit waren. Selbst Major Jaffray und seine versteckten Infanteristen waren als winzige geduckte Gestalten im scheinbar soliden Hologrammschnee zu sehen.

»Natürlich benutzen wir bei dieser Übung keine scharfe Munition. Alle Raketen und Granaten tragen Lichtsprengköpfe, und die Laser und PPKs sind auf drei Prozent Leistung reduziert, gerade genug, um die Schüsse real *aussehen* zu lassen. Unsere Ingenieure haben das Gelände elektronisch vermessen und mit Sensoren versehen, die über Fiberglaskabel mit uns hier in Verbindung stehen. Jeder BattleMech ist mit einem DU oder Diagnose-Umsetzer ausgerüstet. Dieser Spezialcomputer bringt den Mech zum Leben. Er kontrolliert direkt oder indirekt alle Waffen, Sensoren und Bewegungen des Mechs. Das Simulatorprogramm steht mit einem Programm in den DU-Systemen der Mechs in Kontakt. Wenn der Mech von simulierten Waffen getroffen wird, wird auch der entsprechende Schaden simuliert, bis hin zum Erzittern der Maschine unter dem Einschlag. Ähnliche Systeme sind in die Helme und Waffen der Infanterie eingebaut. Für die Teilnehmer wirkt alles real, und unser Hauptcomputer entscheidet, wer am Leben bleibt und wer nicht.«

Sun-Tzu verschränkte die Hände im Rücken und

nickte nachdenklich. »Ein ausgezeichnetes Trainingswerkzeug. Es zeigt dem Krieger seine Fehler.«

»Aber auch, was er richtig macht. Vor Jahrhunderten nannte man so etwas auf der Erde Virtuelle Realität, aber unsere Techs ziehen den Ausdruck Konstruktwirklichkeit vor. Für die Beteiligten ist es so nahe an einer realen Schlacht, wie man kommen kann, ohne tatsächlich in Stücke geschossen zu werden.«

Das winzige Ebenbild Major Jaffrays kehrte in die Kanzel seines Mechs zurück, während der Oberst und sein Herrscher die Infanteriezüge die Bresche im Minenfeld passieren sahen. »Jaffray hat bei den Minen gute Arbeit geleistet. Er hat sie in engen Gassen angeordnet, um ihre Infanterie und Mechs hinein zu ziehen.« Noch während Hertzog sprach, begann die Infanterie mit dem Gefecht gegen die feindlichen Wachtposten. Wenn einzelne Soldaten »starben«, kippten ihre Hologrammbilder um und blieben schwarzgefärbt auf dem weißen Schnee und Eis liegen.

»Es sieht aus, als würden sie die Geisel jede Sekunde erreichen«, sagte der Kanzler und beugte sich über den Tisch, um besser sehen zu können.

Plötzlich schienen die BattleMechs der Geiselnehmer zum Leben zu erwachen. Ein *Greif* und ein *Kriegshammer* traten von ihrer Position hinter der Hütte aus in Aktion. Der *Kriegshammer* ging nur ein paar Schritte, aber der *Greif* griff die Infanterie an.

Der *Greif* war ein klassischer BattleMech. Der hoch über dem Schneefeld aufragende Kampfkoloß hatte eine Partikelprojektorkanone in einer riesigen gepanzerten Faust und trug auf der Schulter eine Raketenlafette wie ein Fußsoldat seine Panzerfaust. Der Mech ging mehrere Schritte den Weg hinab, dann bog er geradewegs in das Minenfeld ab. Im Hologramm zuckten mehrere Explosionen auf, gefolgt von Rauchwolken, als der Greif, von den Sprengladungen überrascht, leicht wankte. Dann deckte er die angreifenden Fußtruppen mit einem LSR-Bombardement ein, das wie ein Flammenvorhang über den grellweißen Hintergrund fegte. Die Infanterie ergriff die Flucht den Hügel hinab, einige Tote zurücklassend. Das Bild auf dem Holotisch war gespenstisch lautlos.

»Gibt es eine Möglichkeit, die Kampfgeräusche zu hören?« fragte Liao.

»Selbstverständlich, Hoheit. Die Lautsprecher in den Mechs reproduzieren zur besseren Wirklichkeitsnähe auch die Einschlagsgeräusche. Und die Außensensoren im Gelände können uns eine Audioleitung liefern.« Oberst Hertzog betätigte ein paar Kontrollknöpfe am Kopfende des Tisches, und das Knattern der Schüsse und Explosionen erfüllte den Bunker.

Sicher, daß sie ihre Gegner in die Flucht geschlagen hatten, setzten die Infanteristen der Verteidiger nach und rannte geradewegs in die eigenen Minen. Die Detonationen brachten sie abrupt zum Stehen. Jaffrays leichter *Husar* stand noch immer reglos in seinem Versteck hinter dem Felsvorsprung in der Nähe des Seeufers. Mehrere andere Mechs der Verteidiger waren inzwischen hochgefahren und setzten sich den Weg entlang in Richtung Wasser in Bewegung.

»Er läßt seine Infanterie krepieren«, stellte Sun-Tzu fest. »Trotz den umplazierten Minen befinden sie sich in heller Flucht fort von der Hütte und der Geisel.«

»Nur ein Ablenkungsmanöver, Hoheit. Sehen Sie.«

Der *Herkules* an der Spitze der Mechgruppe verließ den Weg und lief den Hang hinab, um den Fußtruppen der Angreifer den Weg abzuschneiden. Der von den Minen aufgehaltene *Greif* versuchte derweil, rückwärts das Minenfeld zu verlassen und wieder ins Gefecht einzugreifen. Als der *Herkules* mit Kurzstreckenraketen und einer Autokanonensalve das Feuer auf die Infanterie eröffnete, zeigte der Holotisch drei Tote durch den Angriff. Die übrigen Soldaten erwiderten das Feuer und zogen sich weiter in Richtung auf den zugefrorenen See zurück. Ihre Raketenwerfer erzielten zwar einige Treffer gegen den *Herkules*, konnten ihn jedoch nicht aufhalten.

Der *Kriegshammer* und der *Greif* folgten dem führenden Stahlgiganten den Hang hinab, von der Hütte fort. Drei andere Mechs der Verteidiger, deren Piloten leichte Beute witterten, machten sich ebenfalls auf den Weg. Aber die Fußsoldaten verteidigten sich wacker und zogen ihre Gegner immer weiter von der Hütte und der Geisel ab.

Plötzlich griff der *Husar* ins Geschehen ein und durchquerte ohne Zwischenfall das freigeräumte Minenfeld. Sobald er die Deckung verlassen hatte, wurde er von den Sensoren der anderen Mechs erfaßt, und drei von ihnen setzten sich auf den leichteren, schnelleren *Husar* zu in Bewegung. Major Jaffray kümmerte sich nicht um sie, sondern konzentrierte sich ganz auf die Hütte. Der Infanteriezug der Verteidiger eröffnete das Feuer, als er in Sicht kam, und ihre Laserschüsse erschienen als dünne rote Lichtblitze auf dem Holotisch. Der *Husar* ignorierte sie und stürmte geradewegs in ihre Formation, bis die winzigen Gestalten auseinanderstoben, offenbar, um sich in einem nahen Pinienwäldchen neu zu formieren. Ihre Handfeuerwaffen waren nutzlos gegen einen BattleMech.

Mit seinen kurzen Armen schlug der walzenförmige *Husar* ein Loch in das Dach der Hütte. In der detaillierten Hologrammdarstellung war zu erkennen, wie Holzschindeln und Balken von den Überresten des Daches hinab in den Schnee rutschten. Der gedrungene *Husar* beugte sich vor, langte ins Innere des Gebäude und holte vorsichtig eine golden eingefärbte Gestalt, offenbar die Geisel, ins Freie. Die Bewegungen der Kampfmaschine waren sauber und fließend, ein Beweis exzellenter Piloten- und Programmierarbeit.

»Ich bin überrascht«, murmelte der Kanzler mehr bei sich als für die Ohren des Obersten.

»Sire?«

»Selbst wenn der Rest seiner Lanze eingreift, hat er keine Chance mehr zu entkommen.« In der Ferne zeigte der Holotisch, wie der erste der Verteidiger, der *Greif,* seine Waffen auf Jaffrays *Husaren* richtete. Er eröffnete mit PPK und Langstreckenraketen das Feuer, wohl in der Hoffnung, Vergeltung für seinen Abstecher ins Minenfeld üben zu können. Der PPK-Schuß ging daneben und traf eine Baumgruppe rechts neben dem Hügel. Die Raketen kamen dem Ziel näher. Sie schlugen teilweise auf dem winzigen Holobild des *Husaren* ein, teilweise rings darum herum. Die Raketen, die in den Schnee stürzten, detonierten in der dreidimensionalen Darstellung in flammenden Pilzwolken. Die Geräuschkulisse war realistisch und absolut synchron. Die Treffer auf dem Mech erschienen als winzige rote Flecken wie blutige Wunden.

Die Linie der Geiselnehmer-Mechs zog sich über die linke Hangseite und setzte Jaffrays Infanteristen nach. Jetzt wandten sie ihre Aufmerksamkeit abrupt der Bedrohung in ihrem Rücken zu, dem *Husaren* und der Geisel, die sie hätten bewachen sollen. Jaffrays restliche Infanteristen schienen sie praktisch zu vergessen, worauf diese reagierten, indem sie ihr Raketenfeuer auf die jetzt wieder abrückenden Maschinen intensivierten.

Der leichte Mech drehte sich um und bot der näherrückenden Mechhorde den nur dünn gepanzerten Rücken. Anstatt entlang des Seeufers zu laufen, um möglicherweise noch davonzukommen, stürmte Jaffray mit dem schnellen *Husaren* geradewegs den Hügel hinab. Einige der Laserschüsse von seiten der Verteidiger zuckten an ihm vorbei und bohrten sich in holographische Schneewehen. Der Weg hinab zum Ufer war schmal und kurvenreich. Erst unmittelbar vor dem Wasser wurde er breiter. Das Winterwetter hatte ihn völlig mit Eis und Schnee bedeckt, und der galoppierende *Husar* rutschte mehrmals aus, als er ihm hinunter auf den zugefrorenen See folgte. Die auf ihn feuernden Mechs schienen mit jedem Schuß näher zu kommen. Seine Zeit lief rapide ab.

Angesichts der Nähe der Schüsse schienen Hertzog Zweifel zu kommen, aber er versuchte, seinen Anflug von Furcht zu überspielen. Der Oberst reckte sich und strich seine grüne Ausgehuniform über der muskulösen Brust gerade. »Bei allem Respekt, Sire. Ich würde Jaffray noch nicht aufgeben. Normalerweise überlasse ich ihm eine Gruppe von Kadetten nach ein paar Fehlschlägen, damit sie lernen, nicht nur mit den Mechs, sondern auch mit dem Kopf zu kämpfen. Für ein Mitglied der Todeskommandos muß Taktik zu einer Sache des Instinkts werden. Nur er hätte den Verstand, sich davon zu überzeugen, daß das Ufereis in flachem Gewässer liegt und über eine ziemliche Distanz solide ist…« Oberst Hertzog fing sich wieder. »Aber, wie ich bereits sagte, Sire, Jaffrays ist nicht die Art Mann, die Ihr für eine Mission dieser Art bräuchtet.«

Die Gestalt in der rotgoldenen Seidenrobe nahm den Blick nicht vom Geschehen auf dem Holotisch. »In der Tat.« Sein Tonfall war trocken und zweifelnd.

Major Jaffrays *Husar* rannte auf die dicke Eisdecke des Sees. Ein Regen aus Laserstrahlen und PPK-Blitzen fiel ringsum den Hügel hinab. Zwei Blitz-Raketen aus den Abschußrohren des *Herkules* bohrten sich tief in den Rücken des leichten Mechs, der unter dem Aufprall ins Wanken geriet. Das Hologramm der Maschine zeigte inzwischen mehr Rot von den Treffern, die sie hatte einstecken müssen, als noch von ihrer weißgrauen Bemalung zu sehen war. Ein dünner, aber grell weißblauer Blitzschlag aus der PPK des *Kriegshammer* streifte Jaffrays Mech und schlug in das Eis des Sees ein. Der Holotisch zeigte den Einschlag als Explosion aus Dampf und Eissplittern. Ohne seine enorme Geschwindigkeit wäre der *Husar* in das von der PPK gesprengte Loch gefallen. So rannte er weiter, in Richtung auf das tiefere Wasser und die sehr viel dünnere Eisschicht dort.

Der *Husar* schaffte es in der Holoszenerie fast dreißig Zentimeter auf den See hinaus, bevor das Eis unter dem Gewicht des Mechs einbrach. Als der Kampfkoloß nach vorne ins Wasser kippte, zog Jaffray bereits den Arm der Maschine nach hinten. Dann, unmittelbar bevor er unterging, schleuderte er von sich, was er darin festgehalten hatte. Die »Geisel« landete rutschend und sich überschlagend auf dem Eis des Sees. Die Gewalt des Wurfes war unglaublich und beförderte sie bis auf wenige Zentimeter an das entgegengesetzte Ufer des holographischen Sees.

»Höchst interessant«, stellte der Kanzler fest, ohne die Augen vom Tisch zu nehmen. »Ich hätte erwartet, daß er die Geisel mit seinen Fußtruppen befreit. Seinen Mech auf diese Weise dazu einzusetzen dürfte höchst ungewöhnlich sein.«

»Ich stimme Euch zu, Sire. Durch dieses kleine Manöver Jaffrays dürfte unsere Geisel einige Knochenbrüche erlitten haben, aber sie ist sicher, und wie es scheint, wird sie bereits von einem von Jaffrays Soldaten abgeholt.« Oberst Hertzog deutete auf den Punkt des Holotisches, an dem die goldene Gestalt der Geisel einem von Jaffrays Infanteristen begegnete. Im eisigen Wasser des Sees drehte sich Jaffray inzwischen zu seinen Verfolgern um. Drei Laserbahnen brannten sich tief in Torso und Arme seines Mechs, die in der Darstellung rot loderten. In Wirklichkeit war das Wasser fünf Meter tief, aber das ließ mehr als genug von dem *Husaren* als Zielscheibe für seine Feinde frei. Der kleine, schnelle Mech war in einem direkten Schlagabtausch für keinen einzigen seiner Verfolger ein ernsthafter Gegner, aber genau auf einen solchen schien Jaffray sich einzustellen. Das wirkte geradezu selbstmörderisch.

Die Verfolger stürmten den Hang hinunter ans Ufer, nur um wieder in eines von Jaffrays Minenfeldern zu stolpern. Während die Lautsprecher des Holotisches im Donner der Explosionen bebten, griff Jaffrays Infanterie an der linken Flanke des Feldes den *Kriegshammer* aus dem Hinterhalt mit Kurzstreckenraketen und Bündelladungen an. Die Bewaffnung des *Kriegshammer* eignete sich kaum zur Abwehr von Fußtruppen, und als der Mech sich zu seinen Angreifern umdrehte, riß ihm eine der Sprengladungen das Bein in Kniehöhe ab. Die riesige Kampfmaschine kippte um wie ein besoffener Seemann und rutschte den schneebedeckten Hang hinab.

Seine Begleiter wateten durch die Minen und richteten ihre Geschütze auf den allem Anschein nach gestrandeten *Husar*. Sie waren sorgfältig zu einem Exekutionskommando aufgereiht, und mehrere von ihnen gingen hinter Felsvorsprüngen entlang des Ufers in Stellung. Die Infanterie des Majors setzte den Angriff an der linken Flanke fort, wo sie den *Greif* und einen *Feuerfalken* attackierte. Die Gefechtslinie der Verteidiger-Mechs feuerte nicht sofort auf den mitten im Eis stehenden *Husaren*. Beinahe schienen die Piloten Jaffrays Niederlage zu genießen.

Ohne Vorwarnung explodierte die Seeoberfläche, als Jaffrays drei Lanzengefährten durch das Eis brachen und augenblicklich das Feuer auf den *Herkules* in der Mitte der feindlichen Kampfreihe eröffneten. Für Oberst Hertzog und seinen hochgeborenen Gast kam der Angriff ebenso überraschend, denn die holographischen Darstellungen der drei Mechs tauchten erst auf dem Tisch auf, als sie durch die Eisdecke des Sees brachen.

Jaffray nahm seinerseits ebenfalls an dem Angriff teil und feuerte seinen schweren Laser auf die Beine des *Herkules* ab, während seine Lanzenkameraden dasselbe Ziel mit Lasern und Kurzstreckenraketen beschossen. Die Luft über dem Holotisch kochte vor simulierten Laser- und PPK-Schüssen. Raketen- und Autokanonenexplosionen schleuderten den Winterschnee davon.

Überwältigt von der Gewalt des Bombardements auf Torso und Beine, schwankte der *Herkules* einen Moment nach hinten und wirkte dabei wie ein verwundeter Ritter in schwerer Rüstung, dann drehte er sich, als sein Pilot das Gleichgewicht und damit die Kontrolle über die wuchtige Maschine verlor. Der Mech taumelte rückwärts gegen den Abhang und verschwand in einer tiefen Schneewehe.

So sauber vor dem schneebedeckten Ufer aufgereiht waren die Verfolger perfekte Zielscheiben für Jaffrays Helferteam. Die Mechs an den Seiten der Linie konnten ihre Geschütze nicht voll zum Tragen bringen, da ihre Schußlinie teilweise durch die Felsvorsprünge blockiert war. Statt sich auf einen direkten Schlagabtausch einzulassen, zog sich die Verfolgertruppe zu einer kleinen Bodenwelle auf halber Hanghöhe zurück, ein gutes Stück in Richtung des Weges zwischen Hütte und Ufer.

Wie auf ein Zeichen ertönte eine Serie von Explosionen, als die Mechs ihre erhöhten Positionen erreichten. Die Sprengungen warfen zwei der Mechs zurück ans Ufer des Lake Fairfax, vor die Füße von Jaffrays Truppe.

Oberst Hertzog und sein Gast wurden von den Detonationen nicht überrascht, denn sie hatten die Minen auf dem holographischen Hang gesehen. Die Explosionen zwangen die Verfolger wieder den Hügel hinab. Sie feuerten wild auf die Mechs im eisigen Wasser, aber die meisten ihrer Schüsse gingen vorbei oder richteten kaum Schaden an. Die Piloten der gestürzten Mechs versuchten verzweifelt, ihre Kampfkolosse wieder auf die Beine oder wenigstens aus der Schußlinie von Jaffrays Maschinen zu bringen. Einer von ihnen, der *Greif,* zappelte auf dem glatten Eis wie ein Fisch auf dem Land. Mit beinahe perfektem Timing wendete Jaffrays Lanze und verschwand im eiskalten Wasser. Die Schlacht war vorüber, so plötzlich, wie sie begonnen hatte, und plötzlich verklang auch der über den See rollende Donner.

Oberst Hertzog kicherte leise. »Major Jaffray wußte genau, wie der Feind reagieren würde und stellte ihm eine perfekte Falle. Seine Mechs drei Tage unter Wasser zu lassen, war riskant, aber dadurch konnten sie unbemerkt in perfekte Angriffsposition entlang der Uferlinie gehen. Unsere kartographischen Daten zeigen an dieser Stelle ein Unterwasserplateau mit einem steilen Abhang, aber ich habe noch niemanden gesehen, der es bei der Rettungsübung auf diese Weise ausgenutzt hat.«

Langsam hob der Robenträger den Blick vom Holotisch und sah den Kommandeur des 1. Todeskommandos an. Der Kanzler kniff die Augen zusammen, als er sich über den Tisch beugte und Hertzog fixierte. »Sie werden dafür sorgen, daß sich dieser Major Jaffray in einer Stunde bei mir meldet, Oberst. Er und ich haben viel zu besprechen.«

3

Lake Fairfax
Krin, Konföderation Capella

1. September 3057

Major Loren Jaffray war noch immer schweißgebadet, als er die Vorkammer des Beobachtungsbunkers betrat. Der nur mit Kühlweste, Shorts und leichten Stiefeln bekleidete MechKrieger wirkte müde und abgehärmt. Er hatte Ringe unter den Augen und einen mehrere Tage alten Stoppelbart. Die Kühlweste knirschte leise, wenn er sich bewegte.

Seit 600 Jahren beherrschte der BattleMech die Schlachtfelder der Inneren Sphäre, und immer noch war sein größtes Problem die Hitzeentwicklung seiner Systeme. Die zehn Meter hohen Giganten waren mit genug Feuerkraft ausgerüstet, um einen Zug konventioneller Panzerfahrzeuge zu vernichten, aber jede ihrer Bewegungen erzeugte ungeheure Abwärme. Die von Kondenswasser triefende Kühlweste war mehr als nur Alltag für MechKrieger, im Kampf war sie häufig der Unterschied zwischen Leben und Tod.

Loren zog sich das karierte Stirnband vom Kopf und steckte es in die Shorts. Dann preßte er die Hände in Taillenhöhe auf den Rücken, um ein wenig von der Verspannung zu lösen, die sich während der Übung aufgebaut hatte. Seine Augen brannten vom Schweiß, und die kühle Luft des Bunkers ließ ihn zittern. Als die Tür zum Hauptraum öffnete und Oberst Hertzog hindurch trat, nahm Loren augenblicklich Haltung an. Hertzog nickte lässig.

»Sie wollten mich sehen, Sir?«

»Ja, Major. Ausgezeichnete Leistung. Ich wurde informiert, daß unsere simulierte Geisel sich bei Ihrem

Rettungsmanöver drei Rippen und den Arm gebrochen hätte.«

»Glücklicherweise verwenden wir für diese Übungen Puppen. In einer echten Geiselsituation wäre die Alternative zu diesen Verletzungen der Tod. Ich finde, unsere Geisel ist noch gut weggekommen.«

Hertzog grinste. »Stimmt. Ohne Zweifel ist Major Quaids Verteidiger-Team von Ihrem Erfolg bei diesem Test ziemlich mitgenommen.« Jaffrays Kommandeur förderte den Wettkampf zwischen seinen Leuten, und Quaid würde es schwer haben, seine Niederlage vergessen zu machen. »Aber deswegen habe ich Sie nicht rufen lassen, Major.«

»Was kann ich für Sie tun, Sir?« fragte Loren, während er ein Handtuch von der Wand nahm und sich das triefend nasse schwarze Haar abrubbelte. Es gab nur einen Grund für seinen Kommandeur, ihn so schnell zu sich zu bestellen – ein neuer Auftrag. Dann sah er, daß der Oberst nicht allein war. Die große, schlanke Gestalt eines Mannes in der formellen rotgoldenen Seidenrobe seines Amtes trat durch die Tür. Kanzler Sun-Tzu Liao, der Herrscher der Konföderation Capella, Lorens Lehnsherr, den er unter allen Umständen erkannt hätte. Für ein Mitglied der Todeskommandos wie Loren war der Kanzler weit mehr als ein Staatsoberhaupt. Die Todeskommandos waren ihm direkt unterstellt, hatten einen Bluteid geleistet, ihm zu dienen und auf seinen Befehl hin selbst ihr Leben zu geben. Der Kanzler repräsentierte mehr als nur Befehlsgewalt für sie, er war der Sinn ihres Lebens.

Innerhalb eines einzigen Herzschlags war Loren Jaffray auf dem kalten Bunkerboden auf die Knie gesunken und hatte den Kopf gesenkt. »Euer Hoheit.« Er hatte immer gehofft, dem Kanzler eines Tages zu begegnen, aber er hatte nicht erwartet, diese Gelegenheit in Schweiß gebadet und nur mit den kurzen Shorts bekleidet zu erleben, die MechKrieger im Einsatz bevorzugten. Einen flüchtigen Augenblick lang fragte er sich, wo er seine Ausgehuniform verstaut hatte.

»Stehen Sie auf, Major Jaffray«, sagte der junge Kanzler. Loren stand hastig auf und nahm Haltung an, hielt die Augen aber respektvoll gesenkt. »Ich habe die Übung verfolgt und bin tief beeindruckt. Sie sind bei diesem kleinem Szenario extreme Risiken eingegangen.«

»Ich kannte meinen Gegner, das habe ich ausgenutzt.« Trotz seiner Nervosität über diese unerwartete Audienz war Lorens Stimme sicher.

»Also war es nicht Glück, sondern Verschlagenheit, die Ihnen den Sieg eintrug.« Die Miene des Kanzlers war nicht zu lesen.

Loren setzte ein Lächeln auf und hoffte, damit etwas von der Spannung zu brechen, die er fühlte. »Glück hat auch eine Rolle gespielt, Sire. Das ist in jedem Kampf so. Aber ich finde, der Schlüssel zum Sieg liegt darin, wie man das Glück *handhabt,* wie man es dreht und wendet, bis es einem hilft.«

Hertzog trat hastig auf ihn zu. »Achten Sie auf Ihre Worte, Major Jaffray. Sie reden hier mit dem Kanzler, und er ist nicht gekommen, um sich von Ihnen eine Lektion in Kriegsführung erteilen zu lassen.«

Sun-Tzu drehte sich zu dem Oberst um, nahm aber erst im letzten Moment den Blick von Loren. »Sie dürfen uns jetzt allein lassen, Oberst. Ich habe mit Major Jaffray wichtige Angelegenheiten zu besprechen.« Er wandte sich wieder Loren zu und verzog den Mund zu einem kurzen Lächeln.

Hertzog war offensichtlich schockiert darüber, von dem Gespräch zwischen seinem Vorgesetzten und einem niedrigeren Offizier ausgeschlossen zu werden. »Sire?«

»Danke«, fertigte Sun-Tzu ihn mit einer wedelnden Handbewegung in Richtung Tür ab. Hertzog neigte leicht den Kopf und verließ rückwärts die Kammer. Er drehte sich erst an der Tür um, die er nur zögernd hinter sich schloß. Der Knall, mit dem sie ins Schloß fiel, hallte durch den Bunker.

Der Kanzler kehrte zurück in den Hauptraum und trat an einen der Stühle neben dem ausgeschalteten Holotisch. Er hob vorsichtig den Saum seiner Seidenrobe vom Boden, als er sich setzte. Mit einer Handbewegung bedeutete er Jaffray, am anderen Ende des Tisches Platz zu nehmen. Der MechKrieger legte sich das Handtuch um den Nacken und tat, wie ihm geheißen. Wieder lief ein Schaudern durch seinen Körper, und er fragte sich, ob das an der kühlen Luft des Bunkers oder dem Blick lag, mit dem der junge Herrscher der Konföderation Capella ihn fixierte.

»Das ist eine enorme Ehre, Kanzler«, stellte Loren nervös fest. Er hatte allen Grund, sich zu fürchten. In den letzten Jahrzehnten hatten die Mitglieder des Herrscherhauses Liao sich einen wohlverdienten Ruf als Menschenschlächter erworben. Sun-Tzus Mutter Romano hatte Tausende ihrer Untertanen hinrichten lassen – alles in Namen der nationalen Sicherheit. Und es waren die labyrinthischen Intrigen ihres Vaters gewesen, die Hanse Davion soweit gebracht hatten, im Vierten Nachfolgekrieg gegen die Konföderation Capella loszuschlagen, einem Krieg, der die Capellaner ihr halbes Staatsgebiet und Abermillionen Leben gekostet hatte.

Dann war da noch die andere Möglichkeit. Die Todeskommandos waren die Elite-Einsatztruppe der Konföderation Capella. Lorens letzter Auftrag, ein Überfall auf ein ComStar-Datenlager, war sehr erfolgreich verlaufen. Mit seinen Leuten hatte er seiner Nation eine Vielzahl wertvoller Informationen verschaffen und die Schuld für den Zwischenfall dem quasireligiösen Orden von Blakes Wort anlasten können. Vielleicht war Sun-Tzu gekommen, um Loren zu seiner Leistung zu gratulieren oder ihm eine weitere Mission zu übertragen.

»Ich bin hier«, stellte der Kanzler fest, und legte die Fingerkuppen aufeinander, »um Sie zu bitten, im Namen der Konföderation Capella eine Mission in Angriff zu nehmen.« Loren bemerkte die komplexe Blattgold-Einlegearbeit auf Sun-Tzus krallengleichen Fingernägeln. Die filigranen Muster glitzerten im Licht der Bunkerbeleuchtung.

»Um mich zu bitten, Sire? Ich bin ein Mitglied der Todeskommandos und habe geschworen, Euch ohne zu fragen bis in den Tod zu folgen. Befehlt mir, und ich werde gehorchen.«

Sun-Tzu studierte Loren, aber sein Gesicht blieb so ausdruckslos wie immer. »Die Art dieser Mission ist in vielerlei Hinsicht persönlicher Natur, Major Jaffray. Und sie ist, was unsere Regierung betrifft, in keinerlei Hinsicht ›offiziell‹. Ich kann mir die politischen Implikationen und Protokollverletzungen nicht leisten, die damit verbunden wären, sie unter diplomatischer Flagge auszusenden. Sie werden diese Mission als Privatbürger unternehmen, mit allen Risiken, die damit verbunden sind.«

Bei den Worten des Kanzlers fühlte Loren, wie sich seine Schulter- und Nackenmuskulatur anspannte. Für die Todeskommandos waren Spezialeinsätze nichts Ungewöhnliches. Der Unterschied hier lag darin, daß es der Kanzler selbst war, der die Mission überbrachte, *persönlich.* »Ich lebe, um Euch zu dienen, Gebieter. Was soll ich tun?«

»Ich möchte, daß Sie ein Unrecht vergelten, das dem capellanischen Volk zugefügt wurde. Sie sollen uns nicht nur unser Recht verschaffen, sondern auch unsere Rache. Im Jahre 3028 hat Hanse Davion den Northwind Highlanders die Herrschaft über ihre Heimatwelt versprochen und uns ihre vier Regimenter damit abspenstig gemacht. Die Highlanders haben uns im Augenblick unserer höchsten Not im Stich gelassen. Der Abzug der Highlanders von ihren Garnisonsstandorten entblößte die Welten im terranischen Korridor der Konföderation praktisch jeder Verteidigung. Das Militär der Vereinigten Sonnen eroberte unsere Systeme innerhalb weniger Monate. Die Niederlage im Vierten Nachfolgekrieg frißt noch immer wie ein Krebs an meinem Volk, Major. Aber jetzt ist die Zeit der Vergeltung angebrochen.«

Loren sagte einen Moment gar nichts. Er ließ die Worte auf sich wirken und überdachte sie sorgfältig, bevor er seine Antwort formulierte. »Der Verlust der Highlanders ist unserem Volk teuer gekommen, Gebieter. Wie kann ich helfen, dieses Unrecht wiedergutzumachen?«

Der junge Kanzler lächelte. »Der Lauf der Geschichte bietet uns eine einmalige Gelegenheit. Obwohl es Victor Davion gelungen ist, die Rebellion des vergangenen Jahres in der Mark Skye niederzuschlagen, habe ich ernste Zweifel, daß er mit der Unzufriedenheit der Bewohner in der Mark Sarna ebenso leicht fertig werden wird. Auf einer Reihe von Welten ist bewaffneter Widerstand gegen die Davion-Herrschaft losgebrochen. Und jetzt, da der größte Teil der Northwind Highlanders die lyranische Grenze gegen die Clans verteidigt, ist die Zeit gekommen, gegen meine Feinde loszuschlagen. Dieser Schlag wird uns die Wiedergutmachung verschaffen, auf die wir so lange warten mußten.«

Lorens Gedanken überschlugen sich. Ein direkter Angriff, möglicherweise gegen Northwind? Eine Mission mit dem Ziel, die Highlanders irgendwie bloßzustellen oder zu erniedrigen? Vielleicht ein Attentat auf die Führungsspitze der Söldnereinheit? Dann wurde ihm klar, daß er die Highlanders als den Feind sah, während Sun-Tzu in Wahrheit von anderen, weit größeren Gegnern sprach. Vielleicht sogar von Prinz Victor Steiner-Davion persönlich. Einen Moment stieg Jaffray das Blut zu Kopf, als ihm das ganze Potential dessen bewußt wurde, was sein Herrscher von ihm verlangen mochte.

Sun-Tzus Grinsen wurde breiter. »Ich möchte, daß Sie nach Northwind fliegen und den Highlanders die volle Unabhängigkeit ihres Planeten von der Davion-Herrschaft anbieten, Major Jaffray. Das Ziel Ihrer Mission ist sehr einfach: Brechen Sie Northwind aus dem Vereinigten Commonwealth und neutralisieren Sie die Highlander-Regimenter.«

Einige Herzschläge lang brachte Loren keinen Ton heraus. Sein Blick fixierte den Kanzler, während dessen Worte einwirkten. »Unabhängigkeit, Sire ... eine solche Mission ist ...«

»Außergewöhnlich, möglicherweise unerhört? Von dem ausgehend, was ich heute gesehen habe, sollten gerade Sie verstehen, welchen Wert Wagemut in der Diplomatie ebenso wie auf dem Schlachtfeld hat. Ich möchte, daß Sie die Führer der Highlanders davon überzeugen, daß die Davions den Vertrag mit ihnen nicht eingehalten haben. Statt Northwind wirklich frei zu regieren, wie meine Vorfahren es ihnen versprochen haben, sind sie nicht mehr als Vasallen des Vereinigten Commonwealth. Vor Jahrhunderten bereits haben wir Liaos den Highlanders zugesagt, daß sie eines Tages Northwind wieder als ihren alleinigen Besitz betrachten dürfen. Dasselbe Versprechen haben die Davions gemacht, aber sie sind weiter die wahren Herren über Northwind, nicht die Highlanders. Sie, Loren Jaffray, werden den Söldnern die Augen für diese Wirklichkeit öffnen. Teilen Sie ihnen mit, daß sowohl die Konföderation Capella als auch die Liga Freier Welten Northwind offiziell als unabhängigen Planeten anerkennen wird. Sagen Sie ihnen außerdem, daß ich meine besten Truppen zu ihrer Verteidigung abstellen werde. Was sie dabei gewinnen, ist die rechtmäßig ihnen allein zustehende Welt und das Recht, ihr Schicksal selbst zu bestimmen. Davion hat sie belogen, und das brauchen sie sich nicht länger gefallen zu lassen. Sie werden den Highlanders zusagen, daß ihre Truppen und deren Angehörige als freie Menschen auf Northwind leben können – etwas, was ihnen unter dem Daumen der Davions verwehrt bleibt.«

»Ihr sagtet, meine Mission bestünde darin, die Highlanders zu neutralisieren, Gebieter.«

Sun-Tzu machte eine kleine Pause und genoß die Stille wie ein Schachmeister vor dem alles entscheidenden Spielzug. »Nachdem Sie den Highlanders dieses Angebot gemacht haben, werden Sie sich ihr Vertrauen erschleichen, einer der ihren werden. Ich gehe mit ziemlicher Sicherheit davon aus, daß Victor Davion Gewalt anwenden wird, um die Kontrolle über Northwind zurückzuerlangen. Sie werden die Situation entsprechend dem Umfang Ihrer Mission nach freier Entscheidung handhaben.« Sun-Tzu beugte sich vor und stützte sich auf die Ellbogen. »Kurz nachdem Sie den Highlanders mein Angebot unterbreitet haben, werden zwei Bataillone Todeskommandos im System von Northwind eintreffen. Im passenden Augenblick werden Sie diese Einheiten in Bewegung setzen, um die Highlanders zu vernichten. Die Jahrzehnte des Unrechts gegenüber der Konföderation Capella werden endlich ein Ende haben, und das Vereinigte Commonwealth wird den Preis dafür zahlen.«

Die Highlanders zerstören ... Eine Mission, die sich eher für eine Armee eignete als für einen einzelnen Mann. Loren stellte den Befehl nicht in Frage. Er war Mitglied der Todeskommandos, und der Kanzler war sein Kommandeur. *Ich habe einen Eid geschworen, wenn nötig mein Leben zu opfern, um seinen Willen durchzusetzen. Dazu bin ich mein Leben lang ausgebildet worden.* »Das ist eine ganz besondere Mission, Gebieter.«

»So ist es, Major.«

»Es ehrt mich, daß Ihr sie mir anvertraut, Sire, aber ich bin etwas verwirrt. Sicher habt Ihr viele Diplomaten oder höherrangige Offiziere im Capellanischen Heer, die in diesen Dingen geschickter sind. Dieser Auftrag scheint mir die subtilen Fähigkeiten eines Botschafters zu erfordern. Ich bin ein Militär. Weder Diplomatie noch Täuschung fallen mir leicht. Diese Mission scheint rein in Grautönen gemalt, und ich bin ein Mann, der klare Schwarz-Weiß-Gegensätze besser begreift.« Loren konnte den Gedanken in seinem Hinterkopf nicht unterdrücken, daß dies ein Selbstmordunternehmen war.

Sun-Tzu Liao lehnte sich leicht in seinem Stuhl zurück und legte die Hände flach auf den Tisch. »Ich habe wenig Bedarf an oder Neigung zu Karrierediplomaten. Die Frage der Souveränität Northwinds ist im besten Falle undurchsichtig. Meine Gegner würden die Entsendung eines Diplomaten nach Northwind als zu direkten Zug interpretieren. Als Privatbürger, der eine Botschaft auf seine angestammte Heimatwelt überbringt, sind Sie das perfekte Instrument zur Durchsetzung meiner Ziele. Außerdem sind die Northwind Highlanders ein militantes Volk. Diese Krieger würden einen Diplomaten zum Frühstück verspeisen. Sie würden ihm keinerlei Vertrauen schenken.«

Die Augen des Kanzlers verengten sich, als er sich wieder vorbeugte. »Es ist Ihre Familiengeschichte, derentwegen ich Sie für diese Mission ausgewählt habe. Ihre Urgroßmutter, Letha Davis Jaffray, ist eine Heldin in den Annalen der Highlandergeschichte, weil sie ein ganzes Regiment gerettet hat. Ihr Großvater hat mit Auszeichnung als Offizier bei den MacCormack's Fusiliers gedient, nicht wahr?«

Die Frage war offensichtlich rhetorischer Natur. Sun-Tzu kannte die Verbindungen zwischen Lorens Familie und den Highlanders, oder er hätte ihn niemals für diese Mission ausgewählt. Bei der Erwähnung seines Großvaters und der Fusiliers, sah Loren auf das karierte Stirnband hinab, das in seinen Shorts steckte. Es war der letzte Rest der zeremoniellen Highlander-

Schärpe seines Großvaters. Einen Moment lang schlug die Flut der Erinnerungen über ihm zusammen, Bilder seines Großvaters, seines Vaters, und der Klang der Dudelsäcke im Arbeitszimmer seines Großvaters.

»Natürlich, Sire. Mein Großvater war Major bei den Fusiliers, aber er entschied sich 'Achtundzwanzig dagegen, mit den übrigen Highlanders bei der sogenannten Heimkehr abzuziehen. Er hielt der Konföderation Capella die Treue. Ein Teil von ihm war bis zuletzt verbittert über die Desertion der Highlanders in die Vereinigten Sonnen. Auch meinem Vater wurde entsprechend der Highlander-Tradition ein Posten bei den Fusiliers angeboten, aber er lehnte ab und diente Eurer Mutter in ihrer Leibgarde. Man könnte sagen, ich bin mit den Traditionen der Highlanders aufgewachsen.«

Sun-Tzu nickte verstehend. »Ich weiß. Ich weiß auch, daß man Sie, als jemanden mit Verwandtschaftsbindungen zu den Highlanders, dort als einen der ihren behandeln wird, als Kriegerkamerad. Zudem sind Sie ein direktes Bindeglied zu einer der größten Heldinnen der Einheit. Der momentane Kommandeur, Oberst MacLeod, hat nach der Desertion der Highlanders nach Northwind den Befehl über die frühere Einheit Ihres Großvaters übernommen. Er und die anderen werden Sie sofort akzeptieren, wie den sprichwörtlichen Wolf im Schafspelz. Und wenn die Zeit gekommen ist, wird der Wolf die Herde fressen.«

»Trotz allem, Sire, es muß andere geben, die besser geeignet sind. Ich lebe, um Euch zu dienen, aber ich möchte den Erfolg der Mission nicht gefährden.«

»Ja, möglicherweise gibt es andere, aber die will ich nicht. Es gibt in der Konföderation Capella heute noch einhundertsechsundachtzig Verwandte der Highlanders. Von diesen haben nur fünfzehn noch militärisch aktive Familienmitglieder. Ich habe ihre Akten persönlich begutachtet. Ich will Sie, Jaffray. Sie wagen etwas – das habe ich heute gesehen. Sie zögern nicht, außergewöhnliche Risiken einzugehen, um eine scheinbar sichere Niederlage noch in einen Sieg zu verwandeln. Und Sie haben einen Sinn für Taktik und Strategie.«

Wieder wollte Loren protestieren, aber Sun-Tzu bremste ihn mit seiner glitzernden Hand. »Die meisten MechKrieger hätten sich niemals auf ein Gefecht gegen eine dreifache Übermacht eingelassen und überlebt, so wie Sie es heute getan haben. Und in Ihrer Akte habe ich gelesen, daß Sie während eines Überfalls zwei Ihrer Kameraden, die verletzt worden waren, getötet haben, um sie nicht in die Hände des Feindes fallen zu lassen. Sie sind ohne jeden Zweifel der richtige Mann für diese Aufgabe, Major Jaffray.«

Sun-Tzu beugte sich auf seinem Stuhl nach vorne, und das gelbe Licht der Bunkerlampen betonte seine schmalen Gesichtszüge. »Vielleicht interessiert es Sie zu erfahren, daß Oberst Hertzog mindestens dreißig Minuten mit dem Versuch zugebracht hat, mir auszureden, daß ich Ihnen eine Mission anbiete. Er behauptete, Ihren ›Stil‹ nicht zu mögen, daß Sie sich zu sehr auf List und Tücke verlassen. Er tat alles in seiner Macht Stehende, um mich davon zu überzeugen, daß Sie nicht der Mann sind, den ich suche.«

»Und das ist gut?« fragte Loren.

»O ja. Ich habe festgestellt, daß die meisten Militärs gute Offiziere und Soldaten nur äußerst ungern abgeben. Daran gemessen, wie Ihr Kommandeur sich gewunden hat, müssen Sie einer der besten Krieger unter meinem Befehl sein. Und für diese Mission brauche ich den Besten.«

Lorens Herz begann vor Erregung wie wild zu hämmern, aber nach außen hin blieb er förmlich und unterwürfig. »Ich weiß Euer Vertrauen zu schätzen, Hoheit.«

»Erfolg ist das einzige, was zählt. Und Sie werden tun, was immer nötig ist, um diesen Erfolg zu sichern. Verstanden?«

»Verstanden, Sire. Welche Mittel habe ich zur Verfügung?«

»Ich schicke dem Kommandostab der Highlanders ein Geschenk – es wird zur Zeit in das Landungsschiff verladen. Außerdem steht ein Sprungschiff zu Ihrer Verfügung. Eine Weile nach Ihrer Ankunft auf Northwind werde ich zwei Todeskommando-Bataillone an einen Piratenpunkt des Systems schicken. Sobald die Bewohner Northwinds mein großzügiges Angebot annehmen, wird Victor Davion zweifellos alles, was er zur Verfügung hat, in die Schlacht werfen, um diese Welt zurückzuerobern. Mehr kann ich Ihnen nicht sagen, Major, außer, daß Sie mein einziger Agent auf Northwind sein werden. Sie werden sich nicht mit Störungen durch irgend jemanden herumschlagen müssen, der versucht, ihnen ›behilflich‹ zu sein.« Loren verstand, daß Sun-Tzu den Staatsgeheimdienst Maskirovka in dieser Sache an der kurzen Leine hielt. Das machte ihm den Ernst der Mission noch deutlicher.

»Die Todeskommandos werden nur auf Ihren Befehl hin abgeworfen, und Sie allein haben die Autorität, eine solche Aktion wenn nötig abzubrechen.« Der Kanzler griff in die Manschette seines Seidenärmels und zog einen kleinen Gegenstand hervor. Er schob Loren die dunkelblaue Diskette vorsichtig über den Tisch zu. »Diese Diskette enthält die letzten Geheimdienstinformationen über die Northwind Highlanders und den Planeten selbst. Profile der Einheitskommandeure, Dienstlisten und so weiter. Hier finden Sie auch alle Codes, die Sie benötigen werden. Lernen Sie das auswendig.« Sun-Tzu Liao erhob sich langsam von seinem Platz und blickte auf den jungen Offizier hinab. »Sie haben mir noch nicht gesagt, ob Sie diesen Auftrag annehmen, Major Jaffray.«

Loren stand auf. Wieder fühlte er ein leichtes Schaudern und konnte nicht sagen, woher es kam. »Befehlt, und ich werde gehorchen, Kanzler. Es ist eine Chance, großes Unrecht wettzumachen.«

Sun-Tzus Blick senkte sich in Lorens Augen. Dieser Blick war mehr als ernst, er war beinahe wild. Loren mußte an die Erzählungen denken, die er über Sun-Tzus Mutter gehört hatte, und einen Augenblick sah er Romano Liao durch die Augen ihres Sohnes blicken. Dann war der Moment vorüber und die Miene des Kanzlers wieder so ruhig und unergründlich wie zuvor. »Hüten Sie sich vor Sentimentalitäten, Major. Diese Mission ist weit mehr als sie erscheint, und Sie werden völlig auf sich allein gestellt sein. Ein Unrecht wettzumachen ist ein edles Unterfangen – aber es kann auch tödlich sein. Solche Ideale werden Ihnen nicht viel nützen, wenn Sie erst im Lager des Feindes sind.«

»Ich verstehe, Gebieter.« Wieder hämmerte Lorens Herz vor Erregung.

»Dann verstehen Sie auch dies: Ihre Mission ist von entscheidender Bedeutung für die Konföderation Capella. Sie werden alle notwendigen Mittel einsetzen, um Northwind und die Highlanders zu neutralisieren – sei es Mord, Verrat oder Betrug. Sie werden nicht zögern, Ihr Leben oder *sogar Ihre persönliche Ehre* zu opfern, um unsere Ziele zu erreichen. Nichts darf Sie vom Zweck dieser Mission abbringen. Es gibt keinen Spielraum für ein Versagen.«

Loren hätte nicht sagen können, wie lange er noch im Bunker stand, nachdem sich die Tür hinter seinem Herrscher geschlossen hatte.

Es gibt keinen Spielraum für ein Versagen, hatte der Kanzler gesagt, und diese Worte hallten durch seine Gedanken, noch lange nachdem Sun-Tzu gegangen war und den jungen Offizier allein seinem Brüten über die verschlungenen Wege des Schicksals überlassen hatte.

4

Kohler-Raumhafen, Tara
Northwind, Mark Draconis,
Vereinigtes Commonwealth

11. September 3057

Die Limousine hielt am Rand des Landefelds, und der junge Infanterist trat zackig an die hintere Tür. Er hielt sie auf und salutierte, als der grauhaarige Offizier in der Ausgehuniform der Highlanders auf den heißen Asphalt trat.

Oberst William MacLeod erwiderte den Gruß, während seine Stellvertreterin ihm ins Freie folgte. Er zupfte die Schärpe über seinem Kilt zurecht und hob die Augen zum Abendhimmel Northwinds, um nach dem anfliegenden Landungsschiff Ausschau zu halten.

Die Ausgehuniform Major Chastity Mulvaneys unterschied sich kaum von der ihres Vorgesetzten. Aber ihre Stirn war in besorgte Falten gelegt, und ihre Bewegungen abrupt, fast steif.

Auch sie hob die Augen zum Himmel und suchte nach dem Schiff, zu dessen Begrüßung sie gekommen waren. »Ich habe immer noch meine Zweifel, was diese ganze Angelegenheit angeht, Oberst.«

MacLeod lachte, als er sich zu ihr umdrehte. »Ich bin nicht Kommandeur der Northwind Highlanders geworden, indem ich unbedachte Risiken eingehe, Major. Es stimmt, die Mitteilung, daß Sun-Tzu Liao einen Boten und einen Geschenk nach Northwind schickt, hat mich überrascht. Und erst recht hat mich überrascht, daß dieser Bote der Enkel des alten Eisenbeißers Jaffray ist. Aber ein solches Geschenk und diesen Besucher abzuweisen, könnte mehr Schaden anrichten, als sie willkommen zu heißen.«

»Meinen Sie nicht, daß das ein Schlag ins Gesicht für Victor Davion ist? Immerhin arbeiten wir für ihn.«

MacLeod gluckste. »Sagen wir, es ist eine Methode, unsere Optionen freizuhalten. Wir Highlanders sind Söldner. Wir verkaufen unsere Dienste, unsere Kriegsdienste. Ich ziehe es vor, einen möglichen Auftraggeber nicht zu vergrätzen, selbst wenn die Aussicht auf eine Geschäftsbeziehung minimal ist. Daß wir dabei unseren geliebten Planetarischen Konsul und seinen Adjutanten ärgern, ist nur eine angenehme Nebenwirkung.«

»Dieser Loren Jaffray mag mit den Highlanders verwandt sein, Oberst, aber er ist keiner von uns. Er gehört zu den Todeskommandos. Sie wissen, was das bedeutet, Sir.«

MacLeod ließ Mulvaney ihre Tirade loswerden.

»Er ist ein Fanatiker, ein ausgebildeter Terrorist, und er nimmt seine Befehle direkt vom Kanzler entgegen, der einzigen Person, der gegenüber er sich verantworten muß. Sie wissen, welche Art von Aufträgen die Kommandos erhalten – Sabotage, Attentate, Entführungen, Terroranschläge – die Liste ist endlos.«

MacLeod schüttelte in gespieltem Erstaunen den Kopf. »Ich hätte nie gedacht, daß ich den Tag erlebe, an dem meine Stellvertreterin vor einem einzelnen Mann Angst hat. Außerdem, was für den einen ein Terrorist ist, ist für den anderen ein Freiheitskämpfer.«

»Ich habe keine *Angst* vor ihm, Sir.«

Oberst MacLeod hatte das alles schon einmal gehört, schon einige Male, um genau zu sein. Er und Mulvaney hatte seit Tagen ausführlich über die Genehmigung für Jaffrays Besuch debattiert. Obwohl er gelernt hatte, sich auf ihren Instinkt zu verlassen, war MacLeod in diesem Fall der Meinung, daß er einfach nicht genug Informationen über Jaffray oder seine Absichten auf Northwind besaß, um ihm die Landung zu verweigern. »Es ist zu spät, Major«, stellte er fest. »Jaffray ist unterwegs zum Northwind, und das wissen Sie auch. Wir werden ihn mit dem Respekt behandeln, der jedem Kurier oder Blutsverwandten der Highlanders zusteht.« Er sah wieder nach oben. »Und nur für den Fall, daß der Laddie denkt, er könnte hier auftauchen und für Sun-Tzu die Drecksarbeit erledigen, werden wir unseren ›Ehrengast‹ nicht aus den Augen lassen. Sollte er versuchen, den Highlanders zu schaden, wird uns das nicht verborgen bleiben. Lassen Sie ihn nicht von der Leine, Major, unsere Sicherheitsleute sollen jede seiner Bewegung beobachten.«

Die Ankunft einer zweiten glänzenden Limousine unterbrach ihre Unterhaltung. Die kleinen Stander mit dem Wappen des Vereinigten Commonwealth knatterten leise im Abendwind, als der Fahrer ausstieg und seinen beiden Fahrgästen die Tür öffnete. Als erster stieg mit wehendem Umhang Drake Burns aus, Planetarischer Konsul des Vereinigten Commonwealth auf Northwind. Ihm folgte ein kleinerer Mann, Drew Catelli, bei dessen Anblick MacLeods Miene etwas düsterer wurde.

Der größere der beiden Männer stolzierte arrogant zu MacLeod herüber, bevor er sich übertrieben förmlich verbeugte. Hinter ihm versammelte sich die kleine Begrüßungskapelle der Northwind Highlanders. Der Konsul warf den Musikern einen kurzen Blick zu, dann widmete er seine Aufmerksamkeit wieder MacLeod. »Eine höchst ungewöhnliche Begegnung dies, Oberst. Ich nehme nicht an, daß Sie Ihre Meinung über die Erlaubnis für diesen Liao-Offizier, Northwind zu betreten, geändert haben?«

MacLeod schüttelte den Kopf. »Der Nachricht zufolge, die ich erhalten habe, wünscht dieser Loren Jaffray Northwind aus persönlichen Gründen zu besuchen. Mehrere Mitglieder seiner Familie waren Helden der Highlander-Clans, und ich werde unsere Traditionen nicht entehren, indem ich ihn nur der Flagge an seinem Kragen wegen abweise. Außerdem überbringt er eine Botschaft und ein Geschenk Sun-Tzu Liaos an die Highlanders. Es liegt voll und ganz innerhalb meiner Rechte als Oberhaupt dieses Planeten, ihm die Landung zu gestatten.«

»Sicher. Aber Sie behandeln einen ausgebildeten Terroristen wie einen Staatsbesucher«, stellte der kleinere Neuankömmling fest und deutete auf die Kapelle.

»Die Musiker sind nicht für Major Jaffray hier, Colonel Catelli. Sie sind meinetwegen hier. Es ist eine Highlandertradition, zu Besuch kommende Verwandte oder Würdenträger mit den Pipes willkommen zu heißen. Sie würden wir auf dieselbe Weise begrüßen, und wenn ich mich recht entsinne, haben wir das bei Ihrer Ankunft auf Northwind auch getan. Aber sofern Sie keine präzisen Anklagen oder Beweise gegen Jaffray vorweisen können, werde ich sein Recht als Blutsverwandter der Highlanders respektieren, seine Heimatwelt zu besuchen.« MacLeod war es müde, seine Entscheidung verteidigen zu müssen. Neben den zahlreichen Diskussionen mit Chastity Mulvaney hatte er deswegen auch schon einige ausgedehnte Debatten mit Burns und Catelli über sich ergehen lassen müssen.

Drake Burns mischte sich ungeduldig ein. »Sie scheinen verärgert, Oberst. Ich hoffe nicht, daß wir etwas getan haben, um Ihre Stimmung zu verderben?«

MacLeods Gesicht nahm etwas Farbe an, und er verschränkte in offenem Trotz die Arme. »Um ganz ehrlich zu sein, hatte ich gehofft, die Glengarry-Angelegenheit aus der Welt schaffen zu können, bevor wir uns wieder begegnen.«

Burns ließ sich von MacLeods klaren Worten nicht beeindrucken. »Ah ja, Ihr formeller Protest gegen die Bezahlungsmodalitäten für die Operation auf Glengarry. Ist es das, worauf Sie anspielen, Oberst?«

»Sie wissen verdammt gut, daß es das ist. Sie haben uns angeheuert, um bei der Niederschlagung der Rebellion in Skye zu helfen, und wir haben unsere Arbeit getan. Und als wir unsere Maschinen warten lassen wollten, versuchen Sie uns Ersatzteile zum dreifachen Marktpreis anzudrehen. Ich mußte die Teile aus der Liga Freier Welten importieren, und Sie haben sich geweigert, die Rechnung zu übernehmen, obwohl unser Vertrag eine Unkostenvergütung garantiert. Wie ich bereits bei unserer letzten Begegnung feststellte, werde ich nicht zulassen, daß Sie die Highlanders an den Firmenladen Ihres Vereinigten Commonwealth fesseln.«

»Sie übertreiben, Oberst. Das ist nicht mehr als eine unbedeutende Unstimmigkeit in der Vertragsauslegung«, erwiderte Burns und betrachtete die Manschetten seines Hemdes, um anzudeuten, für wie unwichtig er diese Angelegenheit erachtete.

»Sie werden die Highlanders nicht in den VerCom-Militärapparat absorbieren, Konsul Burns. Das kann ich Ihnen versprechen.« MacLeod wollte zu einer weiteren Ausführung ansetzen, als er das ferne Donnern eines näherkommenden Landungsschiffes hörte. Es würde sich ein anderer Zeitpunkt für dieses Thema finden... an einem anderen Ort...

Das Landungsschiff *Bec de Corbin* erzitterte leicht, als es sich im letzten Landeanflug dem Raumhafen am Rand Taras, der Hauptstadt Northwinds, näherte. Loren überprüfte den Sicherheitsgurt, der seinen muskulösen Körper in die Polster preßte. Landungsschiffe der *Leopard*-Klasse waren selbst im besten Fall recht spartanisch, und dank ihrer geringen Größe waren sie ziemlich anfällig für atmosphärische Turbulenzen. Aber Loren Jaffray kannte die Schläge und Geräusche aufsetzender Landungsschiffe schon seit seinem zehnten Lebensjahr und hatte sich längst daran gewöhnt.

Northwind! Nachdem er ein Leben lang seinen Vater und Großvater von dieser Welt hatte erzählen hören, lief jetzt ein erregtes Schaudern durch seinen Körper, als er auf dem Sichtschirm die Oberfläche des Planeten näherkommen sah. Er wußte alles über seine Geschichte, über Northwinds Besiedlung durch Kolonisten aus den terranischen Regionen Schottland, Irland und Wales in den frühen Jahren der Expansion. Die Siedler hatten sofort ihr Herz an Northwind verloren, weil der Planet sie so stark an ihre alte Heimat erinnert hatte.

Jahrhunderte später hatten die Bewohner Northwinds in der Hochzeit des Sternenbunds und in Verbindung mit ihren capellanischen Herren die Regimenter der Northwind Highlanders aufgestellt. In jener Zeit waren die Highlanders als eine der besten Militärverbände aller Zeiten berühmt gewesen. Aber der Sternenbund war zerbrochen und Northwind von den Vereinigten Sonnen des Hauses Davion erobert worden. Die Highlander-Regimenter hatten sich in die Konföderation Capella zurückgezogen, wo sie für mehr als drei Jahrhunderte Obdach fanden und auf den Tag der Rückkehr warteten. Im Laufe der Zeit verblaßten die schottischen, irischen und walisischen Akzente unter dem Einfluß neuer Rekruten aus allen Teilen der Inneren Sphäre, aber geblieben war ihnen die Sehnsucht der Highlanders nach ihrer Heimatwelt. Northwind wurde zu ihrem Gral, und der Traum von dieser Welt hatte sie so fest verbunden, daß selbst drei Jahrhunderte des Krieges diesem Band nichts anhaben konnten.

3028 war der Traum dann wahr geworden, als die Highlanders die Northwind-Vereinbarung mit Hanse Davion unterzeichnet und die Konföderation Capella verlassen hatten. Dies ging als die Heimkehr in ihre Annalen ein, aber für Lorens Großvater war dieser Sieg ein zweischneidiges Schwert gewesen. Weil er diese Entscheidung nicht billigen konnte, hatte Corwin Jaffray seinen Offiziersposten bei den Highlanders aufgegeben. Obwohl Loren noch gar nicht geboren gewesen war, als die Highlanders nach Northwind zurückkehrten, trug er die Erinnerung daran wie eine Narbe.

Es schien fast, als hätte er die Trauer seines Großvaters über den Verlust seiner Einheit und seiner Chance, auf Northwind zurückzukehren, geerbt.

Und jetzt nahm Loren seinen Platz in der Geschichte ein und setzte an, wo sein Großvater aufgehört hatte. Sun-Tzu hatte ihn nicht nur wegen seiner Zugehörigkeit zu den Todeskommandos für diese Mission ausgewählt, sondern auch, weil der Kanzler darauf hoffte, daß Lorens Verwandtschaftsbeziehung zu dieser Einheit ihm das Vertrauen des Highlander-Oberkommandos verschaffte. Und wenn Loren erst einmal diese Lücke in ihrem Panzer aufgebrochen hatte, war sein Auftrag klar:

die Vernichtung der Northwind Highlanders.

Er hatte Krin sofort verlassen und die letzten zehn Flugtage damit zugebracht, die neuesten Daten über Northwind und dessen berüchtigte Garnison zu studieren. Der möglicherweise wichtigste Punkt dabei waren die Spannungen gewesen, die sich in letzter Zeit zwischen den Highlanders und dem Vereinigten Commonwealth entwickelt hatten. Vielleicht hatte der Highlander-Kommandeur seinen Besuch deshalb genehmigt. Loren hatte den Text von Sun-Tzus Botschaft gelesen und konnte sich noch genau an die Formulierung erinnern: »Major Jaffray überbringt eine Botschaft von mir persönlich als Herrscher der Konföderation Capella und ein Geschenk des capellanischen Volkes an die Highlanders. Bitte betrachten Sie ihn als privaten Kurier und akzeptieren Sie meine persönliche Versicherung, daß er im Geiste des Friedens kommt...«

Vielleicht waren sie neugierig, was der Kanzler ihnen zu sagen hatte, oder wollten ihn als Schachfigur gegen das Vereinigte Commonwealth benutzen. Wie auch immer, die Antwort der Highlanders war diplomatisch freundlich ausgefallen. Ganz im Gegenteil zur Reaktion des Vereinigten Commonwealth. Kaum hatte das Liao-Sprungschiff den VerCom-Raum betreten, mußten sie eine Inspektion über sich ergehen lassen, die weit über das Übliche hinausgegangen war.

Loren hatte sich derweil in die persönliche Laufbahn William MacLeods vertieft und erfahren, daß sich die Wege der MacLeods und der Jaffrays bereits früher gekreuzt hatten. Als Lorens Großvater sich gegen die Heimkehr entschieden hatte, war es ein junger Major MacLeod gewesen, der auf Major Corwin Jaffrays Posten berufen wurde. Auch das mußte der Kanzler gewußt haben, und Loren bewunderte die erstklassige Planung dieser Mission.

Das Schiff knirschte, als die Manöverdüsen die Flugrichtung korrigierten. Der Pilot zog die Nase der *Bec de Corbin* hoch, um sie abzubremsen und die Hitze des Atmosphäreeintritts zu absorbieren. Ein Beben, als die Landestützen ausfuhren, wurde von der Aufforderung über Lautsprecher begleitet, sich auf das Aufsetzen vorzubereiten.

Er schaute hinaus auf die in Windeseile näherkommende Stadt und war beeindruckt von ihrer Größe und den Myriaden funkelnder Lichter. Die Namensänderung der Hauptstadt war einer der vielen Punkte gewesen, die er auf seiner Reise durchgenommen hatte. Es waren die Highlanders gewesen, die sie bei ihrer Rückkehr Tara getauft und den Davion-Namen Cromarty City verworfen hatten. Und auch wenn die Davion-Bewohner der Stadt bis heute protestierten, war der Name Tara tatsächlich der ältere. Die Stadt hatte ihn bereits getragen, Jahrhunderte bevor die Davions Northwind den Capellanern abgenommen hatten. An solchen Details entzündete sich die endlose Debatte über Northwinds Souveränität und Besitz.

Das Schiff schüttelte sich in einem plötzlichen Abwind, und Lorens Sicherheitsgurte schnitten leicht in seine Schulter. Als er aufsah, war das Landewarnlicht eingeschaltet, und er spürte, wie die *Bec de Corbin* langsamer wurde. Bis das Schiff schließlich mit einem leichten Hüpfer auf dem Asphalt aufsetzte und die Fahrt über die Rollbahn zum Terminal antrat, dauerte es noch zehn lange, nicht enden wollende Minuten. Schließlich kam es doch noch zum Stillstand. Loren löste den Gurt und ging zur Personenschleuse. Sein Buch verstaute er sorgfältig im Aktenkoffer. Es war Jahre her, daß er Macchiavellis Der Fürst gelesen hatte, aber nachdem er so abrupt in die Welt der politischen Intrigen geworfen worden war, hatte er sich an diesen Text erinnert. Möglicherweise konnte er darin eine Hilfe finden, sich auf diese neue Art der Kriegsführung vorzubereiten.

Loren grinste, als er das Holster mit der kleinen Impulslaserpistole aus dem Koffer holte und umlegte. Dann ließ er den Deckel zuschnappen und versiegelte ihn.

Im Fenster der Innenluke sah er sein Spiegelbild. Hastig fuhr sich Loren mit den Fingern durchs Haar und rückte seine dunkelgrüne Krawatte zurecht. Er fühlte sich in der Ausgehuniform unwohl, aber in militärischer Kleidung würde er einen stärkeren Eindruck hinterlassen als in Zivil. Zunächst hatte er sich überlegt, den Totenkopf der Todeskommandos vom Kragenaufschlag zu entfernen, um die Davion-Beamten nicht zu reizen, die ihn ohne Zweifel erwarteten, aber schließlich hatte er sich dagegen entschieden. Loren grinste. *Sie sollen ruhig sehen, was für ein MechKrieger ich bin. Sie sollen sich Sorgen machen.*

Aber Loren hatte noch einen zweiten, wichtigeren Grund dafür, die kleine Anstecknadel an ihrem Platz zu lassen. Die Northwind Highlanders würden mehr Respekt für einen Gast haben, der als Krieger zu ihnen kam, stolz und furchtlos, und ohne Zweifel würden sie verstehen, daß es ein kleiner Akt des Wagemuts von seiner Seite war, diese Insignien offen zu tragen.

Mit einem leisen Zischen öffneten sich die Schleusentüren. Loren kontrollierte noch einmal kurz sein

Äußeres. Mit dem ersten Schritt auf die Rampe würde er das Territorium des Vereinigten Commonwealth betreten. Der Gedanke ließ ihn kurz erschaudern. Die Liaos und die Davions waren seit drei Jahrhunderten des Krieges Erbfeinde.

Loren marschierte mit schnellem Schritt die Rampe hinab. Die Sohlen der hohen Lederstiefel knallten auf dem Metall. Am Fuß der Rampe wartete eine Handvoll Personen in unterschiedlichen Uniformen im trüben Licht der untergehenden Sonne. Die warme Nachtluft war nach der wiederaufbereiteten Bordatmosphäre der *Bec de Corbin* angenehm würzig, aber auch dünner, so daß Loren zunächst leichte Atemschwierigkeiten hatte. Als er den Boden des Landefeldes erreicht hatte, arbeitete seine Brust wie ein Blasebalg, um ihn mit ausreichend Sauerstoff zu versorgen.

Plötzlich erklang die sehnsüchtige Musik der Dudelsäcke und das Donnern der Trommeln, als die Begrüßungskapelle eine schnelle Melodie anstimmte. Vor den Musikern erhoben sich stolz die Flaggen der Highlander-Regimenter im ersterbenden Licht. Loren erinnerte sich an die Marschmusiksammlung seines Großvaters und suchte in seinem Gedächtnis nach dem Namen des Stückes. Er brauchte nicht lange zu suchen ... ›*Scarlet and Green.*‹

Das Begrüßungskomitee war eine bunte Mischung aus Uniformen und Gesichtern. Auf der einen Seite schien ein Davion-Adliger zu stehen. Der in einem langen violetten Umhang über einer khakifarbenen Ausgehuniform gekleidete Mann wirkte fast desinteressiert, als Loren näherkam. Neben ihm stand ein kleinerer Mann in ähnlicher Uniform und zusätzlichen Uniformstiefeln und Sporen – dem Kennzeichen eines MechKriegers aus den ehemaligen Vereinigten Sonnen. Er verbarg seine Gefühle mitnichten sondern starrte Loren haßerfüllt an, und seine Feindseligkeit schien mit jedem Schritt, den der Capellaner tat, noch zuzunehmen.

In der Mitte der Gruppe stand ein hochgewachsener Mann in schwarzem Uniformhemd und blaugrün gemustertem Ausgehkilt, ein Oberst, wie an den Streifen auf seiner Schärpe zu erkennen war. Sein graubärtiges Gesicht war nicht unfreundlich, aber er hatte die Fäuste in die Hüften gestemmt. Unter der Beleuchtung des Raumhafens gab er eine beeindruckende Figur ab. *MacLeod*. Loren erkannte ihn augenblicklich.

An der Seite des Obersten stand ein weiblicher Offizier. Wie MacLeod trug sie den offiziellen Highlander-Stewarttartan, und die Uniform betonte ihre schlanke Figur. Dazu trug sie hohe schwarze Stiefel und ein genopptes Lederholster. Ihre Blicke waren fast so feindselig wie die des kleineren Davion-Offiziers, und ihre verschränkten Arme schickten Loren die klare Botschaft zu, wie sie über ihn dachte. Er bemerkte eine lange, bösartige Narbe, die sich an ihrem rechten Arm entlangzog. Trotz ihrer deutlichen Körpersprache, oder vielleicht gerade deshalb, fand Loren sie anziehend.

Er trat bis auf Armeslänge an die Wartenden heran und salutierte vor dem älteren Highlander.

»Willkommen auf Northwind, Loren Jaffray«, begrüßte der Offizier ihn würdevoll und streckte die Hand aus.

»Es ist mir eine Freude, hier sein zu können, Sir«, antwortete Loren und erwiderte den festen Händedruck der schwieligen Hand des Obersten.

»Oberst William MacLeod«, stellte dieser sich stolz vor. Er deutete auf die Frau an seiner Seite. »Und das ist meine Stellvertreterin, Major Chastity Mulvaney.« Loren verneigte sich tief und förmlich.

»Eine ganz besondere Freude«, stellte er fest, als er wieder hochkam.

»Allerdings, Major Jaffray. Diese Begegnung eine Freude zu nennen, ist etwas übertrieben von Ihnen, angesichts der recht ungewöhnlichen Natur Ihres Besuches.« Ihr Ton war knapp, beinahe schroff.

Loren ließ die Bemerkung passieren wie einen Hieb, der sein Ziel verfehlt hatte. »Ich kann mit einiger Genugtuung sagen, daß ich Northwind nicht als Diplomat besuche, Major Mulvaney. Ich bin ein Soldat, ein MechKrieger wie Sie. Ich bin aus persönlichen Gründen hier – um Urlaub zu machen. Die Botschaft überbringe ich nur, um Kanzler Liao einen Gefallen zu tun. Er vermeidet auf diese Weise unnötigen Zeitverlust, ganz abgesehen vom Risiko einer Manipulation der Nachricht durch Blakes Wort oder ComStar. Außerdem wollte der Kanzler Ihnen ein Geschenk zukommen lassen und fand es besonders angebracht, es durch einen Verwandten der Highlander-Clans überreichen zu lassen.«

»Bei welcher Einheit dienen Sie, Major Jaffray?« fragte Mulvaney.

»Bitte, nennen Sie mich Loren. Ich bin bei Seiner Hoheit Ersten Todeskommandos.«

»Eine harte Einheit, Major«, erwiderte sie und ignorierte seine Einladung, ihn mit Vornamen anzureden. »Für capellanische Begriffe.«

MacLeod runzelte die Stirn. »Majorin, muß ich Sie daran erinnern, daß Mr. Jaffray ein Gast der Highlanders ist? Der Name des Clans Jaffray hat unsere Dienstlisten über Jahrhunderte geziert.« An den Blicken, die sich die beiden Offiziere zuwarfen, erkannte Loren, daß sie schon vor seiner Ankunft wohl ähnliche Diskussionen geführt hatten. Ihm war klar, daß sein Besuch zu Spannungen führen würde, aber es paßte nicht in seine Pläne, wenn diese jetzt schon aufbrachen.

Der größere der Davion-Offiziellen nutzte die Gelegenheit, um sich zwischen Loren und Mulvaney zu drängen, wobei er ihm den Blick auf die Highlander-Offiziere fast gänzlich abschnitt. »Welchen Umständen verdanken wir diesen unerwarteten Besuch, Major?« fragte der Mann in nasalem Tonfall. Loren zuckte etwas zusammen, als ihn eine Wolke Rasierwasserduft erreichte.

»Wir sind uns noch nicht vorgestellt worden, glaube ich.«

»Oh, natürlich. Ich bin Drake Burns, Planetarischer Konsul Drake Burns. Ich vertrete die Interessen des Vereinigten Commonwealth hier auf Northwind.« Burns streckte die Hand aus, und Jaffray schüttelte sie. Ihm fiel der Unterschied zum kernigen Händedruck MacLeods auf. »Es ist höchst ungewöhnlich für einen capellanischen MechKrieger, Northwind zu besuchen. Die Nachricht hat mich sehr überrascht.«

Loren preßte den Daumen auf das Sicherheitsschloß des Aktenkoffers und zog ein Päckchen mit Dokumenten hervor, darunter seinen Verigraphpaß und die Reisepapiere. Er reichte sie Burns, der sie kurz überflog. Der hinter dem Konsul stehende kleinere Davion-Offizier betrachtete die Papiere ebenfalls. »Ich bin nicht in offizieller Mission ins Vereinigte Commonwealth gekommen«, stellte Loren fest. »Mein Besuch ist absolut privater Natur.«

Burns starrte Loren an. Er musterte ihn vom Scheitel bis zur Sohle, als suche er nach einem Defekt. »Ihre Papiere scheinen in Ordnung, also heiße ich Sie in Namen des Archon-Prinzen auf Northwind und«, setzte er mit Betonung hinzu, »im Vereinigten Commonwealth willkommen.«

»Danke, Konsul.«

Der Offizier neben Burns ergriff das Wort. »Sie werden mir wohl zustimmen, Major Jaffray, daß man selten einem Mann begegnet, der seinen BattleMech mit auf Urlaub nimmt. Ihre Reisepapiere erwähnen einen Mech. Sie müssen eine ungewöhnliche Methode der Entspannung haben.«

Loren lächelte höflich. »Der Mech ist ein Geschenk Kanzler Liaos an Oberst MacLeod und die Highlanders. Ein brandneuer *Hurone*. Er repräsentiert die Bande, die unsere Völker einst verbunden haben. Ich weiß, daß solche Übergaben in der Regel über formellere diplomatische Kanäle laufen, aber wie ich schon sagte, hat der Kanzler sich entschieden, meinen Besuch hier auszunützen. Ich muß allerdings zugeben, daß ich gehofft hatte, das Geschenk unter etwas privateren Umständen übergeben zu können.« Loren streckte dem kleinwüchsigen Offizier die Hand entgegen. »Wir sind uns noch nicht vorgestellt worden. Ihr Name, Sir?«

Burns schüttelte in gespielter Gedankenlosigkeit den Kopf. »Wie dumm von mir. Natürlich. Gestatten Sie mir, meinen Adjutanten vorzustellen, Drew Catelli.«

»Freut mich, Sie kennenzulernen, Mr. Catelli.«

Catelli preßte Lorens Hand mit reichlichem Druck. Es war offenkundig, daß er ihm Schmerzen zufügen wollte. »Genaugenommen bin ich Colonel, aber der Konsul und ich bestehen in der Regel nicht auf solchen Förmlichkeiten. Es ist selten, auf Northwind jemandem mit Ihrem Hintergrund zu begegnen, Major.« Sein Blick wanderte zur Totenkopfnadel an Lorens Kragen.

Ja, ich bin ein echtes Mitglied der Todeskommandos. Was für Propaganda hast du über uns gehört? Welche Ängste kommen in dir hoch? Genug, um dich in meine Falle zu locken, hoffe ich. »Ein Colonel? Ich dachte, die Highlanders sind die einzige Garnison auf Northwind.« Loren hatte die Geheimdienstberichte gelesen, aber er wollte die ›offizielle‹ Version hören.

Er hatte gehofft, sie direkt aus dem Mund des Colonels zu hören, aber Konsul Burns mischte sich ein. »Nun, es ist wirklich nur eine Art Formalität. Colonel Catelli befehligt die Northwind-Konsulargarde.«

»Ich verstehe. Vielleicht haben wir irgendwann Gelegenheit zu einem Fachspräch, Sir. Ich freue mich immer, wenn ich mehr über meine Mit-MechKrieger erfahren kann.« Loren achtete drauf, in respektvollem Tonfall mit dem Offizier zu reden, während er ihn musterte. Jeder Planet unterhielt eine Art Botschaft oder Konsulat, wobei die Formalitäten dieser Einrichtung variierten. Es war auch keinswegs ungewöhnlich, einen

Infanteriezug zur Verteidigung des Konsulats zu unterhalten. Laut den Informationen in seinen Unterlagen lag die Größe der Konsulargarde auf Northwind allerdings erheblich darüber. Er fragte sich, was die Highlanders davon hielten, eine VerCom-Garnison auf ihrer Welt zu haben. Er nahm sich vor, es herauszufinden. Nachdem er Drew Catellis eisige Miene gesehen hatte, war er sich sicher, daß er diese Karte ausspielen konnte.

»Kanzler Liao hat mir einen Mech geschickt?« Oberst MacLeod klang angenehm überrascht. Der Preis eines brandneuen BattleMechs machte eine solche Maschine für normale Einzelpersonen unerschwinglich, aber das war nicht das einzige, was dieses Geschenk ungewöhnlich sein ließ.

»Ja, Sir, allerdings. Als eine Geste des guten Willens zwischen unseren Völkern. Es hat in der Vergangenheit Differenzen gegeben, aber nun, da Sun-Tzu auf dem Thron des Kanzlers sitzt, möchte er Ihnen versichern, daß die Konföderation Capella sich bessere Beziehungen zu Ihnen und Ihrem Volk erhofft.«

An seiner Miene war deutlich abzulesen, daß Oberst MacLeod beeindruckt war. »Major Jaffray, das ist ein feines Geschenk, und ich bin nicht der Typ, der einem geschenkten Gaul ins Maul schaut. Ich danke Ihnen, und ich danke Ihrem Kanzler.«

Konsul Burns trat einen Schritt vor. »Im Namen des Vereinigten Commonwealth nehme ich dieses Geschenk an.«

Auch Oberst MacLeod trat vor. »Verzeihung, Konsul, aber als planetarisches Oberhaupt Northwinds werde *ich* als Souverän dieser Welt das Geschenk entgegennehmen.« Die beiden Männer wechselten strenge Blicke.

Burns verzog den Mund und biß sich auf die Unterlippe. Er hatte nicht vor, so schnell aufzugeben. »Mein Highlander-Gegenüber und ich haben unsere Differenzen, wenn es um die Definition der Souveränität Northwinds geht. Soweit ich es verstanden habe, überbringen Sie auch eine Nachricht an Northwind, Major Jaffray.«

Loren sah den Konsul und MacLeod an und hoffte auf eine Möglichkeit, sich aus dem Konflikt zwischen den beiden herauszuhalten. Es war Oberst MacLeod, der ihm zu Hilfe kam. »Und wieder, Konsul Burns, bin ich der Meinung, daß diese Botschaft für mich als Herrscher Northwinds bestimmt ist. Ich kann Ihnen den Wortlaut als Geste der Höflichkeit zukommen lassen, aber im Augenblick bin ich nicht geneigt, eine derartige Geste zu machen.«

Burns war offensichtlich wütend, wollte sich aber noch nicht geschlagen geben, zumindest nicht vor Jaffray oder den übrigen am Raumhafen versammelten Offizieren. »Vielleicht können wir diese Diskussion bei einem Drink fortsetzen, Oberst. Nachdem wir die Formalitäten erledigt haben, lade ich Sie alle zu einem Cocktail ins Konsulat ein. Dort können wir uns in weniger förmlicher Umgebung kennenlernen, und vielleicht können Oberst MacLeod und ich zu einer Einigung in dieser Frage kommen.« Konsul Burns sah sich zu Colonel Catelli um, und Loren bemerkte, wie der Offizier langsam nickte.

»Ich weiß das Angebot zu schätzen, Konsul, aber es war ein langer und unbequemer Flug. Ich würde heute nacht lieber noch etwas Zeit mit Oberst MacLeod verbringen, und mich dann zurückziehen. Ich bezweifle, daß ich mich je an Sprungreisen gewöhnen werde. Es ist erschöpfend, von der psychischen Anspannung ganz abgesehen.«

Drew Catelli griff ein. »Als Oberst MacLeod uns von Ihrer bevorstehenden Ankunft unterrichtete, haben wir im Konsulat ein Zimmer für Sie bereitgestellt, Major.«

Die Vorstellung, allein unter Davions zu bleiben, hatte wenig Anreiz für Loren. »Auch dieses Angebot weiß ich zu würdigen, aber ich bin solchen Luxus nicht gewohnt. Wenn Oberst MacLeod nichts dagegen hat, würde ich eine Unterbringung in den LOQ der Highlanders vorziehen.«

Obwohl ihn diese Bitte sichtlich überraschte, trat MacLeod vor und klopfte Loren auf den Rücken. »Als Sie sagten, Sie wären kein Diplomat, war ich mir nicht so sicher. Aber jetzt reden Sie wie ein echter MechKrieger. Sie werden bei meinen Offizieren unterkommen, solange Sie hier sind, Major.«

Catelli lief puterrot an. »Es ist nicht üblich, die Ehre einer Unterbringung im Konsulat abzulehnen. Das grenzt an Beleidigung.«

Chastity Mulvaney trat in den Kreis der Gesprächsteilnehmer. »Wirklich, Colonel. Es besteht kein Grund, das zu einem diplomatischen Zwischenfall aufzublasen. Major Jaffray ist von weither gekommen und hat uns Geschenke mitgebracht. Und ich persönlich stehe auch nicht auf gesellschaftlichem Firlefanz. Beim Großen Gaffa, davon haben wir wahrhaftig schon genug mitmachen müssen.« Loren warf ihr einen dankbaren Blick zu. »Außerdem«, gab sie ihm eine verbale Ohrfeige zurück, »wenn er so müde ist, sollten wir ihn nicht strapazieren.«

Loren kochte. »Ich möchte Frau Major versichern, daß ich zwar nicht in der Stimmung für förmliche Empfänge, aber mehr als bereit bin, meine Pflicht zu erfüllen.«

»Ausgezeichnet!« rief Oberst MacLeod. »Die Limousine wartet schon. Wir werden uns im *Pub* ein paar hinter die Binde gießen. Auf diese Weise kann ich wenigstens zwei Leuten einen Gefallen tun – Mulvaney und Jaffray.« Er wandte sich mit einem breiten Grinsen an die beiden Davion-Offiziellen. »Wie Major Jaffray bereits sagte, er ist hier, um mit den Highlanders zu reden, und wie Sie beide wissen, ist der Zutritt zum *Pub* nur Highlanders und ihren Blutsverwandten gestattet. Wäre es anders, würde ich Sie natürlich mit Freuden einladen, sich uns anzuschließen.«

Konsul Burns verneigte sich und verbarg die Verärgerung, die Colonel Catelli offen zur Schau trug. Der kleinere Mann zwirbelte nervös die Enden seines Schnauzbarts. »Wie immer ehrt das Vereinigte Commonwealth die Sitten und Traditionen der Northwind Highlanders«, erklärte Burns steif. Er drehte sich wieder zu Loren um. »Es war mir ein Vergnügen, Ihre Bekanntschaft zu machen, Major Jaffray. Wenn es irgend etwas gibt, was ich während Ihres Aufenthalts hier für Sie tun kann, lassen Sie es mich wissen.«

Loren nickte freundlich und folgte MacLeod und Mulvaney zum Wagen, aber etwas in der Stimme des Konsuls ließ ihn später in dieser Nacht noch über dessen Worte nachsinnen.

Als die Schweberlimousine davonflog und die Musikkapelle sich in Richtung eines nahen Hangars in Bewegung gesetzt hatte, beugte sich der Davion-Konsul zu seinem Adjutanten hinab. »Interessanter Bursche.«

»Eher ein potentielles Problem«, meinte Catelli frostig.

Burns zuckte die Schultern. »Und ich würde sagen, Sie sehen mal wieder Gespenster, Colonel. Das ist kein capellanischer General, der eine Invasion plant, sondern ein sehr junger Offizier, der die ehemalige Einheit seines Großvaters besucht. Er sucht nach seinen Wurzeln. Sie selbst haben mir seine Geheimdienstakte gegeben. Seine Urgroßmutter war eine Heldin für diese Leute.«

»Sie vergessen, daß er kein normaler MechKrieger ist, sondern ein Mitglied der Todeskommandos. Sie wissen, was das heißt, Die Lioas benutzen diese Leute für Terroraktionen. Es sind ausgebildete Attentäter und Terroristen.«

»Und in Ihrer Geheimdienstakte über Jaffray steht nichts dergleichen.«

»Von dem wir wissen.«

»Zugegeben. Anscheinend setze ich mehr Vertrauen in die Geheimdienste des Vereinigten Commonwealth als Sie. Seltsam, wenn man Ihren Hintergrund bedenkt«, erwiderte Burns schneidend.

Catelli änderte die Taktik. »Was ist mit MacLeods erneutem Souveränitätsgetue, Konsul? Sie haben sich in der Frage des BattleMechs und dieser Botschaft, die Jaffray überbringen soll – wie immer sie lauten mag – einschüchtern lassen.«

Burns schüttelte den Kopf. »Unser Oberst MacLeod und ich tanzen seit Monaten um diesen Punkt herum. Er hat nichts gewonnen. Ich hätte ihm den Mech ohnehin übergeben, und die Botschaft ist wahrscheinlich nicht mehr als ein Grußwort des Kanzlers. Was MacLeod bei privaten Begegnungen wie dieser gewinnt, verliert er wieder, wenn er mit dem Vereinigten Commonwealth als juristischer Person zu tun hat. Es ist mir völlig gleichgültig, was die Highlanders darüber denken, wer Northwind regiert. Was zählt, ist allein die Wirklichkeit. Und die Wirklichkeit ist, daß sie Teil eines größeren Ganzen sind. Punktum. Sie müssen endlich lernen, sich nicht so viele Gedanken zu machen, Colonel.«

»Angesichts der wachsenden Unruhe in der Mark Sarna nehme ich jede Bedrohung ernst, Sir. Unser Besucher könnte Informationen für einen Liao-Angriff auf Northwind als Vergeltung für die Desertion der Highlanders Achtundzwanzig sammeln. Oder Schlimmeres. Erinnern Sie sich an die Berichte, die wir vorige Woche durchgegangen sind, über die deutliche Zunahme von Capella unterstützter subversiver Aktivitäten. Wenn ich Sun-Tzu Liao wäre, würde mir der Besuch dieses Mannes den perfekten Vorwand liefern, um uns Schwierigkeiten zu machen. Wer sagt uns, daß er keine Revolution hier auf Northwind plant?«

»Sie machen Witze. Northwind ist minimal fünf

Sprünge von der capellanischen Grenze entfernt. Der Gedanke, dieser Knabe könnte hier einen Aufstand in Namen der Konföderation anfachen, ist lächerlich. Außerdem, warum sollte Liao jemanden so offen herschicken, wenn verdeckt operierende Agenten die Arbeit weit effizienter erledigen können?«

»Vertrauen Sie mir, Konsul. Ich bin mit dieser Art von Geheimdienstaktionen vertraut. Und ich kenne die Capellaner gut genug, um ihnen nicht zu trauen. Mit Ihrer Erlaubnis möchte ich diesen Jaffray beschatten lassen. Um sicherzugehen, daß er nicht mehr ist, als er zu sein vorgibt.«

»Na schön«, meinte Konsul Burns. »Wie Sie wünschen, Oberst. Lassen Sie es mich wissen, wenn Sie irgend etwas von Interesse herausfinden.«

Catelli blickte hinter dem davonwandernden Davion-Konsul her. »Natürlich, Sir«, sagte er. »Das werde ich bestimmt.«

5

Das Fort, Tara, Northwind
Mark Draconis, Vereinigtes Commonwealth

11. September 3057

Loren betrachtete seinen frisch aufgefüllten Bierkrug und die volle Schaumkrone, die in der Wärme des Offiziersklubs langsam in sich zusammenfiel. Er nahm den Drink auf und sah dem Kommandeur der Northwind Highlanders geradewegs in die Augen. »Oberst, ich überbringe eine Art Angebot, eine Mitteilung an die Highlanders von Kanzler Liao. Ich bitte Sie nur, mir zu gestatten, diese Nachricht Ihrer regierenden Versammlung zu unterbreiten.«

»Dafür sind Sie diesen ganzen Weg gekommen, Major?« fragte MacLeod. »Eine solche Botschaft hätte auch mit Kurier geschickt oder per HPG übermittelt werden können.«

»Nein, Sir. Nicht diese Botschaft. Kanzler Liao hat mich gebeten, Sie persönlich Ihnen und der Highlander-Versammlung der Krieger zu überbringen.«

»Was für eine Botschaft ist das, daß sie ein persönlicher Bote überbringen muß?« fragte MacLeod, hob seinen Krug und nahm einen langen Zug kühles, nußbraunes Bier.

Loren sah sich um, um sicherzugehen, daß nur Mulvaney und MacLeod ihn hören konnten. Eigentlich hatte er sich eine privatere Umgebung erhofft, aber die Zeit schien überreif. »Der Kanzler ist um die Zukunft Northwinds und der Highlanders besorgt. Er unterbreitet ihnen einen Vorschlag in der Hoffnung, damit den Geist unserer früheren Verbindung zu ehren.«

Mulvaney gluckste leise. »Wie rührend. Irgendwie fällt es mir schwer zu glauben, daß der Kanzler der

Konföderation Capella vor Sorge um die Northwind Highlanders nachts nicht schlafen kann.«

»Mag sein, daß Sie recht haben. Ich weiß nur, daß Kanzler Liao von meinem Gesuch, nach Northwind reisen zu dürfen, erfahren und sich entschieden hat, diese Gelegenheit zu benutzen, um eine Verbindung zu den Highlanders aufzubauen. Mehr hat er mir nicht gesagt.«

MacLeod wirkte noch ungläubiger. »Verzeihen Sie mir, Loren, aber seit jenem Tag vor dreißig Jahren, als wir die Konföderation verließen, herrscht zwischen dem Haus Liao und den Highlanders nicht gerade innige Freundschaft.« Er sah zur Seite, und sein Gesichtsausdruck wurde einen Moment betrübt. »Für uns war die Heimkehr ein erhebender Augenblick, aber die Capellaner hat er Welten und Menschenleben gekostet. Ich bin gut, verdammt gut sogar, aber nicht gut genug, um die Vergangenheit ungeschehen zu machen, Major.«

»Stimmt, Oberst, aber sie ist vergangen. Sun-Tzu Liao ist nicht seine Mutter.«

»Woher wissen wir, daß Sie die Wahrheit sagen?« fragte Mulvaney in scharfem Ton. »Sie kommen hier auf Northwind an und plötzlich sollen wir glauben, daß die Capellaner nach Dekaden der Feindschaft unsere Freunde sein wollen? Für wie dumm halten Sie uns?«

Loren schüttelte den Kopf. »Ich kann Ihnen nicht beweisen, daß ich die Wahrheit sage, Major. Außerdem, keiner von uns kann wirklich wissen, was im Kopf des Kanzlers vorgeht. Ich kann nur wiederholen, daß er mich beauftragt hat, Ihrer Versammlung der Krieger einen Vorschlag zu unterbreiten. Die Entscheidung darüber liegt bei der Versammlung, nicht bei Ihnen, Majorin Mulvaney.«

Oberst MacLeod schüttelte den Kopf. »Damit die Versammlung der Krieger zusammentreten kann, muß eine beschlußfähige Mehrheit ihrer Mitglieder auf

Northwind anwesend sein, und das ist derzeit nicht der Fall. Die drei übrigen Highlander-Regimenter befinden sich entweder auf Ozawa oder auf Posten entlang der Clan-Grenze. Die Versammlung der Krieger wird erst wieder zusammentreten können, wenn die Fusiliers gegen Ende nächsten Monats planmäßig von Ozawa zurückkehren.«

Lorens Herz stockte. War er soweit gekommen, nur um unmittelbar nach seiner Ankunft auf Northwind schon zu scheitern? Nein. *Es muß noch eine andere Möglichkeit geben – es gibt immer eine Alternative.* Er versuchte sich an alles zu erinnern, was er über die Highlanders wußte, sei es aus den Geheimdienstunterlagen oder aus den Erinnerungen an seinen Großvater. Es mußte einen Weg geben, seine Mission zu erfüllen. Dann hatte er es, Geschichte und Hoffnung, und etwas, wovon er wußte, daß MacLeod es verstehen würde. »Mein Großvater hat mir von einer besonderen Art der Versammlung erzählt, die bei den Highlanders in Notfällen anberaumt wurde. Ich glaube, er nannte es Cabal – einen Kriegercabal.«

Mulvaney unterbrach. »*Früher* haben wir Cabals einberufen, Major. Das war vor der Einrichtung der Versammlung der Krieger. Jetzt, wo wir die Versammlung haben, bin ich mir nicht sicher, ob *überhaupt* noch jemand die Autorität besitzt, einen solchen Cabal anzuberaumen. Solche Konklaven wurden nur in Notzeiten vom Kommandeur einberufen, nachdem ein formelles Basislager etabliert war.«

Loren dachte nicht daran aufzugeben. »Vielleicht hat sich einfach kein Grund mehr ergeben, einen einzuberufen. Jetzt, wo Northwind wieder als Basislager fungiert, haben Sie die Autorität, einen Cabal einzuberufen. Und die Notwendigkeit besteht, dafür muß Ihnen mein Wort genügen.«

»Sie haben recht, Jaffray. Zumindest theoretisch«, meinte MacLeod. »Wir haben seit Jahren keinen Cabal mehr gebraucht. Aber andererseits sind zum erstenmal die Hälfte unserer Regimenter so weit vom Northwind entfernt. Allerdings, selbst wenn wir einen Cabal abhalten würden, wäre dessen Abstimmung nicht bindend. Das beste, worauf Sie hoffen könnten, wäre, daß der Kriegercabal Ihnen zustimmt und beschließt, die Krieger zur Versammlung zurückzurufen.«

Loren nickte aufgeregt. »Genau, Sir. Zumindest wird eine Versammlung der Highlanders den Vorschlag des Kanzlers anhören.«

Mulvaney schüttelte den Kopf. »Sie können doch nicht ernsthaft in Erwägung ziehen, auf ihn zu hören, Oberst. Er ist ein Fremder. Er hat kein Recht, von ihnen die Einberufung eines Kriegercabals zu verlangen.«

Loren sah ihr in die Augen. »Was ist Ihr Problem, Mulvaney? Seit ich von Bord des Landungsschiffs gegangen bin, behandeln Sie mich, als hätte ich die Pest. Habe ich Sie irgendwie beleidigt? Wenn ja, entschuldige ich mich, aber wenn nicht, dann lassen Sie mich in Ruhe.«

Mulvaney baute sich mit zuckenden Muskeln und gerötetem Gesicht vor ihm auf. »Ihre *Anwesenheit* hier beleidigt mich, Major. Ich habe hart dafür gearbeitet, einen Platz bei den MacLeods Highlanders zu erhalten, und noch härter für mein Offizierspatent. Und da kommen Sie angestiefelt, zwei Generationen davon entfernt, auch nur einen echten Highlander zu kennen, und ich soll Sie als meinesgleichen behandeln. Sie sind aber nicht meinesgleichen, ganz und gar nicht.«

»Ich bin MechKrieger genau wie Sie«, gab Loren zurück. »Und ich bin einer der besten der Konföderation. Sie können ruhig Ihre teuren Stiefel in den Boden graben und über Ihren Stolz palavern, aber vergessen Sie dabei eines nicht – ich und meine Familie haben der Konföderation über Jahrhunderte treu gedient. Und auch wenn Ihnen das nicht viel bedeuten mag, mein Großvater war Bataillonskommandeur bei den Highlanders und hatte neun Auszeichnungen für Tapferkeit vor dem Feind. Ich werde Sie nicht mit einer Schilderung meiner Urgroßmutter und ihrer Leistungen langweilen. Geschichte hat einen großen Wert hier, und ich beanspruche mein Recht als Blutsverwandter der Highlanders.«

Mulvaney knurrte verächtlich. »›Bester‹ der Konföderation mag im Rest der Inneren Sphäre etwas zu sagen haben, aber hier auf Northwind ist es den Atem nicht wert, den es kostet, es auszusprechen. Warum beweisen Sie mir nicht, was Sie können?«

»Gerne. Wann und wo Sie wollen.« *Wenn ich sie nicht überreden kann, werde ich sie besiegen. Was immer nötig ist, um die Mission zu erfüllen.*

Plötzlich trat MacLeod zwischen sie und streckte den Arm nach der langen roten Tartanschärpe aus, die der Barmann ihm reichte. Loren hörte das Scharren der Stühle, als die übrigen Highlanders von ihren Plätzen aufstanden, um zu sehen, was los war. Er war sich nicht sicher, in was für eine Art Herausforderung er gerade hineingestolpert war, aber er fühlte, daß er gewinnen mußte, wenn er eine Chance haben wollte, seine Mission zu erfüllen.

»Ich weiß, du stehst unter Dampf«, meinte MacLeod zu Mulvaney, als er ein Ende der schweren Wollschärpe um ihr rechtes Handgelenk band. »Versuche, ruhig zu bleiben. Er ist etwas größer als du, also halt dich tief, dann kannst du ihn wahrscheinlich umlegen.« Als nächstes trat der Regimentskommandeur zu Loren herüber und nahm dessen rechte Hand, um das andere Ende der Schärpe fest um das Gelenk zu knoten. »Mulvaney ist schnell und hat die Angewohnheit, ihre Energie in einem Kampf schnell zu verbrauchen. Sie ist eine Wildkatze, aber wenn das Gefecht sich zieht, baut sie ab. Ich muß dich allerdings warnen, Lad, sie hat in den drei Jahren unter meinem Befehl noch kein Ehrenduell verloren.« MacLeod begutachtete sein Arbeit.

Schließlich trat der Oberst zurück und Loren stellte fest, daß er und Mulvaney etwa drei Meter voneinander entfernt und am rechten Handgelenk aneinander gefesselt waren. Sie ging in die Hocke, und ihre Augen funkelten wild. Loren sah von ihr zu MacLeod und der kleinen Gruppe Highlander-Offiziere, die sich um die Duellanten versammelt hatte.

»Major Loren Jaffray und Major Chastity Mulvaney, in der Art wahrer Highlander müßt ihr diese Ehrenfrage nun entscheiden. Ihr werdet kämpfen, bis einer von euch drei Schläger lang am Boden liegt. Der Kampf beginnt beim Klang des Horns. Gebt der Ehre ihr Recht vor den Augen eurer Kameraden!« Mister Pluncket reichte MacLeod ein kleines Messinghorn. Ringsum standen die übrigen Highlander-Offiziere, jeweils im Tartan ihres Clans, und schlossen Wetten über den Ausgang des Kampfes ab. Loren hörte sich die Verhandlungen eine volle Minute an und stellte fest, daß man seine Gewinnchance äußerst niedrig ansetzte.

Wie seine Gegnerin ging er in die Hocke und streckte die Arme aus, um sie daran zu hindern, ihn auszumanövrieren. Die Schärpe hing locker zwischen ihnen herab. Loren schloß einen Moment beide Augen und atmete tief durch. Er gewöhnte sich langsam an die dünne Luft Northwinds, aber eine Behinderung war sie für ihn immer noch.

Er hörte Oberst MacLeod ins Horn stoßen, und noch bevor ein Herzschlag vergangen war, sprang Mulvaney bereits wie ein Jaguar auf ihn zu. Sie hing über ihm, und einen Augenblick dachte er, sie hätte sich verschätzt und sei zu kraftvoll abgesprungen. Er ließ sich auf die Knie fallen und warf sich nach vorne, als sie hinter ihm aufkam.

Dann riß plötzlich etwas seinen rechten Arm nach hinten. Mulvaney hatte ruckartig an der Schärpe gezogen. Loren verlor das Gleichgewicht. Mulvaney sprang mit den Knien voran auf seinen Rücken und nahm ihm mit einem Schlag den Atem. In seinen Ohren klingelte es, als er nach Luft rang, aber Mulvaney ließ nicht locker. Sie faßte nach und zerrte wieder an der Schärpe. Als er endlich seinen Atem wiedergefunden hatte, lag er auf dem Rücken. Ringsum hörte er Jubeln und Häme, als sie auf seiner Brust hockte, die Schärpe links und rechts seines Kopfes zu Boden preßte und ihm mit dem ganzen Körpergewicht die Luft abschnitt. Seine Lungen schrien nach Sauerstoff, und sein Sichtfeld begann sich zu verengen wie bei einem Betrunkenen. Auch die Geräuschkulisse verblaßte, bis auf das Donnern von MacLeods Bierkrug auf der Bar. Einmal... zweimal...

In einer letzten, verzweifelten Anstrengung riß Loren die Beine hoch und um Mulvaneys Kopf. In einer Scherenbewegung zerrte er sie von seiner Brust. Nach Atem ringend rollte er zur Seite und kam auf die Füße. Die Zuschauer jubelten, als Mulvaney ebenfalls hochkam. Loren war noch immer benommen von ihrem Angriff.

Sie sprang ihn erneut an, diesmal mit den Füßen voraus, in einem Flugtritt gegen seine Taille. Loren drehte sich zur Seite und ließ sie an sich vorbeifliegen, stieß ihr dabei beide Fäuste in den Rücken. Als sie landete, riß er hart an der Schärpe, brachte sie aus dem Gleichgewicht und ließ sie über den Boden rollen. Immer noch vor Wut kochend drehte sie sich erneut zu ihm um, aber diesmal wirkte sie etwas angeschlagen.

Mulvaney versetzte ihm einen wilden Hieb mit der gefesselten Faust, der Lorens Gesicht gerade noch streifte. Er rammte den Ellbogen nach hinten und traf sie in der Mitte des Brustkorbs. Unter dem Aufprall stolperte sie nach Luft ringend rückwärts. Das Blatt hatte sich gewendet. Jetzt wurde es Zeit, hart zurückzuschlagen.

In einer weitausgreifenden Bewegung packte Loren die Schärpe in der Mitte und riß sie mit dem ganzen Körpergewicht zu sich heran. Als Mulvaney geradewegs auf ihn zustürzte, rollte er sich auf den Rücken und streckte die Beine aus, um sie in Brusthöhe zu fangen und über seinen Kopf zu schleudern. Loren beendete einen Salto auf seiner Gegnerin. Vom Aufprall benommen, lag Mulvaney nur da, ohne sich zu rühren. Die drei Schläge von MacLeods Bierkrug schienen eine Ewigkeit zu brauchen. Als es vorbei war, brachen die versammelten Offiziere in Jubel aus. Loren rollte zur Seite und blieb auf dem Boden sitzen, von wo aus er zusah, wie Mulvaney sich mühsam aufrichtete. Beide MechKrieger waren schweißgebadet, und Lorens Puls raste. Jeder Atemzug schien ihn nur noch verzweifelter um Luft schnappen zu lassen.

Es dauerte einige Minuten, bis sie schließlich beide wieder auf den Füßen standen. Keiner von ihnen brachte einen Ton heraus. MacLeod grinste nur und bestellte ihnen ein Bier. Loren rang noch immer mit der schwülen Luft, aber allmählich konnte er wieder aktiv werden, auch wenn Hals und Kiefer in Flammen zu stehen schienen. Mulvaney wirkte ebenfalls erschöpft.

»Eine wunderbare Vorstellung von euch beiden!« meinte MacLeod. »Also, Major Jaffray, jetzt haben Sie einen kleinen Geschmack davon bekommen, wie wir Highlanders unsere Streitigkeiten austragen. Statt zuzulassen, daß nichtige Zwistigkeiten sich aufstauen und in uns hineinfressen, leben wir sie aus. Wahrscheinlich das einzige, was wir mit diesen verfluchten Clans gemein haben. Aber der Ehre ist gedient.«

Oberst MacLeod sah zu Mulvaney hinüber. »Major, ich schätze, Sie sind unserem Gast etwas schuldig.«

Mulvaney nickte. Sie richtete sich zu voller Größe auf und blickte Loren in die Augen. Er konnte noch immer Reste ihrer Wut in diesem Blick erkennen, aber der offene Haß war verschwunden. »Sie haben sich Ihres Anspruchs auf Blutsverwandtschaft mit den Highlanders würdig erwiesen. Ich hatte Unrecht.«

Loren rieb sich den Nacken, wo die Wollschärpe die Haut während des Ringkampfes wund gescheuert hatte. »Was für eine Art, Meinungsverschiedenheiten beizulegen.«

»Unsere ganz eigene Methode, Major«, stellte MacLeod mit Stolz fest. »Zwischen Ihnen beiden lag ein Kampf in der Luft, seit Sie einander begegnet sind. Jetzt ist er ausgetragen. Und ohne, daß einer von Ihnen ums Leben gekommen ist. So gehen wir Highlanders mit Konflikten um.«

Loren nahm einen tiefen Zug Bier. Die kühle Flüssigkeit schien seine Muskeln zu entspannen. »Oberst MacLeod, was meinen Vorschlag angeht ...«

»Lad, falls Sie sich fragen, ob der kleine Zwischenfall meine Haltung beeinflußt hat – das hat er natürlich nicht. Wenn überhaupt, hat mein Respekt für Sie zugenommen. Allerdings fühle ich mich etwas schuldig.«

»Warum das, Sir?«

»Ich hatte zehn Credits auf Mulvaney gesetzt.«

»Hat auch jemand auf mich gewettet?«

»Ich«, klang hinter dem Tresen eine Stimme auf. Loren sah hinüber, und Mr. Pluncket zwinkerte ihm zu. »Wenn es eine Sache gibt, die ein Barmann lernt, dann, einen Sieger zu erkennen.«

MacLeod legte die Hand auf Loren Schulter. »Sie hatten einen langen Tag, Lad. Major Mulvaney wird Sie zu Ihrem Quartier begleiten. Morgen reden wir weiter.«

»Gut, Sir.« Loren atmete langsam aus und drehte sich zu Chastity Mulvaney um. »Nach Ihnen, Major.« Sie nickte und strich sich das Haar aus den Augen. Er folgte ihr nach draußen und fragte sich, ob es wirklich so klug gewesen war, das Angebot einer Unterbringung in der Davion-Botschaft abzulehnen. Jetzt war er gezwungen, mit Mulvaney zu gehen, nachdem er sie bei einem Ehrenzwist besiegt hatte.

Als sie den weiten Innenhof des Forts überquerten,

legte Loren einen Schritt zu, um sie einzuholen. »Keine Ressentiments, Major?«

Sie sah ihn nicht an. »Nein, Major Jaffray, nicht, was die Ehrenfrage angeht. Ich erkenne das Highlander-Blut in Ihren Adern an, aber auf meine Meinung von Ihnen hat das keinen Einfluß. Ich bin es nicht gewöhnt, besiegt zu werden.«

»Kein guter MechKrieger freut sich über eine Niederlage.«

»Wie gesagt, es ist eine ungewohnte Erfahrung für mich.«

»Ich hoffe, wir können zumindest noch zusammenarbeiten. Ich habe viel über Northwind und die Highlanders zu lernen. Nach dem, was ich heute gesehen habe, sind Sie die Art Person, die Freund zu nennen ich mich geehrt fühlen würde.« Loren erinnerte sich an das Feuer in ihren Augen und fragte sich, was daraus hätte werden können, wenn sie sich unter anderen Umständen begegnet wären.

Chastity Mulvaney blieb stehen und drehte sich zu Loren um. Ihre Züge waren müde und eingefallen. »Sie verstehen gar nichts. Wissen Sie, warum ich Sie nicht mag, Major? Haben Sie das noch immer nicht erkannt?«

»Bitte nennen Sie mich Loren. Und die Antwort ist nein. Ich habe keine Ahnung, warum Sie mich nicht leiden können. Soweit ich weiß, habe ich nichts getan oder gesagt, was Sie hätte beleidigen können.«

»Major, in meinen Augen sind Sie nur aus einem einzigen Grund hier: um den Highlanders zu schaden. Das fühle ich in meinen Eingeweiden.«

»Aber, Majorin, ich bin ...« *Wie kann sie das wissen?*

»Ich weiß ... Ich weiß ... Sie sind hier, um uns den Vorschlag Ihres teuren Kanzlers zu unterbreiten. Möglicherweise ist das für Sie tatsächlich alles. Aber seit wir Ihre Anfrage um eine Besuchserlaubnis erhalten haben, weiß ich, daß das nichts Gutes bedeuten kann.«

»Das ist nicht meine Absicht, und das wissen Sie auch.« *Weiß sie es? Unmöglich.* Loren ließ keinerlei Emotion auf seinem Gesicht erscheinen, um seine plötzliche Besorgnis zu verbergen. *Wenn ich verraten worden bin, weiß ich, was ich zu tun habe.*

»Oh, ich bin sicher, Sie sind das, was Sie scheinen, ein MechKrieger und kein diplomatischer Bote. Schön. Diesen Loren Jaffray bewundere ich sogar. Aber die Frage ist, kennen Sie Ihre tatsächliche Mission überhaupt? Ich habe gelesen, wie die Todeskommandos einen Eid ablegen, dem Kanzler bis in den Tod zu dienen. Vielleicht sind Sie nur eine Schachfigur in seinem Spiel.«

Die Worte trafen Loren wie ein Dolch. Seit er von Krin aufgebrochen war, beschäftigten ihn dieselben Zweifel. Aber das konnte nicht sein. Er war ein ausgebildeter Profi. Er war für diese Mission ausgewählt worden, weil er die einzige Person war, der es gelingen konnte, die Highlanders zu unterwandern und aus den Diensten der Davions zu locken. Das war alles ... es mußte so sein. »Ich verstehe Ihre Besorgnis, und ich müßte lügen, wollte ich behaupten, daß ich mir nicht auch schon dieselbe Frage gestellt habe. Immerhin geht es um Politik. Aber ich bin nur ein Soldat. Meine Absichten sind deutlich, und meine Mission ist klar.«

»Ich werde mich nicht mit Ihnen darüber streiten. Es ist mir egal, was Sie für Ihre Absichten halten. Mich interessiert das Ergebnis. Sie sind wie das Auge eines Wirbelsturms, der über Northwind hereingebrochen ist. Das Auge des Sturms ist immer ruhig, die Schäden finden nur in seiner Umgebung statt. Aber was auch geschieht, denken Sie an diese Nacht und unseren kleinen Ehrenzwist. Ich werde ihn bestimmt nicht vergessen. Und *Loren*«, sagte sie, zum ersten Mal seinen Namen statt seines Dienstgrades benutzend, »hören Sie mir gut zu: Es wird der Punkt kommen, an dem Sie sich entscheiden müssen, ob Sie ein capellanischer Mech-

Krieger oder ein Blutsverwandter der Highlanders sind.« Sie deutete auf eines der Gebäude voraus. »Das sind die LOQ. Ich hole Sie um 7:00 Uhr zum Frühstück ab ... Major Jaffray.«

Als sie in der Dunkelheit verschwand, fragte sich Loren, ob Chastity Mulvaney etwas wußte, was ihm entgangen war.

6

Das Fort, Tara, Northwind
Mark Draconis, Vereinigtes Commonwealth

12. September 3057

»Ich hoffe, unsere Messe entspricht Ihrem Geschmack«, fragte Oberst MacLeod, als er, Loren und Mulvaney am nächsten Morgen durch das Labyrinth der Gänge im Fort wanderten.

»Alle Armeen haben eine Gemeinsamkeit, Sir, und das ist die Verpflegung.« MacLeod lachte zustimmend.

»Wie geht es ihrem Kinn heute morgen, Major?« fragte Mulvaney.

»So gut wie Ihren Rippen, hoffe ich, Major«, gab Loren zurück. Er wollte es nicht zugeben, aber seine Kinnlade schmerzte noch ziemlich vom Kampf in der vorherigen Nacht.

MacLeod kicherte wieder, als er sich an die Prügelei erinnerte. »Also, Major Jaffray. Sie haben erwähnt, daß der Kanzler mir ein Geschenk mitgeschickt hat.«

»Ja, Sir. Einen neuen *Huronen*. Einen fabrikneuen BattleMech.«

»Ausgezeichnet! Was halten Sie davon, wenn wir ihn gleich einmal ausprobieren?«

»Sehr gerne, Sir. Er steht einsatzbereit am Raumhafen. Unglücklicherweise habe ich keinen Mech.« Lorens Enttäuschung war echt. Seit seinem ersten Tag am Steuer eines BattleMechs hatte seine Begeisterung nicht nachgelassen. Für ihn war es eine Methode, zu entspannen, und das, obwohl er einige der gefährlichsten und tödlichsten Augenblicke seiner Karriere im Cockpit eines Mechs erlebt hatte. Wenn er einen Mech steuerte, erlebte er ein Gefühl der Vollständigkeit, das ihm sonst nicht nur fehlte, sondern nach dem er geradezu süchtig war.

»Kein Problem. Ich benutze in der Regel einen *Gallowglas*. Den können Sie steuern, während ich mir ansehe, was ein *Hurone* so bringt.«

Loren nickte. Er hatte schon einmal einen *Gallowglas* gelenkt. Dieser Mechtyp ähnelte in seiner humanoiden Konstruktion einem *Greifen* und war ebenso gut darin, einen gegnerischen Mech niederzukämpfen.

»Ich werde das südliche Trainingsgelände für Sie klarmachen lassen, Sir«, meinte Mulvaney.

»Ausgezeichnet. Warum schließen Sie sich uns nicht an?«

Mulvaney schüttelte den Kopf. »Wenn Sie mich entschuldigen, ich muß noch ein paar andere Angelegenheiten klären.« ihr unterkühlter Blick machte Loren klar, daß sie ihm ihre Niederlage im *Pub* noch nicht vergeben hatte.

»Zu schade«, meinte er. »Wenn Sie im Cockpit nur halb so gut sind wie bei einer Schlägerei, hätte das eine echte Herausforderung dargestellt.«

Mulvaney kniff die Augen zusammen. »Major Jaffray, ich versichere Ihnen, ich bin am Steuer eines BattleMechs weit besser als mit den Fäusten. Beten Sie lieber, daß Sie sich niemals am falschen Ende dieser Begabung finden, Sir.« Damit drehte sie auf dem Absatz um und marschierte einen Seitengang hinab, während MacLeod und Loren ihren Weg in Richtung der riesigen Mechhangars am entfernten Ende des Forts fortsetzten.

Eine Stunde später standen MacLeod und Loren mit ihren riesigen Kampfmaschinen auf dem Trainingsgelände der Highlanders. Ringsum erstreckten sich sanfte Hügel, bedeckt von hohem, saftigem, in der Morgenbrise wogendem Gras. In der Ferne sah man das berühmte Moor von Tara.

BattleMechs waren nun schon seit sechshundert Jahren der Höhepunkt der Militärtechnologie. Lorens über zehn Meter aufragender *Gallowglas* konnte in gestrecktem Galopp Geschwindigkeiten von über 65 km/h erreichen und besaß mit einer Sprungweite von neunzig Metern sogar begrenzte Flugmöglichkeiten. MacLeods neuer *Hurone* schaffte sogar über 80 km/h.

Bewaffnet mit Partikelprojektorkanonen, Impulslasern, Kurz- und Langstreckenraketen und vielfältigen elektronischen Störsendern verfügte ein Mech über enorme Feuerkraft – genug, um ohne Unterstützung eine ganze Stadt in Schutt und Asche zu legen. Und er war beweglich. Kein Panzer hatte sich je in die Lüfte erhoben, um einen anderen Panzer anzuspringen. Ebensowenig, wie ein Panzer jemals einen anderen mit seinen gewaltigen Händen in Stücke gerissen hatte.

Als Loren die Helmeinstellungen korrigierte, erwachten die Lautsprecher in seinem Neurohelm zum Leben. »Funktest, Major Jaffray«, donnerte MacLeods Stimme.

»Bestätigt. Wie sieht die Strecke aus, Oberst?« fragte Loren, während er die Sensorplättchen des Neurohelms justierte, um den Kontakt mit der Kopfhaut zu verbessern. Ein guter Hautkontakt war wichtig, und wie viele MechKrieger rasierte auch Loren die Auflagepunkte, um eine optimale Verbindung zu garantieren.

»Wir laufen durch das Tiefmoor und auf der anderen Seite den Hang hinauf. Entlang der Strecke sind Panzer- und Mechattrappen aufgestellt. Schießen Sie auf alles, was Sie sehen. Die Computer unserer Mechs fahren das Standardtrainingprogramm und simulieren alle Schäden. Daran dürften Sie ja gewöhnt sein.«

»Nach Ihnen, Sir.«

»Aye, Lad«, kam die Antwort. Der schnellere *Hurone* trat in Aktion und lief dem *Gallowglas* davon. Loren drückte die Pedale durch und setzte den Mech in Bewegung. Der gewaltige Kreiselstabilisator des *Gallowglas* trat laut summend in Aktion, und der Capellaner konzentrierte sich darauf, ihn unter Kontrolle zu halten. Der Neurohelm speiste die Hirnimpulse von Lorens Gleichgewichtssinn in die Steuereinheit des Gyroskops und kompensierte die Veränderung in Bewegung und Balance der riesigen Maschine. Der Stahlkoloß folgte MacLeod den Hang hinab, während sein Pilot das Gelände absuchte und sich fragte, wann die simulierten Angriffe beginnen würden.

Chastity Mulvaney bahnte sich ihren Weg über das Kopfsteinpflaster der engen Gasse und beäugte mißtrauisch jeden Passanten, der ihr begegnete. Gelegentlich war zwischen den hohen Gebäuden die Morgensonne sichtbar, und sie konnte sich in ihren Strahlen etwas aufwärmen. Das Treffen, zu dem sie unterwegs war, stand nicht in direktem Widerspruch zu ihren Befehlen, aber sie mußte sich unwillkürlich fragen, ob sie nicht dabei war, das in sie gesetzte Vertrauen zu mißbrauchen. Als sie das kleine Café entdeckte, ging sie über die Straße und trat ein. Außer der Serviererin an der Theke und einem einzelnen Gast in einer der Nischen an der Rückwand war das Lokal verlassen. Mulvaney setzte sich dem Mann gegenüber.

»Freut mich, daß Sie kommen konnten«, meinte Drew Catelli, und nahm einen Schluck aus seinem Glas, das Eiswasser zu enthalten schien. »Ich muß mich für die frühe Stunde entschuldigen, aber ich dachte mir, es gibt möglicherweise etwas von beiderseitigem Interesse, über das wir uns unterhalten sollten.«

Mulvaney starrte ihn lange an. Sie hatte Catelli schon häufig in offiziellen Angelegenheiten getroffen, aber dies war ihre erste private Begegnung. Wie MacLeod auch hatte sie mehr Respekt für ihn als für seinen Vorgesetzten, den Davion-Konsul. Burns war purer Pomp und Popanz, Castelli aber ein Krieger. Das allein schon sorgte dafür, daß er mehr mit den Highlanders gemein hatte als der Politiker Burns. »Ich hoffe, Ihnen ist klar, daß ich nur hier bin, weil Sie erwähnt haben, über Informationen zu verfügen, die für mich und das Highlander-Kommando von Interesse sein könnten.«

»Ja, die habe ich in der Tat.« Catelli öffnete seine Ledermappe und zog ein Blatt Papier heraus. Mulvaney konnte nicht sehen, was auf dem Ausdruck stand, den Catelli intensiv studierte. »Wie Sie vielleicht wissen, hat es in der Mark Sarna wachsende Unruhen gegeben. Wir haben Meldungen über terroristische Aktivitäten auf einigen Welten erhalten, Aktionen, die verdächtig nach der Arbeit von außen eingeschleuster Agitatoren aussehen. Wir vermuten, daß Sun-Tzu Liao diese Guerillabewegungen finanziert, wenn nicht sogar fernsteuert.«

»Ich verstehe.« Mulvaney wußte von den wachsenden Spannungen in der Mark Sarna, aber sie hielt es für besser, auf einen Kommentar zu verzichten und abzuwarten, was Catelli zu sagen hatte. Nach der Eroberung der capellanischen Systeme, die nun die Mark Sarna bildeten, hatte Hanse Davion seine Frau Melissa dazu eingesetzt, die Loyalität der dortigen Bevölkerung zu gewinnen. Melissa hatte sich dieser Aufgabe mit ganzer Energie gewidmet und eine enorme Popularität gewonnen. Jetzt, nach ihrem Tod, hatte Prinz Victor mit diesen Welten, die in ihrer Kultur bis heute capellanisch geblieben waren, alle Hände voll zu tun. Hinzu kam, daß die Unruhen in der nahen Mark Skye selbst nach Glengarry noch immer nicht ganz abgeklungen waren. Das wiederum hatte seinen Grund teilweise in der Ernennung des Davion-freundlichen David Sandoval zum Nachfolger des rebellischen Richard Steiner als Militärkommandeur der Region durch Victor. Steiner war nach Tharkad versetzt und damit aus dem Weg befördert worden. Die Maßnahme hatte zwar Victors Macht in der Region Skye gefestigt, aber seiner Popularität in diesem unruhigen Sektor seines Reiches nicht gerade geholfen.

»Ja, da bin ich mir sicher. Vielleicht verstehen Sie nun meine Besorgnis über unseren jüngsten Neuankömmling auf Northwind, diesen Major Jaffray?«

»Glauben Sie, Liao könnte ihn hierher geschickt

haben, um ähnliche Probleme zwischen den Einheimischen und den Highlanders aufzuwirbeln?«

»Ich bringe keinerlei Anschuldigungen gegen ihn vor – noch nicht. Aber ich frage mich, warum er nach Northwind gekommen ist, um persönlich mit dem höchsten Offizier der Highlanders zu reden. Und ich frage mich, warum gerade er, ein Mitglied einer offen terroristischen Einheit, der Todeskommandos, hierher geschickt wurde. Diesen Vorwand eines Urlaubs nehme ich ihm ebensowenig ab wie Sie. Ich muß schon sagen, Major Mulvaney, ich hätte nicht gedacht, daß gerade Sie so einen Mann so blindlings in Ihr Heim einladen würden.«

»Was immer das wert ist, Colonel: Ich glaube nicht, daß Loren Jaffray ein Terrorist ist. Wäre er das, wäre er niemals so offen nach Northwind gekommen.«

»Sie vertrauen ihm?«

Mulvaney schüttelte den Kopf und runzelte die Stirn. »Nein, ich vertraue ihm nicht. Ich habe nur gesagt, daß ich ihn nicht für einen Terroristen halte. Ich bin nicht sicher, was er hier will, aber diese Geschichte, er wolle das Land seiner Vorfahren besuchen, glaube ich ihm auch nicht.«

»Warum ist er dann hier, Major? Klären Sie mich auf.«

Sie sog den Atem zwischen den Zähnen ein. »Sie verlangen von mir, vertrauliche Informationen weiterzugeben, Colonel.«

»Ich bitte Sie, die Northwind Highlanders vor möglichem Schaden zu bewahren. Nur Sie selbst können entscheiden, welche Loyalitäten Sie dabei bewahren, aber ich weiß, Sie sind zuallererst den Highlanders verpflichtet – nicht irgendeinem Fremdweltler, der hierher gekommen ist, um Unfrieden zu säen.«

»Ich sagte Ihnen bereits, daß ich nicht zweifelsfrei davon überzeugt bin, daß Jaffray in der Absicht gekommen ist, uns Schwierigkeiten zu machen. Ich traue ihm vielleicht nicht so recht über den Weg, aber bisher hat er keinen Hinweis darauf gegeben, daß er meinem Volk bewußt schaden will. Oberst MacLeod hat angeordnet, ihn scharf zu beobachten. Also sagen wir einfach, daß ich genau das mache – bis jetzt. Aus diesem Grund hat der Oberst auch seine Unterbringung in unserer Kaserne akzeptiert. Sein Quartier ist mit Kameras und Mikrophonen gespickt.«

»Das Problem dabei ist, daß Sie sich nicht sicher sind«, stellte Catelli fest und hob abwehrend die Hand, als Mulvaney zu einer Entgegnung ansetzte. »Warten Sie, Major. Ich möchte Sie bitten, über einen Punkt gut nachzudenken. Die wichtigste Frage, die Sie sich stellen sollten, lautet: Sind Sie bereit, einen Schaden in den Beziehungen der Highlanders zum Vereinigten Commonwealth zu riskieren. Wollen Sie das Leben Ihrer Männer und Frauen auf den guten Willen dieses Wildfremden setzen... eines Mannes, dessen Bindungen an die Highlanders nicht aus Blut, sondern aus Papier sind?«

Mulvaney stockte und dachte gründlich über diese Frage nach. Mißbrauchte sie Oberst MacLeods Vertrauen, wenn sie nur mit Catelli redete? Und inwieweit schuldete sie diesem Loren Jaffray überhaupt Vertrauen? Abgesehen davon, soviel hatte er ihr gar nicht erzählt. Nur, daß er eine Nachricht von Sun-Tzu Liao für das Oberkommando der Highlanders überbrachte. Diese Information weiterzugeben, konnte doch keinen Schaden anrichten. Außerdem hatte Catelli das bereits auf dem Raumhafen erfahren. »Er hat nur gesagt, daß er eine Nachricht des capellanischen Kanzlers an die Northwind Highlanders überbringen soll.«

Jetzt, da Mulvaney sich endlich öffnete, stieß Catelli sofort nach. »Das wissen wir schon, Major Mulvaney. Was ist an dieser Botschaft so wichtig?«

Mulvaney zuckte die Achseln. »Bis jetzt hat er uns das nicht verraten. Er hat nur erklärt, sie sei wichtig genug, um sie vor der Versammlung der Krieger zu verlesen.«

Catellis Miene wurde ernster. »Ist das alles?«

»Und er hat uns gebeten, einen Cabal der anwesenden Highlanders einzuberufen, als er erfuhr, daß wir durch die große Zahl der anderweitig stationierten Highlanders keine beschlußfähige Mehrheit für eine Versammlung haben. Mehr hat er nicht gesagt. Ich nehme an, daß die Capellaner uns einen Vertrag anbieten wollen. Natürlich könnten wir darauf nicht eingehen.«

»Wie sehen seine Pläne für die nächsten Tage aus?«

»Jaffray wird mit dem Oberst trainieren und später auf eine offizielle Rundfahrt durch die Stadt gehen. Oberst MacLeod hat hohen Respekt vor Jaffrays Familie, und soweit ich das sehen kann, nutzt unser Besucher diese Sentimentalität aus. Aber der Oberst besteht darauf, daß er Jaffray für den Fall in seiner Nähe hält, daß er eine Bedrohung *ist.*«

»Glauben Sie, Jaffray hat Einfluß auf den Oberst?«

»Einfluß ist ein zu starkes Wort. Der Oberst hat mir lange von seinem Respekt für Lorens Großvater und dessen Führungsqualitäten erzählt. Aber ganz egal, wie hoch er den Wert der Geschichte und Tradition einschätzt, William MacLeod würde niemals etwas tun, was die Highlanders in Gefahr bringen könnte. Er ist gewieft. Trotz meiner Proteste bin ich mir sicher, daß er die Zeit und Gelegenheit dazu benutzt, sich ein genaues Bild von Loren Jaffray zu verschaffen.«

»Sie waren uns eine große Hilfe, Major.« Catelli rutschte aus der Bank und legte einen Creditschein als Trinkgeld auf den Tisch. »Ich rate Ihnen, unseren gemeinsamen Freund im Auge zu behalten. Männer wie Jaffray sind selten das, was sie zu sein vorgeben. Inzwischen werde ich meine Mittel einsetzen, um herauszufinden, ob er tatsächlich ein Agent ist. Wie immer weiß ich Ihre Loyalität dem Vereinigten Commonwealth gegenüber zu schätzen.« Mit einem Nicken drehte Catelli um und verließ das Café.

Chastity Mulvaney sah ihm nicht nach. Ihre Gedanken kreisten unermüdlich um die Fragen, die ihr zu schaffen machten, seit sie den Namen Loren Jaffray zum erstenmal gehört hatte.

7

Friedenspark, Tara, Northwind
Mark Draconis, Vereinigtes Commonwealth

17. September 3057

»Ich wollte hier mit Ihnen reden, Loren.« MacLeod schwenkte die Hand in einer weiten Geste, während er mit seinem Gast durch das Gelände wanderte. »Hier in unserem Friedenspark. Es ist eine der ältesten Parkanlagen der Inneren Sphäre. Der Erste Lord persönlich hat sie 2657 eröffnet. Selbst nachdem das Haus Davion die Highlanders vor dreihundert Jahren von Northwind vertrieben hatte, blieb er unbeschädigt.« Loren verstand, was sein Gastgeber sagen wollte. Die Nachfolgekriege hatten ganze Städte verschlungen und praktisch keinen Ort der Inneren Sphäre unberührt gelassen. Daß auf Northwind ein Stück vom Glanz des Sternenbundes weiterexistierte, erhöhte den Reiz und den Wert dieses Planeten noch zusätzlich.

»Er ist wirklich wunderschön, Sir.«

»Und er hat eine beruhigende Atmosphäre. Ich komme immer hierher, wenn ich wichtige Entscheidungen zu fällen habe. Um hier im Park zwischen den Unsterblichen zu stehen und über die Geschichte und den Platz meines Volkes in ihr nachzudenken. Deswegen habe ich diesen Ort ausgewählt, um über den Vorschlag Ihres Kanzlers an den Cabal zu reden. Und Sie nach Ihrer Meinung über Thomas Mariks Kriegserklärung zu fragen.«

»Die hat mich nicht weniger überrascht als alle anderen, Oberst«, antwortete Loren, und das zumindest entsprach der Wahrheit. Am Abend zuvor hatte er Mariks Ansprache gesehen, der die schockierende Meldung von Angriffen auf Systeme der Mark Sarna durch Marik- und Liao-Truppen gefolgt war. »Wer hätte erwartet, daß Victor Davion Thomas über den Tod seines Sohnes belügt und einen Doppelgänger an die Stelle des Jungen setzt?«

MacLeod grunzte. »Eine ganze Menge Leute. Der Prinz scheint in seiner Machtgier keine Grenzen zu kennen. Sehen Sie sich doch nur an, was er mit den Highlanders gemacht hat – seit Glengarry hält er uns zum Narren. Weder Verträge noch Versprechen oder Ehre scheinen irgendeine Bedeutung für ihn zu besitzen.«

Loren blieb vor einer der strahlend weißen Marmorstatuen stehen. Der in den Sockel eingravierte Name war General Benjamin Jenkins Novak, Sternenbund-Verteidigungsstreitkräfte. Er studierte die strengen, aber edlen Züge des Standbilds. »Dann hat mich der Kanzler genau im richtigen Augenblick hergeschickt. Das Angebot, das er Ihnen macht, würde all das Unrecht, das Ihnen zugefügt wurde, wettmachen.«

»Lassen Sie hören.«

Loren sah keinen Grund, hinter dem Berg zu halten. »Die Highlanders haben lange darauf warten müssen, Northwind in Besitz zu nehmen, und der Kanzler versteht, was das für Ihr Volk bedeuten würde. Er bietet Ihnen daher Unterstützung für den Versuch an, einen unabhängigen Planet Northwind zu etablieren. Nicht nur capellanische Unterstützung, sondern auch die des Hauses Mariks.«

»Ist Ihnen klar, was Sie da sagen, Jaffray?«

»Allerdings, Sir. Zwei Jahrhunderte lang war das Haus Liao nicht in der Lage, sein Versprechen zu erfüllen und Northwind Ihrem Volk – unserem Volk zurückzugeben. Jetzt ist Sun-Tzu bereit, die Highlanders bei ihrem Kampf um die Freiheit zu unterstützen.«

»Mein Volk wird nicht den einen Fürsten gegen den anderen eintauschen. Wenn Ihr Kanzler denkt, wir würden ihn an Stelle Victor Davions als unseren Lehnsherren anerkennen, verschwenden Sie hier Ihre Zeit.«

»Nein, Sir, das ist keine Bedingung. Sun-Tzu wird einen Versuch der Highlanders unterstützen, die völlige Unabhängigkeit Northwinds festzuschreiben, ohne Wenn und Aber. Wenn Sie dieses Angebot annehmen, wird er Northwind offiziell als unabhängigen Planeten anerkennen. Und er ist sicher, daß er auch eine entsprechende Anerkennung durch Thomas Marik garantieren kann.«

Auch MacLeod studierte eine Weile das in Stein gehauene Antlitz des Generals. »Ich bin sicher, Sun-Tzu weiß, daß Victor Davion sich nicht einfach zurücklehnen und Northwind freigeben wird. Erst recht jetzt nicht, wo er mit einer Invasion zu kämpfen hat.«

»Der Kanzler hat mich gebeten, Sie zu informieren, daß er bei Bedarf bereit ist, die Highlanders auch mit Truppen zu unterstützen. Und der Marik hat es in seiner Rede selbst gesagt – er wird alle unterstützen, die sich vom Davion-Joch befreien wollen.«

»Und was hat die Konföderation Capella von der ›Befreiung‹ Northwinds?«

Loren wußte, was immer er jetzt antwortete, würde seine Glaubwürdigkeit besiegeln oder auf Dauer zerstören. »Sie haben jedes Recht, skeptisch zu sein, Sir, aber ich versichere Ihnen, der Kanzler hat keine Absicht, hier eine Garnison einzurichten oder diese Welt von Sian aus zu regieren. Was die Konföderation gewinnt, ist die Erfüllung einer jahrhundertealten Verpflichtung und einen neuen Verbündeten.«

»Und ...«, drängte MacLeod.

»Und auch wenn der Kanzler das niemals so direkt zugeben könnte, würde er es ohne Zweifel als sehr angenehm empfinden, wenn sich Victor Davion windet, weil er eine seiner besten Söldnereinheiten und eines der strategisch wichtigsten Systeme seines Reiches verliert.«

MacLeod legte die Hand über die Augen. »Ihr Timing ist besser, als Sie ahnen, Loren. Es gibt eine ganze

Reihe von Streitpunkten zwischen dem Vereinigten Commonwealth und den Highlanders. Drake Burns nennt sie Differenzen in der ›Definition der Souveränität‹, aber gleichgültig, welchen Namen man ihnen gibt, ich lasse mir die Diskussion darüber nur höchst ungern aufzwingen. Wir sind Söldner, aber unser sogenannter Lehnsherr ist nicht allzu gewissenhaft, wenn es darum geht, seinen Teil des Vertrages einzuhalten. Unsere Bezahlung läßt auf sich warten, und die Preise für Ersatzteile sind dermaßen in die Höhe geschossen, daß wir kaum noch in der Lage sind, unsere Verpflichtungen zu erfüllen. Bis heute steht ein Teil der Gelder für unsere Mithilfe bei der Säuberung Glengarrys aus. Und ich kann protestieren, soviel ich will. Ich könnte genausogut gegen eine Wand reden. Wir haben dem Haus Davion im Neununddreißigerkrieg gedient, und jetzt stehen unsere Regimenter Wache an dem Clan-Grenzen des VerCom. Aber ich habe den Eindruck, Victor Davion will uns das Genick brechen, uns langsam in den Bankrott treiben, möglicherweise in der Hoffnung, uns zu schwächen und irgendwann als Hauseinheiten in sein Militär zu integrieren.«

»Ihre Beziehungen zum Haus Davion sind meine Angelegenheit nicht, Oberst, aber selbst in der kurzen Zeit, die ich hier bin, habe ich die Spannungen bemerkt. Der Konflikt zwischen Ihnen und Konsul Burns über die Frage, wer auf Northwind regiert, war schon am Raumhafen unübersehbar. Und dann ist da noch die Frage dieses Colonels Catelli und seiner ›Konsulargarde‹. Wie viele Truppen unterstehen seinem Befehl, Sir?«

»Eine Mechkompanie weit über Sollstärke und ein Bataillon Infanterie- und Panzertruppen.«

Loren schüttelte den Kopf. »Wo ich herkomme, nennt man so etwas eine Garnison. Aus welchem Grund stellt Victor Davion ein ganzes Bataillon seiner Truppen hierher ab, wenn er bereits über ein volles Regiment einer der besten Einheiten in der Inneren Sphäre als Standardgarnison verfügt?«

»Diese Diskussion habe ich mit meinem Stab bestimmt schon ein Dutzend Mal geführt, Major Jaffray. Aber wie lautet Ihre Antwort?«

»Ich würde sagen, es ist der erste Schritt zur Übernahme Ihrer Regimenter durch das Vereinigte Commonwealth. Davion vertraut Ihnen nicht so recht, deshalb schickt er Truppen her, die dafür sorgen sollen, daß Sie parieren. Im Lauf der Jahre werden seine Leute allmählich Ihre Autorität an sich ziehen und eine immer deutlichere Davion-Kontrolle ausüben. Irgendwann werden die Highlanders dann nur noch eine planetarische Miliz sein.«

»Unglücklicherweise entspricht das meiner Analyse der Situation. Mulvaney und einige andere junge Offiziere fallen vielleicht auf die heiße Luft herein, die Burns und Catelli ihnen vorsetzen, aber ich durchschaue deren Spiel. Und dasselbe gilt für die Obersten Senn, Cochraine und Stirling. Es ist auch sehr interessant, daß Davion sich erst die Mühe machte, diese Truppen hier zu stationieren, als die drei anderen Highlander-Regimenter das System verlassen hatten. Angeblich ein Zufall. Aber darauf falle ich nicht herein.«

»Und dann ist da noch die Clan-Bedrohung, Sir.«

»Ah ja, die Clans.« Der Gedanke an die Invasoren und die Schneise der Verwüstung, die sie bis ins Herz der Inneren Sphäre geschlagen hatten, reichte aus, das Blut selbst des besten MechKriegers gefrieren zu lassen. Mit ihrer hochmodernen Waffentechnologie hätten die genmanipulierten Krieger der Clans die Innere Sphäre verschlungen, wären sie nicht durch die Einheiten ComStars auf Tukayyid zumindest gebremst worden. Aber die Clans hingen noch immer wie ein Damoklesschwert über den Häuptern des Vereinigten Commonwealth und des Draconis-Kombinats und warteten auf das Auslaufen des Waffenstillstands von Tukayyid – oder eine Chance, ihn zu brechen.

»Unser momentaner Vertrag verpflichtet uns, Northwind und Ozawa hier in der Mark Draconis und verschiedene Welten an der lyranischen Clan-Grenze zu sichern. Es macht mich krank, Highlanders an der Clanfront postiert zu wissen, während kampfstarke VerCom-Einheiten auf Welten stehen, die sechs Sprünge von jeder Bedrohung entfernt sind.«

»Heißt das, Sie werden meiner Bitte entsprechen und einen Cabal einberufen, der über die Initiative des Kanzlers berät?«

MacLeod verschränkte die Arme, sagte aber mehrere Sekunden nichts. »Nicht alle Highlander teilen meine Gefühle, Major. Eine erkleckliche Anzahl meiner Leute ist ausgesprochen pro-Davion, vor allem diejenigen, die hier geboren wurden und aufgewachsen sind. Nachdem Hanse Davion uns die Rückkehr zum Northwind ermöglicht hat, konnte er für sie nichts mehr falsch machen.«

»Hanse Davion ist tot. Und wie man es auch dreht oder wendet, Victor Davion ist nicht sein Vater.«

MacLeod lachte leise. »Ein wahres Wort. Aber ich versuche Ihnen klarzumachen, daß selbst ein Teil meiner höchsten Offiziere, einschließlich Mulvaneys, den Davions gegenüber fanatisch loyal ist. Es wird Widerstand geben, erst recht angesichts dieses Krieges.«

»Aber die Highlanders stehen nicht mehr allein, Oberst. Die Konföderation Capella und die Liga Freier Welten stehen hinter Ihnen. Sie werden die Initiative doch unterstützen, Sir?«

»Ja, Loren Jaffray. Ich werde einen Cabal anberaumen. Wir werden den Vorschlag debattieren und darüber abstimmen, ob wir die Versammlung der Krieger einberufen.« MacLeod streckte die Hand aus, um Lorens Hand zu schütteln, als er plötzlich nach hinten gegen den Sockel des Standbilds geschleudert wurde.

Blut verschmierte den glänzend weißen Marmor, als MacLeod zu Boden sackte. Loren warf sich geduckt nach vorne, packte MacLeod unter den Achseln und zerrte ihn hinter die Statue.

»Was ist passiert?« keuchte MacLeod und legte die Hand auf den Blutfleck auf dem rechten Arm. Loren zog sie beiseite und sah, daß die Haut über einem faustgroßen Einschuß zerfetzt war. In der Wunde steckten vielsagende nadelspitze Splitter. »Nadlerfeuer! Verdammt!« Eine Nadlerpistole war eine furchtbare Waffe, die mit enormer Geschwindigkeit einen Schwarm winziger Plastiknadeln abschoß. Loren blickte sich um und sah auf der anderen Seite des Weges nichts als dichtes Unterholz. »Pressen Sie die Wunde zu, Sir«, mahnte er, und griff nach der Laserpistole in seinem Holster.

Lorens Gedanken rasten. Der Kommandeur der Highlanders lag verwundet zu seinen Füßen. Er konnte ihm den Garaus machen und es als das Werk des Attentäters hinstellen. *Nein, ich brauche diesen Mann. Lebendig ist er meine beste Chance, alle Highlander-Regimenter zu vernichten.*

MacLeod zog ein kleines Funkgerät aus der Tasche und preßte mit schmerzverzerrter Miene den Sprechknopf. »Hier MacLeod! Code Grün. Friedenspark!« Dann ließ er das Gerät fallen, als ein Schmerzanfall seine Muskeln verkrampfte. Zwischen seinen Fingern quoll Blut hervor. Loren hörte Stimmen über Funk antworten, schenkte ihnen aber keine Aufmerksamkeit. Statt dessen konzentrierte er sich darauf, den Attentäter im Buschwerk der Umgebung zu entdecken. Wäre er der Angreifer gewesen, hätte er sich in einer Flankenbewegung ein besseres Schußfeld verschafft. Er folgte seinem Verdacht und entdeckte eine Bewegung an einem Punkt, an dem auch er im Schatten einer ausladenden Ulme in Stellung gegangen wäre.

Im nächsten Moment wurden Blätter und Strauchwerk zerblasen, als eine zweite todbringende Nadelsalve unmittelbar neben seinem Bein in den Marmor einschlug. Die nur allzu vertraute Hitze, die seinen Oberschenkel entlanglief, machte ihm klar, daß er diesmal getroffen worden war. Loren ignorierte die Verletzung und warf sich zu Boden. Er feuerte seine Pistole auf die Stelle ab, wo sich die Blätter bewegt hatten. Zehn Laserimpulse zuckten aus dem Lauf ins Gebüsch.

Dann sprang ein Mann aus den Büschen und rannte den Pfad hinab. Loren feuerte hinter ihm her, erzielte jedoch keinen Treffer. Die Gestalt verschwand außer Sicht. Er sah sich um. MacLeod hatte viel Blut verloren und verlor zusehends an Farbe. Der Oberst war jedoch noch bei Bewußtsein, als Loren zu ihm zurückkroch. Lorens Bein schien in Flammen zu stehen.

»Hast du ihn erwischt, Lad?« fragte MacLeod keuchend.

Loren schüttelte den Kopf und warf einen Blick auf seine eigene Verletzung. Sechs Nadeln hatten den Muskel glatt durchschlagen, und das Blut strömte nur so ins Gras. Er preßte eine Hand auf die Wunde und lehnte sich gegen den Marmorsockel. Unter dem Druck seiner Hand schmerzte die Wunde noch stärker. Offensichtlich steckten noch weitere Nadeln im Fleisch. »Er ist entkommen, Sir.«

»Verdammt! Hoffentlich kommt bald Hilfe.« MacLeod hob den Kommunikator auf und forderte noch einmal Unterstützung an. Loren hielt das Gelände im Auge und suchte nach möglichen Gefahren. Es gab kein Anzeichen für eine Rückkehr des Attentäters oder einen zweiten Angriff.

»Ich bin für Arbeiten dieser Art ausgebildet; Sir. Wer immer hinter diesem Angriff steckt, war ein Profi. Er hat uns in offenem Gelände mit klarem Fluchtweg attackiert.« *Irgendwer hier macht Ernst, entweder jemand unter den Highlanders oder im Auftrag Victor Davions. Diesmal hatten wir Glück. Das kann sich jederzeit ändern.*

Über sich hörte er das Donnern eines Hubschraubers.

Als er nach oben blickte, erkannte er die Insignien von MacLeods Regiment, den Planeten mit Schottenmütze. Sie würden überleben, allerdings unter Schmerzen, besonders MacLeod.

»Was meinen Sie, Loren? Hatte er es auf Sie abgesehen oder auf mich?« fragte MacLeod, als die Infanteristen um sie herum in Stellung gingen. Ein MedTech rannte herbei und versorgte ihre Wunden.

»Vielleicht auf uns beide«, meinte Loren, als er die erste Hochdruckspritze fühlte. Er sah zu der imposanten weißen Statue des Sternenbundgenerals über ihnen auf, der in die Richtung zu blicken schien, aus der die Schüsse gekommen waren. Er fragte sich, ob die Fürsten der Inneren Sphäre wohl jemals aus den Fehlern der Vergangenheit lernen würden, oder ob sie nur darauf aus waren, sie zu wiederholen.

8

Das Fort, Tara, Northwind
Mark Draconis, Vereinigtes Commonwealth

18. September 3057

»Haben Sie am Tatort schon irgendwelche Spuren gefunden?« fragte Loren Mulvaney, während der letzte Autoverband an seinem Bein befestigt wurde. Über die Sensoren im Innern der Bandage würde das kleine elektronische Kontrollgerät die Wunde beobachten und bei Bedarf mit Schmerzmitteln versorgen. Vierundzwanzig Stunden nach dem Angriff war Lorens Adrenalinspiegel wieder normal, aber die Schmerzen waren geblieben.

»Unsere Truppen haben den Park abgeriegelt, aber der Angreifer hat sich in Luft aufgelöst. Teufel, wir haben nicht einmal einen Stiefelabdruck gefunden. Aus Sicherheitsgünden habe ich die Regimentspolizei in allen Stationen auf Alarmstufe Gelb gesetzt. Möglicherweise müssen wir auch die Kontrollen an den Basen verschärfen.«

»Gute Idee«, meinte MacLeod.

»Die große Frage jetzt ist, wer von Ihnen beiden das Ziel war«, fragte Mulvaney kühl und drehte sich zu Loren um. »Ihre Verletzung ist nur ein Streifschuß.«

Loren zuckte die Schultern und verzichtete auf die Feststellung, daß der Nadler ihm auch so einiges an Haut und Muskelgewebe zerfetzt hatte. »Ich habe ebensowenig eine Antwort auf diese Frage wie Sie. Mit einem Nadlergewehr kann er es ohne weiteres auf uns beide abgesehen haben. Aber ich bin noch nicht lange genug auf Northwind, um mir Feinde gemacht zu haben.«

»Da wäre ich mir nicht so sicher«, unterbrach MacLeod. »Es gibt eine Menge Leute, auch Highlander, die einen capellanischen Offizier in unseren Reihen gar nicht gerne sehen. Schon gar nicht unter den momentanen Umständen. Nur ein, zwei Sprünge von hier befindet sich das Vereinigte Commonwealth im Krieg mit den Capellanern. Aber kein Mitglied meines Regiments würde jemals einen derart feigen Angriff ausführen – das widerspricht allen Regeln der Highlanders. Und ich habe, verdammt noch mal, nicht die leiseste Ahnung, warum irgendwer es auf mich abgesehen haben sollte, außer es war irgendeinen rachsüchtiger Skye-Fanatiker.«

Er ließ den Arzt seine Verletzung fertig bandagieren und wartete, bis der Mann das Zimmer verlassen hatte, bevor er wieder das Wort ergriff. »Also dann, Major, lassen Sie hören, was sich während dieser Turbulenzen noch zugetragen hat. Bericht.« MacLeod rieb seinen Arm und blickte Mulvaney wartend an.

Sie reichte ihm einen Ausdruck. »Ich wollte damit eigentlich warten, bis Sie aus dem Krankenrevier entlassen sind, aber es ist ziemlich dringend. Es kam mit der letzten Sendung von ComStar. Vor zwanzig Minuten.«

Oberst MacLeod betrachtete den Ausdruck und verzog überrascht das Gesicht. »Zur Hölle!« murmelte er.

»Was ist los, Oberst?« fragte Loren.

»Regimentsangelegenheiten«, speiste Mulvaney ihn knapp ab.

Der Oberst ignorierte sie. »Eine Mitteilung von Katrina Steiner aus dem Lyranischen Commonwealth.« Er las den Text vor. »Auf meinen direkten Befehl sind alle Garnisonskräfte der Northwind Highlanders im bisher als lyranische Distrikte des Vereinigten Commonwealth bekannten Raumbereich offiziell vom Dienst entbunden und angewiesen, auf schnellstem Wege nach Northwind zurückzukehren. Da alle Truppen im lyranischen Raum unter dem Befehl des Heereskommandos Lyranisches Commonwealth stehen, entbinde ich sie persönlich von ihren Aufgaben. Die derzeitigen zivilen Unruhen betreffen die Northwind Highlanders in keiner Weise, und ich möchte sie weder hineinziehen noch anderweitig in Gefahr bringen. Des weiteren biete ich den Männern und Frauen Northwinds den Schutz der Lyranischen Allianz an, sollten sie diesen zur Verteidigung ihrer Interessen benötigen. Viel Glück und schnelle Heimkehr. Katrina Steiner.«

»Lyranische Allianz?« fragte Loren. »Was ist das?«

»Katrina hat Prinz Victor in einer Holoansprache für den Versuch verurteilt, Thomas Mariks Sohn gegen einen Doppelgänger auszutauschen. Sie hat den Ausnahmezustand ausgerufen und erklärt, daß sie ihren Teil des Reiches aus dem Vereinigten Commonwealth ausgliedert, um die Lyraner aus dem Krieg herauszuhalten.«

»Sprich: Sie läßt ihren Bruder im Regen stehen«, stellte Loren fest.

MacLeod nickte. »Sagen wir es ruhig, wie es ist. Es herrscht Bürgerkrieg. Victor Davion wird das mächtigste Reich der Nachfolgerära nicht kampflos aufgeben.«

»Wir haben noch keine offizielle Antwort, aber Katrina befiehlt unseren Truppen natürlich, ihre Raumsektoren zu verlassen, damit sie in ihrem Krieg gegen Victor nicht gegen sie eingesetzt werden können.«

Loren konnte nicht anders als über Victor Davions Dilemma zu grinsen. »Dagegen ist der kleine Aufstand auf Glengarry wie ein Mückenstich. Glengarry war nur der Anfang.«

»Prinz Victor Steiner-Davion ist unser Lehnsherr, Major Jaffray. Ich weiß nicht, wie so etwas in Ihrer Konföderation Capella läuft, aber das Vereinigte Commonwealth ist etwas besser organisiert. Diese Putschistin Katrina hat überhaupt keine Autorität, uns herumzukommandieren. Und selbst wenn sie sich das einbildet, brauchen wir ihre Befehle nicht zu befolgen«, erklärte Mulvaney.

»Da muß ich Ihnen widersprechen, Major«, sagte

MacLeod. »Ich würde sagen, Fräulein Steiner hat ihre Hausaufgaben sorgfältig gemacht. Alle Einheiten im Befehlsbereich des Heereskommandos Lyranisches Commonwealth erhalten ihre Einsatzbefehle von Tharkad. Ihr Bruder kann Katrinas Befehle erst widerrufen, wenn die Einheiten das Gebiet des Heereskommandos Vereinigte Sonnen betreten haben. Ich würde sagen, die junge Dame ist äußerst gewitzt.« MacLeod unternahm keinen Versuch, seine Bewunderung zu verbergen, ebensowenig wie Loren. Es war eine waghalsige Aktion von seiten Katrina Steiners. Und jeder Krieger wußte, daß es gerade die Bereitschaft war, Risiken einzugehen, die zwischen Leben und Tod entschied.

»Was werden Sie tun, Oberst?« fragte Loren.

»Als erstes werden wir uns in die Gefechtszentrale begeben. Ich möchte mir unsere aktuellen Dienstlisten ansehen und ein paar Botschaften an die Regimenter draußen im Feld formulieren. Diese Order verändert einiges.«

»Vor nicht einmal vierundzwanzig Stunden hat man versucht, Sie zu ermorden, und der Attentäter ist noch nicht gefaßt«, protestierte Mulvaney. »Bei allem Respekt, Sir, Sie sollten sich noch etwas Ruhe gönnen. Ich kann die Dienstlisten übernehmen und Ihre Befehle ausführen.«

MacLeod ließ sich vom Untersuchungstisch auf die Füße rutschen. Er wirkte tatsächlich abgespannt, und trotz der Medikamente hatte er sichtlich Schmerzen. »Major, ich kenne meine Pflichten ebensogut wie Sie. Ich bin nicht nur ein Regimentskommandeur, ich befehlige alle Highlander-Einheiten, hier und im All. Dies ist nicht der Zeitpunkt, irgendwo herumzusitzen und Däumchen zu drehen. Ich würde auch in die Zentrale gehen, wenn dieser Bastard mir den Arm abgeschossen hätte.« Er ging entschiedenen Schritts Richtung Tür, dann drehte er sich zu den beiden anderen Offizieren um. »Jaffray, Sie begleiten uns.«

»Sir?« Loren traute seinen Ohren nicht. Als Mitglied des Capellanischen Heeres wäre seine Anwesenheit in der Befehlszentrale der Highlanders unter den günstigsten Umständen als außergewöhnlich zu bezeichnen.

MacLeod warf ihm denselben Blick zu, mit dem er nur Sekunden zuvor Mulvaney bedacht hatte. »Keine Widerworte, Lad. Ich will, daß Sie Mulvaney und mich begleiten, jedenfalls vorerst.«

»Sir!« protestierte Chastity. Sie warf Loren einen wütenden Blick zu.

»Major, bevor Sie mich mit einem Wirbelsturm von Argumenten und Zitaten aus den Dienstvorschriften überschütten, lassen Sie mich eines klarstellen. Jaffray hier hat mir soeben das Fell gerettet, und das gleicht manches aus. Außerdem ist er ein erfahrener Offizier einer militärischen Eliteeinheit. Er könnte uns eventuell behilflich sein.«

»Das ist höchst ungewöhnlich, Sir. Er ist ein *capellanischer* Offizier.« Mulvaney benutzte das Wort ›feindlich‹ nicht, aber der Unterton war klar.

»Nun, ich habe nicht vor, ihn mit irgendwelchen militärischen Geheimnissen verschwinden zu lassen«, stellte MacLeod fest und drehte sich wieder zur Tür. »Außerdem ist das ein Befehl.« Die letzten Worte kamen in sehr viel strengerem Ton.

Lorens Herz schlug schneller. Hier ging es um mehr als die Gelegenheit, Einblick in die internen Arbeitsbedingungen im Oberkommando der Highlanders zu werfen. In der Inneren Sphäre war Krieg ausgebrochen, und er hatte sein Leben damit verbracht, die Kriegskunst zu erlernen. Und nun fand er sich weitab von seiner Einheit.

Was ihm einen flüchtigen Augenblick lang Sorgen machte, war, daß er die Todeskommandos nicht vermißte. Er hätte den Wunsch verspüren müssen, augenblicklich zu seiner Einheit zurückzukehren – darauf war er trainiert. Aber statt dessen fühlte er sich in der

Gesellschaft von MacLeod und Mulvaney seltsam geborgen. Die Northwind Highlanders fingen an, ihn als einen der ihren zu akzeptieren. Er verspürte ein Familiengefühl, wie er es seit dem Tod seines Großvaters nicht mehr gekannt hatte. Der Tod des alten Mannes hatte ihn tief getroffen, aber hier auf Northwind schien es plötzlich so, als wäre sein Großvater noch bei ihm, und für eine Weile verdrängte er jeden Gedanken an die Kommandos. Mit jedem humpelnden Schritt nagte ein Gefühl der Schuld an ihm.

Er sah hinab auf seine Aufschläge, und der schwarze Totenkopf der Todeskommandos starrte zurück. Fast schien er zu grinsen. Die Highlanders hatten eine ruhmreiche Geschichte, aber er hatte eine Aufgabe – eine Mission. Was auch geschah, er durfte nicht vergessen, warum er wirklich nach Northwind gekommen war.

9

Das Fort, Tara, Northwind
Mark Draconis, Vereinigtes Commonwealth

18. September 3057

Die Gefechtszentrale der Highlanders befand sich tief im Herzen des Forts. Vier Wachmannschaften in makellosen Highlander-Uniformen waren an den Kontrollpunkten des dorthin führenden Korridors postiert. Loren bemerkte, daß die Wände in diesem Bereich aus verstärktem Beton bestanden, in den zur zusätzlichen Armierung dicke Stahlplatten eingelassen waren. Als sie auch den letzten Kontrollpunkt passiert hatten, war er davon überzeugt, daß diese Zentrale sogar einen direkten Atomangriff überstehen konnte, falls solche Waffen jemals wieder zum Einsatz kommen sollten.

Er hatte Schwierigkeiten, mit den beiden anderen mitzuhalten. Der aufblasbare Autoverband und die Beruhigungsmittel machten das Gehen schwierig. Er wußte, daß Mulvaney kochte, aber er wußte auch, wären ihre Rollen vertauscht gewesen, hätte er sich noch mißtrauischer und besorgter um seinen Herrscher und seine Einheit gezeigt.

An der letzten Tür schrieb Mulvaney sie außerhalb einer kugelsicheren Wachbude in ein Besucherverzeichnis ein. Die wuchtige, verchromten Tore erinnerten mehr an die Stahlkammer einer Bank als an den Eingang zur Befehls- und Kommunikationszentrale der Highlander-Regimenter. Loren folgte den beiden Offizieren und hörte die Tore hinter sich mit einem tiefen, hallenden Knall zufallen.

Die Gefechtszentrale war im Grunde eine festmontierte Koordinations- und Kommunikationseinrichtung. Im Einsatz benutzte ein Regiment kleinere mobile

Hauptquartiere, aber an festen Garnisonsorten wie hier auf Northwind war dies die bestmögliche Lösung. Die Wände waren von zahlreichen computergenerierten Karten bedeckt, und in der Mitte des Raumes standen mehrere Sessel mit in die Armstützen eingebauten Kontrollen im Innern eines Dreiviertelkreises aus Computer- und Kommkonsolen. Loren sah mindestens ein Dutzend Offiziere in dem schwach beleuchteten Raum, und alle trugen sie Kommsets. Als sie Oberst MacLeod bemerkten, brach die wilde Aktivität augenblicklich ab, und die Offiziere nahmen Haltung an. MacLeods Verwundung hinderte ihn daran, den Gruß zu erwidern, aber sein Nicken schien zu genügen.

Loren vermutete, daß MacLeod ihm diese Zentrale aus Stolz zeigte. An einem solchen Ort waren keine großen Geheimnisse zu entdecken, aber er zeigte, wie gut sein Verband organisiert war, und was Loren in der GZ der Highlanders zu sehen bekam, war beeindruckend. Es war nicht die erste Regiments-GZ, die er gesehen hatte, und den Geheimdienstberichten nach, die er über die Zentralen bei Wolfs Dragonern, den Kell Hounds und der Gray Death Legion gelesen hatte, rangierte diese in derselben Eliteklasse. Die Kommunikationskonsolen waren vernetzt und gestatteten jederzeit einen Austausch von Daten. Die Position der drei erhöhten und drehbaren zentralen Sitzplätze war optimal. Von dort aus konnten der Kommandeur und seine Adjutanten den gesamten Raum und die meisten Monitore sehen. Wie die Gefechtszentrale eines Kampfraumschiffs war auch dieser Raum ganz darauf abgestellt, den befehlshabenden Offizier möglichst schnell mit Informationen zu versorgen. Von einem Punkt aus konnte ein einzelner Offizier mit seinem Stab die Aktivitäten aller vier Highlander-Regimenter und die Verteidigung des Planeten koordinieren.

MacLeod überprüfte die Armkontrollen des größten der drei zentralen Sitzplätze, dann drehte er sich zu seiner Stellvertreterin um. »Geben Sie mir die momentanen Positionen, Major.«

»Das 1. Kearny steht mit zwei Bataillonen auf Chahar und einem auf Sargasso«, erklärte sie und deutete mit einem Kontrollzeiger auf eine Wandkarte. Zwei Welten an der Grenze zur Clan-Besatzungszone leuchteten auf. »Das 2. Kearny ist auf Hood IV, Newtown Square und Arluna verteilt, und hat zwei Kompanien auf Barcelona.«

MacLeod betrachtete die Karte. »Damit bleiben uns die Stirling's Fusiliers auf Ozawa, und die kehren in ein paar Wochen hierher zurück.« Während er sprach, leuchtete Ozawa auf der Sternkarte auf. Wie Northwind lag auch Ozawa in der Mark Draconis. Aber man mußte kein Stratege sein, um die Bedeutung der anderen Planeten zu erkennen. Sie alle lagen im lyranischen Teil des Vereinigten Commonwealth, im Grenzgebiet der Claneroberungen. Falls die Clans sich entschlossen, den Waffenstillstand zu brechen und ihre Invasion wiederaufzunehmen, würden die Northwind Highlanders die volle Wucht ihres Angriffs zu tragen haben.

»Das ist korrekt, Sir.«

»Plötzlich fühle ich mich hier sehr einsam«, stellte MacLeod leise und beinahe für sich fest. Hunderte Lichtjahre trennten den Rest der Highlanders von MacLeods Regiment auf Northwind. Ozawa war ganz in der Nähe, aber die beiden anderen Regimenter waren unter günstigsten Umständen fünfzehn Hyperraumsprünge entfernt.

»Commander Gomez«, bellte MacLeod, ohne die Karte weiter zu beachten. Trotz seiner Verletzung schien er als Kommandeur in seinem Element.

Eine große, rothaarige Highlanderin trat vor und nahm Haltung an. »Ja, Sir!«

»Öffnen Sie die Kommleitung zu ComStar und rufen Sie alle Sendungen in der Warteschleife ab.«

»Ja, Sir.« Gomez ließ sich auf einen der drei Mittelplätze fallen und hämmerte wie wild auf der Tastatur.

Loren sah ihr über die Schulter, dann drehte er sich zu Mulvaney um. »Sie haben eine Standleitung zum ComStar-HPG?«

Mulvaney setzte sich neben Gomez und begann ebenfalls zu tippen. »Standleitung ist übertrieben. Wir haben die Möglichkeit, unsere Sendungen zu bündeln und über eine Direktleitung an den ComStar-HPG in der Stadt zu übermitteln. Wir bezahlen das Vereinigte Commonwealth fürstlich für diese Bündelung der Sendungen an unsere Zentrale, aber das liefert uns das Nächstbeste nach einer Standleitung mit den Regimentern.«

»Ich bin beeindruckt«, stellte Loren fest. Das Hyperpulsgeneratornetz war das Rückgrat der interstellaren Kommunikation, und direkter Zugriff auf einen HPG war ein seltenes Privileg für eine Militäreinheit.

»Wie sieht es aus, Gomez«, fragte Mulvaney.

»Ich habe Bestätigungen von allen Einheiten im Heereskommando LyrCom.« Nachdem sie gezielt mehrere Tasten gedrückt hatte, lächelte Gomez zufrieden. »Verbindung steht, Übertragung läuft.«

MacLeod sah über Mulvaneys Schulter, während er vorsichtig ein kleines schwarzes Etui mit einer drahtgefaßten Lesebrille aus der Tasche zog. Er setzte sie auf und beobachtete aus zusammengekniffenen Augen den Monitor.

Die elektronischen Karten badeten die Personen in der Zentrale in ein gespenstisches Licht. Einige waren deutlich mit ›Northwind‹ gekennzeichnet, andere zeigte ferne Welten. Die Icons auf dem Schirm waren halbvertraut. Es waren offensichtlich militärische Einheiten. Die kleinen ovalen Symbole der Highlanders mit dem Breitschwert vor einem leuchtend rotblauen Schottenmuster waren unverkennbar. Die hellen Farben der verschiedenen Geländearten ließen die Karten wie abstrakte Gemälde aussehen und nicht wie strategische Hilfen. Loren war erneut beeindruckt. Von diesem Platz aus hatte Oberst MacLeod die volle Übersicht über alle vier Highlander-Regimenter.

»Nun, Fräulein Steiner war höchst effizient«, meinte MacLeod. »Sie hat jeder Garnison, die wir im Heereskommando LyrCom haben, dieselbe Botschaft übermittelt. Unsere Leute haben ihren Befehl bereits bestätigt und warten jetzt auf meine Anweisungen.«

»Sir«, stellte Mulvaney fest und sah von ihrem Monitor auf. »Sie warten alle auf den einen Befehl. Abziehen oder Bleiben.«

MacLeod nickte und rieb sich wieder den bandagierten Arm. »Ich weiß, Lass, ich weiß.«

Das Gesicht des Obersten, als er auf Mulvaneys Schirm blickte, war eine Studie tiefster Nachdenklichkeit. Dann richtete er sich auf und nahm vorsichtig die Brille von der Nase, faltete sie zusammen, legte sie in das Etui und steckte sie wieder in die Brusttasche.

»Was werden Sie tun, Oberst?«

»Eine gute Frage, Major Jaffray. Ich neige dazu, Katrinas Befehl zu bestätigen und meine Leute nach Hause zu beordern.«

»Sir«, warf Mulvaney ein. »Unser Lehnsherr ist Prinz Victor Steiner-Davion, nicht diese Renegatin Katrina. Diesen Befehl anzuerkennen wäre Verrat.«

»Hat Victor Davion einen Gegenbefehl erteilt?« fragte Loren.

»Nein, aber darum geht es auch nicht, Jaffray, und das wissen Sie genau. In dem Augenblick, in dem wir Ihren Befehl als rechtmäßig anerkennen, stellen wir uns gegen das Vereinigte Commonwealth.« Sie wandte sich wieder an MacLeod. »Sir, wenn Sie diesen Befehl bestätigen, ist das eine direkte Aktion gegen das Vereinigte Commonwealth.«

»Es gibt kein Vereinigtes Commonwealth mehr«,

konnte Loren sich nicht verkneifen einzuwerfen. »Jedenfalls nicht mehr lange.«

»Major Jaffray, das hier ist eine interne Angelegenheit der Highlanders, die Sie überhaupt nichts angeht«, schoß sie zurück. Angesichts der eingetroffenen Botschaften erwartete Loren jeden Augenblick MacLeods Anweisung, die Zentrale zu verlassen.

Aber als MacLeod das Wort ergriff, überraschte er ihn. »Das ist ein schwieriger Moment für unsere Einheit, aber ich sehe keine Gefahr in Major Jaffrays Anwesenheit. Er hat nichts gesehen oder gehört, das nicht in spätestens vierundzwanzig Stunden in der gesamten Inneren Sphäre Allgemeingut sein wird.«

»Sie haben recht, Oberst. Ich habe nur versucht, uns vor Ablenkungen abzuschirmen«, meinte Mulvaney tonlos und versuchte Loren niederzustarren.

MacLeod sah hinüber zu seiner Funkoffizierin. »Commander Gomez, geben Sie folgende Botschaft an ComStar zur Übermittlung an die Obersten Stirling, Cochraine und Senn. Mit Priorität Alpha, verschlüsselt nach meinem privaten Sicherheitscode. Und eine unverschlüsselte Kopie an das lyranische Oberkommando.«

»Bereit, Sir«, erklärte Gomez, die Finger auf der Tastatur. Loren fühlte die Spannung im Raum eine fast unerträgliche Intensität erreichen. Oberst MacLeod warf einen kurzen Blick auf den Ausdruck, den er von Mulvaney bekommen hatte, atmete tief durch und fing an.

»Entsprechend dem direkten Befehl Nummer 2546 des Heereskommandos Lyranisches Commonwealth ergeht an alle Einheiten der Northwind Highlanders hiermit der Befehl zur sofortigen Rückkehr nach Northwind. Außer in Selbstverteidigung sind keinerlei Maßnahmen gegen Zivilpersonen gestattet. Die Evakuierung hat in nicht unter acht Tagen ab Bestätigung dieser Mitteilung zu erfolgen. Alle Reiserouten nach Northwind sind mit Code heutigen Datums zu verschlüsseln, und alle Einheitskommandeure werden darauf hingewiesen, daß ein intakter Rückzug nach Northwind erwartet wird.« Er sah zu Mulvaney hinüber. »Ich verstehe Ihre Besorgnis, Major. Aber für den Fall, daß unsere sogenannten Freunde im Vereinigten Commonwealth Probleme machen, ist Cat Stirling nur einen Sprung entfernt.«

MacLeod fuhr sich mit den Fingerspitzen über die buschigen, graumelierten Brauen. »Alle Regimenter sollen auf Sicherheitsalarmstufe Drei gehen. Alle Urlaubsscheine sind ungültig und alle Mannschaften und Offiziere außer Dienst angewiesen, unverzüglich zu ihren Einheiten zurückzukehren.«

»Ja, Sir«, erwiderte Gomez. Sie hatte die Hälfte der Befehle bereits eingegeben.

Der Kommandeur der Highlanders wandte sich an Mulvaney. »Major Mulvaney, bis übermorgen abend, 20 Uhr, haben unsere Truppen die Caithness Woods abgeriegelt und gesichert. Laden Sie das gesamte zu diesem Zeitpunkt nicht im Einsatz befindliche Personal zu einem dort stattfindenden Kriegercabal ein. Überbringen Sie die Einladungen persönlich, keine Funksprüche, keine schriftlichen Befehle.«

»Sir?«

»Major Jaffray wurde von Kanzler Sun-Tzu Liao beauftragt, uns eine Botschaft zu überbringen, und ich habe mich entschlossen, ihm das zu erlauben. Außerdem muß ich mit meinen Leuten reden, und das ist die beste Gelegenheit. So kann es keine Mißverständnisse geben. Ich möchte, daß sie es aus meinem Mund hören.«

»Ich werde gehorchen, Oberst, aber ich bin nicht sicher, ob die Zeit dafür günstig ist. Es könnte besser sein, mit einer Entscheidung zu warten, bis wir die momentane Situation besser überblicken können.« An ihrer Körperhaltung war deutlich abzulesen, daß Mulvaney gleichzeitig erregt und wütend war.

»Ich habe meine Entscheidung getroffen und meine Befehle abgeschickt, Major.« MacLeod sah sich um. Die anderen Offiziere beobachteten ihn und seine Stellvertreterin genau. »Lassen Sie uns Ihre Bedenken irgendwo anders besprechen«, stellte er ruhig fest und deutete in Richtung einer Tür in der hinteren Wand des Raumes. »Ich überlasse Sie der Obhut von Commander Gomez, Major Jaffray. Sie kann Ihnen die Arbeitsweise unserer Zentrale erklären. Sie werden beeindruckt sein.«

Loren nickte höflich und trat neben Gomez an deren Konsole, während der Oberst und Mulvaney den Raum verließen.

MacLeod ging Mulvaney in das Besprechungszimmer mit einem Tisch und sechs Stühlen voraus. Der Raum war dunkelgrün gestrichen, und die hüfthohe Wandtäfelung aus dunklem Mahagoni, das dem Zimmer eine Aura der Würde verlieh. In zwei Glasvitrinen an den Wänden waren BattleMechpanzerplatten ausgestellt. Beide waren von Waffentreffern gezeichnet und trugen die Unterschriften zahlreicher Krieger. Erinnerungen an die Vergangenheit der Einheit.

Mulvaney wartete nicht auf MacLeod, sondern ergriff das Wort, kaum daß sie die Tür hinter sich geschlossen hatte. »Sir, ich verweigere Ihre Befehle nicht, ich stelle sie nur in Frage. Wir haben die Pflicht, das Vereinigte Commonwealth zu schützen. Dieser Befehl Katrina Steiners bedeutet den Bürgerkrieg. Wir sollten unsere Truppen nicht abziehen, sondern in Aktion setzen. Erinnern Sie sich, was auf Glengarry geschehen ist? Wir sollten einen kleinen planetarischen Aufstand niederschlagen. Eine Menge guter Männer und Frauen haben bei dieser Aktion ihr Leben gelassen. Dies hier ist dasselbe Problem in sehr viel größerem Maßstab. Wenn wir jetzt eingreifen, um Victor zu stützen, können wir vielleicht größere Verluste in der Zukunft vermeiden.«

MacLeod sah Mulvaney an und rieb sich den verletzten Arm. »Ich weiß, wie Sie darüber denken, Major, aber das ist nicht unser Kampf, zumindest jetzt noch nicht. Meine Entscheidung ist getroffen. Die Northwind Highlanders kehren heim.«

»Sie wissen, sobald das Heereskommando Vereinigte Sonnen davon Wind bekommt, wird es entsprechende Gegenbefehle erlassen.«

»Soll es«, meinte MacLeod gelassen.

»Was werden Sie tun, wenn diese Befehle eintreffen, Sir?«

MacLeods stahlgraue Augen zeigten keine Spur von Unsicherheit. »Ich bin ein Highlander. Ich werde mich nicht einschüchtern lassen. Ebensowenig wie Sie, Major.«

»Oberst, Victor Davion wird sich nicht gefallen lassen, was Sie da tun, ob es vom Gesetz gedeckt ist oder nicht. Er wird es als Bedrohung auslegen.«

»Wie ich bereits sagte, Majorin, ich weiß, das Heereskommando Vereinigte Sonnen wird meine Befehle widerrufen, entweder direkt oder in Anweisungen an die zurückkehrenden Regimenter. Unsere Leute werden die Anweisungen ignorieren, und ich werden einer Konfrontation mit meinen Davion-Vorgesetzten nicht aus dem Weg gehen können.«

»Armeemarschall Hasek-Davion wird sich eine solche Insubordination niemals gefallen lassen«, setzte Mulvaney nach. »Womöglich schickt er sogar Truppen und Mechs, um seine Befehle durchzusetzen. Selbst wenn wir einem Kampf ausweichen können, verwickeln Sie uns wahrscheinlich in einen anderen direkt hier vor unserer Tür – Sir.«

MacLeod stützte die Hände in die Hüften und zuckte die Achseln. »Sie haben recht, Chastity, das ist durchaus im Bereich des Möglichen. Aber angesichts einer feindlichen Invasion werden die Davions keine Truppen an uns verschwenden können.«

»Sir!« Mulvaney schien von seiner Gleichgültigkeit schockiert. »Und wenn Sie sich irren, und die Davions kommen doch? Wir haben nur ein einziges Regiment hier auf Northwind. Wir wären ihnen absolut unterlegen.«

»Das weiß ich, Major. Ich habe diese Entscheidung nicht leichtfertig getroffen. Aber vergessen Sie nicht, Cat Stirling und die Fusiliers können bei Bedarf rechtzeitig hier eintreffen. Und selbst wenn uns Victor Davion eine Großoffensive widmet, werden wir ihm einen höllischen Kampf liefern.«

10

Das Fort, Tara, Northwind
Mark Draconis, Vereinigtes Commonwealth

19. September 3057

Dank der Schmerzmittel und des Autoverbands, die er von den Regimentsärzten bekommen hatte, war Lorens Nacht ruhig verlaufen. Die synthetische Haut über seiner Wunde hatte die Reizung durch seine nächtlichen Bewegungen erträglich gemacht, aber die Kriegsnachrichten, die er gehört hatte, drohten, andere Aspekte seines Aufenthalts auf Northwind erheblich stärker zu komplizieren. Noch während der Marik seine Kriegserklärung verkündete, hatten capellanische und Liga-Einheiten den Sturm auf die im 4. Nachfolgekrieg verlorenen Systeme eingeleitet. Und sie überraschten die Verteidiger vollkommen. Entweder hatte Victor Davion seine Flanke ungeschützt lassen müssen, weil er die Truppen als Garnison an der Clan-Grenze brauchte, oder mit den Informationen seines Nachrichtendienstes über gegnerische Truppenbewegungen war etwas ganz enorm schiefgelaufen. Hinzu kam, daß in der gesamten Mark Sarna davionfeindliche Aufstände und Rebellionen ausgebrochen waren.

Die Invasion mußte Teil der Überlegungen gewesen sein, aus denen der Kanzler Loren auf Northwind geschickt hatte, aber er fragte sich, ob der Krieg die Highlanders nicht doch noch gegen ihn aufbringen konnte. Er durfte nicht versagen, aber konnte er noch gewinnen?

Die Messe war klein, und die meisten Offiziere schienen sich in feste Cliquen zu gruppieren, wie in allen Messen, die Loren kannte. Er ging am Buffet entlang und bediente sich bei Toast und Soße. Zwei braune Proteinriegel und eine starke Tasse Kaffee vervollständigten die Mahlzeit. Das Frühstück war nicht gerade weltbewegend, aber im Vergleich zu manchen Feldrationen, die Loren schon hatte verspeisen müssen, schien es geradezu ein Festessen zu sein. Er hatte sich gerade hingesetzt, als er Schritte hinter sich hörte.

»Sie sind der Kerl, von dem ich reden gehört habe. Dieser Capellaner mit Highlanderblut. Ein Nachkomme von Letha Jaffray«, hörte er eine ihm unbekannte Männerstimme. Loren kaute ein paar Sekunden weiter, bevor sich langsam umdrehte. Dem Tonfall des Fremden nach zu urteilen, war eine Konfrontation nicht auszuschließen. – Der Offizier war ein Commander, jung, blond, gut gebaut. Er trug den Overall eines MechKriegers. Nach allem, was Loren über Highlander-Abzeichen wußte, hatte er in seiner bisherigen Laufbahn fünf gegnerische Mechs abgeschossen. Beeindruckend, wenn man seine Jugend in Betracht zog.

»Ja, ich bin Major Loren Jaffray«, stellte er ruhig fest.

»Es heißt«, meinte der Mann, und verschränkte die Arme, »Sie waren bei dem Alten, als er vorgestern angeschossen wurde.«

Loren nickte langsam und drehte seinen Stuhl herum, um dem Commander ins Gesicht sehen zu können. Er bemerkte kein Anzeichen einer Waffe, aber wenn die Situation sich zum Schlimmeren entwickelte, war er sicher, diesen Knaben mit einem Sprungangriff zu Boden strecken zu können. »Das stimmt.«

»Und wie ich hörte, haben Sie ihm das Leben gerettet«, sagte der Highlander, streckte die rechte Hand aus und setzte ein breites Lächeln auf. »Freut mich, Sie kennenzulernen, Major Jaffray. Ich bin Jake Fuller, Regimentsstabskompanie, Licherungslanze.«

»Gleichfalls«, erwiderte Loren, als er aufstand und seinem Gegenüber die Hand schüttelte. »Und um ehrlich zu sein, ich habe nur ein paar Schüsse ins Gebüsch gesetzt.«

»Es heißt auch, daß Sie im Pub *Madame Eisenherz* gesiegt haben. Für mich macht Sie das zu einem enorm zähen MechKrieger.«

Loren zuckte die Achseln. »*Madame Eisenherz?*«

»Stimmt es, daß Sie sie tatsächlich bei einem Ehrenduell besiegt haben?«

Loren grinste und konnte sich eine kleine Prahlerei nicht verkneifen. »Ja, ich habe sie im Zweikampf überwältigt. Aber ihren Spitznamen kannte ich noch nicht.«

»Nicht, was Sie denken, Major. Sie ist eine zähe Hurentochter von einer stellvertretenden Kommandeurin. Und sie ist eine der besten MechKriegerinnen, die irgendeiner von uns je gesehen hat oder in seiner Einheit hatte. Die meisten der jüngeren Offiziere würden ihr durch die Hölle folgen. Diejenigen von uns, die schon einmal neben ihr gekämpft haben, hatten dieses Vergnügen schon mehrere Male. Den Spitznamen haben wir ihr nach den Zwischenfällen auf Clermont vor drei Jahren gegeben. Das war ein verflucht harter Kampf, das können Sie mir glauben.«

Loren war neugierig. »Was war?«

»Die MacLeod's Highlanders waren als Garnison auf Clermont, als die Stahlvipern zu einem kleinen Überfall vorbeischauten. Diese Clan-Krieger sind eine verflucht zähe Bande. Und ihre OmniMechs sind die beste Gefechtsfeldtechnologie, die mir je untergekommen ist. Ihr Capellaner habt verdammtes Glück, daß sie die Konföderation noch nicht erreicht haben. Jedenfalls ist Frau Major geradewegs in einen Haufen ihrer Elementare gewatet. Sie muß ein Dutzend von ihnen an ihrem Mech hängen gehabt haben, aber sie feuerte einfach weiter auf die Omnis. Zwei davon hat sie ganz allein zur Strecke gebracht, bevor diese Panzerkröten ihre Pilotenkanzel aufschnitten und das Feuer auf sie eröffneten.«

»Davon hatte ich keine Ahnung«, stellte Loren fest. Es stimmte, daß die Konföderation Capella noch keinen Kontakt mit den Clans gehabt hatte, aber Loren kannte genug Geschichten über sie, um zu wissen, wie gefährlich sie waren. Ein Gefecht gegen diese Clanner zu überleben, war eine beachtliche Leistung.

»Sie haben bestimmt die Narben an ihrem Arm gesehen. Einer der Schüsse traf ihre Brust und streifte ihr Herz. Sie hat einen Monat im Feldlazarett gelegen, und um sie zu retten, mußten die Ärzte ihre Pumpe mit ein paar künstlichen Ersatzteilen instandsetzen. Seitdem nennen wir sie Eisenherz … natürlich nur, wenn sie es nicht hören kann.«

Loren zog sich bei dem Gedanken, von einem der schwergepanzerten Elementare angegriffen zu werden, die bei den Kriegern der Inneren Sphäre den Spitznamen Kröten hatten, der Magen zusammen. Die Vorstellung, wie einer dieser gepanzerten Infanteristen durch die Stahlwand eines Cockpits brach und den MechKrieger dahinter angriff, war erschreckend. Er dachte zurück an den Abend, als er gegen Mulvaney gekämpft hatte, und an ihren Kommentar im Anschluß.

»Ich bin etwas überrascht«, meinte er.

»Wieso das, Major?«

»Mulvaney hat mir gesagt, sie hätte noch nie einen Kampf verloren.«

Commander Fullers Miene wurde ernst. »Das hat sie auch nicht, bis Sie kamen.«

»Aber Sie haben gerade gesagt, der Elementar …«

»Ich habe gesagt, er hat sie angeschossen, und zwar ziemlich schlimm. Möglicherweise hätte er sie sogar erledigt, aber unmittelbar bevor sie das Bewußtsein verlor, löste sie die Rettungsautomatik aus. Der Düsenstoß hat den Viperelementar zerfetzt. Sie kam in der Nähe eines kompletten Sterns von Clanner-Omnis runter und war so gut wie tot, als der Alte meine Lanze in Bewegung setzte. Er hat sie persönlich aus der Pilotenliege geschält und ins Hospital gebracht. Wir gruben uns ein und gaben ihm Deckung. Er ist an dem Tag ein enormes Risiko eingegangen.«

»Soweit ich das sehen konnte, ist Ihr Oberst ein verteufelt guter Offizier.«

»Sie wissen nicht mal die Hälfte. Seine Tochter war auch in unserem Regiment und einen Tag vorher von den Vipern getötet worden. Die meisten Männer hätten aus lauter Schmerz den Rückzug angetreten, aber nicht der Alte. Der hat uns weitergetrieben.« Fullers Augen wurden nachdenklich. »Als er Major Mulvaney aus der Liege holte, gab es keinen im Regiment, der nicht genau wußte, er hätte dasselbe für jeden von uns getan.«

Loren kannte diese Art der Loyalität, aber bei den Highlanders war es etwas anderes. Der Ausdruck in Fullers Augen und der Tonfall seiner Stimme machte deutlich, daß er bereit war, dieselbe Schlacht und dieselben Gefahren noch einmal zu durchleben. Es war ein unsichtbares Band, das die Northwind Highlanders zusammenhielt, ein flexibles, aber unglaublich festes Band.

Gerade wollte er Fuller nach weiteren Einzelheiten der Schlacht und über Mulvaney fragen, als eine Offizierin in die Messe gestürzt kam und auf die beiden zurannte. Er erkannte die schlaksige Gomez aus der Gefechtszentrale. Sie blieb vor Jaffray stehen und starrte ihn beinahe nieder. »Tut mir leid, wenn ich störe.«

»Commander Gomez, richtig?«

»Korrekt, Sir«, bestätigte sie kühl. »Oberst MacLeod bedauert, Ihnen beim Frühstück keine Gesellschaft leisten zu können, Sir.«

»Gibt es Probleme, Commander?«

»Der Oberst erwartet Sie in seinem Büro«, stellte sie zackig fest. »Sofort, Sir.«

Loren wußte nicht, was er von diesem Befehl halten sollte, aber er ließ sich keine Besorgnis anmerken. Stattdessen klopfte er Fuller zum Abschied kameradschaftlich auf den Rücken. Als er sich umdrehte, war die langbeinige Gomez schon fast wieder am Ausgang.

Oberst MacLeods Büro war überraschend klein und in einer abgelegenen Ecke des riesigen Forts versteckt. Loren hatte einen Raum erwartet, der den Status seiner Befehlsfunktion stärker zum Ausdruck brachte, aber das kleine Zimmer war nur mit einem Eichenholzschreibtisch und fünf darum gruppierten Stühlen möbliert. An der Wand hing in einem großen Rahmen ein Dudelsack. Hinter dem Schreibtisch saß der Oberst, ihm gegenüber Mulvaney. Gomez blieb auf dem Flur und schloß die Tür hinter Loren.

»Guten Morgen, Sir, Major«, begrüßte er zunächst MacLeod, dann Mulvaney. Sein Blick fiel auf die unter dem kurzen Ärmel ihrer Uniformbluse sichtbare Narbe. *Eisenherz*. Der Name paßte auf mehr als eine Weise zu ihr. Chastity Mulvaney war eine Insel des Widerstands.

»Tut mir leid, daß ich unser Essen verpaßt habe, Major. Ich nehme an, Ihre Genesung macht Fortschritte?« fragte MacLeod und deutete auf den Stuhl neben seiner Stellvertreterin.

»Ja, Sir. Und die ihre?«

»Körperlich geht es mir gut, aber es gibt andere Probleme, um die ich mich kümmern muß, und ich wollte Sie dabei haben.«

»Gegen meinen Rat«, fügte Mulvaney hinzu.

MacLeod nahm die drahtgefaßte Brille ab und warf Mulvaney einen strafenden Blick zu.

Loren ignorierte ihre Bemerkung, wie er es grundsätzlich versuchte. »Worum geht es, Sir?«

»Konsul Burns und Colonel Catelli haben sich auf einen Besuch angekündigt. Angesichts der Dringlichkeit ihrer Botschaft kann ich nur davon ausgehen, daß das Heereskommando Vereinigte Sonnen auf die Befehle Katrina Steiners reagiert. Um es kurz zu machen, Major, uns steht eine hitzige Diskussion bevor. Der Konsul gibt Ihnen die Schuld für die Krise. Er glaubt, Sie hätten mich zu einer überstürzten Aktion gegen das Vereinigte Commonwealth gedrängt. Wir wissen beide, daß das nicht stimmt, aber mein Davion-Gegenüber scheint Sie für einen möglichen Amaris zu halten. Ich möchte, daß Sie dabei sind, wenn ich ihn seine Worte fressen lasse.«

Loren fühlte sich unwohl. Er hatte schon vor dem Aufbruch nach Northwind gewußt, daß sein Besuch für enorme Spannungen zwischen den Highlanders und ihrem Auftraggeber sorgen würde. Auf dem Schlachtfeld hätte ihm das nichts ausgemacht. Aber das hier war etwas anderes – ein diplomatischer Schlagabtausch. Und ob er wollte oder nicht, er stand in vorderster Linie.

»Sir, ich bitte Sie noch einmal, das zu überdenken«, drängte Mulvaney.

»Wir haben das jetzt schon eine geschlagene halbe Stunde diskutiert, Major. Ich weiß Ihr Pflichtbewußtsein als meine Stellvertreterin zu schätzen, aber jetzt übertreiben Sie. Meine Befehle an die Regimenter sind erteilt, und Sie werden sich ebenfalls daran halten.«

»Verstanden, Sir.« Mulvaneys Stimme war beinahe reumütig.

Von der Tür erklang ein leises Klopfen, und die drei Offiziere standen auf. Loren sah hinüber zu Oberst MacLeod, der nachdenklich über seinen Bart strich. Er konnte nicht anders als die stille Würde dieses Mannes, seine Kontrolle über die Situation zu bewundern. *Er läßt sie eine Minute draußen schmoren und sich fragen, was er bezweckt. Hübsch gemacht.* Schließlich nickte der Oberst, und Loren öffnete die Tür.

Davions Planetarischer Konsul Burns trat als erster ein. Sein violetter Umhang bauschte sich hinter ihm auf. Burns' Schritt war so geziert und elegant, daß er auf Northwind wirklich fehl am Platze schien, erst recht unter den rauhbeinigen Highlanders.

Wahrscheinlich eine politische Ernennung, dachte Loren *Kein Hauch von Können oder im Dienst für den Staat erworbener Ehre wie in der Konföderation; nur die Beglei-*

chung einer Schuld irgendeinem Baron oder Herzog gegenüber.

Burns baute sich in derselben arroganten Manier auf, während sein Adjutant ihm ins Zimmer folgte. Der kleinwüchsige, mürrische Catelli trat mit kurzen, steifen Schritten ein und nahm in offener Respektlosigkeit Oberst MacLeod gegenüber entspannte Haltung an.

»Konsul Burns.« MacLeod deutete auf einen Stuhl. Burns wirbelte herum und ließ sich auf den Stuhl fallen, wobei er darauf achtete, seinen Umhang über die Rückenlehne zu drapieren. Colonel Catelli setzte sich neben Loren.

»Was kann ich heute für Sie tun, Konsul?« fragte MacLeod und legte die Arme auf den Schreibtisch.

Burns antwortete in selbstgefälligem Ton. »Ich bin in einer Angelegenheit von großer Bedeutung für das Vereinigte Commonwealth hier, Oberst. Aber es ist eine Angelegenheit der Highlanders, die Ihren Besucher in keinster Weise betrifft.« Er machte sich nicht die Mühe, Loren anzusehen.

»Ich entnehme Ihrem Tonfall, daß Ihnen Major Jaffrays Anwesenheit unangenehm ist.«

Burns nickte langsam. »Ja. Angesichts der Tatsache, daß Marik und Liao eine Invasion des Vereinigten Commonwealth betreiben, finde ich die Anwesenheit eines Capellaners hier als nahezu verräterisch.«

MacLeod lächelte. »Dann werde ich von meinem Recht als Kommandeur der Highlanders Gebrauch machen. Ich möchte ihn hier haben. Dieser Mann hat mir das Leben gerettet, und er wurde dabei verletzt. Nichts, was Sie sagen könnten, darf er nicht hören.«

»In der Tat.« Burns starrte Loren von oben herab an, als wäre der ein Straßenbettler oder schlimmer. »Wieder einmal beuge ich mich Ihren Launen, Oberst. Es ist mir zu Ohren gekommen, daß Sie gestern einen Befehl erhalten haben, Ihre Regimenter aus den lyranischen Distrikten des Vereinigten Commonwealth zurückzuziehen. Einen Befehl, wie ich hinzufügen möchte, dem Sie sich meinen Quellen zufolge nachzukommen entschlossen haben. Können Sie diese Tatsachen bestätigen?«

»Bestätigt«, erwiderte MacLeod mit sachlicher Stimme. Er unternahm keinerlei Versuch, seine Handlungsweise zu rechtfertigen. Es war eine bloße Tatsachenfeststellung.

»Es ist Ihnen doch klar«, setzte Burns nach, »daß ein solcher Befehl in den Augen des Oberkommandos des Vereinigten Commonwealth keinerlei Wert besitzt. Und in Widerspiegelung dieser Tatsache bin ich gekommen, um Ihnen einen direkten Befehl von Armeemarschall Morgan Hasek-Davion zu überbringen.« Burns reichte MacLeod einen versiegelten Umschlag, den dieser sofort aufriß, um den Inhalt zu lesen. »Sie werden feststellen, daß alles seine Richtigkeit hat. Sie werden angewiesen, die Befehle vom Heereskommando LyrCom zu ignorieren und Ihre sämtlichen im All befindlichen Regimenter anzuweisen, augenblicklich in ihre Stellungen zurückzukehren.«

»Danke«, gab Oberst MacLeod zurück und faltete das Blatt Papier in seinen Händen zu einem winzigen Quadrat zusammen. »Aber ich fürchte, ich muß den Befehl des Marschalls verweigern. Die Northwind Highlanders kehren heim.«

Konsul Burns Gesicht lief rot an, und seine Stimme zitterte. »Oberst MacLeod, dieser Befehl wurde von Prinz Victor Davion, Ihrem Lehnsherren, autorisiert. Sie werden ihm Folge leisten.«

»Nein, Sir, das werde ich nicht. Solange meine Truppen sich im Einzugsbereich des Heereskommandos Lyranisches Commonwealth befinden, erhalten sie ihre Befehle von Tharkad, und daher bleibt die Anordnung in Kraft.«

Colonel Catelli beugte sich vor und stützte die Ellbogen auf den Schreibtisch. »Das Vereinigte Commonwealth wird momentan von der Liga Freier Welten und der Konföderation Capella angegriffen. Ganz zu schweigen von der konstanten Bedrohung durch die Clans in einer ganzen Reihe unserer Grenzsektoren.«

MacLeods steinerne Miene zeigte keinerlei Reaktion. »Ich verstehe Ihre Lage, Gentlemen, aber ich werde die Regimenter nicht anweisen, in ihre Garnisonen zurückzukehren. Wir haben uns den Clans schon bei mehreren Gelegenheiten entgegengestellt und dabei gute Männer und Frauen verloren. Wir haben getan, was im Namen des Vereinigten Commonwealth unsere Pflicht war. Aber diesmal gehorche ich Tharkad.«

Burns beugte sich ebenfalls über den Tisch. »Gleichgültig, was Sie und Ihre anderen Regimentskommandeure glauben mögen, Northwind ist nicht der Mittelpunkt des Universums. Sie haben eine vertragliche Verpflichtung Prinz Victor Steiner-Davion gegenüber, und wenn Sie diese Verpflichtung nicht einhalten wollen, müssen wir uns vielleicht jemand suchen, der das kann.«

Zum erstenmal seit Beginn der Unterredung nahm William MacLeods Gesicht Farbe an. Seine Nasenflügel bebten vor Wut, und seine buschigen Augenbrauen zogen sich zusammen, bis zwischen ihnen keine Lücke mehr zu sehen war. »Soweit es mich und meine Truppen angeht, *ist* Northwind der Mittelpunkt des Universums. Und was meine Verpflichtungen dem Thron gegenüber betrifft, muß ich Sie daran erinnern, daß über vierhundert Highlander im Vierten Nachfolgekrieg im Namen Hanse Davions gefallen sind? Weitere fünfhundert Männer und Frauen aus unseren Reihen fanden im Krieg von '39 ihr Ende. In der jüngsten Zeit haben wir Dutzende feiner Soldaten bei der Verteidigung der Clan-Grenze verloren. Ich würde sagen, wir Highlanders haben unsere Pflicht für King and Country getan.«

Jetzt geriet auch Catelli in Rage. »Sie verweigern einen direkten Befehl, Oberst MacLeod.«

»Nein, das tue ich nicht, Colonel. Meine Regimenter erhalten Order vom Heereskommando Lyranisches Commonwealth. Ich verwerfe nur Ihre neue Anweisung.«

»Sie widersetzen sich Ihrem Lehnsherren.«

»Ich vertrete die Interessen meines Volkes und der Truppen unter meinem Befehl. Ich betrachte das als höherrangige Verpflichtung. Prinzen und Lehnsherren kommen und gehen, aber die Highlanders sind ewig.«

»Sie können das verbrämen wie es Ihnen beliebt, Oberst. Es bleibt eine Befehlsverweigerung, die nicht hingenommen werden kann.« Burns schlug mit der flachen Hand auf den Schreibtisch. »Sind Ihnen die Konsequenzen Ihres Handelns bewußt, Sir?«

MacLeod legte beide Hände flach auf die Schreibtischplatte und lehnte sich etwas vor. »Aye, Konsul, das sind sie. Sie wollen, daß ich mich benehme, als wären die Northwind Highlanders nicht mehr als ein Teil der Vereinigten Commonwealth-Streitkräfte. Well, lassen Sie mich ein paar Dinge klarstellen: Das Vereinigte Commonwealth ist seinen vertraglichen Verpflichtungen nicht nachgekommen, nachdem wir bei der Niederschlagung der Skye-Rebellion auf Glengarry geholfen haben. Nun versucht man, uns zu einem Spielball zu degradieren, der zwischen Victor und seiner Schwester hin und hergeworfen wird. Aber in Wahrheit sind wir ein von Ihren Schwierigkeiten separater Faktor, ein unabhängiges Volk. Wenn ich Ihre Befehle befolgen würde, wären die Highlanders nicht mehr als ein Rädchen in Ihrer Kriegsmaschinerie. Wir sind aber sehr viel mehr als das, Konsul Burns... Colonel.« MacLeod sah jedem der beiden Männer in die Augen, als er ihn ansprach.

Burns zitterte vor Wut. »Ich habe mich den Sitten und Traditionen Ihrer kostbaren Highlanders oft genug gebeugt, MacLeod. Muß ich Sie daran erinnern, Sir, daß Northwind keine unabhängige Welt ist, sondern Mitglied des Vereinigten Commonwealth? Hanse Davion, Gott sei seiner Seele gnädig, hat Ihnen gestattet, auf Northwind zurückzukehren, aber diese Welt bleibt Teil unserer Besitztümer. Sie sind nur Pächter.«

MacLeods Augen wurden zu Schlitzen, aber seine Stimme war eiskalt und schneidend. »Burns, ich versichere Ihnen, daß die Northwind Highlanders nicht damit zufrieden sind, Northwind als ›Pächter‹ zu verwalten. Dieser Planet ist unser rechtmäßiges Eigentum, und wir werden unser Recht auf ihn verteidigen, wenn nötig bis zum letzten Blutstropfen. Ich rate Ihnen nicht, uns in diesem Punkt auf die Probe zu stellen, denn ich mache keine leeren Drohungen.« Als er verstummte, herrschte langes Schweigen.

Es war Catelli, der die Stille brach. Sein Tonfall war beschwichtigend. »Ich kann nicht umhin, mich zu fragen, ob man Sie nicht fehlgeleitet hat, Oberst.« Der Offizier warf Loren einen schnellen Blick zu.

»Colonel Catelli«, erwiderte MacLeod. »Ihre Implikation ist beleidigend. Dieser Mann hat vorgestern unter Einsatz seines Lebens das meine gerettet.«

»Ich habe von diesem unglückseligen Zwischenfall gehört, Oberst. Aber selbst Sie müssen zugeben, daß der Anschlag etwas mit dem derzeit tobenden Krieg zu tun haben könnte.«

»Nach allem, was wir bis jetzt wissen, könnte der Attentäter auch ein Davion-Anhänger gewesen sein, der den Oberst als ein Hindernis ansah und aus dem Weg räumen wollte«, warf Loren ein.

Colonel Catellis Augen funkelten. »Oder ein Capellaner, der hier auf Northwind Unruhe stiften wollte, wie es Sun-Tzu Liao schon auf vielen Welten getan hat.«

MacLeod hob die Arme und bat um Ruhe. »Wir wissen nicht, wer auf uns geschossen hat, Colonel. Aber es hat keinen Einfluß auf meine Entscheidung. Die Regimenter kehren heim, punktum.«

Konsul Burns erhob sich halb von seinem Platz und stützte sich mit beiden Armen auf den Schreibtisch. »Sie sind sich darüber im klaren, daß der Prinz das Recht hat, die Einhaltung seiner Befehle durchzusetzen?«

MacLeod richtete sich langsam zu voller Größe auf. Auch Jaffray, Catelli und Mulvaney erhoben sich. »Wenn seine Hoheit Northwind und die Highlanders seinem Willen unterwerfen will, Konsul, können Sie ihm ausrichten, daß er das gerne versuchen darf. Zur Hölle, er kann persönlich hier auftauchen, wenn ihm das Spaß macht. Aber ich sage Ihnen eines: Er würde damit einen schweren Fehler begehen.« Er deutete zur Tür hinter Burns. »Danke für Ihre Zeit und Mühe, Gentlemen.«

Burns und Catelli setzten sich in Bewegung, aber der kleinere Mann blieb noch einmal stehen und drehte sich um. »Lassen Sie es nicht auf diese Weise enden, Oberst.«

MacLeod lachte leise. »Gerade wollte ich Ihnen dasselbe sagen, Colonel Catelli.«

Zurück im Fonds der Limousine wandte Drew Catelli sich an den Mann, der offiziell sein Vorgesetzter war. »Das verlief gar nicht gut, Konsul. Die Lage ist viel schlimmer als bei unserer Ankunft.«

»Das ist noch untertrieben, Colonel. Weder der Armeemarschall noch der Prinz werden erfreut sein.«

»Es könnte einen Weg geben, MacLeod zum Einlenken zu zwingen und dieser ganzen Debatte ein Ende zu machen. Meine Geheimdienstquellen haben mich informiert, daß die 3. Royal Guards RKG sich auf dem Weg in die lyranischen Distrikte befindet und in Sprungdistanz hier vorbeikommt. Wir könnten darum bitten, daß sie auf Northwind umgeleitet wird, um den Planeten zu sichern. Wenn wir nämlich zu lange warten, haben wir es mit allen vier Regimentern der Highlanders zu tun, und das in vorbereiteten Verteidigungsstellungen.«

»Interessanter Vorschlag«, meinte Burns. »Aber wird ihre Ankunft keine Proteste der Highlanders auslösen?«

»Nicht alle ihrer Offiziere sind so dickköpfig wie MacLeod. Im Gegenteil, sie sind Davion loyal ergeben. Die 3. Royals in Verbindung mit der Konsulargarde wären MacLeods Regiment mehr als ebenbürtig, sollte er es auf einen Kampf ankommen lassen. Außerdem kennen Sie diese Highlanders doch. Das einzige, was sie verstehen oder respektieren, ist rohe Gewalt. Wenn wir die 3. Royals hierher bringen, nimmt MacLeod uns wenigstens ernst.«

»Das ist ausgesprochen riskant, Colonel. Die Highlanders sind ein stolzes Volk. Wir riskieren, ihnen eine Entscheidung gegen uns aufzuzwingen. Und vergessen Sie diesen vermaledeiten Jaffray nicht. Er scheint MacLeods Schoßhund geworden zu sein.«

»Sir, ich habe einige meiner Männer auf dieses Attentat angesetzt. Unsere ersten Berichte deuten darauf hin, daß es tatsächlich ganz oder teilweise mit capellanischer Unterstützung stattgefunden hat. Wenn wir das beweisen könnten, würde Jaffray nicht mehr bei unseren Unterredungen anwesend sein und Benzin in die Flammen gießen.«

»Sind Sie sicher?«

Catelli lächelte verschlagen. »Ich versichere Ihnen, Sir, ich werde Beweise für capellanische Hintermänner bei diesem Attentat finden.« *Und wenn ich keine finde, muß ich die Beweise, die ich brauche, halt herstellen.*

Burns lehnte sich zufrieden zurück. »Bleiben Sie am Ball, Colonel. Wenn irgend möglich, möchte ich diese Sache friedlich beilegen. Aber für den Fall, daß die Dinge uns aus der Hand gleiten, werde ich einen formellen Antrag auf die Umleitung der 3. Royal Guards nach Northwind stellen.«

Auch Catelli ließ sich in die Polster sinken. Alles verlief nach Plan. Schon bald würde Northwind sein Reich sein, und die Northwind Highlanders nicht mehr als eine Fußnote der Geschichte. Es würde keinen Bedarf mehr für jemanden wie Burns geben, wenn er seinen Vorgesetzten erst sein Können unter Beweis gestellt hatte. Northwind war für ihn nur eine Stufe auf der Leiter zu weit größeren Erfolgen. Und zur Hölle damit, was das für irgend jemand anderen bedeutete.

11

Das Fort, Tara, Northwind
Mark Draconis, Vereinigtes Commonwealth

21. September 3057

Loren verbrachte den größten Teil der Tage nach der Konfrontation mit dem Davion-Konsul innerhalb der Fortmauern. Seine Bitten um ein Gespräch mit Oberst MacLeod wurden mit der Standarderklärung abgewiesen, daß der Oberst in einer Konferenz mit seinen Offizieren oder in der Gefechtszentrale beschäftigt sei. Loren nutzte die Zeit, um sich von dem Attentat zu erholen und den Kriegsverlauf zu studieren. Die Capellaner hatten in einer Reihe erfolgreicher Angriffe ihre Zielwelten erobert. Auf anderen Planeten der Mark Sarna nahmen ihnen Revolutionen die Arbeit ab. Der vielleicht größte Erfolg war symbolischer Natur, die Zurückeroberung des Planeten Liao von den Davions.

Loren verbrachte einen Nachmittag damit, einfach nur durch den riesigen Gebäudekomplex zu wandern. Viele der Hallen und Büros des Forts waren der Öffentlichkeit zugänglich, während andere, wichtigere Bereiche unter konstanter Bewachung standen und jeder Zutritt verwehrt war.

Die Struktur des Komplexes war in vielerlei Hinsicht bemerkenswert. Er war nicht nur der Brennpunkt aller militärischen Operationen, sondern gleichzeitig das planetarische Regierungszentrum Northwinds und der geistige Mittelpunkt des Highlander-Lebens. Die Versammlung der Krieger trat in einer speziell für sie erbauten Halle im Innern des Forts zusammen. Verschiedene andere Regierungsbehörden waren in den Nebengebäuden außerhalb der dicken Mauern untergebracht, aber auf Northwind ruhte die größte Bedeutung und Autorität in der Versammlung der Krieger.

Obwohl die in den Nebengebäuden tagenden Unterversammlungen der Versammlung der Krieger untergeordnet waren, erfuhr Loren, daß ein Netz von Tunneln unter den Straßen Taras das Fort und diese Gebäude miteinander verband. Es schien ein passendes Symbol für die Art und Weise zu sein, wie die Highlanders mit Northwind und das Fort mit der Infrastruktur dieser Stadt verwoben waren.

Einer der interessanten Punkte bei seinem Rundgang war das Museum der Einheit. Hier fand er Artefakte ausgestellt, die im Laufe ihrer jahrhundertealten Geschichte von den Highlanders zusammengetragen worden waren. Das möglicherweise beeindruckendste Exponat war die gewaltige Faust eines Highlander-Mechs. Die in einer luftdichten Vitrine versiegelte Mechfaust hatte einer Maschine aus der Lanze von Northwind-Highlander-Mechs im berühmten Black Watch Regiment gehört. Zu Glanzzeiten des Sternenbunds hatte die Black Watch als Leibwache des Ersten Lords gedient. Beim Zusammenbruch des Bundes war sie eine der zahlreichen Einheiten gewesen, die mit untergingen. Loren saß fast eine Stunde vor der trotzig aufragenden Faust. Er betrachtete sie und dachte über die Geschichte dieses Stückes nach.

Das erschütterndste Schaustück für Loren war ein Diorama der Hinhalteaktion Major Letha Jaffrays in der Schlacht um Goodna Jahrzehnte zuvor. Mit der Stabskompanie ihres Bataillons hatte sie ein komplettes Regiment der Liga Freier Welten in einem engen Gebirgspaß aufgehalten und mehr als einem Regiment der Highlanders den Rückzug ermöglicht. Als er auf die Figuren hinabsah, schauderte es Loren. Er fühlte eine Verbindung zur Vergangenheit – zu einer gemeinsamen Vergangenheit mit den Highlanders.

Als Mitglied der Todeskommandos war seine Existenz dem Dienst für den Kanzler geweiht. Die Tatsache, daß er sein Leben im Namen seines Herrn zahllose

Male aufs Spiel gesetzt hatte, gab Lorens Dasein einen Sinn, ein Gefühl der Erfüllung, der Vollständigkeit. Mulvaney hatte ihn als Terrorist bezeichnet, aber Loren betrachtete sich als einen MechKrieger wie jeden anderen. Terrorismus war ein Wort, das die Feinde Liaos verwendeten. Für Loren waren alle Aktionen, die er bei den Todeskommandos durchführte, die Taten eines wahren Patrioten.

Sein Rundgang durch das Fort verwirrte ihn. Er erkannte, daß die Highlanders etwas besaßen, das ihm fehlte, eine reiche, lebendige Geschichte. Durch seine Abstammung war er ein Teil dieser Geschichte, und zum erstenmal in seinem Leben stand Loren nahe davor, das Pflichtbewußtsein in Frage zu stellen, das seinem Leben einen Sinn gab. Aber er schüttelte diese Zweifel ab, schwor sich, seine Entschlossenheit und seine Anstrengungen, die Mission auf Northwind erfolgreich abzuschließen, zu verstärken.

Diesen Morgen verbrachte er in der Gesellschaft von Commander Gomez. Die große, schlanke Funkoffizierin war eingeteilt worden, ihm die Stadt zu zeigen. Sie benutzten einen kleinen, zweisitzigen Militärschweber, den sie mit wilder Energie steuerte und rücksichtslos durch den Verkehr jagte. Trotz der entschiedenen Unfreundlichkeit seiner Begleitung genoß Jaffray die Rundfahrt. Gomez' Kühle hatte eine andere Qualität als die Mulvaneys. Commander Gomez schien einfach ganz und gar desinteressiert zu sein, während Mulvaney auf ihre Weise versuchte, mit widersprüchlichen Gefühlen fertigzuwerden. Er verbrachte den halben Tag damit, die Stadt auf sich einwirken zu lassen, und die andere Hälfte mit dem Versuch, Gomez zu einem Gespräch zu bewegen. Nach drei Stunden gab er es schließlich auf und konzentrierte sich ganz darauf, die Schönheit der Stadt Tara zu genießen.

Die Stadt lag im Schatten der Rockspire Mountains. Morgens waren die hohen, zerklüfteten Gipfel der

Berge häufig unter dem dichten Nebel verborgen, der über Tara hing, aber sie waren immer präsent, gigantische natürliche Hüter, stumm, manchmal unsichtbar. In der strahlenden Nachmittagssonne boten die Gipfel einen ehrfurchterweckenden Anblick. Loren und Gomez machten einen der Touristenrundflüge in einem heliumgefüllten Zeppelin mit und ließen die Landschaft auf sich wirken. Es war leicht zu verstehen, warum Northwinds britische Siedler Tara hier gebaut hatten. Der natürliche Schutz der Berge lieferte ein beruhigendes Gefühl der Sicherheit.

Aus dem Gebirge floß die Grand Thames. Vor Jahrhunderten hatten die ersten Siedler den Fluß in einem Labyrinth aus Beton quer durch die Innenstadt gelenkt. Über dem Fluß erhoben sich beeindruckende Bauwerke wie ComStars HPG-Station und die uralte Sternenbund-Kunstakademie. Letztere war in ihrer beeindruckenden Bauweise mit Mauern aus Granitplatten und eleganten Glanzlichtern aus schwarzem Marmor das bei weitem schönste Gebäude, das Loren je gesehen hatte. Die Tatsache, daß die Akademie und ihr Inhalt die letzten drei Jahrhunderte nahezu pausenloser Kriege unbeschädigt überstanden hatte, erhob sie in den Augen von Kunsthistorikern geradezu zu einem Tempel.

Commander Gomez beendete die Rundfahrt im *Pub*, wo Loren zu seiner Überraschung Major Mulvaney sah, die allem Anschein nach auf ihn gewartet hatte. Sie trug ein kleines, in braunes Packpapier gewickeltes Päckchen unter dem Arm. Er bedankte sich bei seiner Führerin, kletterte aus dem Schweber und ging hinüber.

»Guten Tag, Major.«

»Ich bin im Auftrag des Obersten hier. Er bedauert, daß er die letzten Tage nicht zur Verfügung stand, aber Angelegenheiten von höchster Dringlichkeit haben uns beide in Trab gehalten. Ich wurde beauftragt, Ihnen beim Essen Gesellschaft zu leisten, falls Sie das wünschen.« Ihr Tonfall machte klar, daß sie es als unliebsame Pflicht ansah. Loren hätte es anders vorgezogen, aber was Mulvaney anging, gab er sich keinen Illusionen hin. Wenn sie überhaupt an ihm interessiert war, dann nur mit der Art von Interesse, die eine Wölfin einem Eindringling in den Bau entgegenbrachte, worin sich ihre Jungen aufhielten.

»Ich weiß das Angebot zu schätzen«, meinte Loren und hielt die Tür für sie auf. Sie trat wortlos ein, und Loren folgte. Sie gingen durch das Dämmerlicht des Lokals zu einer kleinen Nische an der hinteren Wand. Mit breitem Grinsen humpelte Mr. Pluncket herüber.

»Was für eine angenehme Überraschung«, stellte er fest, während er Servietten und Besteck verteilte.

»Was meinen Sie damit?« schnappte Mulvaney.

»Gar nichts«, erwiderte Pluncket. »Es ist nur so, daß man im Regiment erzählt, zwischen ihnen beiden bliese ein eisiger Wind. Meine Quellen scheinen weniger zuverlässig als ich dachte.«

Mulvaney schüttelte den Kopf. »Wir sind nicht zusammen hier – ich meine, wir sind zusammen, aber wir sind nicht miteinander hier.« Ihre Frustration war nicht zu übersehen. »Zum Teufel, Pluncket. Sie wissen, was ich meine.«

Der ältere Barmann ignorierte ihren Ausbruch. »Das ganze Regiment ist im Aufruhr wegen des Kriegercabals heute nacht.«

»Mister Pluncket, wenn Sie nach einer Andeutung fischen, was der Oberst sagen wird, geben Sie sich mit der Falschen ab.« Mulvaney warf Jaffray einen Blick zu. »Aber unser Gast hier weiß darüber Näheres. Hab ich nicht recht, Major?«

Loren zuckte die Schultern. Er dachte nicht daran, sein Blatt aufzudecken. »Was können Sie uns denn empfehlen?« fragte er.

»Der Koch macht ein ausgezeichnetes Langgrasochsensandwich.«

»Dann werde ich das mal versuchen. Und ein Northwind Red.«

Pluncket nickte und drehte sich zu Mulvaney um. »Ich nehm das Stew, Mr. Pluncket, und dazu ebenfalls ein Bier.« Als der Barmann sich langsam auf den Rückweg gemacht hatte, konzentrierte sich Loren wieder auf sein Gegenüber. »Geht's gut?«

Mulvaney antwortete mit leiser Stimme, um nicht belauscht werden zu können. »Gut? Das ist ein relativer Begriff. Wir verlieren die Mark Sarna, aber eines gestehe ich Ihnen zu: Sie hatten recht, daß dies der Beginn eines Bürgerkriegs ist. Einer der Gründe für die schwache Darbietung der Davion-Truppen ist, daß viele Sprungschiffe des Prinzen in den lyranischen Distrikten im Einsatz sind, und Katrina weigert sich, sie zurückzugeben. Wie soll er ohne Sprungschiffe seine Truppen an die Front schaffen?«

»Ich bin nicht stolz darauf, recht gehabt zu haben, Major.«

»Nicht? Sie überraschen mich. Ich hätte gedacht, ein Mitglied der berühmten Todeskommandos wäre erfreut zu sehen, wie ein Feind im Bürgerkrieg untergeht.«

Loren entschloß sich, den herben Sarkasmus zu überhören. »Es stimmt, daß die Capellaner und die Vereinigten Sonnen schon seit langer Zeit verfeindet sind. Aber vergessen Sie nicht, daß ich ein MechKrieger bin. Ein Teil von mir freut sich über das Auseinanderbrechen des Vereinigten Commonwealth, aber ich hätte es lieber, könnte ich bei seinem Untergang eine aktive Rolle spielen.«

»Wir haben wenig gemein, Major Jaffray.«

»Wir sind uns ähnlicher, als Sie sich jemals eingestehen werden. Wir legen beide Wert auf die Ehre. Ich würde den Davions die Ehre eines Kampfes bis zum Tod gewähren.«

Mulvaney beugte sich über den Tisch, und ihr Flüstern war kaum noch zu verstehen. »Konsul Burns ist nicht weniger als dreimal ins Fort gekommen, um mit dem Obersten zu sprechen, aber MacLeod will ihn nicht empfangen. Jetzt, wo die ganze verdammte Innere Sphäre weiß, daß die 1. und 2. Kearny auf dem Heimweg sind, kann sich die Lage nur noch verschlimmern. Die planetarischen Regierungen sind angesichts der nahen Clangrenze im Aufruhr. Katrina Steiner hat Ersatzgarnisonen versprochen, so daß ihr Ärger wahrscheinlich bald wieder abklingen wird, aber es läßt sich mit einiger Sicherheit feststellen, daß unser Image in manchen Kreisen erheblichen Schaden gelitten hat.«

Loren atmete tief durch und schüttelte den Kopf. »Ich würde sagen, der Ruf der Highlanders ist bereits ruiniert, seit sie aus der Konföderation Capella desertierten. Millionen Menschen haben dadurch den Tod gefunden.«

Mulvaney wurde wütend. »Und Sie machen mich dafür verantwortlich, Loren?«

»Nein, aber ich habe das Gefühl, Sie machen mich für das verantwortlich, was jetzt gerade geschieht.«

Sie schüttelte den Kopf. »Falls Ihnen das hilft: Nein, das tue ich nicht. Sie bringen die Dinge nur in Bewegung. Sie erzählen dem Oberst, was er hören will, und helfen ihm, eine Entscheidung zu treffen, die unser aller Ende bedeuten könnte.«

»Sie sind so verdammt verbittert«, stellte Loren fest und schüttelte den Kopf. Mulvaney unternahm keinen Versuch, die Verachtung zu verbergen, die sie für ihn fühlte, aber in ihrer Wut steckte etwas, eine Art Wildheit, die ihn anzog.

»Das gestehe ich ein. Sie sind erst ein paar Tage auf Northwind. Ich wurde hier geboren, bin hier aufgewachsen. Meine Familie dient seit sechs Generationen bei den Ersten Kearny Highlanders. Für Sie ist das hier eine Touristenattraktion, ein Ort, über den Sie Geschichten gehört und gelesen haben. Für mich ist es mein Zuhause, und diese Leute« – sie deutete auf die übrigen Gäste des Lokals – »sind meine Familie. Sie sind meine Brüder und Schwestern. Ihre Ankunft hier bringt das alles in Gefahr. Sie haben es geschafft, daß eine Menge Leute ihre Loyalitäten in Frage stellen.«

Loren konnte ihr nicht sagen, wie hocherfreut er über diese Worte war. »Sie haben zum Teil recht, Chastity. Als ich hier eingetroffen bin, war der Northwind nur ein Planet unter vielen für mich. Aber jetzt, nachdem ich euch Highlanders kennengelernt habe, ist mir etwas klargeworden. Ihr seid auch mein Volk, so sehr ich mich auch dagegen sträube. Alle hier haben mich wie ihresgleichen behandelt – Anwesende ausgenommen. Ich weiß, ich bin kein Highlander, aber ich beginne mich wie einer zu *fühlen*. Ich habe Ihnen schon gesagt, daß ich mit meinem Besuch keine bösen Absichten verbinde. Jetzt verstehe ich, warum ich hierher geschickt wurde, und warum das Timing meiner Mission so wichtig ist. Sicher, weder mein Vater noch ich haben in den Regimentern gedient, aber wir haben *nie* unsere Abstammung vergessen. Inzwischen ist diese Welt auch mein Zuhause geworden.« Loren hatte die Stimme gesenkt, aber in seinen Worten lag tiefe Überzeugung. Er beobachtete die Highlanderin sorgfältig. *Mulvaney ist mein Hauptgegner bei den Highlanders. Wenn ich sie auf meine Seite ziehen kann, verbessern sich meine Erfolgschancen dramatisch. Das einzige Problem ist, daß ich meinen Worten allmählich selbst glaube.*

»Ich glaube Ihnen«, stellte sie knapp fest.

»Was haben Sie gesagt?«

»Ich glaube Ihnen, *Loren*.« Die Verwendung seines Vornamens war beruhigend. »Ich glaube Ihren Worten, aber ich traue Ihnen trotzdem nicht. Seit Ihrer Ankunft hat sich zuviel ereignet, als daß es Zufall sein könnte. Und was auch geschieht, ich werde nicht untätig dabeisitzen, wenn jemand meine Art zu leben bedroht.«

»Chastity, in den letzten Tagen ist soviel vorgefallen, daß wir, nun, daß wir alle unter Druck stehen.« Loren rieb sich den Oberschenkel, wo ihn wenige Tage zuvor der Nadlerschuß erwischt hatte.

»Es ist nicht nur die Anspannung, Loren. Ich bin Streß gewohnt. Als Kommandeurin lebe ich tagtäglich damit.« Sie verzog besorgt das Gesicht, und Loren bemerkte jetzt erst die dunklen Ringe unter ihren Augen.

»Chastity, der Cabal heute abend. Was wird geschehen?«

»MacLeod wird den Truppen die Wahrheit darüber sagen, was zwischen uns und den Davions vorgeht. Er wird uns auffordern, sich hinter ihn und seine Entscheidung zu stellen. Die meisten Offiziere und Krieger werden ihm folgen. Ich bin sicher, er wird auch Sun-Tzus Angebot an die Highlanders bekanntmachen.«

»Und Sie?« Loren wünschte sie an seiner Seite, ob sie von seinen wahren Motiven wußte oder nicht. Der Gedanke, Chastity zum Feind zu haben, versetzte ihm einen Stich.

»Ich bin anderer Meinung als der Oberst ... und als Sie, was das angeht. Meine Familie und die Highlanders haben von unserer Beziehung zum Haus Davion deutlich profitiert. Ich will diese Verbindung ehren.«

»Und wenn der Rest der Highlanders dafür stimmt, sich MacLeod anzuschließen?«

Chastity sah ihm in die Augen. »Ich weiß es nicht, Loren.« Plötzlich stand sie auf. »Meine Gefühle scheinen mich zu überwältigen, Major. Vielleicht war es ein Fehler vom Oberst, mich heute hierher zu schicken. Ich entschuldige mich.« Sie nahm das Päckchen von ihrem Platz. »Das hier ist für Sie.«

»Chastity ...«, setzte Loren an, aber er fand keine Worte, um sie zum Bleiben zu bewegen. »Gehen Sie nicht, nicht so.«

Sie ignorierte seine Bitte. »Oberst MacLeod schickt

Ihnen das, damit Sie heute abend nicht aus dem Rahmen fallen. Bis dann.« Mit einer perfekten Kehrtwendung drehte Chastity Mulvaney um und marschierte aus dem *Pub*. Loren blieb allein in der Nische zurück. Er hatte nicht gewußt, was er sagen sollte, aber selbst wenn ihm etwas eingefallen wäre, ging doch alles viel zu schnell. Es lief eine Kette von Ereignissen ab, die sie beide nur noch weiter auseinandertreiben konnte, statt sie zusammenzubringen.

Loren riß das braune Packpapier auf. Im Innern fand er ein Kleidungsstück in blaurotem Schottenmuster mit einer dünnen grünen Fadenlinie. Er erkannte den Tartan des Clans Jaffray. Ein Ausgehkilt. Dazu ein schwarzes Uniformhemd und eine Kriegerschärpe. Eine komplette Ausgehuniform von MacLeods Regiment.

Er hielt die Uniform hoch, dann faltete er sie sorgfältig zusammen. Ein Schauer lief sein Rückgrat hinab. Zum ersten Mal seit fast drei Jahrzehnten würde ein Jaffray wieder die Uniform der Northwind Highlanders tragen. Loren wußte, wäre sein Großvater noch am Leben gewesen, hätte es ihn vor Stolz fast zerrissen. Er wußte auch, daß der Kanzler nicht minder erfreut darüber sein würde, daß Loren die Highlanders ganz nach Plan unterwandert hatte. Dasselbe Gefühl, aber doch waren beide Fälle Lichtjahre auseinander. Und irgendwo allein mitten dazwischen saß Loren Jaffray und dachte an die Schwere seiner Aufgabe. Die Highlanders mußten vernichtet werden. Er hatte keine andere Wahl, als zu gehorchen.

Mister Pluncket humpelte an den Tisch und stellte Lorens Essen und Drink vor ihm ab. »Keine Bange, Lad. Sie ist verrückt nach dir.«

»Wie meinen Sie das?« Er hatte nie irgendeinen Zweifel gehabt, daß sie es auf ihn abgesehen hatte.

»Als ob du das nicht wüßtest, Laddie. Sie hat diesen Blick, den Frauen entwickeln, wenn sie etwas für einen

Mann empfinden. Ich habe gesehen, wie sie dich anschaut. Kann sein, daß sie dich anbrüllt und bekämpft, als wärst du der Teufel persönlich, aber tief drinnen sieht sie etwas, das ihr gefällt. Wenn du klug bist, Laddie, läßt du sie nicht entwischen.«

Loren sah zu dem Mann hoch und schüttelte den Kopf. »Ich wünschte, ich wäre mir da so sicher.«

12

Caithness Woods, Northwind
Mark Draconis, Vereinigtes Commonwealth

21. September 3057

Loren fand die Fahrt zu den Caithness Woods südwestlich von Tara reichlich unbequem. Er saß mit mehreren anderen Offizieren in Ausgehuniform in einem Schwebelaster, der sie an den LOQ abgeholt hatte. Loren war überrascht über die gute Paßform der Highlander-Uniform, allerdings juckte seine Haut unter der Schurwolle des schwarzen Hemds wie verrückt. Das zweite Problem war gewesen, wo er sein Rangabzeichen und die Insignien der Todeskommandos unterbringen sollte. Ohne sie hätte er sich nicht voll angezogen gefühlt, und schließlich hatte er sich entschieden, sie auf der Tartanschärpe anzubringen. Es schien die beste Lösung, eine Methode, gleichzeitig seinen Eid auf den Kanzler zu erfüllen und Respekt für MacLeod und das Angedenken seines Großvaters zu zeigen.

Neben ihm auf der Bank im Laderaum des Lasters saß Commander Jake Fuller, dessen unverbrüchlicher Enthusiasmus Loren an seine ersten Jahre als Krieger erinnerte. Normalerweise wurden Gefährte wie dieses dazu benutzt, Fußtruppen in die Schlacht und die Überlebenden vom Schlachtfeld zu transportieren, aber heute war die Stimmung festlich. Fuller stellte Loren einigen anderen Highlander-Offizieren vor, während der Laster sich durch die Stadt und in Richtung Wald bewegte. Die meisten anderen hatten schon von Loren gehört oder sogar sein Ehrenduell gegen Mulvaney im *Pub* miterlebt. Einige begrüßten ihn freundlich, andere nickten nur – möglicherweise, weil sie bei jenem Zweikampf Geld verloren hatten.

Caithness Woods lag im flachen Vorgebirge nahe des

Manövergeländes, in dem Loren und MacLeod ihre Mechs bewegt hatten. Soweit man aus dem Laster sehen konnte, war der Wald weder besonders dicht noch allzu tief. Wahrscheinlich bedeckte er kaum mehr als zwölf Hektar. Aus den Bergen in der Mitte des Waldes stieg helles Licht in die Nacht, und die Luft klang wider von Stimmen und Musik. Als Loren und die anderen ausstiegen, sah er einige Infanteristen mit Impulslasergewehren und Nachtausrüstung. Sie musterten sorgfältig jeden Krieger, der den Laster verließ, und zwei von ihnen suchten mit Nachtsichtgeräten die Umgegend ab.

Als Militär verstand Loren, warum MacLeod die Caithness Woods als Versammlungsort ausgewählt hatte. Soweit er es im Mondlicht ausmachen konnte, lag das Waldstück isoliert, und die Berge lieferten einen natürlichen Schutz vor unerwünschter Beobachtung. Das offene Gelände rings um den Wald machte selbst in der Nacht ein unbemerktes Anschleichen nahezu unmöglich.

Er folgte Jake Fuller und den anderen Offizieren in den Wald. Das Unterholz peitschte gegen seine nackten Beine und zerkratzte ihm die Haut. Ein Kilt bot in dieser Umgebung wenig Schutz, aber davon abgesehen war er überraschend bequem. Langsam bahnte sich der Offizierstrupp seinen Weg durch das Dickicht der Caithness Woods auf das Licht zu, das aus der Mitte des Waldes zu kommen schien.

Von der Kuppe eines der steilen Hänge konnte Loren die Versammlung der Highlanders sehen. Fast vierhundert Männer und Frauen aller Ränge waren um einen lodernden Scheiterhaufen versammelt. Die Flammen warfen ihr flackerndes Licht auf die Gesichter. Viele der Anwesenden tranken, aber Loren konnte nicht erkennen, woher sie das Bier hatten.

Die Musik, die er gehört hatte, wurde deutlicher, als sie die Hügelkuppe erreichten. Die Ehrengarde des Regiments war angetreten, und die Dudelsäcke, Flöten und Trommeln donnerten ›Highland Laddie‹ hinaus in die Nacht. Um das Feuer bewegten sich einige Regimentstänzerinnen und ein paar männliche Tänzer, alles in allem ein knappes Dutzend, im Rhythmus der Musik. Er hatte schon von den Regimentstänzerinnen der Highlander gehört. Sie waren nicht nur zur Unterhaltung da, sondern begleiteten ihre Brüder und Schwestern auch als ausgebildete MedTechs in die Schlacht. Die festliche Szenerie schlug ihn in ihren Bann, und Loren fühlte einen Stich. Er hatte Schuldgefühle. Falls seine Mission Erfolg hatte, würden diese fröhlichen Männer und Frauen tot oder verkrüppelt zurückbleiben.

Loren folgte Commander Fuller vorsichtig den Hang hinab zum Feuer. Die Wärme und das Licht der Flammen verschärften den Kontrast zu der sie umgebenden Dunkelheit. Er blickte sich um und erkannte einige Highlander, denen er in der letzten Woche begegnet war. Er fragte sich, wie sie auf den Vorschlag des Kanzlers reagieren würden. *Werden die Highlanders annehmen? Oder werfen sie mich auf den Scheiterhaufen? Macht dieser Cabal überhaupt noch einen Sinn, nach dem, was Oberst MacLeod in den letzten achtundvierzig Stunden getan hat?*

Loren suchte Oberst MacLeod und fand ihn knapp unterhalb der Kuppe eines der Hügel. Im flackernden Feuerschein wirkte der Kommandeur der Highlander jünger. Die grauen Haare, die tagsüber selbst aus der Entfernung deutlich zu sehen waren, verschwanden in der Nacht. Verschwunden waren auch die Falten und Fältchen des erfahrenen Regimentsoffiziers. Statt dessen sah Loren einen starken, dominanten Mann, einen geborenen Menschenführer. Oberst MacLeod entdeckte Loren und winkte ihn zu sich. Der Capellaner schob sich an den Tänzern vorbei durch die Menge.

Er blieb wenige Schritte vor dem Oberst stehen, aber

durch den steilen Hang befand sich sein Kopf auf Taillenhöhe des älteren Offiziers. MacLeod sah hinunter zum Feuer und auf die vor den Flammen hüpfenden Tänzerinnen. »Beeindruckend, nicht wahr, Major?«

Für Loren war es mehr als nur beeindruckend. Es war erregend. Eine Reihe von Highlandern kam aus der Dunkelheit. Sie balancierten große, mastähnliche Holzstämme senkrecht vor sich her. Der Jubel und die Fröhlichkeit schien zu verstummen, als diese Prozession in Sicht kam. Wie eine lange Reihe von Trauernden umkreisten die Krieger den Scheiterhaufen, die Holzstämme senkrecht in ihren Händen. Langsam verklang die Musik, und bald war nur noch das Krachen des Feuers zu vernehmen. Loren drehte sich zu MacLeod um. »Was ist das?«

»Das sind die Cabers, Lad.«

Loren sah einen der Männer mit seinem massiven Holzstamm aus der Reihe treten und näherkommen. »Sie sind die Verbindung zu unserer Vergangenheit. Ich habe deinen von unseren Schreinern anfertigen lassen.« MacLeod deutete mit ausladender Geste auf den Stamm. Loren war sich nicht sicher, was von ihm erwartet wurde, aber er folgte seinem Instinkt und dem Beispiel der anderen. Er trat vor, und der jüngere Krieger reichte ihm den riesigen Caber. Loren sah sich zu MacLeod um, aber der Kommandeur der Highlanders blickte schon wieder in die Flammen.

Loren ging langsam auf das tosende Feuer zu. Die Hitze der Flammen schien ihm zu helfen, sich zu konzentrieren, als er seinen Platz in der langen Reihe einnahm. Er bewegte sich fast ohne zu denken, beinahe wie in Trance. Er sah nach links und rechts und erkannte die grimmige Entschlossenheit auf den Gesichtern der anderen. Sein Caber trug den Namen ›Jaffray‹ in mit einem Laser eingebrannten Buchstaben. Darunter standen mehrere kleinere Wörter, die im grellen Widerschein der Flammen schwer zu lesen waren. Er drehte sich etwas zur Seite, bis das Feuer die Worte hervorhob. Stumm las er: Brighton, Calloway VI, Lopez, Ningpo.

Die Namen waren ihm vertraut. Es waren Welten der Inneren Sphäre. Sein Großvater hatte viel über diese Planeten erzählt, auf denen seine Vorfahren im Kampf für die Northwind Highlanders gefallen waren. Loren blickte über die rechte Schulter und sah, daß der Mann neben ihm unter dem Familiennamen Campbell eine andere Weltenliste trug. Auf der anderen Seite hielt eine Frau einen Caber mit dem Namen Djukowitsch.

Das Krachen der Flammen wurde vom langsamen, fast pulsähnlichen Schlagen der Trommeln durchbrochen. Loren verlagerte etwas das Gewicht, weil die Kanten des Caber sich in seine Hände gruben. Er stützte den massigen Baumstamm gegen seine Brust und ignorierte das Gewicht. Es schien, als wären sie eins. Hinter ihm hörte er Mulvaneys Stimme durch die Nacht hallen.

»Honors ... 'hut!« Loren konnte die anderen Highlander nicht sehen, aber er hörte, wie sie Haltung annahmen.

»Brüder und Schwestern«, dröhnte William MacLeods Stimme. »Ich heiße euch zu diesem ehrenwertesten Zusammentreffen in der Tradition der Highlanders, dem Kriegercabal, willkommen. Seit Jahren wurde kein Cabal mehr einberufen, aber die Zeiten haben sich geändert, und es besteht ein dringender Bedarf. Wir beginnen in der Vergangenheit und machen uns bewußt, wer wir sind. Laßt uns niemals die vergessen, die für unser Volk ihr Leben gaben. Ehren wir die Ewige Liste der Clans der Northwind Highlanders!«

Plötzlich verstummten die Trommeln, und die einsame Klage eines einzelnen Dudelsacks zerteilte die Nacht. Zum Klang von ›Amazing Grace‹ verlas Chastity Mulvaney die Namensliste. »Wayne. Buchanan. Burke. Jacobsin. MacDougall ...«

Bei jedem Namen loderte der Scheiterhaufen auf. Wenn der Name seines Clans verlesen wurde, schleuderte der entsprechende Träger seinen riesigen Caber in die tosenden Flammen. Unter dem Aufprall des Baumstammes verrutschten die Scheite, und ein Funkenregen stieg empor in den Nachthimmel. Die Hitze des Feuers schien durch Lorens Stamm zu dringen, seine Brust und sein Gesicht zu erwärmen, ganz durch ihn hindurch zu wabern. Er lauschte aufmerksam der Liste, bis er nach zehn Minuten den letzten Caber hielt. Schließlich rief Mulvaney auch den Namen seines Clans in die Nacht. »Jaffray.«

Mit aller Kraft, die er noch besaß, riß Loren die Arme nach oben, schleuderte den Caber in die Höhe und auf die Flammen zu. Der Stamm verschwand einen Augenblick, als er hinabstürzte, halb im Feuer, halb außerhalb… ein schwacher Wurf gemessen an den Leistungen seiner Vorgänger. Lorens Arme hingen wie totes Gewicht von seinen Schultern, und sein Gesicht war schweißüberströmt von der Hitze des Scheiterhaufens. Seine schwache Vorstellung beschämte Loren, aber niemand außer ihm schien davon Notiz zu nehmen. Der Dudelsackspieler beendete die letzte Strophe, und die Musik verklang.

Einen Moment fühlte Loren eine große Leere, als er in die Flammen sah. *Ich hatte nie eine Vergangenheit. Meine einzige echte Familie war mein Großvater. Und jetzt stelle ich fest, daß ich Teil einer größeren Familie bin, einer Familie, die mich mit offenen Armen willkommen heißt.*

Einer Familie, die ich zerstören muß.

Oberst MacLeods Stimme schnitt durch die Nacht, und Loren trat zurück in die Reihe der Caberträger. »Rührt euch, Kriegerkameraden. Ein Northwind Highlander ist durch Ehre und Leben an Vergangenheit und Zukunft gebunden. Das ist unser Leben. Wir stehen hier als ein Cabal von Gleichen, und ich bitte euch, sprecht aus, was in euren Herzen ruht. Heute spreche ich zu euch von der großen Notwendigkeit für diese Zusammenkunft. Wir stehen vor einer Zeit der Entscheidungen, einer Zeit der Gefahren. Manche von euch haben Jahre unter mir gedient, und ich möchte, daß ihr wißt, womit wir es zu tun haben. Diejenigen von euch, die gerade erst ihre Laufbahn begonnen haben, werden heute abend Zeugen dessen, was uns vom Rest der Inneren Sphäre unterscheidet. Zuerst will ich euch von der Gefahr berichten, die uns droht. Die meisten von euch haben von dem Bürgerkrieg gehört, der zwischen den Steiners und den Davions brodelt. Ich habe Befehle für unsere Schwesterregimenter erhalten, die deren Rückkehr nach Northwind zum Inhalt haben. Ich habe diese Befehle akzeptiert. Unser Davion-Lehnsherr hat jedoch Gegenbefehle an unsere Truppen erlassen, in denen er sie auffordert, auf ihren Posten zu bleiben. Die Spannungen zwischen uns und den Davions werden zunehmen, denn ich habe nicht vor, meine ursprünglichen Anordnungen zurückzunehmen.

Hier geht es nicht um bloße Befehle, es geht um Souveränität – unsere Souveränität. Unseren Standpunkt aufzugeben und die Truppen zurückzuschicken, würde uns als etwas brandmarken, was wir niemals sein könnten. Unsere Schwesterregimenter werden in ihre Heimat zurückkehren!« Aus den Reihen der Highlanders klang Gemurmel auf. Die Worte waren schwer zu verstehen, aber Loren konnte erkennen, daß die Gefühle auf beiden Seiten hitzig waren.

»In diesem Punkt geht es mir nicht um eure Zustimmung oder Ablehnung. Ich bin der befehlshabende Offizier der im All befindlichen Regimenter und der Kommandeur dieses Regiments. Meine Befehle sind erteilt und stehen nicht zur Debatte. Aber ihr alle sollt euch über die Implikationen dieses Kurses im klaren sein. Einerseits waren die Davions bis vor kurzem faire Arbeitgeber, und sie haben uns diese Welt zur Verwaltung übergeben. Unser geltender Kontrakt verpflichtet uns zur Sicherung bestimmter Systeme an der Grenze zum Clan-Besatzungsraum, er verpflichtet uns nicht dazu, an einem Bürgerkrieg teilzunehmen. Der Kampf gegen die Clans ist ein ehrenvoller Kampf, denn sie wollen uns versklaven, aber ein Bürgerkrieg ist ein Kampf ganz anderer Art – ein Kampf um politische Ziele, nicht ums Überleben. Das ist keine angemessene Beschäftigung für die Highlanders. Es ist unter unserer Würde. Und ich werde meine Leute nicht für etwas in den Tod schicken, das für uns ohne Bedeutung ist. Wir sind ein unabhängiges Volk mit Jahrhunderten eigenständiger Geschichte und Tradition. Wir sind keine Lakaien eines Hausfürsten, auch keines Davion. Northwind ist unsere Heimat, nicht das Vereinigte Commonwealth. Es ist an der Zeit, daß wir unsere eigenen Interessen vertreten.

Wir müssen uns der Wahrheit stellen, daß Northwind nicht wirklich unser ist. Die Davions behandeln uns als simple Verwalter, als bloße *Pächter*. Katrina Steiner hat unseren Einheiten die Erlaubnis zur Heimkehr erteilt. Würden wir Victor Davions Befehlen Folge leisten, wären wir einen Schritt näher daran, in seine Armee absorbiert zu werden. Wir sind nicht Teil des Davion-Clans, sondern ein eigenständiges Volk, wie wir es seit den Tagen des Sternenbunds waren. Das ist unser Leben. Aber indem wir darauf pochen, ist uns der Zorn Victor Davions gewiß. Er wird niemals untätig zusehen, wenn wir seine Befehle verweigern. Daher bin ich gezwungen, alle Urlaubsgesuche zu streichen und die Einheit bis auf weiteres in den Sicherheitsstatus Blau zu beordern. Alle Highlander-Familien sind gehalten, in den Quartieren zu bleiben, und die Garnison in Tara wird an den Ein- und Ausgängen der Stadt Kontrollpunkte errichten. Für die Luft/Raumlanzen gilt Alarmbereitschaft. Seid vorsichtig. Viele auf Northwind sind dem Vereinigten Commonwealth gegenüber loyaler gesinnt als uns. Die besten Freunde können zu den schlimmsten Feinden werden. Wenn wir Glück haben, können wir möglicherweise einen Kompromiß mit Davion aushandeln. Wenn nicht, stehen uns vielleicht ernste Strafmaßnahmen ins Haus.« Loren hörte die Worte und wußte, welches Risiko die Highlanders eingingen. Möglicherweise würde sich ihr früherer Wohltäter nun mit ganzer Gewalt gegen sie wenden.

»Und nun stelle ich euch einen anderen Punkt zur Diskussion. Viele von euch haben von unserem capellanischen Gast, Major Loren Jaffray, gehört oder ihn bereits persönlich kennengelernt. Major Jaffray hat eine weite Reise auf sich genommen, um die Heimatwelt seiner Familie zu besuchen, aber das war nicht der einzige Grund für seine Anwesenheit hier. Er hat uns ein Angebot überbracht, ein Angebot, das ich euch bitte anzuhören und zu überdenken.« Oberst MacLeod sah auf Loren hinab und winkte ihn zu sich. Als er sich auf dem Abhang vor der Versammlung aufbaute, fühlte Loren Hunderte bohrender Blicke auf sich ruhen.

»Dieser Cabal kann keine Entscheidung über seine Initiative fällen. Aber wir können beschließen, die Versammlung der Krieger zur Beratung und Entscheidung über diese Frage einzuberufen. Daher müssen wir uns heute nacht nur diese eine Frage stellen: Ist dieses Angebot es wert, darüber zu diskutieren?« Oberst MacLeod drehte sich mit breitem Grinsen zu Loren um und nickte.

Loren hatte seine kurze Ansprache in den letzten Tagen immer wieder geprobt, aber trotzdem lag ihm jetzt das Wissen, daß er keine zweite Chance erhalten würde, wie ein Mühlstein im Magen, und seine Handflächen waren klamm vor Schweiß. Wenn es ihm nicht gelang, den Cabal zur Einberufung der Versammlung zu bewegen, war seine Mission gescheitert, und er vor dem Kanzler entehrt. Als MechKrieger hatte er Hunderte Male dem Tod ins Auge geblickt, aber diese Rede vor MacLeods Regiment ließ seine Nerven flattern.

»Wie der Oberst bereits erwähnte, bin ich nicht gekommen, um Northwind zu bereisen, sondern, um euch allen eine Chance zur wahren Freiheit anzubieten. Kanzler Sun-Tzu Liao hat mich mit einem Vorschlag hierher gesandt. Ich überbringe ihn nicht als Diplomat, sondern als Mitkrieger, mit verwandtschaftlichen Banden zu euch. Mein Großvater diente als Offizier bei den Highlanders und wurde für seine Tapferkeit und sein Heldentum ausgezeichnet. Über Jahrhunderte war das Haus Liao der Beschützer der Northwind Highlanders. Wir haben versucht, unser Versprechen wahr zu machen und Northwind als unabhängigen Planeten zurück in den Besitz der Highlanders zu geben. Das Schicksal hat interveniert und durch eine unglückselige Wendung dafür gesorgt, daß sich unsere Wege trennten … und unser Versprechen unerfüllt bleiben mußte. Bis heute. Wenn die Northwind Highlanders wirklich nach Unabhängigkeit streben, sind Kanzler und Volk der Konföderation Capella bereit, dabei zu helfen. Statt Victor Davion als eurem Fürsten zu dienen, könntet ihr ein unabhängiges Volk werden, das seine eigenen Schlachten schlägt – oder nicht schlägt, ganz so, wie ihr es entscheidet. Solltet ihr dieses Angebot annehmen, verspricht der Kanzler, Northwind als freie und unabhängige Welt unter eurer Herrschaft anzuerkennen. Er hat mir ebenfalls versichert, daß die Liga Freier Welten sich diesem Versprechen anschließt. Jedem Versuch, eure Herrschaft über Northwind anzufechten, würde sich die Konföderation diplomatisch und militärisch entgegenstellen. Damit könnten wir unser vor Jahrhunderten gegebenes Versprechen einlösen. Es würde euch die Freiheit garantieren – *wahre* Freiheit. Und falls das Vereinigte Commonwealth sich entschließen sollte, seinen fehlgeleiteten Willen gegen euer Volk durchzusetzen, ist der Kanzler bereit, seine Truppen in die Schlacht zu werfen, um die Freiheit der Highlanders zu verteidigen.«

Schweigen hatte sich über die Menge gelegt, aber Loren konnte die Stille nicht deuten. Hatte er versagt?

Dann erklang eine Männerstimme vom Fuß des Hangs. »Oberst, wo stehen Sie in all dem?«

MacLeod stützte die Hände in die Hüften. Der Feuerschein ließ die grauen Haare auf seinem Haupt und im Bart silbern schimmern. »Ich war schon Offizier der Highlanders, als wir hierher heimkehrten. Damals haben wir die richtige Entscheidung getroffen. Heute stehe ich ebenso hier wie ihr alle und frage mich, was ich will. Mir scheint, das ist keine Entscheidung über unsere Gegenwart hier und heute. Wie Jaffray schon sagte, es ist eine Abstimmung über unsere Zukunft. Die Gefahren sind beträchtlich, und wir werden mit ziemlicher Sicherheit in einen Konflikt hineingezogen werden.« Er machte eine Pause. »Es wäre ein Fehler, würde ich untätig zusehen, wie wir vom Vereinigten Commonwealth verschluckt werden und über unser Schicksal nicht mehr frei entscheiden können. Die Risiken für uns alle sind enorm, größer möglicherweise, als sich einer von uns vorstellen kann. Aber wir sind und bleiben Highlanders. Das kann uns niemand nehmen. Ich unterstütze diese Initiative – nein – ich begrüße sie.«

Eine weibliche Stimme meldete sich aus den Reihen am Hang. »Ist diese Frage nicht bereits erledigt, Oberst? Jetzt, wo die Regimenter auf dem Heimweg sind, ist unsere Abstimmung ohne Gewicht.«

»Keineswegs. Diese Abstimmung und die Aufforderung an die Versammlung der Krieger, den Vorschlag zu diskutieren, verleihen unserer Entscheidung Glaubwürdigkeit. Es ist keine bedeutungslose Scharade, sondern eine Bestärkung der Tatsache, daß dies eine Entscheidung aller Highlander verlangt, nicht nur dieses Regiments.«

Ein anderer Mann ergriff das Wort. »Und Sie, Mulvaney? Was meinen Sie?« Alle Augen richteten sich auf die an MacLeods Seite stehende Chastity Mulvaney. Sie blinzelte überrascht. »Seit frühester Kindheit habe ich von unserer Beziehung zu Haus Davion erzählen hören«, begann sie zögernd. »Ich sehe den Vorteil in dieser sogenannten Unabhängigkeit nicht. Wir würden zur Beute jedes Hausfürsten werden, der sich als unser neuer Herrscher etablieren möchte.«

Commander Gomez trat ins Licht des Feuers. »Ich stimme für die Unabhängigkeit«, erklärte sie entschieden. Angesichts der Ablehnung, mit der sie ihn zuvor behandelt hatte, war Loren überrascht. »Ich will nicht, daß wir enden wie die Leichte Eridani-Reiterei.« Die Erwähnung der berühmten Söldnereinheit brachte eine Saite in den Highlanders zum Klingen. Die Eridani war eine der wenigen anderen Einheiten der Inneren Sphäre mit einer bis in die Sternenbundära zurückreichenden Geschichte. Obwohl sie offiziell noch immer als Söldnereinheit geführt wurde, bildete die Leichte Reiterei in jeder Hinsicht eine reguläre Einheit der Vereinigten Commonwealth-Streitkräfte.

»Wie sollen wir allein überleben, eine einzelne Welt? Wir brauchen die Verbindung zu Davion, wenn wir nicht sterben wollen«, meinte eine Kriegerstimme aus dem Dunkel der Hügel.

Loren blickte in die Richtung, aus der dieser Einwand gekommen war. »Northwinds Wirtschaft ist nicht auf Importe aus anderen Systemen angewiesen. Ihr habt eigene Landwirtschaft, Industrie und was dazugehört. Und wenn erst einmal alle Highlander-Regimenter heimgekehrt sind, könnt ihr jede Bedrohung eurer Unabhängigkeit abwehren.«

Ein anderer Mann trat vor. »Woher wissen wir, daß das nicht nur ein Trick des Hauses Liao ist? Ich will wahre Souveränität, und nicht einen Diktator gegen den anderen austauschen. Werden wir eine Garnisonseinheit capellanischer Truppen auf Northwind dulden müssen, wie diese verfluchten Konsulargarde jetzt?«

Loren trat einen Schritt den Hang hinab auf den

Mann zu. »Northwind wird eure Welt sein, ohne Wenn und Aber. Solltet ihr Hilfe bei der Verteidigung benötigen, wird der Kanzler euch gerne mit Truppen unterstützen. Aber es wird keine Garnison geben. Keine ›Konsulargarde‹. Dies ist kein Wechsel der Herrscherhäuser. Ihr – die Northwind Highlanders – werdet die einzigen Herren dieses Planeten sein. Es geht klar und einfach um eure Unabhängigkeit.«

Eine Minute wurde in der Düsternis und den tanzenden Schatten der Caithness Woods heftig diskutiert. Dann sprach MacLeod wieder, mit tiefer, ernster Stimme. »Wir könnten darüber bis zum frühen Morgen debattieren. Aber wir haben Verpflichtungen. Wir können diese Frage hier nicht entscheiden, aber wir können entscheiden, ob sie eine Anhörung durch die Versammlung der Krieger wert ist. Tretet vor, ins Licht.« Er winkte die Männer und Frauen an den Scheiterhaufen, der jetzt, nachdem die Caber ebenfalls in Flammen aufgingen, noch heller loderte. »Alle, die für eine Einberufung der Versammlung zur Diskussion und Entscheidung über diese Frage sind, heben die Hand…«

Loren sah über zwei Drittel der Krieger von MacLeod's Highlanders die Hand zum Nachthimmel heben. Er sah ihre stolzen, starken Gesichter.

»Gegenstimmen?«

Die Hände der restlichen Soldaten flogen nicht minder energisch nach oben. Es waren in der Regel jüngere MechKrieger und Jägerpiloten. Lorens Blick wanderte um das Feuer und zurück den Hang empor. Schockiert sah er Mulvaney die Hand zur Gegenstimme zum Himmel strecken. Sie blickte ihn mit gerötetem Gesicht an. Die Abstimmung schien ihr beinahe körperliche Schmerzen zu bereiten.

»Es ist vollbracht. Ich danke euch allen für eure Hilfe. Laßt uns niemals unsere Vergangenheit vergessen, während wir mutig in die Zukunft marschieren!« Mit diesen Worten ging der Kriegercabal zu Ende. Die Regimentsehrengarde stimmte ›Scotland Forever‹ an, und die Highlanders verschwanden allmählich in der Nacht.

Loren blieb zurück und starrte ins Feuer. Er hatte die Initiative des Kanzlers erfolgreich vertreten, aber es erschien ihm als ein hohler Sieg. Besonders, seit er Mulvaneys Gegenstimme gesehen hatte. Er starrte minutenlang in die Flammen, verlor sich in ihrer Hitze und ihrem Licht, in der Hoffnung, seine Schuldgefühle auslöschen zu können. Er hatte dem Volk seines Großvaters versprochen, ihren Traum Wahrheit werden zu lassen, ihnen ihre Heimatwelt endgültig zu übergeben. In Wirklichkeit jedoch verfolgte er den Auftrag, sie auszulöschen. Er kannte die Todeskommandos und ihre Taktiken. Sie würden vor nichts zurückschrecken. Und er, Loren Jaffray, war ihr Instrument für Tod und Vernichtung.

13

Konsulat des Vereinigten Commonwealth,
Tara, Northwind
Mark Draconis, Vereinigtes Commonwealth

22. September 3057

»Konsul Burns«, meinte Catelli leise, als er in das Büro seines Vorgesetzten trat. »Wir haben ein Problem.«

Burns würdigte seinen Adjutanten keines Blickes. Statt dessen lehnte er sich im Sessel zurück und betrachtete seine manikürten Fingernägel. »Colonel Catelli, ich wünschte wirklich, Sie würden dieses Büro einmal betreten, ohne Probleme mitzubringen.«

Catellis Augen verengten sich leicht auf diesen Kommentar hin. Er musterte Burns und sah einen verweichlichten, pompösen Bürokraten. *Wenn du den Mut hättest, den der Schöpfer jedem Sandfloh gab, könntest du meine Bedeutung hier möglicherweise erkennen,* dachte er sich und lächelte höflich. »Ich bitte um Verzeihung, Sir. Aber Sie müssen sich diese Eilmeldungen vom Heereskommando Vereinigte Sonnen ansehen.«

Er legte einen einseitigen Ausdruck auf die Schreibtischplatte aus dunklem Mahagoni. Drake Burns ließ sie mehrere Sekunden unbeachtet, bevor er sie schließlich aufnahm. Gelangweilt seufzte er und las. Nach wenigen Sekunden riß er ungläubig die Augen auf.

»Haben Sie das gelesen?« fragte er.

»Allerdings, Sir.«

»Ist Ihnen klar, was das bedeutet? Callnath und Denebola. Wasat. Van Diemen, Marcus und Talitha sind so gut wie verloren, und das ist erst die erste Angriffswelle.«

Catelli nickte. »Auch die capellanischen Truppen setzen uns schwer zu. Hinzu kommen die Terroranschläge auf zahlreichen Welten der Mark Sarna, anscheinend mit Unterstützung Liaos. Revolten auf Nanking führten zur Ermordung des Planetarischen Gouverneurs und seines Stabes. Auf Gan Singh wurde der Befehlsstab der Ersten RKG getötet, als Terroristen den Befehlsbunker stürmten und in die Luft jagten. Es war eine Selbstmordaktion, aber sie hat die gesamte Befehlsstruktur eines kompletten Regiments vernichtet.« Burns zerknüllte das Blatt mit einer Hand und warf es wütend auf den Schreibtisch.

»Ich fürchte, das ist noch nicht alles, Konsul.« Insgeheim genoß Catelli den Schrecken in Burns' Gesicht. Es war ein Zeichen von Schwäche, einer Schwäche, die er kontrollieren und manipulieren konnte.

»Meine Agenten melden, daß MacLeods Regiment sich gestern heimlich in den Caithness Woods versammelt hat.«

»Im Wald? Warum, in des Prinzen Namen, sollten sie sich dort versammeln?«

»Nach dem, was meine Leute mir gemeldet haben, handelte es sich um eine Art rituelle Zeremonie. Scheiterhaufen, Dudelsackmusik, das ganze Brimborium. Vielleicht wollten sie unseren Abhörgeräten im Fort entkommen. Jedenfalls scheinen sie zusammengekommen zu sein, um die Kündigung ihrer Vereinbarung mit dem Vereinigten Commonwealth über Northwind zu besprechen.«

»Was soll das heißen?«

»Dieser Major Jaffray soll sich mit den Highlanders getroffen haben, um gegen unsere rechtmäßige Oberhoheit auf Northwind zu hetzen. Er hat sie aufgewiegelt, sich gegen uns zu erheben.«

»Das ist doch ein Witz.«

»Ich wünschte, es wäre so, Konsul. Aber unser capellanischer Gast ist sogar so weit gegangen, ihnen bei dem Kampf gegen uns die Hilfe der Konföderation anzubieten. Es ist alles Teil der Welle von Rebellionen und Terroranschlägen, die Liaos Agents Provocateurs anzetteln. Ich möchte Ihnen Ihre Stimmung nicht noch weiter verderben, aber wir haben mehrere Hinweise darauf erhalten, daß dieser Major Jaffray auch hinter dem Attentat auf Oberst MacLeod stecken könnte.«

»Woher haben Sie diese Hinweise? Sind Ihre Quellen verläßlich?«

»Sie sind anonym, Konsul, aber in der Vergangenheit haben sie sich als zuverlässig erwiesen.«

»Aber wurde Major Jaffray bei diesem Angriff nicht selbst verwundet?«

»Eine Fleischwunde, Sir. Anscheinend sollte sie den Verdacht von ihm ablenken.«

Diese Eröffnung traf Drew Burns noch schwerer, als Colonel Catelli gehofft hatte. Der Diplomat zog ein Taschentuch hervor und tupfte sich den plötzlich ausbrechenden Schweiß von der Stirn. »Verdammt! Attentäter laufen frei herum, Oberst MacLeod verweigert direkte Befehle des Heereskommandos, ein Capellaner stachelt zur Rebellion an, und ringsum bricht der Krieg aus. Colonel Catelli, wenn Sie irgendwelche Vorschläge haben, wie Sie mir helfen können, all das in Ordnung zu bringen, würde ich sie gerne hören.«

Catelli verschränkte die Hände im Rücken und mußte sich zusammennehmen, um nicht laut aufzulachen. *Wie ich es erhofft hatte. Es war beinahe zu einfach. Eines Tages werden dieses Büro, dieser Schreibtisch, diese Welt mir gehören. Mit den richtigen Informationen zum richtigen Zeitpunkt bringe ich Burns soweit, daß er mich anbettelt, die Kontrolle zu übernehmen.* »Nicht alle Neuigkeiten sind bedrückend, Konsul. Es gibt Gerüchte, daß die 3. Royals RKG schon unterwegs ist, um uns zu helfen.«

»Eine Aktion, die das Feuer noch weiter anfachen würde.«

»Sir, es gibt ein paar Dinge, die wir tun können, um die Highlanders zur Räson zu bringen.«

»Reden Sie, Colonel.« Burns schien der Verzweiflung nahe.

»Als erstes müssen Sie eine Nachricht an das Oberkommando abschicken, in der Sie um die formelle Ablösung Oberst MacLeods als Kommandeur der Highlanders bitten.«

Burns rieb sich die zerfurchte Stirn. »Selbst wenn ich diesen Befehl durchbekomme, gibt es nicht die geringste Garantie dafür, daß MacLeod ihm nachkommt. Eine Sache ist gewiß: William MacLeod ist eine Kämpfernatur. Er wird sich nicht geschlagen geben.«

»Das ist sein Fehler. Als nächstes schneiden wir die Highlanders vom Nachrichtendienst des Vereinigten Commonwealth ab. Dadurch verlieren sie die Informationen über das Geschehen im Rest der Inneren Sphäre. Möglicherweise bremst das ihre rebellischen Aktivitäten.«

»Sie hätten immer noch ComStars kommerzielles Nachrichtennetz, Colonel.«

»Ich weiß, Konsul, aber ohne den Zugang zu unserem Geheimdienstnetz werden sie sich ihre Informationen aus den Nachrichtenmeldungen und ihren sehr begrenzten eigenen Kontakten mühsam zusammenklauben müssen. Wenn sie bei einer ›externen‹ Quelle Hilfe suchen, werden sie lange warten müssen.«

»Na schön«, meinte Burns. »Sie machen sie also blind. Sie haben trotzdem ein Regiment auf diesem Kontinent, und zum größten Teil in und um Tara. Ungeachtet dessen, was wir persönlich von ihnen halten, die Northwind Highlanders sind eine der härtesten Söldnerverbände, die es in der Inneren Sphäre je gegeben hat.«

Catelli richtete sich schneidig auf. »Als Kommandeur der Konsulargarde habe ich meine Truppen in ein Lager knapp außerhalb Taras verlegt, nur für den Fall, daß jemand gegen uns vorzugehen versucht, Sir. Ich habe bereits Kontakt mit einem Teil der Davion-loyalen Fraktionen in der Zivilbevölkerung der Stadt aufgenommen. Von heute an werden wir den Highlanders zeigen, daß es uns ernst damit ist, Northwind innerhalb des Vereinigten Commonwealth zu halten. Die loyalen Gruppen werden formelle Protestmärsche veranstalten und MacLeod mit seinen Truppen unter Druck setzen. Die Highlanders werden eine Bevölkerung zu Gesicht bekommen, die Victor Davion treu ergeben ist.«

»Ausgezeichnet. Aber was ist mit diesem Jaffray?«

Catelli nickte langsam. »Ja, unser verehrter Gast aus der Konföderation Capella. Ich habe dieser Angelegenheit einige Überlegung gewidmet, und ich finde, jetzt, wo die Capellaner mit Invasionstruppen in Systeme des Vereinigten Commonwealth eingedrungen sind, werden Sie mir zustimmen, daß sein Status in Frage gestellt werden kann. Da wären zum einen die Hinweise, die ihn mit dem Attentat auf MacLeod in Verbindung bringen. Dazu hat er noch bei dieser Cabalversammlung letzte Nacht noch offen zur Rebellion aufgerufen. Ich schlage vor, wir verhaften diesen Unruhestifter und schicken ihn nach New Avalon.«

»Drängen wir MacLeod und seine Leute damit nicht erst recht zur Rebellion?« Burns machte sich offensichtlich Sorgen um die Konsequenzen seines Handelns, verschwendete aber keinen Gedanken an die strategische Lage. Das hatte er von Anfang an Catelli überlassen.

»Nicht, wenn wir ihm und den anderen Highlanders die Sache richtig verkaufen, Sir. Im Gegenteil, es könnte die Highlanders für uns einnehmen, wenn wir gegen MacLeods möglichen Angreifer vorgehen. Dieser Jaffray ist noch nicht lange genug hier, kann sich also noch nicht richtig mit den Highlanders angefreundet haben. Schließlich ist er ein Außenseiter, und sie sind ein sehr verschlossenes Volk.« Catelli unterschlug, was seine Quellen ihm von der scheinbaren Freundschaft zwischen Jaffray und MacLeod gemeldet hatten. Statt die Beziehung der Söldner zu Burns zu festigen, würde der Angriff auf Jaffray die Spannungen zwischen den Highlanders und dem Konsul noch verschärfen. Eine Konfrontation zu diesem Zeitpunkt konnte leicht zur offenen Rebellion führen. Und das würde Catelli die Gelegenheit liefern, auf die er gewartet hatte. Dann erst wäre er in der Lage dazu, nach der Macht zu greifen.

Burns stützte die Ellbogen auf den Tisch und rieb sich die Augen. Er hatte Northwind immer als bequemen Posten für einen Karrierediplomaten angesehen. Jetzt entwickelte der Planet sich zum Pulverfaß, und er wußte nicht, wie er die Lunte löschen sollte. »Wir scheinen geradewegs in einen Konflikt hineinzurutschen, den wir nicht gewinnen können.«

Catelli sah sich an, wie der Konsul mit seinen Zweifeln rang. »Ich habe bereits einige Agenten in die Reihen der Highlanders einschleusen können. Sie berichteten mir, daß weder die Truppen noch die wichtigsten Offiziere eine Auflösung unserer Vereinbarungen befürworten. Wenn sie überhaupt an etwas glauben, dann daran, daß die Davions ihre beste Hoffnung für die Zukunft darstellen.«

»Aber sind sie bereit, sich, wenn nötig, gegen ihren Kommandeur zu stellen?«

»Gegen einen Mann, dem Sie Posten und Verantwortung entziehen werden? Wahrscheinlich schwenken dann nicht alle ein, aber wenn es zum echten Konflikt kommt, wird sich die Mehrheit der Highlanders auf unsere Seite schlagen. Wir werden jeden Gedanken an Rebellion niederschlagen, und Sie, Konsul, werden als der Mann in die Geschichte eingehen, der Northwind gerettet hat.« Burns war ein selbstverliebter Narr, und Catelli plante, diese Schwäche beim Spinnen seiner Intrigen auszunützen.

Konsul Burns sah hoch. Seine Augen waren rot und

blickten für die frühe Stunde ungewöhnlich matt. »Wie sollen wir Major Jaffray in Gewahrsam nehmen, Colonel? Er steckt im Fort, umgeben von einem kompletten Regiment ihrer besten Truppen und BattleMechs. Wenn MacLeods Regiment ihn nicht freiwillig herausgibt, können wir kaum etwas dagegen tun.«

»Ich bin schon eine Weile auf dem Northwind, Sir, genau wie Sie. Wir wissen beide, daß die Highlanders vor allem Stärke repektieren. Sie sind Söldner, und brauchen eine harte Hand. Sie waren nie beim Militär, aber ich verstehe diese Leute. Wir werden die Konsulargarde auf den Raumhafen bewegen und dort Stellung beziehen. Sie fordern die Highlanders auf, uns dort den Spion Jaffray auszuhändigen. Wir sind dann in voller Stärke aufmarschiert, sie werden ihrerseits in voller Stärke aufmarschieren und ihn uns dann ausliefern. Danach müssen sie uns höchstens noch mehr respektieren.«

Damit sein Plan Erfolg hatte, mußte Catelli die Highlanders zu einer Konfrontation mit der schwächeren Konsulargarde auf den Raumhafen locken. Wenn es ihm gelang, dort einen Zwischenfall zu provozieren oder notfalls zu inszenieren, würde das dem Vereinigten Commonwealth den Anlaß liefern, Northwind unter seine direkte Herrschaft zu stellen und die Highlanders ein für allemal in die Streitkräfte einzugliedern. Die Voraussetzungen für diesen Zwischenfall waren bereits geschaffen. Jetzt brauchte er nur noch den richtigen Hintergrund für das Drama, und den konnte ihm nur der Konsul liefern.

»Was, wenn sie ihn nicht ausliefern?«

Catelli zuckte die Achseln, dann schüttelte er den Kopf. »Sir, wenn Sie der Kommandeur der Highlanders wären, würden Sie wegen eines Mannes, den Sie erst wenige Tage kennen, eine Auseinandersetzung mit der rechtmäßigen Regierung riskieren? Würden Sie für so einen Mann Ihre ganze Welt in Gefahr bringen? Für einen Mann, der gekommen ist, um die Saat der Rebellion auszubringen, während seine Regierung eine Invasion gegen ihren rechtmäßigen Herrscher betreibt? Nein, natürlich würden Sie so etwas nicht tun, ebensowenig wie ich. Aber um auf ihre Frage zu antworten: wenn sie sich weigern, werden wir unser Recht, diesen Major Jaffray in Gewahrsam zu nehmen, natürlich verteidigen.«

»Vielleicht sollten wir warten«, meinte der Konsul. »Wir könnten eine Nachricht nach New Avalon schicken und um Instruktionen bitten.«

Genau diese Reaktion hatte Catelli erwartet und sich darauf vorbereitet. »Sir, wir dürfen nicht warten. Das Vereinigte Commonwealth wird von Marik und Liao angegriffen. Vielleicht steht Northwind als nächstes Ziel auf der Liste. Wir können nicht untätig herumsitzen und auf die Meinung von Leuten warten, die nichts von der wahren Situation hier wissen, die weder die Highlanders kennen noch die Davion-freundliche Stimmung der planetarischen Bevölkerung. Und denken Sie daran, die übrigen Highlander-Regimenter sind auf dem Weg hierher. Ein Zögern könnte zur Katastrophe führen.«

Burns starrte den Globus von Northwind auf seinem Schreibtisch an. Während er überlegte, drehte er langsam die Weltkugel. Die Meere und Kontinente zogen an ihm vorüber. Zuerst die grünen und braunen Weiten von New Lanark, der Landmasse, auf der sich auch Tara befand. Dann die kleinen Argyleinseln im Falkirkmeer und der winzige Kontinent Halidon. Der Konsul betrachtete den sich drehenden Globus, als könne ihm dieser angesichts seiner schweren Entscheidungen Trost spenden. Schließlich kam die Kugel zum Stehen. Burns blickte hoch. »Na gut, Colonel. Ihre Worte haben etwas für sich. Bereiten Sie die Nachrichten und Befehle zur Unterschrift vor und setzen Sie sich mit dem Heereskommando Vereinigte Sonnen wegen der Absetzung MacLeods in Verbindung.«

»Sehr gut, Sir.« Catelli verbeugte sich leicht, dann drehte er sich um und verließ den Raum. *Die Geschichte wird mir recht geben, selbst, wenn es daneben geht. Und falls ich Erfolg habe, wird man den Namen Drew Catelli noch in ferner Zukunft ehren.*

14

Tara, Northwind
Mark Draconis, Vereinigtes Commonwealth

22. September 3057

Lorens *Gallowglas* näherte sich vorsichtig dem Eingang der Schlucht. Seine Sensoren hatten ihm gemeldet, daß sich Commander Fullers *Kampfhund* in diesem Gebiet aufhielt, aber wenn Fuller sich in den engen, nur an dieser Seite offenen Canyon ausgewichen war, dann konnte Loren ihn jedenfalls nicht mehr orten. Das mochte zweierlei bedeuten. Entweder war Fuller nicht mehr hier, oder er versteckte sich hinter einer Felsformation, die dick genug war, um die Sensoren zu täuschen. Loren schaltete den Sekundärschirm auf Infrarot um und suchte nach Wärmespuren. Er erkannte, daß ein Mech den Canyon betreten hatte. Als nächstes suchte er mit MAD nach Verzerrungen des Magnetfeldes. Wenn er Glück hatte, strahlte der Reaktor in Fullers Mech genügend Energie für eine Ortung ab. Und wirklich, in der Nähe der Abschlußwand der Schlucht entdeckte er hinter einem riesigen Felsvorsprung einen schwachen Lichtschein. Wenn Fuller sich in der Schlucht aufhielt, dann dort.

Loren überlegte. Wenn er geradewegs losmarschierte, konnte Fuller ihn aus sicherer Distanz mit dem tödlichen Gaussgeschütz seines *Kampfhunds* beschießen. Und durch die ECM-Phalanx war der schwere Mech nur aus nächster Nähe effektiv anzugreifen. Loren würde ernste Schäden einstecken müssen. Falls er keinen anderen Weg fand …

Er packte den Steuerknüppel und löste die Sprungdüsen aus. Der *Gallowglas* stieg hoch in die Lüfte über den Paß und flog auf die Felsformation zu. Seine Sensoren schrillten, als Fullers *Kampfhund* ins

Freie trat. Das Gaussgeschütz in seinem rechten Arm folgte der Flugbahn des *Gallowglas*. Loren senkte die schweren Laser und PPK, und es gelang ihm, zu feuern, bevor sein Gegner einen Schuß abgeben konnte. Plötzlich wurden Primär- und Sekundärschirm schwarz, gefolgt vom Erlöschen aller Kontrollämpchen. *Cockpittreffer? Hat er mich mit einem Schuß erledigt?* Loren streckte die Hand aus, um den Notstromschalter umzulegen, aber die Pilotenkanzel zeigte keine Reaktion.

Abrupt wurde die Kanzelluke des Simulators von außen aufgezogen, und das weiße Licht des Trainingszentrums brach in das Dunkel der Kanzel. Jemand mußte das Simulatorprogramm abgebrochen haben. *Schade,* dachte Loren. Es war eines der besten, die er je gesehen hatte. Fast so gut wie das der Kommandos. Als Loren sich aus dem Sitz schälte, tauchte Chastity Mulvaneys Gesicht in der offenen Luke auf. Hinter ihr sah er Commander Fuller aus seinem Simulator klettern.

Loren hatte jetzt fast zwei Wochen bei den Highlanders verbracht. Jake Fuller war sein enger Gefährte geworden, aber Jaffray durchschaute ihn. Sicher, sie verstanden sich gut genug, um jeden Tag zwei Stunden im Mechsimulator zu trainieren, aber wahrscheinlich hatte Fuller den Auftrag, ihn im Auge zu behalten. Die Anweisung dazu konnte nur von MacLeod stammen, aber das war zu erwarten gewesen, gleichgültig, wieviel Vertrauen der Highlander-Kommandeur öffentlich demonstrierte.

»Melden Sie sich sofort zu einer Stabsbesprechung bei Ihrem Missionsoffizier, Commander«, fertigte Mulvaney Fuller ab, dann drehte sie sich zu Loren um. »Der Oberst will Sie sehen«, ließ sie ihn knapp wissen.

Fuller winkte ihm beim Weggehen zu, und Loren erwiderte seinen Gruß. »Gibt es ein Problem, Major?«

»Das wäre eine enorme Untertreibung«, sagte sie und ging ihm voraus auf den Korridor.

»Wie meinen Sie das?«

Sie hielt abrupt an und wirbelte herum. Während sie mit wütender, aber nicht erhobener Stimme zu ihm sprach, wedelte sie mit einem Finger vor seinem Gesicht herum. »Sie wußten es die ganze Zeit, nicht wahr? Sie wußten die ganze Zeit, daß die Invasion bevorstand und haben uns in Ihr Netz gelockt. Ich hatte von Anfang an recht, was Sie betrifft.«

»Ich wußte soviel wie Sie, nicht mehr«, gab Loren zurück, und bei kleinlicher Auslegung war das nicht einmal gelogen. Aber Loren wußte auch, daß es nur eine Frage der Zeit war, bis der Davion-Konsul und dessen Adjutant seine Abreise forderten – wenn nicht Schlimmeres. Plötzlich fühlte er sich auf Northwind sehr allein.

»Ich weiß nicht, ob Sie lügen oder die Wahrheit sagen«, meinte Mulvaney. »Aber wenn Sie lügen, lassen Sie sich eines gesagt sein: Niemand wird den Highlanders schaden. Sie nicht, die ganze Konföderation Capella nicht. Ich sterbe eher, bevor ich das zulasse.«

Loren sah ihr tief in die Augen. »Beim Kriegercaba habe ich gesehen, wie Sie gestimmt haben.«

»Verstehen Sie mich nicht falsch.« Ihre Stimme war schneidend. »Ich befolge die Befehle, die ich erhalte, aber nicht fraglos. Im Augenblick stecke ich in einer Zwickmühle, was ihre Ausführung betrifft. Als Highlanderin habe ich eine gewisse Verantwortung. Als loyale Untertanin des Vereinigten Commonwealth habe ich eine andere. Bis jetzt war ich noch nicht gezwungen, mich zwischen beiden zu entscheiden. Aber das könnte sich ändern.«

Loren verstand ihre widersprüchlichen Loyalitäten. Ein Teil von ihm wollte zurück zu seiner Einheit, besonders jetzt nach Kriegsausbruch. Er hatte sein ganzes Leben für den Krieg trainiert, und jetzt, als er endlich da war, spielte er Lichtjahre von seiner Einheit entfernt den Diplomaten.

Andererseits behandelten ihn die Highlanders, als sei er nicht nur ihresgleichen, sondern sogar ein Familienmitglied. Es war eine Art des Militärlebens, das er nie zuvor gekannt hatte, aber jetzt verstand er, warum sein Großvater so an den Erinnerungen an seine Highlander-Zeit hing. Im Capellanischen Heer lief alles kalt und unpersönlich ab. Hier herrschte Kameradschaft, Vertrauen, Gemeinschaft. Ein unsichtbares Band zwischen den Männern und Frauen der ganzen Einheit. Es war lautlos und unsichtbar, aber gleichzeitig unzerstörbar.

Ohne weitere Diskussion wanderten Loren und Mulvaney den vertrauten Gang zu Oberst MacLeods Büro hinab. Loren folgte Mulvaney in den Raum und schloß die Tür. Der Oberst deutete auf die Stühle vor seinem Schreibtisch.

MacLeod schien übermüdet. Offensichtlich zeigte der Streß der letzten Tage Wirkung. Der Oberst wühlte in einem Aktenstapel auf seinem Schreibtisch und zog einen Brief hervor.

»Das kam heute morgen vom Davion-Konsulat an. Unterschrieben hat es Konsul Burns, aber ich lese darin nichts als die Hand von Colonel Catelli.«

»Befehle, Sir?« fragte Mulvaney.

»Mehr als das, fürchte ich. Es ist eine Forderung.« Der Oberst hob das Blatt hoch und betrachtete den Text durch die Lesebrille. »Auf Befehl des Planetarischen Konsuls Drake Burns und des Vereinigten Commonwealth ist Major Loren Jaffray vom Capellanischen Heer in die Obhut und unter die direkte Aufsicht der Northwind-Konsulargarde zu übergeben. Major Jaffray wird der Anstiftung zum Aufruhr und der Beteiligung am Attentatsversuch gegen Oberst William MacLeod beschuldigt!«

»Was?« Loren sprang auf. »Damit hatte ich nichts zu tun, Oberst. Verdammt noch mal! Auf mich haben sie auch gefeuert.« Lorens Verletzung heilte gut, aber die

Erwähnung des Angriffs ließ ihn in Erinnerung an die Schmerzen zusammenzucken. »Wenn ich Sie hätte umbringen lassen wollen, hätte ich hundert bessere Gelegenheiten finden können. Und keine davon wäre derart offensichtlich gewesen.«

»Beruhigen Sie sich, Major.«

Loren faßte sich wieder. Er sah hinüber zu Mulvaney, aber deren Blick fixierte ihren Kommandeur. »Ja, Sir«, erwiderte er und kehrte auf seinen Platz zurück.

»Was geschieht, wenn wir ihn nicht ausliefern, Sir?« fragte Mulvaney zu Lorens gelinder Überraschung.

»Diesem Schrieb nach bringt Catelli seine Konsulargarde morgen mittag auf den Raumhafen. Wir sollen Loren dort übergeben, wenn nicht, wollen sie Tara nach ihm absuchen, jede Straße, jedes Haus.«

Loren wußte, was das bedeutete. Ein Versuch, mit Mechs und Panzern einen einzelnen Menschen aufzuspüren, würde Tage dauern und unglaublichen Schaden anrichten. Der Anblick von Davion-Infanteristen, die auf der Suche nach ihm Highlander-Wohnungen zertrümmerten, war eine Belastung, die er sich nicht aufbürden wollte … nicht, nachdem die Highlanders ihn so gut behandelt hatten. »Oberst … Major. Sie sollen wissen, daß ich mich keiner Vergehen gegen die Northwind Highlanders schuldig gemacht habe. Mit der ›Anstiftung zum Aufruhr‹, die der Konsul erwähnt, kann nur die Vorstellung der Liao-Initiative beim Cabal gemeint sein. Ich habe nichts verbrochen, was eine Festnahme rechtfertigen könnte.«

Diese Bemerkung war reichlich kokett, und Loren war sich dessen bewußt. Er hatte es in kürzester Zeit geschafft, die Highlanders zu infiltrieren und die Saat der Rebellion zu säen. Jetzt spielten ihm die Davions in die Hände, indem sie seine Person zu einem Politikum erhoben. Dadurch geriet die Frage der Souveränität in den Brennpunkt. Wenn MacLeod ihn auslieferte, ließ ihn das vor seinen Leuten schwach erscheinen. Weigerte er sich, trieb er einen Keil zwischen die Northwind Highlanders und das Haus Davion. Loren wollte das Risiko eingehen. Immerhin war er dazu nach Northwind gekommen.

»Lad, das wissen wir«, antwortete MacLeod, nahm die Brille ab und legte sie auf den Schreibtisch.

»Sir, ich kann nicht zulassen, daß Catelli und seine Schläger meinetwegen Tara verwüsten. Ich werde mich ihnen ergeben.« Loren wußte, daß man mit ihm angesichts des laufenden Krieges zwischen dem Vereinigten Commonwealth und der Konföderation Capella ein Spektakel für die Öffentlichkeit veranstalten würde, etwa einen Schauprozeß oder ein Standgericht. Man würde ihn schuldig sprechen ohne Rücksicht auf die Beweislage.

Aber das *Angebot* der freiwilligen Übergabe war eine unumgängliche Geste. Das hatte mit der Ehre seines Großvaters zu tun, auch wenn er genau wußte, daß Oberst MacLeod ihn niemals auf diese Weise gehen lassen würde. Damit hätte der alte Highlander seinen persönlichen Ehrenkodex verletzt. Das Angebot war ehrlich, aber gleichzeitig hätte es ihn enorm überrascht, tatsächlich dem Zorn Colonel Catellis oder Konsul Burns' ausgeliefert zu werden.

MacLeod lächelte dünn und lehnte sich in die tiefen Polster seines Ledersessels zurück. »Nein, Major, das werde ich nicht zulassen. Sie haben nichts verbrochen. Hier geht es nicht um Sie, es geht um die Northwind Highlanders und unser Recht auf Unabhängigkeit.«

Es war ein Kinderspiel, in MacLeod zu lesen. Wie leicht man durch eine scheinbar ehrenvolle Geste sein Vertrauen gewinnen kann. Schlußendlich wird das sein Untergang sein.

Mulvaney beugte sich nach vorne. »Was schlagen Sie vor, Oberst? Das sind direkte Befehle vom Repräsentanten unseres Lehnsherren. Sie zu verweigern hieße, unsere Vereinbarung mit dem Archon-Prinzen zu brechen.

Es muß einen diplomatischen Weg geben, diesen Konflikt zu lösen.«

»Der Tag, an dem ich mich Drake Burns oder Drew Catelli beuge, ist der Tag, an dem ich meinen Rücktritt erkläre. Diplomatie hat in dieser Sache keinen Platz. Wir haben es nicht mit diplomatischen Gesten zu tun, sondern mit eiskalter Machtpolitik. Gleichgültig, was ich tue, Catelli und Burns werden nach einer Lücke in unserem Panzer suchen. Ich kann mich nicht einmal mit Cat Stirling in Verbindung setzen, weil Catelli ComStar angewiesen hat, die Direktverbindung zum HPG zu schließen. Jetzt bekommen wir keine militärischen Informationen mehr, sondern müssen uns auf die kommerziellen Nachrichten verlassen. Sie werden nicht eher aufgeben, bis die Highlanders zerschlagen und in alle Winde zerstreut sind. Nein, wir können ihren Forderungen nicht nachgeben. Diese Scharade um die Herrschaft auf Northwind endet morgen mittag.«

MacLeods Miene verdüsterte sich, wurde die eines Kriegers. Loren kannte den Blick nur zu gut. Er hatte ihn schon in vielen Schlachten gesehen. Die Entschlossenheit seines Gegenübers war mehr als sichtbar, sie schien in Stein gehauen zu sein.

15

Kohler-Raumhafen, Tara, Northwind
Mark Draconis, Vereinigtes Commonwealth

23. September 3057

Der Mechhangar wurde nur von einigen wenigen trübgelben Nachtlampen beleuchtet, und abgesehen von dem schwarzvermummten Agenten und den Mechs war er leer. Die Kampfmaschinen standen stumm in der Dunkelheit wie dreistöckige Standbilder vor einem vergessenen Tempel, stumme Zeugen seines nächtlichen Handelns. Neben jedem BattleMech erhob sich ein Wartungsgerüst mit einer Zugangsleiter. Der Mann huschte die Leiter hinauf, sorgsam darauf achtend, daß er kein Geräusch machte. Sein dunkler Anzug verhinderte, daß ihn die Wärmesensoren des Hangars entdeckten, aber gegen Geräusche war er machtlos. Die kleinen Geräte, die er an den Fenstern angebracht hatte, schalteten die Bewegungsmelder aus. Außerhalb des Gebäudes patrouillierten zahlreiche Wachen, aber hier im Innern waren nur zwei, und denen hatte er schon zwei Stunden lang erfolgreich ausweichen können.

Der Mann kletterte am Gerüst des *Dunkelfalken* empor und zog an der Cockpitluke. Die Luke öffnete sich mit einem dumpfen Hallen, und er hielt einen Momemt inne, um abzuwarten, ob das Geräusch Aufmerksamkeit erregt hatte. Zufrieden glitt er in die Kanzel und nahm die Nachtsichtbrille ab. Hier brauchte er keine Wärmesensoren mehr zu fürchten und durfte sich ungestört seiner Sabotagetätigkeit widmen.

Ein Experte konnte einen BattleMech in kurzer Zeit kampfunfähig machen, aber seine Mission lautete anders. Sein Vorgesetzter hatte ihm genau Instruktionen erteilt, die er bei seinem Einsatz im Morgengrauen peinlich genau eingehalten hatte. Dies war der letzte

Mech, den er sich vornehmen konnte, bevor die Streifen abgelöst wurden und die Highlander-Techs ihre Arbeit begannen. Er griff in die Brusttasche des schwarzen Rollkragenpullovers und zog sein Sabotagewerkzeug hervor – eine Laserdiskette.

Von der Pilotenliege aus aktivierte der Mann den Computer des *Dunkelfalken,* wie er es in dieser Nacht schon in so vielen anderen Maschinen getan hatte. Dann rief er vorsichtig das DS oder Diagnosesystem auf. Die meisten Menschen hielten den Gefechtscomputer für das Hauptsteuersystem eines Mechs, aber die Techs und Ingenieure wußten es besser. Der Gefechtscomputer war nur eine Hilfseinheit des DS.

Das Diagnosesystem war das Gehirn eines BattleMechs. Es kontrollierte seine Bewegungen und Sprünge. Es interpretierte nahezu alle Sensordaten. Der Saboteur rief das DS im Tech/Diagnostikmodus auf und schob die sechs Zentimeter durchmessende Diskette in den Laufwerksschlitz. Über die kleine Tastatur des Cockpits rief er die Diskette auf und sah zu, wie die Ziffern und Buchstaben über den Sekundärmonitor huschten. Das Programm lud sich selbsttätig in einen sicheren Speicherbereich des Kommunikationssubsystems. Dort würde es ruhen, bis der richtige Aktivierungscode empfangen wurde. Wenn alles so verlief wie geplant, würde es keinerlei Spuren seines Verbrechens geben.

Das Laden des Programms nahm drei Minuten in Anspruch. Alle dreißig Sekunden blickte der Saboteur aus der Luke und hielt Ausschau nach möglichen Wachen. Er war besorgt wegen des Fiepgeräusches des Computers gegen Ende der Ladeprozedur. Es war viel zu leise, um außerhalb des Cockpits gehört zu werden, aber er mochte keine Risiken. Dann zog er die Diskette vorsichtig aus dem Laufwerk, verstaute sie in seiner Tasche und schaltete das System ab.

Der Plan würde funktionieren. Beim ersten Mal war es ihm nicht gelungen, den Capellaner zu töten, aber diesmal würde er sich bewähren. Er würde den Northwind Highlanders persönlich den Todesstoß versetzen und sich das Wohlwollen seines Kommandeurs zurückverdienen.

Wie eine Schwarze Mamba glitt der Agent die Gerüstleiter hinab auf den Boden des Mechhangars. Er huschte an den riesigen Hangartoren entlang, bis er dasjenige erreicht hatte, das er aufgestemmt hatte, um eindringen zu können. Er würde dem Verrat der Highlanders ein Ende setzen. Ein Mann gegen ein komplettes BattleMechregiment, und er würde der Sieger bleiben. Dazu brauchte es nur noch die Konfrontation und das Signal. Danach würde alles vorbei sein.

»Sie schließen sich unserem kleinen Ausflug also an, ja?« meinte Jake Fuller, als er mit Loren durch das Fort zum Mechhangar ging.

»Oberst MacLeod hat mich gebeten, an der letzten Vorbesprechung teilzunehmen. Ich hoffe, er teilt mir einen BattleMech zu, falls es zum Showdown mit der Konsulargarde kommt.« Natürlich war die Chance, daß ihm die Highlander einen Mech zur Verfügung stellten, zu diesem Zeitpunkt recht mager. Er hatte sich MacLeods Vertrauen erarbeitet, aber in ihren Augen war er noch kein echter Highlander. Irgendwie fühlte er sich nackt, ein MechKrieger ohne seine Waffe.

»Wir haben Mechs in Reserve, aber bei der momentanen Lage bezweifle ich, daß Sie in einem von ihnen eine Zielscheibe abgeben wollen. Wenn die Dinge sich ungünstig entwickeln, stünden Sie mit großer Wahrscheinlichkeit mitten im Feuersturm.«

Der Gedanke machte Loren nichts aus. Er hatte dem Tod in seiner Laufbahn schon oft ins Auge gesehen. Er war mehr darum besorgt, daß sich die Lage ohne seine Anwesenheit entspannen könnte. Für den Erfolg seiner Mission war es unbedingt vonnöten, daß die Davions und die Northwind Highlanders aneinandergerieten.

»Ich hoffe nur, ich bin in der Lage, die Highlanders in Aktion zu erleben«, sagte er leise. »Es wäre gut, wenn wieder ein Jaffray mit den Highlanders in den Kampf ziehen könnte.« Loren fragte sich, wieviel von seinen Worten aus Wahrheit bestand, und wieviel nur aus Worthülsen, die er zum Erfolg seiner Mission benötigte.

Den ganzen Tag schon waren Berichte darüber eingetroffen, wie sich die Konsulargarde auf dem Asphalt des Raumhafens am anderen Ende Taras versammelte. Zusätzlich drängten sich Davion-Demonstranten um die Eingänge des Forts. Loren war nicht nach draußen gegangen, um sie sich anzusehen, aber Fuller hatte ihm erzählt, daß einige der Leute Plakate trugen, auf denen seine Festnahme gefordert wurde. Man hatte eine Strohpuppe verbrannt, die Oberst MacLeod darstellen sollte, und Loren hatte zwei andere MechKrieger davon reden hören, wie die Fahnen der Highlanders und der Konföderation Capella in Flammen aufgegangen waren.

Die Vorbesprechung stand unter ziemlicher Anspannung. Einige Offiziere debattierten, ob man Loren nicht einfach übergeben sollte. Ein Teil von ihnen hatte beim Cabal gegen die Initiative des Kanzlers gestimmt. Oberst MacLeod kannte die Stimmung seiner Leute, machte ihnen aber klar, daß sie ihre Rachegelüste überwinden mußten. Sie hatten eine Mission und Befehle zu erfüllen.

Die Mission war alles andere als einfach. Die Konsulargarde war rings um den Raumhafen in Stellung gegangen. Trotzdem wollten die Highlanders sie einkesseln. Sie mußten sich zwischen die Davions und die Stadt stellen und dem Gegner jeden Fluchtweg außer in die Wildnis südlich der Stadt abschneiden. MacLeod würde seine förmliche Antwort auf Konsul Burns' Forderung persönlich überbringen und anschließend den Abzug der Konsulargarde aus Tara befehlen. Und er war bereit, diesem Befehl Nachdruck zu verleihen.

Die Regeln des Gefechts waren klar. Die Highlanders hatten Anweisung, bei einem gegnerischen Angriff das Feuer zu erwidern, aber nur gegen Feindeinheiten, die ihrerseits in Kampfhandlungen verstrickt waren. MacLeod machte allen deutlich, daß er Zurückhaltung erwartete. Das Letzte, was irgend jemand wollte, und der Kommandeur der Highlanders schon gar nicht, war ein offener Krieg zwischen den Northwind Highlanders und dem Vereinigten Commonwealth. Alle wußten, daß sie bei einem Schußwechsel hart am Rande einer formellen Kriegserklärung manövrierten.

Loren betrachtete die Mienen der Offiziere und verspürte erneut so etwas wie Schuldgefühle. Die Highlanders gehörten zu den besten Kriegern der Inneren Sphäre und allein durch seine Anwesenheit zog er sie in eine Auseinandersetzung mit dem Vereinigten Commonwealth. Wenn seine Mission Erfolg hatte, würden viele, wenn nicht sogar alle, von ihnen sterben. Und er, Loren Jaffray, mußte die Verantwortung dafür tragen. Inzwischen war er sich seiner Gefühle in diesem Punkt nicht mehr sicher.

Chastity Mulvaney trat in den Besprechungsraum. Wie die anderen hatte sie eine Kühlweste angelegt und trug den Neurohelm in der Armbeuge. Sie wirkte angespannt. Die Muskeln in ihrem Gesicht waren verspannt, sie knirschte mit den Zähnen. Sie trat zu mehreren anderen Mitgliedern der Stabskompanie und reichte ihnen schriftliche Befehle. Dann kam sie zu Loren.

»Major Jaffray, aus Ihrer Kleidung entnehme ich, daß Sie Ihre Befehle *nicht* erhalten haben?«

Loren schüttelte den Kopf. »Allerdings nicht, Major.«

»Na schön. Oberst MacLeod bittet Sie, als Passagier in seinem *Huronen* mitzukommen. Eigentlich wollte er Ihnen einen eigenen Mech zuteilen, aber ich habe ihn davon überzeugt, daß es besser ist, Sie nur als Passagier mitzunehmen. Immerhin sind Sie Capellaner.« Manche

Mechs, unter anderem diese Variante des *Huronen,* verfügten über einen kleinen Klappsitz hinter der Pilotenliege. Dieser Passagierplatz hatte keine Kontrollen, und seine Benutzung war keineswegs ungefährlich. *Zumindest bin ich dabei,* tröstete sich Loren.

»Sie waren dagegen, mir einen Mech zu geben?« Loren versuchte nicht, seinen Verärgerung zu verbergen.

Mulvaney lächelte, als sie erkannte, daß sie ihn getroffen hatte. »Ja, Major. Sie haben Ihre Anweisungen. Wenn sie Ihnen nicht gefallen, können Sie mit den übrigen Nonkombattanten hier im Fort bleiben.«

Jetzt ist nicht der Zeitpunkt, mich mit ihr anzulegen. Zeit zur Verlustbegrenzung. »Ja, Ma'am.« In dieser Situation war Mulvaney seine Vorgesetzte.

Sie hob die Stimme, damit alle Lanzenführer sie verstehen konnten. »Herhören, ihr Torfköppe! Dies sind die letzten ND-Informationen vor dem Ausrücken. Unsere Scouts melden Zivilistenmobs am Westtor, daher benutzen wir das Nordtor für den Abmarsch. Die Karten müßten inzwischen in eure Gefechtscomputer überspielt sein. Seht sie euch an. Die Konsulargarde ist am Südrand des Raumhafens in der Nähe der Felder postiert. Laut unseren Meldungen haben sie eine komplette leichte Schweberlanze, von deren Existenz wir bisher keine Ahnung hatten. Die Stabskompanie übernimmt die Mitte, Einsatzkompanie Eins die rechte Flanke, Einsatzkompanie Zwo die linke. Hinter uns kommen die Ersten Gurkhas des 2. Bataillons. Die 1. Gepanzerte Grenzreiterei gruppiert sich auf der rechten Flanke und übernimmt die Rückendeckung, falls es nötig werden sollte. Noch Fragen?«

Kapitän Sullivan von der Einsatzkompanie Eins war der einzige, der sich meldete. »Wie steht's mit der Temperatur unserer Davion-Gastgeber, Major?«

»Es herrscht dicke Luft, Leute. Ich wiederhole, dicke Luft. In den Nachrichtensendungen werden wir als

Renegaten hingestellt, und man unternimmt erfolgreiche Anstrengungen, die Davion-Einheimischen gegen uns aufzuwiegeln. Wir sind nicht auf einen Kampf aus, aber es kann gut sein, daß wir ihn nicht werden vermeiden können. Haltet den Kopf frei, überprüft alle Verbindungen, und glaubt ja nicht, uns könnte nichts passieren, nur weil wir auf Northwind sind. Oberst MacLeod hat den Oberbefehl. Wir tun, was er sagt, und halten uns ansonsten an die Vorschriften.«

Sie sah sich um und vergewisserte sich, daß sie verstanden worden war. »Na schön dann, Highlanders. Aufgesessen!« Mulvaney ging voraus, die anderen folgten ihr zu ihren jeweiligen Maschinen.

Loren brauchte zwanzig Minuten, um MacLeods *Huronen* zu erreichen. Die Kletterpartie hinauf zur Pilotenkanzel, in der ihn der Oberst schon fertig angeschnallt erwartete, ging erheblich schneller. MacLeod deutete auf den winzigen Klappsitz oben an der Cockpitwand, auf den sein Gast sich nur mit Mühe hinaufquetschen konnte. Loren fand ein Doppel des Sekundärschirms, Kontrollen und ein Funkgerät vor. Durch die Steifheit der leichten Kühlweste erschien ihm der winzige Sitzplatz noch unbequemer.

»Gehen Sie die Checkliste durch, Laddie«, meinte der Oberst, als er den Mech hochfuhr. Die Computersysteme des Kampfkolosses arbeiteten sich durch die Startprozeduren, und Loren lud die Kartendaten ein. Dann zog er den Gefechtscomputer hoch und betrachtete das Gelände. Bis auf die Hauptverkehrsader, über die sich die Regimentsstabskompanie bewegen würde, waren die Straßen zum Kohler-Raumhafen ziemlich eng. Das DS meldete fehlerhafte Sensorleitungen an zwei Panzerplatten auf der Rückseite des linken Beins. Irgendwann würde man sie austauschen müssen, aber sie stellten kein Hindernis für den Kampf dar.

»Ich weiß die Gelegenheit zu schätzen, bei Ihnen mitfahren zu dürfen, Sir«, sagte Loren, nachdem er die Checkliste durchgearbeitet hatte.

»Ich freue mich, Sie dabei zu haben, Loren. Auf die Gelegenheit, mit einem Jaffray in den Kampf zu ziehen, haben diese alten Knochen Jahrzehnte warten müssen. Ich hoffe, Sie bringen uns genausoviel Glück wie Ihre Vorfahren.«

MacLeod steuerte den *Huronen* vorsichtig aus dem Hangar und reihte sich in die Regimentsstabskompanie ein. Für den Weg zum Raumhafen hatten sie sich nicht in normaler Einsatzformation aufgestellt. Statt dessen marschierten sie in Zweierreihe zu ihrem Treffen mit der Konsulargarde. MacLeod hatte keinen Grund für eine zusätzliche Provokation gesehen. Seine Antwort würde in dieser Hinsicht mehr als ausreichen.

Die Formation verließ das Fort durch das Nordtor, das eigentlich eher ein Tunnel war. Der Gang war breit genug, um zwei Mechs nebeneinander aufzunehmen, und verlief unter der massiven Granitmauer hindurch bis auf die Straße hinaus. Auf dem Weg herrschte Schweigen. Loren hörte nichts von dem üblichen Geplauder über die Kommleitungen. *Sie sind professionell und diszipliniert wie Todeskommandos. Sie stellen sich dem Tod, aber niemand zeigt Furcht.*

Der Raumhafen war im Grunde nicht mehr als ein zwei Quadratkilometer großer offener Platz. Der Stahlbeton war darauf ausgelegt, die Triebwerkshitze und das Gewicht der gewaltigen Landungsschiffe auszuhalten, die hier aufsetzten. Der Flüssigwasserstoff für die Triebwerke wurde in kilometerweit entfernten Bunkern gelagert und durch ein Leitungssystem tief unter der Oberfläche herangeführt. Was die meisten Raumhäfen wie Kohler zu funktionstüchtigen Anlagen machte, waren die Hilfsgebäude und Transportsysteme. Die waren hier keine zehn Jahre alt, daher war der Raumhafen einer der modernsten, die Loren kannte.

Der Unterschied zu anderen Raumhafenanlagen bestand in der Formation BattleMechs und Panzer in der Mitte der Asphaltfläche. Eine vollständige Kompanie aus zwölf Mechs hatte sich in einer Reihe vor der Stabskompanie der Highlanders aufgebaut. Flankiert wurde sie von zwei Kompanien aus gepanzerten Fahrzeugen und Fußtruppen. Die Northwind-Konsulargarde wartete schweigend, während MacLeod im *Huronen* seine Einheiten in Stellung brachte.

Als die Stabskompanie nur zweihundert Meter vor der Konsulargarde zum Stehen kam, öffnete Mulvaney eine Kommverbindung und wies die Lanzen an, ein Quadrat zu formen. Loren führte aus dem Passagiersitz mehrere schnelle Checks mit der Nahortung durch und vergewisserte sich, daß die Flankeneinheiten der Highlanders an den Seiten des Raumhafens in Stellung waren. Es war soweit, zwölf Uhr mittags. Es war Zeit für Oberst MacLeods Antwort auf Burns' Ultimatum.

»Oberst William MacLeod von den Northwind Highlanders, auf Erlaß des Planetarischen Konsuls von Northwind, Drake Burns vom Vereinigten Commonwealth, fordere ich Sie auf, den Spion und Saboteur Loren Jaffray zu übergeben.« Die Nachricht kam über Breitband herein, so daß alle Highlander und Konsulargardisten sie empfangen konnten.

MacLeod ließ sich mit seiner Antwort mehrere Sekunden Zeit. »Colonel Catelli, ich bitte Sie dringend, Ihre Garde abzuziehen.«

»Ich fürchte, Sie geben hier keine Befehle, Oberst. Ich fordere Sie noch einmal auf, Major Jaffray zu übergeben.« Die Selbstgefälligkeit in Catellis Stimme war unüberhörbar.

»Warum ist der Konsul nicht selbst hier?« gab MacLeod zurück. »Hat er nicht den Mut, sich den Northwind Highlanders zu stellen wie ein Mann? Oder stecken Sie hinter dieser ganzen Angelegenheit, Catelli?«

»Ich spreche in dieser Sache für den Konsul, Oberst.

Händigen Sie uns Jaffray aus, oder Sie werden die Konsequenzen zu tragen haben.«

»Ich weigere mich.«

»Oberst MacLeod, ich habe Beweise zu Tage gefördert, die zeigen, daß Ihr Gast in eine Reihe verdächtiger Aktivitäten verwickelt ist, von denen der Anschlag auf Ihr Leben noch die harmloseste darstellt. Die Konföderation Capella hat vor kurzem eine großangelegte Invasion in den Vereinigten Commonwealth begonnen. Die Capellaner sind erklärte Feinde unserer Nation. Seine Paß- und Reisedokumente wurden für ungültig erklärt, und er ist meiner Obhut zu übergeben.«

»Halten Sie mich für einen Trottel, Catelli?« feuerte MacLeod zurück. »Wenn ich ihn an Sie übergebe, unterschreibe ich sein Todesurteil. Und was die Sache mit den Staatsfeinden angeht: Die Konföderation Capella hat weder Northwind noch irgendeine Highlander-Einheit angegriffen. Nur weil die Capellaner Ihre Feinde sind, sind sie noch lange nicht die unseren. Ihre Kämpfe mit der Konföderation sind eine interne Angelegenheit.«

»Er ist ein Spion.«

»Er ist unser Gast.«

»Oberst, wir werden Loren Jaffray nach New Avalon bringen.«

»Er wird hier bei meinem Regiment bleiben, und wenn Sie ihn sich zu holen versuchen, werden wir uns zu wehren wissen.«

»Sie bleiben also bei Ihrer Weigerung, Oberst MacLeod?«

»Ja, das tue ich.«

Trotz der Anstrengungen seiner Kühlweste fühlte Loren, wie ihm der Schweiß ausbrach. Im Cockpit des *Huronen* war es nicht wärmer als zuvor, aber die Spannung hatte entschieden zugenommen. Er erwartete jeden Augenblick Catellis Angriffsbefehl, aber MacLeod schien weder angespannt noch besorgt. Im

Gegenteil, seine Finger trommelten gelangweilt auf der Abdeckung der Lebenserhaltungskontrollen.

»Ich hatte gehofft, daß es nicht soweit kommen würde, Oberst«, stellte Catelli mit leiser, drohender Stimme fest. »Auf Befehl des Armeemarschalles Morgan Hasek-Davion enthebe ich Sie hiermit des Kommandos über die Northwind Highlanders und deren Unterformation mit dem Namen MacLeod's Highlanders. Die Pflichten und Rechte dieser Aufgabe gehen auf ihre Stellvertreterin, Major Chastity Mulvaney, über, die aufgefordert wird, mir die Übernahme dieser Funktionen zu melden.«

Plötzlich fragte sich Loren, ob womöglich MacLeod den Angriffsbefehl geben würde. Was Loren und wahrscheinlich auch den größten Teil der Davion-Konsulargarde aber wirklich schockierte, war MacLeods Antwort. Über die Breitbandverbindung erscholl lautes Gelächter. Ein donnernder Heiterkeitsausbruch, der unmöglich gespielt sein konnte. Es dauerte fast dreißig Sekunden, bis MacLeod sich beruhigt hatte und eine formellere Antwort geben konnte.

»Colonel Catelli, was glauben Sie eigentlich, wer Sie sind? Sie wollen darüber entscheiden, wer als befehlshabender Offizier der Northwind Highlanders, ja sogar meines Regiments, Dienst tun darf oder nicht?«

»Diese Autorität hat mir das Heereskommando Vereinigte Sonnen übertragen. Räumen Sie Ihren Posten, Mister MacLeod.« Seine Verwendung der zivilen Anredeform entging weder Loren noch den anderen Mitgliedern der Stabskompanie.

MacLeods Tonfall wurde erheblich härter und formeller. »Ich erkenne weder Ihr Recht noch das Recht des Vereinigten Commonwealth an, sich in die inneren Angelegenheiten der Northwind Highlanders einzumischen. Sie haben keinerlei Autorität über mich oder meine Truppen.«

»Na schön, *Oberst* Mulvaney, als amtierende Kommandeurin dieses Regiments befehle ich Ihnen, den Spion Loren Jaffray zu übergeben.«

Loren warf einen Blick auf seine und MacLeods Nahortung und lauschte angespannt auf Mulvaneys Antwort. Er hatte nicht die geringste Ahnung, wie ihre Reaktion ausfallen würde. Loren bemerkte ein Flackern auf der Kommkonsole des *Huronen,* eine eingehende Sendung von wenigen Bits. Es war kein Störversuch, sondern eine gezielte Nachricht. Bevor er reagieren konnte, setzte Mulvaney zur Antwort an.

»Colonel Catelli, ich ...« Das Kreischen der Warnsirenen und Nahbereichssensoren in den Cockpits aller Mechs auf dem Platz schnitt ihr das Wort ab. *Feindfeuer!* Die Sensoren meldeten Loren, daß der Mech unter Beschuß lag, aber er fühlte keine Erschütterungen vom Einschlag der Granaten oder Laser. Statt die Sensorenmeldung anzuzweifeln, klammerte er sich in Vorbereitung auf den Angriff fest. Als er hinaus auf das Landefeld blickte, sah er nichts. Keine Kondensstreifen anfliegender Raketen, kein Leuchtspuren von Laserschüssen. Keine Blitzschläge aus PPKs. Kein Qualm. *Nichts!* Und trotzdem ruckte MacLeod auf seiner Pilotenliege mehrere Male, als sei der Mech getroffen wurden, und nach dem, was er auf dem Sekundärschirm sah, schien der Mech auch Schaden zu erleiden.

Jaffray sagte sich, daß das alles ein Fehler sein mußte, aber MacLeod reagierte augenblicklich auf die Sensordaten. Loren, der nicht über einen Neurohelm mit dem DS des BattleMechs verbunden war, fiel es leichter, die falschen Daten als solche zu erkennen. Die Ortung des *Huronen* zeigte ihm, daß die Highlanders attackiert wurden, aber seine Augen erzählten eine andere Geschichte.

Loren drehte sich auf seinem Platz, als MacLeod den *Huronen* hart nach rechts warf und aus der Formation ausbrach. Die Sensoren kreischten ihre Angriffswarnungen. Ringsum sah er Highlanders und Konsulargarde ihre Formationen verlassen und das Feuer eröffnen.

Loren rief die Kommfrequenz der Regimentsstabskompanie auf und überprüfte die Aktivitäten. Er war frustriert, als hätte ihm jemand eine Augenbinde angelegt. Ohne einen eigenen Mech war er dazu verurteilt, Zuschauer zu bleiben – ein Zuschauer, der sah, daß die Szenerie, die sich vor ihm ausbreitete, falsch war. MacLeod hatte den *Huronen* gerade einen Schritt nach vorne bewegt, als die Sensoren einen Autokanonentreffer rechts am Rumpf registrierten. Es gab keine Explosion, nur eine leichte Erschütterung beim Auftreten des Mechs. Von seinem erhöht angebrachten Klappsitz aus konnte Loren den Sichtschirm des Cockpits sehen. Obwohl er durch das Cockpitdach nichts gesehen hatte, zeigte der Schirm zwei Kurzstreckenraketen an, die an ihnen vorbeischossen und in einen Highlander-*Kriegshammer* einschlugen, der hinter ihnen ins Glied zurückstolperte. Ihm fiel auf, daß die Sensoren die Raketen nicht als mögliche Ziele auswiesen.

Keine Explosionen, keine sichtbaren Schäden, und trotzdem meldete der Computer, daß sie angegriffen wurden. *Wo bleibt der Aufprall der ersten Schüsse? Warum habe ich weder Raketen noch Laserfeuer gesehen?* Der Computer des *Huronen* meldete eine Wirklichkeit, aber Lorens Sinne verzeichneten eine andere. Er starrte auf den Sekundärschirm. Plötzlich erinnerte er sich an das Kommsignal unmittelbar vor dem Angriff. Irgend jemand hatte ein kodiertes Signal an den *Huronen* und alle anderen Mechs übermittelt, an die Maschinen beider Seiten, Konsulargarde und Highlanders gleichermaßen. Es war ein kurzer Code gewesen, und anscheinend war er geradewegs ins Diagnosesystem gegangen. *Warum sollte jemand alle Mechs auf dem Platz anfunken, wenn er nicht ...*

Loren streckte die Rechte aus und schlug auf den

Knopf der Befehlskanalkontrolle der Kommunikationskonsole. »Oberst, wir haben ein Problem.«

»Jetzt ist nicht der richtige Zeitpunkt für ein Schwätzchen, Major«, wehrte MacLeod ab und senkte das riesige Gaussgeschütz für einen Schuß über den glänzend schwarzen Asphalt des Raumhafens.

»Oberst, hier stimmt was nicht. Alle unsere Mechs sind angefunkt worden. Dieser ganze Angriff ist nur eine Art Programm in unseren Bordcomputern.«

MacLeod zielte und feuerte. Der Hurone erzitterte, als der Schuß sich löste. »Was soll das heißen, Lad?«

»Wir müssen dem ein Ende machen, Oberst. Es ist ein Irrtum. Ich weiß nicht wie, aber wir müssen dem Gefecht sofort ein Ende machen!«

16

Kohler-Raumhafen, Tara, Northwind
Mark Draconis, Vereinigtes Commonwealth

23. September 3057

»Es ist ein Trick!« schrie Loren. »Wir dürfen nicht weiterkämpfen!«

Der *Hurone* ruckte und rutschte fast auf dem Asphalt aus, als MacLeod die Rechtsdrehung beendete und etwas zurückfiel. Eine Salve von Autokanonengranaten, echten diesmal, folgten den Bewegungen der Maschine und streiften ihren linken Arm, bevor der Gegner sie aus dem Visier verlor. Die Treffer zerrten am Mecharm und ein Schauer von Panzerstücken flog davon.

»Sind Sie sicher? fragte MacLeod.

»Es ist ein Trick, Oberst«, wiederholte Loren verzweifelt. er wußte, die vorgetäuschten Angriffe wurden bereits von echter Munition, Lasern, Raketen und Granaten, abgelöst. Beide Seiten wurden in ein Gefecht gelockt, von dem sie glaubten, der andere habe es eröffnet.

MacLeod sah sich die Daten an, die Loren auf den Sekundärmonitor geholt hatte. Er untersuchte das seltsame Funksignal und die Telemetriedaten der abgefeuerten Geschütze und Raketen.

»Dieser verdammte Catelli!« zischte MacLeod, dann öffnete er eine Verbindung zu allen in das Gefecht verwickelten Einheiten auf dem Landefeld. »Hier spricht Oberst MacLeod. Befehlscode Alpha Tango Fünnef. Alle Highlander Feuer einstellen. Ich wiederhole, Feuer einstellen. Einhundert Meter zurückziehen und neu gruppieren.«

»Oberst, Sir?« erklang die vertraute Stimme Chastity Mulvaneys.

»Majorin, das ist kein Witz. Alle Truppen ziehen sich aus dem Gefecht zurück. Dieser ganze verfluchte Angriff ist eine Art Davion-Trick. Ich werde mich nicht dazu mißbrauchen lassen, einen Krieg anzuzetteln. Überprüfen Sie Ihr Kommsystem. Sie werden feststellen, daß auf Ihrem Bordcomputer irgendein vermaledeites Programm läuft, das ihnen *vorgaukelt,* angegriffen zu werden.«

Eine lange Pause folgte. Mulvaneys Reaktion war kurz und direkt. »Scheiße!«

Eine nur wenige Meter entfernte Highlander-*Krabbe* feuerte weiter, während sie sich langsam rückwärts bewegte. MacLeod brachte den *Huronen* neben die *Krabbe* und schlug mit dem beschädigten linken Arm des Mechs auf deren Kanzeldach. Der Schlag richtete keinen Schaden an, aber er unterstrich die Ernsthaftigkeit der Befehle. Die *Krabbe* stellte das Feuer ein und zog sich zurück. Trotz des plötzlichen Umschwungs ließ die Konsulargarde in ihrem Angriff nicht nach.

Loren rief die Ortung auf und sah Mulvaney, die mit ihrem Mech zwischen ein paar hartnäckige Piloten der Einsatzkompanie trat, die sich schwer damit taten, den Kampf abzubrechen. Soweit Loren es sehen konnte, bewegte sie ihren Mech geradewegs in die Schußlinie zwischen der Konsulargarde und ihrer eigenen Einheit, um die Kampfhähne zu trennen. Widerwillig rückten die Highlanders ab.

Die Konsulargarde schoß weiter und verfolgte die Söldner auf ihrem Rückzug ans andere Ende des Raumhafens. Eine Woge von Kurzstreckenraketen hüllte einen Highlander-*Heuschreck* ein wie ein aufgebrachter Wespenschwarm. Der leichte Mech erbebte unter jedem Treffer und schien dem Untergang nahe. Irgendwie schaffte es der Pilot, die Maschine aufrecht zu halten und sich hinter die eigenen Reihen zurückzuziehen. MacLeod gab Jaffray ein Zeichen, als der *Hurone* von einem schweren Laser am rechten Bein erwischt wurde. Eine Hitzewelle schlug über dem Cockpit zusammen. Lorens leichte Kühlweste war schwächer als die MacLeods, aber in der engen Hitze der Pilotenkanzel war er für jede Erleichterung dankbar. »Suchen Sie mir den Kommkanal raus, den Catellis Leute benutzen, aber schnell.«

Lorens Finger tanzten über die Tastatur seines Platzes. Die Sensoren suchten die Frequenzen der Mikrowellensender durch, bis der Schirm ein Spinnennetzmuster von Signalen zwischen den Icons der Konsulargardisten zeigte. Er gab die Daten an MacLeods Funkkontrollen weiter. »Sie sind auf Sendung, Oberst.«

Oberst MacLeod öffnete eine Verbindung auf dem Davion-Kanal. Die Signalimpulse der Gardisten waren verzerrt, aber sie würden ihn empfangen können, da sein Signal unverschlüsselt und unkomprimiert war. »Hier spricht Oberst MacLeod von den Highlanders. Ich habe meine Truppen angewiesen, den Kampf einzustellen. Dieses Gefecht ist ein Trick, den jemand beiden Seiten gespielt hat. Ich schlage einen Waffenstillstand vor, bis wir diese Sache geklärt haben.«

Die Konsulargarde schien unbeeindruckt. Ihre Raketen trommelten weiter auf die Highlanders hinab und zertrümmerten Mechpanzerung und Landefeldoberfläche. Rubinrote Laserimpulse schnitten durch die Panzerung einiger Kampfkolosse, und Mulvaneys *Marodeur II* mußte zwei PPK-Volltreffer einstecken. *Wenn die Davions nicht aufhören, bleibt MacLeod nichts anderes übrig, als seine Leute wieder in den Kampf zu schicken. Sonst werden die Highlanders ausgelöscht. So habe ich mir meine Mission nicht vorgestellt ... es ist noch zu früh.*

Die Temperatur im Cockpit des *Huronen* stieg um weitere zwölf Grad, als er einer Wand aus Langstreckenraketen auswich. »Verdammt, Catelli, wir haben das Feuer eingestellt. Befehlen Sie Ihren Leuten aufzuhören!«

Allmählich verstummte das Feuer der Gardemechs. Ihre Geschütze verstummten.

Loren sog die heiße Cockpitatmosphäre in seine Lungen und sah sich die Schadensanzeige des Mechs an. Vier Wärmetauscher waren verloren, und die Panzerung an den Beinen des *Huronen* war nur noch ein Mythos. Zwei verirrte Davion-Raketen hatten sich tief in den unteren Torso des Kampfkolosses gegraben und den Fusionsreaktor gestreift. Bis jetzt hatten sie Glück gehabt, auch wenn Loren das ganz anders empfand.

Die Lautsprecher krachten. »Was soll das, MacLeod? Erst greifen Sie uns an, dann blasen Ihre Truppen den Raumhafen in Schutt und Asche wie die Vandalen, und jetzt wollen Sie einen Waffenstillstand.« Colonel Catelli schnaubte offenkundig vor Wut.

»Erlaubnis, mit den Truppen zu reden, Oberst«, bat Loren.

»Nur keine Hemmungen, Major.« MacLeod öffnete erneut einen Kanal zu allen versammelten Truppen.

»Wir sind durch einen Trick dazu verleitet worden, aufeinander zu schießen. Unsere Sensoren haben einen Angriff gemeldet, obwohl keine Seite wirklich gefeuert hat.«

»Was soll das heißen? Die Highlanders haben als erste auf uns geschossen«, ertönte die Stimme eines anonymen Konsulargardisten, gefolgt von einem Schwall bestätigender Stimmen. Gleichzeitig beschuldigte ein Chor von Highlandern ihre Gegner des ersten Angriffs.

»Genau das sage ich doch«, hakte Loren nach. »Jemand hat sich an den Computern unserer Mechs zu schaffen gemacht. Sie haben irgendeine Art Simulationsprogramm gefahren. Das ist die einzige Erklärung. Überprüfen Sie Ihre KommLogs. Sie werden feststellen, daß jeder Ihrer Mechs ein kodiertes Signal empfing, das irgendein Programm in das Diagnosesystem geladen hat.« Noch während er redete, versuchte er über die Tastatur, die versteckten Dateien aufzuspüren. »Aber ich will verdammt sein, wenn ich auch nur die geringste Spur davon finden kann. Diese ganze verdammte Angelegenheit war ein mieser Trick, um einen Zwischenfall zu provozieren. Catellis Leute sind wahrscheinlich auf dieselbe Weise hereingelegt worden, damit sie auf uns feuern. Auf jeden Fall hätte man den Highlanders die Schuld für den Angriff auf die Konsulargarde gegeben.«

»Stabskompanie und alle Truppen gehen auf Bereitschaftsstatus«, meldete sich Mulvaney. »Auf neue Befehle warten. Oberst, was halten Sie davon?«

»Ich habe Hinweise auf genau das gefunden, was Jaffray gerade gesagt hat. Von den Davion-Mechs ist über Mikrowelle ein Signal an meinen Mech gegangen, das irgend etwas im Innern des Systems aktiviert hat.«

Loren fühlte, wie der Adrenalinschub in seinen Adern abflaute. Ein Stück seitwärts sah er Fullers *Dunkelfalke* langsam auf die Beine kommen. Rauch stieg aus den Einschlagskratern auf seinem Rücken auf, und der Stahlkoloß blieb verkrümmt stehen. Anscheinend konnte er sich nicht mehr voll aufrichten. So wie es aussah, würde Fullers Mech einige Tage im Reparaturkokon verbringen. Die Innentemperatur war jetzt so weit gesunken, daß Jaffray seine Kühlweste neu einstellen konnte.

»Was, zum... wir sind *reingelegt* worden«, erklang Fullers Stimme.

»Ich habe irgendein Signal empfangen, Oberst, aber, bei St. Andrew, ich weiß nicht, was es war«, meldete eine andere Stimme, die Loren nicht erkannte.

»Ich habe auch Signalspuren gefunden«, meinte Mulvaney. »Colonel Catelli, haben Ihre Leute entsprechende Hinweise gefunden?«

MacLeod verschwendete keine Zeit mehr damit, in den eigenen Reihen nach Antworten zu suchen. »Colonel Catelli, vielleicht wären Sie so nett, uns eine Erklärung zu liefern? Haben Sie Angst davor, Ihre Kämpfe wie ein echter MechKrieger auszutragen? Verstecken Sie sich deshalb hinter Sabotage?«

Beide Seiten standen einander nach der kurzen Schlacht stumm auf dem Landefeld gegenüber. Aus dem Klappsitz des *Huronen* betrachtete Loren das Ergebnis des wenige Minuten dauernden Gefechts. Einige tote und verwundete Infanteristen wurden vom Feld getragen. Viele Mechs auf beiden Seiten waren von Raketen und Lasertreffern gezeichnet. MacLeod und die Sicherungslanze schienen in dem wilden Feuerwechsel die schwersten Schäden davongetragen zu haben. Die linke Arm-PPK am *Kriegshammer* des jungen Commanders Frutchey war zertrümmert und schleifte nutzlos neben den zerbeulten Beinen der Maschine her. Die KSR-Lafette auf ihrer Schulter war verschwunden, ebenso wie der wuchtige Suchscheinwerfer und der größte Teil der Schulter, auf der er montiert gewesen war. Bei einem anderen Mech der Lanze, einem ziemlich neuen *Wachmann*, waren die Sprungdüsen an der Rückseite der Beine aufgerissen, und sein Rücken erinnerte mehr an ein von Schlaglöchern übersätes Stück Straße als an eine Mechpanzerung.

Colonel Catelli ließ sich mit seiner Antwort Zeit. Möglicherweise wollte er der Wut der Highlanders Zeit zum Abklingen geben. »Wie können Sie es wagen, mich eines derart lächerlichen Planes zu beschuldigen. Kein Wunder, daß Sie abgesetzt wurden, MacLeod. Wenn Sie jemanden der Sabotage anklagen wollen, dann schlage ich vor, Sie halten sich an den Mann, zu dessen Festnahme ich gekommen bin. Ihre Unterstellung ist ehrabschneiderisch. Erst führen Sie die Highlanders beinahe in einen Krieg gegen das Vereinigte Commonwealth, und jetzt wagen Sie es auch noch zu behaupten, wir hätten Sie durch einen Trick dazu gebracht, auf uns zu feuern. Aber egal, händigen Sie uns Major Jaffray aus, und wir werden diese Angelegenheit vergessen.«

»Major Mulvaney, ziehen Sie Ihre Einheiten mit dem Rest der Stabskompanie zurück, damit wir das ein für allemal beenden können«, befahl MacLeod. Er schaltete auf Breitband um. »Wenn der kleine Bastard einen Kampf will, Laddies, dann wollen wir ihm einen Expreßtransport in den Hades verschaffen.«

Wie um seine Aussage zu unterstreichen, bewegte MacLeod den *Huronen* auf die Konsulargarde zu. Sein Mech war nicht in der Verfassung für einen längeren Schußwechsel, und trotz der Aufdeckung der Hinterlist, die zu ihrem Gefecht geführt hatte, stand der Kampf vor einem erneuten Ausbruch. MacLeod hielt die Ortung auf der Davion-Schlachtreihe gerichtet und marschierte schräg auf die Stabskompanie zu. Die Konsulargarde wich ein wenig zurück, aber nicht so weit, daß es bei der Feuereröffnung einen Unterschied gemacht hätte.

Loren machte sich Gedanken um Mulvaney. Zurückhaltung war nicht gerade ihre hervorstechendste Eigenschaft. Wenn ein erneuter Kampf ausbrach, würde sie sich für eine Seite entscheiden müssen.

Es kam nicht überraschend, daß sie die Pattsituation brach. »Oberst MacLeod, wir müssen abziehen. Diese ganze Konfrontation ist falsch, ethisch und moralisch.« Loren war schockiert, daß sie über einen Breitbandkanal, den jeder abhören konnte, einen so trotzigen Ton anschlug.

»Nicht jetzt, Major.« MacLeod richtete das wuchtige Gaussgeschütz des *Huronen* auf die Davion-Maschinen. Auf der anderen Seite des Landefelds sah Loren, wie Catelli zurückwich, sich aber gleichzeitig sichtbar auf einen Kampf vorbereitete. *Er erzwingt lieber ein von Anfang an verlorenes Gefecht, als seine Schuld an der Sabotage einzugestehen. Entweder er ist ein intrigantes Genie oder ein unglaublicher Narr.* Catelli war in jeder Hinsicht benachteiligt. Er konnte nicht lange standhalten. Es gab keine Deckung, keine Geländeeigenheiten, die er ausnutzen konnte. Im besten Falle blieb ihm die Flucht oder ein Aussteigen, aber auf jeden Fall würde der Kampf schnell vorüber sein. Wahrscheinlich hatte Catelli das von Anfang an geplant, dachte Loren. Männer wie Catelli schafften es immer, irgendwie zu überleben. Und auf jeden Fall lieferte es dem Vereinigten Commonwealth einen Grund, Northwind anzugreifen. *Er ist kein Narr. Er ist verschlagen und gefährlich.*

»Oberst Mulvaney, hier spricht Colonel Catelli. Auf Anordnung von Armeemarschall Morgan Hasek-Davion haben Sie nun den Befehl über das Regiment. Wenn Sie sich an diesem Angriff beteiligen, setzen Sie alles aufs Spiel, wofür die Northwind Highlanders über Jahrhunderte gekämpft haben.«

MacLeod platzte der Geduldsfaden. »Verdammt noch mal, Catelli, halten Sie das Maul! Sie ist eine loyale Highlanderin, und ich bin ihr vorgesetzter Offizier.«

»Sind sie nicht. Sie wurden abgesetzt.«

»Highlanders, auf mein Zeichen.« MacLeods Stimme war entschlossen. Der Oberst ließ die Energiespiralen des Gaussgeschützes aufglühen, lud die Waffe nach und zielte auf Catellis Cockpit. *Catelli läßt ihm keine Wahl.* Wenn etwas geschah, wollte MacLeod offensichtlich den ersten Schuß voll in Catellis *Atlas* setzen. Die Sichtprojektion zeigte an, daß alle Geschütze des Mechs auf den totenschädelähnlichen Kopf des Atlas ausgerichtet waren.

»Nein!« hallte Mulvaneys Stimme durch die Kopfhörer. Ihr *Marodeur II* brach aus der Reihe und bewegte sich nach vorne. »Das kann ich nicht. Nicht so.«

»Zurück ins Glied, Major.« MacLeods Tonfall war wütend, aber beherrscht.

»Bei allem Respekt, Sir, nein. Victor Davion ist unser Lehnsherr, unser rechtmäßiger Herrscher. Gegen die Konsulargarde zu kämpfen, ist falsch. Sabotage hin, Sabotage her. Befehle des Oberkommandos zu verweigern ist falsch. Ich kann nicht untätig danebenstehen und zusehen, was hier geschieht.«

Loren hörte die Anspannung in ihrer Stimme, aber sein Blick fixierte weiter die Nahortung für Anzeichen von Aktivität auf der anderen Seite des Raumhafens. Was auch über die Funkverbindung kam, Lorens Training sorgte dafür, daß er die Konzentration behielt.

Auch Oberst MacLeod mußte Mulvaneys Konflikt gespürt haben. Diesmal war seine Stimme sanfter, beinahe väterlich. »Wir können das später ausdiskutieren, Major. Gehen Sie jetzt zurück ins Glied und halten Sie sich bereit, meinem Befehl zu folgen.«

»Nein, Sir, das kann ich nicht. Ich habe mein ganzes Leben im Dienst der Davions gekämpft. Sie haben uns die Heimat wiedergegeben, haben uns geholfen, unser Geburtsrecht wiederzuerlangen. Das kann ich nicht einfach abtun.«

»Das Regiment ist Ihre Heimat. Die Highlanders sind Ihre Heimat, Major – Chastity, wir sind mehr als nur Krieger, wir sind eine Familie.«

Mulvaneys Stimme war jetzt fest und entschieden. »So ist es, und eben deshalb kann ich nicht untätig zusehen, wie die Highlanders von innen zerstört werden. Unser Volk muß diesen Konflikt überleben. Und das ist der Weg dorthin.« Damit bewegte sich ihr *Marodeur II* mehrere Schritte auf die Davion-Linie zu.

Ihre nächsten Worte waren an die versammelten Highlanders gerichtet. »Ich habe mit vielen von euch geredet, die meinen Worten zustimmen, vielen von euch, die gegen den Liao-Vorschlag gestimmt haben. Statt hier und jetzt zu kämpfen, schließt euch mir an. Wir werden kämpfen, aber nicht gegen die Davions. Das soll die Ehre unseres Volks beweisen. Folgt mir, und wir werden unsere Würde und unsere Verpflichtungen bewahren.« Ihr *Marodeur II* wurde auf dem Weg über den Landeplatz allmählich schneller.

Loren ergriff das Wort, ohne auf eine Erlaubnis zu

warten. »Mulvaney, hier ist Jaffray. Die Davions haben Sie getäuscht. Sie haben unsere Computer manipuliert und uns auf heimtückische Weise dazu verleitet, unsere Waffen abzufeuern. Sie dürfen ihnen nicht trauen.«

»Und das von einem capellanischen Spion, der hierher geschickt wurde, um die Highlanders zu unterwandern«, erklärte Catelli. »Wem sollte ein echter Highlander Loyalität erweisen? Einer Regierung im Krieg mit dem Vereinigten Commonwealth oder seinem rechtmäßigen Lehnsherren?«

In diesem Moment hätte Loren alles darum gegeben, einen eigenen Mech zu steuern. *Auf einen derart offensichtlichen Versuch, ihre Gefühle auszunutzen, wird Mulvaney nicht hereinfallen ...*

Aber dann verließen noch mehrere andere Mechs der Stabskompanie das Glied. Ein *Greif*, ein *Skarabäus* und ein *Goliath* reihten sich hinter Mulvaney ein, als sie die MacLeod's Highlanders hinter sich ließ. Lorens Bildschirm zeigte noch andere Mechs aus den Reihen treten und sich entfernen. Alles in allem wanderte nicht ganz ein Bataillon Mechs, Panzer und Hilfsfahrzeuge in einer Schlangenlinie hinüber zu den Davion-Linien.

»Ausgezeichnet«, zischte Catelli über Funk. »Jetzt ist die Stärke ausgeglichen.«

»Nein!« erklärte Mulvaney. »Jetzt ist weder die Zeit noch der Ort. Wenn Sie jetzt angreifen, werde ich nicht zögern, meine Truppen gegen die Ihren einzusetzen.«

»Sir«, unterbrach Fuller. »Ihre Befehle, Oberst MacLeod?«

MacLeod senkte das Gaussgeschütz. »Nicht schießen. Wir feuern nicht auf unsere eigenen Leute, nicht so ... nicht hier. Diese Angelegenheit werden wir später klären.«

»Das ist Ihre letzte Chance, MacLeod. Treten Sie ab und überlassen Sie Jaffray uns. Machen Sie dieser sinnlosen Spaltung Ihres Volks ein Ende«, drängte Catelli.

»Colonel Catelli, ich schlage vor, Sie und Ihre Leute

ziehen sich augenblicklich von hier zurück, bevor ich es mir überlege und Sie vom Asphalt puste.«

»Auf Cromarty City habe ich größeren Anspruch als Sie, MacLeod. Sie ist ein Lehen des Vereinigten Commonwealth, und ich repräsentiere den Willen Prinz Victor Steiner-Davions. Ich lasse mich nicht wie einen gewöhnlichen Verbrecher davonjagen.« Die Bezeichnung Taras als Cromarty war eindeutig darauf angelegt, MacLeod und die anderen Highlanders zu ärgern, ebenso wie sein Anspruch, den Willen des Prinzen zu vertreten. Mit dieser Behauptung implizierte er, daß in diesem Konflikt in Wahrheit nicht Drake Burns, sondern er die Aktionen der VerCom-Seite steuerte.

Aber MacLeod ließ sich nicht provozieren. »Colonel, die Stadt Tara sollte aus unserem Disput herausgehalten werden. Es leben zu viele Highlanderfamilien hier, ganz zu schweigen von Tausenden anderen Zivilisten und Ihren eigenen Regierungsgebäuden. Kämpfe innerhalb der Stadtgrenzen würden New Delos wie einen Waldspaziergang anmuten lassen.« Das war ein Vergleich, der unter Söldnereinheiten gang und gäbe war, seit die Mariks sich vor Jahrzehnten an den Familien der Söldner von Wolfs Dragonern vergriffen hatten. Zur Vergeltung hatten die Dragoner New Delos nahezu komplett eingeäschert.

Catelli gab nach. »Sie wollen Tara zum neutralen Gebiet erklären?«

»Ja. Die Vernichtung von Gebäuden oder unschuldigen Zivilisten würde keinem von uns nützen.«

»Ich stimme Ihnen zu, aber ausschließlich in diesem einen Punkt. Wenn Ihre Truppen uns verfolgen, werden wir ohne Zurückhaltung reagieren. Sie haben zwölf Stunden, Ihre Kräfte aus dem Stadtgebiet abzuziehen. Tun Sie das nicht, ist unsere Vereinbarung hinfällig.« Noch während er sprach, wendete Catelli seinen Atlas und ging davon.

»Oberst, sollten wir Ihnen nicht folgen?« Die Stimme

gehörte Commander Fuller. »Während des Abzugs sind sie verwundbar. Wenn wir warten, können sie sich neu formieren und Verteidigungsstellungen vorbereiten. Jetzt ist der perfekte Augenblick loszuschlagen.«

»Oberst, Sir« unterbrach eine andere Stimme. Loren erkannte eine Offizierin namens Laurie Carey. »Wir können Sie nicht auf diese Weise angreifen, Sir. So etwas tun Highlander nicht. Nicht von hinten und ohne Deckung.« Einige andere stimmten ihr zu.

MacLeod klang müde. »Mulvaney hat ihre Entscheidung getroffen, und auch wenn sie mir nicht gefällt, respektiere ich sie. Es scheint außerdem, daß man sich an unseren Mechs zu schaffen gemacht hat. Ich werde keine Schlacht riskieren, bevor ich nicht genau weiß, was genau sabotiert wurde. Also werden wir uns erst einmal zurückziehen und neu gruppieren. Morgen früh setzen wir ihnen nach.«

»Und wenn wir ihnen das nächste Mal begegnen, Sir?« meinte Fuller, und stellte die Frage, die auch in Lorens Kopf spukte.

»Wenn wir sie finden, schalten wir sie aus. Ehre oder nicht, es kann nur einen Kommandeur der Northwind Highlanders geben – und der bin ich.«

17

Das Fort, Tara, Northwind
Mark Draconis, Vereinigtes Commonwealth

24. September 3057

Loren beobachtete die Techmannschaft, die an MacLeods Hurone arbeitete, und fragte sich, ob die Schäden wohl bis morgen zu beheben sein würden. Die Monitore im Cockpit hatten den Schaden aufgelistet, aber bei direktem Augenschein machten die Zerstörungen einen ganz anderen Eindruck. Die gespaltenen und verkohlten Panzerplatten zu sehen, die zerfetzten Myomermuskelbündel, die tiefen Laserschnitte, das war etwas anderes als eine Schadensauflistung auf dem Zweitschirm. Wenn er Wartungsteams bei der Arbeit zusah, erinnerte sich Loren jedesmal daran, wie sterblich ein Krieger selbst in der Kanzel einer so gewaltigen Kampfmaschine war.

Der lange Marsch zurück ins Fort war in gedrückter Stimmung verlaufen. Über Funk hatte er nur gespenstisches Schweigen registriert. Ein Schweigen, das die Schuldgefühle zu unterstreichen schien, die in ihm aufgekommen waren, Schuldgefühle für das, was den Highlanders zugestoßen war, in mehrerlei Hinsicht.

Er hatte nicht mit der Desertion Mulvaneys und der anderen Davion-Sympathisanten gerechnet. Jetzt war das Highlander-Regiment auf dieser Welt durch seine Anwesenheit und Aktionen in zwei verfeindete Fraktionen gespalten. Und so würde es auch noch sein, wenn die Todeskommandoeinheit ankam, um sie zu vernichten.

Erstaunlicherweise hatte ihn die Art, wie MacLeod Mulvaneys Entscheidung hinnahm, beeindruckt. Für ein Mitglied der Todeskommandos war die Reaktion des Oberst kaum vorstellbar, aber nach dem, was Loren von den Highlanders wußte, glaubte er sie zu verstehen.

Jake Fuller kam heran, als die Techcrew mit den Reparaturen an der Abschirmung des Fusionsreaktors begann. Ein Großteil der Isolation und Steuerschaltkreise mußte ausgetauscht werden. »Sieht aus, als hätten der Alte und Sie verdammtes Glück gehabt. Noch ein Stoß da, und Sie wären nur noch Geschichte.«

Loren grinste. »Ich habe mit keinem Gedanken daran gedacht.«

Fuller grinste zurück. »Es heißt, eine Reihe unserer Techs sind durchgebrannt, um sich Mulvaney und Catelli anzuschließen.«

»Wir haben ein Sprichwort in der Konföderation. Feuerkraft kann einen Gegner auf dem Schlachtfeld besiegen. Gerüchte zerstören ihn von innen heraus.«

»Verstanden. Wir stehen eben alle unter Streß. Ich hätte zum Beispiel nie erwartet, daß Mulvaney uns auf diese Weise verläßt.« Loren erinnerte sich daran, wie sich ihr *Marodeur II* über den Landeplatz von MacLeods Regiment entfernt hatte, und er spürte ein Gefühl des Verlustes. Das hatte nichts mit seiner Mission und alles mit ihr zu tun.

»Wie geht es Ihrem *Dunkelfalken?*« fragte Loren und versuchte durch Themawechsel seine Stimmung zu heben.

»Die Crew meint, er ist in acht Stunden wieder einsatzbereit. Frutcheys *Kriegshammer* wird nach der Wartung mehr Ersatzteile als Originalkomponenten haben, und er selbst ist ziemlich geschockt, aber mitkommen wird er schon.« Fuller sah den Techs zu, als sie mit Werkzeug und Myomerbündeln in den offenen Rücken des *Huronen* kletterten. »Ich kann es immer noch nicht glauben.«

»Was meinen Sie?« fragte Loren.

»Woher wußten Sie, daß der Angriff vorgetäuscht war? Sämtliche Instrumente in meinem Cockpit haben angezeigt, daß wir unter schwerem Beschuß standen. Und der Mech hat unter jedem simulierten Treffer gebebt.«

Loren grinste. »Das einzige, was gebebt hat, waren Sie – Feedback über den Neurohelm. Wenn ich nicht als Passagier mitgefahren wäre, hätte ich es auch nicht erkannt. Aber ohne einen Neurohelm, der mir falsche Eindrücke vorgaukeln konnte, habe ich mich auf meine eigenen Sinne verlassen. Letztendlich war es wohl Instinkt.«

Die beiläufige Antwort schockte Fuller. »Instinkt? Soll das heißen, Sie waren sich nicht sicher?«

»Ja und nein. Wenn ich mir die Sache im Nachhinein überlege, gab es eine gute Chance, daß ich völlig danebenlag. Irgendwas in meinen Eingeweiden sagte mir, daß die ganze Sache keinen Sinn ergab. Und dann habe ich auch noch einige Erfahrung mit Konstruktwirklichkeiten.«

Fuller fiel vor Erstaunen über Jaffrays Offenheit die Kinnlade herab. »Ich kann es nicht fassen. Wir haben unseren Angriff einer bloßen Ahnung wegen abgebrochen.«

»Was zählt, ist doch, daß ich recht hatte.« Loren legte dem Mann die Hand auf die Schulter. »Hören Sie, ich will mich nicht aufspielen. Wir haben beide einige Schlachten hinter uns. Der einzige Unterschied ist, daß es bei mir ein paar mehr waren. Und wenn ich dabei eines gelernt habe, dann, daß es in der Regel besser ist, sich auf seine Ahnungen zu verlassen, als auf Nummer Sicher zu gehen und nichts zu tun.«

»Wir hätten der Garde den Arsch aufgerissen.«

»Sicher. Aber gleichzeitig hätten wir Victor Davion den perfekten Anlaß geliefert, die Highlanders aufzulösen. Männer wie Catelli sind gefährlich. Er wäre ausgestiegen und hätte sich davongemacht. Leute wie der überleben immer; es ist Teil ihres Spiels. Sie verstehen etwas von Macht, aber sie haben keine Ahnung von Menschenführung. Er hätte die Wahrheit so verdreht, daß die Highlanders wie gemeingefährliche Verbrecher dagestanden wären. Er hätte euch zu Gesetzlosen gemacht und vernichtet.«

»Sie reden, als würde er das jetzt nicht auch tun.«

»Ja und nein. Catelli wird natürlich versuchen, die Highlanders als Verbrecher hinzustellen, aber Fakt ist, daß Sie ihn hätten vernichten können und es nicht getan haben. Die ganze Innere Sphäre kennt den Ruf der Northwind Highlanders. Alle wissen, daß die Einheit ein Bataillon der ›Konsulargarde‹ innerhalb von Minuten zu Staub zerblasen könnte. Die bloße Tatsache, daß Catelli und seine Leute überlebt haben, macht unsere Version der Geschichte glaubwürdiger.«

»Wenigstens etwas«, meinte Fuller. Loren nickte, aber im Innern war ihm klar, daß die Sieger die Geschichtsbücher schrieben.

Er blickte hinaus in den Mechhangar und sah eine große, schlanke Gestalt in Rekordzeit durch die geschäftige Halle laufen. Das konnte nur Commander Gomez sein. Sekunden später stand sie vor ihm und salutierte. Jaffray erwiderte den Gruß, von der Geste völlig verdattert.

»Was kann ich für Sie tun, Commander?«

»Oberst MacLeod wünscht Sie im mobilen HQ auf dem Paradeplatz zu sehen.«

Loren bedeutete Gomez mit einer Geste, ihm den Weg zu zeigen, dann folgte er ihr im Gleichschritt. Er schaffte es, beinahe bis zum Schluß mitzuhalten.

»Hatten die Jungs und Mädels Ihres ND Glück bei der Suche nach dem, was immer die Davions in unsere Mechcomputer geschmuggelt haben?«

Gomez wurde weder langsamer, noch drehte sie

sich zu ihm um. »Ja, Major. Es scheint sich um eine Variante des Ironcladvirus zu handeln, die durch ein aus drei Zeichen bestehendes Mikrowellensignal aktiviert wird. Laut Hauptmann Dumfries vom Nachrichtendienstzug lud er ein residentes Programm ins Diagnosesystem. Es lieferte falsche Anzeigen für die Sichtprojektion ebenso wie Neurosignale, die den Piloten über den Neurohelm Aufprallerschütterungen vorspiegelten, und wies die Myomerkontrollen des Mechs an, Schäden zu simulieren. Ein paar Kopien sind bis in eine Handvoll unserer Panzer gelangt, aber die waren weniger ausgefeilt bei der Simulation eines Gefechts.«

»Hat er darüber hinaus Schaden angerichtet?«

»Nein. Ungefähr die Hälfte der Mechs in unserer Stabskompanie sowie etwa ein Drittel der anderen Mechs waren mit dem Virus infiziert. Wir sind dabei, die Computer zu säubern. Anscheinend hat ein einzelner Saboteur letzte Nacht unsere Sicherheitsvorkehrungen überwunden. Vermutlich ist er mit einem Tarnanzug an unseren Wachen und Wärmesensoren vorbeigekommen. Bei einer Nachüberprüfung der Systeme haben wir ihn auf den Kameras von drei Bewegungsmeldern entdeckt, und auch das nur als kaum wahrnehmbaren Umriß. Glücklicherweise gibt es keine Hinweise auf weitere Sabotageakte.«

»Noch einmal Glück gehabt«, bestätigte Loren. Er verkniff sich die Bemerkung, daß ein Saboteur mit den richtigen Werkzeugen und Fähigkeiten selbst den mächtigsten BattleMech außer Gefecht setzen konnte. Genau das war Teil seiner Ausbildung bei den Todeskommandos gewesen, und er hatte seine Fähigkeiten in dieser Hinsicht schon mehr als einmal einsetzen können.

»Ja, Sir. Und Sir ...«

»Commander?«

»Danke, Sir.« Es war deutlich, daß diese Worte

ebenso ehrlich gemeint waren, wie sie Gomez schwerfielen.

»Wofür?«

»Ohne Ihr Eingreifen wären wir Colonel Catelli in die Falle gegangen.«

»Noch haben wir es nicht überstanden, Commanderin. Aber trotzdem, gern geschehen.«

18

Das Fort, Tara, Northwind
Mark Draconis, Vereinigtes Commonwealth

24. September 3057

Der Paradeplatz war zum Aufmarschplatz für MacLeod's Highlanders geworden. In seiner Mitte drängten sich Rad- und Schwebelaster, während fast ein komplettes Bataillon BattleMechs wie Wachtposten am Rand der Rasenfläche verteilt war. Größere Laster voller Vorräte wurden wiederholt überprüft. Mehrere Infanteriezüge waren damit beschäftigt, ihre Waffen zu säubern und zu inspizieren, während andere an den Panzern arbeiteten und sie für einen längeren Einsatz ausrüsteten. Die restlichen, in Reaktion auf das Ausscheiden ihrer Kameraden umorganisierten, Mechbataillone standen in perfekter Schlachtreihe aufgestellt. Ihre Piloten und Techs checkten sie noch einmal durch.

Das umorganisierte Regiment verfügte noch über etwa drei Mechbataillone in Unterstärke und ein gemischtes Panzer- und Infanteriebataillon. Die Neuordnung war nur eine der Reaktionen MacLeods auf die neue Lage, aber möglicherweise trotzdem zu wenig für den bevorstehenden Kampf.

Gomez führte Loren durch ein Labyrinth von Fahrzeugen und Soldaten ins Zentrum des Platzes, wo einige große Transporter mit ausladenden Schüssel- und Gitterantennen postiert waren. Loren erkannte es sofort als den Kern des Regiments-Feld-HQs und folgte ihr zu einem der kleineren Fahrzeuge. Als sie die Tür öffneten und eintraten, begrüßte MacLeod sie herzlich.

»Major!«

»Oberst. Sie wollten mich sprechen, Sir?«

MacLeod winkte Loren in den Wagen, dessen Wände vom Boden bis zur Decke mit Computern und Kommunikatoren bedeckt waren. Drei andere Highlander-Offiziere in Feldmontur arbeiteten an den Konsolen und Tastaturen. Gomez setzte sich sofort zu ihnen. MacLeod stand an einer elektronischen Karte ähnlich der in der Gefechtszentrale. Diese war ein zwei Meter im Quadrat messendes Tischmodell.

Er schüttelte Loren mit festem Druck die Hand. »Ich brauche bei dieser Strategiebesprechung Ihre Augen und Ihren Verstand. Außerdem wollte ich Ihnen persönlich dafür danken, was Sie da draußen geleistet haben. Ihre schnelle Auffassungsgabe hat uns gerettet.«

Loren nickte. *Was du nicht ahnst, ist, daß ich das Unvermeidliche nur hinausgeschoben habe.*

Weitere Highlander-Offiziere kamen durch eine andere, kleinere Tür herein. Ihre Gesichter waren ihm aus dem Cabal oder den Tagen bekannt, in denen Loren das Fort durchstreift hatte. Sie drängten sich um die Karte, als MacLeod an die Kontrollen trat. Ihre Mienen waren ernst. Sie wußten, daß sie vor einer Schlacht standen.

»Gentlemen, für diejenigen unter Ihnen, die ihn noch nicht getroffen haben, das ist Major Jaffray. Ich habe ihn eingeladen, uns zu beraten.« Die Offiziere begrüßten ihn mit Handschlag.

MacLeod aktivierte die Karte, und das weiße Gitternetz verwandelte sich in ein Farbenmeer. Am Nordrand war die Stadt Tara zu erkennen. Aus den Bergen im Westen strömte ein Fluß durch die Stadt und anschließend in einen breiteren Strom etwas östlich von Tara. Der breitere Fluß erstreckte sich nach Süden, bevor er in einer Westkurve zurück zu den Rockspires floß. Dichte Wälder, Sumpfland und schwer zugängliche Wildnis umgaben die Stadt am südlichen Rand. In größerer Entfernung vom Stadtgebiet dünnten sie allerdings allmählich aus.

»Tara und Umgebung. Zum Zeitpunkt der letzten Meldungen waren die Davions und Mulvaney hier«, sagte MacLeod. Eine kleine rote Markierung in Form einer Faust vor einer Sonnenscheibe, dem Symbol des Vereinigten Commonwealth, erschien auf der Karte. Es befand sich etwa zwölf Kilometer südwestlich vom Kohler-Raumhafen und bewegte sich in südlicher Richtung auf den Strom zu. »Von dem ausgehend, was Catelli gegen uns ins Feld geführt und Mulvaney an Truppen mitgenommen hat, schätzen wir ihre Stärke auf mehr als ein Bataillon. Über zweieinhalb Kompanien Mechs aller Gewichtsklassen, vier Lanzen Panzerfahrzeuge und sechs Züge motorisierte Infanterie.«

Einer der Offiziere, ein kurzer, stämmiger Major, der laut Namensschild ›Huff‹ hieß, unterbrach. »Mulvaney hat eine bunte Mischung von Truppenteilen mitgenommen, aber wir haben die Lücken mit der Kompanie geschlossen, die in Kearny stationiert war. Die Umorganisation ist abgeschlossen, und wir sind bereit zum Ausrücken, Sir.«

MacLeod strich sich über den Bart und nickte. »Gut. Also dann, die wirkliche Frage ist, wie wollen wir mit dieser Situation umgehen. Ich habe da schon ein paar Ideen, aber ich möchte auch Ihre Gedanken hören.«

»Sir.« Einer der Hauptleute, ein Mann namens Steed, lehnte sich über den Kartentisch. »Einige von uns halten es für die beste Lösung, sie abzufangen, bevor sie den Tilman erreichen.« Er deutete auf den breiten Strom östlich der Stadt. »Wir würden sie mit unseren Luft/Raumeinheiten bombardieren und ihre Reihen lichten, ohne uns auf einen Bodenkampf einlassen zu müssen. Wir können sie treffen, bevor sie das Flußbett erreichen und es als Straße flußaufwärts benutzen.«

MacLeod schüttelte den Kopf. »Ich habe erst ganz ähnliche Überlegungen angestellt, aber Major Huff und ich haben festgestellt, daß es bei der Umsetzungen Schwierigkeiten gäbe. Unsere Luft/Raumtruppen sind über den ganzen Planeten verteilt, und erfahren erst allmählich, was vorgeht. Viele der Lanzen können zu Mulvaney übergelaufen sein, aber fürs erste haben sie sich darauf beschränkt, in ihren Basen Dienst nach Vorschrift zu leisten. Und das ist nicht alles. Vor zwei Stunden hat sich die Lage möglicherweise dramatisch verändert. Eine unserer Langstreckenabfangpatrouillen hat die Ankunft von Sprungschiffen am Nadirpunkt geortet. Es haben sich Landungsschiffe abgekoppelt, und wir werden den Großteil unserer Raumjägereinheiten für Gefechtspatrouillen brauchen, für den Fall, daß es sich dabei um anfliegende Davion-Verstärkungen handelt. Was ich zurückhalte, kann uns zwar Unterstützung liefern, aber nicht genug für die Luftattacken, die Sie sich vorstellen, Hauptmann.«

»Von wie vielen Schiffen reden wir, Sir?« fragte ein anderer Hauptmann.

»Noch nicht bekannt. Wir haben sie einige Male angefunkt, aber bisher keine Antwort erhalten. Ihre Transpondersignale identifizieren sie als Militärtransporte, aber was sie geladen haben, und ob sie vorhaben, länger zu bleiben, wissen wir nicht. Uns bleibt kaum eine andere Wahl, als davon auszugehen, daß es sich um Feindeinheiten handelt. Und wir haben noch keine anderen Sprungpunkte überprüft. Ich fürchte, wir werden unsere Luft/Raumjäger eine Weile dazu benötigen, Northwind gegen eine mögliche Davion-Invasionsstreitmacht zu beschützen.«

»Es könnte ein Ablenkungsmanöver sein, Sir«, wandte der Hauptmann ein. »Besonders, wenn sie nur untätig am Sprungpunkt hängen. Sie wollen wohl, daß wir sie anfliegen, um nachzusehen. Auf diese Weise locken sie unsere Jäger weg, und dann schlagen sie von einem Piratensprungpunkt aus zu.«

MacLeod nickte zustimmend. »Höchstwahrscheinlich. Aber mir sind die Hände gebunden. Wir haben nur begrenzte Jägerunterstützung, und ich muß alle anfliegenden Einheiten als feindlich betrachten. Die Davions kontrollieren Northwind seit dreihundert Jahren, dadurch dürften sie einige Wege ins System kennen.

Ich muß davon ausgehen, daß diese Schiffe sind, was sie zu sein vorgeben. Tue ich das nicht, können wir sie auf keinen Fall mehr rechtzeitig stellen, um ihnen ernsthaften Schaden zuzufügen.«

»Und was machen wir dann mit Mulvaney und Castelli?« fragte Huff.

MacLeod drückte mehrere Kontrollknöpfe am Rand der elektronischen Karte und vergrößerte den Maßstab. Vor Lorens Augen schrumpfte Tara, und ein größerer Ausschnitt der Umgebung wurde sichtbar. Der dunkelgrüne Bereich neben der roten Markierung war tiefer Wald. Fast sechzig Kilometer südlich davon verlief der dicke blaue Strich des Tilman. Er lief am Südrand der Karte entlang und drehte schließlich zurück in Richtung des dunklen Graus, mit dem die Rockspire Mountains im Westen eingezeichnet waren.

MacLeods Laserzeiger zeichnete einen hellroten Lichtpunkt auf die Karte. »Wenn wir die Situation analysieren, muß unsere erste Frage lauten: Wohin, zum Teufel, sind Mulvaney und Catelli unterwegs? Hinter dem Tilman liegt die Wildnis, in der man eine Woche lang keine Stadt und kein Dorf erreicht. Und da ihre Vorräte begrenzt sind, werden sie nicht weiter nach Osten vorstoßen. Nach allem, was ich gesehen habe, hat Catelli keine Vorkehrungen für einen längeren Feldzug getroffen.«

»Also das Kastell«, stellte Huff tonlos fest.

MacLeod nickte. »Der einzige Ort, an dem sie hoffen können, ein Gefecht zu überleben. Und es gibt genügend Ersatzteile und Vorräte dort. Eine lohnende Basis.«

»Verzeihung, Sir, was für ein Kastell?« fragte Loren.

In der Mitte des Tilman, auf halber Strecke entlang seines westlichen Abschnitts in Richtung der steilen Schluchten der Rockspires, leuchtete ein grüner Lichtpunkt auf. »Das Kastell wurde vor Jahrhunderten von den Sternenbund-Verteidigungsstreitkräften gebaut. Es handelt sich um ein dichtes Bunkernetz aus Tunneln und Zugängen unter den Stromschnellen und Wasserfällen des Flusses. Wir benutzen es hauptsächlich als Reservestützpunkt für den Fall, daß wir Northwind verteidigen müssen.«

»Warum haben Sie Ihre Truppen nicht dort stationiert, statt hier im Fort?«

MacLeod starrte auf die Karte, während er antwortete. »Drei Jahrhunderte Krieg und Verwahrlosung haben dafür gesorgt, daß die Anlage in keinem guten Zustand mehr ist.«

Major Huff deutete auf den grünen Lichtpunkt. »Was hier von Bedeutung ist, Jaffray, ist der reichliche Vorrat an Nachschub, Proviant, Ersatzteilen und Munition. Durch die zahlreichen Tunneleingänge wird es verflucht schwer werden, Mulvaney und die Davions auszuräuchern, wenn sie erst einmal dort sind. Sie könnten sich da eingraben und hätten ihren Arsch in Sicherheit gebracht.«

»Wie sieht es mit der Verteidigung aus? Was haben Sie zur Zeit im Kastell?«

Huff schüttelte den Kopf. »Einen Infanteriezug. Aber der Zugführer steht auf Mulvaneys Seite.«

Als Loren die Karte studierte, verstand er die Argumentation. Entlang der breiten Ufer des Tilman konnten Mulvaney und die Davions schnell durch den Wald zur Bunkeranlage vorstoßen. *Nein, das ist zu einfach. Das ist nicht ihr Stil.* »Oberst, wenn ich an Mulvaneys Stelle wäre, würde ich mich nicht eingraben, egal, wie gut eine Stelle dafür ist. Vergessen Sie nicht, daß wir Ihnen an Feuerkraft überlegen und auf einen langen Kampf eingerichtet sind. Ich würde in Bewegung bleiben, uns müde machen, und mich nur auf einen Kampf einlassen, wenn es unbedingt notwendig ist. Gibt es noch einen anderen Ort, den sie erreichen könnte?«

MacLeod bewegte den Zeiger am Kastell vorbei und den sich nach Westen schlängelnden Flußlauf entlang.

Er brachte ihn über das grünbraune Vorgebirge bis zu einem Paß in den Rockspires. Mit einem Druck auf den Kontrollknopf ließ er einen zweiten grünen Lichtpunkt ähnlich dem am Kastell aufleuchten. »Der einzige andere Punkt, den sie als Ziel wählen könnte, ist unser Ausbildungslager hier in den Bergen. Wir haben noch einige andere Depots und Stützpunkte auf Northwind, aber nur in diesen beiden lagern die Sorten von Ausrüstung und Ersatzteilen, mit denen sie wirklich etwas anfangen könnten. Es ist eine ziemliche Strecke, aber um diese Jahreszeit ist das Gebiet fast menschenleer. Nur eine kleine Infanteriegarnison als Bewachung. Das Lager enthält reichlich Nachschub und Ersatzteile, um ihre BattleMechs in Schuß zu halten. Ich bin zuerst davon ausgegangen, daß sie dorthin will, aber es ist schwierig, die Truppen von ihrem jetzigem Standort aus in die Berge zu bringen. Direkt von Tara aus gibt es eine Straße, über die man das Lager innerhalb von drei Tagen erreicht, aber im Augenblick bewegen sie sich davon weg. Angesichts des Geländes, das sie jetzt durchqueren müßten, würden sie Wochen brauchen, um das Lager zu erreichen. Deshalb habe ich es aus meinen Überlegungen gestrichen.«

Loren starrte auf die Karte und überlegte. Die Strecke vom Kastell nach Norden am Quellfluß des Tilman entlang zum Ausbildungslager war kurz, aber schwierig. In seiner eigenen Laufbahn konnte er sich den Ruf erwerben, unorthodox zu sein. Mulvaney hatte bei ihm den Eindruck einer verwandten Seele erweckt. Die beste, die sicherste Taktik, die sie einschlagen konnte, war die, auf die Oberst MacLeod gesetzt hatte. Ein Durchbruch zum Kastell. Genau deshalb war sich Loren sicher, daß sie gar nicht daran dachte, das zu tun.

»Sir, wenn ich an Majorin Mulvaneys Stelle wäre, würde ich dem Tilman am Kastell vorbei folgen und statt dessen zum Gebirgslager vorstoßen.«

»Warum?« fragte Huff. »Es würde Sie doppelt soviel

Zeit kosten, und es wäre verflucht schwer zu verteidigen. Bei allem Respekt, Major Jaffray, Sie unterschätzen das Gelände. Niemals. Sie wird zum Kastell durchbrechen und sich dort festsetzen.«

»Wenn Sie und ich die Kontrahenten wären, würde ich das mit Sicherheit nicht tun, Major Huff«, erwiderte Loren.

»Weil Sie in Bewegung bleiben würden – ja, Jaffray, ich habe es gehört.«

»Nein, Major Huff, ich würde es nicht tun, weil ich wüßte, daß Sie es erwarten.«

»Vergessen Sie nicht«, wandte ein grauhaariger Hauptmann ein, »daß wir es nicht nur mit Major Mulvaney zu tun haben, Gentlemen. Catelli ist auch noch im Spiel. Wenn es nur um Mulvaney ginge, hätte Major Jaffray ein gewichtiges Argument, aber Catelli ist ein Davion alter Schule. Der Befehl über einen Haufen läppischer Konsulargardisten ist das Ende seiner Laufbahn. Wäre er sein Pulver wert, stünde er an der Front.«

Loren verschränkte die Arme. Es war keine Geste der Verteidigung, sondern der Nachdenklichkeit. »Das Schlimmste, was man angesichts eines Gegners tun kann, ist, ihn zu unterschätzen. Catelli hält den Rang eines Colonels und hat es beinahe geschafft, uns in einen offenen Krieg zu locken.«

Diesmal war es Hauptmann Steed, der einen Einwand erhob. »Wir sind Ihnen dankbar für Ihre Überlegungen, Major Jaffray, aber wir sollten nicht vergessen, daß wir jetzt in voller Stärke antreten und Mulvaney und Catelli beinahe zwei zu eins überlegen sind. Gleichgültig, in welche Richtung sie ziehen, sie haben keine Chance.«

MacLeods Miene verdüsterte sich, und er schlug mit der Faust auf die elektronische Karte. »Jetzt hören Sie mal zu, und hören Sie gut zu. Jaffray hat einen wichtigen Punkt angeschnitten, und wir sollten nicht allzu selbstgefällig werden. Wir sind vielleicht in der Überzahl, aber die Geschichte ist voll von Beispielen dafür, wie zahlenmäßig unterlegene Truppen trotzdem einen Sieg errungen haben. Sehen Sie sich nur einmal an, wie oft es Einheiten wie Snords Wildem Haufen, den Kell Hounds, dem Grauen Tod, ja, selbst den Black Thorns gelungen ist, den Spieß herumzudrehen und angesichts eines überlegenen Feindes aus einer sicheren Niederlage noch einen Sieg zu machen. Ich verspüre kein Bedürfnis, Mulvaney oder Catelli ihren Namen auf diese Liste setzen zu lassen.«

»Verstanden, Sir.« Steed lief rot an.

»Gut, Ich halte Jaffrays Ideen für beachtenswert, aber im Augenblick sind unsere Gegner nur noch wenige Tage vom Kastell entfernt. Ob sie nun vorhaben, weiter zu den Rockspires zu marschieren oder nicht, wir müssen verhindern, daß sie Truppen in diesen Komplex bringen.«

»Dann wird es ein Wettlauf«, stellte Major Huff fest und deutete auf den Fluß. »Wenn sie erst das Flußufer erreicht haben, kommen sie schnell vorwärts. Wenn wir versuchen, auch nur eine Kompanie leichter Mechs durch den Wald zu schicken, werden sie das Kastell wahrscheinlich vor uns erreichen. Unsere größte Chance besteht darin, ihnen nachzusetzen und sie zu erwischen, solange sie noch auf dem Marsch sind.«

»Genau das denke ich auch«, erwiderte MacLeod. »Das erste Bataillon übernimmt die Führung. Bataillon Zwo stellt seine Scoutlanzen an Eins ab. Wir müssen Mulvaney und Catelli festhalten, wenn wir sie erst gefunden haben. Schlagt sofort zu, und ohne Zurückhaltung. Walzt sie nieder. Aber wenn irgend möglich, wollen wir keine Highlander töten. Schaltet ihre BattleMechs aus, prügelt sie besinnungslos, aber bringt sie nicht um, solange es sich irgendwie vermeiden läßt. Wenn ich mich in Mulvaney nicht sehr täusche, wird sie ihren Leuten dieselben Befehle erteilen.«

Wieder war Loren überrascht über die Art, wie MacLeod mit rebellischen Untergebenen umging, aber er sagte nichts.

»Und die Konsulargarde, Sir?« fragte der grauhaarige Hauptmann.

MacLeod beugte sich vor. Seine Miene war ernst und wütend. »Die soll lernen, was es heißt, gegen die Northwind Highlanders zu kämpfen.« Sein Tonfall ließ keinen Zweifel daran, was er meinte. »Wir rücken in einer Stunde aus, Gentlemen. Major Jaffray, Ihre Hilfe bisher war von unschätzbarem Wert. Angesichts des Kriegsausbruchs besteht kaum eine Chance für Sie, zurück zu Ihren Kommandos zu kommen. Was halten Sie davon, sich uns anzuschließen? Nichts wäre mir lieber, als wieder einen Jaffray in unseren Reihen zu wissen. Falls Sie interessiert sind, hätte ich einen Platz in der Sicherungslanze der Regimentsstabskompanie frei.«

Loren fühlte, wie er rot wurde. Sein Großvater hätte alles dafür gegeben, diesen Moment erleben zu können: die Rückkehr der Clan Jaffray in die Reihen seiner alten Truppe. Jetzt war es soweit, aber auf eine Weise, die sich Corwin Jaffray niemals hätte erträumen lassen.

»Es wäre mir eine Ehre, dieses großzügige Angebot anzunehmen, Oberst, aber ...«

»Aber was, Lad? Sie haben keinen BattleMech? Sie können meinen *Gallowglas* benutzen. Ist eine feine Maschine.«

Nein, das Fehlen eines eigenen Mechs war es nicht, was ihm Probleme bereitete. Hätte er sich begeistert auf dieses Angebot gestürzt, würde es bei manchem Verdacht wecken, und Loren wußte das. »Sir, ich habe die Grenzen meiner Mission jetzt schon überschritten. Es wäre ein großartiges Erlebnis für mich, mit den Highlanders in den Kampf zu ziehen, aber ich habe der Konföderation Capella und ihrem Kanzler die Treue geschworen. Ich würde von meinen Landsleuten als Deserteur, Verräter oder Schlimmeres gebrandmarkt, würde ich mit Ihnen in die Schlacht ziehen.« Loren brachte den Einwand nur für MacLeod aus. Der Kanzler hatte ihm befohlen, für den Erfolg der Mission auch seine persönliche Ehre zu opfern. Aber er wußte, die Highlanders würden ihm nicht trauen, wenn er keinerlei Einwand vorbrachte.

MacLeod grinste und legte ihm die Hand auf die Schulter. »Ich bezweifle, daß irgendein Gericht in der Inneren Sphäre Sie verurteilen würde, Major. Unser verehrter Konsul Burns hat jede Hoffnung zunichte gemacht, die Sie haben konnten, sich aus diesem Kampf herauszuhalten. Und, nur für den Fall, daß es Ihnen entfallen ist, die Capellaner befinden sich im Krieg mit eben den Personen, gegen die Sie antreten werden.«

Loren nickte und lächelte. Nachdem die Formalitäten erledigt waren, wurde es Zeit, das zu tun, was er am besten konnte.

MacLeod schaltete den Kartentisch ab. »Gentlemen, gute Jagd und viel Glück.« Mit diesen letzten Worten machten sich die Highlander-Offiziere auf den Weg zu ihren Mechs und ihren Truppen, um die Operation in Gang zu setzen.

19

VCS-Landungsschiff *The Despiser*,
am Piratensprungpunkt 0,01326184,
Northwind-System
Mark Draconis, Vereinigtes Commonwealth

24. September 3057

Marschall Harrison Bradford betrachtete das Sichtfenster seines Landungsschiffs, als es mit dem Sprungschiff, an dem es angekoppelt war, im System Northwinds materialisierte. Die gewohnte Übelkeit während des Wiedereintritts in das Raum-Zeit-Kontinuum kam und ging. Die *Despiser* war ein kleines Landungsschiff, ein Angriffstransporter der *Zorn*-Klasse, hauptsächlich eingesetzt zur Beförderung von Infanterie und Nachschub. Es kam selten vor, daß ein Mann wie Harrison Bradford, Marschall einer Elite-Regimentskampfgruppe der Vereinigten Commonwealth-Streitkräfte, an der Seite der Infanterie in den Kampf zog, aber er betrachtete die Umstände als außergewöhnlich. Die Meldungen des Heereskommandos Vereinigte Sonnen und seines Agenten auf Northwind, Colonel Catelli, hatten deutlich gemacht, daß er einem tödlichen Feind gegenübertrat, den Northwind Highlanders. Ein solcher Gegner verlangte besondere Maßnahmen. *Wir werden diese Welt nicht an Liao abtreten.*

Die Verwendung eines Piratensprungpunktes war mit besonderen Risiken verbunden, aber häufig waren solche Gefahren unvermeidbar. Die normalen Sprungpunkte am Zenit und Nadir des Sonnensystems befanden sich weit außerhalb der Schwerkraftsenken um dessen Planeten. Piratenpunkte lagen sehr viel näher an der jeweiligen Zielwelt, aber schon der kleinste Fehler in ihrer Berechnung konnte zum Fehlsprung und zur

Vernichtung des Schiffes mit Mann und Maus führen. Dieser Sprungpunkt zwischen dem Mond Northwinds und dem Planeten war besonders schwierig anzusteuern gewesen, aber er schien perfekt dazu geeignet zu sein, nicht nur Bradford, sondern auch seine gesamte Flotte in Rekordzeit auf die Planetenoberfläche zu bringen.

Er schaltete den Armbandkommunikator ein. »Marschall Bradford an Kapitän Luce.«

»Ich höre, Sir«, meldete sich der Kapitän der *Despiser*.

»Beginnen Sie die Suche nach dem Kommunikationssatelliten. Informieren Sie mich, sobald Sie die Daten überspielt haben.«

»Sie kommen gerade herein, Marschall. Ich lasse sie in Ihre Kabine überspielen.«

Harrison sah hinüber zum Computerterminal, über dessen Bildschirm die Daten liefen. Er hielt die Datei an und las aufmerksam. Unglücklicherweise entsprach die Situation nicht so recht seinen Erwartungen. Catellis Versuch, die Highlanders in einen Zwischenfall zu verwickeln, schien gescheitert zu sein. Es war ihm nur gelungen, die Highlanders zu spalten. Die Nachricht war acht Stunden alt.

»Kapitän, lösen Sie uns vom Dockkragen und übermitteln Sie dem Sprungschiff eine Nachricht. Die Nachricht lautet: Lancelot.«

»Verstanden, Marschall, Code Lancelot. Was ist mit den Luft/Raumjägern der Highlanders, Sir? Ich empfehle, das Schiff in Position zu halten, bis wir wissen, wo sie sind.«

»Ich habe mich schon um Ihre Luft/Raumunterstützung gekümmert, Kapitän. In wenigen Minuten gebe ich Ihnen die Landekoordinaten. Ich habe Ihre Besorgnis zur Kenntnis genommen, aber Ihre Aufgabe besteht nur darin, uns unbeschadet auf Northwind abzusetzen.« Als die *Despiser* sich von ihrem Sprungschiff löste und auf die riesige Planetenkugel Northwinds zustürzte, lächelte Harrison Bradford wissend und lehnte sich auf seiner kleinen Pritsche zurück.

In einem Ablenkungsmanöver hatten sich Einheiten am Nadirsprungpunkt des Systems materialisiert, um den Hauptanteil der Raumverteidigung Northwinds abzuziehen. Während MacLeods Jäger den leeren Landungsschiffen nachjagten, würde Bradford nahezu unbemerkt auf Northwind niedergehen können. Soweit verlief alles nach Plan. In wenigen Stunden würden MacLeods Truppen außer Gefecht gesetzt und bereit für den Todesstoß sein.

Bradford blickte lange genug auf den Sichtschirm, um den schwachen blauen Lichtblitz zu sehen, mit dem das Sprungschiff im Hyperraum verschwand. Mit Hilfe seiner Lithiumbatterien, die ein langwieriges Aufladen des Antriebs unnötig machten, würde das Schiff zur 3. Royal Guards RKG zurückkehren, das Triebwerk aufladen und rechtzeitig zur bevorstehenden Schlacht wieder hier sein.

Lorens neuer *Gallowglas* war nicht nur betriebsbereit, da er nicht an den Kämpfen am Raumhafen teilgenommen hatte, war er zudem in nahezu makellosem Zustand. Der in einem Tarnschema aus matten grauen, grünen und braunen Flecken bemalte Kampfkoloß trug allerdings mehrere Brandspuren unter der Bemalung als stummes Zeugnis für Schäden, die er unter MacLeod hatte einstecken müssen. Das Cockpit ähnelte im Aufbau dem anderer *Gallowglas*-Maschinen, die Loren früher gesteuert hatte, was ihm die Sache erleichterte. *Wie viele Schlachten und Scharmützel hast du schon hinter dir?* fragte er sich, während er mit der Hand über die Kontrollen strich.

Die anderen Mitglieder der Sicherungslanze hatten ihn freundschaftlich willkommen geheißen, besonders Jake Fuller. Loren hatte versucht, auf die gleiche Weise zu antworten, weil er wußte, wie wichtig das für sie war. Wenn die Kämpfe begannen, mußte er in ihren Augen mehr sein als nur eine Stimme im Neurohelm. *Wenn ich sterbe, ist es das Ende meiner Mission. Ich brauche diese Männer und Frauen für mein Überleben.*

Es erwies sich als relativ einfach, den Weg von Catelli und Mulvaneys Truppe zu verfolgen. Die vielen Mechs und Bodenfahrzeuge hatten eine gewaltige Bresche ins Gehölz geschlagen. Der Einsatz von Sensoren war ganz und gar unnötig, aber Loren achtete darauf, unterwegs jedes noch so kleine Detail zu vermerken. Er nahm nichts als selbstverständlich hin, am wenigsten die scheinbare Ruhe und Friedlichkeit des Waldes.

Die Lautsprecher in seinem Neurohelm fiepten leise, um den Eingang einer Nachricht zu melden. Loren öffnete einen Kanal. »Major Jaffray, hier Stab.«

Loren war überrascht, daß die Highlanders keine anonymen Codenamen benutzten. Dann wurde ihm klar, daß sich das Steuersystem ihrer Kommanlage auf Stimmerkennung stützte. Das war ein hochmodernes System mit verschlüsselten Sendesignalen. das wahrscheinlich noch aus der Sternenbundzeit stammte. Nur eine Einheit, deren Geschichte so weit zurückreichte wie die der Highlanders hatte die Möglichkeiten, ein derartiges System aufrechtzuerhalten.

»Hier Jaffray. Ich höre, Stab.«

»Verlassen Sie die Formation und fallen Sie zurück zur Basis.« Die »Basis« dieser Anordnung war die mobile Einsatzzentrale des Regiments, die sich zu diesem Zeitpunkt drei Kilometer hinter der Sicherungslanze befand.

»Verstanden«, bestätigte Loren. Ein Lämpchen auf der Kommkonsole zeigte an, daß Fuller den Empfang quittiert hatte. Loren nahm Gas weg und drehte den wuchtigen *Gallowglas* herum. Er war nicht sicher, was los war, aber es mußte wichtig sein, wenn man seine Anwesenheit für nötig hielt.

Er brauchte nur vier Minuten, um die Einsatzzentrale

zu finden – fünf Befehlsfahrzeuge, flankiert von einer Lanze BattleMechs. Loren fand einen Platz für den *Gallowglas* und kletterte hastig an den seitlich an Torso und Beinen des Mechs befestigten Sprossen nach unten. Mehrere Posten traten hinter den Bäumen vor, die Waffen im Anschlag, und kontrollierten seine Identität, bevor sie ihm erlaubten, sich dem zentralen Befehlsfahrzeug zu nähern.

In dessen Innerem fand er Oberst MacLeod, Major Huff und eine Offizierin vor, die er als eine Teilnehmerin der Einsatzbesprechung erkannte. Loren trat durch das schummrige Licht des Fahrzeuginneren auf sie zu.

»Freut mich, daß Sie kommen konnten«, meinte MacLeod

»Was ist denn los, Oberst?«

»Nichts besonderes. Das ist nur eine Routine-Feldbesprechung. Die Landungsschiffe, die wir am Nadirsprungpunkt geortet hatten, haben sich endlich in Bewegung gesetzt, aber nur mit geringem Schub. Ich habe die meisten unserer Luft/Raumjäger auf Gefechtspatrouille geschickt, um sie abzufangen, wie wir es besprochen hatten. Dann ist vor drei Stunden ein anderes Sprungschiff an einem Piratenpunkt in der Nähe des Northwind materialisiert.«

»Was hatte es dabei?«

Major Huff antwortete. »Ein Sturmschiff der *Zorn*-Klasse.«

»Einen Infanterietransporter? Teufel, das ist, als würde man einen Kerl mit einem Messer zu einem Pistolenduell schicken«, meinte der weibliche Offizier. Loren erinnerte sich vom Kriegercabal her an ihren Namen: Fitzwalther. Wie lange schien das jetzt her. Jahre fast, dachte er.

Huff nickte. »Es ist schnell in niedrige Umlaufbahn vorgestoßen und hat ungehindert aufgesetzt.«

»Wo?«

MacLeod deutete auf einen Punkt beim Fluß. »Am

Ufer des Tilman. Eine unserer wenigen verbliebenen Luft/Raumlanzen hat es im Vorbeiflug als Davion-Schiff identifiziert. Es steht kurz vor Catelli und Mulvaneys Truppe, als ob uns das überraschen könnte. Um ehrlich zu sein, das Schiff stört mich wenig. Ich mache mir ernstere Sorgen. Was, wenn diese Landungsschiffe auf dem Weg vom Nadir, die unsere Jäger abfangen sollen, nur ein Ablenkungsmanöver sind? Dieses Schiff könnte die Vorhut einer Davion-Invasionsflotte sein. Unsere Jäger sind längst an dem Piratensprungpunkt vorbei und unterwegs zum Nadirpunkt. Wenn wir sie jetzt zurückrufen, verlieren wir Zeit, möglicherweise sogar die ganze Schlacht, sollte Davion tatsächlich Verstärkungen schicken.«

Die kleine Offizierin ergriff erneut das Wort. »Was auch immer an Bord dieses Schiffes war, es hat sich inzwischen Catellis Truppen angeschlossen. Selbst wenn es nur Infanterie ist, hundert Mann können trotzdem einigen Schaden anrichten.«

»Wenn die Nadirflotte eine Ablenkung ist, die unsere Jäger weglocken soll, ist es bereits zu spät. Unsere Jäger an den Piratenpunkt umzulenken, würde zu lange dauern. Und wenn wir sie aufteilen, riskieren wir, daß keine der beiden Gruppen stark genug ist, den Schiffen, die sie möglicherweise stellen, ernsthaften Schaden zufügen zu können«, stellte Huff fest. »Ich halte es für das beste, sie weiterfliegen und diese Nadir-Landungsschiffe ausschalten zu lassen.«

MacLeod strich sich nachdenklich über den Bart. »Mich beunruhigt mehr, daß sie Piratensprungpunkte benutzen. Wenn das Davions und noch mehr von ihnen unterwegs sind, könnten sie hier sein, bevor wir Zeit zu reagieren haben.« Jeder Garnisonskommandeur kannte diese Sorge. In der Regel dauerte es Tage bis Wochen, bevor ein Landungsschiff aus der Zenit- oder Nadirposition eine Welt erreicht hatte. Die Ankunft an einem Piratensprungpunkt war riskant, aber sie gestattete die

Verkürzung der Flugzeit auf einen Tag, wenn nicht sogar auf wenige Stunden. Viele Regimentsführer waren gerne bereit, dieses Risiko einzugehen.

»Ich bin schockiert, daß die Davions so schnell Truppen hier haben können«, meinte Fitzwalther. »Ich dachte, in der Mark Sarna sei die Hölle los.«

Loren sah die junge Offizierin fragend an. »Ich würde mir weniger Gedanken über ihre schnelle Ankunft machen, Fitzwalther. Ich wäre eher besorgt, was dieses Schiff transportiert hat.«

»Es ist ein kleiner Infanterietransporter«, stellte Huff fest. »Selbst umgebaut könnte er höchstens eine Handvoll BattleMechs aufnehmen. Es ist, wie Fitzwalther bereits sagte. Drei, vier Infanteriezüge und Hilfsfahrzeuge können auch Schaden anrichten, aber ich bezweifle, daß sie das Kampfgeschick entscheidend beeinflussen werden. Wir sind immer noch im Vorteil.«

»BattleMechs beherrschen vielleicht das Schlachtfeld, Major Huff, aber wie wir erst vor kurzem erfahren mußten, kann schon ein Mann eine Menge Schaden anrichten. Ich würde weder das Schiff noch seine Ladung abtun, solange wir nicht genau wissen, womit wir es zu tun haben. Und egal, was es war, ich bezweifle, daß dies die letzten Davion-Verstärkungen waren, die dieses System erreichen.«

Huff lächelte ihn onkelhaft an. »Ich weiß zu schätzen, was Sie am Raumhafen für uns geleistet haben, Major, aber hier im Feld scheinen Sie mir etwas zaghaft zu sein. Weder Catelli noch Mulvaney besitzen die Ausrüstung, die man für einen ausgedehnten Feldzug braucht. Aber im Kastell wird diese Ausrüstung zu finden sein, und sie versuchen jetzt, das Tilmanufer zu erreichen, um die nötige Geschwindigkeit aufbauen und vor uns im Kastell ankommen zu können. So einfach ist das. Wir haben es hier mit einer Einheit auf der Flucht zu tun, und wir versuchen, sie zu stellen und aufzuhalten – Punktum.«

Loren grinste zurück. »Ich bin in meiner Laufbahn schon einiges genannt worden, Major Huff, aber ›zaghaft‹ stand bisher noch nie auf der Liste. Bewerten Sie meine Absichten oder Einwände nicht falsch. Ich weise nur darauf hin, daß man sich nicht allzusehr auf Vermutungen stützen sollte. Die Northwind Highlanders sind bekannt für ihre Wildheit. Wenn ich Catelli oder ein Davion-Marschall wäre, würde ich gegen Sie alle Tricks aus dem Ärmel schütteln. Keine Zurückhaltung, ich würde einen direkten Angriff nach dem anderen starten.«

Loren wußte, daß seine Bemerkung über die Leistungen der Highlanders eine enorme Untertreibung darstellte. *Davion wird den Northwind niemals kampflos aufgeben. Kanzler Liao wußte das, und ich weiß es. Was auch immer an Bord dieses Schiffes war, es soll Catelli einen Vorteil verschaffen. Huff kann glauben, was er will. Ich würde das als tödliche Bedrohung behandeln.*

20

Südöstlich von Tara, Northwind
Mark Draconis, Vereinigtes Commonwealth

24. September 3057

Im Cockpit von Chastity Mulvaneys *Marodeur II* herrschte Stille, als sie den riesigen vogelähnlichen Mech vorsichtig durch den Wald bewegte. Sie blockte den größten Teil des Geplappers auf dem allgemeinen Kanal aus, und konzentrierte sich darauf, ihren Kampfkoloß zwischen den gewaltigen Baumstämmen hindurch zu manövrieren. Die Bewegung und die Aktion hielten sie aufrecht, verhinderten ein Nachdenken über alles, was geschehen war, über die schwerwiegenden Folgen ihrer Handlungsweise. Sie war gewohnt, die Frustrationen in ihrem Leben auf diese Weise zu behandeln, indem sie sich in ihre Arbeit verkroch.

Sie war überraschend ruhig, trotz des kalkulierten Risikos, sich mit Colonel Catelli gegen ihre eigenen Highlanders zu verbünden. Aber sie hatte keinen anderen Weg gesehen. Wäre sie bei MacLeod geblieben, würden Catelli und die Garde jetzt nur noch Erinnerung sein, und man hätte die Northwind Highlanders als mordlüsterne Banditen gebrandmarkt. Schlimmer noch, die davionfreundlichen Krieger unter den Highlanders hätten sich von ihren Vorgesetzten verraten gefühlt.

Mulvaney hatte den Davion-Loyalisten einen ehrenhaften Ausweg geboten. Statt ihre persönlichen Grundsätze verraten zu müssen, hatten sie sich Prinz Victors Repräsentanten auf Northwind angeschlossen. Mulvaneys Befehle an die Männer und Frauen, die ihr gefolgt waren, hätten einfacher nicht sein können. Dies würde eine große Prüfung ihrer Ehre werden. Sie sollten keinen ihrer Verwandten töten, sondern nur die

Konsulargarde beschützen, bis der Rest der Highlander-Regimenter eingetroffen war und die Angelegenheit diplomatisch beigelegt werden konnte. Mulvaney war sicher, daß Oberst MacLeod verstand, was sie getan hatte. Sie fragte sich, ob Loren Jaffray es je verstehen würde.

Colonel Catelli wurde durch ihre Befehle offensichtlich irritiert, aber er hatte sich nicht eingemischt. Statt dessen behandelte er sie weiter wie die neue Kommandeurin der Northwind Highlanders und sprach sie grundsätzlich mit Oberst an. Und mit jedem Mal ärgerte sie sich mehr darüber.

Sie beschleunigte den *Marodeur II,* drehte ihn im Gehen und benutzte die schwere PPK dazu, das dichte Unterholz und das herabhängende Buschwerk zur Seite zu schieben. Nach drei kurzen Schritten hörte der Wald auf, und helles Sonnenlicht flutete in ihre Kanzel, als Mulvaney hinaus über den Tilman schaute. Der Sichtschirm filterte den größten Teil des Lichts aus, aber trotzdem fühlte sie die Wärme der Sonne. Der Fluß war beinahe hundert Meter breit und zehn Meter tief. Auf beiden Seiten wurde er von breiten Sandstreifen gesäumt. Für sie und Catelli war er alles, was sie brauchten: eine weite, offene Schnellstraße.

»Colonel Catelli, hier Mulvaney«, sprach sie ins Mikro. »Ich habe südlich Ihrer Position den Fluß erreicht. Kein Anzeichen gegnerischer Aktivität.« Sie war mit ihren Highlandern durch den Wald südlich von Tara marschiert, um sicherzustellen, daß sie auf dem Weg zum Fluß niemand überholt hatte. Wie erwartet, befand sich MacLeod noch immer einen halben Tagesmarsch hinter ihnen. Mit der Zeit würde ihr Vorsprung schrumpfen, aber bis dahin blieb es eine klassische Fuchsjagd. Und bis auf weiteres war sie der Fuchs.

»Sie liegen gut in der Zeit, Oberst«, antwortete Catelli und benutzte schon wieder diesen Titel. »Formieren Sie Ihre Truppen an beiden Flußufern und lassen

Sie sie langsam vorrücken, wie wir es besprochen haben. Ich möchte, daß Sie selbst auf diese Koordinaten zurückfallen und mich dort treffen.« Auf Mulvaneys Sekundärschirm erschienen die Kartenkoordinaten, die ihr Catelli übermittelte. Sie leitete sie auf die Geländedarstellung um.

»Verstanden«, bestätigte sie. »Commanders O'Leary, Burke und Darley, Sie führen Plan Bravo durch. Darley, Sie übernehmen das Kommando, bis ich zurück bin.« Sie wartete ein paar Sekunden auf die Bestätigungen, dann drehte sie sich um und machte sich auf den zehn Kilometer langen Rückweg zum Treffpunkt.

Mulvaney brauchte fast zwanzig Minuten, um ihren *Marodeur II* den Tilman entlang zu dem Punkt zu bringen, an dem Catelli auf sie wartete. Der größte Teil der Strecke war leicht, verglichen mit der Durchquerung des dichten Waldgebiets, durch das sie ihren Mech vorher hatte steuern müssen. Auf den beiden letzten kurvenreichen Kilometern kam sie an einigen Mechs und leichten Panzern der Konsulargarde vorbei. Es war weniger der Anblick von Colonel Catellis riesigem *Atlas*, der ihr klarmachte, daß sie das Ziel erreicht hatte, als das große Landungsschiff der Zorn-Klasse, das am Flußufer gelandet war. Sie kletterte eilig zum Sand des Tilmanufers hinab.

»Gute Arbeit, Oberst Mulvaney«, rief Catelli, während er mit einigen anderen Offizieren näherkam.

»Sir«, antwortete sie leise, von der Anrede immer noch beschämt. Als sie das Rangabzeichen eines der Offiziere in Catellis Begleitung erkannte, nahm sie abrupt Haltung an. Der Marschall erwiderte den Gruß. »Rührt euch.«

»Sir.«

Catelli und eine junge, dunkelhäutige Offizierin im Range eines Majors traten vor.

»Marschall Bradford, gestatten Sie mir, Ihnen Oberst Chastity Mulvaney von den Northwind Highlanders vorzustellen. Oberst Mulvaney, das ist Marschall Harrison Bradford, 3. Royal Davion Guards Regimentskampfgruppe.«

»Das Vergnügen ist ganz auf meiner Seite«, erklärte Bradford und deutete auf die Offizierin neben Catelli. »Und das hier ist Kommandant Daphine Winchester vom 1. NAIW-Kader.« Ein kurzer Blick nach unten zeigte Mulvaney, daß Bradford die Sporen eines Mech-Kriegers trug, Kommandant Winchester jedoch nicht. Also war Winchester entweder Nonkonformistin oder sie gehörte der Infanterie oder den Panzertruppen an. Das New Avalon-Institut der Wissenschaften oder NAIW war die führende Akademie des Vereinigten Commonwealth. Nur die Besten der Besten wurden dort aufgenommen, und sie trainierten mit Spitzentechnologien. *Selbst wenn sie nur von der Infanterie kommt, ist sie mehr als nur irgendeine Soldatin.*

»Ich wünschte, wir hätten uns unter angenehmeren Umständen kennenlernen können, Marschall.« Sie drehte sich zu der schlanken Winchester um und sagte knapp: »Kommandant.« Die NAIW-Offizierin nickte einmal kurz. Sie hatte verstanden.

Bradford sah über Mulvaneys Schulter zum Flußufer, wo gerade ein *Heuschreck* aus dem Wasser stieg. »Ich habe Ihre Ernennung an die übrigen Highlander-Regimenter übermitteln lassen, aber sie weigern sich, es anzuerkennen, Oberst Mulvaney.«

»Das habe ich erwartet, Sir.«

Bradford zog eine lange, dunkle Zigarre aus der Tasche und schnitt vorsichtig die Spitze ab. Dann zündete er sie mit einem teuren, batteriegespeisten Laserfeuerzeug an und nahm einen tiefen Zug. Den Rauch stieß er durch die Nase aus. »Ihr Highlanders seid ein stures Volk, was?«

»Ja, Sir«, antwortete Chastity. *Du ahnst gar nicht, wie stur.*

»Nun, Oberst Mulvaney, Sie werden feststellen, daß

ich auch ziemlich stur bin«, gab er zurück und sah ihr in die Augen. »Da draußen ist Krieg, und das Letzte, womit ich hier meine Zeit verplempern will, ist es, eine aufständische Einheit zur Räson bringen zu müssen, selbst wenn es sich um eine so berühmte wie die Northwind Highlanders handelt.«

»Verstehe, Sir.«

»Ich werde Ihnen eine direkte Frage stellen, und ich erwarte eine klare Antwort. Wird dieser Oberst MacLeod bis zum Äußersten kämpfen? Wenn das hier über ein gegenseitiges Herumschubsen hinaus eskaliert, ist er bereit, hart auf hart im Feld gegen uns anzutreten? Und bevor Sie antworten, lassen Sie mich klarstellen, daß ich mehr als bereit bin, es soweit kommen zu lassen, besonders da die Stirling's Fusiliers schon in unmittelbarer Nachbarschaft sind.« Er nahm einen langen Zug an der Zigarre.

Die Antwort erforderte kein größeres Nachdenken. »Marschall Bradford, ich kenne Oberst MacLeod seit Jahren. Sein Streit hat nichts mit Ihnen zu tun, sondern nur mit der Art, wie das Vereinigte Commonwealth die Highlanders behandelt. Ich glaube nicht, daß er uns absichtlich verletzen wird, aber sowohl Ihre Truppen wie auch die Konsulargarde sind in seinen Augen zum Abschuß freigegeben. Und in einem offenen Kampf, Sir, haben Sie keine Chance.« Sie war sich klar, daß es riskant war, dem Davion-Marschall gegenüber so offen zu sprechen, aber ein Teil von ihr hatte das Interesse am Überleben verloren.

»Ich verstehe. Nun, lassen Sie mich Ihnen versichern, Oberst Mulvaney, daß das Vereinigte Commonwealth bereit und in der Lage ist, sein Reich zu verteidigen, selbst gegen ihre Highlanders. Noch während wir hier reden, bereitet sich die gesamte 3. Royal Guards RKG im Orbit über Epsilon Indi auf die Invasion vor, verstärkt durch den Rest des 1. NAIW-Kaderbataillons. Oberst MacLeod und seine Truppen haben keine Chance.«

»Sir«, unterbrach Catelli, »Sie sollten wissen, daß Oberst Mulvaneys Wissen über die Highlander-Basen uns bei unseren Anstrengungen, MacLeod von Tara fortzulocken, einen Vorteil verschafft hat. Zusammen haben wir ein paar böse Überraschungen für seine Truppen vorbereitet, wenn sie sich uns weiter nähern. Tatsächlich hat die Frau Oberst einen Plan ausgearbeitet, der die Highlander-Rebellen unter MacLeod einige Zeit aufhalten wird.« Die Darstellung von Oberst MacLeods Regiment als »Rebellen« störte Chastity. Wer konnte in dieser Lage sagen, auf welcher Seite die Rebellen standen und auf welcher die Loyalisten? Die Linien waren hoffnungslos verschwommen.

Bradford nickte und gestikulierte mit der Zigarre, während er redete. »Das habe ich schon Ihren Mitteilungen entnommen. Sie und Mulvaney haben sich meine tiefste Dankbarkeit verdient. Mir geht es nur darum, diese Sache zu beenden, aber da haben wir noch eine Menge Arbeit vor uns.«

»Haben Sie einen Plan, Marschall?« fragte Catelli.

Marschall Bradford steckte die Zigarre in den Mund und zeichnete mit dem Offiziersstöckchen, daß er in einer Achselhöhle getragen hatte, eine Karte in den nassen Sand. Er deutete den Fluß und die Stadt Tara an. »Ich habe bereits vorsorglich die meisten Luft/Raumjäger MacLeods unter einer Ablenkungsflotte zum Nadirsprungpunkt des Systems gelockt. Aber MacLeod ist nicht dumm. Inzwischen dürfte er wissen, daß es sich um ein Ablenkungsmanöver handelt, aber er weiß auch, daß es zu spät ist, die Jäger zurückzurufen. Als erstes werden wir MacLeod die Möglichkeit nehmen, sich mit Tara und so mit irgendeinem der anderen Highlander-Regimenter im Anflug auf Northwind in Verbindung zu setzen. Er muß für eine kurze Zeit blind, taub und stumm werden, gerade lange genug für die nächste Phase der Operation. Wenn er vom Rest der Inneren Sphäre abgeschnitten ist, wird die Angriffsflotte an einem Piratensprungpunkt im System auftauchen und außerhalb des Raumhafens von Tara aufsetzen. Wir müssen ihn nur für kurze Zeit von seinen Kommunikationsmöglichkeiten abschneiden, nicht länger, als wir für eine unbemerkte Landung brauchen. Ich habe erfahren, daß Sie Tara als neutrales Gebiet behandeln, und ich möchte Ihnen versichern, daß ich vorhabe, mich an diese Vereinbarung zu halten, Oberst Mulvaney. Sie und Ihre Leute werden MacLeod weiter von Tara fortlocken, während die 3. Royals von hinten gegen ihn vorrücken und Verteidigungsstellungen gegen die Stirling's Fusiliers ausbauen, die in drei bis vier Wochen turnusmäßig nach Northwind zurückkehren.« Der Marschall zog eine Linie in den Sand, um die momentane Position der Einheit Catellis und Mulvaneys zu markieren, und deutete mit einem Pfeil deren Bewegung am Fluß entlang an.

»Nachdem die Fusiliers festsitzen, stoßen wir zu Ihnen und zerquetschen, was immer dann von MacLeod noch übrig ist.« Um seine Aussage zu unterstreichen, bohrte er sein Offiziersstöckchen in den Sand.

»Ich weiß zu schätzen, daß Sie Taras Neutralität bei diesem Kampf beachten, Sir. Es leben eine Menge Highlander-Familien dort, nicht nur Angehörige unseres Regiments, sondern auch von Mitgliedern der übrigen Regimenter. Und Tausende anderer Zivilisten«, bemerkte Mulvaney kühl.

»Colonel Catelli hat mich von Ihrer Übereinkunft unterrichtet, während ich im Anflug war, und ich stimme zu, daß es keinen Wert hat, die Zivilisten in diese Sache hineinzuziehen. Aber mißverstehen Sie mich nicht: Wenn MacLeod oder seine Leute die Vereinbarung brechen, wird Tara Kampfgebiet. Es leben viele loyale Davion-Bürger dort, und ich werde nicht zusehen, wie jemand deren Leben gefährdet. Die 3. Royals werden außerhalb von Stadt und Raumhafen aufsetzen und von ihrer Landezone aus operieren.«

»Was wollen Sie gegen die Fusiliers unternehmen?«

»Ich vertraue darauf, daß sie ohne einen Schuß kapitulieren werden, wenn sie die Streitmacht sehen, die wir zusammengezogen haben, und hören, wie MacLeod das Gesetz in eigene Hände genommen hat. Und die Unterstützung durch Ihre loyalen Truppen wird uns dabei helfen. Aber falls sie das nicht tun, habe ich eine komplette verstärkte Regimentskampfgruppe zur Hand. Vertrauen Sie mir, Oberst Mulvaney. Ich habe nicht vor, gegen Cat Stirling zu kämpfen, wenn es sich irgendwie vermeiden läßt.«

»Danke, Sir.« *Soweit traue ich ihm, aber wie weit noch?*

»Der Schlüssel zu dieser Operation liegt darin, MacLeod zu blenden. Wenn wir verhindern, daß er uns ankommen sieht, haben wir die Schlacht schon halb gewonnen.«

Catelli grinste breit. »Wie wollen Sie das erreichen, Sir?«

Zum erstenmal in diesem Gespräch ergriff Kommandant Winchester das Wort. »Das ist der Punkt, an dem ich ins Spiel komme, Colonel.«

Marshal Bradford deutete mit dem Stöckchen auf Winchester, um diesen Punkt zu unterstreichen. »Die Leutchen vom NAIW haben für uns ein paar Asse aus dem Ärmel gezaubert. Warum nehmen Sie Oberst Mulvaney nicht mit und zeigen ihr die Spielzeuge, die Sie mitgebracht haben, Kommandant?«

Winchester winkte Mulvaney zu, die ihr zur *Despiser* folgte und Bradford mit Catelli allein ließ. Der Marschall nahm einen weiteren tiefen Zug an seiner Zigarre und wartete, bis die beiden Frauen außer Hörweite waren.

»Colonel Catelli, eines möchte ich zweifelsfrei klarstellen. Ich leite diese Operation. Sie hatten vom HQ-Nachrichtendienst den Auftrag, mir einen Zwischenfall zu liefern, der es so aussehen ließ, als hätten die Highlanders die Einheiten des Prinzen auf Northwind angegriffen. Das hätte uns eine schnelle, simple Operation ermöglicht. Statt dessen sitzen meine Truppen hier fest, während ein paar Sprünge weiter ein Krieg tobt. Ich hatte gehofft, das hier in ein, zwei Wochen erledigen zu können. Jetzt sieht es dank Ihres Versagens so aus, als ob wir sehr viel länger benötigen werden.«

»Es tut mir leid, Sir, aber es liegt alles nur an diesem capellanischen Unruhestifter Loren Jaffray. Er hat gemerkt, was los war, als wir ihre Mechs sabotierten. Seine Einmischung ist einer der Gründe für dieses ganze Tohuwabohu. Wenigstens konnte ich die Highlanders spalten.«

»Und wo ist Konsul Burns?«

»Sicher im Konsulat in Tara.«

»Ich bin Drake Burns vor Jahren einmal begegnet, als seine Familie ihm den Posten auf Northwind besorgt hat. Er hat gute Beziehungen zur VerCom-Regierung, aber das war's dann auch.«

»Ja, Marschall.«

»Ich brauche trotzdem Ihre Hilfe, Colonel. Wenn ich Tara einfach übernehme, sorgt das mit Sicherheit für politische Schwierigkeiten, die sich an diesem Punkt unserer Laufbahn keiner von uns beiden leisten kann. Ganz abgesehen davon, daß wir sämtliche Highlanders der Inneren Sphäre am Hals haben, wenn ich hier grundlos einmarschiere. Ich brauche Sie, um einen weiteren ›Zwischenfall‹ zu arrangieren, der mir gestattet, die Kontrolle über Tara zu übernehmen.«

»Warum ist die Stadt so wichtig für Sie, Sir« fragte Catelli und setzte hastig hinzu: »Wenn Sie mir die Frage gestatten.«

»Was ich Ihnen jetzt sage, bleibt unter uns. Ich wollte nicht, daß Mulvaney das hört, aber wir rechnen ziemlich sicher damit, daß die übrigen Highlanders sich in dieser Angelegenheit auf MacLeods Seite schlagen.

Wenn die Stirling's Fusiliers eintreffen, werden Sie voraussichtlich feindselig und kampfbereit sein. Mit Tara unter meiner Kontrolle habe ich einen Plan, der ihre schnelle Vernichtung garantiert. Wenn wir erst zwei Highlander-Regimenter vernichtet haben, werden die 1. und 2. Kearnys wahrscheinlich kampflos kapitulieren. Und dann ist Northwind unser.«

Catelli hörte aufmerksam zu und nickte. »Ich versichere Ihnen, Marschall, wenn ich fertig bin, wird kein Mensch in der Inneren Sphäre einen Zweifel an Ihrem Recht haben, einzumarschieren und Tara zu übernehmen.« *Und wenn ich meine Karten richtig ausspiele, kann ich gleichzeitig den Weg zu meiner Herrschaft als Gouverneur, wenn nicht noch mehr, bereiten.*

Der Marschall sah hinter Mulvaney und Winchester her, die gerade das Landungsschiff erreicht hatten. »Was meinen Sie, Colonel? Ob sie uns tatsächlich vertraut?«

»Ja, Sir, davon bin ich überzeugt.«

»Gut. Ich möchte nicht, daß sie uns Probleme macht. Für dieses Unternehmen ist es unverzichtbar, daß ich Tara kontrolliere und daß wir MacLeods Regiment und die Stirling's Fusiliers besiegen. Ihr Job als MI-Agent auf Northwind ist es, mir die Rechtfertigung zu liefern, die ich brauche, um Tara ohne Wenn und Aber einzunehmen. Und zweitens erwarte ich von Ihnen, daß Sie Mulvaney kontrollieren. Das Letzte, was wir jetzt gebrauchen könnten, wäre, daß sie Zweifel an uns oder ihren Loyalitäten entwickelt.«

Catelli verschränkte die Arme, und sein Grinsen wurde noch breiter. »Keine Sorge, Sir. Mit ›Oberst‹ Mulvaney werde ich fertig.«

21

Tilmantal, Northwind
Mark Draconis, Vereinigtes Commonwealth

25. September 3057

Loren rutschte auf den Polstern der Pilotenliege seines *Gallowglas* herum und versuchte, eine bequeme Schlafposition zu finden. Er war hundemüde, aber irgendein Nachtvogel oder ein anderes Nachttier war mit dem Kanzeldach kollidiert und hatte ihn aufgeweckt, und jetzt konnte er nicht mehr einschlafen. Es war 4 Uhr morgens, aber durch den Frust, den er beim Herumwälzen aufgebaut hatte, wurde er immer wacher statt schläfriger.

Wie viele MechKrieger zog Loren es auf einem Feldzug vor, in seinem Mech zu schlafen, statt sich wie die Hilfstruppen in eines der Zelte zu legen. Für ihn war die Mechkanzel ein Schutzkokon, sehr viel sicherer als ein Durlonzelt am Boden es je sein konnte. Die meisten BattleMechcockpits waren für lange Missionen eingerichtet, und der *Gallowglas* machte da keine Ausnahme. Seine Kanzel besaß einen reichlichen Trinkwasservorrat, und die Pilotenliege war verstellbar. Selbst bei abgeschalteten Mechanlagen konnte Loren die Maschine bei Bedarf schnell hochfahren.

Allerdings war das kaum wahrscheinlich. Seit nicht weniger als drei Strategiesitzungen saß er bereits hier fest. Statt zurück zu seiner Lanze zu stoßen, hatte Loren Major Huffs Angebot einer Position beim Regiments-HQ akzeptiert. Es war einer der sichersten Posten, die es bei einem Regiment im Kampfeinsatz gab, keine sechzig Meter vom mobilen Befehlsstand entfernt.

Nach Erreichen des Flusses hatten sie sich auf den Marsch nach Südwesten gemacht, ohne daß es von seiten des Landungsschiffes zu irgendwelchen Aktionen gekommen war, auch wenn das Schiff alle Vorstöße der Handvoll jener auf Northwind verbliebenen Highlander-Jäger augenblicklich mit einem Bombardement von Langstreckenraketen und PPK-Feuer abgewehrt hatte. Ein einzelnes Infanterie-Landungsschiff stellte im allgemeinen keine große Bedrohung dar, aber Loren nahm sein Auftauchen ernst. Wenn man davon ausging, daß die Flotte am Nadirsprungpunkt ein Ablenkungsmanöver war, hatte sich jemand sehr viel Mühe gemacht, um dieses Schiff ungehindert zum Northwind zu bringen. Wer solche Anstrengungen auf sich nahm, mußte etwas im Schilde führen.

Er starrte durch das getönte Panzerglas des Kanzeldachs hinaus in die frühmorgendliche Dunkelheit. Die Laster und Transporter des mobilen HQs waren als grobe Umrisse zu erkennen. Ihre Lichter leuchteten gedämpft, und spezielle Thermoplanen waren über die Fahrzeuge gelegt, um sie gegen Infrarotsensoren zu schützen. Selbst die Mikrowellenantenne auf dem Dach des Funkwagens war von einem Tarnnetz umhüllt. Etwas weiter entfernt sah Loren mehrere andere Mechs, zum größten Teil unter dem dichten Wipfeldach der Bäume versteckt.

Er dachte an Catelli und Mulvaney, die ihnen bisher noch nicht ins Netz gegangen waren, und schaltete den kleinen Sekundärschirm ein, um sich die strategische Karte der Region anzusehen. Das Regiments-HQ übermittelte alle paar Minuten die neuesten Daten über MacLeods und die Davion-Einheiten, einschließlich ihrer vermuteten Positionen. Das Licht des Monitorbildes warf einen grünlichen Schimmer auf die Kanzelwände und vertrieb seine Müdigkeit noch zusätzlich. MacLeod hatte eine Reihe leichter Scoutlanzen zur Vorauserkundung in die Nacht hinaus geschickt, aber bis jetzt hatten sie ihre Ziele nicht aufgespürt.

Loren verspürte keinen Wunsch, gegen Chastity Mulvaney zu kämpfen. Jetzt, da er Zeit zum Nachdenken fand, verstand er, was sie getan hatte. Statt zuzulassen, daß sich die Highlanders selbst zerfleischten, hatte sie den Davion-Anhängern des Regiments eine Möglichkeit geboten, ihre Gefühle zu kanalisieren. Das war ein mutiger Schachzug, den er respektieren konnte.

Oberst MacLeods Gefechtsorder hingegen konnte er nur mit Mühe verdauen. Der Oberst hatte seinen Leuten befohlen, die zu Mulvaney übergelaufenen Highlanders möglichst nicht zu töten. Ihre Aufgabe sei es nur, sie zu binden und zu besiegen. Derartige Sentimentalitäten waren Loren bei der Ausbildung zu den Todeskommandos ausgetrieben worden. Unter denselben Umständen hätte er Mulvaney bereits am Raumhafen zermalmt gehabt. Vielleicht würde er manches, was die Highlanders betraf, nie verstehen.

Colonel Catelli andererseits stand auf einem ganz anderen Blatt. Loren spürte, daß MacLeods Krieger darauf brannten, ihre Frustrationen auszuleben, indem sie die Konsulargarde und deren Kommandeur vernichteten. Seit das Davion-Landungsschiff angekommen war, machten Gerüchte über eine Invasion auf Northwind die Runde. Aber nach allem, was Loren gehört hatte, wußte er, daß die Highlanders alle Davion-Verstärkungen mit wilder Entschlossenheit zurückwerfen würden. Er hatte ernste Zweifel, ob die Davions für einen bedingungslosen Widerstand gerüstet waren, wie ihn die Northwind Highlanders ihnen liefern würden.

Er studierte die Karte auf dem Bildschirm und rief die Informationen über den Tilman aus der taktischen Datenbank ab. In der Dunkelheit des Cockpits projizierte er die engen Furten und Stromschnellen auf die Karte. Er studierte die Lage des Kastells und vergrößerte den Kartenausschnitt, bis er den langen, von Nord nach Süd laufenden Gebirgszug der Rockspire Mountains zeigte. Während MacLeod und Huff weiter die Meinung vertraten, Mulvaney würde sich im Kastell einquartieren, war Loren immer noch anderer Ansicht. Er hatte sich über die taktischen Vorteile des Kastells informiert und wußte, daß diese Festung jedem, der sich auf eine lange Belagerung einrichtete, ungeheure Verteidigungsvorteile bot. Aber dieser Zug war einfach zu offensichtlich, die Wahl des Kastells zu logisch. Loren war mehr denn je zuvor überzeugt, daß Mulvaney nichts dergleichen plante. *Sie ist eine Angreiferin, keine Verteidigerin. Das ist nicht ihr Stil, und den wird sie jetzt nicht plötzlich ändern.*

Jaffray schaltete den Bildschirm aus und rieb sich die Augen. *In bestenfalls zwölf Stunden treffen wir auf die Davions, und ich sitze hier und kämpfe gegen den Schlaf an, wenn ich ihn am nötigsten habe.* Er schaute ein letztesmal aus dem Kanzeldach. Über seinem Mech erstreckte sich der nächtliche Sternenhimmel Northwinds. Irgendwie war es ironisch, hier, in einem Highlander-Mech, in die Nacht über Northwind zu blicken. Sein Großvater hätte fast alles dafür gegeben, so eine Nacht auf diesem Boden verbringen zu können. Jetzt verwirklichte der Enkel, den er fast wie seinen eigenen Sohn aufgezogen hatte, diesen Traum. Aber mit einem düsteren Haken.

Loren wußte, ein Grund für seine Schlaflosigkeit waren die Gedanken an die wahren Beweggründe für seine Anwesenheit hier auf Northwind. Er sollte dem Haus Davion eine seiner besten Söldnereinheiten nehmen und dabei jenes Volk, dem er angeblich beim Kampf um seine Unabhängigkeit half, vernichten. Diese dunklen Motive zehrten an seinen Gedanken. Loren wankte nicht in seiner Pflichterfüllung, aber es fiel ihm nicht leicht, sich den Schatten zu stellen, die diese Pflicht auf seine Seele warf.

Während er so in den Wald starrte, bemerkte Loren eine Bewegung in der Dunkelheit unter dem Funkwagen. Erst nahm er sie kaum zur Kenntnis, dann setzte er sich abrupt auf und versuchte, die Gestalt, die er gesehen hatte, genauer auszumachen. Wahrscheinlich nur ein Posten beim Streifengang. Dann sah er die Gestalt erneut, einen Schatten im frühen Morgengrauen, eine Bewegung an den Füßen eines nahen *Feuerfalken*. Er verfolgte mit den Augen die Gestalt, die hastig von einem Gebüsch zum nächsten huschte.

Plötzlich zuckte er zusammen. Warum sollte ein Posten versuchen, in seinem eigenen Feld-HQ unbemerkt zu bleiben? Die Antwort war simpel genug. Weil er kein Posten war. *Verdammt!* Ohne sich die Zeit zu nehmen, die Kühlweste überzustreifen, zog Loren den Neurohelm über den Kopf. Irgend etwas ging hier vor, und bis jetzt hatte noch niemand die tödliche Bedrohung entdeckt.

»HQ, hier Stab Sicherung Vier. Sicherheitsalarm im HQ«, meldete er mit gepreßter Stimme, während er die Schalter umlegte, mit denen die Sicherheitsvorwärmung des Fusionsreaktors abgeschaltet wurde. Er hatte keine Zeit für ein kontrolliertes Hochfahren der Maschine. Wenn er rechtzeitig handeln wollte, mußte er die meisten Sicherheitsvorkehrungen umgehen.

»BS Vier, hier HQ Zwo. Wiederholen Sie. Wir können hier keine Probleme erkennen«, meldete sich der diensthabende Offizier mit kalter Stimme.

»Lagersicherheit ist gefährdet. Feindliche Infanterie in der Basis!« Loren streckte die Hand zum Breitbandschalter aus. Wenn der Sicherheitsoffizier untätig blieb, mußte er den Alarm eben selbst auslösen. Er warf den Schalter um, aber bevor er noch etwas sagen konnte, erhellte eine Serie von Explosionen die Nacht. Die Druckwelle ließ den *Gallowglas* wanken, und der plötzliche Lichteinbruch blendete Loren trotz der getönten Scheiben des Kanzeldachs.

»Hier spricht Major Jaffray. Feindliche Infanterie im Hauptquartier!« rief er ins Mikro, während er den Feuerball durch die Wipfel brechen sah. Die gewaltige Detonation hatte drei kleinere Lastwagen und den Hauptfunkwagen getroffen. Das riesige Fahrzeug war in der Mitte auseinandergebrochen, als hätte ein urzeitliches

Monster ihn zermalmt. Rauch und Flammen schlugen aus der enormen Bresche, und im Licht des Feuers war eine Anzahl großer Gestalten am Boden zu erkennen. Die Äste über dem Fahrzeug krachten im Feuer.

Über den Primärschirm zuckte eine Warnung vor möglichen Gyroskopstörungen bei einer Fortsetzung des beschleunigten Hochfahrens. Loren löschte die Fehlermeldung und schaltete alle Wärmetauscher gleichzeitig ein. Er ignorierte die Warnglocken, die in seinem Neurohelm schrillten, rief die Nahortung auf und stellte fest, daß es in seiner Umgebung vor Zielen wimmelte. Etwas größer als Menschen und metallisch. Zuerst langsam, dann schneller, bewegte er den *Gallowglas* in Richtung des Funkwagens. Er befand sich mitten im Schritt, als das mobile HQ mit einer donnernden Explosion auseinanderflog. Der Feuerball der Detonation machte die Nacht zum Tage und stieg in den Himmel wie ein Fanal.

MacLeod! Verdammt! In der Druckwelle der Explosion drohte Lorens Mech zu stürzen, und er mußte gegen ein heftiges Schwindelgefühl ankämpfen, um ihn aufrecht zu halten. Bruchstücke des HQ-Fahrzeugs prallten von den Beinen des Gallowglas, als er sich schwerfällig aufrichtete. Loren schaltete auf Sichtprojektion und suchte das Gelände ab. Plötzlich sah er vor sich eine der großen Gestalten, die sich zu ihm umdrehete. *Kröten!* Die Angreifer trugen ein Äquivalent zu den von Clan-Elementaren benutzten Gefechtspanzer. *Grenzgänger*-Anzüge nannten die Krieger der freien Inneren Sphäre sie. Sie hatten eine geringere Feuerkraft, und auch einige der internen Verteidigungsmöglichkeiten der Clan-Modelle gingen ihnen ab, aber auf kurze Distanz waren diese Anzüge von tödlicher Effektivität. Loren hatte gerade das Fadenkreuz über den gepanzerten Infanteristen gezogen, als der Soldat plötzlich seine Sprungdüsen zündete und schnurstracks auf Lorens Cockpit zuschoß.

Ohne Zielerfassung wußte Jaffray nicht, wie er mit dieser neuartigen Bedrohung fertigwerden sollte. Er drehte den *Gallowglas* etwas zur Seite. Bis jetzt hatte er nur gelegentlich etwas von dieser Art Infanterie gelesen; weder Krötenpanzer noch Elementargefechte spielten eine Rolle in der capellanischen Militärausbildung. Als der Soldat vor ihm emporstieg, wechselte Loren den Steuerknüppel und schlug mit dem Mecharm aus. Die riesige Maschine traf den gepanzerten Fußsoldaten in der Luft mit der Rückseite der vollmodellierten Hand, und schleuderte ihn zwischen die Bäume. Der Aufprall hatte kaum eine spürbare Bremswirkung auf den Arm.

Auf der anderen Seite der Lichtung sah Loren im Schein der brennenden HQ-Fahrzeuge, wie drei *Grenzgänger* gleichzeitig ihre Zwillings-KSR auf einen *Feuerfalken* abschossen, dessen Pilot mit dem Versuch beschäftigt war, die Maschine in Gang zu bringen. Die Raketen stiegen hoch und bohrten sich in Kopf und Brustpartie des Mechs, der unter den Schäden nach hinten taumelte. Ein Cockpittreffer war schon schlimm genug, aber der Pilot war noch dabei gewesen, die Maschine hochzufahren, und durch die Wucht der Treffer hatte er völlig das Gleichgewicht verloren. Der *Feuerfalke* verlor den Kampf ums Überleben und krachte rückwärts in den Wald. Mehrere Bäume riß er mit zu Boden.

Ohne nachzudenken zog Loren das Fadenkreuz über eine der gepanzerten Gestalten und löste die primäre Geschützkupplung seiner Waffen aus. Der *Gallowglas* feuerte beide mittelschweren Impulslaser auf das anvisierte Ziel ab. Die Waffen eines Mechs waren für den Kampf gegen andere BattleMechs oder befestigte Geschützstellungen ausgelegt. Selbst mit dem Schutz des Gefechtspanzers hatte ein einzelner Mensch keine Überlebenschance. Der Infanterist wurde von dem Lichtbombardement gepackt und schien geradewegs zu zerschmelzen. Loren war von dem Anblick so geschockt, daß er die Detonationen kaum bemerkte, die den Rumpf des gestürzten *Feuerfalke* zerrissen.

Eine Kurzstreckenrakete flog über die Trümmer des Funkwagens und schlug in den rechten Torso des *Gallowglas* ein. Loren fühlte, wie der Mech unter dem Aufprall bebte, während er vergeblich versuchte, den Angreifer ins Fadenkreuz zu bekommen. In der Ferne sah er die dunkle Silhouette eines beilschwingenden *Skarabäus* im Gefecht gegen die Kröten. Seine leichten und mittelschweren Laser spien Lichtblitze durch die Nacht, als der Mech einem Zug Gefechtspanzer nachsetzte und einen von ihnen zur Strecke brachte, während sich der Rest mit den Sprungdüsen im Gelände verteilte. Lorens Aufmerksamkeit wurde allerdings abrupt abgelenkt, als mehrere Granatwerfer aus den nahen Bäumen das Feuer auf den Kopf seines Mechs eröffneten. *Sie machen ernst – das kann ich auch.*

Seine Nahortung zeigte ihm insgesamt vier Gegner, die aus den Bäumen auf ihn feuerten. Ihre Schüsse sprengten allmählich die Panzerung weg, aber mehr Sorgen machte ihm, daß sie sich auf seine Pilotenkanzel einschossen. Er visierte die beiden nächstgelegenen Schützen an und löste noch einmal die mittelschweren Impulslaser aus. Die Salven feuerroter Laserimpulse fraßen sich durch das dichte Blätterdach in die Wipfel. Einige der größeren Äste flogen unter dem Aufprall der glutheißen Lichtbolzen auseinander wie bei einem Vulkanausbruch. Einer der Soldaten stürzte hinab. Entweder hatte der Capellaner ihn getroffen, oder er hatte das Gleichgewicht verloren. Die anderen setzten den Beschuß des *Gallowglas* mit erhöhtem Eifer fort. Ein Hagel von MG-Feuer prasselte auf das Kanzeldach und ließ ihn unwillkürlich zurückzucken.

Über ihm zuckte ein Lichtblitz auf, und Loren sah einen der riesigen Gefechtspanzer aus erhöhter Position auf den Rücken seines Mechs springen. Der *Grenzgänger* landete auf der linken Schulter des Mechs und grub seine wuchtige, klauenähnliche Hand in den Kopf des Mech. Zum erstenmal seit langer Zeit fühlte Loren Panik. Er hatte dem Tod ungezählte Male ins Auge gesehen und war ausgebildet, die Angst zu ignorieren, aber plötzlich schien hier, in einem Wald auf Northwind, sein letztes Stündlein geschlagen zu haben. In seinen Gedanken sah er, was Mulvaney bei ihrem Kampf gegen die gepanzerten Clan-Elementare durchgemacht haben mußte. Nein, er würde nicht sterben, nicht so, nicht jetzt.

Das Problem war, daß sich der *Grenzgänger* außer Reichweite befände. Der Gallowglas war nicht in der Lage, ihn mit seinen gewaltigen Metallhänden zu packen. Statt dessen bahnte der Angreifer sich methodisch einen Weg ins Cockpit. Loren versuchte ihn abzuschütteln, aber der Infanterist hatte sich gesichert. Die Zeit lief Loren davon, und seine Gedanken rasten bei dem Versuch, eine Möglichkeit zu finden, den *Grenzgänger* loszuwerden, bevor dessen Kameraden zu ihm stießen.

Der *Grenzgänger* hing kurz vor der massiven Schulterfinne des *Gallowglas*. Mehr in einer Instinkthandlung denn wohldurchdacht riß Loren den rechten Arm des Mechs herum. Die Schulterfinne senkte sich und krachte von hinten auf die Kröte. Ohne seinen Gefechtspanzer wäre der Soldat von ihr zermalmt worden. So schleuderte ihn der Schlag vom ›Hals‹ des *Gallowglas*. Er prallte auf den Rumpf der Kampfmaschine und stürzte weiter nach unten. Loren suchte mit dem Fadenkreuz nach ihm, aber der Angreifer hatte sich bereits in Sicherheit gebracht. *Beim nächstenmal zeig ich ihm, wie es unter einem Mechfuß aussieht.*

Loren dachte daran, mit dem *Gallowglas* zwischen die restlichen in den Bäumen versteckten Kröten zu brechen. Er stellte sich vor, wie er sie aus den Wipfeln zog und schlug, aber ein Blick auf die Nahortung machte ihm klar, daß der Wald eine Todesfalle war. Die riesigen alten Baumstämme hätten ihm jede Bewegungsmöglichkeit geraubt, und die *Grenzgänger* würden ihn in kürzester Zeit überwältigen können.

Es gab noch eine andere Möglichkeit. Sie war brutaler, aber auch wirksamer.

Lorn visierte einen der *Grenzgänger* an, der sich gerade zum Sprung bereitmachte, dann löste er eine Salve aus seiner Tiegart Magnum-PPK aus. Die Waffe spie ihren tödlichen grellblauen Energiestrahl aus, der wie ein enormer Blitzschlag zwischen die Bäume fuhr. Der Schuß ging mindestens einen Meter am Ziel vorbei, reichte jedoch aus, den Soldaten den Tod zu bringen. Ein Ausläufer des Blitzschlags bohrte sich in den Infanteristen und verkochte in einer Kettenreaktion seine Munition.

Loren riß das Fadenkreuz des *Gallowglas* nach links, als zwei andere Kröten davonspringen wollten. Er feuerte beide schwere Sunglow-Laser ab. Ein Schuß ging daneben, aber der andere schien einen der Soldaten im Flug zu berühren. Eine Hitzewoge schlug über dem Cockpit zusammen, und die Ventilatoren heulten auf, als sie versuchten, die heiße Luft nach draußen zu befördern, aber Loren ignorierte sie. Der Energiestrahl trennte dem feindlichen Infanteristen das Bein an der Hüfte ab und ließ ihn wild trudelnd abstürzen. Sein Begleiter ließ sich in die Wipfel fallen und verschwand in der Nacht.

Dann war es vorbei.

Wie er begonnen hatte, so endete der Angriff in tödlicher Stille. Loren schaltete auf die Fernortung um und betrachtete die Überreste des Regimentshauptquartiers. Alle fünf primären Befehlsfahrzeuge, das Herz und Hirn des HQs, standen in Flammen. Bodentruppen versuchten zu löschen, aber es war zu spät. Überlebende drängten sich um einige der größeren Bäume. Soweit Loren es erkennen konnte, gab es für die noch im Innern der Fahrzeuge Festsitzenden kaum eine Überlebenschance. In der Ferne schien das gesamte Regiment aufzuwachen. Aus dem Wald drang Geschützfeuer, als die MacLeod's Highlanders versuchten, die gepanzerten Eindringlinge zu stoppen, aber es war eine sinnlose Anstrengung. Der Schaden war bereits angerichtet.

»Befehlsstab, hier Stab Eins. Bei meinem Signal versammeln«, erklang eine Stimme, deren Klang Loren aufatmen ließ. Sie gehörte Oberst William MacLeod. Loren peilte das aus etwa einem Kilometer Entfernung kommende Signal an und machte sich auf den Weg zum Kommandeur der Highlanders.

Zwei Züge Highlander-Infanterie und mehrere überschwere BattleMechs umringten die traurigen Überreste des Befehlsstandes, während Oberst MacLeod und der Rest seines Stabes die Verwüstung in Augenschein nahmen. Abgesehen von den grellen Lichtkegeln der Suchscheinwerfer, die von den Schultern der Sicherungsmechs die Trümmer beleuchteten, waren die kühlen Morgenstunden noch immer nachtschwarz. Der Angriff war seit fast einer Stunde vorbei, und die Brände waren gelöscht, aber die meisten Highlander waren noch immer schockiert von diesem Überraschungsangriff auf ihren Befehlsstand.

MacLeod blieb an den Überresten des Kommandowagens stehen und strich sich über den Bart. »Dem Himmel sei Dank, daß ich nicht schlafen konnte. Sonst hätten sie mich auch erwischt.«

»Unsere Verluste waren bemerkenswert gering«, meldete Major Huff. »Sechsundzwanzig Verwundete, zwölf Tote. Vier unserer Mechs haben kritische Schäden erlitten, aber die anderen acht sind kaum beschädigt. Soweit es Dumfries' Nachrichtendienstler feststellen konnten, wurden neun Angreifer getötet. Ich nehme an, daß sie es bei dieser Operation von Anfang an auf Sie abgesehen hatten, Sir.« Huff hatte in einem Zelt nur zwanzig Meter neben dem Wagen geschlafen, als die

Bombe hochgegangen war. Sein kurzgeschorenes blondes Haar war angekohlt, und seine Augenbrauen verbrannt. Er hatte Glück, noch am Leben zu sein.

Loren schüttelte den Kopf. »Ich glaube nicht, daß der Oberst ihr Hauptziel war. Das sieht mehr nach einem Versuch aus, unsere Kommunikations- und Befehlsmöglichkeiten zu zerstören. Und nach allem, was ich hier sehe, hatten sie dabei verdammt viel Erfolg.«

»Wie steht es um Commander Gomez, Major?« fragte MacLeod, ohne den Blick von den Trümmern seines Befehlsstands zu heben.

Huff senkte die Augen. »Ziemlich kritisch, Sir. Die MedTechs sagen, sie könnte das Bein verlieren.« Gomez war eine von der Handvoll Fahrzeuginsassen, die den Angriff überlebt hatten.

»Sie ist ein zäher Brocken. Sie wird es überleben. Ihre Großmutter war eine verteufelt gute MechKriegerin und hat noch sehr viel Schlimmeres durchgestanden. Das Überleben liegt ihr im Blut.«

»So wie ich sie kenne, wird sie an die Front wollen, noch bevor die Schmerzmittel abklingen«, bestätigte Huff.

Oberst MacLeod drehte sich zu der kleinen Gruppe Offiziere um. »Beenden wir die Tour. Wer hat uns angegriffen, und wie, in des Sternenbunds Namen, sind sie an unseren Wachen vorbeigekommen?«

Huff deutete auf einen Metallhaufen, den Loren zunächst für ein Trümmerstück hielt. Im grellen Licht der Suchscheinwerfer schien das Objekt mehr Schattenspiel als real. Als die Offiziere näher herantraten, erkannten sie die Überreste eines der gepanzerten Infanteristen, die den Befehlsstand überfallen hatten. Es war einer der Männer, die Loren mit den mittelschweren Lasern getötet hatte. Der Panzeranzug war fast völlig rußgeschwärzt und wies mehrere klaffende Löcher auf. Ein krallenbewehrter Arm lag abgetrennt neben dem Leichnam.

»Hauptmann Dumfries hat die Leichen untersucht. Sie scheinen alle zum 1. NAIW-Trainingskader zu gehören. Soweit wir es nach der Analyse der Anzüge sagen können, bestehen sie aus einem Material, das außer in unmittelbarer Nähe weder aktiv noch passiv geortet werden kann. Sie sind einfach vor unserer Nase ins Lager marschiert.«

MacLeod nahm die Augen nicht von dem Toten. »Well, das ist dann wohl der Anfang. Ich hatte auf einen offeneren Kampf gehofft, aber wenigstens ist es ein Anfang.«

»Ich bin überrascht, daß sich Major Mulvaney auf einen solchen Angriff eingelassen hat«, meinte einer der Offiziere. »Diese Art des heimtückischen Vorgehens macht ihr keine Ehre. So etwas tun wir Highlanders nicht.« *Wir. Highlanders.* Loren konnte die Bindung fast sehen, als existiere sie physisch greifbar. *Selbst wenn sie sich als Kontrahenten gegenüberstehen, ist die Bindung zwischen ihnen noch da.*

MacLeods Miene verwandelte sich in eine wütende Fratze. »Chastity Mulvaney hätte niemals einen Attentatsversuch zugelassen. Das war kein Angriff auf mich. Das war eine absolut legitime Militäraktion, ein mitternächtlicher Überfall auf einen Regimentsbefehlsstand, nicht mehr und nicht weniger. Versucht nicht, mehr hineinzulesen. Das war eine militärische Operation, und so sehr wir uns auch wünschen mögen, es anders darstellen, diesmal sind wir die Unterlegenen. Denkt daran, sie ist eine von uns. Blut von unserem Blute. Eine Highlanderin.«

»Es hätte schlimmer kommen können, Sir«, meinte Huff. »Soviel ich weiß, sind diese NAIW-Kader reichliche Grünschnäbel.«

»Würden Sie Ihr Ego vielleicht mal im Zaum halten, und aufhören, an eine Beförderung zu denken, Major. Diese ›Grünschnäbel‹ haben unsere Abschirmung durchbrochen und unsere Verbindung mit Tara oder zu irgendwelchen Schiffen im Orbit zerstört. Abgesehen von unserer unmittelbaren Umgebung sind wir blind und taub – vorerst. Und den letzten Berichten zufolge befindet sich eine mögliche Invasionsflotte am Sprungpunkt. Dieser Angriff war nur Phase Eins. Die echten Brocken werden nicht lange auf sich warten lassen.«

Huff senkte den Blick. »Verstanden, Sir.«

»Was ist mit den Stirling's Fusiliers?« fragte Fitzwalther. »Sie sind in ein paar Wochen hier fällig.«

»Ja, aber dank dieses kleinen Überfalls können wir ihnen nicht mitteilen, was hier vor sich geht. Trotzdem, Cat Stirling ist nicht von gestern. Wenn Sie sich an die Regeln hält, weiß sie, was das Ausbleiben von Nachrichten bedeutet. Daß hier nämlich etwas vorgeht. Es wird ihr eine gewisse Vorwarnung geben, aber nicht mehr.« MacLeods Stimme wurde ernster. »Mir macht vor allem Sorgen, daß wir nicht wissen, was die Davions vorhaben. Ohne Langstreckenkommunikatoren und Satellitenverbindungen wissen wir weder, wann sie ankommen, noch wo oder in welcher Stärke.«

»Ihre Empfehlungen, Sir?« fragte Huff.

»Wir haben noch immer die Kommunikationseinrichtungen auf Bataillonsebene. Dieser Angriff schneidet uns so lange von Informationen ab, bis wir eine Relaisstrecke nach Tara aufgebaut haben. Stellen Sie Leute dafür ab, lassen Sie die Geräte fertigmachen und befehlen Sie dem Fernmeldezug des 3. Bataillons, den Kontakt mit der Stadt wiederherzustellen. Es wird ein paar Tage dauern, bis wir wieder auf dem laufenden sind, aber der Rückschlag ist nur temporär. Mir macht Sorgen, was unsere Gegner anstellen, während wir blind sind. Das könnte den gesamten Charakter dieser Auseinandersetzung verändern.«

»Also, was tun wir, Sir? Das Handtuch werfen?« Huffs Frage war gerade sarkastisch genug, um bei MacLeod durchzugehen.

Der Kommandeur der Northwind Highlanders reagierte mit einem breiten Grinsen. »Aufgeben? Die Highlanders? Niemals. Lassen Sie mich mit einer Frage antworten. Wenn Sie Catelli wären und gerade einen Angriff durchgeführt hätten, der unsere logistischen und Befehlsmöglichkeiten zerstören sollte, was würden Sie als letztes von uns erwarten?«

Es herrschte langes Schweigen, bis Loren die Stille brach. »Nach dem Schaden, den wir gerade einstecken mußten, würde niemand mit einem Angriff welcher Art auch immer von unserer Seite rechnen.«

»Genau«, sagte MacLeod und begann im schwülen Fastdunkel des Morgens unter den Suchscheinwerfern der BattleMechs seinen Plan zu erläutern.

22

Tilmantal, Northwind
Mark Draconis, Vereinigtes Commonwealth

29. September 3057

»Wie ist der Angriff verlaufen, Sir? Haben wir schon Nachricht von Winchester?« fragte Chastity Mulvaney.

»Ihrem vorläufigen Bericht zufolge sind das mobile HQ und die Kommunikationsfahrzeuge der Highlanders permanent außer Gefecht«, teilte Marschall Bradford ihr mit. »Außerdem hat sie schwere Verluste der Highlanders gemeldet. Bis jetzt läuft alles so, wie ich es geplant hatte.« Ungeachtet der Bedeutung seiner Worte war Marschall Bradfords Stimme gelassen.

Mulvaney sah hinaus auf den Fluß. Trauer machte sich in ihr breit. Sie konnte das Gefühl nicht verdrängen, direkt oder indirekt die Verantwortung für diese Toten zu tragen. Waren es nicht ihre Informationen gewesen, die den Überfall möglich gemacht hatten? Diese Leute waren ihre Freunde. *Habe ich die richtige Wahl getroffen? Mein Gott, ich hoffe, dem Oberst ist nichts passiert.* Zu ihrer Überraschung stellte sie fest, daß sie auch hoffte, Loren Jaffray habe den Angriff überlebt.

Marschall Bradford setzte ein dünnes Lächeln auf und warf Catelli auf der anderen Seite des kleinen Tisches einen wissenden Blick zu. »Ich weiß, was Sie jetzt fühlen müssen, Oberst Mulvaney.«

»Wirklich, Sir?«

»Ja, Sie haben Schuldgefühle, weil Sie bei der Planung eines Überfalls auf Ihre früheren Kameraden geholfen haben. Das ist hart. Aber Sie dürfen diesen Gefühlen nicht nachgeben. Dies ist eine militärische Operation. Der Überfall war ein legitimer militärischer Angriff. Hätten wir die Informationen nicht von Ihnen erhalten, hätten wir sie uns irgendwo anders besorgt. Das Endergebnis wäre dasselbe gewesen.«

»Deswegen braucht es mir nicht zu gefallen«, schnappte sie.

»Ich möchte, daß Sie sich Ihrer Situation klar sind, Oberst Mulvaney. Sie arbeiten für das Vereinigte Commonwealth. Hier ist kein Platz für geteilte Loyalitäten. Bringen Sie Ihre Prioritäten in Ordnung. Ihr ehemaliger Kommandeur verweigert offen und vorsätzlich die Befehle seines vorgesetzten Offiziers und seines Lehnsherren. Unsere Mission ist es, MacLeods Regiment außer Gefecht zu setzen, basta.«

»Ich bin mir meiner Prioritäten bewußt«, antwortete sie kalt.

»Als untergeordnete Offizierin sollten Sie sich angewöhnen, zu überlegen, bevor Sie etwas sagen, Mulvaney. Ich bin kein Highlander-Offizier, und Sie werden mich anreden, wie es meinem Rang und meiner Position zukommt. Haben Sie das verstanden?«

»Ja, Sir. Ich habe verstanden, Marschall«, stellte Mulvaney fest und nahm sich zusammen. »Ich befürworte den Versuch, MacLeods Kampfkraft zu zerstören, aber ich bin gegen Attentatsversuche gegen ihn oder seinen Befehlsstab. Solche Aktionen werden den Widerstandswillen seiner Truppen nur vergrößern und zu noch größerem Blutvergießen auf beiden Seiten führen.«

Marschall Harrison Bradford beugte sich über den Tisch und sah ihr in die Augen. »Das war kein Anschlag auf MacLeods Leben. Es war ein militärischer Angriff. Aber hören Sie mir jetzt gut zu. Ich werde alle Mittel einsetzen, die mir zur Verfügung stehen, um den Willen des Archon-Prinzen Victor Steiner-Davion durchzusetzen. Dies ist eine militärische Operation, Oberst. Wir sind nicht hier, um uns beliebt zu machen oder irgendeine clanmäßige Ehrenprüfung zu bestehen. Möglicherweise haben Sie und MacLeod eine stillschweigende Übereinkunft darüber, wie Sie diese

Schlacht führen wollen, aber für mich ist das ohne Belang.«

»Ja, Sir.« Mulvaney machte der Druck, unter dem sie stand, schwer zu schaffen. Es war nicht nur die Tatsache, daß sie angeblich an der Spitze einer der wichtigsten Söldnereinheiten der Inneren Sphäre stand, sondern vor allem, daß die sich in einer Art Bürgerkrieg entzweit hatte. Diese Anspannung übertraf alles, was sie in ihrer Laufbahn als stellvertretende Kommandeurin erlebt hatte. Trotz der offiziellen Ernennung fühlte sie sich keineswegs als Kommandeurin der Highlanders. Sie fühlte sich nur ganz furchtbar allein. Sie hatte Oberst MacLeod und den Rest ihrer Einheit nicht verlassen wollen. Sie hatte keine Wahl gehabt. Es war ein Opfer gewesen. Aber was auch immer jetzt geschah, Chastity Mulvaney war entschlossen, sich durchzusetzen. Fehlschläge waren nicht Teil ihres Wesens.

»Was werden Sie jetzt tun, Sir?« fragte sie.

Harrison Bradford lächelte. Es war eine Geste der Dominanz. Zumindest für die nächste Zeit hatte er Mulvaney im Griff. »Das hängt von Ihnen ab und davon, wie MacLeod Ihrer Ansicht nach weiter vorgehen wird. Ich gehe davon aus, daß alle wichtigen Mitglieder seines Stabes überlebt haben. Wahrscheinlich konnten wir nur ihre Kommunikationsanlagen vernichten und ihnen ein paar kleinere Verluste beibringen. Also, Oberst Mulvaney, davon ausgehend, daß MacLeod unseren Erstschlag überlebt hat: Wie wird Ihr ehemaliger Vorgesetzter reagieren?«

Mulvaney überlegte einen Moment, dachte an den Oberst und an alles, was er ihr beigebracht hatte. »William MacLeod ist ein emotionaler Mensch. Der Angriff auf seinen Befehlsposten wird ihn aufgebracht haben. Außerdem ist er frustriert, weil es ihm noch nicht gelungen ist, uns zu stellen. Ich würde sagen, er bereitet einen Gegenschlag vor. Wir haben noch etwas Zeit, aber ich könnte wetten, daß er in ein, zwei Tagen zuschlägt. Er könnte seine Truppen beschleunigt vorrücken lassen und uns am Flußufer abfangen. Die leichteren Scoutlanzen und Mechs werden uns zuerst attackieren. Die schwereren Maschinen können nicht so schnell durch den Wald kommen, was sich zu unserem Vorteil auswirkt.«

»Er greift uns also von hinten an«, meinte Catelli.

Chastity schüttelte den Kopf. »Nicht unbedingt. Er ist ziemlich verschlagen und liebt es, seinen Gegner im Ungewissen zu lassen. Er könnte eine Vorauseinheit gegen die Mittelsektion unserer Formation losschicken. Allerdings besteht die Möglichkeit, daß er angesichts des dichten Waldes und der schnelleren Marschgeschwindigkeit entlang des Flusses gar keine Wahl hat. Ich würde die Truppen am Nordufer und die Nachhut verstärken.«

»Ausgezeichnet. Also, ich möchte, daß wir den Spieß umdrehen und gegen seine Einheiten losschlagen können, wenn sie auftauchen.«

»Bei allem gebotenen Respekt, Marschall, ich glaube nicht, daß eine solche Vorgehensweise klug wäre. Selbst mit der Unterstützung der NAIW-Kröten sind wir ihnen zahlenmäßig und an Feuerkraft unterlegen. Die Uferstreifen sind breit, aber trotzdem hindern sie uns daran, unsere volle Stärke schnell genug zum Tragen zu bringen. Bis wir in Stellung sind, ist MacLeod bereits wieder im Wald verschwunden. Und mit jeder Minute, die uns der Versuch aufhält, ihn zu stellen, kommen mehr seiner langsameren schweren Mechtruppen ins Gefecht. Ihn bei seinem Angriff zum Kampf zu stellen, könnte sich schnell als fataler Fehler herausstellen.«

»Wie sieht es mit seinen Luft/Raumeinheiten aus?« fragte Catelli.

Der Marschall suchte den kleinen Stapel Papiere an seinem Platz nach der entsprechenden Meldung durch. Als er sie fand, grinste er breit. »Nach den letzten Meldungen haben sie etwa ein Drittel des Weges zum Nadirsprungpunkt zurückgelegt... Damit sind sie viel zu weit entfernt, um umdrehen und MacLeod zu Hilfe kommen zu können. Ich habe unsere Ablenkungsschiffe angewiesen, ihre Position zu halten und die Highlanders noch weiter von Northwind fortzulocken.«

»Machen Sie sich keine Sorgen über den Schaden, den die Jäger bei Ihren Verstärkungen anrichten werden, Marschall?«

Die Miene des Davion-Marschalls blieb unverändert heiter. »Es sind entsprechende Vorbereitungen getroffen, die sicherstellen werden, daß meine Einheit unbeschädigt hier eintrifft, Oberst Mulvaney. Machen Sie sich über die Einzelheiten dieser Operation keine Gedanken. Helfen Sie uns, mit MacLeods Regiment fertig zu werden, und ich kümmere mich darum, die Verstärkungen intakt nach Northwind zu bringen. Bis jetzt war dies ein Konflikt, der als ›Zwischenfall‹ abgehandelt werden konnte. Hätte MacLeod nach der letzten Nacht kapituliert, könnten wir diese ganze Sache beenden. Aber wenn er loyale VerCom-Truppen angreift, ist das eine offene Rebellion.«

»Also, was meinen Sie, Mulvaney? Sollen wir einfach weiter in Richtung Kastell ziehen?« fragte Catelli.

Die Diskussion wurde immer schmerzlicher für Mulvaney. Offensichtlich stand die Zukunft der Highlanders auf dem Spiel. »Ja und nein«, meinte sie vorsichtig. »Wir müssen uns ein, zwei Überraschungen für MacLeod überlegen, wenn er auftaucht. Wir müssen ihm eine blutige Nase verpassen, ihm den Rückzug erlauben und ihn im Glauben lassen, wir setzen ihm nach. Wenn wir unsere Sache richtig machen, wird er annehmen, daß wir ihm in die Falle gingen. Und während er denkt, wir verfolgen ihn, ziehen wir mit Höchstgeschwindigkeit weiter zum Kastell.«

»Haben Sie irgendwelche Vorschläge, wie wir ihn bremsen könnten?«

Zum erstenmal, seit sie MacLeod's Highlanders verlassen hatte, lächelte Chastity Mulvaney. »Da wüßte ich tatsächlich was ...«

Loren erhöhte die Geschwindigkeit des *Gallowglas,* der in nahezu völliger Dunkelheit durch das Unterholz pflügte. Zusammen mit dem Rest der Sicherungslanze hatte er sich freiwillig zur Artillerieunterstützung des Überfalls gemeldet. Es gab gegen diese Arbeit nichts einzuwenden. Sie war weitaus angenehmer, als sich am nächsten Tag langsam durch den Wald zum Flußufer schleppen zu müssen. Mit etwas Glück würden sie Mulvaneys Stellungen am Fluß umgangen haben, bis Major Huff in Position war.

Der von MacLeod und Huff ausgearbeitete Schlachtplan war recht akzeptabel, wenn man die nach dem Davion-Überfall geltenden Beschränkungen im Hinblick auf Zeit und Mittel berücksichtigte. Huff würde mit einer Kompanie leichter und schneller mittelschwerer Mechs vorrücken und an beiden Ufern des Tilmans gegen die Nachhut von Mulvaneys Marschkolonnen aktiv werden. Laut der Digitalanzeige in Lorens Cockpit waren es bis dahin nur noch Minuten.

Währenddessen sollte Fullers Lanze, Jaffray eingeschlossen, durch den Wald weiter flußaufwärts rücken. Einige Minuten nach Beginn des Angriffs würde Huffs Einheit versuchen, Mulvaney nach Südosten zu locken. Sobald sie zurückfiel, sollte die Sicherungslanze sie aus dem Wald heraus von der Seite angreifen. Die Zangenbewegung sollte das Ende der Marschkolonne zerschlagen und die Truppen Mulvaneys und Catellis zu einer Verfolgung verleiten ... einer Verfolgung, die sie geradewegs der Hauptstreitmacht von MacLeod's Highlanders vor die Geschützläufe trieb.

Oberst MacLeod hatte noch einmal nachdrücklich auf die Gefechtsorder hingewiesen. Catellis Konsulargarde waren Feindeinheiten, die keine Gnade zu erwarten hatten. Was die abtrünnigen Highlanders unter Mulvaneys Befehl anging, galten andere Regeln. Sofern überhaupt möglich, sollte auf tödliche Schüsse verzichtet werden. Hier galt Zurückhaltung als oberste Devise. In der Hitze des Gefechts zwischen BattleMechs, die eine ganze Stadt dem Erdboden gleich machen konnten, würde es kaum möglich sein, Verluste völlig zu vermeiden, aber MacLeod wollte sinnlose Zerstörung möglichst gering halten. Es war fast, als sähe er in diesem Gefecht eine Ehrenprüfung für die Highlander, die das Regiment verlassen hatten.

Loren aktivierte die Nahortung, konnte aber weder ein Zeichen des Flusses noch der Highlander-Renegaten finden. Von der taktischen Karte wußte er, daß er sich in der Nähe ihres Ziels befand, aber bis jetzt war vom Gegner nichts zu entdecken. Egal. Die Schlacht stand unmittelbar bevor. Er konnte es fühlen, riechen, schmecken. Sein Großvater hatte dieses Gefühl ›die sinnliche Erfahrung‹ genannt – eine Kombination aus Hitzewallung mit Schweißausbruch, einem Kribbeln in den Fingerspitzen und einer trockenen Kehle. Es konnte kein Zweifel daran bestehen, daß der Kampf gleich losbrechen würde. Loren streckte die Hand aus und wiederholte die Ortung. Diesmal entdeckte er den Rand des Flußufers.

»Los, Purpur. Wiederhole, los, Purpur!« erklang eine Stimme über die Kommleitung. Die Nachricht von Huffs Einheit war das Zeichen dafür, daß er die Nachhut von Mulvaney und Catellis Truppen angriff. Das Gefecht fand mindestens vier Kilometer entfernt statt, aber das Signal bestätigte die ›Sinnliche Erfahrung‹. Lorens Puls beschleunigte sich. Wie geplant stoppte die Sicherungslanze und drehte in Richtung Fluß um. Hier sollten sie volle fünf Minuten abwarten und den Wald ringsum beobachten, bereit, zum Fluß vorzupreschen und geradewegs in die Flanke von Mulvaneys Einheit zu stürmen.

Die Pause dauerte lange genug, um Loren fast in den Wahnsinn zu treiben. Er absolvierte ein detailliertes Diagnoseprogramm für den *Gallowglas*, um sich zu vergewissern, daß der Marsch durch den Wald die Arbeit der Highlander-Techs nicht zunichte gemacht hatte. Die einzigen angezeigten Probleme waren kleinerer Natur. Trotz seines zerschossenen Aussehens war der Mech mehr als kampfbereit.

»Los, Gold. Sicherungslanze, Code Gold! Los, Gold!« donnerte Commander Fullers Stimme. Endlich war es soweit.

Der Wald war dicht, und bei jedem Schritt auf den Fluß zu mußten die Piloten ihre Kampfkolosse wie riesige Bulldozer einsetzen, die sich einen Weg durch Bäume und dichtes Unterholz brachen. Lorens Nahortung zeichnete einige Infrarotsignaturen, als sie sich dem Ufer näherten, und die Computer identifizierten eine Lanze leichter *Galleon*-Panzer. Am Reichweitenrand der Sensoren bemerkte Loren einige andere unbestimmte Objekte, aber es ließ sich noch nicht feststellen, worum es sich handelte. Gleichgültig. Er und der Rest der Lanze würden es schon bald erfahren.

Der *Gallowglas* brach aus der Baumwand heraus auf den hellen Sand des Flußufers, und es war offensichtlich, daß der Angriff nach Plan verlief. Die *Galleon*-Lanze befand sich nur wenig weiter flußabwärts von seiner Position und bewegte sich auf einem Zickzackkurs, der es den Panzern erlaubte, öfters zu wenden und auf die vordersten Mechs ins Huffs Einheit zu feuern. Die leichten Panzer waren nicht die einzigen Fahrzeuge, die Loren auf dem Sichtschirm erkannte. Fünf *Pegasus*-Scoutschwebepanzer huschten über die Fluten des Tilman und hinderten Huff daran, Mulvaney und ihre Davion-Verbündeten völlig zu überrennen. Loren sah, daß die Panzer seine Sicherungslanze, die Anstalten machte, ihnen den Rückzug abzuschneiden, nicht bemerkt hatten.

Dann meldeten die Sensoren plötzlich magnetische Anomalieanzeigen, wie sie für die Magnetflaschen von Fusionsreaktoren typisch waren – Mechreaktoren. Mulvaney und Catelli setzten Verstärkungen gegen Huff und die SchutzLanze ein. Vier leichte und mittelschwere Mechs näherten sich von flußaufwärts. Fullers Lanze blieben nur noch wenige Minuten.

»Konzentriert das Feuer auf die Schweber und *Galleons*«, drang Fullers Stimme über die Leitung. »Auf mein Signal drehen wir um und heizen den Babys ein. Und drauf, Jungs und Mädels!« Loren senkte die Extremreichweiten-PPK und feuerte auf einen der beiden *Pegasus*-Schwebepanzer, die auf dem Weg ans entfernte Flußufer waren, um Huffs Mechs aus der Flanke anzugreifen. Noch zehn Jahre zuvor wäre der Luftkissenpanzer zu weit entfernt gewesen, aber die neuen Modifikationen der Partikelkanone gestatteten Loren, sein Ziel zu treffen. Der grellblaue Energieblitz schnitt durch den Schweber und das Wasser, und er schleuderte mit lautem Krachen eine Wolke aus Dampf und zerkochter Panzerung in die Luft. Die Wucht des Einschlags reichte aus, den *Pegasus* ans Ufer zu schleudern, wo er gegen einen Baumstamm raste und abrupt zum Stehen kam.

Jetzt wußten die Besatzungen der beiden Davion-Schweber, daß die Sicherungslanze eingetroffen war. Fullers *Dunkelfalke* löste die Sprungdüsen aus und sprang auf die *Galleons* zu, die wendeten, um sich der neuen Bedrohung zu stellen. Für die Davion-Panzer machte es eher Sinn, die vier Mechs der SchutzLanze anzufallen als Huffs komplette Kompanie leichter BattleMechs auf der anderen Seite.

Loren setzte ein zweitesmal die PPK ein, und diesmal fühlte er die volle Hitzewelle durch das Cockpit schlagen, als er die Waffe auslöste. Der Schuß traf dieselbe Maschine voll in die Seite, als sie gerade drehen wollte, um sich ihrem neuen Gegner zu widmen. In einer grellweißen Detonation flog die Panzerung des Pegasus davon und stürzte schauerartig in die Fluten. Der angeschlagene Schweber geriet leicht ins Wanken, als der Pilot versuchte, das Fahrzeug unter Kontrolle zu halten und die Drehung zu beenden. *Der Fahrer weiß, daß der Kampf für ihn fast vorbei ist. Jetzt ist nur noch die Frage, ob er es überlebt.*

Frutchey und Fuller hatten ihr Feuer ohne es zu beabsichtigen auf den vordersten *Galleon* konzentriert. Ein vernichtendes Bombardement aus Laserfeuer, Raketen und Granaten senkte sich auf den kleinen Panzer. Unter den Einschlägen verformte er sich wie ein Wachsmodell, das jemand in kochendes Wasser geworfen hatte. Dann flog er auseinander, und seine Überreste prasselten auf die übrigen Panzer hinab. Die *Galleons* rückten weiter in das Feuer der Sicherungslanze vor.

Lorens Sensoren meldeten ihm, daß die Davion-/Mulvaney-Verstärkungen sich weiter näherten, aber sie bewegten sich langsamer als er erwartet hätte. Er zielte mit der PPK auf den *Pegasus,* den er bereits zweimal getroffen hatte. Als der Computer durch ein Aufblinken des Fadenkreuzes die Zielerfassung bestätigte, wünschte Loren, er könnte der Besatzung den Tod ersparen. Ein BattleMech gegen einen sehr viel leichteren Schweber – das war kein fairer Kampf. Selbst ein normaler Panzer hätte dem leichten Konsulargardenfahrzeug mit seiner überlegenen Bewaffnung den Garaus machen können. Für den Fahrer und seine Crew war jede Fortsetzung des Angriffs Selbstmord. Inzwischen mußten die Sensoren des *Pegasus* die Zielerfassung durch Lorens PPK festgestellt haben. Wenn es einen Zeitpunkt zur Kapitulation gab, war er jetzt gekommen.

Aber der *Pegasus* ergriff nicht die Flucht. Statt dessen tat der Fahrer das genaue Gegenteil. Er beschleunigte auf seinem Abfangkurs Richtung Lorens *Gallowglas,* quer über den Fluß. Loren war überrascht, aber darauf konnte sein Gegner es nicht angelegt haben. Er hielt sein Feuer zurück. *Was, in Liaos Namen, hat er vor? Ich könnte mir vorstellen, daß ein einzelner Fahrer mit seiner Crew in einer wichtigen Schlacht einen glorreichen Tod sucht, aber das hier ist gerade mal ein Überfall. Und es ist nicht nur ein Fahrzeug, sie stürmen alle auf uns zu. Warum? Es sei denn, die Fahrer wissen mehr als wir …*

»Falle!« Loren funkte es an alle Highlander-Mechs in Reichweite.

23

Tilmantal, Northwind
Mark Draconis, Vereinigtes Commonwealth

29. September 3057

»Das ist eine Falle!« zischte Loren. Er hatte die Worte kaum ausgesprochen, als er die Fluten des Tilman eine Lanze schwerer BattleMechs freigeben sah.

»Purpur- und Gold-Führer, schwere Gegner im Fluß.« Er feuerte die PPK auf den heranrasenden *Pegasus* ab und traf ihn am Geschützturm. Der Schwebepanzer zerplatzte, als er gerade an den versteckten Mechs vorbeiflog. Sein gesamter Vorrat an Kurzstreckenraketen detonierte gleichzeitig, riß das Fahrzeug auseinander und ließ es in einem riesigen Ball aus Flammen und schwarzem Rauch verschwinden.

Die schweren Mechs erhoben sich aus dem Wasser und rückten langsam vor, wobei sie Frutchey und Fuller mit einer Breitseite von Raketen und Laserschüssen angriffen. Ein Highlander-Renegaten-*Schlagetot* nahm Lorens *Gallowglas* mit Langstreckenraketen und zwei schweren Lasern unter Beschuß. Die Warnsirene der Feindortung hatte Loren einen Sekundenbruchteil Zeit gegeben, seinen Mech etwas wegzudrehen. Nur eine Handvoll Raketen traf ihr Ziel. Sie schlugen in die obere rechte Hälfte des *Gallowglas*-Rumpfes ein und zerschmetterten die Panzerung. Einer der schweren Laserschüsse ging an Lorens Cockpit vorbei, während der andere sich unweit des Fusionsreaktors tief in den Mechrumpf bohrte. Jaffrays Kampfkoloß wankte. Die Treffer und der Rückstoßeffekt der abgesprengten Panzerung stießen ihn zur Seite und nach hinten. *Sie müssen sich unter Vorsprüngen im Flußbett versteckt haben, um ihre IR-Signatur zu verschleiern ... nicht schlecht.*

Das Bild der aus dem Wasser steigenden Mechs

wühlte Loren stärker auf, als ihm bewußt war. Er erinnerte sich einen Moment an seine eigene Falle während des Manövers auf Krin, dann wandten seine Gedanken sich seinem Vater zu. Lorens Vater war die meiste Zeit unterwegs gewesen und hatte die Erziehung des Knaben dessen Großvater überlassen. Er fiel im Einsatz, als Loren noch ein Kind gewesen war, und Loren hatte ihm verziehen, daß er nicht zurückgekommen war. Jetzt stieg die Erinnerung in ihm auf wie ein Geist aus dem Grab.

Sein Vater war in einem Unterwassergefecht gefallen.

Loren brachte seinen Mech auf volle Geschwindigkeit und sprintete das Flußufer hinab auf die Reste der *Galleon*-Lanze zu. Da er sich auf festem Boden befand, konnte er die Geschwindigkeit der Maschine ausspielen, während die aus dem Fluß ans Ufer watenden BattleMechs durch das Wasser gebremst wurden.

Zwei PPK-Blitze zuckten hinter ihm her, verfehlten ihn jedoch. Die plötzlich aus dem Hinterhalt aufgetauchte Lanze bestand aus dem *Schlagetot*, einem *Caesar*, einem *Kriegsbeil* und einem *Marodeur II*. Es war der letzte dieser Mechs, der ihm auch am nächsten war und Lorens Aufmerksamkeit auf sich zog. Der Typ der Maschine war ihm ebenso vertraut wie die Lackierung. Mulvaney! Die riesigen PPKs des Mechs drehten sich in seine Richtung. *Sie gehört mir!* jubelte er, zum Teil aus Rivalität, zum Teil, weil er hoffte, die Highlander-Renegatin zu besiegen und dadurch ihren Willen zu brechen. Er wollte sie nicht töten, nur aufhalten. Aus irgendeinem Grund, den er nicht näher fassen oder messen konnte, legte er gesteigerten Wert darauf, daß Chastity Mulvaney überlebte.

Lorens Helmlautsprecher erwachten krachend zum Leben. »Major Jaffray«, erklang eine wohlvertraute Stimme. »Einmal habe ich bei einer Ehrenprobe gegen Sie verloren. Sind Sie bereit, diese Erfahrung auch einmal zu machen?« Mulvaneys Stimme war wie eine steife Brise in der schwülen Hitze des Cockpits. Loren drehte den Mechtorso zur Seite, um zwei KSR auszuweichen, die ein anderer der Angreifer abgefeuert hatte, nahm dabei den Blick aber nicht vom Bild des *Marodeur II.* Er bewunderte Mulvaneys Auftreten. Sie hätte hervorragend in die Todeskommandos gepaßt.

»Wenn Sie einen Kampf wollen, Gnädigste, können Sie ihn haben. Machen Sie sich auf eine Wiederholung gefaßt«, antwortete er. Statt sich umzudrehen und zu feuern, schaltete er die Sprungdüsen zu und legte sie auf die Pedalkontrollen. Mit voller Leistung warf er den BattleMech empor in den Himmel über den Tilman. Es würde ein kurzer Sprung werden, aber er wollte seinen Kampf mit Mulvaney aus nächster Nähe führen. Wenn jemand diese Frau zum Kampf stellte, dann er und kein anderer.

Aber der Sprung war nur eine der waghalsigen Aktionen in seinem spontan entwickelten Gefechtsplan. Es war ein riskanter Plan, der ihren Schlagabtausch in die tiefen Fluten des Tilman und deren nächste Umgebung verlegte. Bei dem Gedanken lief es ihm eiskalt den Rücken hinab. Loren haßte es, unter Wasser zu kämpfen. Das Manöver unmittelbar vor dieser Mission war ihm schwerer gefallen als jeder Einsatz davor. Aber wenn das hier funktionierte, würde es etwas anderes sein. Ein Wettstreit unter Wasser. *Mir wird es anders ergehen … nicht so wie meinem Vater. Ich werde nicht sterben, wie es ihm passiert sein soll.*

Die meisten MechKrieger feuern ihre Waffen ab und warten bis zur letzten Sekunde damit, dem Angreifer auszuweichen, wenn sie angesprungen werden. Loren war perplex, als Mulvaney die Sprungdüsen ihres *Marodeur II* ebenfalls auslöste. Ihr Mech war noch immer unter ihm, als er sich langsam aus dem Fluß in die Lüfte erhob. Loren steigerte die Brennleistung der Düsen noch weiter, und die Innentemperatur der Kanzel stieg um fünf Grad. Seine Augen brannten vom

Schweiß, der ihm von der Stirn tropfte, als er seine Position oberhalb des *Marodeur II* hielt.

Mulvaney stieg langsam höher und versuchte ihre Flugbahn so zu wählen, daß der *Gallowglas* vor ihr blieb. *Mit einem normalen Angriff habe ich keine Chance. Dazu ist sie zu verschlagen. Wenn ich sie besiegen will, muß ich es im Wasser tun. Ich muß uns nach unten bringen.* Loren erinnerte sich an den Tag, an dem ihm sein Großvater erzählt hatte, daß sein Vater nicht mehr am Leben war. Corwin Jaffray hatte ihm von seinen eigenen Erfahrungen im Unterwasserkampf erzählt, und von den enormen Risiken. Inzwischen kannte Loren dies aus eigener Erfahrung, und jedesmal hatte er sich seiner Angst von neuem stellen müssen. Diesmal war sie schlimmer als je zuvor.

Er ging im selben Moment nach unten, als Mulvaney den *Marodeur II* nach oben zog, und die beiden BattleMechs kollidierten in der Luft über den tiefen Wassern des Tilman. Kaum hatten sie Kontakt, als Loren den *Marodeur II* mit beiden Mecharmen umklammerte und seine Sprungdüsen abschaltete. Es war ein waghalsiges, beinahe selbstmörderisches Manöver, aber er schaffte es, Mulvaney damit zu überraschen. Ihre Sprungdüsen konnten einen Mech tragen, aber nicht zwei. Die beiden Metalltitanen stürzten mit einem donnernden Klatschen in die Fluten des Flusses.

Der Zusammenstoß mit Mulvaney und unmittelbar darauf der Aufprall auf dem Wasser schleuderte Loren mit Gewalt in die Gurte. Die Schulterschnallen bohrten sich in seinen Körper, und einen Augenblick befürchtete er, das Schultergelenk könnte ausgekugelt worden sein. Durch das brodelnde Wasser und den aufgewirbelten Schlamm und Dreck konnte er keinen Meter weit sehen. *Gallowglas* und *Marodeur II* waren noch immer ineinander verkeilt und sanken gemeinsam senkrecht hinab auf den Grund des Flußbetts.

Als sie unten ankamen, lag Mulvaneys Mech oben

und trieb den *Gallowglas* wie einen Pflock in den tiefen Schlamm und die Felsbrocken des Flußbetts. Warnmeldungen auf dem Sekundärschirm teilten Loren mit, daß der Aufprall das rechte Bein seines Mechs zertrümmert hatte und die Sprungdüsen nicht mehr einsatzbereit waren. *Verdammt! So schnell komme ich hier nicht raus, selbst wenn ich mich aufrichten könnte.*

Zwischen dem massigen *Marodeur II* und dem Flußbett eingekeilt, überprüfte er die Geschützkontrollen, und stellte fest, daß sie ebenfalls etwas abbekommen hatten. Das Fadenkreuz setzte immer wieder sporadisch aus, und an eine Zielerfassung war nicht zu denken. Sie steckten in einer tiefen Schlucht in der Mitte des Flusses. Die steilen Wände zu beiden Seiten waren nur acht Meter voneinander entfernt und mindestens zwanzig Meter hoch. *Dadurch konnten Mulvaney und ihre Begleiter sich so lange versteckt halten.* Die steile Klippe war mehr als ausreichend, eine Ortung zu verhindern, und von ihrer Oberkante aus konnten sie einfach aus dem Wasser marschieren.

Loren bearbeitete mit aller Kraft die Geschwindigkeitskontrollen, Pedale und Steuerknüppel des *Gallowglas,* in der Hoffnung, den *Marodeur II* abzuschütteln. Trotz des kalten Flußwassers war die Hitze im Innern des Cockpits erdrückend, und er stemmte sich verzweifelt gegen die Kontrollen, um seinen Mech freizubekommen. Mulvaneys vogelähnlicher *Marodeur II* trat bei dem Versuch, sich aufzurichten, wild um sich. Dabei schlug er mehrere tiefe Breschen in seine Rumpfpanzerung und verstrickte die beiden Mechs nur noch mehr. Auch Lorens Versuche, sich zu befreien, schlugen fehl. Mit jedem Hieb, Tritt oder sonstigen Manöver gegen Mulvaney beschädigte er seine eigene Maschine. *War es bei meinem Vater genauso? Saß er auch in der Falle, so wie ich jetzt?* Und während er um seine Freiheit kämpfte, rang Loren in Gedanken noch mit einer anderen Frage. *Hat er an mich gedacht?*

Zeit zum Nachdenken. Er sah drei Alternativen. Sie konnten diesen mühseligen Ringkampf im Flußbett fortsetzen, bis er oder Mulvaney es schaffte, den anderen außer Gefecht zu setzen oder dessen Cockpit zu überfluten. Oder er konnte das Feuer auf den *Marodeur II* eröffnen. Seine schweren Strahl- und mittelschweren Impulslaser konnten auf diese Entfernung ihr Ziel nicht verfehlen. Allerdings hätte das Mulvaney gezwungen, entsprechend zu reagieren. Und auch wenn sie ihre PPKs auf so kurze Distanz nicht einsetzen konnte, reichte ihr sonstiges Arsenal leicht aus, ihm ein Seemannsgrab zu bereiten. *Sie muß dieselben Überlegungen angestellt haben, denn bis jetzt hat sie auch noch nicht gefeuert. Keiner von uns beiden hat den Wunsch, hier unten zu krepieren.*

Nein, die beiden ersten Optionen waren nicht akzeptabel. Und, was beruhigend war, zum erstenmal hatte Loren den Eindruck, daß Mulvaney seinen Tod ebenfalls nicht wollte. Sie waren zwei Seiten einer Medaille, er und Chastity. Zusammen verkörperten sie die Ehre. Beide erfüllten sie ihre Bedingungen auf jeweils eigene Weise. Sie versuchte aufrechtzuerhalten, was sie als das wahre Erbe der Highlanders sah. Loren wollte seine Mission für den Kanzler erfolgreich abschließen.

»Mulvaney, hier ist Jaffray«, sprach er ins Mikrofon. Das Audiosystem knackte unter den Interferenzen durch die magnetischen Felsformationen.

»Ich habe mich schon gefragt, wann Sie sich endlich melden«, erwiderte sie schnippisch.

»Wir sitzen beide hier unten fest. Wenn wir zusammenarbeiten, können wir loskommen.«

»Einverstanden.« Ihre Stimme war tonlos. Loren konnte die Wut und Frustration spüren, die in dem einen Wort lagen.

Besser, wenn ich die Spannung etwas abbaue – vorerst. »Meinen Glückwunsch zu Ihrem Hinterhalt. Diese Runde haben Sie gewonnen.« Er versuchte, sein Lob ehrlich klingen zu lassen, wie ein Ritter aus grauer Vorzeit, der das Können eines anderen Kriegers anerkannte.

»Ich kann nicht das ganze Lob für mich in Anspruch nehmen. Marschall Bradford war der Meinung, damit könnten wir eure Verfolgung zum Stehen bringen. Aber genug geplaudert, Major. Erst arbeiten wir zusammen, um hier herauszukommen, dann tragen wir unseren Kampf wie Krieger aus.«

Loren ignorierte ihre Herausforderung. *Marschall Bradford? Das muß Harrison Bradford sein, Kommandeur der 3. Royal Guards.* Seine Gegner zu studieren war fester Bestandteil des Lebens bei den Todeskommandos, und Loren kannte die Namen und Posten aller hochrangigen Offiziere des Vereinigten Commonwealth. »Womit fangen wir an?« fragte er und stellte die Sensoren neu ein, um die Verzerrungen durch das Gestein auszugleichen.

»Sehen wir zu, daß wir auf die Füße kommen, und dann machen wir uns auf den Weg nach oben. Ich habe schon zwei Stunden damit zugebracht, unter Wasser auf Ihre Ankunft zu warten. Und ich muß zugeben, daß ich kein Verlangen verspüre, die Auswirkungen eines Cockpittreffers unter diesen Bedingungen festzustellen, wenn Sie verstehen, was ich damit sagen will.«

»Das tue ich. Ich kann mir auch etwas Angenehmeres als einen Riß im Kanzeldach hier unten vorstellen, auch wenn ich Ihnen garantieren kann, daß ich es nicht wäre, der den Treffer einstecken müßte.«

»Werden Sie nicht übermütig, Loren. Ich habe nicht vor, noch einmal gegen Sie zu verlieren. Wenn hier unten jemand sterben müßte, wären Sie das.«

Loren biß sich auf die Unterlippe. *Vielleicht ist mein Vater so umgekommen. Vielleicht ist es besser, bis zum bitteren Ende zu kämpfen, statt mit einem Feind zusammenzuarbeiten, egal, wie hoch das Risiko ist.* Er wollte sie zurechtweisen, ihre Herausforderung abschmettern, aber er wußte, damit hätte er die Sache nicht zum Abschluß gebracht. Es half nichts, eine schlechte Position noch zu verschlimmern, und seine Gegnerin war erheblich stärker bewaffnet. *Nein, so wird es nicht enden, nicht für diesen Jaffray.* »Lassen Sie uns diesen Machomist vergessen. Im Moment arbeiten wir zusammen. Wenn Sie es unbedingt austragen wollen, dann sollten wir das an der Oberfläche tun, wo die Chancen gleich stehen.«

»Schön. Sie halten still, ich dirigiere.« Ihr *Marodeur II* wirbelte den Schlamm und Schlick des Flußbetts auf, als er sich aufzurichten versuchte, diesmal ohne Gegenwehr des *Gallowglas*.

»Heben Sie den rechten Arm auf Schulterhöhe, Ellbogen gerade«, befahl sie. Loren gehorchte und hörte ein Kratzen, als sie den linken Arm ihrer Maschine unter dem Mechrumpf hervorzog. »Jetzt heben Sie das rechte Bein ein wenig und drehen es am Knie nach außen.« Wieder gehorchte Loren wortlos, und Mulvaneys Mech kam langsam auf die Füße, auch wenn das kaum zu erkennen war.

Loren machte sich erneut an den Versuch, den *Gallowglas* aufzurichten, und nun, nachdem Mulvaney nicht mehr auf ihm lag, ging es sehr viel leichter. Auch sein Mech kam hoch und stand ihr gegenüber. Im trüben Licht und der schlammverwirbelten Strömung wirkte der *Marodeur II* wie ein mythisches Seemonster. Die steilen Wände der tiefen Schlucht, in die sie gestürzt waren, bildeten den perfekten Rahmen.

Lorens Sekundärortung ließ grellrote Warnsignale aufblinken. Die Energieortung meldete, daß Mulvaney ihre PPKs auflud. Sie wartete nicht darauf, an die Oberfläche zu kommen. Jeden Augenblick mußte sie feuern. Er streckte die Hand aus, um die mittelschweren Impulslaser aufzuladen und betete, daß sie einsatzbereit sein würden, bevor sie das Feuer eröffnete. Dann bewegte er den *Gallowglas* gegen die dunkle, unsichtbare Strömung nach hinten. *Auf diese Entfernung sind ihre*

PPKs nutzlos, es sei denn, sie hat die Feldhemmer abgeschaltet. Er hatte ihr erlaubt, die Oberhand zu gewinnen, aber jetzt war es zu spät, diesen Fehler zu bereuen.

»Sie haben all das zu verantworten, genau wie ich es von Anfang an gewußt habe.« Sie hob die riesigen Partikelkanonen, zielte und feuerte sie auf die hohen Schluchtwände ab. Loren kämpfte mit den Kontrollen, um den *Gallowglas* zu drehen und aus der Schlucht zu bringen. Wieder zu spät. Chastity löste die Geschütze aus, und blauleuchtende Energieblitze zuckten in die Unterwasserklippen. Das Wasser im Weg der Partikelstrahlen verwandelte sich in eine Walze aus kochenden Dampfblasen, die Jaffray in seinem Mech durchschüttelten und den *Gallowglas* heftig wanken ließen. Zwei Millisekunden später explodierte der Fels links und rechts neben Lorens Mech. Fast eine Tonne Schutt stürzte auf die Maschine hinab. Er versuchte, den Kampfkoloß zu bewegen, aber er war fest eingeklemmt. Er würde kostbare Minuten brauchen, um sich befreien. Bis dahin bildete er eine perfekte Zielscheibe.

»Verdammt, Chastity! Was, zur Hölle, soll das?« Entschlossen, nicht kampflos unterzugehen, hob Loren die PPK und zog das Fadenkreuz über die zurückweichende Mulvaney. *Zu nah!* Er feuerte trotzdem, aber der Schuß ging vorbei. Die geladenen Partikel ließen das kalte Wasser des Flusses taghell aufleuchten. Aber nur für einen Moment. Einen Pulsschlag später herrschte wieder Dunkelheit.

»Ich kann leider nicht weiterspielen. An der Oberfläche warten dringendere Aufgaben«, stellte Mulvaney kühl fest. »Sie können hier sterben und Ihrer Linie ein Ende machen oder mir zu folgen versuchen. Egal, wie sie sich entscheiden, Sie werden nie ein Highlander sein ... nicht, solange ich lebe.«

Sie begann mit dem Aufstieg zur Wasseroberfläche, und ihre Stimme ging in statischem Rauschen beinahe unter. Loren konnte ihre letzten Worte kaum noch wahrnehmen. »Eines sollten Sie wissen: Ich könnte Sie hier und jetzt ein für allemal ausschalten. Betrachten Sie das als Revanche für unseren Kampf im *Pub*, Jaffray. Beim nächsten Mal wählen Sie den Ort und ich die Zeit. Aber merken Sie sich, ich kann Sie besiegen und ich habe Sie besiegt.«

»Mulvaney!« rief Loren, aber sie war schon fort. Er suchte das Flußbett ab und fand einen Weg nach oben, auch wenn er eine lange und gefährliche Kletterpartie erforderte. Es kostete Loren zwanzig Minuten, seinen *Gallowglas* an die Oberfläche des Tilman zu bringen. Während der gesamten Zeit dachte er darüber nach, was sich gerade tief unter der Flußoberfläche ereignet hatte. Er hatte sich auf einen Kampf um Leben und Tod eingestellt, aber nichts dergleichen war geschehen. Mulvaney hatte nur mit ihm gespielt, um zu beweisen, daß sie dazu in der Lage war.

An der Oberfläche angekommen, betrachtete er die Überreste des Schlachtfelds. Der Renegaten-*Schlagetot* stand bis zu den Knien im Wasser, vornüber geknickt wie ein zerbrochener Zinnsoldat. Die Armlaser des Mechs waren abgeschossen, und sein Torso war furchtbar zerschlagen. Der Pilot lebte noch und kletterte gerade an der Beinleiter hinab in die Arme von Huffs Infanteristen. MacLeods übrige Truppen waren über das ganze Gelände verstreut, aber der Kampf war längst vorbei. Fullers Sicherungslanze war nicht sofort zu entdecken, aber dann fand Loren sie hinter den Rauchwolken, die von den Trümmern einiger Davion-Panzer aufstiegen.

»Befehl Sicherheit Vier meldet sich zurück«, funkte er, während sein *Gallowglas* sich auf den Weg zu seinen Lanzenkameraden machte. Keiner von ihnen hatte das Gefecht unbeschadet überstanden, und manche schienen besonders schwer mitgenommen, wie Frutchey. Aber er hatte nur einen Gedanken. *Ich habe es geschafft.*

Wo mein Vater versagte, habe ich überlebt. Zumindest diesmal hat sich die Geschichte nicht wiederholt.

»Wo, in Aleksandr Kerenskys Namen, haben Sie gesteckt?« herrschte ihn Commander Fuller an, halb besorgt und halb verärgert.

»Mulvaney und ich hatten eine Begegnung am Flußboden. Sie hat mich da unten im Schlick gelassen. Wie ist es hier oben gelaufen?«

»Die Verstärkungen der Konsulargarde haben schweren Schaden angerichtet, nachdem Sie weg waren. Wir haben uns mit Huffs Truppen auf die Lichtung zurückgezogen, nur um feststellen zu müssen, daß sie vermint war. Huffs Mech hat praktisch das rechte Bein verloren, und zwei Mitglieder seiner Lanze stehen ohne Mechs da. Mulvaney ist aus dem Fluß gekrochen und hat uns überrascht. Zum Teufel, wir dachten, Sie wären tot. Sie ist gerade rechtzeitig aufgetaucht, um ihre Leute von hier wegzubringen. Ich wollte hinterher, aber Major Huff meinte, ohne Satellitendaten wäre die Gefahr zu groß, in einen weiteren Hinterhalt zu geraten.«

»Verdammt«, meinte Loren, als er die Schrotthaufen auf der von Mulvaney verminten Lichtung betrachtete. Zwei leichte Mechs waren vom Hüftgelenk abwärts nicht mehr vorhanden. Die Minen hatten sich als ein geschickter Schachzug herausgestellt. Die BattleMechs waren vernichtet, aber die MechKrieger lebten noch. Damit hatte sie ihren Ehrenkodex und ihr Wort gehalten.

»Sie waren einige Zeit weg«, meinte Fuller zögernd. »Was ist passiert?«

»Wir haben ›verhandelt‹. Sie hat mich wissen lassen, daß sie mich besiegen kann, wenn sie es darauf anlegt.«

»Moment. Sind Sie sicher, daß Ihr Gyro noch stabil läuft? Sie beide knallen mitten in einem Hinterhalt in der Luft zusammen, stürzen in den Fluß, während ringsum eine Schlacht tobt, und reden?«

»Ja.«

»Was hat sie gesagt?«

»Sie hat gesagt, beim nächstenmal kann ich die Bedingungen festlegen.« *Und sie hat recht. Wenn wir uns das nächstemal begegnen, dann zu meinen Konditionen.* »Und noch etwas. Sie hat einen Namen erwähnt.«

»Was für einen Namen?«

»Marschall Bradford. Und wenn sich in den letzten paar Tagen nichts geändert hat, bedeutet dies, daß wir es nicht nur mit den NAIW-Truppen zu tun haben, die uns letzte Nacht angriffen, sondern auch mit den Veteranen von Victor Davions Dritter Royal Guards Regimentskampfgruppe.«

»Eine komplette RKG hier auf Northwind?«

Loren beobachtete, wie aus einem der brennenden Galleons eine dichte schwarze Rauchwolke in den hellen Morgenhimmel stieg. »Noch dürften sie nicht alle hier sein, aber eines ist sicher, in Kürze wird es verflucht interessant.«

24

Konsulargebäude des Vereinigten Commonwealth, Tara Northwind, Mark Draconis, Vereinigtes Commonwealth

4. Oktober 3057

Konsul Drake Burns las nervös die diplomatischen Nachrichten dieses Morgens auf seinem Schreibtisch wie schon Dutzende Male zuvor. Die MacLeod's Highlanders verfolgten die Konsulargarde, und er fühlte sich in der Neutralität Taras sicher. Die Familien der Highlander-Regimenter hatten zum größten Teil jede Unruhe und Konfrontation vermieden. Trotzdem litt der Planetarische Konsul unter Schlafstörungen. Er hatte seine Stellung auf Northwind immer als eine Art Erholungsurlaub gesehen, doch schien dieser sich plötzlich in einen Alptraum aus Revolution und möglicher Vergeltung verwandelt zu haben. Bis MacLeod und sein Volk sich endlich der Herrschaft Prinz Victors gebeugt hatten, würde er keine ruhige Nacht mehr haben, und soweit er es überblickte, konnte das noch Jahre dauern.

Die Berichte über den Kriegsverlauf waren auch nicht dazu angetan, seine Stimmung zu heben. Die Sezession des ehemaligen Lyranischen Commonwealth brach den meisten VerCom-Garnisonseinheiten in diesem Bereich das Rückgrat. Viele Einheiten zerfielen, während andere sich für die eine bestimmte Seite entschieden. Natürlich würden diese Konflikte irgendwann abklingen, aber bis es soweit war, zerbrach das Vereinigte Commonwealth.

Auf der politischen Bühne hatte Sun-Tzu Liao verkündet, daß er Northwind denselben unabhängigen Status zubilligte wie der Dragonerwelt Outreach. Das war ein offener Versuch, Unruhe zu stiften, dessen war sich Burns sicher. Aber wie auch immer, Northwind war plötzlich zum Spielball zahlreicher in verschiedene Richtung zerrender Kräfte geworden. Das einzig Gute war, daß MacLeod noch nichts von Liaos Bekanntmachung wußte.

Burns war so tief in Gedanken, daß er erst durch das Zufallen der Bürotür etwas von Lepetas Erscheinen bemerkte. Stephen Lepeta war Drew Catellis Adjutant und hatte dessen Vertretung übernommen, während Catelli im Feld war und gegen MacLeod kämpfte. Während Drake Burns den Colonel unsympathisch war, fand er Lepeta regelrecht erschreckend. Der Mann hatte etwas Düsteres, Gepenstisches an sich. Der Konsul hatte Angst vor ihm, aber Catelli war es immer wieder gelungen, ihn daran zu hindern, Lepeta zu entlassen.

Ein Teil von Burns' Unbehagen gründete sich auf Lepetas bleicher, unbewegter Miene. Ein anderer Aspekt war seine Kleidung, zu der unvermeidlich ein langer schwarzer Reitmantel gehörte. Aber das Schlimmste war, daß er unverhohlen für Colonel Catelli arbeitete, denn der Mann besaß ganz offensichtlich nicht den Funken von Respekt oder Achtung für Burns, während er Catelli fraglos Loyalität entgegenbrachte.

»Guten Morgen, Konsul«, sagte Lepeta, monoton wie immer.

»Mr. Lepeta, ich möchte Sie bitten, in Zukunft anzuklopfen, bevor Sie mein Büro betreten«, bellte Burns, vom Schleichen seines Gegenübers verärgert.

»Es wird nicht wieder passieren«, erwiderte Lepeta mit kalter Stimme.

»Ich nehme an, daß Sie die Meldungen des Morgens gelesen haben?«

»Ich habe sie vor Ihrer Ankunft durchgesehen. Der Krieg verläuft nicht gut für Prinz Victor. Marik und Liao greifen unsere Welten mit überwältigender Truppenstärke an. Einige unserer Einheiten halten sich noch tapfer, aber das ist nur eine Frage der Zeit.«

»In der Tat. Ich versuche, mehr Zuversicht aufzubringen als Sie und Colonel Catelli. Und was hört man aus dem Feld? Ist es unserem geschätzten Colonel schon gelungen, Oberst MacLeod abzuschütteln?«

Lepeta schien geradezu gelangweilt. »Laut der gerade entschlüsselten Nachricht aus dem Feld werden die erwarteten Verstärkungen heute im System eintreffen. Colonel Catelli ist zuversichtlich, daß seine Einsatzgruppe das Kastell wie geplant heute nachmittag erreichen wird. Oberst MacLeods Einheit ist noch dabei, sie zu verfolgen und wird unsere Leute nicht stellen können, bis sie das Kastell erreicht haben, also viel zu spät, um unsere Pläne noch stören zu können.«

»Ausgezeichnet! Die Verstärkungen, diese 3. Royals: Wo werden sie Aufstellung nehmen?«

»Die Einheit wird hier auf dem Raumhafen eintreffen, sobald der Vorstoß aus dem Kastell beginnt. Nachdem sie Tara gesichert haben, werden sie sich daran machen, die Highlanders zu vernichten.«

Burns' lief puterrot an. »Hier, in Tara? Das muß ein Irrtum sein, Lepeta. Wir haben Oberst MacLeod und seinen Highlanders versprochen, die Neutralität Taras zu achten. Eine Landung der RKG hier wäre ein klarer Bruch dieser Vereinbarung. Ist sich Marschall Bradford bewußt, daß eine solche Vorgehensweise eine Reaktion der Highlanders herausfordern würde? Vielleicht sollte ich mich direkt mit ihm in Verbindung setzen.«

Lepeta nickte leicht. Sein Kopf war gesenkt, seine Schultern hingen herab. »Marschall Bradford hat Colonel Catelli mitgeteilt, daß er seine Truppen in Tara stationieren will. Ich denke, wir können mit Sicherheit davon ausgehen, daß die Situation in Tara sich noch vor der Ankunft der 3. Royals derart darstellen wird, daß ihre Anwesenheit unumgänglich ist. Bis dahin werden die Highlanders die Vereinbarung über die Neutralität der Stadt bereits gebrochen haben, und Marschall Bradford wird gezwungen sein, die Davion-Truppen anzuweisen, Tara zum Schutz der Einwohner zu besetzen.«

»Was reden Sie denn da?« ereiferte sich Burns. »Haben Sie irgend etwas über einen Plan oder Trick der Highlanders in Erfahrung gebracht? Sind wir etwa in Gefahr? Weiß Catelli etwas, das uns entgangen ist?« Drake Burns wußte, daß Drew Catelli früher Mitglied des MGUO gewesen war, des Davion-Geheimdienstministeriums. Der Gedanke, daß er Informationen zurückhielt, war dem Konsul nicht neu, aber das machte ihn nicht weniger nervös.

Lepeta zog die Sunburst-Impulslaserpistole aus dem Versteck in den Falten seines langen Reitmantels und richtete sie auf Konsul Burns. Drake Burns starrte ihn ungläubig an. In einer fließenden, gelassenen Bewegung zog Lepeta den Abzug durch und feuerte drei Lichtimpulse zwischen die Augen des Planetarischen Konsuls ab. Burns flog in die Polster seines Ledersessels. Der Diplomat sackte leblos zusammen, ohne daß er noch erfassen konnte, in welcher Intrige er die Rolle eines Bauernopfers zugewiesen bekommen hatte.

»Das war leichter als ich dachte«, meinte Lepeta, und warf die Pistole auf den Boden. Auf dem Griff der Waffe funkelte das Wappen der Northwind Highlanders. »Der Colonel braucht einen Vorwand, um Northwind unter seine Kontrolle zu bringen, und Marschall Bradford benötigt eine Entschuldigung für den Einmarsch seiner Royals.« Lepeta betrachtete die Leiche des Planetarischen Konsuls und nickte zufrieden. Zweimal hatte er versagt – einmal bei dem Anschlag auf MacLeod im Friedenspark, und ein zweitesmal, als die Highlanders die Sabotage ihrer Mechs entdeckt hatten. Aber diesmal war es ein Erfolg. Jetzt hat der Colonel, was er wollte – eine Entschuldigung für die Besetzung Taras durch das Haus Davion.

25

Tilmantal, Northwind
Mark Draconis, Vereinigtes Commonwealth

4. Oktober 3057

»Wir stehen vor einer neuen Krise«, teilte Colonel Catelli den Offizieren der Einheiten unter seinem, Mulvaneys und Bradfords Befehl mit. »Normalerweise hätte ich darauf verzichtet, unsere wichtigsten Offiziere zusammenzurufen, während der Feind uns dicht auf den Fersen ist, aber das hier ist wichtig. Ich habe vor einer Stunde erfahren, daß der Planetarische Konsul Burns ermordet wurde, allem Anschein nach von rebellischen, davionfeindlichen Highlandern.«

»Wie sicher ist diese Meldung?« fragte Marschall Bradford.

»Mein Adjutant in Tara leitet die Untersuchungen persönlich. Dem Bericht zufolge, den er mir übermittelt hat, wurde am Tatort eine Highlander-Waffe gefunden, und er hat mehrere Zeugen aufgetrieben, die aussagen, der Täter habe die Gefechtsmontur von MacLeods Regiment getragen.«

»Verdammt«, fluchte Marschall Bradford. »Ich kenne Burns' Familie. Zu Drake hatte ich zwar nie eine engere Beziehung, aber er war ein guter Mann. Tja, Colonel Catelli, damit sind Sie der ranghöchste Vertreter des diplomatischen Stabes. Es scheint, daß Sie vorerst die Ämter des Feldkommandanten und Planetarischen Konsuls auf sich vereinigen.«

»Ja, Sir.« Catelli unterdrückte ein zufriedenes Grinsen. *Das war zu einfach.*

»Ich glaube kein Wort davon«, stellte Mulvaney mit kalter Stimme fest.

Bradford starrte sie einen Moment an, bevor er etwas sagte. »Was soll das heißen? Der eigene Stab des Konsul hat die Verstrickung der Highlanders in dieses Attentat aufgezeigt. Die Leute haben durch eine derartige Anschuldigung nichts zu gewinnen.«

»Ich habe den Bericht gehört, Sir, aber bei allem gebotenen Respekt, das heißt nicht, daß ich ihn einfach schlucken muß. Es stimmt, daß wir Highlanders im Gefecht skrupellos sein können. Aber ein derart feiger Mord entspricht weder dem Stil noch dem Wesen irgendeines Highlanders, den ich kenne.«

»Vielleicht hat Ihr ehemaliger Kommandeur seine Methoden geändert, seit Sie die loyalen Davion-Highlanders gegründet haben«, wandte Catelli ein. »Vielleicht hat Oberst MacLeod das Attentat befohlen, weil er Angst hatte, im Feld gegen uns zu unterliegen. Ich würde auch diesen Major Jaffray nicht vergessen. Er gehört zu den Todeskommandos, und Sie wissen doch, wozu die fähig sind. Während er hier auf Northwind Liao-Schandtaten beging, hat seine Regierung dem Vereinigten Commonwealth den Krieg erklärt. Sie müssen zugeben, daß es alles höchst logisch ist.«

Mulvaney gefiel es ganz und gar nicht, daß Catelli ihre Leute als loyale Davion-Highlanders bezeichnete, als wären sie Eigentum seines Hauses, doch war jetzt nicht der Zeitpunkt für diese Diskussion. »Logisch ist dieser Anschlag zu allerletzt. MacLeod ist der letzte Mensch in der Inneren Sphäre, der ein Attentat befehlen würde. Er ist geradeheraus und ehrbar. Er ist kein Mörder. Nein, Sir. Das ist ein Trick, um MacLeods Leuten die Verantwortung für das Verbrechen in die Schuhe zu schieben.«

»Alles, was ich weiß,« erklärte Bradford und erhob die Stimme, um zu zeigen, daß er hier die Entscheidungen traf, »ist, daß wir eine Vereinbarung getroffen hatten, Tara als neutrales Gebiet zu behandeln. Jetzt haben die Highlanders, sei es nun auf Befehl MacLeods oder unabhängig von ihm, diese Vereinbarung verletzt. Tara ist ohne rechtmäßige Regierung und möglicherweise ohne die Möglichkeit einer Verwaltung gemäß den Wünschen des Archon-Prinzen.«

»Wie werden Sie angesichts dieser neuen Lage vorgehen, Sir?« fragte Catelli wie auf Stichwort.

»Die 3. Royal Guards RKG wird in wenigen Stunden dieses System erreichen. Ich schlage vor, wir leiten sie von einem Gefechtsabwurf im Feld um und setzen sie als Garnison für Tara ein.«

»Sir, das wäre ein offener Bruch unserer Vereinbarung über Tara«, protestierte Mulvaney. »Sie hatten ursprünglich erklärt, die Truppen würden in der Nähe Taras aufsetzen und die Neutralität der Stadt achten. Die Anwesenheit der 3. Royals in der Stadt wird die noch dort befindlichen Highlanders aufstacheln. Muß ich Sie daran erinnern, daß diese Entscheidung ausschließlich auf Hörensagen beruht, ohne den geringsten Beweis? Wer weiß, ob es wirklich ein Highlander war, der Konsul Burns umgebracht hat, und nicht irgendein Wahnsinniger. Es hätte jeder sein können.« Sie war Colonel Catelli einen schnellen Blick zu. *Du bist der einzige, der vom Tod des Konsuls profitieren konnte. Ich werde es vielleicht nie beweisen können, aber ich würde mein Leben darauf verwetten, daß du hinter diesem Mord steckst und dafür sorgen willst, daß die Northwind Highlanders die Schuld dafür bekommen.*

Marschall Bradford schien ihr aufmerksam zuzuhören. »Was Sie sagen, hat durchaus etwas für sich, Oberst Mulvaney. Aber es herrscht Krieg, und wir müssen uns auf die Informationen verlassen, die uns zur Verfügung stehen. Diese Informationen deuten auf eine Mittäterschaft der Highlanders bei der Ermordung des Planetarischen Konsuls hin, und wir haben geschworen, die Davion-Interessen auf dieser Welt zu verteidigen. Die effektivste Methode, das zu tun, besteht in der Verlegung der 3. Royals nach Tara, damit sie die Stadt als Operationsbasis benutzen.«

»Sir, ein solches Vorgehen würde sie gefährden.

Wenn MacLeod davon erfährt, wird er seine Truppen zurück nach Tara führen.«

Catelli schüttelte den Kopf. »Ich halte Oberst Mulvaneys Annahme für unbegründet, Marschall. Unsere Kundschafter melden, daß die MacLeod's Highlanders direkt hinter uns sind. Anscheinend nehmen sie immer noch an, daß wir uns im Kastell festsetzen wollen. Unsere Funküberwachung zeigt, daß MacLeod noch keine neue Verbindung zum Fort hat aufbauen können. Wenn unser Plan funktioniert, können wir sie hier draußen Tage oder noch länger binden, während die 3. Royals unbemerkt landen. Wenn er glaubt, wir sitzen in der alten Bunkeranlage in der Falle, wird er seine Truppen nicht abziehen, gleichgültig, was in Tara geschieht – falls er das überhaupt jemals herausfindet. Aber wenn wir jetzt zögern, kann er eine Relaisstrecke zurück nach Tara aufbauen und wird von der Landung der 3. Royals erfahren.«

Marschall Bradford nickte zustimmend, als Catelli fertig war. »MacLeod ist immer noch blind und taub, was die Vorgänge in Tara betrifft. Die 3. Royals werden die Stadt sichern und die loyalen Zivilisten vor weiteren Ausschreitungen der Highlanders beschützen. MacLeod wird die Guards während des Landeanflugs wahrscheinlich bemerken, aber ohne seine modernen Kommunikations- und Ortungsanlagen wird er weder ihren Anflugsvektor noch ihre Landekoordinaten ermitteln können. Wenn wir einmal in Tara sind, können wir eine Wiederaufnahme des Verbindung zum Fort verhindern. Ohne diese Verbindung kann er die anderen Highlander-Regimenter nicht von seiner kleinen Rebellion informieren. Von Tara aus wird dann die 3. ausrücken, MacLeod von der Stadt abschneiden und ihn zermalmen, wenn wir schließlich die Karten aufdecken.«

Mulvaney erkannte, daß ihr Widerspruch abgeschmettert war. »Was ist mit den Stirling's Fusiliers,

Sir? Sie werden dienstplanmäßig hier eintreffen. Nach den letzten Berichten hat sich daran nichts geändert.«

»Unsere Langstreckensensoren haben vor drei Stunden das Auftauchen einer Schiffsgruppe unbekannter Zusammensetzung an einem Piratensprungpunkt in der Nähe des Zenitpunkts entdeckt. Es braucht keinen NAIW-Abschluß, um zu erkennen, daß es sich dabei um die Fusiliers handelt. Sie sind mindestens drei Tage zu früh dran. Wir hatte nicht damit gerechnet, daß sie einen geheimen Sprungpunkt ansteuern, aber wenigstens wissen sie nichts von den 3. Royals. Angesichts der relativen Positionen der beiden Einheiten ist auch nicht damit zu rechnen, daß Oberst Stirling sie bemerkt. Bis jetzt haben die Schiffe alle Anfragen ignoriert. Sie fliegen mit maximaler Beschleunigung in Richtung Northwind und werden voraussichtlich in achtzehn Stunden eintreffen. Nach dem, was wir über Cat Stirling wissen, wird sie warten, bis sie sich ein klares Bild von der Lage am Boden machen kann, statt sich blindlings in die Schlacht zu werfen. Besser noch, sie könnte darauf warten, bis MacLeod ihr Landekoordinaten mitteilt ... möglicherweise können wir ihr da behilflich sein. Das einzige, was zur Zeit für uns arbeitet, ist MacLeods Unfähigkeit, sich mit Stirling in Verbindung zu setzen. Die 3. Royals werden vor den Fusiliers eintreffen und sollten unbemerkt landen können. Einmal am Boden sollen sie sich so aufstellen, daß sie eine Kontaktaufnahme der beiden Highlander-Regimenter verhindern können. Mulvaney, Sie werden nach der Landung eine entscheidende Rolle zu spielen haben. Sie müssen die Fusiliers dazu bringen, sich uns anzuschließen oder wenigstens neutral zu bleiben. Ansonsten haben wir keine andere Wahl, als sie zu vernichten.«

»Sir, das wird nicht leicht werden. Es gibt keine Garantie, daß Oberst Stirling Prinz Davions Wünsche bezüglich Northwind akzeptiert. Ich will kein Blutvergießen erleben, deshalb werde ich mein Bestes tun.

Aber ein Kampf gegen sie wird teuer werden ... für Sie und für die 3. Royal Guards RKG. Selbst mit Winchesters NAIW-Truppen wird es ein ausgeglichener Kampf, und die Highlanders haben den Heimvorteil.«

»Wir können uns kein Zögern leisten«, erklärte Bradford harsch. »Eine dritte Flotte ist im System erschienen und hat vor MacLeods Jägern unsere Ablenkungseinheiten erreicht. Die Schiffe wurden als capellanisch identifiziert. Unsere Scheinflotte hat Verluste erlitten und mußte das System verlassen. Das bedeutet, daß MacLeods Jäger umgedreht haben und auf dem Weg zurück nach Northwind sind.« Marschall Bradford sprach mit leiser, fast bedrohlicher Stimme. »Was machen diese Liao-Schiffe hier? Ich weiß nicht, wie es Loren Jaffray gelungen ist, Kontakt mit den Capellanern aufzunehmen, aber wenn er es getan hat, werde ich dafür sorgen, daß er teuer dafür bezahlt. Möglicherweise stehen diese Schiffe ja mit der Erklärung des Kanzlers in Zusammenhang und sollen seine Anerkennung der Unabhängigkeit Northwinds unterstreichen. Ihre Anwesenheit kann eine leichte Abänderung unserer Pläne erforderlich machen, aber eine echte Bedrohung stellen diese Schiffe nicht dar.«

Mulvaney hörte die Worte des Marschalls kaum. Ihre Gedanken waren bei William MacLeod und seinem Regiment. Sie würden verbissen um den Besitz Northwinds kämpfen, die Geburtstätte der Highlanders. Sun-Tzu Liaos Erklärung war für sie ohne Bedeutung. Das waren nur die leeren Worthülsen eines Politikers weitab von der Wirklichkeit hier auf Northwind. Worte, und für Mulvaney sprachen Taten sehr viel lauter.

Sie fragte sich, ob es für die Guards/NAIW-Truppen noch eine Chance gab, wenn es Cat Stirling gelang, MacLeod zu verstärken. *Das könnte ein Debakel für die Davions werden, aber sie sind zu blind, es zu erkennen. Wenn Bradford MacLeods und Stirlings Einheiten getrennt und ohne Koordination halten kann, könnte es ein Debakel unter umgekehrten Vorzeichen geben. Und jetzt haben die Capellaner möglicherweise auch noch Truppen im System. Werden Sie sich damit begnügen zuzusehen, oder werden sie eingreifen?* Vor ihrem inneren Auge standen die Bilder alter Freunde und Verbündeter, die plötzlich tot und begraben sein würden… und das alles, weil sie etwas getan oder unterlassen hatte.

»Also dann«, meinte Bradford. »Wir sollten in unsere Mechs klettern und unseren Plan weiterverfolgen. Die *Despiser* hat die meisten unserer Bodenfahrzeuge an die vereinbarten Koordinaten gebracht. Ich erwarte, daß MacLeod versuchen wird, uns am Erreichen des Kastells zu hindern. Bisher hat er keinen Grund zu der Annahme, wir könnten ein anderes Ziel haben, und daran darf sich auch nichts ändern. Sobald er angreift, Rückzug zum Kastell. Mulvaneys Karten werden Ihnen zeigen, wohin Sie zu gehen haben. Denken Sie daran, wir können uns keine Verspätungen leisten.« Marschall Bradford salutierte, und seine Offiziere verließen das improvisierte HQ.

»Warten Sie eine Minute, Colonel Catelli«, sagte Bradford, als der letzte Offizier ging.

»Sir?«

Bradford trat so dicht an ihn heran, daß niemand sie belauschen konnte. »Als ich Ihnen den Befehl gegeben habe, für einen Zwischenfall zu sorgen, der uns den Einmarsch in Tara ermöglicht, war das keine Erlaubnis, Ihren Planetarischen Konsul zu ermorden.«

Catellis Gesicht lief rot an. »Sir, diese Anschuldigung ist schockierend. Ich habe den Tod des Konsuls weder autorisiert noch in die Wege geleitet. Meine Pläne beschränkten sich auf ein paar Feuerbomben in leerstehenden Regierungsgebäuden. Die Nachricht von Drake Burns' Tod hat mich ebenso entsetzt wie Sie. Wir waren vielleicht keine engen Freunde, aber ich habe den Mann respektiert.« *Seine Macht habe ich respektiert, und jetzt gehört sie mir.*

»Natürlich«, meinte Marschall Bradford, zog eine seiner unvermeidlichen Zigarren aus der Tasche und nahm sie sorgfältig in Augenschein. »Übrigens werde ich dieses Gespräch in meinem Bericht nicht erwähnen. Ich bin ein Militär, Catelli. Eines Tage hoffe ich auszumustern und mich auf einem hübschen kleinen diplomatischen Posten ganz ähnlich dem hier auf Northwind zur Ruhe zu setzen. Aber ich garantiere Ihnen, Colonel, daß Sie niemals irgendeine Position in meinem Stab bekleiden werden. Und falls ich herausbekommen sollte, daß Sie auch nur entfernt etwas mit dem Tod von Konsul Burns zu tun hatten, werde ich Sie festnehmen und vor Gericht stellen lassen. Also, ich will keinen Hinweis finden, der nicht die Northwind Highlanders mit diesem Verbrechen in Verbindung bringt. Habe ich mich klar ausgedrückt, Mister?«

»Ja, Sir«, meinte Catelli leise. *Du wirst nicht lange auf Northwind bleiben, mein lieber Marschall. Ihr Zinnsoldaten seid so jämmerliche Politiker. Ihr wollt einen Zwischenfall, aber nur, wenn ihr euch dafür die Hände nicht schmutzig machen müßt. Ihr verlangt plausible Möglichkeiten, jede Schuld von euch zu weisen. Fein. Im Gegenzug übernehmt ihr für* mich *die Drecksarbeit und brecht den Highlanders das Rückgrat. Wenn das hier alles vorbei ist, zieht ihr wieder ab, und der Northwind gehört mir. Und bis dahin brauche ich nur weiter dein Ego zu streicheln.*

Loren und Huff beugten sich über den tragbaren Kartentisch. Die kleine elektronische Karte war das einzige, was sie aus den Trümmern des Befehlsstands hatten retten können, nachdem er beim Angriff der *Grenzgänger* vernichtet worden war. Es schienen seither schon Wochen vergangen zu sein. Der Tisch war notdürftig geflickt und brachte nur minimale Leistung, aber etwas Besseres hatten sie nicht, und keiner der beiden beschwerte sich. Seit dem Hinterhalt am Fluß hatten MacLeods Truppen Mulvaney und Catellis Einheiten immer schneller den Fluß hinaufgetrieben. Inzwischen war es ein Wettrennen, ein offener Sprint zu den Befestigungen des Kastells. Aber ihr Gegner hatte einen beachtlichen Vorsprung, und das schwache grüne Licht des Kartentisches schien diese Tatsache noch zu unterstreichen.

»Wie sieht es mit dem Wiederaufbau der Verbindung zum Fort aus, Major?« fragte Loren.

»Noch mindestens zehn Stunden. Unser größtes Problem war ein Trupp dieser gepanzerten NAIWlinge, die zwei unserer Relaisstationen zerstört haben. So etwas bindet unsere begrenzten Mittel und kostet Zeit, die wir nicht haben.«

»Was kommt als nächstes?«

»Der Oberst hat mich gebeten, diese Pläne mit Ihnen durchzugehen. Wenn wir zuschlagen wollen, müssen wir das bald tun. Unsere Kundschafter flußaufwärts melden, daß sie mit Höchstgeschwindigkeit vorrücken«, stellte Huff fest und strich sich mit beiden Händen über das kurzgeschorene Haar. »Außerdem gibt es Anzeichen dafür, daß sie ihr Landungsschiff dazu benutzen, Truppen und Fahrzeuge vorauszuschicken.«

»Was schlagen der Oberst und Sie vor?« fragte Loren und drehte den Hals. Er fühlte sich, als habe er tagelang einen Neurohelm getragen. Seine Nackenmuskulatur war knochenhart vor Verspannung. Sie kamen bei der Verfolgung Mulvaneys nur langsam voran, weil sie versuchten, gelegentlichen Minen und sonstigen Fallen auszuweichen, aber jetzt wurde es Zeit, ein Risiko einzugehen und sie endgültig zu stoppen.

»Wir haben fast ein komplettes Bataillon, das wir gegen sie in die Schlacht werfen können, wenn wir bereit sind, in den roten Bereich zu gehen. Oberst MacLeod hat mich beauftragt, dabei die Führung zu übernehmen. Und er hat mich gebeten, Sie als Nummer Zwei zu akzeptieren.« Huff streckte die Hand aus und betätigte die Kontrollen der Karte. Auf dem Bild erschienen die Stoßrichtungen der Angriffe und Markierungen für Mulvaneys und Catellis Truppen. Loren studierte die Lage sorgfältig. *Was könnte schiefgehen? Von welcher falschen Voraussetzung gehen wir aus? Wenn wir all das wissen, weiß Marschall Bradford es auch. Wie wird er reagieren?* Loren hätte die Planung gerne ausführlicher überprüft, um Antworten auf alle möglichen Gegenaktionen und -taktiken auszuarbeiten. Aber sie befanden sich auf dem Schlachtfeld, in einer sich schnell verändernden Lage, in der sie sich den Luxus langwieriger Erwägungen nicht leisten konnten.

»Sie sind sich darüber im klaren, daß man uns erwarten wird.«

»Ja«, erwiderte Huff kurz angebunden. »Oberst MacLeod und ich gehen davon aus, daß sie sich entweder eingraben werden oder in voller Geschwindigkeit auf das Kastell zustürmen. Auf jeden Fall müssen wir an Ort und Stelle sein. Sie werden sich mit Einsatzkompanie Eins abstimmen und um alles vor der Regimentsstabskompanie kümmern. Sie übernehmen das südliche Flußufer. Ich kümmere mich um das nördliche. Schlagen Sie voll zu, brechen Sie durch ihre Linien und setzen Sie sich zwischen den Feind und das Kastell. Die Davions stehen auf dem Südufer des Tilman, und ich will in ihre Flanke kommen und sie zum Stehen bringen. Wenn wir ihnen den Schwung nehmen, haben wir sie.«

»Commander Fuller hat mir ein wenig über den Bunkerkomplex erzählt, in dessen Richtung sie marschieren«, meinte Loren. »Der Eingang scheint verdammt schwer passieren zu sein.«

»So könnte man es ausdrücken«, bestätigte Huff und gestattete sich beinahe ein Lächeln. »Der Eingang liegt am Fuß des Wasserfalls und ist gerade breit genug für zwei Mechs nebeneinander. In der Sternenbundära existierte ein Mechanismus zur Umleitung des Wasserfalls, so daß ein direkter Durchgang geschaffen wurde. Aber der ist inzwischen ausgefallen, und man muß unter Wasser hinein.«

»Und die Feuerplattform? Hört sich nach einer Art Balustrade für Mechs an.«

»Auf halber Höhe der Fälle ist ein mit schweren Panzerplatten verstärkter Sims. Von da aus kann eine Handvoll Mechs eine acht- bis neunfache Übermacht aufhalten.«

»Tja, Major Huff, möchten Sie, daß wir die Fälle umgehen und zu den Tunneleingängen von meiner Seite aus vorstoßen?«

»Nein. Der Oberst und ich sind der Meinung, daß es katastrophal für uns wäre, blindlings in die Tunnel zu stürmen. Sie sind zu leicht zu verminen oder mit Selbstschußanlagen zu bestücken. Sie können auch nicht auf die Klippen neben den Fällen. Sie sind so steil, daß nur die besten sprungfähigen Mechs überhaupt eine Chance haben, in einem Stück oben anzukommen. Und ein Versuch, die Klippen zu umgehen, würde sie in beide Richtungen drei Kilometer kosten.«

»Was ist mit einem Abschneiden der Fluchtwege, Major?«

»Fluchtwege?« fragte Huff zunächst überrascht, dann weiteten sich seine Augen. »Erzählen Sie mir nicht, daß Sie *immer noch* denken, sie würden versuchen, zum Gebirgslager durchzubrechen. Ich habe es Ihnen doch erklärt, Jaffray. Wir haben diese Möglichkeit untersucht und verworfen. Ihre Truppen sind seit Tagen auf der Flucht und erschöpft. Sie werden haltmachen, weil sie eine weitere Anstrengung nicht riskieren können.«

Loren zuckte keineswegs überzeugt die Schultern. An Mulvaneys Stelle würde er sich niemals in einem Bunkerkomplex wie dem Kastell eingraben. Der Schlüssel zum Erfolg für eine kleine Einheit im Kampf gegen eine größere war es, in Bewegung zu bleiben. Egal, wie leicht sich das Kastell verteidigen ließ, es machte keinen Sinn, sich dort festzusetzen. Das würde ein Ende des Konflikts erzwingen. Nein. Mulvaney war ihm dazu viel zu ähnlich. Sie war eine MechKriegerin und hatte Erfahrung als stellvertretende Kommandeurin eines Elite-Mechregiments gesammelt. Sie würde niemals einen derart schwerwiegenden taktischen Fehler begehen. Sie wollte zu ihren Bedingungen gewinnen, und dafür war das Kastell der falsche Ort.

»Mir ist klar, daß Sie meine Theorie für falsch halten, aber warum sichern wir diese Tunnel nicht trotzdem? Ich könnte mich irren, Major, aber es kostet uns so gut wie nichts, auf Nummer Sicher zu gehen. Stellen Sie ein paar Truppen für diese Ausgänge ab.«

Plötzlich wurde Huff wütend. Sein Gesicht lief rot an, und er gestikulierte heftig, während er sprach. »Jaffray, ich respektiere Sie als MechKrieger, aber Sie sind nur zu Besuch bei dieser Einheit, und kein wahrer Highlander. Ich habe Ihnen gesagt, der Oberst hat Ihren Plan untersucht und verworfen.«

Loren verstand Huffs Erregung nicht. Er stellte keine Bedrohung für den Mann dar. »Wo liegt das Problem, Major? Ich habe nur auf eine Möglichkeit hingewiesen.«

Huff mußte wohl erkannt haben, daß er überreagiert hatte, und nahm sich zusammen. Er atmete mit verkniffenem Mund ein und ließ die Luft langsam wieder entweichen, um sich zu beruhigen. »Das ist es nicht allein, Jaffray. Sie hatten Mulvaney in Ihrer Hand und haben sie ziehen lassen. Einige von uns im Stab finden, Sie haben sich zurückgehalten, und hätten Sie das nicht getan, wäre dieser ganze Spuk schon vorüber.«

Plötzlich verstand Loren. »Major, ich versichere Ihnen, ich habe sie nicht ziehen lassen. Sie ist entkommen. Ich habe sie nicht in Stücke geschossen, weil eine verdammt hohe Chance bestand, daß ich zuerst ins Gras gebissen hätte. Wir mußten zusammenarbeiten. Hätte ich gewußt, daß sie sich so abrupt verabschieden würde, hätte ich mich anders verhalten.« Loren hörte die Worte von seinen Lippen kommen, aber er glaubte sie selbst nicht. Tief im Innern wußte er, daß er dort unten im Schlamm des Tilman nichts anders gemacht hätte.

»Ich verstehe ... denke ich«, sagte Huff und klang um nichts überzeugter als Loren. »Aber ich kann mir den Gedanken nicht verkneifen, daß dies alles vorbei wäre, hätten Sie Mulvaney ausgeschaltet. Jetzt werden gute Männer und Frauen sterben müssen, so sehr wir auch versuchen, uns an die Gefechtsorder zu halten.«

Huff hatte recht, aber so war der Krieg – Menschen kämpften und starben. Sie waren Krieger, und ihre Arbeit bestand darin, andere Krieger zu töten. Sie konnten nur ihre Pflicht tun.

»Gehen wir«, meinte Loren. »Schlagen wir zu und bringen es hinter uns.«

26

SBVS-Festung N001, ›Das Kastell‹, Northwind Mark Draconis, Vereinigtes Commonwealth

5. Oktober 3057

Am nächsten Morgen stürmte Loren im Zentrum der vorrückenden BattleMechlinie das Sandufer des Tilman hinauf. Trotz des Wärmestaus, der eine längere Laufstrecke normalerweise begleitete, blieb der *Gallowglas* bis jetzt relativ kühl. Alle funktionsfähigen Wärmetauscher waren in Betrieb, aber wenn er erst einmal die Waffen einsetzte, würde die Temperatur in der Pilotenkanzel schnell steigen. Hitzestaus waren die Nemesis jedes MechKriegers, aber sie ließen sich nicht vermeiden. Man mußte einfach mit ihnen leben.

Der Fluß war an dieser Stelle breiter, trotzdem jedoch war die Strömung sehr viel stärker. Die Felsformationen, die auch weiter stromabwärts gelegentlich auftauchten, waren hier weit häufiger, und irgendwie wirkten sie bedrohlicher. Vielleicht war es ja nur die Anspannung der Jagd, aber Loren spürte, daß diese Schlacht noch heftiger toben würde als ihr erstes Aufeinandertreffen.

Er erinnerte sich an Huffs Vorwurf und auch an seine Begegnung mit Mulvaney am Boden des tiefen Flusses. War es Angst gewesen, die ihn daran gehindert hatte, auf sie zu feuern, als sie einander umklammert hielten? Loren hatte sich vorher noch nie von der Möglichkeit einschüchtern lassen, zu sterben, aber was sonst hätte ihn dazu bewegen können, mit ihr zu kooperieren, statt seinen Untergang zu riskieren? War es die Erinnerung an den Tod seines Vaters auf einer vergessenen Welt in einem dunklen, geheimnisvollen, unerklärten Krieg gewesen?

Als ob das noch nicht schlimm genug gewesen wäre,

hatte Mulvaneys Flucht im Widerspruch zum Erfolg seiner Mission gestanden. Statt ein schnelles Ende zu finden, artete der Konflikt jetzt in einen langen Feldzug aus.

Die Nahortung riß ihn aus diesen düsteren Gedanken, als sie voraus mehrere Ziele anzeigte. Loren rief sofort die Karte des Flusses und des Kastells auf. Laut der Darstellung liefen die Flußufer auf einen Punkt an den Wasserfällen zu, die den Zugang zum Bunker beschützten, und wurden dabei immer schmaler. Die Klippen waren fast fünfzig Meter hoch und für die meisten Mechs unbezwingbar. Durch den dichten Wald zu beiden Seiten wären sie gezwungen, in einem engen Trichter zu kämpfen, der am Wasserfalleingang endete. Noch waren ihre Feinde zu beiden Seiten des Tilman über drei Kilometer verteilt. Ein Teil von ihnen mußte schon das Innere des Kastells erreicht haben, aber die Mechs am Ende der Marschkolonne boten sich noch als Angriffsziele an.

Einer der Scoutlanzenführer, ein Commander Djukowitsch, gab als erster die Zielliste durch. »Mittelschwere und schwere Mechs voraus, in Bewegung von unserer Position weg.« Als er diese Worte hörte, begann Lorens Herz vor Erregung zu hämmern. Er war nervös und aufgeregt, aber die Krieger unter seinem Befehl würden davon nichts bemerken. »Gut gemacht, Djukowitsch. Hier spricht Jaffray. Alles auf die Signale einpeilen. Die Piloten der sprungfähigen Mechs führen Fall Blau aus.«

Nicht weit vor sich sah er die Flammenspeere aus den Sprungdüsen von drei seiner Mechs, die in Richtung des tiefen Waldes abdrehten. Loren folgte ihnen und löste die provisorisch reparierten Düsen seines *Gallowglas* aus. Er kippte leicht nach vorne, und Loren fiel in die Polster der Pilotenliege, als er sich in Schubrichtung lehnte. Durch seinen Körper raste die sinnliche Erfahrung, wie er sie in diesen Situationen immer fühlte.

Kampf! Manche schrieben darüber, manche wurden seine Zeugen, andere fürchteten ihn, aber Loren liebte ihn. Körper und Geist schienen mit dem *Gallowglas* zu verschmelzen, der ihn umgab. Der Mech war nicht länger nur eine Vernichtungsmaschine, er wurde zur Verlängerung seiner Gedanken und Aktionen – zu einem Teil von ihm selbst. Die sinnliche Erfahrung war wie eine Droge, und Loren bekam nicht genug davon. Es war nicht das Töten, das ihn anzog. Es war die Eleganz der Kriegskunst, die ihn faszinierte.

Er hatte Fall Blau ausgearbeitet, um seiner Einsatzgruppe einen Vorteil zu verschaffen. Alle sprungfähigen Mechs hatten Anweisung, in den Wald entlang des Flußufers zu springen. Statt vorwärts zu rennen, würden die Mechs den Feind angreifen und sofort weiterspringen. Ihr Auftrag lautete, zwischen dem Kastell und den Renegaten-Mechs zu bleiben, die es noch zu erreichen versuchten. Die nicht sprungfähigen Kampfkolosse würden sich darauf konzentrieren, die Nachhut der Davion/Mulvaney-Kräfte zu zerschlagen.

Huff hatte sich für eine konservativere Vorgehensweise entschieden, einen Sturmangriff, bei dem seine Mechs geradewegs durch die Reihen der Davions brachen, um die Position zwischen ihnen und dem flußaufwärts gelegenen Kastell zu besetzen. Loren hatte den Wunsch verspürt, sich mit Major Huff über dessen Entscheidung auseinanderzusetzen, aber es sich dann doch anders überlegt. Huff war weniger aufgeschlossen als MacLeod, und Loren wollte keinen weiteren Streit riskieren. Die beste Prüfung ihrer Pläne würde das Leben liefern. Und wenn alles gut ging, konnten sie mit der Kombination der beiden so unterschiedlichen Vorgehensweisen die rückwärtige Flanke der Davion-Linien zertrümmern.

Als er in seinem Mech fast dreißig Meter hoch über dem Fluß hing, sah Loren das Gelände auf eine Weise, wie sie kein Cockpitschirm bieten konnte. Fast drei Kilometer stromaufwärts, vom dichten grünen Wald perfekt eingerahmt, stieg die Gischt des Wasserfalls empor, der das Kastell bewachte. Und genau wie Huff beschrieben hatte, waren die Abhänge zu beiden Seiten so steil, daß ein Mech nur springend eine Chance hatte, sie zu bezwingen – ein beeindruckendes Zeugnis vom Können der Ingenieure, die Jahrhunderte zuvor die Festung angelegt hatten.

Fast eine Kompanie BattleMechs unterschiedlichster Konfigurationen und Gewichtsklassen war auf dem Weg in Richtung Wasserfall. Die meisten Kampfkolosse hielten sich dicht am Wasser und schienen ihre Verfolger nicht zu beachten. Statt dessen waren sie offensichtlich auf das Erreichen der sicheren Bunkeranlage konzentriert. Lorens und Huffs Bodentruppen stürmten über das offene Gelände des Flußufers hinter ihnen her, während MacLeod Unterstützung und Reserve stellte. Mulvaney und Catellis Mechs hatten sich am Südufer konzentriert, auf dem Wasser eskortiert von den wenigen verbliebenen Schwebern. Jaffray korrigierte die Flugbahn seines Mechs etwas, so daß er kurz hinter der Baumlinie zu Boden ging. Als er sich den Wipfeln näherte, gab er seinen Bodeneinheiten das Signal.

»Jaffray an Einsatzgruppe, Feuer frei!«

Bevor er hinter dem Wall uralter Baumriesen verschwand, sah Loren die erste Welle Langstreckenraketen zu seiner Rechten auf die Davions zufliegen. Der *Gallowglas* brach schwer durch die Wipfel und zerschmetterte einiges Astwerk. Loren mußte mit den Kontrollen ringen, um das Gleichgewicht zu halten. Der Kreiselstabilisator der gewaltigen Kampfmaschine schien ihm in den Ohren zu dröhnen, als er darum kämpfte, den Mech auf den Beinen zu halten. Die Maschine schien sich seinen Anstrengungen zu widersetzen, und über die Feedbackschleifen des Neurohelms packte ihn ein heftiges Schwindelgefühl. Loren war so im Bann der sinnlichen Erfahrung des Kampfes, daß er den Temperaturanstieg durch den kurzen Sprung kaum wahrnahm. Er ignorierte ihn und feuerte die Sprungdüsen ein zweitesmal ab, wodurch er den Giganten aus Stahl und Keramik noch einmal in den Himmel über Northwind schleuderte.

Als das Schlachtfeld unter ihm in Sicht kam, stellte Loren fest, daß der Kampf begonnen hatte. Ein *Greif* der Konsulargarde schien seine Flucht abgebrochen und sich dem Ansturm von Lorens Truppen entgegengestellt zu haben. Er feuerte mit tödlicher Präzision seine PPK gegen die direkt auf ihn einstürmenden Mechs ab. Ringsum schlugen Raketen ein, aber der Mech wankte nicht und machte auch keine Anstalten, die Flucht zu ergreifen. Anscheinend hatte der Davion-MechKrieger seinen *Greif* im flachen Wasser postiert, um ihn zu kühlen, und feuerte alles ab, was er hatte. Von den Wärmetauschern an den Füßen des Mechs stieg Dampf auf.

Lorens Team Blau hing rings um ihn herum in der Luft. Raketensalven zuckten vom Boden empor an ihm vorbei und schlugen in Fullers *Dunkelfalken* ein. Schrapnells und Panzertrümmer hagelten auf die Bäume hinab. Noch im Flug senkte Loren die PPK und suchte nach einem Ziel. Da. Ein *Nachtschatten,* einer von Mulvaneys Highlandern. Der Mech drehte gerade im Lauf herum, um einen von Lorens Bodenmechs mit dem schweren Impulslaser einzudecken. Loren löste die PPK aus, sobald die Sichtprojektion eine Zielerfassung bestätigte. Aber der grellblaue Energieblitz verfehlte den Highlander-Mech um Zentimeter und spie eine Fontäne von Sand und Steinen in die Luft.

Der *Gallowglas* machte sich für Lorens Geschmack zu früh wieder auf den Weg nach unten, aber das Cockpit schien jetzt schon eine Sauna. Da er kein geeignetes freies Gelände zur Landung sah, überließ er es dem Mech, sich einen Landeplatz auszusuchen, und der krachte in eine riesige Eiche wie ein Gladiator, der sich auf seinen Gegner warf. Der jahrhundertealte Baum hatte dem Aufprall von siebzig Tonnen BattleMech nichts entgegenzusetzen und brach in der Mitte auseinander, was Loren den nötigen Widerstand lieferte, um den *Gallowglas* aufrecht zu halten.

Ein schneller Blick auf den Sekundärmonitor, und Loren war über die Position der gegnerischen Einheiten im Bilde. Es schien, daß eine Handvoll Mechs gestoppt hatte und die Angreifer hinzuhalten versuchte, um den übrigen einen Durchbruch zum Kastell zu ermöglichen. Weiter flußabwärts erzwang Huffs Sturmangriff Mechgefechte auf kürzeste Distanz. Nach allem, was Loren den Daten entnehmen konnte, war es Huff nicht gelungen, die gegnerischen Reihen wie geplant zu durchstoßen. Die Lage konnte sich nur noch verschlimmern, weil sich jetzt einige Schweber, *Savanah Masters* und *Pegasi* über den Fluß in Huffs Flanke bewegten.

Wenn sie Glück hatten, würde MacLeod rechtzeitig eintreffen, um ihren Vorstoß zu verstärken. Jedenfalls schnitt Lorens Truppe dem Feind den Weg zum Kastell ab. *Wenn wir uns hier durchsetzen, könnten ein paar gutplazierte Schüsse allem ein Ende machen.*

Der nächste Sprung war von Beginn an schwieriger. Kaum hatte sich der *Gallowglas* über die Baumkronen erhoben, als der Mech schon von allen Seiten mit Laserfeuer eingedeckt wurde. Viele der grellen Lichtimpulse verfehlten ihr Ziel, aber einige trafen auch und kochten die Panzerung von der schwach geschützten Rückenpartie des Stahlriesen. Der Schweiß rann an Lorens Armen hinab, während der Sekundärschirm ihm auf der in Grün und Braun dargestellten Silhouette seines Mechs die Pockennarben der Einschläge zeigte. Noch war kein Treffer bedrohlich, aber der Kampf hatte ja auch gerade erst begonnen.

Loren suchte nach einem Ziel und bemerkte den Renegaten-*Nachtschatten,* der sich parallel zu seiner Flugbahn am Ufer entlangbewegte. Der Pilot mußte ihn im selben Moment bemerkt haben, in dem Loren das Fadenkreuz auf ihn zog. Beide BattleMechs schienen ihre Geschütze wie in einem tödlichen Ballett langsam auf den anderen auszurichten, und in Lorens Cockpit schrillte die Feindwarnung auf. Sein Gegner hatte ihn erfaßt. Als Antwort änderte der Capellaner die Flugbahn seiner Maschine und bewegte sie weiter in Richtung Fluß. Mit größerer Sorgfalt richtete er noch einmal die PPK und die schweren Laser auf den *Nachtschatten*.

Der Renegat feuerte zuerst. Die roten Laserimpulse zuckten durch die Luft wie Leuchtspurmunition und zeichneten Lorens Flugbahn nach. Er unternahm keinen Versuch, dem Beschuß auszuweichen, sondern verließ sich auf die Panzerung seines Mechs. Als die Lasersalve sich in den Rumpf des *Gallowglas* brannte, fühlte Loren über das Feedback des Neurohelms heiße Funken in seinen Kopf schlagen. Ein lautes Klingeln machte ihn einen Augenblick lang benommen, etwas, das er sich mitten im Flug auf keinen Fall erlauben konnte. Einen kurzen Moment lang kehrte das Schwindelgefühl zurück. Loren unterdrückte die Übelkeit, die beißende Galle durch seine Kehle hinaufsandte, und konzentrierte sich auf die Waffenkontrollen. Der Nachtschatten war noch immer als Ziel erfaßt. Zufrieden löste er die PPK und beide schweren Sunglow-Laser aus.

Der *Gallowglas* stoppte in der Luft, die Geschütze suchten sich ihr Ziel. Eine Hitzewelle erfaßte Lorens Haut, als die Laser ihren Schaden anrichteten und sich wie Speere in die rechte Rumpfseite des *Nachtschatten* bohrten. Die Panzerung flog davon, und freigelegte Myomermuskeln zerrissen, gefolgt von weißen Rauchschwaden, als das Schmiermittel der Hydraulik verkochte. Der PPK-Schuß schlug mit einer Explosion von Partikelstrahl und Funkenflug in das rechte Ellbogengelenk des *Nachtschatten* ein. Die Wucht der Treffer schleuderte den rennenden Mech herum, drehte ihn in

Richtung Wasser und warf ihn vornüber zu Boden. Er war noch keineswegs vernichtet, aber aus eigener Erfahrung wußte Loren, daß der Pilot mehrere Minuten brauchen würde, um seine Maschine aufzurichten und den Kampf wiederaufzunehmen.

Er setzte auf einer kleinen Lichtung auf und sprang fast augenblicklich weiter. Nur vierundzwanzig Meter entfernt landete Jake Fullers *Dunkelfalke* und erhob sich ebenfalls sofort wieder in die Lüfte. Loren stellte fest, daß er mit dem nächsten Sprung am Fuß des Wasserfalls ankommen würde. Kein Flußufer mehr. Nur noch Fels und Wasser.

Lorens feingeschliffenes taktisches Empfinden, das Ergebnis von Jahren des Trainings und der Erfahrung, überschlug schnell die Vor- und Nachteile des Geländes sowie der Feuerkraft, Bewegungsmöglichkeiten und Verteidigungsfähigkeiten seiner und der feindlichen Einheiten. Es war kein bewußtes Abwägen, es lief instinktiv ab, wie bei einem Wolf auf der Jagd nach einem Reh. *Hier bleiben wir.*

»Team Blau ans Ufer. Eingraben und das Feuer auf die Mechs eröffnen, die wir überholt haben.« Loren richtete die Sensoren flußabwärts und stellte fest, daß seine Truppe etwas besser dastand als Huffs Leute. Anscheinend hatte seine Sprungtaktik die Davions an dieser Seite des Ufers verwirrt. Sie erholten sich erst jetzt allmählich von ihrer Überraschung. Seiner Ortung nach näherten sich allerdings auch Huffs Schwierigkeiten ihrem Ende, da die ersten Mechs von Oberst MacLeods Einheit eingetroffen waren, was die Huff zur Verfügung stehende Feuerkraft nahezu verdoppelte. Damit hatte Lorens kleinere Truppe am Kastell die Davion/Mulvaney-Mechs zwischen sich und dem Rest des Regiments in der Zange.

Die BattleMechs von Team Blau landeten auf einem einhundert Meter langen Abschnitt des schmaler werdenden Uferstreifens. Eine Abtastung des Wasserfalls, hinter dem sich das Kastell verbarg, lieferte Loren keinerlei Hinweis auf irgendwelche Aktivitäten oder einen Betrieb der Festung. Konnte es sein, daß niemand aus der Davion/Mulvaney-Truppe den Komplex erreicht hatte? Nein. Aber jetzt war keine Zeit, sich über den Rest der feindlichen Streitmacht Gedanken zu machen. Jetzt hieß es, den Angriff vorantreiben.

Die feindlichen Mechs, die sich in Richtung des Kastells zurückgezogen hatten, stürmten plötzlich vor, als sie erkannten, daß Jaffray mit seiner kleinen Mannschaft in einer Stellung war, die es ihm ermöglichte, sie aufzuhalten. Sie zogen es vor, sich Lorens Einsatzgruppe zu stellen, statt sich einzugraben und der schieren Feuerkraft Huffs und MacLeods zu trotzen. Jaffray hatte gerade erst angefangen, seine Befehle zu erteilen, als schon die ersten Langstreckenraketen auf ihn und den Rest von Team Blau herabstürzten.

»Team Blau, Feuer frei. Gegen Feind vorrücken. Nachzügler, die versuchen, in Richtung Flußmitte auszubrechen, sind Primärziele!« Gleichzeitig mit seinen Befehlen feuerte er die PPK auf einen näherkommenden Renegaten-*Kriegshammer* ab. Wenn es den Davion/Mulvaney-Truppen gelang, sich in den Fluß zu retten, konnten sie das Kastell durch den Unterwassereingang betreten, das war Loren klar.

Fullers *Dunkelfalke* marschierte mehrere Meter vor und senkte die Autokanone flußabwärts. Die Waffe spie einen konstanten Granatenhagel über einige gegnerische Mechs, bis Fuller sich auf einen anrückenden *Kampfschützen* einschoß. Die Granaten trommelten auf den Mech ein und rissen einen seiner schweren Armlaser ab.

Dann feuerte ein *Lichtbringer* aus Mulvaneys Einheit einen seiner schweren Extremreichweitenlaser auf Lorens Truppe ab und traf einen *Greif* am linken Bein, das er komplett abtrennte. Nur ein Stummel interner Stützstreben und loser Myomerbündel baumelten noch vom

Rumpf des Mechs herab. Der *Greif* humpelte in schräger Linie auf das Wasser zu, bis es dem Piloten schließlich gelang, das Gleichgewicht wiederzufinden. Von den kämpferischen Fähigkeiten des Highlanders beeindruckt, gratulierte Loren ihm, indem er den *Lichtbringer* mit seinen schweren Lasern unter Beschuß nahm und sein Feuer flach auf dessen Beine richtete. Selbst in der Hitze der Schlacht galt es, Oberst MacLeods Gefechtsorder zu beachten.

Loren wartete darauf, daß die Renegaten und ihre Davion-Verbündeten seine Reihen stürmten. Das würde die Effektivität seiner Truppe mindern und ihre Gegner gleichzeitig weiter von MacLeods und Huffs langsam anrückender Mauer von BattleMechs entfernen. Loren war bereit, seine Truppe zurückzuziehen, um ihnen den Nahkampf zu verwehren, auf den sie es anlegten, als er plötzlich sah, wie die gegnerischen Mechs ihren Vormarsch stoppten, sich eingruben und ihr Feuer auf Huffs und Lorens Truppen verteilten.

»Loren«, meldete sich Fuller über eine erneute Salve seiner Autokanone. »Was, zum Teufel, haben die vor?«

Jaffray antwortete nicht, sondern richtete seine mittelschweren Impulslaser auf den *Nachtschatten,* der inzwischen den Kampf wiederaufgenommen hatte. *Es scheint, als sei es ihnen völlig gleichgültig, ob sie das Kastell erreichen. Aber warum?* Er gab eine weitere Geschützsalve auf den *Nachtschatten* ab. Ein Laserstrahl schlug in dessen zertrümmerten Arm ein, während der andere vorbeiging. Als der beilbestückte Arm des *Nachtschatten* abfiel und das kalte Flußwasser zum Kochen brachte, wurde Loren die Antwort allmählich klar. *Sie versuchen nicht, das Kastell einzunehmen, weil sie das schon getan haben!* Er konzentrierte die Sensoren auf den nur 125 Meter entfernten Wasserfall. Der Sekundärschirm zeichnete mehrere magnetische Störungsquellen auf halber Höhe der Fälle.

Fusionsreaktoren! Plötzlich war Team Blau nicht mehr

der Amboß, auf dem Huffs Hammer die Gegner zertrümmerte. Die Vorzeichen hatten sich umgekehrt. Auf dem Panzersims des Kastells gingen Mechs in Stellung, um seine Truppen von hinten anzugreifen. *Diesmal nicht, Chastity. Seit ich angekommen bin, hast du meine Mission gefährdet. Jetzt wird es Zeit, den Krieg nach Hause zu tragen. Diesmal nicht …*

»Team Blau, es sind Mechs im Kastell hinter uns. Sturmangriff auf die Bodentruppen vor uns!« Loren ging auf Höchstgeschwindigkeit, und sein Kampfkoloß preschte los, während dem Rest seiner Piloten allmählich aufging, in welchen Schwierigkeiten sie steckten.

»Sir«, meldete sich Fuller, »mit Vollgas gegen eine Mauer zu rennen würde ich nicht gerade als vernünftig bezeichnen.«

»Für Vernunft ist hier kein Platz«, gab Loren zurück.

27

SBVS-Festung N001, ›Das Kastell‹, Northwind
Mark Draconis, Vereinigtes Commonwealth

5. Oktober 3057

Lorens Warnung war gerade noch rechtzeitig gekommen. Mehr als achtzig Langstreckenraketen jagten hinter der donnernden Wasserwand hervor auf die Mechs von Team Blau zu. Der Wasserfall wies mehrere Lücken auf, durch die sie die Mechs der Angreifer von ihren Stellungen hinter der gepanzerten Balustrade unter Beschuß genommen hatten. Die Raketen konzentrierten sich auf drei von Lorens Mechs, die wie der *Gallowglas* davonstürmten. Das reichte nicht aus, einen Schaden zu vermeiden, aber durch ihre plötzliche Bewegung ging rund die Hälfte der anfliegenden Projektile daneben. Die Detonationen warfen Sand- und Wasserfontänen rings um die vorpreschenden Mechs in Lorens Einsatzgruppe hoch.

»Ich erkenne da oben zwei *Schützen*, einen *Großtitan* und einen *Kampftitan*«, meldete einer der Piloten. Loren kaute auf der Unterlippe. Das Auftauchen von Mechs im Kastell hatte ihn überrascht. Jetzt mußte er eine Lösung für seinen taktischen Fehler finden. Wie zuvor schien sein Gehirn auf einer schnelleren, instinktiven Ebene zu arbeiten.

»Weiterstürmen, Team Blau. Überrennt den Gegner vor euch. Stellt sie möglichst im Nahkampf. Je mehr wir mit ihnen verstrickt sind, desto schwieriger fällt es ihren ArtillerieMechs, die Guten von den Bösen zu trennen«, gab er über Funk durch. Er lief drei Schritte und trat das linke Pedal durch, um den *Gallowglas* ins seichte Wasser zu drehen. Hinter ihm erklang Explosionsdonner, als die beiden feindlichen *Schützen* das Feuer wieder eröffneten. Einige der Raketen wurden ein Opfer der herabstürzenden Wassermassen, aber die meisten drangen durch die Lücken und streckten sich wie die Hand des Todes nach Jaffray und seinen Leuten aus.

Einer seiner Mechs, ein *Vulkan,* bekam die Masse der Raketensalve und eine Gausskugel in den rechten Unterschenkel ab. Loren konnte nur zusehen, wie der Highlander-Mech sich in einem pantomimischen Todeskampf wand und die Pilotin den Schleudersitz auslöste. Sie wurde geradewegs über den Fluß ans andere Ufer geschleudert, wo sich ihr Fallschirm öffnete und sie absetzte. Während die Pilotin noch zu Boden schwebte, kippten die zerschlagenen und verkohlten Überreste ihres *Vulkan* in die Fluten und verschwanden.

Dann konzentrierten sich die Davions auf Lorens Truppen. Die Mechs in der Nachhut zogen sich hastig zurück und machten sich daran, mühsam ans Ufer zu waten, während sich die Schweber in einer Kehrtwendung direkt gegen Team Blau formierten. Als die Davions sich von Huff abkehrten, erkannte Loren, daß seine Mannschaft jetzt einer erheblichen Übermacht gegenüberstand, die mit jeder Minute größer wurde.

»Sir? Was haben die vor?« fragte Commander Sullivan von Einsatzkompanie Eins. Sein *Kreuzritter* deckte 50 Meter vor Lorens *Gallowglas* den Gegner aus Lang- und Kurzstreckenlafetten ein. »Sie graben sich ein, statt uns niederzurennen.«

Es war eine weitere Falle. Loren war sich sicher. Aber was für eine? Er suchte Wald und Fluß nach verräterischen Indizien ab. »Behaltet eure Ortung im Auge, Leute. Sucht nach Minen oder versteckten Mechs. Hier geht irgend etwas vor«, warnte er seine Einheit, während er das Fadenkreuz über einen Davion-*Cäsar* zog. An der Bemalung erkannte er den Mech aus Mulvaneys Hinterhalt wieder, auch wenn er jetzt rußgeschwärzt und zerbeult war. Aber der kampfgezeichnete

Mech bewegte sich, als sei er unbeschädigt oder repariert. Die Erinnerungen an diesen Hinterhalt waren noch allzu frisch, und Loren konnte auf eine Wiederholung seines Versagens verzichten. Huffs Worte klangen in seinen Ohren nach. Er hätte den Kampf dort endgültig abschließen können, aber er hatte es nicht getan. Diesmal würde es anders laufen.

Als die Mechs aus dem Kastell eine weitere tödliche Geschoßsalve abfeuerten, nahm Lorens Verwunderung noch zu. Die größer werdende Staubwolke stromabwärts ließ keinen Zweifel daran, daß Huff und MacLeod immer näher kamen, aber Sichtschirm und Ortung zeigten Mulvaney und die Davions, die auf seiner Seite des Flusses schon fast übereinander kletterten. Team Blau rückte weiter vor, aber jetzt sehr viel langsamer, durch den plötzlichen Umschwung mißtrauisch geworden.

Als Loren die Waffen für einen erneuten Angriff auf den *Cäsar* ausrichtete, blieb dieser stehen und feuerte sein Gaussgeschütz auf Sullivans *Kreuzritter* ab. Die silbernglitzernde Kugel schoß mit einer solchen Geschwindigkeit aus dem Lauf, daß man sie mit einem Energiestoß hätte verwechseln können. Sie schlug in der Hüfte des *Kreuzritters* ein. Der Mech stolperte nach hinten, und Bruchstücke seiner Panzerung fielen in den Fluß. Loren feuerte die PPK ab und sandte einen Strom geladener Partikel in den rechten Ellbogen des *Cäsar*, um dessen Feuer auf sich zu ziehen. Der Unterarm des *Cäsar* mit der tödlichen PPK fiel leblos herab, als das Ellbogengelenk in einem wilden Funkenschauer den Geist aufgab.

Jake Fuller meldete sich wieder. »Sie stehen da unten am Ufer auf einem Haufen herum und warten auf uns, Major. Was tun wir?«

Von allen Gründen, die Loren einfielen, warum sich eine Gruppe von MechKriegern so verhalten sollte, war der bei weitem wahrscheinlichste, daß sie versuchten, den Feind in einen Hinterhalt zu locken. Aber weder eine Überprüfung des Flußbetts noch der Wälder hatte einen Hinweis auf versteckte Feindtruppen ergeben. Durch den Rückzug des Gegners wußte er, daß Team Blau nicht in ein Minenfeld lief, und sie waren inzwischen weit genug vom Kastell entfernt, um dem Beschuß von dort seine Gefährlichkeit zu nehmen. *Entweder wollen sie uns aus der Deckung locken, oder sie wollen es jemand anderem erleichtern, unsere Truppen auseinanderzuhalten. Wenn sie es darauf anlegen, unsere Einheiten voneinander zu trennen, sollte ich darauf reagieren, indem ich genau das verhindere. Ich weiß nicht, was sie vorhaben, aber unsere beste Verteidigung besteht darin, ihre Pläne zu durchkreuzen.*

»Team Blau von Major Jaffray. Alle Einheiten, stürmen! Überrennt sie. Wo möglich, erzwingt einen Nahkampf. Nehmt sie euch zur Brust, und *das meine ich wörtlich!*«

»Sir?« erklang die zweifelnde Stimme Commander Fullers.

Loren trieb den *Gallowglas* vorwärts, als eine Salve aus sechs Kurzstreckenraketen knapp seinen linken Arm verfehlte. »Sie haben richtig gehört, Jake! Sturmangriff! Sie wollen uns fernhalten, und ich bin nicht in der Stimmung, ihnen diesen Gefallen zu tun.« Als seine gesamte Truppe Höchstgeschwindigkeit erreicht hatte, stellte Loren fest, daß sich die Davions und Renegaten weiter zurückzogen und noch immer Distanz zu halten versuchten. Dann drehten drei Reihen ihrer Mechs um und eröffneten das Feuer auf den Rest von Lorens nicht sprungfähigen Mechs und die Maschinen Major Huffs.

»Huff an Jaffray.« Lorens *Gallowglas* wurde von zwei mittelschweren Impulslasern am Rumpf getroffen. Die Alarmglocken der Wärmeskala gellten auf, aber Loren schaltete sie ab, um sich auf die Stimme seines Offizierskameraden konzentrieren zu können.

»Sprechen Sie, Huff«, antwortete er und feuerte seine Impulslaser auf den rückwärts ans Flußufer watenden *Cäsar* ab.

»Langstreckenortung spricht an. Setzen Sie sich in den Wald oder den Fluß ab.« Die Angst in Huffs Stimme war selbst über Funk unverkennbar.

»Wo ...«

»Jäger!«

Im selben Moment explodierte der Boden neben Loren, als ein LSR-Hagel aus dem blauen Himmel Northwinds herabregnete und eine seiner *Hornissen* traf, die augenblicklich in einem Feuersturm verschwand. Der Pilot hatte keine Chance.

Noch immer eher instinktiv als überlegt handelnd, öffnete Loren die Verbindung zu Team Blau. »Davion-Luft/Raumjäger! Wir müssen zwischen ihre Mechs! Alle Mann vorwärts!« *Unsere einzige Hoffnung ist, mitten in ihre eigene Formation zu stürmen, wo wir nicht bombardiert oder beschossen werden können.*

Die Mechs von Team Blau krachten in die Reihen ihrer Gegner wie eine Flutwelle in einen Deich. Loren stürmte mit dem *Gallowglas* geradewegs in den *Steppenwolf* eines Highlander-Renegaten, als dieser gerade einen Schlag gegen ihn ausführte. Die riesige Metallfaust grub sich tief in die Schulter des *Gallowglas,* verfehlte aber den Schulteraktivator. Die Gewalt des Zusammenpralls war so groß, daß die Schulter ihrerseits sich in die Brustpartie des Angreifers grub. Wichtiger aber schien, daß die *Steppenwolf*-Pilotin das Gleichgewicht verlor und ihr Mech im Sturz noch die *Valkyrie* eines anderen Renegaten mitriß.

Loren öffnete eine Richtstrahlverbindung zum Cockpit des *Steppenwolf.* »Ergeben Sie sich, oder ich sorge dafür, daß Ihr Mech nie wieder einen Einsatz erlebt.« Die durch den Nahkampf erzeugte Hitze war kaum noch zu ertragen, und Lorens Kühlweste bot ihm nur einen schwachen Schutz vor der Bruthitze im Innern der Kanzel. In der Ferne sah er, wie Huffs und MacLeods Truppen unter dem Luftangriff schwere Verluste erlitten. Der Explosionsdonner der Bomben ließ seinen Mech erzittern und füllte die Luft mit dichten grauschwarzen Rauchwolken.

»Aye, Sir, ich ergebe mich Ihrer Gnade«, antwortete die *Steppenwolf*-Pilotin und schaltete in einer Geste der Kapitulation den Fusionsreaktor ab. Jaffray verschwendete keine weitere Zeit, sondern wandte sich dem nächsten seiner Leute zu, Commander Sullivan in seinem angeschlagenen *Kreuzritter*. Der ältere Commander holte mit dem rechten Arm seines Mechs zu einem Hieb gegen den Davion-*Cäsar* aus, den Loren kurz zuvor angegriffen hatte, aber er bekam keine Gelegenheit, den Schlag auszuführen. Der *Cäsar*-Pilot beugte seinen Mech nach vorne, so daß die Mündung seines Gaussgeschützes sich knapp unter dem Saum von Sullivans Kanzeldach befand, und feuerte.

Der Schuß riß den Kopf des *Kreuzritter* ab wie der Hieb eines Richtschwerts. Der Schuß auf derart kurze Distanz zerfetzte auch das Gaussgeschütz, aber Loren hatte ernste Zweifel, ob das den Davion-Piloten interessierte. MacLeod und Mulvaneys Gefechtsorder hatte für die Konsulargarde offensichtlich keine Bedeutung. Deren Mitgliedern ging es nur um den Abschuß. Aber Loren wußte, ein Feind, der unfähig war, das Konzept der Ehre zu begreifen, konnte die Northwind Highlanders niemals besiegen.

Was für ein Unterschied, dachte Loren. *Die einen kämpfen für eine Sache, den anderen geht es nur um die Macht. Barbaren! Besser, die Bestie umzubringen, als zuzulassen, daß sie weitere Verbrechen begeht. Sie leben zu lassen, wäre ein Verbrechen!* Er zog das Fadenkreuz über den *Cäsar,* der sich mit nutzlos herabhängendem rechten Arm zu ihm umdrehte. Jaffray gab eine Breitseite auf ihn ab. Die PPK, die beiden schweren Laser, die beiden mittelschweren Impulslaser und sogar der leichte Kopflaser eröffneten gleichzeitig das Feuer auf den plumpen Mech. Über diese kurze Entfernung zuckte aus der PPK nur ein greller Energieblitz, der über den gesamten Rumpf des *Cäsar* tanzte und seine Panzerung abkochte. Die Laser bohrten sich knapp unter den Überresten der Bewaffnung des Mechs in den Rumpf, brannten sich an Myomermuskeln und Panzerresten vorbei und gruben sich in die Reaktorabschirmung, bis sie das Magnetfeld zerstört hatten, das den Reaktorkern umgab.

In einem gleißenden Feuerball flog der *Cäsar* über den Trümmern des zerstörten *Kreuzritter* in einer Million Bruchstücke auseinander. Schrapnelle von der Explosion schlugen in einen *Tomahawk* der Konsulargarde ein und warfen einen Renegaten-*Kriegshammer* zu Boden. Loren war so vom Tod des *Cäsar* gebannt, daß er die LSR-Salve gar nicht wahrnahm, die auf ihn zutrommelte. Die Raketen schlugen mit solcher Gewalt auf beiden Seiten des *Gallowglas*-Rumpfes ein, daß er die Kontrolle über den Mech verlor. Der Kampfkoloß stürzte knapp neben dem *Kriegshammer* zu Boden, und Loren wurde trotz der Gurte heftig durch das Cockpit geschleudert.

In all den Schlachten, die Loren irgendwo in der Inneren Sphäre geschlagen hatte, hatte er sich dem Tod noch nie so nah gefühlt wie bei seinen Aktionen hier auf Northwind. Er spürte weniger Furcht vor dem Tod selbst, als vor der Begegnung mit ihm. Aber vielleicht konnte er im Ableben Frieden finden. Der Tod würde auch seiner Mission ein Ende setzen. Er müßte dann nicht länger unter dem Schatten leben, das Andenken seines Großvaters zu entehren. Erst das Erzittern des *Gallowglas* unter einem erneuten Einschlag holte Loren zurück in die Wirklichkeit.

Das Abfeuern aller Waffensysteme hatte den Wärmehaushalt des Mechs endgültig zusammenbrechen lassen. Der *Gallowglas* hatte sich abgeschaltet.

Und nun lag er irgendwo auf dem Schlachtfeld, und Loren hing wie eine alte Stoffpuppe in den Sicherheitsgurten. Lange Sekunden tat Jaffray gar nichts, bis er doch noch versuchte, seinen Mech wieder zu aktivieren. Die Schalter und Kontrollen schienen tot, und er befürchtete das Schlimmste, als keines der Systeme reagierte. Schließlich, nachdem er frustriert auf die Tastatur gehämmert hatte, meldete sich das Startprogramm des Diagnosesystems. Sanft leuchtend liefen die Daten über den Schirm. *Viel ist es nicht, aber ein Anfang. Sieht so aus, als müßte der Schnitter sich noch etwas gedulden.*

Es dauerte volle zwei Minuten, bis der Gefechtscomputer die Arbeit wieder aufnahm. Loren schienen es die längsten zwei Minuten seines Lebens zu werden. Ringsumher donnerte und röhrte die Schlacht, aber er hatte keinen Anteil daran. *Ich habe mich von der Wut überwältigen lassen, und was hat es mir gebracht? Ich wurde zuschanden geschossen und bin außer Gefecht gesetzt.* Auf dem Diagnoseschirm des Computers sah er das Ausmaß der Schäden. Die Frontalpanzerung war kraterübersät, als wäre der Mech aus kürzester Entfernung von einer riesenhaften Schrotflinte beschossen worden. Das Gyroskop war aus den Lagern geschlagen und würde ihm nicht einmal mehr gestatten, den Mech auf die Beine zu stellen. Der Schaden ließ sich reparieren, aber es bestand kein Zweifel darüber, daß diese Schlacht für ihn vorbei war. Er hatte kein Gefühl, das ihm sonderlich zusagte, ein Gefühl von Einsamkeit und Reue.

Ich habe versagt. Großvater hat mich immer davor gewarnt, aus dem Gefühl heraus zu kämpfen, und genau das habe ich getan. Jetzt bin ich aus dem Spiel. Es war genau dieselbe Emotionalität, die ich als Schwäche der Highlanders erkannt habe. Der einzige Unterschied ist, daß sie für die Northwind Highlanders das Ende bedeuten wird – von meiner Hand. Die einzige gute Nachricht war, daß ihre Seite die Oberhand gewonnen haben mußte, sonst hätten die Davions Lorens Überreste zu Staub zerblasen. Enttäuscht und etwas beschämt schaltete Loren den Fusionsreaktor auf niedrigste Leistung und verriegelte das Sicherheitssystem der Maschine.

Er betrachtete das Innere des Cockpits mit einem Gefühl des Verlusts. Falls der Mech nicht instandgesetzt werden konnte, würde er sich in Zukunft darauf beschränken müssen, die MacLeod's Highlanders zu beraten. Aber die Schäden schienen im Rahmen dessen zu liegen, was die Techs auch im Feld beheben konnten. Zumindest hoffte er das. Wenn nicht, hatte er seinen Platz in diesem Krieg verloren.

Er blickte durch das polarisierte Kanzeldach hinauf zum strahlend blauen Himmel über Northwind und sah einige dichte Rauchsäulen aufsteigen. Loren löste die Haltegurte und machte sich auf den langen Weg ins Freie. Er hievte sich zur Luke hoch und preßte den Öffnungsknopf. Das Schloß öffnete sich, und kalte Flußluft strömte herein. Er wollte die Luke aufdrücken, aber sie war fest verkeilt.

Dann tauchten Hände von der anderen Seite auf und zerrten an der Luke. Loren konnte nicht sehen, wem sie gehörten, aber er verlor keine Zeit, suchte einen Halt und drückte mit den Füßen von innen gegen die Luke. *Es ist mir egal, wer das Ding aufstemmt, solange es nicht dieser Wurm Catelli ist.* Langsam weitete sich der Spalt, bis Loren genug Platz hatte, um sich hindurch zu zwängen.

Das helle Tageslicht und die kühle Brise waren fast zuviel für ihn. Die Schlacht war offenbar vorüber. Die meisten verbliebenen Mechs feuerten nicht mehr, sondern bewegten sich in Richtung des Waldes. *Wie lange habe ich da gelegen? Minuten? Stunden?* Loren sah hinüber zu der MechKriegerin, die ihm geholfen hatte, das Cockpit zu verlassen. Sie war verschwitzt und voller blauer Flecke, vom Kampf gezeichnet und geschafft.

Mir geht es wahrscheinlich auch nicht besser, ich merke es nur noch nicht. Er nahm den Neurohelm ab.

»Sie sind Major Jaffray, der Capellaner, nicht wahr?« fragte sie mit seltsam vertrauter Stimme. Loren überlegte, wo er sie schon einmal gehört hatte, aber er konnte ihr Gesicht und ihren Akzent nicht miteinander in Verbindung bringen.

»Ja, der bin ich. Ich nehme an, einer von uns ist der Gefangene des anderen«, stellte er fest, sah über das Schlachtfeld und suchte nach einem Hinweis darauf, wer gewonnen hatte.

»Ich bin die Lassie, die gefangen ist. Sie haben mich im Kampf besiegt«, meinte sie und deutete auf den *Steppenwolf.* Der Mech war schwer beschädigt, aber wahrscheinlich zu reparieren. Falls nicht, hatte sich diese Kriegerin soeben in die Linien der Entrechteten eingereiht.

»Sie sind die Pilotin?«

»Aye, Subcommander Kathleen McKinley, zu Ihren Diensten.«

»Wer hat gewonnen?«

»In dieser Schlacht? Oberst MacLeod, fürs Erste. Aber eine Schlacht macht noch keinen Krieg.« Sie deutete auf eine Reihe aus acht kleinen Lichtpunkten, die sich über den strahlend blauen Himmel bewegten. Für das ungeübte Auge wirkten sie wie langsame Meteore, die auf die Planetenoberfläche stürzten. Aber für Loren Jaffrays erfahrenen Blick waren sie sehr viel mehr.

»Landungsschiffe. Verflucht, das sind Landungsschiffe. Die 3. Davion Royal Guards RKG«, murmelte er, hob die Hand über die Augen und beobachtete ihren Flug.

»Sie wußten von den 3. Royals?« Sie klang ausgesprochen überrascht.

Loren nickte, ohne den Blick von den Schiffen zu nehmen.

»Dann wissen Sie auch, daß der Kampf noch lange nicht vorüber ist, außer vielleicht für uns beide«, stellte Kathleen McKinley fest und machte sich auf den Weg zu Huff und MacLeod. Loren folgte ihr. Plötzlich hatte sich die Lage enorm verschlechtert.

28

SBVS-Festung N001, ›Das Kastell‹, Northwind Mark Draconis, Vereinigtes Commonwealth

6. Oktober 3057

Die Pioniere des Regiments waren noch vollauf damit beschäftigt, die Überreste der abgeschossenen BattleMechs außer Reichweite der Verteidiger im Kastell zu schaffen, als Loren langsam hinüber zu dem provisorischen Kommandostand ging, den Oberst MacLeod am Flußufer eingerichtet hatte. Während des Nachmittags und Abends der vorangegangenen Tage hatte er aufgepaßt, daß die Techs seinen *Gallowglas* mit aller gebotenen Vorsicht behandelten, als sie ihn aus dem Fluß zogen. Die Crew hatte sofort mit den Reparaturen begonnen, aber bis er schließlich eingeschlafen war, konnte ihm noch niemand etwas näheres sagen.

Major Huff hatte die Überreste der beiden Einsatzgruppen zusammengefaßt und die Klippen und Tunneleingänge zum Kastell unter seine Kontrolle gebracht. Die Operation dauerte bis in die Nacht hinein. Beim ersten Morgenlicht wurde Loren zu einem Treffen mit dem Regimentsstab gerufen. Für eine solche Besprechung konnte es nur einen Grund geben: die Planung für die nächste Phase der Operation. *Ich hoffe nur, MacLeod und Huff haben irgendeinen Kampfauftrag oder Ersatzmech für mich. Diesen Kampf als Beifahrer auszusitzen, habe ich mir nicht erträumt.* Außerdem wußte er, daß er nur mit einem Gefechtsauftrag eine Chance hatte, Mulvaney noch einmal zu begegnen.

MacLeods Feld-HQ war wenig mehr als ein Felsvorsprung, der von mehreren Mechs bewacht wurde, unter anderem von seinem eigenen *Huronen*. Als Loren sich näherte, erkannte er die müde, gedrungene Gestalt Major Huffs. Er und einige andere Offiziere hatten sich um ihren Kommandeur versammelt wie Mönche um einen Tempelpriester.

Als er die Frustration auf MacLeods Gesicht sah, mußte Loren plötzlich daran zurückdenken, wie stolz und selbstsicher der Oberst an jenem ersten Tag auf dem Raumhafen gewirkt hatte. Wie lange schien das schon her zu sein. Damals war alles soviel klarer erschienen. Hatte Loren in seiner Mission versagt? Hatte er den Kanzler im Stich gelassen?

Er trat unter die Zeltplane und salutierte. »Major Jaffray meldet sich wie befohlen, Oberst.« MacLeod erwiderte den Gruß, und Loren trat zu den anderen an den tragbaren Kartentisch.

Als MacLeod das Wort ergriff, war seine Stimme tief und, trotz allem, was sie gerade hatten durchmachen müssen, irgendwie beruhigend. »Sie haben sich alle unter schwierigen Umständen bemerkenswert gehalten. Wir haben Verluste zu beklagen, aber wir haben auch den Gegner ziemlich hart rangenommen. Und jetzt stehe ich vor einer schwierigen Entscheidung. Ich werde es Hauptmann Dumfries überlassen, uns die bisher gesammelten Erkenntnisse vorzutragen.« Er nickte dem stämmigen rothaarigen Bartträger zu, der wie manche Highlander-Piloten an Stelle der üblichen Shorts einen Einsatzkilt trug.

Als Dumfries die Karte aktivierte, zeigte die schwach beleuchtete Fläche das Gebiet um das Kastell. »Dank der Anstrengungen Major Huffs konnten wir die Tunneleingänge im Westen sichern, aber wir haben feststellen müssen, daß einige davon vor kurzem mit Sprengstoff blockiert wurden oder durch Mechs und Infanterie gesichert werden. Wir können bestätigen, daß Mulvaney und Catelli das Kastell in ihrem Besitz haben, aber wir haben keine Daten darüber, wie viele Personen sich in seinem Innern aufhalten. Die Verwirrung wird noch durch Hinweise darauf erhöht, daß ein Teil ihrer Mechs bereits vor unserem Eintreffen aus dem Kastell geflohen und dem Flußlauf weiter nach Nordwesten gefolgt ist. Wir konnten bisher nicht feststellen, wie viele abgezogen oder geblieben sind.«

Loren sah hinüber zu Major Huff. Der Highlander-Offizier wich dem Blickkontakt aus. Er weigerte sich zuzugeben, daß Loren mit seiner Vermutung über die Pläne ihrer Gegner recht gehabt hatte.

Schließlich sprach Loren es aus. »Sie sind nicht mehr dort drin. Und wenn noch welche hier sind, dann ist es nur eine Handvoll. Der Rest befindet sich auf dem Weg zum Gebirgslager, um sich dort auszurüsten, während wir hier festsitzen.«

Huff verlor keine Zeit, mit den alten Einwänden zu kommen. »Das wissen wir nicht, Jaffray. Wir wissen nur, daß ein paar von ihnen möglicherweise in diese Richtung unterwegs sind.«

Hauptmann Dumfries unterbrach ihn. »Genaugenommen, Major Huff, können wir mit ziemlicher Sicherheit annehmen, daß sich nur eine Restmannschaft im Kastell aufhält.«

»Spekulation, Richard?« fragte Oberst MacLeod.

Dumfries schüttelte entschieden den Kopf. »Eine logische Schlußfolgerung, Sir. Punkt Eins: Es gibt keinerlei Hinweise auf irgendwelche Bodenfahrzeuge der Konsulargarde. In Anbetracht der Geländebedingungen auf dieser Seite des Flusses können sie ihre Panzer und Fahrzeuge unmöglich durch die Tunnel geschafft haben.«

»Aber wo stecken sie dann?« fragte einer der anderen Offizere.

»Ich nehme an, daß sie das Landungsschiff dazu benutzt haben, die Fahrzeuge abzutransportieren. Wenn sie sich dicht über den Baumwipfeln gehalten haben, waren sie für unsere beschränkten Ortungsmöglichkeiten nicht zu entdecken. Mit großer Wahrscheinlichkeit wurden sie in die Berge geschafft, weil sie von dort aus eine Straßenverbindung zurück nach Tara haben. Punkt

Zwei: Wir sind bei unseren Vorstößen zum Kastell keinen Kröten begegnet, obwohl wir wissen, daß nach dem Überfall auf unser HQ eine große Anzahl von ihnen entkommen ist. Wenn ich solche Truppen zur Verfügung hätte, würde ich sie benutzen, um meinen Mechs den Durchbruch zum Kastell zu erleichtern. Aber wir sind ihnen nicht begegnet, was einer der Gründe für unseren Erfolg gegen die feindliche Nachhut war.«

»Es sieht nicht gut aus«, meinte MacLeod, und strich sich über den graumelierten Bart. »Erzählen Sie Ihnen, was Sie über die Landungsschiffe wissen, die wir gestern gesehen haben, Hauptmann.«

Dumfries zuckte leicht und nickte. »Bei den Landungsschiffen handelte es sich definitiv nicht um die Stirling's Fusiliers. Laut der Breitbandnachricht Cat Stirlings, die wir aufgefangen haben, planen die Fusiliers den Abwurf für den 20. Oktober um 14 Uhr. Also wissen wir, daß es jemand anders sein muß. Im übrigen kann sie eine derartige Botschaft nur geschickt haben, weil sie aus dem Fort keine Antwort erhielt. Unglücklicherweise können wir ohne Kommunikationsverbindung nach Tara und zum Sender des Forts auch unsererseits keine Verbindung mit ihr aufnehmen. Unsere Relaisstrecke steht, aber das Fort antwortet nicht. Das bedeutet, irgend etwas ist dort ganz und gar nicht in Ordnung.«

Schlimm genug, daß sie Funk- und Ortungsanlagen verloren hatten, dachte Jaffray. Jetzt schien es, als hätten die Davions sogar das Fort in ihre Gewalt gebracht.

»Und nur, damit wir uns richtig verstehen, ich habe genug Landungsschiffe für eine komplette Regimentskampfgruppe plus Nachschub gezählt. Durch den Verlust unserer Ausrüstung können wir ihre exakten Landekoordinaten nicht feststellen, aber durch Abfangen der Signalspeisungen der Mecheinheiten in diesem Gebiet konnte ich ihre Landezone auf fünf Kilometer genau festlegen.«

»Tara«, stellte MacLeod leise fest.

»Das ist unmöglich«, stieß Huff aus. »Wir sind übereingekommen, Tara als neutrales Gebiet zu behandeln. Sie würden es nicht wagen, diese Vereinbarung zu verletzen. Nicht jetzt.«

Loren schüttelte den Kopf. »Möglicherweise unterschätzen Sie, wie weit Victor Davion zu gehen bereit ist, um Northwind und die Highlanders unter seiner Herrschaft zu halten. Ich würde mein Leben darauf verwetten, daß sie entweder in Tara oder unmittelbar in der Nähe der Stadt runtergekommen sind.«

»Ich muß Major Jaffray zustimmen«, meinte MacLeod. »Das erklärt, warum wir keinen Kontakt mit dem Fort aufnehmen können, um uns über die Lage zu informieren oder Cat Stirling von den Davion-Truppen auf Northwind in Kenntnis zu setzen. Ich wette, Bradford hat sie geradewegs über dem Fort abgeworfen. Er hat uns lange genug blenden können, um es sich als Operationsbasis zu sichern. Wir haben Tara nahezu schutzlos gelassen, und nach dem, was wir wissen, könnte der Feind schon mitten im Friedenspark sitzen.«

MacLeods Worte trafen jeden einzelnen der versammelten Offiziere, und Loren war keine Ausnahme. Es war, als seien sie vergewaltigt worden. Auf beiden Seiten waren ihre Kameraden gefallen, und nun brach der Feind feierliche Vereinbarungen und Versprechen. Es gab kein Gesicht im Innern des Zeltes, das nicht von Wut gezeichnet war.

»Noch ist es nicht vorüber«, erklärte der Oberst grimmig. »Bis jetzt haben wir uns im Kreis gedreht wie ein Hund, der nach seinem eigenen Schwanz schnappt. Sie waren auf der Flucht, aber jetzt sind wir plötzlich die Unterlegenen. Na schön. Die Situation ist mir nicht neu, und ich habe sie schon früher in einen Sieg verwandelt – mehr als einmal.« Der Oberst beugte sich über die Karte und schaltete sie um, um ihnen seinen Plan für die bevorstehende Auseinandersetzung zu erläutern. Auf dem elektronischen Rasterblatt erschienen Tara, das Kastell und das Highlander-Ausbildungslager in den nahen Rockspire Mountains. Über das Gelände verteilt leuchteten Einheitsmarkierungen auf. Das helle Sonnenlicht ließ die Karte verblassen, aber das Leuchten auf MacLeods Gesicht blieb davon unbeeinflußt.

»Wir können nicht wissen, wie groß das Truppenkontingent im Kastell ist, daher sind wir gezwungen, es entweder zu belagern oder zumindest abzuriegeln, so daß niemand es verlassen kann. Und wir wissen, daß ein Kontingent unbekannter Größe auf dem Weg ins Ausbildungslager ist oder sich sogar schon dort aufhält. Von den 3. Royals bei oder in Tara ganz zu schweigen. Mulvaney und Catelli werden davon ausgehen, daß ich die Sache persönlich nehme, hier stehen bleibe und mich mit den Verteidigern des Kastells prügle. Oder schlimmer noch, daß ich selbst zur Verteidigung überwechsle und in einen unserer andern Stützpunkte auf der entfernten Seite des Kontinents fliehe – in dem Wissen, daß mir die 3. Royals auf den Fersen sitzen. Um ehrlich zu sein, waren das meine beiden ersten Gedanken. Beide sind verlockend. Aber damit würde ich dem Feind nur in die Hände spielen. Und wie Major Jaffray so gerne anmerkt, wir müssen uns gegen die Davions etwas erfinderischer zeigen. Sie spielen nicht gerade fair, jedenfalls nicht so, wie die Highlanders diesen Begriff verstehen. Statt die Flucht zu ergreifen, werden wir die Schlacht zu ihnen tragen. Mulvaney und Catelli werden glauben, daß ich durchzuhalten versuche, bis die Fusiliers eintreffen. Das ist ihr Fehler. Eine kleine Kundschaftereinheit wird auf direktem Weg nach Tara aufbrechen, um die Situation unserer Leute sowie Stellungen und Absichten der 3. Royals zu erkunden. Eine einzelne Lanze kann Tara sehr viel schneller erreichen als das ganze Regiment und unterwegs noch ein paar Vorbereitungen für unseren Anmarsch treffen. Währenddessen werden wir das Kastell angreifen und erobern. Es wird uns schätzungsweise drei Tage kosten, sie aus ihrem Bau zu vertreiben, wer immer sich dort drinnen versteckt hält. Sobald wir das Kastell unterworfen haben, rüsten wir uns aus den dortigen Lagerbeständen neu aus und machen uns unter Berücksichtigung der Informationen unserer Kundschafter auf den Weg nach Tara. Wir müssen Ende des Monats dort sein. Zu diesem Zeitpunkt werden sich die Stirling's Fusiliers im Landeanflug befinden. Wenn sie erst aufgesetzt haben, sind beide Seiten zahlenmäßig gleich stark, auch wenn ich bezweifle, daß unsere Davion-Gegenspieler in puncto Klasse oder Stil an uns heranreichen.« Die letzte Bemerkung des Obersts brachte die Offiziere zum Lachen.

Huff deutete auf die Karte und beleuchtete eine dünne Linie von Tara zum Gebirgslager. »Der Plan ist riskant. Wenn wir davon ausgehen, daß Mulvaney oder Catelli ein größeres Truppenkontingent im Lager haben, besitzen sie eine hübsche, breite Straßenverbindung geradewegs nach Tara. Mit ihren Luft/Raumjägern werden sie keine Probleme haben, die Bewegungen unserer Einheit zu verfolgen, auch wenn das Kundschafterteam möglicherweise unbemerkt durchschlüpfen könnte. Mulvaney könnte ohne weiteres schnell genug in Tara auftauchen, um uns eine Menge Probleme zu machen.«

Hauptmann Dumfries betrachtete die Karte mit skeptischer Miene. »Bei der Ausarbeitung dieses Plans standen wir noch vor einem zweiten Problem, nämlich, wie wir Kontakt mit Oberst Stirling aufnehmen sollen. Ohne eine Möglichkeit, ihr eine Nachricht zukommen zu lassen, werden wir nicht mit ihr reden können, bis ihre Landungsschiffe unmittelbar über uns stehen. Deswegen müssen wir wissen, wo sie aufzusetzen plant.«

»Wie sieht ihr stehender Befehl für eine Landung auf Northwind ohne Funkverbindung aus?« fragte Loren.

Die meisten Einheiten hatten fertige Gefechtspläne für den Fall von Schwierigkeiten.

»Cat Stirling hat Anweisung, die Einheit bei Kommunikationssperre oder zu erwartenden Feindseligkeiten über Tara abzuwerfen. Aber dabei könnte sie mitten in eine Falle springen, und wir haben keine Möglichkeit, sie zu warnen.«

»Es sei denn, wir wären in Tara«, meinte Huff.

»Oder sie würde die Falle selbst entdecken«, fügte Dumfries hinzu.

MacLeod richtete sich auf und zupfte die Uniform zurecht. »Ich plane, unser Regiment für einen Angriff auf die 3. Royals in Stellung zu haben, wenn die Stirling's Fusiliers ankommen. Hoffentlich zählt Cat zwei und zwei zusammen und erkennt, was hier los ist. Vielleicht gelingt es uns ja, sie noch zu warnen; wenn nicht, können wir zumindest für ein Feuerwerk sorgen, daß sie Kampfhandlungen sieht.«

Loren beugte sich über die Karte und studierte das unzugängliche Gelände zwischen dem Kastell und Tara. Die zerklüfteten Berge und der dichte Wald waren der Grund gewesen, warum die Highlanders Mulvaneys Rebellen am Fluß entlang verfolgt hatten. Jetzt wollte Oberst MacLeod seine ohnehin schon erschöpften Truppen durch ausgesprochen unwegsames Gebiet geradewegs in die nächste Schlacht führen. Nur eine Eliteeinheit wie die Highlanders oder seine Todeskommandos waren in der Lage, eine derartige Belastungsprobe durchzustehen.

»Sir, unsere Relaisstrecke ist an dem Weg entlang aufgebaut, auf dem wir hierher gekommen sind. Wie wollen Sie Kontakt mit der Scoutlanze halten, die Sie nach Tara schicken?« fragte er.

»Zwei andere Lanzen werden sich über den Weg der Kundschafter verteilen. Wir werden eine Art Staffellauf veranstalten und das Signal von einem Mech an den nächsten weitergeben, bis es schließlich das Regiment erreicht. Auch wenn die Scouts dadurch isoliert werden, stellt das unsere beste Chance dar.«

Major Huff deutete zurück zum Wasserfall, der von MacLeods provisorischem Feld-HQ aus gerade noch sichtbar war. »Das Kastell einzunehmen, wird nicht gerade einfach werden, aber ich gehe einmal davon aus, daß Mulvaney nur ein symbolisches Kontingent hier zurückgelassen hat, um uns zu binden. Wenn wir die Gurkha-Infanterie in die oberen Tunnel schicken und mit den BattleMechs den Eingang und das Feuerdeck unter Beschuß nehmen, sollten wir sie überwältigen können. Aber es wird sich nicht vermeiden lassen, daß die Infanterie diese oberen Tunnel Meter um Meter freikämpfen muß. Im schlimmsten Fall wird es vier Tage dauern.«

MacLeod deutete auf die Karte und zog eine Linie vom Kastell nach Tara. »Der Schlüssel bei dieser Operation ist eine Kundschaftereinheit wie ein geölter Blitz. Ich erwarte, daß die Leute mit drei bis vier Stunden Schlaf pro Nacht auskommen und Tara erreichen, bevor die 3. Royals Gelegenheit haben, die Stadt hermetisch abzuriegeln. Gelingt das nicht, bekommen wir die benötigten Daten nie. Schlicht und einfach ausgedrückt, brauche ich eine altmodische Kavallerieoperation.«

Loren studierte die unsichtbare Linie, die MacLeod gezeichnet hatte. Er hielt sich für mehr als nur zur Führung eines solchen Unternehmens fähig, machte sich jedoch Sorgen, die übrigen Highlander-Offiziere vor den Kopf zu stoßen, wenn er sich freiwillig meldete. Also hielt er den Mund und sah auf die Karte. *Zum Teufel, so etwas habe ich schon früher gemacht. Diese Mission übertragen zu bekommen, könnte entscheidend für die des Kanzlers sein. Ich muß genau wissen, wo die Davions sind, und wo Cat Stirling ist.* Als er den Blick hob, sah er, daß alle anderen Offiziere ihn wartend ansahen.

»Warum gucken Sie mich alle so an?« fragte er beinahe schüchtern.

MacLeod lachte leise und lächelte sogar Huff zu. »Bis jetzt haben Sie keine Chance ausgelassen, sich freiwillig für einen Kampfeinsatz zu melden. Wir sind alle davon ausgegangen, daß Sie diese Chance mit beiden Händen packen würden. Insbesondere, da Sie recht und ich unrecht hatte, was den Vorstoß zum Gebirgslager anging.« MacLeod machte eine Pause. »Ich will Sie nicht unter Druck setzen, Loren, aber wenn Sie wollen, ist das Ihre Mission.«

»Natürlich will ich, Sir. Ich wollte mich nur nicht vordrängen.«

Hauptmann Dumfries kam herüber und legte wie ein väterlicher Onkel den Arm um Lorens Schultern. »Laddie, hier ist kein MechKrieger oder Tech, der nicht weiß, was er von dir halten soll. In unseren Augen bist du ein Highlander. Wir haben alle gesehen, was du in der Schlacht getan hast, wie du mit dem Mörder von Sullivan abgerechnet hast. Selbst die Hardliner wie Huff sind bereit, dir Spielraum zu geben. McKinley hat uns erzählt, wie du sie hättest umbringen können, und es nicht getan hast. Das ist der Geist, der uns vereint, ob es dir bewußt ist oder nicht. Der Oberst hält Sie für die perfekte Wahl für diesen Job.«

»Und mein Mech?«

Diesmal gab Huff Antwort. »Er ist schon wieder einsatzbereit. Sie werden nur mit der Munition etwas sparsam umgehen müssen. Die Crew beendet gerade den Austausch der Panzerplatten.«

»Welche Lanze bekomme ich?«

MacLeod nickte beifällig. »Ich werde Sie bei der Sicherungslanze der Stabskompanie lassen. Soweit ich weiß, haben weder Frutchey noch Fuller irgendwelche Einwände dagegen, Ihnen noch einmal in den Kampf zu folgen. Allerdings fehlt Ihnen durch die Gefechtsschäden ein Mann. Carey hier ist bereit, diese Lücke auszufüllen, wenn Sie einverstanden sind.« Laurie Carey trat vor, und Loren nickte. Jetzt war nicht der

Zeitpunkt für eine Debatte über Fähigkeiten und Erfahrung. Es ging um jede Minute.

»Willkommen an Bord, Carey. Oberst, ich brauche weitere Ausrüstung, elektronische Ferngläser, leichte Kommunikatoren und Aufzeichnungsgeräte. Nachtmonturen für das ganze Team. Das übliche.«

Aus dem Hintergrund der Offiziersgruppe klang eine Stimme auf, die Loren sofort als die von Commander Gomez erkannte. »Ich kann Ihnen persönlich versichern, Major, daß Ihr Team die beste Ausrüstung erhalten wird, die uns zur Verfügung steht.« Gomez war noch immer blaß, aber offensichtlich bereit, wieder ihren Platz einzunehmen, trotz Druckverbänden. Loren freute sich sehr, daß sie den Hinterhalt überlebt hatte.

Oberst MacLeod trat zu ihm und legte beide Hände auf Lorens Schultern. Als er ihm in die Augen sah, entdeckte Loren einen Funken von Neid, als wünschte sich MacLeod, diese Mission selbst leiten zu können. Aber Loren sah noch etwas anderes, das ihn an seinen Großvater erinnerte. All die Erzählungen und Legenden von Northwind schienen in diesem Augenblick zum Leben zu erwachen, und er verstand, daß er ein Teil dieses Volkes war. *Ich bin nicht nur durch meine Geburt ein Highlander. Es steckt in mir drin. Es ist ein Teil von mir. Etwas in meinem Blut, das ich nicht verleugnen kann.*

»Wir werden nur ein paar Tage hinter Ihnen sein. Ihre Signallanze wird sechs Stunden nach Ihnen aufbrechen. Viel Glück, junger Mann. Mögen Ihre Vorfahren mit Ihnen ziehen.«

Chastitys *Marodeur II* und ihre BefehlsLanze arbeiteten sich langsam durch die felsigen Stromschnellen des Tilman. Hinter ihr lag die Schlacht, an der sie nicht hatte teilnehmen können. Hinter ihr lagen ihre Vergangenheit, ihre Freunde, alte Verbündete. Hinter ihr lag Loren Jaffray, der Mann, der ihr Leben und das ihrer Gefolgsleute auf den Kopf gestellt hatte. Der Mann, der

Northwind in einen Glutherd politischen und militärischen Aufruhrs verwandelt hatte.

Der Mann, den sie nicht vergessen konnte. Der Mann, von dem sie sich sicher war, daß er die Highlanders vernichten würde.

»Zerhackte Botschaft vom Kastell«, meldete Commander O'Leary über die Funkverbindung.

»Wie ist die Operation gelaufen?«

»Anscheinend hat eine Einsatzgruppe aus MacLeods Regiment unserer Nachhut mit sprungfähigen Mechs den Weg abgeschnitten. Sie haben unsere Truppen auf dem Feuerdeck erkannt und konnten uns schweren Schaden zufügen. Wir haben im Moment nur zwei MechLanzen und einen Infanteriezug der Konsulargarde im Kastell. Der Rest unserer Nachhut wurde aufgerieben.«

Mulvaney kannte die Festung. Auch eine so kleine Truppe reichte bei weitem aus, einen Großangriff abzuwehren, aber nicht auf Dauer. Früher oder später mußte der Verschleiß sie zu Boden zwingen. Was sie überraschte, war der Einsatz sprungfähiger Mechs. Für Huff war diese Taktik zu subtil, er wählte grundsätzlich den direkten Schlagabtausch. MacLeod neigte zu derartigen Taktiken, aber er führte nur selten die Truppen in der vordersten Front an. Nein, es gab nur einen Mann, der bereit gewesen sein konnte, dieses Risiko einzugehen, Loren Jaffray. Verdammt, muß er sich ständig in mein Leben einmischen?

»Neue Befehle, Oberst Mulvaney?«

Chastity starrte mit leerem Blick auf den Sichtschirm, während ihr *Marodeur II* über die Felsbrocken kletterte. »Nein, wir ziehen wie geplant weiter. Marschall Bradford und Colonel Catelli warten bereits im Lager. Wir stoßen dort zu ihnen und treffen uns anschließend mit den 3. Royals, um MacLeod zu erledigen.« Ihre Stimme war leise und lustlos.

»Glauben Sie, daß MacLeod uns folgt?«

»Nein, O'Leary. Jedenfalls nicht sofort. Inzwischen hat er wahrscheinlich herausgefunden, daß ein Teil von uns nach Westen weitermarschiert ist, aber er kann sich nicht leisten, die Truppen im Kastell zu ignorieren, gleichgültig, wie viele oder wenige es sind. Sie könnten einen Ausbruch unternehmen und seine Nachhut angreifen. Und er kann nicht wissen, ob wir nicht den größten Teil unserer Truppen im Kastell gelassen haben. Er wird fast eine Woche brauchen, die Wahrheit herauszufinden, und bis dahin wird er schon verspielt haben.« *Es ist ein solider Plan. Ich kenne den Oberst und habe ihn auf seinen Kampfstil abgestimmt. So wie ich den Kampfstil jedes MechKriegers im Regiment kenne. Der einzige Joker in diesem Spiel ist Jaffray. Wenn sie auf ihn hören, ist alles vorbei. Er wird die Falle erkennen und unseren Sieg in eine verheerende Niederlage verwandeln.*

Mulvaney war schockiert, daß sie keine Angst mehr vor einer Niederlage hatte. Die Andeutung einer Beteiligung der Highlanders am Tod von Konsul Burns hatte sie gegen ihre neuen Verbündeten gekehrt. Benutzten Marschall Bradford und Colonel Catelli sie und ihr Wissen über das Regiment nur? Hatten sie die Wahrheit verdreht und gebeugt, um eine Davion-Landung in Tara zu erzwingen? Sie wußte, die Wahrheit würde nie ans Tageslicht kommen. Schlimmer noch, der Sieger würde entscheiden, was die Wahrheit war. Ihr Vertrauen in die Davions war erschüttert.

Das einzige, was sie daran hinderte, sich gegen sie zu kehren, war das Versprechen, das ihr Volk dem Vereinigten Commonwealth gegeben hatte. Wenn die Militärs erst damit anfingen, ihre Verpflichtungen einem Lehnsherren gegenüber zu brechen, würde die Innere Sphäre im Chaos versinken. So etwas lag unter der Würde eines Northwind Highlanders. Sie hatte keinen Respekt für die Männer, die Prinz Davion nach Northwind geschickt hatte, um seine Interessen zu schützen, aber Mulvaney fühlte sich persönlich diesen Interessen verpflichtet. Solange sie lebte, hatte auch die Vereinbarung mit dem Vereinigten Commonwealth Bestand.

Aber zum erstenmal hoffte sie, MacLeod oder Jaffray würden sie besiegen oder ihr zumindest einen Grund liefern, diesem Wahnsinn Einhalt zu gebieten. Das machte ihr Angst.

29

Südlich von Tara, Northwind
Mark Draconis, Vereinigtes Commonwealth

11. Oktober 3057

Lorens *Gallowglas* hatte die Kuppe des Bergkamms erreicht, aber es fiel ihm schwer, einen Unterschied zu erkennen. Der dichte Wald und die gelegentlichen kantigen Felsformationen verdeckten einen Großteil der Umgebung. Im Grunde konnte er sich nur auf die Sensordaten seines Mechcomputers und auf sein Gefühl verlassen. Nach mehreren endlosen Tagen des Gewaltmarschs durch den dichten, selbst am hellen Tag in Zwielicht getauchten Wald wußte Loren aus erster Hand, warum MacLeod nicht versucht hatte, das Regiment von Tara aus in direkter Linie nach Süden zu bewegen. Ein ganzes Regiment durch dieses Gelände zu führen, war eine enorme Aufgabe. Allerdings bestand die Chance, daß der Oberst durch die Vorarbeit Lorens und seiner Kundschafter, die ihm den Weg vorgaben, wertvolle Stunden gewinnen konnte.

Mit typischer Davion-Effizienz überflogen die Luft/Raumeinheiten der 3. Royal Guards RKG zweimal täglich das Gebiet. Der erste Streifenflug fand grundsätzlich gegen elf Uhr vormittags statt, die zweite Patrouille tauchte am Nachmittag auf. Er warf einen Blick auf die Zeitanzeige und stellte fest, daß es Zeit wurde, die Lanze zu verstecken, um einer Entdeckung zu entgehen. Abgesehen von einem Funkspruch pro Tag, in dem sie die gesammelten Daten übermittelten, operierte die Lanze unter nahezu totaler Funkstille. Loren brach das Kommunikationsverbot nur für kurze Befehle, in der Regel Warnungen oder Richtungsänderungen.

»Na schön, Leute. Sucht euch ein schattiges Plätzchen.« Das fiel hier im Wald nicht schwer. Im Gegenteil, es hätte Mühe gekostet, eine Stelle zu finden, an der das helle Licht der gelben Sonne Northwinds den Waldboden erreichte. Loren setzte den *Gallowglas* vorsichtig an eine wuchtige Eiche zurück und fuhr den Reaktor des Mechs soweit hinunter, daß er nur noch ein Minimum an Energie produzierte. Dann löste er die Haltegurte und zog eine Thermaltarnplane aus dem kleinen Stauraum im hinteren Teil der Kanzel.

Loren öffnete die Cockpitluke und kletterte auf die Schulter des *Gallowglas*. Mit einer heftigen Wurfbewegung entfaltete er die schwere Plane und legte sie über Kopf und vordere Rumpfpartie des BattleMechs. Nicht weit von sich entfernt sah er Commander Frutchey dasselbe Ritual an seinem *Kriegshammer* durchführen und weitere kleine Decken über die gekreuzten Arme des Stahlriesen werfen, um die Emissionen der PPKs abzuschirmen.

Die Planen dienten dazu, die Infrarot- und Magnetsignaturen ihrer Maschinen stark genug zu dämpfen, um einer Fernortung zu entgehen. In die Decken war ein Gewebe eingearbeitet, das auch die Fusionsreaktoren vor einer MAD-Ortung schützte. Tarnplanen dieser Art waren seit Jahrhunderten zum Schutz gegen Routinestreifen durch Luft/Raumeinheiten im Einsatz. Loren verließ sich darauf, daß sie in Verbindung mit dem dichten Blätterdach ausreichten, selbst Davion-Satelliten eine genaue Fixierung ihres Standorts unmöglich zu machen.

Er kletterte die seitlichen Sprossen am Rumpf des Mechs hinab und ging hinüber ins dichte Gras zu Frutchey, Carey und Fuller. Alle drei wirkten müde und ausgelaugt. Sie gönnten sich nur wenig Schlaf, und den meist zwischen den Patrouillenflügen. Der größte Teil ihrer Bewegung und Erkundung fand nachts und in den frühen Morgenstunden statt. Um Fullers Augen lagen dunkle Ringe, und die Lorens fühlten sich durch den Mangel an Schlaf dick und aufgedunsen an. Vier Tage Gewaltmarsch durch die unzugängliche Wildnis des Northwind hatten ihre Spuren hinterlassen.

Das Donnern der Luft/Raumjäger über ihnen war beruhigend, auch wenn keiner von ihnen durch die Wipfel eine Spur der Maschinen sehen konnte. Loren warf einen Blick auf seine Armbanduhr und schüttelte den Kopf. »Das ist der Punkt, an dem ein großer Militärapparat grundsätzlich versagt. Er funktioniert zu regelmäßig. Diese Davion-Jäger fliegen ihre Suchmuster exakt nach dem VerCom-Verfahrenshandbuch. Für so eine Eliteeinheit ist das ein Armutszeugnis.«

Jake Fuller nahm einen tiefen Schluck Wasser aus seiner Feldflasche. »Wenn ich irgendwann einmal ein Regiment befehlige, werde ich mich daran erinnern. Die Flugzeiten und Suchmuster variieren, um den Gegner im Ungewissem zu lassen.«

»*Du,* als *Regimentskommandeur?* So was nennt man gemeinhin Größenwahn«, meinte Frutchey und reckte den Hals, um seine Nackenmuskeln zu lockern. Sein nagelneuer Commanderbalken glänzte rot im schwachen Licht.

»Du hast es nötig. Wenigstens ist auf meiner Beförderungsurkunde die Tinte schon trocken, Grünschnabel«, gab Fuller zurück. »Ich habe zumindest vor dieser schon ein paar echte Schlachten erlebt.«

Loren hatte genug gehört. »Was gibt's Neues vom Regiment?« fragte er Laurie Carey. Die Offizierin saß auf einem umgestürzten Baumstamm und rieb sich methodisch das rechte Knie. Sie machte gerade lange genug Pause, um Loren einen Ausdruck der täglichen Mitteilung zu reichen. Nach der Narbe zu urteilen, war sie vor einiger Zeit schwer verwundet worden, und die anstrengende Erkundungarbeit hatte die alten Schmerzen geweckt. »Üble Narbe, die Sie da haben.«

Carey sah auf und nickte. »Habe ich mir bei der sogenannten Zweiten Skye-Rebellion eingehandelt, als wir der Gray Death Legion geholfen haben, auf Glengarry für Ordnung zu sorgen. Es war ein harter Kampf. Ich hatte wirklich Pech. Ein gemeiner Laserschuß hat das Kanzeldach zertrümmert und ist von den Glassplittern quer durch das Cockpit reflektiert worden. Hat mir das Knie bis auf den Knochen weggebrannt.« Die beiden anderen Offiziere verzogen schmerzhaft das Gesicht, als sie das hörten, aber nicht Loren. Statt dessen zog er die Haltegurte von der Kühlweste und deutete auf das Dreiecksmuster von Einschußnarben auf seinem rechten Brustkorb.

Carey grinste. »Und woher haben Sie Ihre?«

»Den Namen der Welt kann ich Ihnen nicht verraten«, erklärte Loren. »Das gehört mit zum fröhlichen Leben der Todeskommandos – der Schauplatz ist ein Staatsgeheimnis. Teufel, offiziell hat die Mission überhaupt nicht stattgefunden. Ich saß in einer *Ballista* und rannte in vollem Sprint vorwärts, als scheinbar aus dem Nirgendwo eine volle Salve LSR in mein Cockpit einschlug. Drei der Raketen haben das Kanzeldach über meinem Kopf in tausend Scherben geschlagen. Meine Kühlweste war in Fetzen, aber ich habe wohl Glück gehabt. Die letzte Rakete drang zum Cockpit durch, ist aber nicht explodiert. Statt dessen flog der Brennsatz an der Kanzelwand auseinander, und ich habe drei Schrapnellstücke mit der Brust abgefangen. Und die waren vielleicht heiß! Meine Lunge ist kollabiert, aber ich konnte mich noch zwei Minuten bei Bewußtsein halten, lange genug, um meine Beinahemörderin ins Jenseits zu schicken.«

»Das war verdammtes Glück, wenn Sie mich fragen«, meinte Frutchey ungläubig.

»Glück hatte damit überhaupt nichts zu tun«, erwiderte Loren. »Es war einfach noch nicht meine Zeit.«

»Ihre Zeit?« wiederholte Carey.

»Schon seit meiner Kindheit habe ich den Glauben, daß mir in diesem Leben eine Aufgabe zugewiesen wurde. Vielleicht habe ich deshalb bei all meinen Missionen keinen Gedanken daran verschwendet, daß ich sterben könnte. Seit ich hier auf Northwind bin, hat sich das geändert. Ich weiß nicht warum.«

Laurie Carey lächelte wissend. »Weil Sie sich als Teil der Familie fühlen – der Highlanders –, und weil Sie dafür kämpfen. Wir sind eine Familie, und der Oberst hat Sie adoptiert. Früher haben Sie für Nation und Herrscher gekämpft. Jetzt kämpfen Sie für sich selbst. Deswegen fühlt es sich anders an.«

Ihre Worte trafen Loren in seinem Innersten. *Hat sie möglicherweise recht?* Als Mitglied der Todeskommandos hatte er bei einer Eliteeinheit gedient. Seine Missionen waren mit der höchsten Ehre verbunden gewesen, er hatte die Interessen der Konföderation Capella beschützt. *Ich war zuallererst und vor allem anderen Teil der Verteidigungslinien der Häuser Liao. Ein Rad im Getriebe. Aber hier ist es anders.* Stimmte es, daß er jetzt eine größere Verbundenheit mit den Northwind Highlanders fühlte als mit dem Großen Haus, dem er sein ganzes Leben gedient hatte? *All die Worte meines Großvaters, sie haben mich auf diesen Moment vorbereitet. Er konnte nicht wissen, daß ich hierher kommen würde, aber irgendwie ist es so gekommen. Karma … oder Schicksal? Nein. Ich gehöre zuerst und vor allem anderen zu den Todeskommandos. Ohne den Kanzler wäre ich nicht hier.*

Zum erstenmal in seinem Leben hatte Loren das Gefühl, irgendwohin zu gehören, statt nur Teil eines größeren Ganzen zu sein. Das Gefühl war tief und aufwühlend, beinahe überwältigend. Um sich wieder in den Griff zu bekommen, konzentrierte er sich auf den Ausdruck, den Carey ihm überreicht hatte. Der einzige Angelpunkt, an dem er sich festhalten konnte, war seine Mission. *Ich muß die Northwind Highlanders neutralisieren.* Wenn Carey, Fuller und Frutchey ihn für einen der ihren hielten, umso besser.

Carey bemerkte Lorens Verwirrung und wechselte

lächelnd das Thema. »Es scheint, daß der Sturm des Kastells gute, aber langsame Fortschritte macht. Laut der Mitteilung konnten sie Teile der Festung erobern, mußten sie allerdings regelrecht ausgraben, weil die Davions sie gesprengt hatten. Die Jäger, die täglich über uns hinwegfliegen, sind unterwegs, um unsere Truppen im Flußtal zu bombardieren, aber MacLeod hat eine dichte Flugabwehr organisiert. Der Oberst erwartet, noch heute nachmittag den Bunker vollends einzunehmen. Die Gurkhas kämpfen sich den Weg frei.« Beim Durchlesen des detaillierten Berichts stellte Loren fest, daß die Verluste beim Sturm des Kastells minimal waren, allerdings hatten die Highlanders kostbare Zeit verloren.

Jake Fuller zog ein Taschentuch hervor und wischte sich den Schweiß von der Stirn. »Ich fange an zu glauben, daß wir mit diesem Auftrag noch Glück hatten. Das Kastell ist nicht leicht zu knacken.«

Loren reagierte sofort. »Machen Sie sich keine Illusionen, Jake. Dieser Auftrag ist auch keine Marik-Teeparty. Wie sieht's mit der Verbindung zum Regiment aus, Laurie?«

Carey wedelte mit der Hand. »Unsicher. Die Lanze, die MacLeod hinter uns hergeschickt hat, holt auf, aber es ist schwierig, das Signal sicher zu erfassen. Aber sie empfangen unsere Datenüberspielungen, und wenn sie erst einmal abmarschieren, wird unsere Vorarbeit ihre Reisezeit um einige Stunden abkürzen.«

»Wenigstens etwas. Na gut, heute nacht marschieren wir in enger Deltaformation weiter, Carey übernimmt die Spitze, ich die rechte Flanke. Noch zwei Tage quer durch die Hölle, und wir stehen vor Tara. Ich möchte, daß alle aufgeweckt und munter sind. Wir wissen nicht, wo die 3. Royals stehen, und ich habe keine Lust, blindlings zwischen ihre Reihen zu stolpern.«

»Wie sehen unsere Pläne aus, wenn wir die Außenbezirke der Stadt erreicht haben, Major?« fragte Fuller.

»Wir verstecken unsere Mechs im Marschland und gehen zu Fuß weiter.«

»Sir?« Frutchey klang wenig erfreut.

»Haben Sie damit Probleme, Commander?«

»Well, Sir, zu Fuß haben wir kaum Waffen zur Verfügung. Wenn wir in Schwierigkeiten geraten, werden wir kaum die Mittel haben, damit fertigzuwerden.«

»Frutchey, wir sind nicht hier, um nach Schwierigkeiten zu suchen. Wir sollen Informationen sammeln. Ich weiß auch, daß es an Bord unserer Mechs sicherer ist, aber irgendwie bezweifle ich, daß die Davion Guards uns einladen werden, in unseren Mechs das Fort zu besichtigen. Sich mit einem Mech unbemerkt in eine Stadt einzuschleichen ist selbst für mich kaum zu schaffen. Ein guter MechKrieger wägt seine Möglichkeiten und die seines Gegners gegeneinander ab. Die Mechs bleiben im Wald. Wir werden uns in die Stadt schleichen, ein paar Bilder schießen und uns eine Vorstellung davon verschaffen, wo sie ihre Mechs, die Panzer und das HQ untergebracht haben. Dann verschwinden wir wieder. Kein Schußwechsel, keine Heldentaten. Dafür gibt es mehr als genug Zeit, wenn der Oberst und der Rest des Regiments eintreffen. Ohne unsere Informationen würde das Regiment im dunkeln tappen.«

»Wir gehen also alle in die Stadt?« fragte Fuller.

»Nein. Einer von uns bleibt bei den Mechs und spielt Rückversicherung. Wenn wir gefangen werden, kann er mit allen Daten, die wir bis dahin zusammengetragen haben, fliehen.«

»Wird es soweit kommen, Major?« fragte Frutchey.

Carey nahm Loren die Antwort ab. »Es könnte sein, also sollten wir uns darauf vorbereiten. Wenn die Royals in Tara stehen, werden sie uns als Feind betrachten. Keine Neutralität, keine Regeln. Wir könnten sehr wohl gefangengenommen oder gleich erschossen werden. Und wenn man uns gefangennimmt, ist nicht damit zu rechnen, daß man uns mit Samthandschuhen anfaßt. Eher wird man uns als Terroristen bezeichnen, wie sie es mit Major Jaffray getan haben. Es läßt sich nicht sagen, was sie tun werden, schon gar nicht jetzt, wo Krieg herrscht.«

Die beiden jungen Offiziere lauschten gebannt. Carey war definitiv zu ihnen durchgedrungen.

»Und mit dieser fröhlichen Note wollen wir uns zu Bett begeben«, brach Loren die Anspannung. »Wir halten uns bedeckt, bis die Flugschüler nach Hause kommen. Wenn sie wieder in ihrer Basis sind, marschieren wir die Nacht durch weiter. Und überprüft eure Wasserauffangbehälter. Wir wollen nicht mitten in der Mission ohne Trinkwasser dastehen.«

»Sie haben ihr Essen ja kaum angerührt, Oberst«, stellte Catelli fest und deutete über den Tisch auf Mulvaneys Teller. Marschall Bradfords Regimentskoch hatte aus den im Lager vorgefundenen Rationen und den von den 3. Royals mitgebrachten Vorräten eine annehmbare Mahlzeit zusammengestellt, aber Mulvaneys Gedanken waren bei der bevorstehenden Schlacht, nicht beim Essen. Die wenigen Bissen, die sie probierte, schmeckten scheinbar nach nichts.

»Ich habe einfach keinen Hunger«, antwortete sie und warf die Serviette auf den Teller.

Marschall Bradford studierte ihre Miene, während er auf seinem Fisch kaute. »Was meldet der letzte Feldbericht über MacLeods Truppen, Oberst Mulvaney?« frage er, obwohl er den Bericht kurz zuvor selbst gelesen hatte und genau Bescheid wußte.

»Soweit wir es an Hand der täglichen Lufteinsätze feststellen konnten, ist MacLeods Regiment nahezu vollständig vor dem Kastell gebunden. Wir sind nicht in der Lage, eine Verbindung zu unserer Einsatzgruppe im Innern der Anlage herzustellen, aber bis jetzt gibt es keine Anzeichen, daß sie ausgeräuchert wurden.«

Catelli gluckste leise und nahm einen tiefen Schluck Wein. »Und während der gute Oberst MacLeod seine Tage und Nächte mit dem Versuch zubringt, eine beinahe leere Festung zu knacken, reparieren wir mit dem Nachschub der Highlanders unsere Gefechtsschäden.« Sein Tonfall war so arrogant und selbstgefällig, daß Mulvaney hastig zur Seite blickte, um nicht ausfallend zu werden.

»So ist es«, stimmte Bradford zu und hob in gespieltem Salut sein Weinglas. »Bei meinem letzten Gespräch mit Colonel Morrow hat er mir mitgeteilt, daß die Highlander-Familien eine Art organisierten Widerstand aufgebaut haben. Bis jetzt gab es nur kleinere Zwischenfälle. Natürlich streiten sie jedes Wissen um den Tod von Konsul Burns ab. Morrow hat seine Truppen aber so postiert, daß sie die Ordnung im Stadtgebiet aufrechterhalten.«

»Irgendwelche Neuigkeiten von Cat Stirlings Regiment?« fragte Mulvaney.

»Sie sind noch immer im Anflug. Das Fort hat ein Bestätigungssignal für die Landung aufgefangen, und unsere NAIW-Truppen in der Anlage haben mit dem korrekten Code geantwortet. Wahrscheinlich wartet Oberst Stirling auf eine Nachricht von MacLeod, aber wenn sie die nicht bekommt, wird sie landen. Als wir das Fort eingenommen haben, sind uns die Autorisierungcodes und Signale der Highlanders in die Hände gefallen, auch wenn unsere NAIW-Truppen sich diesen Erfolg teuer erkaufen mußten. Keine Sorge, Oberst Mulvaney, ich kann Ihnen versichern, daß die 3. Royals jederzeit in der Lage sind, mit den Fusiliers fertig zu werden, falls sie es auf einen Kampf ankommen lassen. Unsere Beobachtung der übrigen Northwind Highlanders hat ergeben, daß alle Regimenter ihre Garnisonsposten verlassen haben und auf dem Flug hierher zu sein scheinen. Bis irgendeine dieser Einheiten für unsere Operation hier bedrohlich werden kann, vergeht allerdings noch mindestens ein Monat, und bis dahin werden wir MacLeod unter Kontrolle haben.«

»Sie wirken in letzter Zeit so bedrückt, Oberst«, stellte Catelli fest. »Die meisten Menschen würden sich darüber freuen, an einem historischen Ereignis teilnehmen zu können. Sie scheinen geradezu desinteressiert.«

»Einem historischen Ereignis, Colonel?«

»Natürlich ist es historisch«, unterbrach Bradford. »In der Inneren Sphäre bricht Krieg aus. Gewaltige Heere sind in Bewegung. Und wir sind hier – sind Teil der großen Vereinigung der Northwind Highlanders mit dem Vereinigten Commonwealth. Ich bin schockiert, daß Sie die Bedeutung dieses Ereignisses nicht erkennen, Oberst. Ihr und unser Handeln wird das Gesicht dieses Planeten und die Zukunft Ihres Volkes auf Jahrhunderte formen. Das ist eine erregende Zeit für uns alle!«

Mulvaney schüttelte leise den Kopf. Es war das Äußerste an Widerspruch, zu dem sie in der Lage war. »Nein, Sir, das ist ein Ehrenhändel der Northwind Highlanders. Sie sind Zeugen des Geschehens, aber es geht um einen zwischen Oberst MacLeod und mir zur Klärung anstehenden Punkt. Nur so kann unser Volk als ein Ganzes überleben. Dieser Kampf wird die eine oder die andere Seite auslöschen. Wäre es anders, würden die Highlanders zerbrechen. Es geht nicht um unsere Absorption im Vereinigten Commonwealth. Es geht um unser Überleben als Volk.«

Bradfords Stimme war vom Weinkonsum gezeichnet. »Sie reden, als wären wir hier nur Zuschauer. Die politischen Implikationen dessen, was dieser Capellaner Jaffray vorgeschlagen hat und was MacLeod tut, sind atemberaubend. Das Vereinigte Commonwealth kann nicht untätig zusehen, wie seine Planeten die Unabhängigkeit fordern. Das würde die Grundfesten unserer Regierung erschüttern. Egal, was irgend jemand behauptet, vergessen Sie nicht, Sie sind Teil eines größeren Ganzen, eines mächtigen Sternenreiches, aus dem eines Tages ein neuer Sternenbund entstehen wird!« Er hob die Karaffe und goß sich ein. »MacLeod und dieser Jaffray haben das Gesetz verworfen. Aber Sie dürfen niemals vergessen, wer Ihr Lehnsherr ist, Oberst Mulvaney. Ich möchte Ihre Loyalität nicht ebenfalls in Zweifel ziehen müssen.« Die Drohung war unverhüllt, und Mulvaney fühlte, wie ihre Wangen heiß wurden.

Bradford nahm sich zusammen, als er den Ausdruck auf ihrem Gesicht sah. »Andererseits, ich bin ein Militär, wie Sie selbst. Es passiert viel zu oft, daß wir uns so sehr darin verstricken, die Befehle der Regierung auszuführen, daß wir uns nicht mehr bewußt werden, wer wir sind und was wir tun. Wie alle guten Soldaten befolgen wir Befehle, Oberst, Sie ebenso wie ich.«

Als ich MacLeods Stellvertreterin war, kannte ich meinen Platz, dachte Mulvaney. *Jetzt habe ich eine Rolle von vielen in einem riesigen Drama. Sie sehen nur, was dieser Kampf für ihre politischen Spielchen bedeutet. Ich hasse es, in solche Spiele verwickelt zu sein. Vorher war ich mehr, ich war Teil einer Familie. Mein Gott, wie ich mich nach diesem Gefühl sehne.* Sie erhob sich stumm von der Tafel und verabschiedete sich mit einem kurzen Nicken, bevor sie das Zelt verließ. Catelli sah ihr nach und wartete, bis sie verschwunden war, bevor er das Wort ergriff.

»Sie könnte in den späteren Phasen der Operation zum Problem für uns werden.«

Marschall Bradford schwenkte langsam und methodisch den Wein in seinem Glas. »Sie wird nicht mehr lange eine Bedrohung darstellen. Seit Colonel Morrow das kostbare Fort und die Kommunikationscodebücher der Highlanders erobert hat, nimmt ihr Wert für uns rapide ab. Wir haben genug Informationen, um Oberst Stirling und ihr Regiment genau dahin zu locken, wo wir sie haben wollen. Mitten auf den Kohler-Raumhafen.«

»Und dann?«

Der Davion-Marschall kippte den Wein. »Dann wird es die Stirling's Fusiliers nicht mehr geben. Weg! In einer einzigen Sekunde! Ihr Verlust und die darauffolgende Vernichtung von MacLeods Regiment wird den Highlanders den Hals brechen. Wenn Mulvaney dumm genug ist, sich zu widersetzen…« Er schleuderte das leere Weinglas gegen einen Transportbehälter, wo es in winzige Kristallsplitter zerbarst. Bradford beendete den Satz nicht. Es war nicht nötig.

30

Friedenspark, Tara, Northwind
Mark Draconis, Vereinigtes Commonwealth

11. Oktober 3057

Tara wirkte düster, beinahe abschreckend, als Loren Jaffray sein Team an dem kleinen Haus am Ende der Straße vorbei führte. Er sah sich um und erinnerte sich daran, wie anders ihm diese Stadt vorher erschienen war, frisch, unbefleckt. Das Tara aus den Erzählungen seines Großvaters, dessen Sehenswürdigkeiten ihn vor wenigen Wochen noch in ihren Bann gezogen hatten, war verschwunden. Zurück geblieben war ein Mausoleum, still und mürrisch, in dem an jeder Ecke Tod und Gefahren lauerten.

Die Wolken zogen an der dünnen Mondsichel vorbei und löschten ab und zu noch das wenige Licht, das vom Himmel auf die Stadt fiel. Commander Frutchey war bei den Mechs der Lanze in den Sümpfen südlich der Stadt geblieben, während die drei anderen sich langsam ins Stadtgebiet schlichen. Frutchey hatte lautstark protestiert, aber schließlich war es Loren gelungen, ihn von der Wichtigkeit seines Teils der Mission zu überzeugen. Alle paar Minuten tippte Carey eine Zusammenfassung der Informationen ein, die sie entdeckt hatten, und komprimierte sie zu einer nur Nanosekunden dauernden Mikrowellenbotschaft. Kurze Sendeimpulse dieser Art konnten fast unmöglich angepeilt werden. Es war schon schwierig genug, sie überhaupt zu orten. Wenn das Team sich nicht mehr meldete, hatte Commander Frutchey den Befehl, sich mit den bis dahin zusammengetragenen Daten aus dem Staub zu machen.

»Furchtbar ruhig«, flüsterte Jake Fuller und zog sich die dunkle Wollmütze tiefer über das blonde Haar. »So spät ist es doch noch nicht. Es sollte Verkehr auf den Straßen sein, und Fußgänger, die spazierengehen. Wo sind die Leute?«

»Zu Hause oder ganz weg«, erwiderte Laurie Carey. »Wir haben in den Häusern die Lichter an- und ausgehen sehen. Es muß eine Ausgangssperre verhängt worden sein. Und eine Ausgangssperre braucht jemand, der sie kontrolliert, also müssen die 3. Royals schon hier sein.«

Loren nickte zustimmend. Es gab noch andere Zeichen, die seinem trainierten Blick nicht entgangen waren, und die Careys Schlußfolgerung unterstrichen. Eine der breiteren Straßen, an denen sie ein paar Blocks zuvor vorbeigekommen waren, hatte man abgesperrt und mit elektronischen Sensoren gesichert. Hätte Loren kein Fernglas benutzt, hätten sie einen Alarm auslösen können. Und er hatte einen leerstehenden Panzerwagen in der Nähe gesehen, der offenbar den Eindruck einer Polizeiüberwachung erwecken sollte. Loren suchte die Straße mit dem Fernglas ab und vergewisserte sich, daß der Weg frei war, bevor er seinen Trupp über die Straße in den Friedenspark führte. Dort angekommen, warf Loren sich sofort zu Boden und rollte unter ein Gebüsch, gefolgt von seinen Begleitern.

Sie waren kaum zu Atem gekommen, als ein tiefes Donnern durch die Straße hallte. Loren schaute die Allee hinab und sah einen leichten *Kampffalken*-BattleMech die Straße herabkommen. Möglicherweise suchte er den Friedenspark und die Häuser der Umgebung nach Störungen ab. Der Mech machte eine beeindruckende Figur. Die goldene, eingerollte Klapperschlange der 3. Royal Guards Regimentskampfgruppe funkelte im Licht der Straßenlaternen. Loren zog die kleine Laserkamera aus der Tasche und fotografierte den Mech, als er vorbeimarschierte. Zumindest von einem ihrer Mechs wissen wir, wo er ist. Er geht ein paar Meter neben uns die Straße entlang. Der *Kampffalke* wurde etwas schneller, als er an ihnen vorbei war und in der Dunkelheit des Parks verschwand. Als der Mech außer Sicht war, stieß Fuller einen langen Seufzer der Erleichterung aus.

»Carey, geben Sie Frutchey durch, daß wir endlich einen Beweis für die Anwesenheit der 3. Royals in der Stadt gefunden haben. Unterstreichen Sie, daß es sich um Mechtruppen handelt. Und teilen Sie ihm mit, wo wir sind«, flüsterte Loren.

»Lassen Sie uns zum Fort gehen, Loren«, meinte Fuller leise. »Wenn sie irgendwo ihr Lager aufgeschlagen haben, dann dort.«

»Zu riskant, Jake. Die Richtung stimmt, aber um herauszubekommen, was sie drinnen haben, müßten wir über die Mauer. Keine Chance.« Loren sah auf die Uhr und hob den kleinen Stadtplan, den er mitgenommen hatte, ins Licht. *Er ist genau wie die anderen. Er nimmt es persönlich. Das ist ihre Heimat, das darf ich nicht vergessen. Sie betrachten die Besetzung durch fremde Truppen als eine Entweihung heiligen Bodens. Vielleicht ist das einer der Gründe, warum Oberst MacLeod mir die Leitung der Erkundung übertragen hat. Er ist davon ausgegangen, daß ich objektiv bleiben kann und mich nicht von Gefühlen beeinflussen lasse.* Loren würde MacLeod nicht enttäuschen, besonders, da eine erfolgreiche Aufklärung ihm auch bei der Erfüllung seiner Mission für den Kanzler helfen konnte. Wenn er die Highlanders auch nur in eine begrenzte Auseinandersetzung mit den Royal Guards verwickelte, würde sie das so schwächen, daß die irgendwo im Systemraum wartenden Todeskommandos mit den Überlebenden leichtes Spiel hatten.

»Wir kürzen durch den Park ab und sehen uns am Raumhafen um. Wir haben wenig Zeit«, erklärte er und arbeitete sich unter dem Gebüsch auf die andere Seite vor. Carey und Fuller folgten ihm langsam und vorsichtig.

Der Friedenspark erinnerte ihn an den Angriff auf ihn und MacLeod. Seine Verletzung schmerzte wieder, als erinnere sie sich ebenfalls an jenen Abend. Jaffray ignorierte die Schmerzen und lief über die niedrigen Hügel und Kuppen des baumreichen Parkgeländes. *Ich hätte hier sterben können.* Er kniff die Augen zusammen, als er die Baumlinie betrachtete. *Das wird mir nicht noch einmal passieren. Beim nächsten Mal werde ich davon ausgehen, daß meine Gegner noch hinterlistiger sind als ich.*

Sie hielten an, um sich in der Nähe einer kleinen Baumgruppe zu orientieren, als Laufgeräusche Loren und die anderen erstarren ließen. Die schnellen Schritte hatten einen seltsamen, beinahe ungleichmäßigen Rhythmus, wie sie durch das Herbstlaub und das Unterholz krachten. Das Geräusch kam fast geradlinig auf sie zu, und der Läufer unternahm keinerlei Versuch, unbemerkt zu bleiben. Loren zog seinen Nadler. *Wer immer das ist, er scheint es darauf anzulegen, uns umzurennen ... aber ich werde nicht kampflos untergehen. Verdammt! Alles lief so gut.*

Die Gestalt kam gegenüber der Baumgruppe in Sicht, und die drei Scouts legten an. Careys Impulslaserkarabiner war die bedrohlichste ihrer Waffen. Fuller hatte eine alte, zerbeulte Laserpistole, angeblich seit mehr als vier Jahrhunderten im Familienbesitz. Bauart und Zustand der Waffe ließen Loren diese Fabel beinahe glauben. Die Gestalt stolperte zwei Schritte weiter, dann fiel sie nach vorne ins Gras.

Plötzlich erschienen hinter dem rennenden Mann drei weitere Gestalten. Sie marschierten geradewegs auf ihn zu und blieben über ihm stehen. Er wälzte sich herum und versuchte zu Atem zu kommen. Als er aufstehen wollte, schwang einer der Männer sein Gewehr und stieß ihm den Kolben in den Rücken. Der Mann am Boden stöhnte laut auf.

Davions! Sie tragen Davion-Uniformen. Diese Monturen

würde ich überall wiedererkennen. Loren bedeutete seinen Begleitern abzuwarten. Sie waren hier, um Informationen zu sammeln. Wenn sie jetzt das Feuer eröffneten, verrieten sie sich und würden nicht mehr herausfinden können, was hier vor sich ging.

»He, Danny, scheint, daß wir deinen Gefangenen eingeholt haben«, rief der größte der drei. Als er sich umdrehte, sah Loren, daß er ein Nadlergewehr über die am Boden liegende Gestalt schwenkte.

Der kleinste der Davion-Soldaten kam näher und trat dem Liegenden den Stiefel in die Rippen. »Das haben wir, Mister Yoark. Bleib schön, wo du bist, alter Mann.« Mit einem Fuß wälzte er den Mann auf den Rücken.

Im schwachen Mondlicht erkannte Loren das Gesicht von Pluncket, dem Wirt des *Pubs.* Vor Schmerz und Erschöpfung keuchend, starrte er mit einer Mischung aus Wut und Verachtung zu seinen Davion-Peinigern empor. Lorens Magen verkrampfte sich. *Wenn er auch nur den geringsten Widerstand zeigt, bringen sie ihn um. Er wird sterben, wenn wir nichts unternehmen.* Der kleine Davion-Soldat beugte sich über ihn. »Du hast einen unserer Offiziere mit dem Fleischermesser übel verwundet. So etwas können wir nicht zulassen. Du kommst mit uns mit.«

»Was, zu noch mehr Spiel und Spaß?« fragte Pluncket. »Das hier ist unsere Welt, nicht eure. Ihr seid Invasoren auf Northwind, und es ist unsere Pflicht, unsere Heimat zu verteidigen. Ich habe keine Angst davor, bei der Verteidigung meiner Heimat zu fallen. Aber ich werde, verdammt noch mal, nicht mitkommen, um den Rest meiner Tage im Kerker meines eigenen Regiments zu verbringen.« Einer der Männer drückte die Mündung seines Nadlergewehrs an Plunckets Stirn.

»Wir wollen keine Schwierigkeiten, alter Mann. Laß auf der Stelle die Waffe fallen.«

Loren kämpfte gegen den Drang an, den Abzug durchzuziehen. Verdammt. Ich hatte recht. Wenn wir nicht eingreifen, ist der alte Dickkopf tot. Ist seine Rettung unsere Mission wert? Ist das *Leben eines Mannes das eines ganzen Regiments wert? Nicht nur das eines Regiments, sondern auch meiner eigenen Todeskommandotruppen. Wenn ich die Highlanders in Gefahr bringe, könnte ich damit meine Mission gefährden.*

»Mister Yoark, dieser Mann besitzt eine Waffe und will sie uns nicht aushändigen«, stellte die mittlere Gestalt fest und hob das Gewehr. »Informieren Sie den Gentleman, daß wir gezwungen sind, aggressiv vorzugehen, wenn er die Waffe nicht auf der Stelle hervorholt und uns aushändigt.«

Wenn er eine Waffe hat, ist er tot. Keine Verhandlung, kein Urteilsspruch. So zu enden hat er nicht verdient. Das hat niemand, Catelli möglicherweise ausgenommen. Die Entscheidung, ob ich das Leben eines Mannes über das vieler stellen soll, müßte einfach sein. Aber das ist es nicht. Kein Highlander würde ihn sterben lassen. Loren sah zu Carey und Fuller. Selbst in ihren geschwärzten Gesichtern waren ihre Mienen unverkennbar. Ihre schlimmste Furcht war, Loren könnte ihnen befehlen, tatenlos zuzusehen, wie einer der ihren hingerichtet wurde.

Ich sollte ihn sterben lassen. Es ist nur ein einzelner Mann. Loren verstand die Logik dieser Entscheidung. Hatte ihm nicht sein eigener Großvater eingeschärft, logisch zu denken, wenn alle anderen sich von Gefühlen leiten ließen? Aber jetzt sah er einen wehrlosen Mann sterben, und er konnte nicht untätig bleiben und nur zusehen. Und wo immer sein Großvater jetzt auch sein mochte, Loren konnte nicht glauben, daß er Ruhe finden würde, wenn er wüßte, daß Loren ein Mitglied der Highlanders einem derart erbärmlichen Tod überantwortet hatte. *So würde ich nicht abtreten wollen.* Loren blickte erst Jake, dann Laurie in die Augen und nickte ihnen langsam zu. Vorsichtig und lautlos entsicherte er seine Waffe. Seine Kameraden zielten sorgfältig auf ihre Ziele. *Wartet auf mein Zeichen ...*

»Ihr werdet mich nicht zurück zum Kerker bringen. Und ich werde mich auch nicht kampflos ergeben«, stöhnte Pluncket zwischen seinen schweren Atemzügen.

»Ich warne dich ein letztes Mal, gib die Waffe raus, oder wir wenden Gewalt an.« Eine der Waffen zielte auf Pluncket. Der Mann schien nervös.

Erst abdrücken, wenn ich es sage ...

Pluncket grinste und richtete sich langsam zu einer sitzenden Position auf. Er hatte das Kundschafterteam, das seine Gegner ins Visier genommen hatte, nicht gesehen. »Ihr Davion-Hunde seid doch ein feiges Pack. Wie viele von euch braucht es, um ein wehrloses altes Schlachtroß wie mich festzunehmen?« Er schien seine Beinprothese mit beiden Händen zu umklammern und zu reiben, als schmerze sie.

Der größere der drei Männer, der Offizier namens Yoark, verzog das Gesicht. »Ich will dich nicht umbringen, alter Mann, aber wir sind keine Polizisten. Ich werde meinen Männern nicht befehlen, dich nach Waffen abzutasten. Du hast einen Offizier verwundet. Du hast drei Sekunden, deine Waffe zu übergeben, sonst feuere ich.« Er richtete die Mündung des Nadlergewehrs ein zweitesmal auf den noch immer am Boden sitzenden Unteroffizier.

Loren hob seine Waffe ebenfalls. *Sorgfältig zielen. Der erste Schuß muß sitzen, oder unsere ganze Mission ist verloren. Wenn sie das nicht ohnehin schon ist.*

Pluncket bewegte sich wie ein Jaguar. Aus der Wade seines künstlichen Beins zog er eine Vibroklinge und hieb nach dem Davion-Offizier. Die Klinge vibrierte im Ultraschallbereich und war in der Lage, selbst durch Metall zu schneiden. Der Oberschenkel des Besatzers bot ihr keinerlei Widerstand. Yoarks Nadlerschuß ging weit vorbei und spie einen Schwarm Plastiknadeln in den weichen Waldboden. Der hochaufgeschossene Davion-Soldat schrie vor Schmerzen, während seine beiden Begleiter von Plunckets blitzartigem Angriff völlig perplex waren.

Der alte Highlander nutzte ihren Schock aus. Er rollte ab und hielt die Vibroklinge kampfbereit vor sich. Die beiden Soldaten hoben die Waffen, um ihn abzuknallen.

»Jetzt«, sagte Loren und feuerte seine Pistole auf den verwundeten Offizier ab. Der beinahe lautlose Schwarm rasiermesserscharfer Nadeln bohrte sich in die Brust des Mannes namens Yoark und schleuderte ihn nach hinten in die Dunkelheit, bevor er seine Waffe wieder auf Pluncket richten konnte. Carey feuerte ihren Laserkarabiner, ein Stakkato aus Laserimpulsen erhellte die Nacht und schickte den mittleren Soldaten zu Boden. Fullers Laserstrahl traf den letzten Davion-Gardisten. Der Mann schrie auf und starb. Keiner der drei hatte eine Chance.

Jaffray sprang auf Pluncket zu. Der alte Highlander wedelte mit der Vibroklinge in Richtung seiner neuen Verbündeten. Er wußte nicht mehr, wie ihm geschah. »Identifiziert euch«, verlangte er über dem leisen Summen seiner Waffe.

»Major Loren Jaffray«, sagte Loren und streckte die Hand aus. »Wir haben nicht viel Zeit, Mister Pluncket.« Irgendwo röchelte ein Sterbender, vermutlich Yoark.

Pluncket erkannte Lorens Gesicht und setzte ein breites Grinsen auf. »Warum, zum Teufel, hat das so lange gedauert?«

Loren half ihm hoch, während Jake und Laurie sich vergewisserten, daß keine anderen Soldaten in der Nähe waren. »Sie wußten von uns?«

»Nein, Laddie, aber ich wußte, daß ich nicht so sterben konnte. Aber wir können hier nicht lange bleiben. Ihr HQ ist ganz in der Nähe.« Loren winkte seine beiden Begleiter zurück. Sie formierten sich schweigend um Pluncket und machten sich auf den Weg aus dem Friedenspark.

»Eines ist sicher, ich wußte, daß Sie im Herzen ein Highlander sind, Mister Jaffray«, meinte Pluncket und nickte Loren wissend zu.

31

Tara, Northwind
Mark Draconis, Vereinigtes Commonwealth

11. Oktober 3057

Für die Scouts war der offene Keller wie ein sicherer Hafen auf stürmischer See. Carey und Fuller trugen Pluncket halb die Treppe hinunter, während Loren die Tür hinter sich schloß. Von seinem Standort aus hatte er freie Sicht über die Straße und den Park. Lorens Puls raste, als er die Straße in beide Richtungen absuchte. *Glück gehabt. Von rechts wegen müßten wir jetzt alle tot sein.*

»Sind Sie verletzt?« fragte Fuller den alten Soldaten leise.

»Nein, diesmal nicht. Ich denke, die Lads werden einige Zeit keine Lust mehr zum Tanzen haben. Gute Arbeit, Sirs, für einen Haufen Offiziere, meine ich.« Irgendwie hatte er es geschafft, trotz der Begegnung mit dem Tod seinen krassen Humor zu bewahren. »Ihr müßt Teil der Rettungseinheit sein, die uns hier rausholen soll.«

Loren kniete sich neben ihn. »Ich fürchte nicht, Mr. Pluncket. Wir haben seit Wochen keine Verbindung mehr mit Tara. Was meinen Sie mit ›Rettung‹? Was geht hier vor?«

»Sie wissen es nicht?« fragte er. Fuller und Carey schüttelten beide den Kopf. »Dieser Windbeutel von einem Planetarischen Konsul, Drake Burns, ist ermordet worden, und die verdammten Davions geben uns die Schuld. Catellis Marionette Lepeta behauptet, er hätte Beweise für eine Mittäterschaft der Highlanders, aber wir haben ihn ignoriert. Wir dachten, es wäre nur ein Trick, um die Einheimischen gegen uns aufzuwiegeln. Dann sind diese verfluchten Klapperschlangen gelandet. Sie haben unsere Neutralität gebrochen. Haben ihre Kröten direkt über dem Fort abgeworfen. O Laddies, wir hatten keine Chance. Wir konnten uns nicht verteidigen. Sie haben das Fort und den Raumhafen innerhalb von Stunden erobert. Highlander-Offiziere und Unteroffiziere wurden unter Hausarrest gestellt, und für den Rest der Stadt gilt eine strikte Ausgangssperre.«

»Unsere Familien?« fragte Carey geschockt.

»Aye, Lassie. Sie werden wohl unsere Dateien im Fort benutzt haben, um sie zu finden. Die stehen auch unter Hausarrest. Ein paar der Lads haben protestiert, aber was sollten sie machen gegen eine ganze RKG? Es gib Gerüchte, daß ein paare erschossen wurden, aber die meisten werden im Kerker sitzen.«

»Was ist *wirklich* mit dem Konsul passiert?« fragte Loren.

»Lepeta und die Botschaftsangehörigen behaupten, ein paar unserer Leute hätten sich eingeschlichen und den Trottel ermordet. Laut Nachrichten wurde er mit einer Highlander-Laserpistole erschossen, und es gibt ein paar aufgeblasene Beweise, daß Highlander damit zu tun hatten.«

Loren richtete sich auf. »Und stimmt das?«

Das markante Gesicht des alten Unteroffiziers verzerrte sich vor Wut. »Nein, Sir! Keiner in dieser Einheit ist besser informiert als ich, und niemand von uns weiß auch nur das Geringste darüber. Wir haben eine Abordnung zu Lepeta geschickt, um die Sache zu bereden, aber die Leute wurden verhaftet, kaum daß sie das Botschaftsgelände betreten hatten. Die Wahrheit ist diesen verdammten Hunden egal. Sie haben uns als Killer hingestellt, und sie werden ihre Version durchhalten, selbst wenn sie uns alle umbringen müssen, um sie zu beweisen!«

»Verdammt!« spie Fuller aus. »Unsere Leute werden als Geiseln für ein Verbrechen festgehalten, das sie nicht begangen haben. Wenn der Rest des Regiments davon erfährt, bricht hier die Hölle los.«

Loren nickte. »Damit dürften Sie recht haben. Mit der Geiselnahme der Highlander-Familien haben sich die Davions keinen Gefallen getan. Das wird den Widerstand gegen sie anfachen. Wenn erst die Fusiliers eintreffen, wird es ein Gemetzel geben. Ich kenne Cat Stirling zwar nicht, aber ich wette, daß sie sich so etwas nicht kampflos bieten läßt.«

Pluncket rieb sein gesundes Bein und schüttelte den Kopf. »Ihr Götter, Mann, Sie kennen längst nicht die ganze Geschichte. Jeder weiß, daß die Fusiliers in einer Woche oder so eintreffen werden, Laddie, aber diese Schlangen haben den Raumhafen eingenommen und bereiten eine Überraschung für Stirling vor. Mich haben sie in Ruhe gelassen, weil ich bloß ein alter Krüppel bin, der ihnen die Drinks serviert, aber ich habe herausbekommen, was los ist.«

»Und was planen sie, Mister Pluncket?« fragte Loren.

»Seit fünf Tagen laden sie tonnenweise Petaglyzerin aus ihren Frachtern und packen die Lagerhallen rund um den Raumhafen damit voll bis unter die Decke. Ich habe gehört, daß sie noch zwei Schiffsladungen von dem Zeug haben, und sie lassen es sich aus den eroberten Fabriken in der Stadt liefern.«

»Was wollen sie mit soviel Sprengstoff? Schiffsladungen von dem Zeug würden reichen, die ganze Stadt in die Luft zu jagen, besonders in konzentrierter Form. Was haben sie vor?«

Loren starrte Pluncket an, als ihm die Antwort klar wurde. Unter der Tarnbemalung lief sein Gesicht rot an, und sein Mund ging auf. Der ältere Mann nickte. »Du hast es kapiert, nicht wahr, Laddie?«

»Ich nicht«, meinte Jake und sah zwischen Loren und Pluncket hin und her.

»Die Lagerhallen stehen rund um den Raumhafen. Die Davions haben sie mit gewaltigen Mengen Sprengstoff gefüllt. Jetzt brauchen sie die Stirling's Fusiliers nur noch aufs Landefeld zu locken und den Sprengstoff zu zünden. Die Explosion wird so gewaltig sein, daß sie Landungsschiffe, Mechs und Truppen zerbläst. Rumms, weg sind die Fusiliers.«

»Gütiger Himmel«, stieß Carey aus.

»Das kann nicht Ihr Ernst sein«, meinte Jake ungläubig. »Eine Explosion dieser Größenordnung würde auch einen riesigen Teil der Stadt zerstören.«

Loren erinnerte sich plötzlich an einen der Leitsprüche seines Großvaters: »Wo sich Politik und Militär treffen, herrschen Tod und Vernichtung.« *Wie recht er hatte.* »Sie denken in zu kleinen Maßstäben, Jake. Was macht es aus, wenn sie bei der Sprengung ein Viertel der Stadt mit in die Luft jagen? Das ist ein kleiner Preis für die Kontrolle über eine ganze Welt. Sie vernichten mit einem Schlag die Stirling's Fusiliers, ihre eigenen Truppen bleiben dabei unversehrt und können die Reste von MacLeods Regiment erledigen. Kein Problem. Und alle Zeugen des Verbrechens werden bei der Explosion zu Staub zerblasen. Catelli und seine Helfershelfer schreiben ihre eigene Wahrheit, und die Highlanders sind am Ende.«

Loren verstand den Plan nur zu gut. In manchen Teilen rang er ihm sogar Bewunderung ab. Er war der Todeskommandos würdig. Was ihm Kummer bereitete, waren die Auswirkungen auf seine Mission. Wenn es ihnen gelang, die Stirling's Fusiliers auf einen Schlag zu vernichten, würden die Davions Northwind kontrollieren, bis seine Todeskommandos eintrafen. Das durfte er nicht zulassen.

Jetzt erkannte endlich auch Fuller die ganze Tragweite. »Major Jaffray, wir reden hier von Völkermord. In so einer Falle werden Tausende sterben.«

Bilder einer aufsteigenden Pilzwolke und eines Feuerballs, der die Nacht über Northwind in blutiges Licht tauchte, ließen Loren frösteln. Alles, was seinem

Großvater lieb und teuer gewesen war, würde in einem Sekundenbruchteil zu Asche werden. *Ich muß das verhindern. Meine Mission ist die Neutralisierung der Highlanders, keine Massenvernichtung.* Dann übernahm sein Verstand wieder die Kontrolle. Er erinnerte sich an Sun-Tzus Worte. Er mußte für diese Mission wenn nötig auch seine persönliche Ehre aufgeben. Er würde tun, was in seiner Macht stand, um den Tod Unschuldiger zu vermeiden, aber wenn nötig, würde er sie sterben lassen. Es war keine leichte Entscheidung, und es fiel ihm schwer, sie zu verdrängen.

»Süßer Northwind, es könnte funktionieren«, sagte Carey, die noch immer unter Schock stand. »Aber sie müßten eine Möglichkeit finden, die Fusiliers auf den Raumhafen zu locken, und das wird ihnen nicht leicht fallen. Cat Stirling ist ziemlich vorsichtig.«

Loren runzelte die Stirn. »Sie haben als erstes das Fort eingenommen. Dort sind alle Ihre Funkcodes gespeichert. Wahrscheinlich haben die Davions sie bereits entschlüsselt. Wenn sie keine völligen Idioten sind, werden sie Oberst Stirling signalisieren, das alles in Ordnung ist. Sie wird ihnen geradewegs in die Falle gehen. Und ohne unsere Kommunikationsanlagen können wir ihr keine Warnung zukommen lassen.« Natürlich war das alles nur Spekulation, aber Loren war sich sicher, der Wahrheit zumindest sehr nahe zu kommen. Die Indizien waren eindeutig.

»Wir müssen etwas unternehmen«, erklärte Jake Fuller, und in seiner Stimme schwang zunehmender Zorn mit. »Tausende werden sterben.«

Loren nickte. »Als erstes müssen wir dafür sorgen, daß Mr. Frutchey die ganze Story kennt, falls wir gefangen werden. Schicken Sie ihm eine Nachricht, Laurie.«

»Bin schon dabei.« Ihre Finger huschten über die kleine Tastatur des Kommunikators. Die Botschaft war kurz und hastig abgefaßt, aber sie gab dem Commander genug Informationen, um zu verstehen, worum es ging.

Loren wandte sich wieder an Pluncket. »Wo, sagten Sie, haben die 3. Royals ihren Befehlsstand aufgebaut?«

Der ältere Highlander deutete durch das abgedunkelte Fenster über die Straße. »Ihr wart praktisch an der Türschwelle. Sie haben sich mitten im Friedenspark eingerichtet. Wenn ihr noch weiter gelaufen wärt, hättet ihr Alarm ausgelöst und eine ganze Kompanie am Arsch gehabt. Der größte Teil ihrer Truppen ist über den Nordwesten der Stadt verteilt. Sie graben sich seit ein paar Tagen ein und verstecken ihre Mechs und Panzer in den Gebäuden. Diese verfluchten Hunde haben eine Unzahl von Wohnungen unseres Volks ruiniert, um sich zu tarnen.«

»Aufräumeinheiten«, kommentierte Carey, ohne von ihrer Arbeit aufzusehen. »Alles, was ihren kleinen Hinterhalt überlebt, wird von den versteckten Mechs erledigt.«

Loren kannte diese Taktik nur zu gut. Im Verlauf seiner Karriere hatte er sie in den verschiedensten Variationen selbst häufig genug angewendet. »Wir brauchen Beweise. Wir müssen ein paar Bilder davon aufnehmen. Dieses Gebäude ist fünf Stockwerke hoch. Carey, Sie und Jake steigen aufs Dach. Passen Sie auf, daß Sie niemand sieht, aber besorgen Sie uns ein paar Bilder vom Davion-HQ im Friedenspark. Und zeichnen Sie die Positionen aller BattleMechs und Panzer auf, die Sie sehen.« Jaffray schaute auf die Uhr. »In einer halben Stunde wird es hell. Dann müssen wir hier weg sein.«

Der fünfstündige Marsch aus Tara hinaus in die verwilderten Sümpfe südlich der Stadt verlief seltsam still. Pluncket benötigte jede Stunde eine Pause. Jaffray und die schwarzgekleideten Mitglieder der Erkundungslanze hielten an, sprachen aber nicht miteinander. Was gab es noch zu sagen? Als sie Frutchy und die halbversenkten Mechs erreichten, in denen sie nach Tara gekommen waren, schien ihre Stimmung rabenschwarz zu sein. Die Miene des Commanders war um nichts fröhlicher, da er Careys Sendung gelesen hatte, bevor er sie an Oberst MacLeod weitergab. Loren spürte die Hoffnungslosigkeit seiner Begleiter.

Die Laserbilder, die Fuller und Carey vom Dach des verlassenen Gebäudes aus gemacht hatten, bestätigten einen Großteil dessen, was Pluncket erzählt hatten. Der jahrhundertealten Friedenspark war zum Aufmarschgebiet der 3. Royal Davion Guards geworden. Panzer und BattleMechs umringten das Mobile HQ und die Kommunikationsfahrzeuge, die ironischerweise stark jenen ähnelten, die MacLeod im Laufe der Gefechte verloren hatte. Die Bilder vom Raumhafen waren nicht so aufschlußreich, aber sie bestätigten zumindest einen Teil der Geschichte. Auf jeden Fall wußten sie nun, daß alle Mechtransporter der RKG den Raumhafen verlassen hatten, um der Explosion zu entgehen.

Commander Frutchey war der einzige mit guten Nachrichten. Er hatte eine Meldung erhalten, derzufolge MacLeods Kräfte schon ein gutes Stück des Weges nach Tara hinter sich gebracht hatten. Er kannte keine Details, aber die Belagerung des Kastells mußte schon vor Tagen zu Ende gegangen sein. Anscheinend bediente MacLeod sich einer Finte, um die Davion-Kundschafter in die Irre zu führen.

Noch gab es Hoffnung. Angesichts der sich nähernden Truppen sah Loren noch immer eine Chance, etwas zu unternehmen, *irgend etwas* zu tun, um den Hinterhalt der Royals zu vereiteln. Er dachte an Mulvaney und fragte sich, ob sie der Joker in diesem Spiel werden konnte. *Das hier ist ihr Volk. Sie würde niemals untätig zusehen, wie ihre Leute in die Luft gesprengt werden. Gleichgültig, wie groß ihre Loyalität zu Victor Davion ist, sie wird nie allem, was ihr am Herzen liegt, den Rücken zuwenden.* Chastity Mulvaney war keine kaltblütige Mörderin.

Der Tod Unschuldiger würde sie treffen, möglicherweise hart genug treffen, um sie zu MacLeod zurückkehren zu lassen.

Loren stand auf der kleinen Bodenwelle, die sich aus dem Wasser des Sumpfes erhob und sah die anderen Mitglieder seiner Lanze, einschließlich ihres Neuzugangs Mr. Pluncket, an. »Ich muß eine Entscheidung treffen«, stellte er fest. »MacLeods Regiment ist unterwegs, und in Tara droht ein Davion-Hinterhalt. Das heißt, wir dürfen keine Zeit verlieren.«

Carey wischte sich die Tarnfarbe aus dem Gesicht, während sie zuhörte. Loren brauchte die dunklen Ringe unter ihren Augen nicht zu sehen, um zu wissen, daß er alle drei Offiziere bis an die Grenzen ihrer körperlichen und emotionalen Belastbarkeit getrieben hatte. »Major, was immer Sie für einen Plan haben, wir sind dabei, solange er dafür sorgt, daß diese vermaledeiten Royals weder die Stirling's Fusiliers noch die Stadt in die Luft jagen können. Ich werde tun, was immer nötig ist, um sie aufzuhalten. Wenn Ihre Befehle das allerdings nicht ermöglichen, steht es Ihnen frei, mich wegen Meuterei vors Kriegsgericht zu bringen.«

Es war klar zu erkennen, daß sie nur noch von ihren Emotionen in Gang gehalten wurden. Jake und sogar Pluncket sahen aus, als wollten sie ihre Waffen greifen und schnurstracks zurück nach Tara stürmen. Aber Loren wußte, daß sich so nichts erreichen ließ – noch nicht. Sie brauchten ein Ziel, eine gemeinsame Sache, die sie zum Sieg führte, keinen wertlosen Kraftakt gegen eine zwölffache Übermacht. *Ich muß sie bitten, mir zu vertrauen, und dafür sorgen, daß sie verstehen, wie wir auf diese Weise unsere Rache erlangen können.* »Ich höre Sie laut und deutlich, Carey. Vertrauen Sie mir. Ich werde nicht auf den Händen sitzen und zulassen, daß die Royals die Fusiliers vom Angesicht des Planeten blasen. Fakt ist, die Fusiliers sind unterwegs, aber die Tatsache, daß sie noch nicht hier sind, verschafft uns etwas Zeit, Atem zu holen. Wenn Sie losrennen und sich mit einer kompletten VerCom-RKG anlegen wollen, Carey, dann lassen Sie sich nicht aufhalten. Wir werden Sie vermissen, und Ihr Tod wird keinerlei Wert haben. Wenn Sie in blinder Wut um sich schlagen, kommen Sie nur auf die Verlustliste und werden nichts zu unserem Sieg beitragen können. Sie werden nicht mehr sein als ein Name auf einem Caber. Ich werde mich Ihnen nicht in den Weg stellen, aber stellen Sie sich auch nicht in den unseren.«

Seine Worte saßen, und Carey senkte die Augen, als er weitersprach. »Ich habe vor, den schurkischen Plan der Davions zu durchkreuzen. Im Augenblick besitzen wir etwas, das uns seit Beginn dieser Operation gefehlt hat, nämlich einen Hinweis darauf, was hier vor sich geht. Wir wissen jetzt, wer der Feind ist, und wir wissen, was er plant. Das ist schon eine ganze Menge. Mit diesem Wissen können wir einen Plan entwickeln, wie wir die 3. Royals zermalmen. Es besteht kein Grund für euch, hier deprimiert im Schlamm zu hocken. Freut euch. Wir haben endlich einen Vorteil.«

»Ich bin ganz und gar nicht in Feiertagsstimmung ... Sir«, erwiderte Fuller kühl. »Wir sind immer noch in der Unterzahl, dank Mulvaneys und Catellis Einheiten in den Bergen. Es ist nur eine Frage der Zeit, bis sie unser Regiment entdecken und anrücken.«

»Nichts für ungut, Jake, aber von einem Northwind Highlander hätte ich etwas anderes erwartet, als daß er sich an Zahlenverhältnissen festbeißt. Ich bin in dem Glauben aufgewachsen, ihr wärt Kämpfer. Wenn Sie tatsächlich glauben, wir haben keine Chance, sollten wir uns vielleicht sofort ergeben und beten, daß wir am Leben bleiben.« Jaffrays Stimme triefte vor gespielter Verachtung. Fuller schien wütend, nahm seine Worte aber nicht zurück. Er stierte Loren nur zornig an, was dieser ignorierte. *Ich bin nahe daran, sie zu verlieren, aber wenigstens hören sie mir noch zu – ich sollte zusehen, daß ich das ausnutze, solange ich noch kann. Sie brauchen einen Plan. Etwas, woran sie glauben können. Es wird Zeit, unseren Feind an seiner schwächsten Stelle zu packen.*

»Der Schlüssel zu unserem Problem heißt Mulvaney«, verkündete er.

»Was?« spuckte Jake, dessen Wut offensichtlich noch zugenommen hatte. »Sie hat den Oberst und alle Highlanders verraten. Was soll das heißen, sie ist der Schlüssel?«

»Sie hat niemanden verraten, Jake«, gab Loren zurück. »Sie hat Ihrem Volk eine Möglichkeit geboten, seine Ehre zu wahren. Ich kenne Sie noch nicht lange, aber ich kann nicht glauben, daß Mulvaney zusehen würde, wie die Davions die Fusiliers in Fetzen sprengen. Selbst wenn Oberst MacLeod persönlich ins Konsulat marschiert wäre und Burns erschossen hätte, würde sie niemals dem Plan zustimmen, ein ganzes Regiment Highlanders auszulöschen, ohne ihm die geringste Chance zur Verteidigung zu geben. Und sie würde es niemals zulassen, daß unschuldige Highlander-Angehörige Gefahr laufen, als Geiseln genommen oder umgebracht zu werden. Chastity Mulvaney würde sich nie im Leben auf einen Plan einlassen, bei dem Tara in Schutt und Asche gelegt wird. Das wissen Sie so gut wie ich.« *Und falls ich mich irre, wird mein Plan uns alle umbringen.*

»Major Jaffray hat recht«, erklärte Pluncket von seinem Sitzplatz auf einem Steinbrocken herunter. »Wir alle kennen sie seit Jahren. Chastity Mulvaney würde so etwas nie zulassen. Sie ist eine von uns, eine Blutsverwandte. Eine Highlanderin bis ins Mark. Sie haben alle schon an ihrer Seite gekämpft. Erinnere dich an die Clans, Laddie. Madame Eisenherz habt ihr sie getauft. Carey, Sie haben auf Glengarry gegen die verdammten Skye-Rebellen unter ihr gedient. Wenn mich meine Erinnerung nicht trügt, hat sie eurer ganzen Kompanie kollektiv den Arsch gerettet, eh, Lassie?«

»Was schlagen Sie vor?« fragte Carey, die Plunckets Worte wie eine kalte Dusche in die Realität zurückgeholt zu haben schienen.

»Ich möchte wetten, Mulvaney hat von alledem hier nicht den Schimmer einer Ahnung«, meinte Loren vorsichtig. »Nur so ergibt es einen Sinn. Wenn sie herausfände, was in Tara vorgeht, könnte sie uns helfen, den Spieß herumzudrehen. Einer von uns wird sich auf den Weg ins Ausbildungslager begeben. Er wird vorgeben, überlaufen und sich Mulvaneys Highlandern anschließen zu wollen. Dort angekommen, wird er ihr alles erzählen, was wir hier entdeckt haben. Sie muß erfahren, was sich hier abspielt, und vor allem, was sich hier noch abspielen soll.«

Jakes Stirn war tief zerfurcht. »Sie sind sich ja wohl im klaren, daß Sie uns da ein enormes Risiko zumuten. Wenn Sie sich irren, erfährt sie, daß wir von ihren Plänen wissen. Ganz davon abgesehen, was mit uns passieren wird, wenn wir ihnen geradewegs in die Hände laufen.«

»Aber ich irre mich nicht, und das wissen Sie auch, Jake... In Wahrheit wissen Sie das alle. Wenn Mulvaneys Highlander die Seiten wechseln, haben weder Catelli noch die 3. Royals eine Chance.«

»Vielleicht sollten wir Oberst MacLeod um seine Meinung fragen«, schlug Frutchey vor. »Ich meine, das ist wirklich ein großes Risiko, nicht nur für uns, sondern für das ganze Regiment.«

Jaffray schüttelte den Kopf. »Keine Zeit. Teufel, wir können jeden Moment entdeckt werden, und damit wären all unsere Pläne Makulatur. Nein. Wir müssen handeln, und zwar sofort. Ich akzeptiere die volle Verantwortung für diese Entscheidung.« *Ich weiß, daß ich recht habe. Alles spricht dafür. Ich kann nur hoffen, daß wir Mulvaney erreichen.*

»Ich werde gehen«, erklärte Commander Fuller. »Ich kenne sie am längsten. Mir wird sie zuhören.«

»Nein«, schnitt Jaffray ihm das Wort ab. »Ich habe eine bessere Idee.« *Ich wünschte, ich könnte selbst gehen …* »Es gibt jemanden, dem sie noch eher glauben würde.« Er wandte sich an Pluncket. »Sir, Sie und Major Mulvaney stehen sich ziemlich nahe, nicht wahr?«

»Ich, Laddie? Aye«, meinte Pluncket und klopfte auf sein künstliches Bein. »Aber ganz offen gesprochen, es ist lange Jahre her, daß dieser Krieger ins Feld gezogen ist. Und Spionage war noch nie meine Stärke.«

»Wenn einer von uns geht, könnte Mulvaney einen Trick oder eine Falle vermuten. Wenn Mister Pluncket vor ihrer Tür auftaucht, wird sie wissen, daß er nie versuchen würde, sie in einen Hinterhalt zu locken.«

»Bist du sicher, Laddie? Ich altes Kampfmuli war schon lange nicht mehr im Einsatz.«

»Ich bin sicher, Pluncket. Jake, als wir in die Stadt eingedrungen sind, habe ich am Stadtrand einen Rotunda-Panzerwagen gesehen. Erinnern Sie sich?«

»Ja.«

»Wie stehen die Chancen, daß Sie und Frutchey zurückschleichen und den Wagen stehlen können?«

Frutchey und Fuller grinsten einander an. Offensichtlich lag ihnen diese Aufgabe. »Das schaffen wir schon.«

»Gut. Lassen Sie sich nicht aufhalten. Mister Pluncket, Sie begleiten die beiden. Nehmen Sie den Wagen und fahren Sie zum Ausbildungslager. Ich weiß, es ist nur eine Ahnung, und ich würde Sie nicht darum bitten, wenn ich meiner Sache nicht so sicher wäre. Mulvaney ist der Angelpunkt. Wenn es Ihnen gelingt, sie umzudrehen, bricht der ganze Davion-Plan zusammen.«

»Ich werde versuchen, Sie nicht zu enttäuschen, Major«, meinte Pluncket.

»Davon bin ich überzeugt. Wenn Sie Mulvaney sehen, würden Sie ihr eine Nachricht von mir überbringen?«

»Sir?«

»Als wir uns das letzte Mal begegnet sind, hat sie erklärt, ich könnte den Ort für unser nächstes Treffen bestimmen. Sagen Sie ihr, es ist Tara. Sie wird es verstehen.« *So oder so, Mulvaney wird herkommen, entweder, um sich selbst von der Lage zu überzeugen, oder um mich aufzuhalten. Auf jeden Fall werde ich diesen Kampf ein für allemal zu Ende bringen.*

Der alte Unteroffizier nickte. »Verstanden, Sir«, gab er zackig zurück, und nach dem Funken in seinen Augen zu urteilen, hielt Loren es durchaus für möglich, daß der alte Soldat damit wirklich recht hatte.

32

Südlich von Tara, Northwind
Mark Draconis, Vereinigtes Commonwealth

17. Oktober 3057

Loren kletterte aus dem Wasser und legte sich das Badetuch um die Hüften. Auf langen Feldzügen war ein Bad ein seltener Luxus, aber selbst nach diesen Maßstäben hatte er das Gefühl, vor Schmutz zu stinken. Gelegentlich bot das Feld-HQ eines Regiments eine entsprechende Möglichkeit, aber diesmal hatte Loren sich mit einem Tümpel am Rand des Sumpfgebiets begnügen müssen. Er hegte ernste Zweifel am Wert der Desinfektionsmittel und des Deodorants in seiner Feldausrüstung, aber er sprühte sie trotzdem auf, weil er wußte, er würde sich dadurch besser fühlen.

Die letzten Tage waren weder für ihn noch für seine Lanze einfach gewesen. Wenn sie sich zu lange an einem Ort aufhielten, riskierten sie entdeckt zu werden, deshalb hatte er die Lanze in Bewegung gehalten. Sie hatten die Sümpfe umgangen und waren noch mehrmals nach Tara vorgedrungen. Bei jedem Besuch konnten sie weitere Daten und Informationen sammeln. Frutchey und Fuller hatten Laserbilder vom Kohler-Raumhafen geschossen und weitere Bestätigungen für Mister Plunckets Geschichte gefunden. Es wurden tatsächlich Frachtraumer entladen, und die Gefechtsraumschiffe der 3. Royal Guards waren verlegt worden, um ihre Vernichtung zu verhindern.

Seine Lanzenkameraden ahnten nichts davon, aber Loren hielt ihren Weg und ihre Haltepunkte sorgfältig fest. Während ihrer Halts verbrachte er viel Zeit in seiner Pilotenkanzel und führte serienweise Berechnungen aus. Dafür gab es gute Gründe. Weit über ihm, zwei Stunden Flugzeit vom Planeten Northwind entfernt, warteten die Todeskommandos an ihrem Piratensprungpunkt auf seine Anweisungen. Es würde schwierig werden, mit ihnen in Kontakt zu treten, aber er glaubte, einen Weg gefunden zu haben.

Auf dem Weg zum *Gallowglas* rieb Loren sich den immer dichter werdenden Stoppelbart. Sorgen machte ihm vor allem, daß die Royals inzwischen eigene Erkundungsmissionen starteten. Ohne Zweifel durch den Tod der Soldaten im Friedenspark aufgeschreckt, bauten sie das Sicherheitsnetz um Tara mit jedem Tag weiter aus, was Loren zwang, sich immer weiter zurückzuziehen. *Sie wissen nicht, ob Plunckets Rettung Zufall oder organisierter Widerstand war. Wahrscheinlich werden die Guardsoffiziere allmählich nervös. Sie bekommen Angst, ihre kleine Überraschung könnte verraten werden. Gut. Schwitzen sollen sie. Vielleicht machen sie einen Fehler.*

Vor allem die plötzliche Funkstille zwischen Lorens Einheit und dem Rest von MacLeods Truppen hatte Loren überrascht. Um eine Entdeckung zu vermeiden, untersagte der Oberst nach dem ersten Kontakt jede weitere Kommunikation. Bis die beiden Gruppen sich wieder vereinigten, konnten sie nicht mit einer Reaktion auf ihre Meldungen rechnen. Trotzdem schickte Loren weiter Daten auf den Weg, in der Hoffnung, daß irgendwer im Regiment sie auffing und analysierte.

Am westlichen Horizont ragten die Rockspire Mountains auf, und Loren starrte zu den düsteren zerklüfteten Gipfeln hoch. *Irgendwo da oben ist Mulvaney ... und hoffentlich auch Pluncket. Sie ist aus eigener Entscheidung da oben. Er ist auf meinen Befehl gefahren, aber er selbst schien es auch für eine gute Idee zu halten.* Seit der Unteroffizier sie verlassen hatte, fragte Loren sich, wie Plunckets Mission wohl ausgehen würde. Er hatte die Karten studiert und wußte, daß der Panzerwagen das Lager über die Straße schnell erreicht haben mußte.

Aber wie würde Mulvaney auf Plunckets Informationen reagieren? Hatten Catelli oder Bradford sie schon einer solchen Gehirnwäsche unterzogen, daß sie nicht mehr auf die Seite MacLeods und der übrigen Highlanders zurückkehren konnte?

Vor dem Abbruch der Kommunikation hatte er dem Regiment auch die Einzelheiten dieser Mission zukommen lassen. Wie würde MacLeod darauf reagieren? Der Oberst war die Verkörperung der Highlanders und ihrer langen, illustren Geschichte. In dieser Hinsicht erinnerte er Loren an seinen Großvater. Er hatte immer großen Wert auf dessen Weisheit und Zustimmung gelegt.

Er kletterte gerade die Sprossen am Rumpf des *Gallowglas* hoch, als er aus dem offenen Cockpit ein leises Schrillen hörte. Das Notfunksignal. Wie lange hatte er herumgestanden und gebrütet, während seine Lanzenkameraden versucht hatten, ihn zu erreichen? Loren machte sich Vorwürfe. Er konnte sich keine Nachlässigkeiten leisten. Jetzt nicht. So schnell er konnte hastete er nach oben in die Kanzel und schaltete den Lautsprecher ein.

»Jaffray hier«, meldete er sich, während er das Badetuch beiseite warf und die Shorts anzog.

Statik krachte aus dem Lautsprecher, gefolgt von einer undeutlichen Stimme, als der Bordcomputer die verschlüsselte Sendung entzerrte. »Carey hier. Zielobjekte im Anmarsch, Richtung drei-zwo-zwo, Entfernung ungefähr fünnef Kilometer.«

Loren fuhr den Fusionsreaktor hoch und zog den Neurohelm über den Kopf und auf seine Schultern. »Ich fahre hoch. Frutchey, haben Sie eine Bestätigung?«

»Ja, Sir«, meldete sich der junge Commander. »Ich habe die Zielobjekte in der Ortung. Ich erfasse vier, nein, Korrektur, fünnef Mechs.«

»Versuchen Sie, auf ihre rechte Flanke zu kommen, David«, sagte Carey. »Ich erfasse insgesamt acht Mechs in der Fernortung, leicht bis mittelschwer, schnell vorrückend, in Zangenformation.«

»Nichts zu machen, Madam. Zwei von denen, die ich orte, dringen ins Moor vor und schneiden mir den Weg ab. Meine größte Erfolgsaussicht besteht darin, nach Norden zu gehen und zwischen Sie und den Major zu kommen.«

Loren brachte die Wärmetauscher in Aktion und schaltete die Sicherheitsvorkehrungen ab, um den *Gallowglas* so schnell wie möglich in Gang zu bringen. Der Mech erwachte bebend zum Leben, und Loren bewegte ihn vorwärts in das Sumpfwasser, in dem sein Pilot Minuten zuvor noch gebadet hatte. *Wenn es die 3. Royals sind, haben sie diese Einheit einen weiten Umweg machen lassen, damit sie in unseren Rücken kommen. Wahrscheinlich war es nur eine Frage der Zeit, bis sie herausfanden, wo wir stecken. Wenn sie es darauf anlegen, können sie uns bis in die Stadt treiben, wo wir keine Chance mehr haben.*

»Frutchey, sie legen es genau darauf an, Sie nach Norden zu treiben. Damit säßen wir zwischen ihnen und ihrer Hauptstreitmacht in der Stadt fest. Halten Sie die Stellung. Carey und ich kommen zu Ihnen, und wir versuchen, nach Süden durchzubrechen, bevor sie ihre Stellung absichern können.«

»Verstanden, Sir«, reagierte Carey. »Halten Sie die Röcke fest, Mister Frutchey. Die Kavallerie ist unterwegs.« Loren starrte auf seine Fernortung und sah die Linie der von Süden anrückenden Mechs ebenso wie die Positionen seiner Maschinen. Fuller und sein *Dunkelfalke* waren in Careys Nähe und bewegten sich ebenfalls nach Süden, aber trotzdem sahen sie sich einem fast doppelt so kampfstarken Feind gegenüber. Das Gelände würde ihnen nicht genug Vorteil verschaffen, um diesen Unterschied auszugleichen.

Aber vielleicht war das auch gar nicht nötig. »Frutchey, hier ist Jaffray. Sie haben sie jetzt in der Nahortung. Überprüfen Sie die Transpondersignale der Zielmechs. Tempo!«

Es folgte eine lange Pause, in der Loren Careys *Fall-*

beil auf dem schwerfälligen Marsch durch den Sumpf sichtete. Weiter entfernt brach Fullers *Dunkelfalke* durch eine Baumgruppe. Lorens Puls beschleunigte sich, als sie den mysteriösen fremden Mechs immer näher kamen. Seine Sensoren zeigten ihm, daß die Angreifer die Schlinge zuzogen, aber das Moor bremste sie.

»Sir! Es sind Highlander. Ich empfange die Kennung von den MacLeod's Highlanders!« brüllte Frutchey.

»Bist du sicher, Blechkopf?« fragte Fuller.

Plötzlich unterbrach eine vertraute Stimme den Funkverkehr und zerschnitt die Spannung wie ein Messer. »Major Loren Jaffray«, erklang Oberst MacLeods vollklingende Stimme.

»Jaffray meldet sich zur Stelle, Sir«, erwiderte Loren, während er zusammen mit Carey kurz hinter Frutcheys *Kriegshammer* zum Stehen kam.

»Hier spricht MacLeod, Laddie. Ich weiß es zu schätzen, daß Sie die Stellung gehalten haben. Wir sind da.« Loren stieß in einem langen Seufzer der Erleichterung die Luft aus, aber das reichte nicht, seine ganze Anspannung zu lösen. MacLeods Ankunft überraschte ihn in mehrerlei Hinsicht. Seine Ankunft Tage früher als erwartet bedeutete, daß er seine Truppen hart angetrieben haben mußte, um hierher zu kommen. Möglicherweise hatte er sogar Mechs vom Sturm auf das Kastell abgezogen. Es war eine beeindruckende Leistung, die Bände sprach, was die Führungsqualitäten des Highlander-Kommandeurs anging.

Jetzt würde er erklären müssen, warum er Mister Pluncket in die Berge zu Mulvaney geschickt hatte. Major Huff würde damit ganz sicher nicht einverstanden sein. Wie konnte sich Loren sicher sein, daß selbst MacLeod diese verzweifelte Entscheidung mittragen würde?

33

Südlich von Tara, Northwind
Mark Draconis, Vereinigtes Commonwealth

17. Oktober 3057

Alle vier Mitglieder von Jaffrays Erkundungslanze standen im Schatten einer ausladenden Weide, während Oberst MacLeod ihre Ergebnisse durchging. Hauptmann Dumfries, der Nachrichtendienstoffizier des Regiments, und einer seiner Adjutanten waren ebenfalls anwesend und studierten die Notizen und Laserbilder der Lanze. Beide Männer schienen die Informationen wie einen kostbaren, empfindlichen Schatz zu behandeln. MacLeod sagte lange nichts. Anscheinend überdachte er seine Möglichkeiten. Mehrmals drehte er sich zu Dumfries um, und die beiden unterhielten sich flüsternd, während sie die Karten betrachteten.

»Sie haben alle eine bemerkenswerte Arbeit geleistet«, meinte MacLeod schließlich zu Loren. »Ihre Geländedaten haben uns geholfen, das Regiment Tage vor dem geplanten Zeitpunkt hierher zu schaffen. Und was noch viel wichtiger ist, Sie haben eine Falle aufgedeckt, die Tausende Highlander und unsere Angehörigen in der Stadt das Leben gekostet hätte. Das ist eine enorme Leistung, und ich möchte Ihnen allen für die getane Arbeit danken. Ich weiß, die Funkstille war hart für Sie, aber Sie verstehen sicher, daß wir das Risiko nicht eingehen konnten, die Royals von unserem Anmarsch zu informieren.«

Loren entspannte sich etwas, als er in die stahlgrauen Augen des Highlander-Kommandeurs blickte. »Sir, wie ist es beim Kastell gelaufen?«

»Wir haben etwas länger gebraucht als erwartet, aber als wir einmal in den oberen Tunneln waren, blieb der

Rest nur noch eine Frage der Zeit. Die Gurkha-Infanterie hat wie üblich eine gute Leistung gezeigt. Ich habe einen Teil unserer schwereren BattleMechs schon hinter Ihnen her in Marsch gesetzt, während der Rest noch den Bunker überwachte. Zum Schluß stellte sich heraus, daß wir es nur mit zehn Mechs und zwei Infanteriezügen zu tun hatten. Wie Sie vorhersagten, Major, haben unsere Gegner den größten Teil ihrer Truppen ins Ausbildungslager in den Bergen gebracht. Sie haben den längeren Weg genommen, aber jetzt sitzen sie nur ein paar Tagesreisen außerhalb von Tara.«

Die Nachricht bereitete Jaffray eine gewisse Befriedigung. Major Huff hatte darauf beharrt, daß Catelli und Mulvaney nicht in die Berge ziehen würden. Es war beruhigend zu wissen, daß er, Loren, die ganze Zeit richtig gelegen hatte.

»Wie haben Sie es geschafft, das Regiment hierher zu bringen, ohne von den 3. Royals entdeckt zu werden?« Wenn die Davions MacLeod's Highlanders beim Marsch auf Tara geortet hätten, wären sie mit geballter Macht gegen sie ausgerückt.

Der Oberst strahlte vor Stolz. »Durch einen Taschenspielertrick. Wir haben die Mechwracks beider Seiten genommen und haben sie am Flußufer und oberhalb der Fälle umherbewegt. Unsere Techcrews haben sie von einem Ende des Flusses zum anderen geschleppt, neu positioniert und sogar über Nacht neu lackiert. Ein paar haben wir mit Bergegutwaffen ausgestattet, so daß die Davions bei jedem Vorbeiflug den Eindruck bekamen, daß sich jede Menge unterschiedlicher Mechs im und um das Kastell zu schaffen machten. In Wirklichkeit schlichen wir uns auf Ihrer Spur durch den Wald.«

»Sie sind also die Vorhut vom Rest des Regiments?«

MacLeod nickte. »So kann man es ausdrücken. Sie müssen sich natürlich klar machen, daß unsere Panzer für das Gelände zwischen hier und dem Kastell nicht geeignet sind. Ich habe sie den Tilman hoch geschickt, wo sie den Eindruck erwecken, wir wären auf dem Marsch zum Lager … genau wie Catelli und Mulvaney es gehofft haben. Um die Illusion komplett zu machen, mußte ich ihnen ein paar unserer leichteren Mechs mitgeben, aber ich bezweifle, daß die Davions es schon durchschaut haben. Leider ist es aber ein weit langwierigeres Unterfangen, ein ganzes Regiment unbemerkt zu bewegen als eine einzige Mechlanze. Die Einheit ist ziemlich auseinandergezogen, doch hat mir Major Huff versichert, daß wir in voller Stärke antreten werden, wenn die Fusiliers aufsetzen.«

»Die Zeit läuft uns davon, Sir«, drängte Carey. »Die Stirling's Fusiliers werden pünktlich eintreffen, das heißt in drei Tagen. Sie haben unsere Berichte gelesen. Wenn Sie sich zur Landung auf den Raumhafen locken lassen, werden sie in einer gewaltigen Explosion sterben.«

MacLeod schüttelte entschieden den Kopf. »Carey, ich garantiere Ihnen, dazu wird es nicht kommen. Nicht, solange ich am Leben und zum Kampf bereit bin. Hauptmann Dumfries und ich haben einen Plan ausgearbeitet. Angesichts der Kräfteverhältnisse ist er allerdings recht riskant.«

Loren trat einen Schritt vor. »Was sollen wir tun, Sir?«

»Im Grunde ist der Plan ganz einfach. Am Anfang dieses kleinen Unternehmens hat Marschall Bradford mein HQ und meine Funkanlage zerstört. Nun, ich plane, ihm diesen Gefallen doppelt und dreifach zurückzuzahlen. Wir werden Tara aus drei Richtungen gleichzeitig angreifen. Zwei Attacken werden Finten sein, mit dem Ziel, die Davion-BattleMechs aus ihren Verstecken zu locken. Die dritte Einsatzgruppe wird in den Friedenspark vorstoßen. Dort angekommen, führt sie einen von zwei Aktionsplänen durch. Priorität hat der Versuch, den Funkwagen unter Kontrolle zu bringen und Oberst Stirling vor der Falle zu warnen. Falls es nicht gelingt, den Wagen intakt zu erobern, wird das Team ihn zerstören, in der Hoffnung, daß diese Aktion Stirling rechtzeitig warnt, nicht in Tara aufzusetzen. Ehrlich gesagt, würde ich lieber die Sendeanlage im Fort oder am Raumhafen benutzen, aber wir haben zuwenig Truppen, um eine davon in der uns noch verbleibenden Zeit wieder in Besitz zu nehmen.«

Loren war beeindruckt. »Hört sich gut an, Sir.« Der Davion-Marschall würde niemals einen solchen Schlag der Highlander erwarten.

»Cat Stirling wird auf jeden Fall eine Art verbale Bestätigung verlangen, bevor sie die Schiffe aufsetzen läßt, ganz besonders an einem so offen einsehbaren Landeplatz wie dem Raumhafen«, fuhr MacLeod fort. »Ich gehe davon aus, daß der Davion-Geheimdienst eine Methode gefunden hat, meine Anwesenheit vorzutäuschen. Unsere einzige Hoffnung besteht also darin, ihr eine direkte Warnung zukommen zu lassen – eine Warnung, wonach sie alle sonstigen Anweisungen anzweifeln wird, die ihr die Davions unterzujubeln versuchen.«

»Aber wenn sie die Warnung in den Wind schlägt und trotzdem auf dem Raumhafen...«, wandte Loren ein.

»Ich kenne Cat Stirling seit Jahren. Sie ist fast krankhaft mißtrauisch. Ich verlasse mich ebensosehr auf ihre Intuition wie auf Sie, Loren.«

»Sie können sich auf uns verlassen, Sir.«

MacLeod grinste breit. »Gut. Und die Kenntnisse Ihrer Lanze über den Friedenspark und die momentanen Truppenstellungen dort machen Sie zur ersten Wahl für die Leitung dieses Angriffs.«

Loren hatte gehofft, daß MacLeod das sagen würde. *Eine Angriffsaktion in einer großen Schlacht zu leiten, ist um vieles ehrenhafter als mein Leben bei einer Ablenkungsaktion zu riskieren.*

Dumfries kam näher und mischte sich in das

Gespräch ein. Sein Einsatzkilt war vom langen Tragen schmutzig und zerknittert. »Der Oberst und ich sind der Ansicht, daß der Schlüssel zum Erfolg dieser Mission in der Wahl des richtigen Zeitpunktes liegt. Wenn wir zu früh losschlagen, riskieren wir, auf die volle Schlagkraft der 3. Royal Davion Guards RKG zu treffen. Sie könnten uns auslöschen und die Fusiliers anschließend doch noch in den Hinterhalt locken. Warten wir zu lange, so bedeutet es das Ende für unsere Brüder und Schwestern. Wir müssen zuschlagen, sobald die Fusiliers die Umlaufbahn verlassen.«

MacLeod unterbrach. »Wir haben auch ein paar tragbare Störsender sowie einzelne fahrbare leichte Sets. Wir werden versuchen, die 1. Gurkhas zum Raumhafen zu bringen, damit sie verhindern, daß der Sprengstoff versehentlich ausgelöst wird. Aber das ändert nichts an der Lage. Wir haben keine Garantie, daß sie durchkommen, und selbst wenn sie es schaffen, können sie möglicherweise nicht den ganzen Raumhafen sichern. Wenn es ihnen nicht gelingt, die Fusiliers umzulenken, werden sie eine leichte Beute für die VerCommies werden.«

Commander Fuller pfiff durch die Zähne. »Das gibt uns wenig Zeit. Wenn sie erst einmal aus dem Orbit scheren, sind sie 45 Minuten später am Boden. Wir müssen ihnen die Warnung verdammt schnell zukommen lassen, wenn sie nicht wie Tontauben auf dem Schießstand enden sollen.«

»Sir«, unterbrach ihn Carey, »wie viele Truppen haben wir zur Verfügung?«

MacLeod sah auf seinen Compblock. »Wenn alles läuft, wie geplant, und wir weiter unentdeckt bleiben, wohl zwanzig bis vierundzwanzig Mechs und drei Infanteriezüge zur Unterstützung.«

Frutchey meldete sich zu Wort. »Nach dem, was wir im Friedenspark geortet haben, dürfte das ausreichen, um die Verteidiger dort zu erledigen. Vielleicht wird das ja doch noch ein Spaziergang.«

MacLeod schüttelte den Kopf. »Ich enttäusche Sie nur ungern, Commander, aber das ist die *Gesamtzahl* der Mechs, die uns zur Verfügung stehen. Ein Teil davon wird bei den Ablenkungsangriffen benötigt. Damit bleiben Ihnen zwei komplette Lanzen und die Gurkha-Infanterie.«

Frutchey zog die Brauen hoch und zuckte die Achseln. »Ich hab wohl zu früh das Maul aufgerissen.«

MacLeod strich sich über den Bart und betrachtete seine Krieger. »Wie ich schon sagte, Sie haben beachtliche Arbeit geleistet. Aber jetzt muß ich noch mehr von Ihnen verlangen. Dieser Angriff wird nicht leicht werden, aber wir haben zwei Tage Ruhe, bevor wir in den Kampf ziehen müssen. Lassen Sie uns das Lager abbrechen, abziehen und unsere Mechs tarnen. Es liegt noch viel Planungsarbeit vor uns, wenn das hier ein Erfolg werden soll.« Der Oberst salutierte und ließ die Offiziere wegtreten. Auch Loren wollte gehen, aber der ältere Highlander bedeutete ihm zu bleiben.

»Sie wollten mich sprechen, Sir?« fragte er leise. *Das muß wegen Pluncket und Mulvaney sein. Er hat sich wohl entschlossen, mich privat zurechtzuweisen, um mir die Erniedrigung vor den anderen zu ersparen.*

»Ich nehme an, Sie wissen, weshalb.«

»Ja, Sir, ich denke schon. Und ich möchte festhalten, daß ich die volle Verantwortung für mein Handeln übernehme. Was ich getan habe, mag hier und jetzt falsch erscheinen, aber ich bin davon überzeugt, daß es das Risiko wert war. Ich glaube, wenn Mulvaney die Wahrheit erfährt, wird sie den Kampf gegen uns einstellen und sich möglicherweise sogar gegen die Davions kehren.«

MacLeod lachte laut und schlug Loren auf die Schulter. »Denken Sie, ich wäre verärgert über Ihre Aktion, Lad?«

Loren war verwirrt. »Sind Sie das nicht?«

»Überhaupt nicht. Ich wußte nie, was ich von Ihnen halten sollte, aber Sie haben sich als ein Ehrenmann bewiesen. Selbst Hardliner wie Huff sehen in Ihnen inzwischen keine Bedrohung mehr, sondern eine Bereicherung, auch wenn er das nie zugeben würde. Der Zug war ein Meisterstück. Mulvaney ist immer noch eine Highlanderin, egal, was die Davions versucht haben, ihr einzureden. Ich weigere mich zu glauben, daß sie ihrem Volk den Rücken zugekehrt hat oder dazu auch nur in der Lage wäre.«

»Danke, Sir.«

»Nein, Laddie, ich habe zu danken.« MacLeod drehte sich um und sah hinaus über das Moor zu seinem *Huronen,* der tief im Schlamm und Brackwasser auf ihn wartete. »Sie haben mich an etwas erinnert, was ich als waghalsiger junger Commander bei Oberst Marions Regiment gelernt habe.«

»Was war das, Sir?«

MacLeod starrte in die Ferne, als suche er zwischen den wuchtigen Baumstämmen und den Moorflächen nach seinen Erinnerungen. »Marion war ein Teufel. Er hat uns Kadetten Tag und Nacht gedrillt. Und andauernd hat er uns eingeschärft: ›... der Schlüssel zum Sieg besteht darin, über euren Feinden zu stehen. Wenn ihr über dem Gegner steht, könnt ihr eine Schlacht nicht verlieren.‹ Zwei Jahre lang dachte ich, er redet von Geländevorteilen – Hügel, Bodenwellen und dergleichen. Für mich ergab das einen Sinn. Ich war noch ein grüner Junge, voller Kampfgeist und Übermut.« MacLeod drehte sich zu Loren um, und plötzlich lagen Alter und Müdigkeit in seinem Blick. »Bevor wir die Konföderation Capella im 4. Nachfolgekrieg verließen, wurden wir auf Ningpo in ein Scharmützel verwickelt. Es war eine üble Serie von Gefechten auf den Ebenen des Planeten. Ironischerweise kämpften wir damals gegen die 3. Davion Guards RKG.«

»Dieselbe Einheit wie heute.«

»Zweimal in einem Leben sollte für jeden Kommandeur genug sein. Jedenfalls waren wir in ein Gefecht mit den Guards verstrickt, als der Oberst auf einer kleinen Lichtung zu mir stieß. Auf dem Hügel über uns standen drei Davion-BattleMechs, die von einer anderen Kompanie in die Mangel genommen und als ungefährlich abgeschrieben worden waren. Sie stellten kaum mehr dar als radioaktiver Müll, als wir sie bei dem Versuch entdeckten, zurück zu den eigenen Linien zu flüchten. Ich erinnere mich, daß ich sie mit den LSR meines *Schützen* anvisiert und die Raketen scharf gemacht hatte, als der Oberst mir signalisierte, ich sollte sie ziehen lassen.«

»Warum?«

MacLeod lachte in sich hinein. »Er sagte mir, ich sollte ›über dem Gegner stehen‹. Ich habe ihm geantwortet, genau die Position wolle ich mir verschaffen. Damals hat er mir erklärt, was er wirklich damit gemeint hat. Sehen Sie, Loren, er hat nicht von Geländevorteilen gesprochen. Es ging ihm um die moralische Überlegenheit. Darum, einen höheren moralischen Standard aufrechtzuerhalten als der durchschnittliche MechKrieger. Die Krieger, auf die ich gezielt hatte, stellten keine Bedrohung dar und waren nicht in der Lage, sich zu verteidigen. Oberst Marion hat mir erklärt, daß ich als Highlander ein Vorbild für andere sein mußte. Erst das macht einen Menschenführer aus. Seitdem habe ich versucht, meine Schlachten aus dieser Position heraus zu schlagen, über meinem Gegner stehend, auf der Seite des Rechts. Ich habe mich immer für das eingesetzt, was ich als richtig empfand, auch gegen eine Übermacht, und das war nicht immer populär. Und Mulvaney habe ich beigebracht, was ich von Oberst Marion gelernt habe. Sie wird zurückkommen.«

Loren schwieg eine Weile, bevor er antwortete. »Ich möchte mich für die Chancen bedanken, die Sie mir gegeben haben, Oberst. Ich habe Dinge getan, von denen ich als Kind geträumt habe, bin mit dem Regiment unserer Familie in den Kampf gezogen. Nicht nur gegen einen gemeinsamen Feind, sondern als Teil der Highlanders. Das bedeutet mir mehr, als ich in Worte fassen kann, Oberst. Ich wünschte nur, mein Großvater wäre noch am Leben, um sehen zu können, wie ein Jaffray in den Reihen der Highlanders steht.«

»Er wäre stolz auf Sie, Loren. Aber mir fällt auf, daß Sie regelmäßig von Ihrem Großvater reden, aber nie von Ihrem Vater.«

Loren senkte den Kopf und sah zu Boden. »Mein Vater und mein Großvater waren kaum jemals einer Meinung. Wahrscheinlich ist das nichts Ungewöhnliches zwischen Vater und Sohn. Er fand, daß Großvater zuviel Wert auf die Northwind Highlanders und zu wenig auf das Haus Liao und die Konföderation legte. Und als er alt genug war, trat mein Vater ins Capellanische Heer ein und meldete sich zu den Todeskommandos. In meiner Jugend war er meistens unterwegs. Ich habe ihn nie richtig kennengelernt. Ich weiß nur, daß er in Ehren gefallen sein soll. Als die Kommandos mir eine Stelle in ihren Reihen anboten, habe ich angenommen, nicht zuletzt, weil es die Einheit meines Vaters gewesen war. Jetzt fühle ich mich hin und hergerissen zwischen der Konföderation und den Highlanders. Ich hoffe, ich kann meinem Vater und meinem Großvater Ehre machen … soweit das möglich ist.«

»Sie haben Ihre Sache gut gemacht, Loren. Machen Sie sich keine Sorgen um das Angedenken Ihrer Familie. Es wird Zeit für Sie, sich einen eigenen Platz in der Geschichte zu erkämpfen. Der einzige Ausgleich, der zählt, ist der in Ihrem Innern. Wenn Sie irgendwann morgens aufwachen und sich nicht mehr im Spiegel betrachten können, haben Sie versagt. Und der Versuch, die Erwartungen anderer zu erfüllen, ist ein sicherer Weg dorthin. Sie haben Kampfgeist und die Fähigkeit, einen Schlachtplan zu improvisieren. Sie scheinen in der Lage zu sein, sich in den Gegner einzufühlen, und das ist eine wertvolle Gabe. Und Sie haben die Fähigkeit, über dem Gegner zu stehen. Würde dem nicht so sein, wäre es Ihnen nicht in den Sinn gekommen, Pluncket auf die Suche nach Mulvaney zu schicken. Sie haben all meine Hoffnungen bestätigt. Nur eine Sache verstehe ich nicht ...«

»Und die wäre, Oberst?«

»Warum sind Sie nicht selbst zu Chastity aufgebrochen?«

Warum bin ich nicht selbst gegangen? Loren starrte den Highlander-Oberst an und wußte nicht, was er antworten sollte. »Ein Teil von mir wollte gehen, Sir. Mulvaney und ich haben eine Art Haßliebe zueinander entwickelt. Im Flußbett hatten wir einander im Fadenkreuz, aber irgend etwas hat uns gehindert abzudrücken. Ich wußte wohl, daß ich hier dringender gebraucht wurde. Und wenn es jemand gab, dem sie zuhören und glauben würde, dann war das der der alte Pluncket. Wäre ich zu ihr gekommen, hätte vielleicht ein nagender Zweifel bleiben können. Aber die Informationen Mr. Plunckets wird sie ohne Zögern annehmen.«

»Sie scheinen besorgt, und ich bin mir nicht sicher warum. Sie haben getan, was in Ihrer Macht stand.«

»Es ist nicht nur Mulvaney, Sir. Ich habe ein Problem, das Sie möglicherweise als einziger verstehen können. Es gab einen Moment, an dem ich beinahe die Kontrolle über die Lanze verloren hätte. Als die Leute erkannten, was in Tara vor sich ging, und ihre Stadt unter feindlicher Besatzung sahen, schien es eine Weile so, als wollten sie revoltieren.«

»Aber Sie haben sich durchgesetzt.«

»Was mir Sorgen macht, ist die Möglichkeit, daß sich unsere Leute bei diesem Angriff von ihren Gefühlen überwältigen lassen. Gegen diese Übermacht sind wir auf überlegene Planung angewiesen. Wir dürfen nicht in Tara einfallen, um die Davions bis auf den letzten Mann auszulöschen, aber ein Teil unserer Truppen denkt, wir sollten genau das tun. Wenn sie sich nicht an unsere Befehle halten, wird das Unternehmen ein Desaster.«

»Sie wollen sagen, daß Sie ihre Gefühle verdrängen und ihre Pflicht tun müssen. Nun, Major, ich kann Ihnen versichern, genau das werden sie tun. Nicht nur, weil ich es befehle, sondern zum Wohl der Highlanders.«

»Dann brauchen wir uns keine Sorgen zu machen, Sir.«

MacLeod deutete in Richtung ihrer aus dem Sumpf ragenden BattleMechs. »Es wird Zeit, daß wir uns darauf vorbereiten, uns über einen düsteren Feind zu erheben. Die Zahlenverhältnisse stehen gegen uns, aber uns bleibt keine Wahl.«

Loren nickte langsam. William MacLeod war ein Mann, der gleichzeitig in Vergangenheit, Gegenwart und Zukunft lebte. Der Kanzler hatte recht damit gehabt, Loren zum Northwind zu schicken. Die Tatsache, daß Jaffray eine Verbindung zu MacLeods Vergangenheit hatte, machte Loren zum perfekten Instrument für die Vernichtung der Highlanders. Er fühlte die vertrauten Zweifel über die Richtigkeit seines Handelns, aber wie bei allen seinen Missionen wußte Loren auch, daß er zum Erfolg verdammt war – oder zum Tod.

Colonel Drew Catelli rannte hinüber zu Mulvaney, die neben der schlanken Silhouette des Panzerwagens stand. Sie trug die üblichen Shorts und die Kühlweste einer Mechpilotin und sprach mit dem geheimnisvollen Fremden, der gerade angekommen war.

Catellis Puls raste. Er hatte extreme Anstrengungen unternommen, um Chastity Mulvaney über die Vorgänge in Tara im dunkeln zu lassen. Seit der Abreise

Marschall Bradfords war sie angewiesen, ihm direkten Bericht zu erstatten. Jetzt war in der Abenddämmerung ein Fremder eingetroffen, und Catelli hatte Angst, seine strikte Kontrolle über die Highlanderin könnte sich innerhalb von Sekunden in Luft auflösen.

Verdammte Narren! Ich habe meinen Männern extra befohlen, dafür zu sorgen, daß niemand, der sich unseren Stellungen nähert, Kontakt mit den Highlandern aufnehmen darf. Der verfluchte Posten, der das hier zugelassen hat, steht beim nächsten Angriff in vorderster Front. Darauf kann er Gift nehmen. Wenn Mulvaney erfährt, was die Royals in Tara machen, könnte das unsere gesamte Operation gefährden. Sie würde augenblicklich zuschlagen und meine Truppe angreifen. Ganz davon abgesehen, was sie und ihre Highlander mit mir machen würden. Das darf ich nicht zulassen. Es steht zuviel auf dem Spiel.

Er kam neben Mulvaney zum Stehen und erwartete halb, Loren Jaffray zu sehen. Statt dessen stellte er erleichtert fest, daß der Ankömmling ein Fremder war.

»Oberst Mulvaney«, sagte Catelli, und musterte den Mann von Kopf bis Fuß. *Das ist kein MechKrieger, soviel ist klar.* Der Unteroffizier war vollschlank, und seine Infanteriemontur war von der Reise durchgeschwitzt. An den dunklen Ringen und den Tränensäcken unter seinen Augen war klar, daß er einige Zeit unterwegs gewesen sein mußte, möglicherweise Tage. »Wen haben wir hier?«

»Colonel Catelli, das ist Mister Pluncket«, stellte Mulvaney in gleichmütigem Ton fest. »Er hat sich über die Straße genähert und seine Absicht zur Kapitulation kenntlich gemacht.«

»Ah ja. Was führt Sie zu uns, Pluncket?«

Der alte Mann warf Mulvaney einen Blick zu, bevor er antwortete. »Sir, ich habe in Oberst MacLeods Regiment gedient, aber ich bin zu dem Schluß gekommen, daß meine Loyalitäten doch eher bei Ihnen und Ihren Davion-Truppen liegen, Sir. Ich habe erfahren, daß Sie zum Ausbildungslager gezogen sind und dachte mir, das wäre eine gute Gelegenheit, mich Ihnen anzuschließen. Ich war etwas überrascht, Ihnen so früh zu begegnen, nur zwei Tagesmärsche vom Lager entfernt.«

»Das ist nicht Ihr Fahrzeug, oder?« Catelli war mißtrauisch. Irgend etwas stimmte nicht mit der Geschichte dieses Tattergreises.

»Nein, Sir«, bestätigte Pluncket stolz. »Ich bin Infanterist, wie mein Vater und vor ihm mein Großvater.«

»Ich kenne ihn seit Jahren«, unterbrach Mulvaney. »Ich kann mich für seine Integrität verbürgen.«

Catelli ignorierte ihre Anmerkung und konzentrierte sich auf Pluncket. »Sie kommen in einem Highlander-Panzerwagen hierher. Das ist für jemanden mit Ihrem Hintergrund und Ihrer Ausbildung recht ungewöhnlich.«

»Gestohlen, Sir. Ein guter Infanterist lernt, jeden möglichen Vorteil auszunutzen. Ich bin ein *ausgezeichneter* Infanterist, Sir.«

»Ich verstehe«, erwiderte Catelli glatt. »Nun, es freut mich, Sie bei uns begrüßen zu können, Mister Pluncket. Uns ist jeder Verbündete willkommen, aber jetzt haben wir genug geplaudert. Wir haben einen Zeitplan einzuhalten.«

Wieder warf der alte Mann Mulvaney einen Blick zu. »Sieht aus, als wären Sie unterwegs nach Tara.«

Catelli nickte. »Wir werden bei den Garnisonsaufgaben helfen. Waren Sie in letzter Zeit in Tara, Mister Pluncket?«

»Nein, Sir. Ich bin durch die Wälder zur südlichen Umgehung vorgestoßen, um hierher zu kommen. Ist Tara nicht neutrales Gebiet?«

»Das war es. Die Lage hat sich geändert. Aus diesem Grunde operieren wir auch unter strengen Sicherheitsauflagen. Deswegen werden Sie sich zur Befragung und Eingliederung bei einer meiner Konsulargarde-Einheiten melden. Wenn Sie in der Zwischenzeit die

Vorhut übernehmen würden, Oberst Mulvaney, können wir heute noch ein paar Dutzend Kilometer zurücklegen.« *Schlicht und einfach. Teile und herrsche. Sie dürfen nicht zusammenkommen. Meine Leute werden diesen Truppführer verhören, während ich meine kleine Highlanderin beschäftigt halte.*

»Bei allem Respekt, Colonel«, wandte Mulvaney ein. »Ich würde es vorziehen, Mister Pluncket in meine Stabskompanie zu nehmen. Wie ich bereits sagte, kenne ich ihn seit Jahren.«

Um aus einer Laune und einem Versprechen heraus meine Träume in Gefahr zu bringen? Niemals! »Ich bitte Sie, Oberst. Das ist hier eine militärische Operation, kein gesellschaftliches Ereignis. Sie beide werden reichlich Gelegenheit haben, Ihre Bekanntschaft aufzufrischen, wenn wir erst in Tara sind. Bis dahin gelten die Sicherheitsvorschriften. Schließlich war unser neuester Freiwilliger erst vor kurzem noch bei Oberst MacLeods Truppen. Ich will nur sichergehen, daß wir so schnell wie möglich so viele Informationen wie möglich bekommen.«

Ich bin rechtzeitig gekommen, beruhigte sich Catelli. *Wenn Mulvaney etwas von der Falle der 3. Royals wüßte, würde sie jetzt nach meinem Kopf schreien. Und wenn dieser Pluncket irgend etwas weiß, wird er keine Chance bekommen, ihr davon zu erzählen. Sie hat noch keine Ahnung, was geschehen wird, wenn wir die Stadt erreichen, und bis dahin wird es zu spät sein. Nicht mehr lange, und Northwind ist mein, mitsamt seinen kostbaren Highlanders.*

34

Südlich von Tara, Northwind
Mark Draconis, Vereinigtes Commonwealth

18. Oktober 3057

Loren meldete sich freiwillig für die erste Wache, auch wenn seine Motive dafür wenig mit der Sicherheit des Regiments zu tun hatten. Während er durch den Sumpf ging, dachte er zurück an seine Begegnung mit MacLeod am Tag zuvor. Die Erinnerung an ihr Gespräch rührte an seine Gefühle und störte seine Gedanken auf dem Weg zu den in der vorigen Woche sorgfältig errechneten Koordinaten. Aber so sehr er sich auch bemühte, sie zu verdrängen, es funktionierte nicht.

In seinen Gedanken hatte MacLeod die Stelle seines Großvaters eingenommen. Er war verwoben mit allen Kindheitserinnerungen und den Träumen von den Northwind Highlanders. Und irgendwie schienen sich die Erinnerungen an seinen Großvater mit dem Bild MacLeods zu vermischen. Aber das war nicht das einzige, was ihm zu schaffen machte. Er hatte die Highlanders in ihrer besten und ihrer schlechtesten Stunde gesehen und sie als bemerkenswerte Krieger kennengelernt. Sie waren mehr als nur Söldner. Selbst die Todeskommandos würden im Kampf gegen sie vor einer schweren und tödlichen Herausforderung stehen. Hatten sie ihn nicht am Kastell beinahe besiegt? Nur seine Todeskommando-Ausbildung hatte verhindert, daß er ein Opfer ihres Hinterhalts wurde. Loren betrachtete sein Überleben als glückliche Fügung.

Und selbst im Kampf gegeneinander gelang es den Highlandern, ihre Ehre zu wahren. Als er an sein Gespräch mit MacLeod über die moralische Überlegenheit zurückdachte, fragte sich Loren, ob der Highlander-Kommandeur seinen Verrat ahnte. Loren würde seine

Pflicht erfüllen, aber er konnte ein Gefühl der Verwandtschaft nicht nur mit dem Oberst, sondern mit den gesamten Highlanders nicht unterdrücken. Sie waren eine Familie – etwas, das seinem Leben seit dem Tod des Großvaters gefehlt hatte.

Und genau das machte ihm seine nächste Aktion so schwer.

Loren sah auf den Sekundärschirm und stellte fest, daß er die korrekten Koordinaten erreicht hatte. Irgendwo dort draußen warteten zwei Bataillone der Todeskommandos an einem Piratensprungpunkt in der Nähe des Planeten. Er kannte ihre Position, hatte sich die Koordinaten während des Flugs nach Northwind Wochen zuvor eingeprägt. Ihre Position mit seiner eigenen in Beziehung zu setzen, und das unter Berücksichtigung der Drehung des Planeten sowohl um die Sonne als auch die eigene Achse, war keine leichte Aufgabe gewesen, aber andererseits auch nicht neu für ihn. Ohne Langstreckensender war es beinahe unmöglich, von einem BattleMech aus Kontakt zu einem Sprungschiff aufzunehmen. Aber Lorens Ausbildung für Geheimoperationen verschaffte ihm gewisse Vorteile. Um dieses Problem zu lösen, würde er auf eine Jahrhunderte zuvor entwickelte Technik zurückgreifen.

Er suchte das Gelände mit den Sensoren ab, um sicherzugehen, daß er nicht beobachtet wurde. Erst, als er sich dessen sicher war, lud er ein spezielles Kommunikationsprogramm in den Bordcomputer. Er hatte Tage zum Schreiben des Codes gebraucht, hegte jedoch keinen Zweifel, daß es funktionieren würde. Das Programm fragte den Zeitmesser des Computers ab und begann den Countdown. Loren beobachtete, wie es langsam die Sekunden abzählte.

Bei minus dreißig Sekunden hob sich der linke Arm des *Gallowglas*, bis er beinahe senkrecht in den Himmel wies. Fünf Sekunden später luden sich die beide Magna Quasar-Impulslaser auf. *Irgendwo dort draußen warten meine Kameraden.* Es dauerte vier Sekunden, bis die Laser voll aufgeladen waren. Das Gyroskop des Mechs wurde lauter, als es den *Gallowglas* zusätzlich stabilisierte.

Loren hatte nur zehn Sekunden, in denen das Signal abgeschickt werden mußte. Während die Zeitanzeige die Sekunden zählte, beobachtete Loren zufrieden, wie die Impulslaser feuerten. Die blutroten Impulse aus gebündelter Lichtenergie zuckten aufwärts in die Nacht. Die Waffen feuerten keine Stakkatosalven, sondern präzise berechnete und zeitlich abgestimmte Impulsfolgen, so wie sie das Computerprogramm vorgab. Währenddessen hob sich der linke Arm des *Gallowglas* unmerklich weiter und verfolgte einen unsichtbaren Punkt am Nachthimmel Northwinds. Irgendwo dort draußen zwischen den Sternen wartete seine Einheit.

Loren sah mit düsterer Befriedigung, wie das Programm ablief. Die Impulslaser schalteten sich ab, und Jaffray gewann die Kontrolle über den Mecharm zurück. Er war stolz auf sein Handeln. Er hatte die Rolle eines Todeskommandos perfekt erfüllt. Aber er wußte auch, daß er seine Ehre und seine Beziehung zu den Highlanders verraten hatte. Dieses Wissen nagte an seinem Geist wie eine hungrige Ratte, während er den *Gallowglas* langsam wieder auf den Patrouillenkurs zurückführte.

Das capellanische Sprungschiff *Eben Emael* hing reglos am Piratensprungpunkt. Sein einen Kilometer durchmessendes Solarsegel war voll ausgefahren und sammelte Photonen, um sie in die Energie umzuwandeln, die das Schiff für die Nullzeitsprünge zwischen den Systemen benötigte. Der Lance Corporal im Batterieraum des Schiffes hatte eine scheinbar stumpfsinnige Aufgabe: Er hielt Ausschau nach ungewöhnlichen Mikrojouleausschlägen in der einfallenden Lichtenergie. Für die meisten Menschen, einschließlich erfahrener Raumfahrer, waren solche Ausschläge ohne Bedeutung. Für die Todeskommandos jedoch sah die Lage ganz anders aus.

Der Lance Corporal überprüfte die Messungen. Die Ausschläge waren schwach, aber offensichtlich keine Folge von Sonnenaktivität. Die Technik nannte sich Pingen und stellte eine Möglichkeit zur Kommunikation unter scheinbar unmöglichen Bedingungen dar. Zufrieden mit seinen Ergebnissen druckte der Soldat die Daten aus und rief das Quartier seines Kommandeurs an. Es war schon spät, aber für dieses Ereignis galt ein stehender Befehl.

»Oberst Hertzog, hier Lance Corporal Kwang.«

Es dauerte etwas, bis er die rauhe Stimme des Kommandeurs hörte, der offensichtlich schon geschlafen hatte. »Bericht, Lance Corporal.«

»Signalimpulse auf dem Solarsegel, Sir. Es handelt sich definitiv um Pings, Sir. Sie sind schwach, aber sie scheinen unserem Protokoll zu entsprechen.«

Die Stimme des Oberst wurde klarer. »Ausgezeichnet, Lance Corporal. Legen Sie sie unter meiner Verzeichnisstruktur ab. Dann setzen Sie sich mit dem Befehlsstab in Verbindung und geben Sie allen Anweisung, sich sofort bei mir zu melden. Ich bin unterwegs zur Brücke.«

Oberst ›Panzer‹ Hertzog erreichte die Brücke fünf Minuten später. Um diese Zeit hatte nur eine Minimalcrew Dienst, aber Hertzog hatte mit der Order an seinen Befehlsstab die übliche schweigende Routine durchbrochen. Die versammelten Offiziere wirkten verschlafen, aber bereit. Sie hingen schon einige Zeit hier am Sprungpunkt und warteten auf eine Nachricht vom Planeten Northwind. Jetzt sah es endlich so aus, als würden sie zum Einsatz kommen. Als sie den Oberst sahen, salutierten die Offiziere. Sie hätten Haltung angenommen, aber in der Schwerelosigkeit war das nicht möglich.

Hertzog erwiderte ihren Gruß und zog sich an die computerisierte Kommandostation des Schiffes. »Tut mir leid, daß ich Sie zu so später Stunde stören mußte. Unser Segelbeobachter im Batterieraum hat eine Meldung aufgefangen. Ich denke, wir haben endlich etwas von unserem Kontaktmann auf Northwind gehört.« Er drückte mehrere Knöpfe, und die Aufzeichnung der Energieausschläge lief über den Monitor. Die Offiziere betrachteten die Ausschläge und die Intervalle zwischen ihnen. Es war eine Nachricht, kurz und verschlüsselt, beinahe unsichtbar, aber vorhanden.

»Das kommt von Jaffray.«

Einer der Offiziere, Major Stafford Xhu, studierte das Signal, während Hertzog das Muster mit einer Bibliothek aktueller Kodierungen der Todeskommandos verglich. »Es muß da unten ziemlich haarig sein, wenn er auf diese Methode angewiesen ist, um Kontakt aufzunehmen.«

Major Quaid strich sich über das glattrasierte schwarze Kinn, als der Computer das Signal identifizierte. »In Anbetracht der Schäden, die unsere Jäger dem Davion-Landungsschiffskonvoi zugefügt haben, können wir mit einiger Sicherheit davon ausgehen, daß das Vereinigte Commonwealth Truppen für die Initiative auf Northwind abgestellt hat. Möglicherweise ist das Jaffrays einzige Möglichkeit, uns eine Nachricht zukommen zu lassen, ohne Aufmerksamkeit zu erregen.«

Hertzog beendete die Diskussion. »Das Signal bedeutet: Bereithalten zum Abwurf.«

Quaid grinste breit. »Das Ende der Northwind Highlanders. Der Tag der Abrechnung.«

Oberst Hertzog sagte nichts, sondern nickte seinem Untergebenen nur zu. Er sah hinüber zum diensthabenden Offizier des Sprungschiffs am anderen Ende der Brücke. »Käpten Lorin, wir koppeln in dreißig Minuten von der *Eben Emael* ab.« Der Schiffsoffizier nickte und machte sich sofort daran, seinen beiden Kadetten entsprechende Befehle zu erteilen, während Hertzog sich wieder zu seinen Leuten umdrehte.

»Sie werden auf Ihre Landungsschiffe zurückkehren und den sofortigen Abflug vorbereiten. Wir werden abkoppeln und in der Nähe des Sprungschiffes warten, um auf das Zeichen sofort starten zu können. Wir sind nur zwei Flugstunden vom Northwind entfernt, und ich will innerhalb einer Stunde eine komplette Datensichtung haben. Gehen Sie die Geheimdienst- und Satellitendaten durch. Es wird ernst. Die Befehle unseres Kanzlers sind eindeutig – Vernichtung der Highlanders und jedes verbleibenden Davion-Widerstands.«

»Greifen wir an, Sir?« fragte Xhu.

Oberst Hertzog nickte entschieden. »Es sieht ganz so aus. Es gibt nur zwei Menschen im Universum, die uns jetzt noch aufhalten können. Einer ist auf Northwind, und der andere sitzt auf dem Himmelsthron der Konföderation Capella.«

35

Duggan's Marsh, Northwind
Mark Draconis, Vereinigtes Commonwealth

20. Oktober 3057

MacLeods zwei Kompanien BattleMechs und ihre Hilfstruppen aus Infanterie und Techs hockten in Hufeisenformation unter einem Dach aus den Wipfeln breiter Weidenbäume, als der *Hurone* ihres Kommandeurs vor sie hintrat. Die Techmannschaften lösten vorsichtig die Planen und sonstigen Tarnungen über der Elektronikausrüstung.

Jaffray beobachtete, mit welchem Geschick MacLeod den *Huronen* bewegte und fragte sich, ob der Oberst den Mech selbst umprogrammiert hatte. Wie sonst hätte er eine so harmonische Verbindung von Mensch und Maschine erreichen können?

Als er das Wort ergriff, war MacLeods Stimme die eines besorgten Vaters, der mit seinen Kindern sprach. Es lag Autorität darin, aber sie verriet auch die Besorgnis und das Mitgefühl eines echten Menschenführers. Das waren nicht nur seine Truppen, sie waren seine Familie, alle, wie sie da versammelt waren. »Vor zehn Minuten sind die Jäger der Royals zum letztenmal über uns hinweggeflogen. Damit bleibt uns weniger als eine Stunde, um den Friedenspark zu erreichen. Ihr habt die Schlachtpläne und Karten alle ausführlich begutachtet, aber ich möchte euch noch einmal einschärfen, wie wichtig es ist, daß sich jeder an diese Pläne hält. Unsere beiden Ablenkungskräfte werden in die Stadtgebiete vorstoßen, in denen unsere Familien unter Hausarrest gehalten werden. In der Stadt angekommen, werden sie nicht angreifen, sondern nur genug Lärm machen, um die Aufmerksamkeit der Davions auf sich zu ziehen. Jede Menge vorgetäuschter Funkverkehr von Erkundungslanzen, etwa in der Art. Wir müssen sie glauben machen, daß der größte Teil unserer Truppen dorthin unterwegs ist. Denkt daran, damit die Haupteinheit es bis zum Stadtkern schaffen kann, müssen wir den größten Teil ihrer Truppen in die Außenbezirke locken. Ich werde die Hauptangriffseinheit anführen, die kurz vor der Stadt wartet, bis der Vorstoß läuft und wir sicher sein können, daß die Davions ihre Truppen gegen die Ablenkungskräfte in Bewegung gesetzt haben. Wenn wir uns in Bewegung setzen, werden wir von Süden ins Zentrum des Friedensparks vorrücken. Die 1. Gurkhas unter Hauptmann Cohlm stoßen zum Raumhafen vor, wenn ihnen das irgendwie möglich ist. Aber was auch geschieht, unser Primärziel dürfen wir nicht verfehlen. Unser Ziel ist simpel genug: Eroberung oder Zerstörung ihres Kommfahrzeugs. Jeder von euch in der Primären Einsatzgruppe hat eine Laserdisk mit einer kodierten Nachricht an Oberst Stirling und die Fusiliers erhalten. Sie enthält eine Datenbotschaft über die Falle, und nur zur Sicherheit auch noch eine mündliche Warnung meinerseits. Wenn wir den Funkwagen intakt einnehmen können, muß jemand die Fusiliers mit Hilfe dieser Disk vor dem Hinterhalt warnen. Wir können nicht exakt vorhersagen, wann Cat Stirling ankommt, aber nach unseren besten Schätzungen und Berechnungen, ausgehend von ihrem letzten Orbitalkurs, dürften sie in etwa neunzig Minuten hier sein.«

»Woher wissen wir, ob Sie unsere Sendung empfangen?« fragte Commander Frutchey.

»Unglücklicherweise gibt es keine Möglichkeit für uns, das nachzuprüfen. Ich nehme an, daß wir bei einem Erfolg laute Dudelsackmusik über die Leitung hören werden – Stirlings Versuch, die Kommunikation zu blockieren und die Davions an der Koordinierung ihrer Einheiten zu hindern.«

MacLeod betonte den Ernst der Mission. »Wenn Cat Stirling auf dem Raumhafen aufsetzt, bedeutet das den

Untergang für die Fusiliers und den größten Teil Taras. Auch unsere Familien und eine Menge unschuldiger Zivilisten werden in der Explosion den Tod finden. Ohne Ehre oder Hoffnung auf ein Überleben. Wir können ein derartiges Gemetzel unter unserem Volk nicht zulassen.« Loren fühlte bei diesen Worten einen Kloß in der Kehle.

»Vielen von euch gehen jetzt sicher eine Menge verwirrender Gedanken und Gefühle im Kopf herum. Ja, das ist unsere Heimatwelt, und diese Invasoren halten unsere Hauptstadt besetzt. Aber dies ist nicht der geeignete Zeitpunkt, um aus dem Bauch heraus zu kämpfen. Wenn auch nur *einer* von euch sich in die Schlacht stürzt und die Befehle ignoriert, weil er oder sie der Ansicht ist, diese dreckigen Davions schulden uns Blut, könnte das die gesamte Mission scheitern lassen. Wir marschieren nicht in Tara ein, um die Besatzer auszulöschen oder auch nur einen einzigen Häuserblock zurückzuerobern. Wir marschieren ein, um das Leben der Männer und Frauen der Stirling's Fusiliers zu retten. Das sind unsere Angehörigen und Freunde. Denkt an die Mission, konzentriert euch auf eure Pflicht.«

Loren lächelte, als er das hörte. Er war froh, daß sich MacLeod entschieden hatte, die Pflicht jedes einzelnen zu betonen. Als er die relativ kleine Truppe betrachtete, ging er in Gedanken ein Dutzend möglicher Ergebnisse dieses Einsatzes durch. Kein MechKrieger freute sich auf einen Stadtkampf. Ganz im Gegenteil. Er hatte das Gefecht in einer solchen Umgebung trainiert und auch schon praktische Erfahrung darin gesammelt, aber jetzt würde er es an der Seite der Northwind Highlanders erleben.

Derselben Menschen, die in Kürze durch sein Handeln vernichtet werden würden.

MacLeod redete noch. »Von jetzt an kann der Feind uns sehen. Schlagt schnell und hart zu, und denkt daran, in Bewegung zu bleiben. Laßt euch auf keinen

Kampf ein. Wir stehen einer sechsfachen Übermacht gegenüber und haben keine Chance zu gewinnen. Schlagt gegen eure Ziele los und macht, daß ihr wegkommt. Verstanden?« Über die Verbindung drang die Zustimmung der Krieger und Kriegerinnen von den MacLeod's Highlanders.

Loren überprüfte die Wärmeskala und kaute besorgt auf der Unterlippe. Seit der Schlacht am Kastell lief der Fusionsreaktor seines *Gallowglas* immer wieder heiß. Ausgerechnet jetzt spielte er wieder einmal verrückt. Er beobachtete, wie die Wärmetauscher die Abwärme bekämpften, und hoffte darauf, daß dieses Problem nicht mitten im Gefecht auftreten würde. Die Techs hatten ihm versichert, daß es nichts Ernstes sei, aber natürlich brauchte von denen auch keiner den Mech in einen Kampf zu steuern. *Ändern kann ich nichts daran,* sagte er sich, und zwang sich, das Problem zu ignorieren.

Wie immer fühlte er auch jetzt wieder die sinnliche Erfahrung vor dem Kampf. Sie war stärker als je zuvor in seinem Leben. Schaudern und Hitzewellen lösten einander ab und schüttelten ihn wie ein Fieberanfall. Sein Puls raste, und er konnte ihn wie Paukenschläge in den Ohren donnern hören. Loren fühlte sich kampfbereiter als je zuvor.

Ich habe in meinem Leben eine Menge Schlachten geschlagen, aber diese hier ist die wichtigste von allen. Es ist nicht allein der Kampf gegen eine Übermacht, das habe ich alles schon mitgemacht. Nein, das hier ist mehr. Er erinnerte sich an MacLeods Worte über moralische Überlegenheit und fragte sich, ob das die sinnliche Erfahrung speiste, die ihm durch Hirn und Adern fegte. *Es ist fast, als wüßte er, wie meine wahre Mission lautet, und wollte, daß ich die Highlanders rette, statt die Kommandos auf sie herabzurufen. Hier geht es um mehr als nur meine Mission, ich bin Teil dieses Kampfes. Ich kämpfe nicht für mich oder den Kanzler. Ich kämpfe für meine Familie. MacLeod hat das erkannt, und selbst Carey hat es auf dem Weg nach Tara gese-*

hen. Das hier ist trotz aller Politik und der verstrichenen Zeit mein *Volk. Jetzt muß ich meine Ehre aufgeben, und mein Volk vernichten.*

Die Ablenkungslanzen brachen zuerst aus dem Sumpfland hervor. Sie würden Tara von Norden und Westen angreifen, während das eigentliche Angriffskontingent unter MacLeod kurze Zeit später aus Süden zuschlug. Alle würden sie versuchen, sich vom Raumhafen fernzuhalten, denn sie wußten, daß dieser eine tödliche Falle darstellte, der selbst der stärkste BattleMech nicht entgehen konnte. Loren sah den riesigen Kampfkolossen hinterher, dann kehrte sein Blick zu MacLeods *Huronen* zurück. Die verbliebenen BattleMechs warteten auf seinen Marschbefehl. Sobald sie sich in Bewegung gesetzt hatten, gab es kein Zurück mehr.

»Highlanders ...«, ertönte die donnernde Stimme des Obersten. »Einsatz!« Der Hurone stürzte durch das bewaldete Moorland außerhalb Taras wie ein Ritter, der in die Schlacht stürmte. Loren und seine Lanzenkameraden folgten ihm auf dem Fuße und verwandelten den einsamen Sturmangriff in eine unaufhaltsame Lawine aus bewegtem Metall. Die Strecke schien keinerlei Zeit in Anspruch zu nehmen. Auf halbem Weg in die Stadt wurde Loren klar, daß er keine Erinnerung an den eben zurückgelegten Sturmlauf hatte. Er schien nie stattgefunden zu haben. Wie die anderen war er so intensiv konzentriert, daß er außer den Kontrollen seines Mechs nichts wahrgenommen hatte.

Keine halbe Stunde später kam Tara in Sicht, eingerahmt von den majestätischen Rockspire Mountains. Der Oberst führte die Kompanie in einen riesigen leeren Entwässerungsgraben. Der Graben war fast einen Kilometer lang und breit genug für drei Mechs nebeneinander. Er bot keinen Schutz gegen einen Luftangriff, aber Deckung vor feindlichen Beobachtern.

Es konnte nicht mehr lange dauern, bis die Ablenkungstruppen die Stadt erreichten. Die Davions würden die Angriffe abwehren... und dann konnten MacLeod und das Hauptkontingent zuschlagen. Es war eine uralte Taktik, und solange sie überraschend angewendet wurde, blieb sie meistens von Erfolg gekrönt. Bis jetzt schien MacLeods Plan zu funktionieren.

Im mobilen HQ der 3. Royals herrschte trotz Klimaanlage eine stickig-schwüle Hitze. »Sir«, ich empfange Meldungen über mehrere Lanzen, die von Westen und Norden gegen die Stadt vorrücken«, meldete der KommTech. »Sie scheinen sich auf das Gebiet zuzubewegen, in dem die Highlander-Familien untergebracht sind. Den Berichten unserer Scouts zufolge handelt es sich um weniger als eine Kompanie.«

Marschall Harrison Bradford grinste breit, zog eine frische Zigarre aus der Tasche und beugte sich über einen der Kartentische. »Das läuft besser, als ich gehofft hatte. Es scheint, als hätte sich MacLeod doch nicht entschieden, in die Berge zu ziehen oder beim Kastell zu bleiben. Er versucht, in letzter Minute hierher durchzustoßen und sich mit den Fusiliers zu vereinigen, wie? Nun, Oberst MacLeod, Sie wissen es vielleicht noch nicht, aber ich habe schon eine komplette Regimentskampfgruppe hier. Und seit drei Tagen ziehe ich auch die Truppen Catellis und Mulvaneys her, nur für den Fall, daß Cat Stirling sich doch noch für die alternative Landezone entscheidet. Ich muß daran denken, mich bei dem Oberst dafür zu bedanken, daß er mir die Zeit und Mühe abnimmt, ihn zu jagen – falls er es überlebt.«

»Ihre Befehle, Sir?« fragte der Funkoffizier.

»Rufen Sie unsere Jäger zurück. Informieren Sie alle Kommandeure über Position und Stoßrichtung der Angreifer. Ziehen Sie vier Kompanien aus den anderen Sektoren in Richtung der Highlanders ab. Übermitteln Sie den Colonels Catelli und Mulvaney, was Sie bis jetzt an Daten haben. Lassen Sie Catelli wissen, daß zumindest ein Teil von MacLeods Regiment aufgetaucht ist, wir ihn hier aber noch nicht benötigen.«

Colonel Morrow, der Mechkommandeur der 3. Royals, trat vor. »Sir, das könnte ein Ablenkungsmanöver sein.«

Der Davion-Marschall studierte die taktische Karte Taras und schüttelte den Kopf. »Das glaube ich nicht. Unsere Jäger melden noch immer jede Menge Aktivität beim Kastell, und eine Panzerkolonne, die am Tilman entlang zum Berglager vorstößt. Wenn MacLeod es irgendwie geschafft hat, Truppen hierher zu bringen, kann es sich höchstens um ein symbolisches Kontingent handeln.«

»Es könnte trotz allem eine Finte sein. Außerdem könnten die Aktivitäten, die wir am Kastell fotografiert und geortet haben, nur vorgetäuscht sein, um uns in Sicherheit zu wiegen.«

Bradford rollte die Zigarre zwischen Daumen und Zeigefinger und dachte nach. »Ich habe es nicht bis zum Marschall gebracht, indem ich mich habe für dumm verkaufen lassen, Colonel Morrow. Wo wäre der wahrscheinlichste Ort für einen Angriff, wenn Sie recht hätten? Am Raumhafen.«

»Jawohl, Sir. Am Raumhafen, Sir. Wenn Sie von unserem Hinterhalt erfahren haben, werden sie versuchen, die Fusiliers an der Landung zu hindern oder versuchen, die dortigen Kommunikationsanlagen zu benutzen. Das Fort ist zu schwer verteidigt, also müssen Sie gegen den Raumhafen losschlagen. Und wegen des Hinterhalts haben wir praktisch keine Einheiten in diesem Teil der Stadt.«

»Schicken Sie wenigsten zwei Kompanien dorthin. Das sollte ausreichen, um jede Einmischung in die Verabredung der Fusiliers mit dem Schicksal abzublocken. Stirlings Regiment ist noch im Anflug?«

Morrow nickte. »Wir haben uns erst vor ein paar Minuten vergewissert. MacLeod hat keine Möglichkeit, sie zu warnen. Stirling wird in fünfzig Minuten auf dem Kohler-Raumhafen aufsetzen – planmäßig. Mister Lepeta hat das Band mit der manipulierten verbalen Bestätigung ins Fort gebracht, wo es abgespielt wurde. Es gibt keinen Hinweis auf irgendwelche Zweifel von seiten Stirlings an unseren kodierten Signalen oder der falschen Nachricht MacLeods.«

»Wurde die Mitteilung exakt so formuliert, wie Mulvaney und ich spezifiziert hatten?«

»Exakt so, Sir. Mulvaneys Kenntnisse der Highlander-Prozeduren und Protokolle und Ihr Text haben ein perfektes Ergebnis ermöglicht. Hören Sie selbst...« Er schob eine Laserdisk in das Abspielgerät und drehte die Lautstärke auf.

Die Stimme, die aus den Lautsprechern drang, war die William MacLeods. Sie war computererzeugt und aus verschiedenen Aufnahmen sorgfältig so zusammengestellt, daß der Eindruck entstand, der Highlander-Kommandeur habe sie persönlich ins Mikrofon gesprochen. »Oberst MacLeod an Oberst Stirling. Autorisation Code Scorpio, Libra Eins. Die Davions haben uns eine RKG auf den Hals gehetzt, Cat. Wir sitzen in Tara fest und brauchen dringend Verstärkung. Landet auf dem Kohler-Raumhafen und rückt sofort zum Fort aus, um bei der Verteidigung zu helfen. Wir nehmen an, daß die Davions sich in unsere Kommleitungen eingeschaltet haben, daher wird dies die einzige Meldung bleiben. Ansonsten werden wir Funkstille halten. Wir brauchen eure Hilfe.«

Bradford lächelte tückisch. »Ausgezeichnet. Wenn ich es nicht besser wüßte, könnte ich schwören, daß dies MacLeod selbst war. Na schön, halten Sie die Verstärkungen bis fünfzehn Minuten vor der Ankunft der Fusiliers am Raumhafen und ziehen Sie sie dann ab. Wenn MacLeod tatsächlich das Gelände einzunehmen versucht, wird er zusammen mit Stirling ausgelöscht.«

»Ja, Sir.« Auch Morrow grinste wie das sprichwörtliche Honigkuchenpferd.

»Tja, Colonel Morrow, ich schätze, wir können diese kleine Unruhe hier sozusagen als erledigt betrachten. Von morgen an ist dieser ganze Unsinn mit der Unabhängigkeit Northwinds endgültig ausgestanden. Vielleicht können wir dann endlich an die Marik-Liao-Front, wo der echte Krieg auf uns wartet.« Der Marschall zog seinen Zigarrenabschneider hervor. »Ich denke, ich werde mir die Säuberung in der Westzone ansehen.« Mit zwei schnellen Schritten hatte er den Wagen verlassen und tauchte im Grün des Friedensparks unter.

36

Außenbezirke Taras, Northwind
Mark Draconis, Vereinigtes Commonwealth

20. Oktober 3057

Die Spannung im Entwässerungsgraben war so greifbar, daß Loren kaum einen Unterschied bemerkte, als sein Mechreaktor wieder heißlief. Und ohne die Außenmikrofone hätte er das ferne Donnern der Explosionen, als die Ablenkungslanzen in die Stadt stürmten und die 3. Royals stellten, nicht gehört. Plötzlich gab MacLeod den Befehl, auf den sie gewartet hatten. »Mir nach, Lads und Lassies!« Mit vier großen Schritten war der *Hurone* aus dem Graben, dichtauf gefolgt vom Rest der Highlander-Mechs.

In den Vororten der Stadt trafen sie auf die ersten Spuren der 3. Royals, als ein Infanteriezug mit Kurzstreckenraketen das Feuer auf sie eröffnete. Der größte Teil der Einheit ignorierte den Angriff völlig. Nur ein *Brandstifter* löste die Sprungdüsen aus und stieg lange genug auf, um das Gebäude anzuvisieren, in dem die Davion-Truppen in Stellung lagen. Mit einer Breitseite aus sämtlichen Waffen fegte der Kampfkoloß das kleine Haus von der Oberfläche des Planeten. Zurück blieben nur ein Flammenmeer und wallender schwarzer Rauch.

Erst drei Häuserblocks vor dem Friedenspark traf MacLeods Einsatzgruppe auf den ersten echten Widerstand. Eine kombinierte Lanze der Royals schlug aus einer Seitengasse zu. An der Spitze des Angriffs standen ein Davion-*Victor* und ein *Centurion,* unterstützt von einem antiken *Von Luckner*-Panzer und einer fahrbaren *Harasser*-Raketenlafette. Sie stießen geradewegs ins Zentrum der Highlander-Truppe vor und eröffneten das Feuer auf die Mechs vor und hinter ihnen. Der Angriff brachte MacLeods Vorstoß in den Park beinahe zum Stehen, allerdings nur für einen Moment.

Fuller nahm sich den *Victor* vor, als dieser ihn passierte, und deckte ihn mit den Lasern und Blitz-KSR seines *Dunkelfalken* ein. Die Raketen schlugen in die Halskrause des Mechs knapp unter dem Cockpit ein, und das Kanzeldach des *Victor* überzog sich mit einem Spinnennetz von Rissen. Der Pilot reagierte mit einem harten Mechfausthieb, der die LSR-Abschußrohre im Rumpf des *Dunkelfalken* schrottreif schlug. Der Highlander-Mech erbebte unter dem Schlag, setzte seinen Weg zum Friedenspark jedoch fort.

Careys *Fallbeil* wurde das Ziel einer Raketensalve des *Von Luckner*, auf die seine Pilotin mit einer Breitseite mittelschwerer und schwerer Laserschüsse antwortete, die sich wie eine Energiewalze durch die rechte Antriebskette des Panzers fraß und ihn steuerlos in eine Hauswand donnern ließ. Loren bremste etwas ab und feuerte im selben Augenblick seine PPK auf den *Victor* ab, in dem MacLeod den Mech mit dem Gaussgeschütz aufs Korn nahm. Die beiden Rumpftreffer waren zuviel für die Fähigkeiten des Davion-Piloten. Der überschwere Kampfkoloß fiel nach hinten in ein Gebäude und wurde unter den Einsturztrümmern begraben.

Der *Harasser*-Fahrer wußte, daß er weit unterlegen war und suchte unter heftigem Raketen- und Laserbeschuß der übrigen Highlanders sein Heil in der Flucht. Der angeschlagene *Von Luckner* hingegen weigerte sich, den Kampf aufzugeben. Er drehte den Geschützturm und feuerte eine Salve geradewegs auf Frutcheys *Kriegshammer*. Die Explosivgranaten sprengten die nach den jüngsten Gefechten gerade erst wieder aufmontierte Panzerung ab, und der junge Commander kam in Gefahr, mitten in der Bewegung die Herrschaft über seinen Mech zu verlieren. Zwei der Schüsse schlugen Breschen in den Mechrumpf, aus der leuchtend rosafarbene Kühlflüssigkeit drang hervor wie Blut aus einer Stichwunde.

Bevor Loren noch seine Waffen auf den Panzer ausrichten konnte, sah er Laurie Carey auf den *Von Luckner* zustürmen und ihn mit einer Serie schneller Tritte zerstampfen. Der große Panzer hatte keine Chance gegen die schweren Metallfüße des *Fallbeil,* und Carey hatte kaum von ihm abgelassen, als seine Raketenmunition explodierte. Die Bruchstücke des *Von Luckner* krachten in die Gebäude ringsum, aber die Highlanders waren bereits weitergezogen.

Der Anblick des Friedensparks wirkte irgendwie beruhigend auf Loren, als er mit dem Rest der Sturmkompanie auf die üppig grünen Bäume und grasbedeckten Hügel zurannte. Ein Ort, der den Frieden verkörpern und Ruhe schenken sollte, war nun dazu bestimmt, zum Schlachtfeld zu werden. Es war gleichzeitig ironisch und irritierend, daß Tara in all den Jahren der Davion-Herrschaft über Northwind den Schrecken der Nachfolgekriege entgangen war. Die Stadt war ein Juwel der Inneren Sphäre, ein Monument des untergegangenen Sternenbunds. *Und jetzt werden ausgerechnet die Menschen, die diese Welt am meisten lieben, dieses Monument in ein Gefechtsfeld verwandeln.*

Plötzlich wurde Loren klar, daß auch zahllose Bürger Taras ihr Leben verlieren mußten, sollte seine Mission von Erfolg gekrönt werden. Es würde nichts von dem hochgerühmten Söldnerverband übrigbleiben. Und möglicherweise auch von Tara nicht viel mehr.

Einen Herzschlag lang glaubte Loren, MacLeods Truppe könnte den Park eventuell ohne ernste Gegenwehr stürmen. Aber dann kreischte die Nahortung ihre Warnung, als die Bäume der Umgebung auf ihn einstürzten, von einer Gefechtsreihe vorrückender BattleMechs umgeknickt wie Streichhölzer. Die Royals feuerten wild drauflos, ohne auf eine Zielerfassung zu warten. Ein Teil ihrer Schüsse traf die Highlander, aber viele schlugen auch in den Straßen und Gebäuden ein, wo sie Glas und Stahlbeton zertrümmerten.

»Mitten durch sie durch, Lads und Lassies!« donnerte MacLeods Stimme. Er stürzte sich ins Getümmel wie ein Derwisch und feuerte wild um sich. Ein Schuß aus seinem Gaussgeschütz riß einen Spalt quer über die Brustpartie eines *Tomahawk* auf und zertrennte ein dickes Bündel künstlicher Myomermuskeln unter der zerschmetterten Panzerung. Loren löste beinahe instinktiv die Sprungdüsen aus und flog mit seinem Mech geradewegs auf die anrückenden Royals zu. Ein Davion-*Schleicher* traf die Beine des *Gallowglas* im Sprung mit seinen Kurzstreckenraketen, und jeder Treffer warf den Highlander-Mech herum wie eine Piñata unter den wütenden Stockschlägen eines Kindes. Die Temperatur im Innern der Kanzel schoß hoch, und Jaffray kämpfte mit den Kontrollen, um einen Absturz zu verhindern.

Sein Gefechtscomputer erfaßte einen *Donnerkeil* in vorgeschobener Position vor der Davion-Linie und zeichnete ihn auf der Sichtprojektion grellrot nach. Loren preßte den Auslöser für die mit dem schweren Laser gekoppelte PPK auf seinem Steuerknüppel und beobachtete, wie beide Schüsse in den rechten Rumpfteil des Ziels einschlugen. Dessen Panzerung verdampfte unter der gewaltigen Hitzeentwicklung, als beide Waffen gleichzeitig die Ferrofibritplatten trafen wie der Hammer Thors. Der *Donnerkeil* taumelte nach hinten, seine Raketenmunition explodierte. Die CASE-Druckluken im Rücken des Mechs sprangen auf und schleusten einen Teil der Druckwelle ins Freie ab, aber die Stoßwirkung genügte, den *Donnerkeil* umzuwerfen. Als Loren hinter den Davion-Maschinen aufsetzte, lag der Mech seines Gegners bereits in eine schwarze Rauch- und Trümmerwolke gehüllt am Boden.

Der Capellaner riß den *Gallowglas* herum und sah Careys *Fallbeil* unter dem wilden Angriff eines Royal-

Guards-*Kampfschützen* erzittern. Die Granaten der Ultra-Autokanone zertrümmerten ihre Arm- und Beinpanzerung, und die Panzerung über der zentralen Rumpfpartie warf unter dem Beschuß der schweren Laser Blasen. Careys Mech schien in sich zusammenzusinken, und Loren war klar, daß sie um die Kontrolle der Maschine rang. Als das *Fallbeil* wieder festen Tritt fand, hob Carey die mittelschweren Laser und feuerte geradewegs auf das Cockpit des *Kampfschützen.* Das reichte nicht aus, um den Mech aus dem Gefecht zu werfen, aber es ließ die Maschine mehrere Schritte zurückweichen, während Carey nachsetzte. Dann schob sich Fullers *Dunkelfalke* ins Geschehen und blockte das Feuer des *Kampfschützen* ab. Seine eigene AK-Ultra fraß die Panzerung vom Rumpf des *Kampfschützen* wie ein Hai das Fleisch von den Knochen seines Opfers. Mit jedem Treffer flogen neue Brocken Panzerung davon, bis der Davion-Pilot den Kampf abbrach und die Flucht ergriff, um der sicheren Vernichtung zu entgehen.

Loren wollte ihm gerade den Gnadenstoß versetzen, als hinter den Highlandern zwei *Pegasus*-Schwebepanzer auftauchten und MacLeods *Huronen* ins Visier nahmen, der gerade durch die Davion-Reihen auf Jaffray zustolperte. Loren richtete die PPK auf den ersten Panzer und feuerte. Der Schuß ging keine zwei Meter daneben. Die Ausläufer des künstlichen Blitzschlags trafen das Fahrzeug und störten den Bordschützen genug, um ihn MacLeod verfehlen zu lassen. Die Crew des anderen Panzers hatte allerdings mehr Glück und schoß ein Dutzend Kurzstreckenraketen aus nächster Nähe in den Rücken des *Huronen* ab. Dünne Rauchschwaden erfüllten die Luft über dem Schlachtfeld.

Commander Frutchey hatte sich durch die zerschlagene Davion-Gefechtslinie gekämpft und bemerkte die Schwierigkeiten seines Kommandeurs. Zusammen mit Loren eröffnete er das Feuer auf die beiden Panzer. Beide PPKs des jungen Commanders trafen den *Pega-*

sus, den Loren verfehlt hatte, und schnitten das Gefährt wortwörtlich entzwei. Reaktor und Munition detonierten in einem blendend grellen Feuerball, gerade als Lorens Laser in den Geschützturm und die Frontpartie des zweiten Panzers einschlugen. Der Fahrer riß den *Pegasus* in einer engen Drehung herum, und MacLeod blieb ein zweiter Angriff erspart.

Lorens Kiefermuskeln verkrampften sich, als er wendete und mit dem *Gallowglas* durch eine kleine Baumgruppe brach. Äste und dünne Stämme boten kaum Widerstand. Seine Nahortung zeigte ihm, daß das mobile HQ der Davions nur noch knappe hundert Meter entfernt war. Aber sie zeigte ihm auch, wie von ziemlich allen Seiten BattleMechs anrückten. Sie hatten keine Zeit zu verlieren.

Eine Welle von Kurzstreckenraketen schlug in den rechten Arm und Torso des *Gallowglas* ein, bevor Loren reagieren konnte. Als er sich umdrehte, flog ein Zug Sprungtruppen mit Raketentornistern ins Gebüsch und zwischen die Bäume des Parks. Loren fluchte. *Zur Hölle mit diesen RKGs! Mechgefechte sind an sich schon schlimm genug, auch ohne die Kombination von Mechs, Panzern, Infanterie und Jägern.*

Frutchey holte ihn ein, aber dann schnitt ihnen ein feindlicher *Pirscher* den Weg ab. *Pirscher* waren bekannt für ihre Schlagkraft und Panzerung, und die meisten MechKrieger zogen es vor, den wuchtigen Stahlgiganten aus dem Weg zu gehen, aber es sah nicht danach aus, als ob der junge Offizier eine Chance hatte, diesen Gegner zu vermeiden. Als wolle er das unterstreichen, feuerte der überschwere Davion-Mech eine Salve Langstreckenraketen auf Frutcheys *Kriegshammer* ab.

»He, Jungs, er ist nicht allein«, Kann Careys Stimme über die Leitung. An seiner anderen Flanke sah Loren drei Highlander-BattleMechs gegen ebenso viele Royals kämpfen. Als einer der Davions fiel, lösten der *Atlas* und der *Orion* sich aus dem Gefecht und bauten sich als letzte Verteidigungslinie neben dem *Pirscher* auf. Hinter dieser Mauer aus BattleMechs lag das Angriffsziel der Gruppe, aber eines war sicher: auf diese Entfernung hatten sie keine Chance, den feindlichen Maschinen auszuweichen.

Loren zielte mit der PPK auf den *Pirscher* und feuerte. Einige Äste zwischen dem *Gallowglas* und seinem Ziel krachten zu Boden, bevor der Partikelstrahl in die wuchtigen Beine des Mechs einschlug. Trotz der Feuerkraft der Partikelkanone schien der Treffer keinerlei Auswirkungen zu haben. Der *Atlas* und der *Pirscher* erwiderten den Angriff, indem sie Frutcheys *Kriegshammer* unter Beschuß nahmen. Die meisten ihrer Schüsse gingen daneben, aber es gelang ihnen, den Commander so zu behindern, daß er gar nicht erst zurückzuschoß.

Loren kämpfte darum, seine Wärmetauscher von Hand zu regulieren, nachdem der Bordcomputer drei Ausfälle gemeldet hatte. Carey feuerte ihren Extremreichweitenlaser auf den *Pirscher* ab und traf, aber der Schuß schien nicht einmal die Lackierung der riesigen Kampfmaschine zu beschädigen. Die Nahortung zeigte, daß der Rest von MacLeods Überfalleinheit in ein längeres Gefecht mit den 3. Royals verwickelt war, die von überallher aufgetaucht waren. Keiner von ihnen schien durchzubrechen oder die Mauer von BattleMechs zu umgehen. Und Lorens Hitzewerte schlugen wieder aus. Die Reaktorkühlung stand vor dem Zusammenbruch. In Verbindung mit den Wärmetauscherproblemen waren das alles andere als angenehme Neuigkeiten.

»Wir können uns hier nicht aufhalten und mit diesen Schlägern prügeln«, ermahnte Loren seine Lanze. Gleichzeitig traf ihn der *Atlas* mit seinem Gaussgeschütz. Die glitzernde Kugel traf das Bein des *Gallowglas*, zerfetzte die Myomermuskeln und trat auf der Rückseite wieder aus. Der BattleMech kippte in einer Hitzewoge nach vorne, als die Wärmetauscher im getroffenen Bein unter dem Aufprall auseinanderflogen.

Das Bein selbst war noch einsatzfähig, wenn auch extrem verwundbar.

»Wenn Sie irgendwelche Vorschläge haben, Major«, erwiderte Carey und schob sich mit ihrem *Fallbeil* in eine Baumgruppe, um die Deckung der Baumkronen auszunutzen.

Loren atmete tief durch. *Wenn ich den Funkwagen nicht erreiche, kann ich keinen Kontakt mit den Todeskommandos aufnehmen. Ich bin schon zu weit gekommen, um es so enden zu lassen. Ich muß die Fusiliers für den Kampf mit den Kommandos retten. Cat Stirling und die anderen haben es nicht verdient, ohne eine Überlebenschance in einem Hinterhalt zu sterben. Sie verdienen ein ehrenvolles Ende in einem echten Gefecht. So darf es nicht enden. Es braucht Opfer ... Sun-Tzu hat es mir gesagt. Es wird Zeit, daß ich seine Erwartungen erfülle.*

»Oberst MacLeod, hier Jaffray. Wir brauchen auf der Stelle Ihre Feuerunterstützung und jeden verfügbaren Mech hier vorne. Das Ziel ist in Sicht, aber wir stecken in Schwierigkeiten.« *In großen Schwierigkeiten.*

»MacLeod hier. Sieht so aus, als ob *ich* jeder verfügbare Mech bin, Major. Wir müssen an diesen verdammten Schwergewichten vorbei, oder die ganze Mission ist ein Reinfall.« Die Untertreibung entging Loren nicht. In diesem Fall bedeutete ein ›Reinfall‹ den Tod Hunderter, wenn nicht gar Tausender Menschen. Zudem würde es seine Pläne für die Vernichtung der Highlanders erheblich zurückwerfen, und möglicherweise wochenlange Kämpfe nötig machen.

Irgendwoher nahm Loren bei diesen Gedanken neue Energie. Wenn es irgendeinen Weg gab, das Leben der unschuldigen Bürger Taras zu retten und trotzdem seine Mission zu erfüllen, würde er ihn finden. Er hoffte nur, daß er sich nicht zwischen beiden würde entscheiden müssen. Doch selbst wenn er das mußte, gab es noch eine dritte Möglichkeit. Es war keine Option, an die er allzuviel denken wollte, denn sie würde sein Ende bedeuten, wenn nicht körperlich, dann zumindest moralisch. Bisher hatte er diese Wahl vermeiden können.

»Dafür steht zuviel auf dem Spiel, Sir«, meinte Loren und feuerte ein weiteres Mal mit Lasern und PPK auf den *Pirscher,* ohne größere Wirkung zu erzielen. Der Davion-Mech hatte praktisch geparkt und war zusammen mit seinen Begleitern darauf eingerichtet, die Highlander-Angreifer zu Schlacke zu schmelzen, bevor er sie passieren ließ. Um dies zu betonen, feuerte er eine weitere Welle von Langstreckenraketen auf Fullers zerbeulten *Dunkelfalken* ab. Die Geschosse schlugen in den Mech und die Bäume um ihn herum ein. Als Fuller die Autokanone ausrichtete, um den Angriff zu erwidern, züngelten Flammen an den Beinen seines Mechs empor.

»Ich habe einen Plan. Wenn Sie nichts mehr von mir hören, zerstören Sie den Kommwagen. Ansonsten sehen wir uns wieder, wenn das hier ausgestanden ist.«

»Was haben Sie vor?« fragte MacLeod.

Loren ignorierte ihn, und eine weitere LSR-Breitseite stürzte um ihn herum herab. Eine Rakete traf seinen Arm, während die anderen sich darauf beschränkten, den Boden rings um den schwer angeschlagenen *Gallowglas* aufzupflügen. »Bei allem Respekt, Sir, machen Sie, daß Sie hier raufkommen. Wir werden Ihre Hilfe brauchen, um mit heiler Haut hier wegzukommen.« Statt auf Distanz zu bleiben und seine Fernwaffen einzusetzen, stürmte Loren mit dem *Gallowglas* geradewegs auf den Davion-*Atlas* zu.

»Heiliges Kanonenrohr ...« Das war Fuller.

»O mein Gott«, stieß Carey ungläubig aus und rückte vor, um Loren bei seinem Sturmangriff Feuerschutz zu geben. »Oberst ... Er bringt sich um ...«

MacLeod drehte den *Huronen* in Richtung des *Pirschers* und löste das Gaussgeschütz aus. »Nein, Lassie. Nicht, wenn wir ihm helfen.«

37

Außenbezirke Taras, Northwind
Mark Draconis, Vereinigtes Commonwealth

20. Oktober 3057

Drew Catelli strich sich über die Enden seines ausladenden Schnauzbarts und lächelte, als er den Bericht aus Tara über seinen Sekundärschirm laufen sah. MacLeod war endlich aufgetaucht, beziehungsweise ein Teil seiner Truppe. Statt das Gebirgslager anzugreifen, hatte er versucht, nach Tara selbst vorzustoßen. Aber dank der dort versteckten Elite der Davion-Regimentskampfgruppe hatten die MacLeod's Highlanders kaum eine Überlebenschance, soviel war sicher. Und wenn alles wie geplant lief, würden auch die Stirling's Fusiliers in wenigen Stunden nur noch eine Erinnerung sein.

Selbst wenn die Dinge sich nicht so entwickelten, bestand kaum Gefahr, daß die MacLeod's Highlanders überlebten. Der amtierende Planetarische Konsul hatte nicht nur Teile von Winchesters NAIW-Einheit in seinem Gefolge, sondern dazu noch Mulvaney und ihre Highlanders. Vor drei Tagen hatten sie das Trainingslager verlassen und standen jetzt knapp vor der Stadt. Wenn das Gefecht nicht wie erwartet verlief, konnten sie innerhalb von dreißig Minuten in Tara sein und das Blatt wenden. Catelli kicherte leise. Er war stolz auf seine Leistung.

Dank Lepeta habe ich die Highlanders diskreditiert und ihnen die Schuld am Tod dieses Trottels Burns in die Schuhe geschoben. Ich habe MacLeods Truppen zerschlagen und werde das Ende von Stirlings Einheit miterleben. Die anderen Regimenter werden sich ergeben, statt zu riskieren, daß ihre Familien und ihre Heimatwelt zu Asche verbrennen.. und wenn nicht, habe ich keine Bedenken, dafür zu sorgen.

Bradford soll ruhig glauben, er habe das Kommando, solange das meinen Bedürfnissen dient. Es ist nur eine Frage der Zeit, bis er abreist, fällt oder mir melden muß. Bald werden Northwind und seine kostbaren Truppen mir gehören. Alles verläuft wie geplant, nichts ist dem Zufall überlassen. Der Anruf eines seiner Offiziere unterbrach seine Träumerei.

»Was ist los?« fragte er, als er den Kanal geöffnet hatte.

»Sir, wie befohlen sind Mulvaneys Highlanders soeben vollständig abgezogen. Ich dachte mir, Sie wünschen eine Vollzugsmeldung.«

»Wovon reden Sie?« *Befohlen? Abgezogen? Wohin, zum Teufel, sollte Mulvaney ihre ... Nein!*

»Sie hatte Anweisung von Ihnen, Sir. Eine Verlegung nach Tara.«

»Nein!« kreischte Catelli durch die Kanzel seines *Atlas*. »Ihr Idioten, warum hat sich niemand den Befehl bestätigen lassen?«

Der Offizier war von Catellis Wutausbruch deutlich erschüttert. »Sie wollten nicht gestört werden, Sir ...«

Catelli atmete tief durch und versuchte nach Kräften, sich wieder in die Gewalt zu bekommen. »Meldung an alle unsere Truppen. Das Lager wird auf der Stelle abgebrochen. Nehmen Sie Verbindung zu Kommandant Winchester auf und teilen Sie ihr mit, daß wir Mulvaney verfolgen. Mulvaney und ihre Truppen sind als Feinde zu betrachten und zum Abschuß freigegeben.«

»Sir?«

»Sie haben doch gehört was ich gesagt habe, Sie inkompetenter Schwachkopf! Ich will augenblicklich eine Verfolgung durch die gesamte Einheit. Und wenn die Piloten ihre BattleMechs persönlich anschieben müssen, um sie in Bewegung zu setzen!« Er schlug mit der Faust auf die Kommunikationskonsole und schaltete die Verbindung ab. Einer der Schalter riß ihm die Haut am Handgelenk auf. Als er den Neurohelm über den

Kopf zog, wurde Catelli klar, daß er schwitzte, als befände sich sein Mech in vollem Gefecht. Zum erstenmal, seit er seinen Plan ausgearbeitet hatte, fürchtete er einen Fehlschlag. Das durfte er nicht zulassen. Dafür stand zuviel auf dem Spiel.

Loren Jaffray sah das hellblaue Fadenkreuz der Sichtprojektion über dem Rumpf des *Pirscher* rot aufleuchten. Er löste die mittelschweren Laser und die PPK aus und beobachtete zufrieden, wie das Feuer die Panzerung des überschweren Mechs langsam abschälte. Die Temperatur im Cockpit des mit Höchstgeschwindigkeit vorpreschenden *Gallowglas* stieg unaufhaltsam höher. Er drehte die schweren Laser, schaffte aber keine Zielerfassung mehr. Der *Orion* und der *Pirscher* reagierten auf seinen Sturmlauf mit ihrem enormen Raketenpotential und schleuderten eine Mauer flammender Projektile auf den heranrasenden Mech. Als die Flammenschweife der Raketen seinen Primärschirm ausfüllten, umklammerte Loren die Steuerknüppel und bereitete sich auf den Einschlag vor. Durch seine Geschwindigkeit gelang es ihm, einigen Gefechtsköpfen zu entgehen, aber mehr als die Hälfte der Raketen krachten frontal in seinen *Gallowglas*.

Ein Blick auf die Mechsilhouette des Sekundärschirms zeigte Dutzende roter Punkte, wo die Panzerung durchschlagen und interne Schäden zu melden waren. Und die Innentemperatur war so hoch, daß schon der Ausfall eines weiteren Wärmetauschers genügte, den Mech stillzulegen. Zwei Lasertreffer zuckten über Rumpf und Kopf seines Mechs. Der Kopftreffer ließ die Versiegelung des Kanzeldachs mit einem Schnalzen aufbrechen. Die Hitze im Innern des engen Cockpits glich der eines lodernden Scheiterhaufens. Es war eine trockene, bittere Hitze, und sie machte den Kampfkoloß kaum noch kontrollierbar.

Seine Sensoren zeigten, daß MacLeod und Djukowitsch seinen Platz eingenommen hatten. Fuller, Frutchey und Carey versuchten, ihm Feuerschutz zu geben. Trotzdem hatte er kaum eine Chance, an den Davion-Mechs vorbeizukommen. *Mein Tod ist ein akzeptabler Verlust. Jetzt oder nie.* Er fuhr sich mit der Zunge über die ausgetrockneten Lippen, dann tat er, was keiner der 3. Royals erwartete: er aktivierte die Sprungdüsen und flog geradewegs auf ihre Stellung zu.

MacLeod versteht, was ich tue, das zumindest hilft mir, dachte Loren, während er mit den Kontrollen des Mechs rang, die sich ihm wütend zu widersetzen schienen. *Einen Mech zu verlieren, ist ein geringer Preis verglichen mit zwei Regimentern und einem ganzen Planeten. Ich muß nur an diesen Klötzen vorbei, dann habe ich möglicherweise sogar eine Chance. Und wenn nicht, macht es auch keinen Unterschied mehr.*

Im Gegensatz zu seinem Sprung im Kampf um das Kastell war dieser Flug weder für Loren noch für seinen Mech angenehm. Der zerschlagene *Gallowglas* schien gegen jeden Meter der Flugbahn zu protestieren. Er schüttelte sich und vibrierte heftig, als er sich in die Luft erhob. Seine Sprungdüsen stießen keinen sauberen Feuerstrahl aus, sondern spuckten und keuchten. Loren richtete die schweren Laser auf den *Atlas* und feuerte, sobald er den höchsten Punkt der Flugbahn erreicht hatte. Die Zielerfassung versagte, wahrscheinlich aufgrund der Überhitzung, aber Loren brauchte sie nicht – er feuerte mehr aus Instinkt denn Überlegung. Er sagte sich immer wieder, daß es nicht darum ging, die Davion-Mechs auszuschalten, sondern nur darum, an ihnen vorbeizukommen ... wie auch immer.

Ein Schuß ging daneben, der andere bohrte sich knapp unterhalb des schweren Lasers in den linken Arm des *Atlas* und brachte die Panzerplatten zum Kochen. Loren sah hoch zu den Notfallkontrollen oberhalb des Hauptschirms und fragte sich, ob er es schaffen würde, rechtzeitig aus dem *Gallowglas* auszusteigen.

Mitten in einem fehlgeschlagenen Sprung den Schleudersitz auslösen ist die Hölle. Ich will hoffen, daß es dazu nicht kommt, aber ich sollte wohl besser darauf vorbereitet sein.

Er hörte das Heulen der Feindortung kaum, die ihm meldete, daß ihn sowohl der *Pirscher* als auch der *Atlas* erfaßt hatten. Das System war nicht mehr in der Lage, die anvisierte Trefferzone vorherzusagen. Loren blickte auf den Sichtschirm und sah die Raketen und Laserimpulse heranzucken. Sein gesamter Körper versteifte sich unter den Schlägen der Treffer, und er kniff die Augen zusammen. Halb erwartete er, daß die Kanzel sich um ihn herum in ihre Bestandteile auflöste.

Der *Gallowglas* vibrierte wie verrückt unter den Treffern, als wolle er auseinanderbrechen. Loren zwang ihn weiter, doch plötzlich versagten die Sprungdüsen im rechten Bein. Sie waren von einem ungezielten Lasertreffer erwischt worden. Der Mech kippte zur Seite und stürzte, traf nur zwanzig Meter hinter dem *Pirscher* auf. Das beschädigte Bein des *Gallowglas* knickte bei der Landung unter dem Gewicht der Maschine ein, sie stürzte zur Seite, das Kanzeldach wurde zerschmettert, als der Mech durch den weichen Boden des Friedensparks pflügte. Wieder wurde Loren in die Gurte geschleudert. Er versuchte vergeblich, den *Gallowglas* aufzurichten. Schließlich gab er auf. Aus den Konsolen stoben die Funken, und der Geruch von Ozon füllte das Cockpit. Seine Beine schmerzten, wo heiße Metallsplitter auf die bloße Haut geprallt waren, aber wenigstens verhinderten die Schmerzen, daß er durch den Absturz das Bewußtsein verlor. Es wurde schwarz um ihn, und er fühlte ein heftiges Schwindelgefühl. Durch den Rauch sah Loren einen Splitter des Kanzeldachs in seinem Arm stecken. Er zog ihn heraus, ohne auch nur zu zucken.

Ich lebe noch! Um ihn herum waren Rauch und Dunkelheit, erleuchtet nur von weißen Funken, die aus den zerstörten Cockpitkontrollen schlugen. Wäre es ihm darum gegangen, den Mech zu retten, hätte er bestimmte Maßnahmen ergreifen können. aber im Moment war der Mech für ihn von zweitrangiger Bedeutung. Er löste die Gurte, und fiel auf die Erde, die in das zerdrückte Cockpit gedrungen war. Er zerrte seine Tasche unter der Pilotenliege hervor und zog Kühlweste und Neurohelm aus. Beides legte er vorsichtig auf den Kanzelboden des abgestürzten Mechs. Statt die Luke zu öffnen, kroch er durch das zerschmetterte Kanzeldach hinaus auf den Grasboden des Parks.

Er sah den kantigen Rumpf des *Pirscher* unter den PPK-Schüssen eines der Highlander erbeben. *Wahrscheinlich Frutchey. Wenigstens ist er noch dabei.* Er vergewisserte sich, daß der Nadler im Holster steckte und er die Laserdisk noch am Mann hatte. Jetzt blieb nur eine Aufgabe. Aus der Tasche zog er zwei weitere Disks. Wenn er es lebend bis zum Funkwagen schaffte, würde er sie brauchen.

Als er sich umdrehte, sah Loren zum ersten Mal, was der *Gallowglas* während des Gefechts hatte einstecken müssen. Durch riesige Risse in der Mitte des Torsos waren Sensoren sichtbar, und zertrennte, mit Kühlmitteln und anderen Chemikalien verschmierte Myomerfasern hingen wie Eingeweide aus dem Rumpf des Mechs. Manche Stellen glühten vor Hitze. Zum Teil loderten Feuer aus dem Innern der Maschine, und aus den Brüchen und Löchern überall am Rumpf drang Rauch. Der linke Mecharm war völlig zerquetscht, und das schwer beschädigte Bein war abgerissen. Es lag verloren ein Stück abseits am Boden. Loren fühlte den Verlust, wie jeder MechKrieger, dessen BattleMech zerstört wurde. Aber er hatte keine Zeit zu verlieren. Zu viele Leben hingen von ihm an. Nicht nur die Fusiliers, auch MacLeod und selbst die Todeskommandos hingen von seinem Erfolg ab.

Krachender Explosionsdonner von der nahen Schlacht schien seinen matten Körper mit neuem Leben zu erfüllen, als er über das freie Gelände zum Funkwagen rannte. Er kam keine hundert Meter weit, bevor er auf einen Zug Davion-Infanteristen traf. Die Soldaten trugen Tarnmonturen in Stadtfärbung und die goldene eingerollte Klapperschlange der 3. Royal Guards als Insignien. Sie hielten ihre Waffen auf ihn gerichtet, und ihr Anführer, ein Sergeant, brüllte seinen Befehl laut und deutlich heraus.

»Halt!«

Loren wurde langsamer. Auf die sengende Hitze des Cockpits hin rang er noch immer nach kalter Luft. Es gab zwei Möglichkeiten, mit diesem Hindernis fertig zu werden. Eine bestand in dem Versuch, den ganzen Zug auszuschalten, alle fünf Soldaten, die schon auf ihn angelegt hatten. Blieb die andere ...

»Sie sind direkt hinter mir!« brüllte er in gespieltem Schrecken und deutete auf das Unterholz, aus dem er gerade aufgetaucht war.

»Stehenbleiben. Keine Bewegung.«

Loren zog den Nadler und richtete ihn in die ungefähre Richtung des *Pirscher*. Dann feuerte er zweimal. »Steht nicht rum!« rief er und sprang unter einen Baum, als suche er Deckung vor der Schlacht, die er gerade verlassen hatte. »Kommt her und geht in Stellung, bevor sie uns überrennen!«

Der Sergeant und seine Männer waren perplex. Da war ein Mann, der sie nicht als Feinde zu fürchten und seinerseits auf ihre Gegner zu schießen schien. Sie kamen zum falschen Schluß, daß Loren auf ihrer Seite stehen mußte, wenn er keine Angst vor ihnen hatte. Sie liefen ein Stück nach vorne und warfen sich zu Boden, die Waffen auf die Stelle gerichtet, auf die Loren gefeuert hatte.

»Sie haben meinen Mech ausgeschaltet, und jetzt sind sie hierher unterwegs!« brüllte er und gab einen weiteren Schuß ins Gebüsch ab.

»Wer?« fragte der Sergeant.

»Highlander-Infanterie! Mein Gott, da sind Sie!«

kreischte Loren, sprang auf und feuerte. »Bilden Sie hier eine Verteidigungsstellung, Sergeant«, befahl er. »Ich werde das HQ warnen, damit es sich zurückzieht, bis die Gefahr vorbei ist.« Der Davion-Sergeant stand nur da und sah ihn an, verwirrt und unsicher, wie er weiter vorgehen sollte.

Loren entschied sich, den Einsatz zu erhöhen. In bestem Befehlston bellte er seine Befehle. »Verdammt noch mal, Sergeant, bringen Sie Ihre Männer in Stellung. Jetzt, oder ich übernehme Ihre Einheit!« Das schien zu reichen. Der Infanteriezug ging hastig zwischen Bäumen und Sträuchern in Stellung gegen einen gar nicht vorhandenen Gegner.

Loren drehte sich langsam um und sah sein Ziel vor sich liegen. Nachdem er die Wachen auf einen imaginären Feind gehetzt hatte, brauchte er sich nur noch um die Insassen des Funkwagens zu kümmern. Als er zu dessen Tür lief, hörte er hinter sich das unverwechselbare Krachen von PPK-Feuer und das Donnern der Granaten und Raketenexplosionen, inmitten dessen MacLeod und seine Leute den Angriff fortsetzten. Ohne zu zögern öffnete Loren die Tür des Fahrzeugs und trat ein.

Die Besatzung im Innern war so mit ihren Aufgaben beschäftigt, daß ihn zunächst niemand zu bemerken schien. Auch der Posten unmittelbar hinter der Tür schenkte ihm keine weitere Beachtung. *In so großer Nähe der Kämpfe machen sie sich wohl weit mehr Gedanken darum, hier wegzukommen, als über die Möglichkeit eines feindlichen Eindringens.* Loren brachte die Nadlerpistole nach vorne und richtete sie in Augenhöhe auf den Posten.

»Waffe fallen lassen und ans andere Ende des Wagens«, befahl er mit leiser Stimme. Der Soldat zuckte zusammen und ließ nervös seine Pistole fallen. Als der Mann sich bewegte, bemerkten einige der Offiziere und Techniker, was vor sich ging, und erstarrten.

»Okay, herhören«, verkündete Loren mit lauter Stimme, und verriegelte die Tür hinter sich. »Ich bin Major Loren Jaffray von den Todeskommandos, und Sie sind meine Gefangenen. Lassen Sie sämtliche Waffen fallen, nehmen Sie Kopfhörer und Mikros ab und versammeln Sie sich an der Rückwand des Wagens! Alle Hände bleiben über den Köpfen, oder ich schieße.« Ein kurzes Wedeln mit dem Nadler genügte, um die Wageninsassen zu überzeugen, daß er es ernst meinte.

Loren trat an einen der Arbeitsplätze, ohne den Blick von seinen Gefangenen zu nehmen, die sich am hinteren Ende des Fahrzeugs drängten. Er zog die Laserdisk hervor, die MacLeod ihm gegeben hatte, und schob sie in den Sender. Das System las das Suchprogramm der Disk und machte sich daran, das Ziel der Sendung anzupeilen. Das Laufwerk summte, als der Sender die korrekte Frequenz fand und die Nachricht an die Stirling's Fusiliers absandte. Die Botschaft war als Schleife programmiert, die sich konstant wiederholte. Loren hörte dem Laufwerk zu, ließ aber den Blick nicht von seinen Geiseln.

»Damit kommen Sie nicht durch, Sie Liao-Schwein. Wir wissen, wer sie sind«, stellte einer der Offiziere fest, entspannte sich etwas und ließ die Hände bis auf Brusthöhe sinken. Es war eine klare Herausforderung an Loren.

Der war nicht beeindruckt. Er hob den Nadler und feuerte einen Schwarm Plastiknadeln in die Wand unmittelbar über dem Kopf des Mannes. Das reichte. Die Hände des Offiziers schossen wieder nach oben, und auf seinem Gesicht stand blanker Schrecken.

»Da sind wir verschiedener Meinung. Ich würde sagen, ich bin bereits damit durchgekommen«, stellte Loren gleichmütig fest. Er holte die Disk aus dem Laufwerk und schob sie zurück in seine Gürteltasche. Die Fusiliers waren gewarnt. Dieser Teil seiner Mission war erfüllt. Ein anderer blieb noch auszuführen. Zwei Bataillone der Todeskommandos warteten am Piratensprungpunkt auf seinen Befehl. Seine letzte Meldung war das Signal gewesen, sich für den Abwurf über Northwind bereitzuhalten. Sie waren zwei Flugstunden entfernt.

Das Timing stimmte. Die Fusiliers würden abdrehen und MacLeod gegen die 3. Royals RKG verstärken, und die beiden Seiten würden einander zu Klump schießen. Dann, wenn sie einander gerade richtig abgenutzt hatten, konnten die Todeskommandos abspringen und die Überlebenden erledigen. Die Highlanders wären vernichtet und Northwind würde zum unumstrittenen Besitz der Konföderation Capella werden.

Nur Loren konnte ihnen den Abwurf oder den Abbruch der Aktion befehlen. Er hatte zwei Sendungen an die Kommandos vorbereitet, eine für jede Alternative. Nun war die Zeit gekommen, sein Geschick zu erfüllen. Er zog die Programmdisk und lud sie in den Sender. Damit erhielten die Todeskommandos ihre endgültige Order.

Kanzler Liao hatte ihm erklärt, daß er seine persönliche Ehre für diese Mission opfern mußte. Als er das Sendelämpchen auf der Konsole blinken sah, wußte er, daß er eben dieses Opfer gebracht hatte. Was er auch immer einmal an Ehre für sich beansprucht haben mochte, jetzt hatte er es in alle Winde verstreut. Egal, welche Wahl er getroffen, welches Signal er abgeschickt hätte, Loren wußte, daß ein Teil seiner selbst dabei gestorben wäre. In diesem Augenblick trug er zum letztenmal die Wappen zweier Herren. Er war ein Mitglied der Todeskommandos und der Northwind Highlanders. Mit der Wahl, die er hier und jetzt getroffen hatte, würde er für den Rest seines Lebens klarkommen müssen, und sie war ihm entsprechend schwer gefallen.

Ich habe getan, was Sie verlangt haben, Kanzler. Meine Ehre ist verloren.

Als die Sendung beendet war, drehte er sich wieder

zu den Davion-Geiseln um. »Ladies und Gentlemen, ich danke Ihnen für Ihre Gastfreundschaft. Wir sollten diesen Besuch bald einmal wiederholen. Ich schlage vor, Sie verlassen den Wagen durch den Hinterausgang, sobald ich draußen bin.« Um seine höfliche Bitte zu unterstreichen, zog er eine Handgranate und löste den Sicherungsstift. Zehn Sekunden, nachdem er losgelassen hatte, würde von dem Funkwagen nur noch eine rauchende Ruine bleiben. An den entsetzten Mienen der VerCommies sah Loren, daß auch sie das wußten.

Loren legte die Granate in der Mitte des Wagens auf den Boden und sprang aus der Tür. Er rannte los und brachte fünfzig Meter zwischen sich und den Wagen, bevor die Handgranate zündete. Zunächst schien der Knall leise und gedämpft, auf das Innere des Fahrzeugs beschränkt. Loren drehte sich um und sah zu, wie weißer Rauch und orangegelbe Flammen aus der offenen Tür schlugen. Einen Augenblick befürchtete er, den Wagen nur beschädigt zu haben. Aber dann folgte eine zweite Detonation, die das gesamte Fahrzeug zu einem Ball aus Feuer und Trümmerstücken werden ließ.

Die Explosion war so gewaltig, daß sie Loren umwarf und in das weiche Gras eines kleinen Hügels schleuderte. Über eine Minute beobachtete er, wie der Feuerball sich immer weiter ausdehnte und die Wipfel der am nächsten stehenden Bäume erfaßte. Nur noch das Skelett des Wagens war geblieben, und selbst das zerschmolz in der Hitze des Feuers. Ein leises Lächeln spielte um seine Lippen. *Das war die Quittung dafür, was eure NAIW-Kröten mit dem mobilen HQ der Highlanders gemacht haben. Ich wünschte nur, Catelli wäre drinnen gewesen, als er hochging.*

Loren stand auf und drehte sich um. Er war sich nicht sicher, in welche Richtung er laufen sollte; soweit voraus hatte er nicht geplant. Er wußte nur, daß er hier nicht bleiben konnte. Als er auf die Füße kam, bemerkte er die scharfe Silhouette eines *Marodeur II* keine fünfzehn Meter voraus. Die rußgeschwärzte Bemalung kannte er nur zu gut. Möglicherweise hatte er gerade die Schlacht gewonnen, aber den Krieg verloren.

Mulvaney. Er hatte ihrem Mech schon einmal gegenübergestanden, und jetzt ragte er über ihm auf wie ein Todesengel. Loren konnte nur hoffen, daß Pluncket sie erreicht hatte.

Die Außenlautsprecher des Mechs erwachten krachend zum Leben und füllten die Luft mit ihrer Stimme. »Wie es scheint, habe ich die Oberhand, Major Jaffray. Betrachten Sie sich als mein Gefangener. Lassen Sie alle Waffen und Ausrüstung fallen und klettern Sie zu mir hoch.« Um ihrer Aufforderung Nachdruck zu verleihen, senkte sie beide PPKs in seine Richtung. Es war eine leere Geste. Loren hatte keine Absicht zu fliehen.

Gefangener? Sein Mut verließ ihn. *Pluncket kann es nicht geschafft haben. Sie ahnt nicht, was gerade verhindert wurde, und schlimmer noch, wenn ich es ihr sage, wird sie es mir kaum glauben.* Loren ließ Waffe und Tasche fallen und nahm die Hände hoch.

In die Hände eines Feindes zu fallen, der sich seinen Tod aufs Panier geschrieben hatte, war nicht das Ende, das er für seine Mission geplant hatte.

38

Außenbezirke Taras, Northwind
Mark Draconis, Vereinigtes Commonwealth

20. Oktober 3057

»Marschall Bradford, wir haben ein Problem«, stellte Catelli in bestem Diplomatenton fest.

»Nein, mein lieber Colonel«, gab der Davion-Marschall zurück. »Sie haben ein Problem. Ich sehe eine Lage vor mir.«

»Bitte gestatten Sie mir, zu erklären«, bettelte Catelli, während seine Truppen in den Außenbezirken der Stadt ausschwärmten.

»Da gibt es nichts zu erklären. Sie hatten den Auftrag, Oberst Mulvaney und ihre Highlanders über unsere Pläne hinsichtlich der Stirling's Fusiliers im dunkeln zu halten, und Sie haben versagt. Jetzt kann sie irgendwo hier in der Stadt stecken. Zum Teufel, Mann! MacLeod hatte es die ganze Zeit nur auf mein HQ abgesehen. Ich habe keine Zeit, Ihre Scherben aufzulesen!«

»Wir wissen nicht sicher, was Mulvaney tun wird, Sir. Wir können zu diesem Zeitpunkt nicht einmal mit Sicherheit sagen, ob sie etwas über den Hinterhalt weiß.« Zum erstenmal, seit sich die beiden begegnet waren, spürte Marschall Bradford in Drew Catelli keine Arroganz, sondern Angst. Leider hatte er keine Zeit, dieses Gefühl zu genießen.

»Nehmen Sie Ihre Konsulargarde und rücken Sie zum Ostrand des Friedensparks ab. Wir müssen verhindern, daß MacLeods Truppen auf den Raumhafen vordringen und Stirling ...« Die Sendung brach plötzlich ab und wurde von statischem Rauschen ersetzt.

Catelli suchte die Befehlsfrequenzen ab. *Das Regiments-Kommnetz ist ausgefallen. Was, im Namen des Prin-*

zen, geht da vor? Der Marschall hat gesagt, daß sein HQ unter Beschuß liegt. Kann MacLeod es tatsächlich zerstört haben? Nein! Den letzten Berichten zufolge waren seine Truppen entweder unterwegs zum Ausbildungslager oder am Kastell in Stellung. Das ist unfaßbar! Der Davion-Colonel drehte seinen *Atlas* in Richtung zum Friedenspark und befahl seiner Garde zu folgen. *Ich werde Lepeta suchen. Er wird mir zumindest erklären können, was hier los ist.*

Als Loren die Sprossen am riesenhaften Bein und Rumpf von Mulvaneys *Marodeur II* emporkletterte, hörte er das Krachen und Dröhnen der Kämpfe in ihrer Nähe. Aber er sah nur eine Handvoll BattleMechs, allesamt von Mulvaneys Highlanders. Als er die Cockpitluke erreicht hatte, nahm er sich einen Moment Zeit, um sich umzusehen. Der Funkwagen der 3. Royals stand immer noch in Flammen, aber erstaunlicherweise waren keine Hilfstruppen auszumachen, die einen Löschversuch unternahmen. Er konnte sogar seinen gestürzten *Gallowglas* auf einem nahen Hügel erkennen. Was er nicht sah, war irgendein Zeichen von den überschweren Davion-Mechs oder von MacLeods Truppen. Das allerdings verwirrte ihn und bereitete ihm einige Sorgen.

Die drückende Enge in Mulvaneys Cockpit wurde durch die Abwärme des BattleMechs noch unangenehmer. Mulvaney hatte dank ihrer Kühlweste wenigstens ein wenig Linderung, auch wenn die Weste unter den extremen Bedingungen eines Kampfes wenig half, aber Loren sah sich den Temperaturen völlig schutzlos ausgeliefert. Die Luft war stickig, und mit jedem Schritt des *Marodeur II* tropfte frischer Schweiß in seine Augen. Als er das Cockpit betrat, blickte er geradewegs in die Mündung von Mulvaneys Laserpistole. Der größte Teil ihres Gesichts war unter dem Neurohelm versteckt, aber was er sehen konnte, schien wutverzerrt. Hatte sie ihn den ganzen Weg in ihr Cockpit kommen lassen, nur um ihn zu erschießen?

»Ich nehme an, das hier werde ich nicht brauchen«, erklärte sie, und wedelte mit der Waffe.

Jaffray schüttelte den Kopf. »Ich habe kapituliert. Ich habe meinen BattleMech verloren und meine Mission beendet. Wenn ich mich in diesem Kampf jemandem ergeben muß, sind Sie mir die liebste. Wenigstens kann ich von Ihnen die Möglichkeit einer fairen Verhandlung erwarten. Catelli und seine Helfershelfer würden mich als Staatsfeind standgerichtlich erschießen.«

»Sie haben Oberst Stirling gewarnt, richtig? Ich nehme an, deshalb haben Sie den Funkwagen angegriffen.«

Loren nickte. »Ja. Ich habe ihr eine Warnung geschickt. Ich weiß aber nicht, ob sie angekommen ist.« *Sie weiß von dem Hinterhalt. Sie muß es wissen. Oder meint sie, ich habe die Fusiliers gewarnt, daß die 3. Royals Tara besetzt haben?*

»Für jemand, der gerade ein Kriegsgefangener geworden ist, wirken Sie reichlich entspannt. Woher wollen Sie wissen, daß ich Sie nicht einfach umbringe?« fragte Mulvaney, ohne die Waffe zu senken. Ihre Stimme hatte einen eisigen Unterton.

»Es steht zuviel auf dem Spiel. Sie sind zum Töten ausgebildet, aber Sie sind keine kaltblütige Mörderin. Säße ich in meinem Mech, würden Sie vermutlich nicht zögern. Aber wir haben beide zuviel Ehrgefühl, um den anderen zu töten, ohne ihm eine echte Chance zu geben. Sie hätten mich am Boden des Tilman umbringen können, aber Sie haben es nicht getan, und jetzt werden Sie es auch nicht tun.« Loren drehte sich um und schloß die Cockpitluke. Er lauschte dem Zischen, als die Dichtung die Kanzel druckdicht abschloß.

Chastity starrte ihn konzentriert an. »Wissen Sie, warum ich hier bin?«

»Ich kann es erraten.« *Laß dir nicht in die Karten sehen,* ermahnte er sich. *Sie muß es aussprechen.*

»Ich war etwas schockiert, als Pluncket auftauchte. Wir konnten nur ein paar Minuten reden, bevor Catelli ihn wegschleppte, aber es reichte, um in groben Zügen mitzubekommen, was hier vorging.«

»Sie wissen es also?«

»Ich ›weiß‹ überhaupt nichts mehr mit Sicherheit, Loren. Aber alles scheint darauf hinzudeuten, daß Sie die Wahrheit gesagt haben. Sie sind ein verteufeltes Risiko eingegangen, mir Mister Pluncket zu schicken. Wie konnten Sie wissen, daß ich auch nur ein Wort mit ihm wechseln würde?«

Loren hockte sich auf den Kanzelboden. »Sicher wußte ich das nicht. Aber als ich Sie beide im *Pub* gesehen habe, hatte ich den deutlichen Eindruck, daß Sie ihm vertrauen. Ich wäre selbst gekommen, aber bei mir hätten Sie zu viele Zweifel gehabt, ob ich Sie nicht hinters Licht führen will. Pluncket ist ein alter Infanterist. Männer wie er werden weder zum Verräter noch führen sie ihre Kameraden aus einer Laune heraus in den Tod.«

»Sie haben recht. Meine Leute haben das Gebiet und die Überreste des Royals-HQ gesichert. Ich habe Kontakt zu MacLeod aufgenommen, und er hält den Ausgang des Friedensparks. MacLeod's Regiment ist wieder komplett. Wie ich Marschall Bradford kenne, wird er uns mit seiner gesamten Regimentskampfgruppe auf den Pelz rücken. Ich hoffe nur, Ihre Botschaft ist durchgekommen.«

Mit diesen Worten startete Mulvaney ihren Mech. Loren kippte fast vornüber, als der *Marodeur II* sich schwerfällig in Bewegung setzte. Er hielt sich an der Kante der Pilotenliege fest und stieß einen leisen Seufzer der Erleichterung aus. Er hatte doch noch eine Chance, seine Mission mit heiler Haut abzuschließen.

»Haben Sie etwas dagegen, wenn ich mir Ihr Kommset ausborge?« fragte Loren und griff nach der Kombination aus Kopfhörer und Bügelmikro. »Kann sein, daß ich in diesem Kampf keinen Mech mehr führen kann, aber wenigstens über Funk möchte ich mich nützlich machen.«

»Bitte, bitte«, sagte Mulvaney abwesend. Sie war völlig darauf konzentriert, den *Marodeur II* durch das dichten Baumbestand zu lenken. An beiden Flanken schlossen sich die Mechs der ehemaligen Highlander-Renegaten an. Sie hatten keinen Befehl dazu erhalten; sie folgten Mulvaney einfach, als wären sie telepathisch an sie gekoppelt.

»MacLeod, hier Jaffray«, sagte er, noch bevor er den Kommset richtig justiert hatte.

»Laddie! Sag mir, daß du es geschafft hast, Loren, mein Lad.«

»Alles erledigt. Ich habe die Botschaft dreimal abgeschickt. Allerdings ohne Antwort. Haben wir schon was von den Fusiliers gehört?«

»Bis jetzt noch nicht. Aber sie sind jede Minute fällig. Möglicherweise hat Cat auch noch eine Überraschung in der Hinterhand. Gute Arbeit, Laddie. Schade um Ihren Mech. Es war eine gute Maschine. Wir werden ihn vermissen. Ich nehme an, Major Mulvaney ist auch in der Leitung?«

»Anwesend, Oberst.«

»Beeilen Sie sich ein bißchen, Major. Ich habe hier ein paar Panzer und einige von diesen ekelhaften NAIW-Kröten.«

Der *Marodeur II* stürmte mit wiegenden Schritten einen Hügel hinauf. »Unsere GAZ ist jetzt, Oberst!« erklärte sie, als der Mech die Kuppe erreicht hatte. Loren blickte auf den Sichtschirm und sah Schlachtgetümmel. Ein riesiger *Zerstörer*-Panzer schob sich über ein gemähtes Feld und feuerte aus den schweren Autokanonen, während er die Deckung einer Baumgruppe zu erreichen suchte. Ganz in seiner Nähe schwärmte beinahe ein Dutzend NAIW-*Grenzgänger* um Frutcheys *Kriegshammer*. Careys *Fallbeil* war von Granaten- und Raketentreffern so rußgeschwärzt, daß von der ursprünglichen Bemalung nichts mehr zu erkennen war. Loren kaute auf der Unterlippe und mußte sich zusammennehmen, um Mulvaney nicht die Kontrollen aus der Hand zu reißen. *Dieser Kampf ist noch lange nicht vorbei.*

MacLeods *Hurone* strich mit den Lasern über den Rumpf des *Zerstörers,* als dieser versuchte, unter den Bäumen in Deckung zu gehen. Die AK-Granaten des schweren Panzers verwüsteten den Boden um den Mech des Obersten, trafen aber nicht. Mulvaney feuerte einen mittelschweren Laser auf den Panzer ab und hinterließ eine Spur von Einschlägen auf der Frontpanzerung der Maschine. Anstatt beizudrehen und den Panzer mit ihren schweren PPKs zu erledigen, blieb sie jedoch stehen und zielte auf drei der gepanzerten Infanteristen, die aus der Deckung einer der zahlreichen Statuen des Parks Frutcheys Mech beschossen.

»O'Leary und Darley, kümmern Sie sich um den Panzer. Alle anderen greifen die Kröten an!« befahl sie den Piloten, die immer noch ihrem Befehl folgten. Bevor jemand reagieren konnte, feuerte sie beide PPKs auf das Standbild ab. Die künstlichen Blitzschläge aus geladenen Partikeln brachten die Luft zum Leuchten und verdampften die Statue in einer Nanosekunde. Zwei der gepanzerten Infanteristen waren sofort tot, der dritte kroch aus dem verbrannten Krater und ergriff die Flucht.

Mulvaney drehte sich etwas und erfaßte mit allen Waffen die Kröten, die Frutcheys *Kriegshammer* zusetzten. Der Mech schien von Pockennarben übersät, Spuren ihrer Versuche, mit den Greifklauen die Panzerung um Aktivatoren und Waffen abzureißen. Chastity erfaßte drei Kröten, die gerade zum Sprung ansetzten und löste ihre mittelschweren Magna Mk. II-Impulslaser ab. Die Laserimpulse schienen Frutcheys *Kriegsham-*

mer in eine rote Aura zu hüllen. Innerhalb eines Augenblicks waren die Kröten auf eine Handvoll zusammengeschmolzen. Die Überlebenden des Angriffs setzen sich hastig ab. Gegen die Feuerkraft des *Marodeur II* hatten sie keine Chance, und sie hatten kein Verlangen, ihr Leben wegzuwerfen.

Jaffray konzentrierte sich auf den Sichtschirm und beobachtete, wie O'Learys *JägerMech* den *Zerstörer* mit einer Autokanonensalve nach der anderen überschüttete. Die Granaten fraßen die Panzerung vom Rumpf des riesigen Panzers wie ein Säurebad. Während die Panzerplatten nach allen Seiten davonflogen, wendete der Fahrer zur Flucht. Aber die Heckpanzerung war dünner und bot der geballten Feuerkraft O'Learys keinerlei Gegenwehr. Die Munition explodierte und zerstörte nicht nur den Panzer, sondern den gesamten Hain, in dem er gestanden hatte. Nur eine wogende graue Rauchwolke blieb zurück, hinter der die übrigen Gefechte verschwanden.

»Danke, Major«, meldete sich Frutchey. Er klang ausgelaugt. Mit einem Mech, der PPKs an Stelle von Armen hatte, eine Horde Grenzgänger abzuwehren, war keine leichte Aufgabe. Den Schäden nach, die sein *Kriegshammer* erlitten hatte, war der junge Offizier nur knapp davongekommen.

»Ich kenne das Gefühl, Frutchey«, erwiderte Mulvaney und rieb sich die Narbe am Arm. Dann lehnte sie sich zu Loren herüber. »Die NAIW-Kröten waren noch vor ein paar Stunden bei uns stationiert.«

Loren verstand sofort, was sie damit sagen wollte. »Das heißt, Catelli ist ...«

Mulvaney nickte und öffnete die Kommleitung. »Wir haben Probleme, Oberst. Colonel Catelli ist ebenfalls hier.«

MacLeod reagierte sofort. »Und laut meiner Nahortung rückt von Süden, Norden und Westen etwa ein Bataillon Truppen an. Wir sollten uns schleunigst in Bewegung setzen.« Loren blickte auf Mulvaneys Sekundärschirm und sah die Markierungen ebenfalls. *Das sieht nicht gut aus. Sie lassen uns nur einen Weg frei, nach Osten, zum Raumhafen.* »Oberst, wir können uns nicht allzu weit bewegen, jedenfalls noch nicht. Sie versuchen uns in die Falle zu treiben, die sie den Fusiliers gestellt haben.«

Über einen anderen Kanal mischte sich eine fremde Stimme ein. »Das ist Ihr Ende, MacLeod. Ihres, das des verfluchten Jaffray... Mulvaneys... Ihrer ganzen Bande.« Das war die Natter Catelli. Loren sah, wie der Colonel der Konsulargarde aus der Deckung trat. Sein *Atlas* starrte mit dem bösartigen Grinsen seines Totenschädelkopfes auf sie herab.

MacLeod wurde zu einem Kampf gegen einen übermächtigen Feind angestachelt, aber seine Stimme triefte vor Verachtung. »Sie verdammter Teufel«, brüllte er. »Highlanders zum Angriff!« Sein *Hurone* feuerte das Gaussgeschütz im rechten Arm und traf Catellis *Atlas* mitten in den Rumpf, genau dorthin, wo bei einem Menschen das Herz gesessen hätte. MacLeod visierte seinen Gegner gerade zum nächsten Schuß an, als ein Luft/Raumjäger der Royals einen Angriff flog und den Oberst zurückdrängte.

Dann tauchten von Norden und Süden leichte und mittelschwere BattleMechs mit den goldenen Einheitsinsignien der 3. Royal Davion Guards auf. Mulvaney drehte den Mech in den Angriff und feuerte aus allen Waffen. Ein Davion-*Tomahawk* wurde zum Hauptziel ihrer Laser. Eines seiner Beine wurde von den Treffern abgerissen und flog über das Gras davon, während die anderen Mechs weiter vorrückten.

»Verdammt«, murmelte Loren. Sie steckten bis über den Kopf in Schwierigkeiten. »Konzentrieren Sie sich auf die Konsulargarde«, meinte er gepreßt. »Der fehlt die Kampferfahrung der Guards. Wenn wir irgendwo durchbrechen können, dann dort.« Mulvaney antwortete nicht, aber sie wendete ihren *Marodeur II* in Richtung von Catellis Truppen. Die Sichtprojektion zeigte, wie die Waffen sich auf den *Atlas* ausrichteten.

Drei winzige *Savannah Master*-Schweber schossen über das Gelände und drehten auf Frutchey und MacLeod zu. Trotz der Schäden, die Frutcheys Maschine schon hatte einstecken müssen, war er kampfbereit und nahm die neuen Ziele mit Raketen und mittelschweren Lasern unter Beschuß. Die blitzschnellen Luftkissenfahrzeuge wichen jedem Schuß aus, umrundeten MacLeods *Huronen* und beschossen ihren Rumpf und Beine von hinten.

Loren hatte schon oft erlebt, wie schnelle Schweber diese Taktik anwendeten. Sie waren zu klein, um viel Schaden anzurichten, aber schnell genug, um nicht getroffen zu werden. Kommandeure setzen sie mit Vorliebe ein, um die Feuerkraft der gegnerischen Piloten zu binden. Er schaltete sich in die Leitung. »Verschwenden Sie keine Zeit auf diese Mücken, Frutchey. Konzentrieren Sie sich auf die echten Ziele!« Dann wurde er von einem Gausstreffer abgelenkt, der sich so tief in den *Marodeur II* bohrte, daß der ganze Mech erzitterte.

»Catelli!« zischte Mulvaney und rang mit den Steuerknüppeln, die unter dem Aufprall der Kugel ein Eigenleben zu entwickeln schienen.

Carey und Darley konzentrierten ihr Feuer auf einen *Vollstrecker* der Konsulargarde und tauchten ihn in einen Schauer aus Laserimpulsen und Raketen. Zum erstenmal seit seiner Rückkehr ins Kampfgeschehen sah Loren Jake Fullers *Dunkelfalken*. Der von den zahlreichen Treffern fast verkohlt wirkende Mech trat an der Flanke des *Vollstrecker* aus einem dichten Fichtenhain, und seine Autokanone deckte den Davion-Mech mit einem Trommelfeuer ein, bis sein Ziel durchlöchert zu Boden stürzte. Mulvaney konzentrierte ihr Laserfeuer auf den weiter entfernten Catelli und ignorierte zwei Impulslasertreffer auf die untere Rumpfpartie des *Marodeur II*.

Loren wollte Catellis *Atlas* brennen sehen, aber das Auftauchen eines der neuen *Salamander* der Royals lenkte ihn ab. Der 80-Tonnen-Mech stürmte ungehindert quer über das Gelände geradewegs auf Oberst MacLeod zu, der sein Feuer ebenfalls auf die Konsulargarde konzentrierte. Jaffray stieß Mulvaney an. Sie reagierte, indem sie den *Salamander* mit allem beschoß, was sie hatte.

Alle Schüsse trafen die dünne Rückenpanzerung des Mechs und verliehen ihr das Aussehen eines Schweizer Käses. Der Sturmlauf der Maschine fand ein abruptes Ende, als ihre Munitionsvorräte explodierten und die CASE-Luken sprengten. Mulvaneys letzter PPK-Schuß fraß sich in die Gyroskopfassung des *Salamander*, der plötzlich auf den Fersen herumwirbelte wie ein verrückter Tangotänzer. Seine Beine verdrehten sich unter einer Belastung, die weit über das hinausging, wofür sie ausgelegt waren, und schließlich brachen sie an den Hüftaktivatoren auseinander. Loren war vom Todestanz des überschweren Mechs wie gebannt. Die Eleganz seines Untergang faszinierte ihn. »Verdammt gut geschossen«, grunzte er.

»Danke«, meinte Mulvaney gelassen.

Loren studierte die Nahortung und biß sich auf die Unterlippe. »Ich hoffe nur, daß es genügt. Da kommen noch mehr.« Die Kurzstreckensensoren zeichneten ein düsteres Bild. Zwei Züge NAIW-Kröten schwärmten über einen Highlander-*Whitworth*, der zwei der Infanteristen töten, die übrigen aber nicht abschütteln konnte. Jaffray beobachtete entsetzt, wie die NAIW-Truppen das Kanzeldach aufrissen und ihre leichten MGs ins Cockpit abfeuerten. Das Ergebnis des Angriffs sah er nicht mehr, denn im nächsten Augenblick nahm ihm der schwarze Rauch eines anderen gestürzten Mechs die Sicht.

Plötzlich tauchte über dem Gefechtsfeld ein blendend helles Licht auf. Ein Landungsschiff der *Overlord*-Klasse hing mit grell loderndem Fusionsantrieb über der Schlacht. Mulvaney sah nicht auf, sondern feuerte weiter auf einen der Royals, der sich aus dem Kampfgetümmel lösen wollte. Loren versuchte angestrengt, die Insignien am Rumpf auszumachen, konnte aber nur den Namen des Schiffs entziffern – *Bull Run.*

Wenn das Davion-Verstärkungen sind, ist das unser Ende. Aus den offenen Hangartoren regnete es sprungfähige BattleMechs.

»Wer, zum Teufel ...«, hörte er Frutcheys Stimme.

Plötzlich dröhnte Musik aus den Lautsprechern. Eine Musik, die alle Cockpits auf dem Schlachtfeld erzittern ließ. »Pipes! Die Stirling's Fusiliers sind da!« Die Stimme war über den Höhen und Tiefen von ›Scotland Forever‹, dem Regimentsmarsch der Highlanders, kaum zu hören. Der Rhythmus der Musik und das herzerweichende Singen der Dudelsäcke ergriff das Herz jedes Highlander-Kriegers, der im Friedenspark um sein Leben kämpfte.

39

Tara, Northwind
Mark Draconis, Vereinigtes Commonwealth

20. Oktober 3057

»Sorry, daß wir so spät kommen, William. Und Danke für die hervorragend abgepaßte Mitteilung«, verkündete Oberst Cat Stirling MacLeod und allen Überlebenden seiner Einheit. Noch während sie sprach, begannen die meisten Mechs der Konsulargarde mit dem Rückzug. Sie hatten die plötzliche Gefahr sofort erkannt. Während Catellis Garde die Flucht ergriff, eröffneten die 3. Royals wie besessen das Feuer auf die herabsinkenden Mechs. Sie dachten gar nicht daran, das Feld den Neuankömmlingen zu überlassen.

»Willkommen zur Party, Lassie«, erwiderte MacLeod.

Loren sah fasziniert zu, wie die Stirling's Fusiliers sich neben ihren Kameraden einreihten. Ihre Geschütze entfachten einen Wirbelsturm des Todes und der Vernichtung. Das Stöhnen und Heulen der Dudelsäcke schien die Luft über dem Friedenspark zu erfüllen. Als Jaffray die Kommkontrollen überprüfte, stellte er fest, daß die Musik über sämtliche Kanäle kam. Auf einer Frequenz hörte er Davion-Offiziere und MechKrieger verzweifelt dagegen anbrüllen. Die Worte waren nicht zu verstehen, aber er spürte die Panik in den Stimmen, als die Befehle und Anfragen im Jammern der Highlander-Pipes untergingen.

Loren blickte wieder auf den Sekundärschirm und streckte die Hand aus, um die Ortung zu justieren, als das Landungsschiff der Fusiliers sich wieder entfernte. Der Pilot machte einen weiten Bogen um den Raumhafen. *Catelli,* dachte er. *Wo steckt er?*

Mulvaney schien zu wissen, was Loren wollte, auch ohne daß er es aussprechen mußte. Sie justierte den

Zweitschirm und filterte die Symbole der taktischen Anzeige aus, bis nur noch die Davion-Mechs und Fahrzeuge zu sehen waren. Dann gab sie den gesuchten Mechtyp ein, und die Markierung des *Atlas* erschien blinkend auf dem Stadtplan Taras. »Er will zum Raumhafen. Wahrscheinlich denkt er, wie werden es nicht wagen, ihm dorthin zu folgen«, stellte Loren fest. *Ein schlauer Fuchs. Nur ein Wahnsinniger würde ihm in diese Todesfalle nachsetzen.*

Mulvaney blickte Loren an, sah ihm tief in die dunklen Augen. Sie brauchten keine Worte. Beide wollten sie nur eines ... diesen Mann.

»Oberst, wir verfolgen Catelli und den Rest seiner Garde«, übertönte Jaffray die Musik.

»Ich bin dabei, Laddie«, antwortete der alte Offizier. »Ich werde mir diese Ratte greifen, egal, wo sie sich versteckt. Frutchey, Carey, Sie kommen mit. Die anderen bleiben hier. O'Leary übernimmt das Kommando. Arbeitet euch zu unseren Familien vor und bringt sie aus der Stadt, für den Fall, daß es zum großen Knall kommt. Wir werden der Versammlung die Rechnung für ein Tribunal ersparen.«

Der Kohler-Raumhafen schien der stillste Ort in ganz Tara zu sein. Die Konsulargarde war auf eine Mechlanze und eine Handvoll halb funktionstüchtiger Panzer zusammengeschrumpft, die es irgendwie geschafft hatten, dem Chaos im Friedenspark zu entkommen. In der Verwirrung des Kampfabwurfs der Fusiliers war es Catelli gelungen, wenigstens mit einem Rest seiner Einheit das Weite zu suchen. Aber das war nicht viel. Sein Traum, den Northwind Highlanders das Rückgrat zu brechen, lag jetzt allein in den Händen der 3. Royal Guards Marschall Bradfords.

Keine Chance. Das Kräfteverhältnis ist ausgewogen, aber die Guards werden die Highlanders niemals besiegen. Sicher, MacLeods Leute sind erschöpft, aber die Stirling's Fusiliers sind ausgeruht, und sie kämpfen um ihre Hauptstadt. Nein. Die Schlacht ist verloren. Jetzt bleibt nur noch die Flucht und der Versuch, dieses Desaster irgendwie als die Schuld von Burns darzustellen. Noch besser wäre es allerdings, wenn Bradford fällt. Dann könnte ich ihn als Renegaten hinstellen. Vielleicht läßt sich aus einem Highlander-Sieg ja doch noch etwas machen.

Catellis einzige Hoffnung war, Lepeta und einen Weg ins All zu finden. Dank der Minen und riesigen Sprengstofflager auf dem Raumhafen erwartete er nicht, daß irgendein Highlander ihn hierher verfolgte. Bis sie diesen Teil der Stadt gesichert hatten, plante er längst an Bord eines Landungsschiffes zu sein und diesen Planeten weit hinter sich gelassen zu haben.

Catelli hatte die Überreste seiner Einheit zu einer Lagerhalle am Rande des Raumhafens geführt, einem Gebäude, das mehr als groß genug war, die BattleMechs und Fahrzeuge zu verbergen.

Dank der primitiven, aber wirksamen Störmethode der Highlanders, die sämtliche Frequenzen mit ihrer Dudelsackmusik blockierten, war der Einsatz normaler Kommunikationskanäle fast unmöglich geworden. Er verzog verärgert das Gesicht. *Ich habe dieses Gejaule noch nie gemocht, und jetzt hasse ich es erst recht.* Die privaten Leitungen waren noch frei, und über eine davon war es ihm schließlich gelungen, Stephen Lepeta zu erreichen. Als er die Lagerhalle in seinem vom Kampf gezeichneten *Atlas* betrat, sah Catelli seinen Adjutanten im schwarzen Reitmantel und mit einem Laserkarabiner bewaffnet am Tor stehen. *Die ganze Zeit war er mein Werkzeug, ein Mittel zum Zweck. Ich brauche noch ein paar Informationen von ihm. Aber wenn das hier vorüber ist, stellt er nur noch eine unangenehme Erinnerung an meinen Fehlschlag dar. Es ist schade drum, aber wenn er seinen Zweck erfüllt hat, muß er sterben. Ich kann es mir nicht leisten, daß er überlebt und etwas von meiner Rolle in diesem Debakel ausplaudern kann. Es wird schwer genug werden, die politischen Attacken des Marschalls abzuwehren, sollte er das hier überleben.*

Catelli öffnete die Luke, und Lepeta kletterte sofort an der Seite des Mechs empor. Einige Löcher von den Treffern Mulvaneys und ihrer Truppe behinderten seinen Aufstieg, aber nach wenigen Minuten traf er sicher im Cockpit des *Atlas* ein.

»Haben Sie eine Fluchtmöglichkeit arrangiert?« fragte Catelli.

»Nicht im eigentlichen Sinn, Sir. Ich bin gerade erst eingetroffen. Wie Sie wissen, hatten wir keine derartige Entwicklung eingeplant. Es befindet sich nur noch ein einziges Landungsschiff dort draußen, Jaffrays *Leopard*. Ich nehme an, es wird genügen. Ich hätte weitergesucht, aber ich sah einige Mechs am Rande des Hafengeländes, und ein Teil von MacLeods Infanterie ist in der Nähe in Stellung gegangen. Ich nehme an, sie versuchen unsere Sprengladungen auf der anderen Hafenseite zu entschärfen.«

Catelli war begeistert. »Jaffrays Schiff – perfekt! Und was ist mit einer Mannschaft? Diese Schiffe fliegen nicht von allein.«

»Natürlich nicht«, meinte Lepeta und lehnte sich an die Kanzelwand. »Aber ich habe im Rahmen meiner Geheimdienstausbildung auch Navigation und Landungsschiffsteuerung studiert. Es wird mich eine gewisse Mühe kosten, aber wir sollten es schaffen.«

Du hast Glück, daß ich dich dazu brauche, Lepeta. Aber das schiebt das Unvermeidliche nur hinaus. »Lassen Sie uns aufbrechen. Je länger wir hier bleiben, um so riskanter wird es.« Catelli setzte den *Atlas* in Bewegung und bedeutete den anderen Mechs und Fahrzeugen, ihm zu folgen. Plötzlich brach das Klagen der Dudelsäcke ab, und durch die Stille drang die Stimme, die er am allerwenigsten hören wollte. »Colonel Drew Catelli, im Namen der Northwind Highlanders fordere ich Sie auf, sich zu ergeben.«

MacLeods Worte waren entschieden und direkt. Sein *Hurone* und die drei anderen Highlander-BattleMechs hatten sich in perfekter Formation vor der Lagerhalle aufgebaut. Sie waren etwa siebzig Meter entfernt. Zu ihrer Linken blockierten weitere Lagerhallen Catellis Fluchtweg. Zu ihrer Rechten lag das offene Landefeld, auf dem weit entfernt das Landungsschiff stand. Catellis Truppe war größer als die der Highlanders, aber beim Klang von MacLeods Stimme blieb er im Eingang der Halle stehen.

»Sie Narr«, erwiderte Catelli. »Ich bin immer noch stärker as Sie. Sie werden kapitulieren, dann lasse ich Sie möglicherweise leben.«

MacLeod hob ungerührt den rechten Mecharm mit dem Gaussgeschütz und zielte auf das Cockpit des *Atlas*. Der riesige, totenschädelähnliche Kopf des Davion-Mechs schien sie anzugrinsen, als Loren sich über Mulvaneys Schulter beugte. Auch Chastity nahm die Mecharme hoch und wärmte die Laser vor. Auf diese Entfernung waren ihre PPKs wertlos. Außerdem zog sie, was Drew Catelli anging, den Nahkampf vor. Der war befriedigender.

»Das täuscht. Ergeben Sie sich, Catelli. Ich verspreche Ihnen, Sie bekommen ein ebenso faires Verfahren, wie Sie es Mister Jaffray angeboten haben«, meinte MacLeod mit kalter Stimme. Loren betrachtete die Lagerhallen, in denen der Sprengstoff eingelagert war, mit dem die Davions die Stirling's Fusiliers hatten vernichten wollen. Während MacLeod und Catelli redeten, wanderte sein Blick über das Sprengstofflager, das hinter den Gardisten bis zur Decke reichte. *Mindestens fünfzehn Tonnen Sprengstoff hier, dazu die angrenzenden Gebäude. Wahrscheinlich als Richtladungen. Genug, um alles auf diesem Feld zu vernichten. Wenn man die Anzahl der Lagerhallen betrachtet, hätten die Fusiliers keine Chance gehabt. Ich hoffe, meine andere Sendung ist ebenfalls angekommen.*

»Die Schlacht ist noch nicht vorbei. Die 3. Royals können mit den Fusiliers leicht fertigwerden. Es wäre nicht das erste Mal, daß sie eines Ihrer Regimenter zerfleischen. Ihre eigene Einheit ist zu angeschlagen, um überleben zu können, besonders angesichts Ihres bevorstehenden Ablebens, alter Mann.«

»Wenn Ihr Sieg so sicher ist, warum fliehen Sie dann?«

Catelli schwieg mehrere Sekunden. »Ich bin dieses Spielchen leid, MacLeod. Ihr Dickschädel wird Sie umbringen. Bereiten Sie sich auf Ihren Schöpfer vor.« Der Colonel gab seinen Mechs ein Signal, und sie machten ihre Waffen scharf.

Oberst MacLeod wiederholte seine Aufforderung. »Ergeben Sie sich jetzt, oder Sie werden vernichtet – die Entscheidung liegt bei Ihnen.«

»Sie werden nicht auf mich schießen«, spottete Catelli. »Diese Lagerhalle ist voll mit Sprengstoff. Wenn Sie auch nur einen Schuß abzufeuern, gebe ich das Zündsignal. Ich werde dabei sterben, aber ich werde auch halb Tara mitnehmen, mitsamt den Highlander-Familien. Wenn ich Northwind nicht bekommen kann, wird niemand den Planeten bekommen, auch die Highlanders nicht.«

Ein fünfter Mech trat in die Highlander-Formation, ein riesiger *Großtitan,* auf dessen Schulter in blutroten Buchstaben der Schriftzug ›The Cat‹ prangte. Dann erklang Cat Stirlings Stimme über einen Breitbandkanal, den alle Highlander empfangen konnten. »Oberst, ihre Truppen haben einen Teil der Hallen entschärft und Störsender aufgebaut. Ich habe mir die Freiheit genommen, eine Lanze ECM-ausgerüsteter Mechs am Rand des Geländes abzuwerfen. Sie können nicht weiter als fünfundsiebzig Meter senden. Sie werden etwas Schaden anrichten, aber nicht viel.«

Frutchey ergriff das Wort. »Sind Sie sicher – Ma'am? Ich meine, wenn Sie sich irren ...«

Stirling lachte. »Mein Wort gilt. Glaubst du ehrlich, ich würde hier stehen, wenn der Hafen nicht mit Störsendern abgedeckt wäre, Laddie?«

Mehr brauchte Mulvaney nicht. Sie hob die Laser ein wenig und zielte hinter den *Atlas*. Loren sah ihr starr vor Unglauben zu. Später würde er sich fragen, ob er sich nicht bewegen konnte oder es nur nicht wollte. »Das ist für deinen Verrat, du Bastard.« Bevor noch irgend jemand etwas sagen konnte, feuerte sie.

Die Lasersalve zuckte an dem *Atlas* vorbei in die Sprengstoffstapel der Halle. Feuer zuckte auf, dann kam es zu einer gewaltigen Detonation. Die fünfzehn Tonnen Sprengstoff explodierten sofort und verschlangen die Konsulargarde in einem gelborangenen Feuerball. Die Mechs lösten sich in Energie auf, als eine Millisekunde nach den Sprengladungen ihre Munitionsvorräte und Fusionsreaktoren explodierten. Es gab keine Hoffnung auf Rettung, keine Hoffnung auf ein Überleben.

Die Druckwelle und Trümmerwalze traf die Highlander-Mechs in der nächsten Millisekunde und warf sie nach hinten um wie Zinnsoldaten. Mulvaneys Kanzeldach zersprang, als sie vergeblich versuchte, den *Marodeur II* aufrecht zu halten. Loren, der im Gegensatz zu ihr nicht angeschnallt war, wurde erst gegen die Rückwand des Cockpits geschleudert, dann flog er wieder nach vorne, als Mulvaney den Kampf gegen die Druckwelle verlor.

Durch die Sichtscheibe des Neurohelms sah er Tränen über ihr Gesicht kullern. »Bist du okay?« fragte er, kroch neben sie und sah hinaus auf die riesige schwarze Pilzwolke, die sich über dem Raumhafen aufblähte. Die Schadensanzeige des *Marodeur II* meldete mit roten Leuchtpunkten die Stellen, an denen Trümmer in den Mech eingeschlagen waren. Loren schaute hinüber zu dem Platz, wo die Konsulargarde gestanden hatte. Er sah nur noch ein paar Haufen Schlacke, das einzige, was von den Garde-Mechs übriggeblieben war. Ganz in der Nähe sah er MacLeods schwarzverbrannten *Hurone* sitzen. Cat Stirlings *Großtitan* war irgendwie auf den Beinen geblieben und schwenkte die Waffen über die glühenden Trümmer, als bestünde die Gefahr, daß die Gardisten sich wie ein Phönix aus der Asche erhoben.

»Die Ehrenfrage ist geklärt«, stellte Mulvaney fest. »Habe ich gewonnen oder verloren?«

Jaffray legte den Arm um sie und zog sie an sich. »Das war ein Sieg.«

40

Vorraum des Thronsaals, Sian
Kommunalität Sian, Konföderation Capella

1. November 3057

»Mein Kanzler.« Oberst Hertzog neigte den Kopf. »Ich melde mich, wie befohlen.«

»Sagen Sie mir«, fragte Sun-Tzu, »was ist aus der Operation auf Northwind geworden? Ich würde gerne Ihre Meinung über die Ereignisse hören.« Der Kanzler nahm einen Schluck aus seinem Weinglas, während sich Hertzog ihm gegenüber niederließ.

Der Oberst der Todeskommandos hob den Kopf und sah dem Kanzler in die Augen. »Sir, wir wurden verraten! Major Jaffray schickte uns den Abbruchbefehl, als die Stirling's Fusiliers gerade zur Landung ansetzten. Das Timing war perfekt. Wir hätten die Davion- und Highlander-Truppen zusammen vernichten können. Statt dessen waren wir gezwungen, zur Basis zurückzukehren.«

»Major Jaffray hat die Highlanders verschont, obwohl er eine perfekte Gelegenheit hatte, sie zu vernichten. Wollen Sie mir das sagen, Oberst?«

»Leider ja, Sire.«

Sun-Tzu schien von dieser Information nicht überrascht, und auch der Wutausbruch, den Oberst Hertzog erwartet hatte, ließ auf sich warten. Er schien in Gedanken, damit beschäftigt, die Alternativen und Folgen abzuwägen. Seine Mutter Romano hätte zu diesem Zeitpunkt bereits ein Todesurteil gefällt gehabt. Aber ihr Sohn war anders, ganz anders.

»Und wie, meinen Sie, sollte ich als Kanzler darauf reagieren?«

Auf diese Frage war Hertzog nicht vorbereitet. »Einige meiner Offiziere haben um die Erlaubnis gebeten, nach Northwind zu fliegen und Loren Jaffray zu töten.«

Sun-Tzu Liao neigte den Kopf zur Seite und musterte den Kommandeur der Todeskommandos. »Sie finden also, er sollte sterben?«

»Jaffray hat seinen Eid auf Euch und die Konföderation gebrochen. Ein solches Verhalten kann nicht ungestraft bleiben. Wir haben ein derartiges Versagen in den Reihen der Kommandos immer auf diese Weise geahndet. Sein Tod wird langsam und qualvoll sein und eine klare Botschaft an unsere Leute und an unsere Feinde. Wer die Konföderation verrät, wer den Kanzler beschämt, wird zerquetscht.« Seine Stimme war erfüllt von demonstrativer Tapferkeit und Enthusiasmus. Sun-Tzu hegte keinen Zweifel, daß der Oberst es als persönliche Ehre ansehen würde, wenn er die Hinrichtung Major Jaffrays übernehmen dürfte.

»Spielen Sie Schach, Oberst Hertzog?« fragte der Kanzler unvermittelt.

»Sire?«

»Schach. Sie haben schon einmal gespielt?«

»Im Zuge der Ausbildung. Ich habe über hundert taktische und strategische Spiele gelernt. Ich kenne das Schachspiel. Ich bin sogar recht gut darin. Aber was hat das mit Jaffray zu tun, o Firmament der Weisheit?«

Sun-Tzu lächelte dünn und kniff die Augen zusammen wie eine Katze vor dem Sprung nach der Maus. »Loren Jaffray hat alle meine Erwartungen erfüllt.«

»Aber wir sollten die Northwind Highlanders vernichten, mein Kanzler. Ihre Regimenter sind trotz der Verluste, die sie erlitten haben, immer noch einsatzbereit. Sie werden in wenigen Monaten wieder volle Gefechtsstärke erreicht haben.«

»Sie übersehen das Wichtigste. Jaffrays Mission war es, die Highlanders zu neutralisieren und ihre Welt Victor Davion und dem Vereinigten Commonwealth zu entreißen. In dieser Hinsicht war er weit über das hinaus erfolgreich, was man sich hätte erhoffen dürfen.

Während wir uns hier noch unterhalten, beschließt die Highlander-Versammlung der Krieger Northwinds volle Unabhängigkeit. Und vergessen Sie nicht, Oberst, daß Loren Jaffray im Verlauf dieser Aktion eine Elite-Davion-Regimentskampfgruppe und einen NAIW-Kader vollkommen aufreiben konnte.«

»Er hat uns alle verraten, Sire. Weil Jaffray unseren Landebefehl widerrief, existieren die Highlanders weiter. Aus meiner Sicht ist er ein ebenso gemeiner Verräter wie Stefan Amaris oder Phelan Kell.«

Hertzogs wachsende Frustration ließ Sun-Tzu leise lachen. »Loren Jaffray hat getan, was er tun mußte, Oberst. Für ihn gab es keine andere Möglichkeit, auch wenn ich sicher bin, daß er das bis zum Schluß glaubte. Die Northwind Highlanders sind seine Familie. Er hätte sie ebensowenig verraten können, wie Sie oder ich uns freiwillig einen Arm abhacken würden. Die Highlanders sind ein Teil von ihm. Ich habe ihm die Möglichkeit geboten, die Mission abzubrechen, weil ich wußte, daß er sie gebrauchen würde. Wäre er mit anderen Vorzeichen gestartet, hätte er das Vertrauen der Highlanders niemals gewinnen können. So kam er aus freien Stücken zur gewünschten Lösung.«

»Ich verstehe nicht.«

»Schach, Oberst, es ist ein Schachspiel. Loren Jaffray war eine entbehrliche Figur, ein Bauer, wenn Sie so wollen. Ich hätte ihm befehlen können, so zu handeln, wie er es getan hat, aber dann wäre er nicht glaubwürdig gewesen. Indem ich ihm die freie Entscheidung über seine Aktionen gab, habe ich dafür gesorgt, daß er sich so verhält, wie ich es vorausgesehen hatte. Wahrscheinlich weiß er die Wahrheit bis heute nicht.«

»Aber die Highlanders ...«

»Sie haben überlebt, ich weiß. Das war ohne Bedeutung für mich, als ich diese Mission befahl. Ihre Existenz oder Nichtexistenz ist unwichtig. Ich habe einen großen Sieg errungen. Ein einzelner Mann hat Victor

Davion eine ganze Welt entrissen. Katrina Steiner hat ihren Anspruch auf den Planeten angemeldet. Ebenso wie ich. Aber das sind nur Worte, leere Reden von Hausfürsten. Jaffray hat dafür gesorgt, daß Northwind keinem der Welpen Hanse Davions gehorcht, und damit fällt der Planet mir in den Schoß. Und die Highlanders werden in absehbarer Zukunft nicht mehr für das Haus Davion arbeiten, schon gar nicht nach dem Angriff der 3. Royal Guards. Sie sind doch ein Militär. Sie müssen sich gefragt haben, warum ich mir solche Mühe wegen einer Welt wie Northwind mache – unmöglich zu unterstützen oder gar zu verteidigen, und dazu noch so nahe an der Kurita-Grenze. Jetzt sehen mich die Highlanders, dank Jaffray, als eine Art Verbündeten an, als jemanden, der ihr Recht auf Unabhängigkeit unterstützt.«

»Warum habt Ihr uns dann nach Northwind geschickt, wenn Ihr niemals geplant habt, die Highlanders zu vernichten, Sire?«

»Mißverstehen Sie mich nicht, Oberst. Hätte sich die Gelegenheit geboten, hätte ich die Highlanders zermalmt. Immerhin haben Sie unser Haus Liao einst verraten. Aber wie sich herausstellte, war eine solche Vorgehensweise nicht nötig.« Der Kanzler verzichtete auf das Wörtchen *noch*. Trotzdem hing es laut und deutlich im Raum.

»Und was ist mit Loren Jaffray, mein Kanzler? Was machen wir mit ihm?«

»Gar nichts. Sie werden nichts gegen ihn unternehmen. Er war eine Gewehrpatrone, Oberst Hertzog. Hätte er versagt, wäre ich um einen Mann ärmer gewesen. Durch seinen Erfolg hat er das Vereinigte Commonwealth vier seiner besten Regimenter und eine komplette Welt gekostet.« Sun-Tzu machte eine Pause, in der er die gesamte Affäre zu überdenken schien, und er wirkte höchst zufrieden.

»Meine Leute werden das nicht verstehen, Sire.«

»Ihre Leute werden meine Befehle befolgen. Sie werden Ihnen erklären, daß Major Loren Jaffray sich auf einer Sondermission befindet, einer ausgedehnten Sondermission. Er wird weiter als aktives Mitglied der Einheit geführt. Nur Sie und ich werden die Wahrheit wissen.«

»Wie Ihr wünscht, o Quell der Weisheit.«

»Und, Oberst…«

»Ja, Sire?«

»Bitten Sie meinen Sekretär, einen Termin für eine Schachpartie zwischen uns festzulegen.«

Oberst Hertzog nickte, stand mit einer tiefen Verbeugung auf und verließ langsam rückwärts den Raum. Als sich die Tür hinter ihm geschlossen hatte, konnte Sun-Tzu sein breites Grinsen über diesen Erfolg nicht länger unterdrücken. Er zog eine Schreibtischschublade auf und nahm einen Stapel Holographien heraus. Eines der Bilder zeigte einen Mann, dessen Züge stark seinen eigenen ähnelten. Dieselben Augen und hohen Wangenknochen. Es war das Gesicht seines Großvaters, Maximilian Liao. Sun-Tzu stellte das Bild vor sich auf und sah tief in die Augen seines Großvaters, die seinen Blick zu erwidern schienen.

»Fast dreihundert Jahre haben wir versucht, Northwind vom Haus Davion zurückzuerobern, Großvater. Und dann wurdest du grausam verraten, als Hanse Davion die Highlanders aus deinen Diensten gelockt hat. Als sie abzogen, gingen uns Dutzende Systeme verloren. Wir haben den Krieg und die Hälfte unseres Gebiets verloren. Ich konnte dieses Unrecht wiedergutmachen. Die Systeme der Mark Sarna – *unsere* Systeme – gehören nicht länger den verräterischen Davions. Und ich habe ihnen ein mächtiges Symbol entrissen, den Planeten Northwind und seine Highlanders. Was Armeen von BattleMechs und militärisches Denken nicht vollbringen konnten, habe ich mit einem einzelnen Mann erreicht.« Mit einer einzigen, schnellen Aktion hatte er die Welt auch Katrina Steiner vorenthalten. Gekostet hatte es nur die Ehre eines Mannes. Das war für den Kanzler der Konföderation Capella ein geringer Preis. Sun-Tzu Liao legte das Bild hin und nahm einen weiteren Schluck von seinen köstlichen Foochow-Wein. Er schmeckte süß, so süß wie der Sieg.

»Ruhe sanft, Großvater, wo immer du jetzt bist. Das war erst der Anfang ...«

41

Das Fort, Tara, Northwind
Mark Draconis, Vereinigtes Commonwealth

6. November 3057

Loren sah mit gelangweilter Miene zu, wie die Techs einen weiteren BattleMech in das Fort rollten. Die Tage nach Catellis Tod waren hektisch und chaotisch gewesen. In dieser Nacht hatte er zum erstenmal seit zwei Wochen Zeit zum Ausschlafen gefunden. Das konnte ihn zwar körperlich erfrischen, emotional blieb er jedoch ausgelaugt. Er fühlte sich leer, hatte das Verlangen, etwas tun zu können. Aber er konnte nur noch warten. Er hatte die Ankunft der 2. Kearny Highlanders beobachtet und sich an der prunkvollen Parade der Einheit durch Tara erfreut. Nach dem Ende der Kämpfe blieb Loren schmerzhaft untätig.

Das einzige, was er an dem ganzen Feldzug bedauerte, war, daß er die Schlacht um Tara hatte aussitzen müssen, statt einen BattleMech in die Schlacht führen zu können. Die Vernichtung Catellis und der Konsulargarde war noch nicht das Ende der Kämpfe gewesen. Marschall Bradford hatte die Stirling's Fusiliers in der Stadt fast vollständig eingekesselt, als auf dem Höhepunkt der Kampfhandlungen erbitterte Straßenkämpfe um jedes einzelne Haus tobten. Erst die Rückkehr von MacLeods Luft/Raumjägern und ihr Eingreifen an der Seite von Stirlings Maschinen brachte die Offensive der Royals zum Stehen und lieferte den Fusiliers die verzweifelt benötigte Luftüberlegenheit.

Die Davion-Kräfte versuchten, nach Süden aus der Stadt zu fliehen und hatten es fast geschafft, als Major Huff mit mehreren Kompanien von den MacLeod's Highlanders eintraf. Huff war weit in der Unterzahl, aber er nutzte sein Wissen um die Moore gegen die

Royals aus. Während Huff die Davions in den Sümpfen band, schlugen Oberst Stirling und ihre berüchtigten Red Kilsyth Guards aus dem Rücken des Gegners zu. Huffs Mech wurde bei den Kämpfen so schwer beschädigt, daß die Techs und MedTechs nach der Schlacht eine volle Stunde brauchten, um ihn aus dem Cockpit zu befreien. Angesichts der Verluste seiner Truppen hielten die meisten es für einen Glücksfall, daß er überhaupt überlebt hatte.

Stirlings Stellvertreter hatte weniger Glück gehabt. Berichten zufolge war Major MacFranklin von NAIW-Kröten überfallen worden und hatte den Tod gefunden, als die Bordmunition detonierte und den Kopf seines Mechs vom Rumpf riß. Loren war selbst auf dem Schlachtfeld gewesen und hatte bei der Bergung der Überlebenden geholfen. Den Anblick, der sich ihm im Innern des abgetrennten Mechkopfes geboten hatte, würde er nie vergessen können: die verkohlte Gestalt des Majors schien, mit seinem verbrannten Pilotensitz verschmolzen, erstarrt in einem ewigen Entsetzensschrei.

Marschall Bradford und die Überreste seiner Einheit waren nach Westen durchgebrochen, verfolgt von MacLeod und einer Handvoll überlebender Mechs, Panzer und Infanteristen. Die Infanteristen der Alten Regimentsgarde und 1. Gurkhas lauerten Bradford in einem Hinterhalt auf und hielten ihn in einem stillgelegten Fabrikkomplex unter Beschuß, bis seine Mechs kurz vor der Verschrottung standen. Soweit Jake Fuller es berichtet hatte, saß der Marschall seit seiner Kapitulation in den Verliesen des Forts ein. Bei den meisten Highlandern fielen seine Behauptungen, daß Drew Catelli hinter den Vorgängen rund um die Invasion steckte, auf taube Ohren. Es hatte Gerüchte über ein Tribunal gegeben, aber die meisten waren sich darin einig, daß es im Interesse der Highlanders lag, Bradford und seine Offiziere einfach in Schimpf und Schande nach New Avalon zurückzujagen.

Lorens Freunde hatten sich dagegen gut geschlagen. Frutcheys Ansehen als junger Offizier war erheblich gestiegen. Loren hatte ihn beobachtet, wie er in der Messe ergriffen lauschenden jungen Highlandern von seinen Erlebnissen berichtete. Carey hatte bei den Kämpfen ihren Mech verloren, aber sie stand ganz oben auf der Ersatzliste und war für ihre Leistungen befördert worden. Jake Fuller hatte seine Beförderung zum Hauptmann in der Tasche, wenn auch sein *Dunkelfalke* die Schlacht im Friedenspark nicht überlebt hatte. Loren war stolz darauf, sie alle zu kennen, und insgeheim hoffte er, eines Tages eine neue Chance zu erhalten, neben ihnen zu kämpfen.

Mit der Ankunft Cat Stirlings war eine beschlußfähige Mehrheit für die Versammlung der Krieger gegeben, und seit einer Woche wurden in der Halle der Krieger lange Debatten hinter verschlossenen Türen geführt. Die Lokalnachrichten behandelten das Thema schwerpunktmäßig, und die öffentliche Meinung entwickelte sich immer mehr in Richtung einer vollständigen Unabhängigkeit Northwinds. Loren betrachtete das als gute Nachricht, aber sie reichte nicht aus, seine gedrückte Stimmung zu heben.

Andere Umfragen ergaben ein gespaltenes Verhältnis zu den Rollen Mulvaneys und selbst MacLeods bei den Kämpfen. Einige der lautstärkeren Kritiker verlangten, einen von ihnen, wenn nicht sogar alle beide, vor Gericht zu stellen, auch wenn sie sich mit konkreten Anklagepunkten schwertaten. Immerhin hatten die Northwind Highlanders gesiegt. Und für die Öffentlichkeit war das wohl der wichtigste Punkt. Es überraschte niemanden, daß von den Davion-Loyalisten, die einen Monat zuvor noch vor den Toren des Forts protestiert hatten, nach dem Highlander-Sieg kaum noch etwas zu sehen war.

Loren drehte sich um und ging am Rand des Paradeplatzes entlang zum *Pub*. Er war erst kurz auf Northwind, aber ihm erschien es wie ein ganzes Leben. Er hatte an einem ausgewachsenen Bürgerkrieg teilgenommen und erlebt, wie Northwind seine jahrzehntealten Bindungen an das Vereinigte Commonwealth zertrennte. Wie auch immer die Abstimmung ausging, Northwind würde nie wieder so sein wie früher.

Und Loren Jaffray auch nicht.

Er beobachtete eine leichte Mechlanze, die sich am anderen Ende des Platzes zur Inspektion aufstellte, und dachte über seine Entscheidung nach. Kanzler Sun-Tzu Liao hatte ihm die Autorität übertragen, die Vernichtung der Highlanders einzuleiten oder abzuwehren. Auf Krin hatte ihm der Kanzler befohlen, wenn nötig auch seine persönliche Ehre zu opfern. *Und es war gut, daß er es getan hat. Ich habe sie geopfert. Ich habe die Highlanders gerettet. Ich bezweifle, daß er mit diesem Ergebnis gerechnet hat.*

Bis zu dem Kampf im Friedenspark hatte selbst Loren nicht gewußt, wie er sich entscheiden würde. Er hatte zwei Disketten mit Einsatzbefehlen mitgenommen, eine für jede Option. Aber nachdem er an der Seite dieser Menschen gekämpft, unter ihnen gelebt, einige von ihnen sterben gesehen hatte, war Loren nicht fähig dazu gewesen, sie zu verraten. Es hätte ihn innerlich zerbrochen und das Angedenken seines Großvaters faktisch vernichtet. Und Loren war sich sicher, es hätte auch ihn zu einem herzlosen Killer wie Catelli werden lassen.

Ich habe den Geist des Befehls befolgt. Die Highlanders waren neutralisiert, und Northwind ist nicht länger Teil des Vereinigten Commonwealth – jedenfalls nicht mehr so wie vorher. Aber durch meine Entscheidung stehe ich allein. Ich kann nicht in die Konföderation Capella zurückkehren. Meine früheren Kameraden würden mich auf der Stelle töten. Ich habe meinen Bluteid auf den Kanzler gebrochen. Jetzt bin ich ein Entrechteter. Kein Mech, keine Einheit, ich habe gar nichts.

Manche Menschen hätte ein solcher Verlust eines jeden Halts zu emotionalen Krüppeln werden lassen. Aber nicht Loren. Er hatte schon vorher Verluste tragen gelernt. Seine Mutter war gestorben, als er noch ein Kind war, sein Vater verschwunden, und schließlich hatte ihn auch noch sein Großvater verlassen. Was er an persönlichem Besitz besessen hatte, machte nicht viel her. Obwohl er praktisch nichts mehr sein eigen nennen konnte, fühlte er sich ausgefüllt. *Was auch in Zukunft geschieht, ich weiß, daß ich richtig gehandelt habe.* Das Wissen um den Unterschied zwischen Richtig und Falsch, und das Wissen, daß er die richtige Entscheidung getroffen hatte, machten es ihm leichter, mit dem Leben und seiner Wahl fertigzuwerden.

Loren trat in den dunklen Schankraum des *Pubs* und arbeitete sich langsam zu einer Nische an der Rückwand durch. »Lad, du solltest nicht so dumm sein«, meinte Mr. Pluncket und stellte einen Krug mit bernsteinfarbenem Northwind Ale vor ihm ab. Loren hatte mit Freuden gehört, daß er der Konsulargarde entkommen war und es rechtzeitig zum Ende der Kämpfe zu Fuß zurück nach Tara geschafft hatte. Die Geschichte von seinen Erlebnissen hatte bereits die Runde im Befehlsstab der Highlanders gemacht, und er entwickelte sich schnell zu einer Art lebender Legende… eine Rolle, der er sich nicht widersetzte.

Loren verspürte den Drang, Pluncket zu erzählen, was er getan hatte. Es schmerzte ihn, es geheimhalten zu müssen, mit niemandem darüber reden zu können. Aber wenn es jemals bekannt wurde, würde er nicht einmal im *Pub* sicher sein. Nein, dieses Geheimnis würde er niemals teilen können.

Er nahm einen langen, durstigen Schluck. »Ich kehre nicht zu den Todeskommandos zurück«, stellte er fest und setzte den Krug ab. »Irgendwie habe ich das Gefühl, daß ich nicht mehr dorthin gehöre.« Es steckte ebensoviel Lüge wie Wahrheit in diesem Satz.

Fünf Personen betraten den *Pub* und kamen an Lorens Nische, bevor der alte Unteroffizier antworten konnte. Pluncket nahm Haltung an und entfernte sich ohne ein Wort. Loren sah hoch, und beim Anblick Oberst William MacLeods trat ein Lächeln auf sein Gesicht. Er sprang auf und streckte die Hand aus. Der Oberst schüttelte sie fest und warm. »Dürfen wir Ihnen Gesellschaft leisten, Loren?«

Eines der übrigen vier Gesichter kannte er bereits, das von Chastity Mulvaney. Sie begegnete Lorens Blick nur kurz, als er von einem der Neuankömmlinge zum nächsten schaute. MacLeod hielt die Vorstellung kurz. »Oberst Stirling, Major Senn, Oberst Cochraine. Meine Stellvertreterin kennen Sie bereits.« Loren fühlte sich geehrt. Diese Männer und Frauen waren die Führer der vier Regimenter der Northwind Highlanders. Mehr noch, sie waren die Führer des Volks von Northwind.

Rechts neben MacLeod saß Andrea ›Cat‹ Stirling. Ihr langes, dunkles Haar umrahmte ein schmales Gesicht. Selbst im schwachen Licht der Bar konnte Loren das Grün ihrer Augen erkennen. Anscheinend stimmte es, was er Tage zuvor gehört hatte: Oberst Senn war noch nicht auf Northwind eingetroffen, aber er hatte seinen Sohn, Major David Lee Senn, an seiner Stelle vorausgeschickt. Der junge Mann wirkte zwischen den kampferprobten Obristen des Befehlsstabes beinahe deplaziert. Der dritte hochrangige Offizier war Oberst James Cochraine. Sein wettergegerbtes, zerfurchtes Gesicht erweckte Respekt und Aufmerksamkeit.

Loren deutete auf den Tisch und unterdrückte seine Anwallung von Ehrfurcht und Respekt. Die Regimentsführer nahmen nacheinander Platz. Loren saß zwischen Stirling und MacLeod, zwei entgegengesetzten Extremen. »Es ist mir eine Ehre, Sie kennenzulernen«, meinte er.

»Hier brauchen Sie nicht förmlich zu sein, Major

Jaffray.« Cat Stirling stützte die Ellbogen auf den Tisch und stieß ihn an. »Bill hier hat uns alles über Ihre Taten auf *dem* Northwind erzählt.«

»In schmerzhafter Ausführlichkeit, möchte ich hinzufügen«, stellte Oberst Cochraine fest, dessen Sarkasmus einen seltsamen Kontrast zu seiner ernsten Miene darstellte.

»Soviel ich gehört habe«, erklärte Major Senn, »haben Sie sich als ausgezeichneter MechKrieger erwiesen. Und nachdem ich einige Gefechts-ROMs betrachtet habe, muß ich sagen, Oberst MacLeods Lob ist nicht übertrieben.«

»Danke«, antwortete Loren.

»Genug geschwätzt, Laddie«, griff MacLeod in das Gespräch ein. »Wir haben einen Grund, Sie aufzusuchen.«

»Abgesehen von dem Wunsch, aus einer geisttötend langweiligen Versammlungsdebatte zu fliehen«, setzte Oberst Stirling hinzu.

»Oberst Stirling und ich haben in den jüngsten Gefechten eine Reihe erfahrener MechKrieger verloren. Wir werden unsere Truppen wieder aufbauen müssen. Und wo wir schon einmal dabei sind, auch gleich die Bataillone und Befehlsstruktur neu ordnen. Ich weiß, Sie sind auf Vorschlag Ihres Kanzlers hergekommen und immer noch aktives Mitglied der Todeskommandos. Aber Sie sind durch Ihre Abstammung an die Highlanders gebunden. Und um ganz ehrlich zu sein, Loren: Wir brauchen Leute wie Sie. Frisches Blut, mit einer Ausbildung und Erfahrung von außerhalb unserer Einheit. Ich, wir, möchten Sie bitten, sich zu überlegen, ob Sie Ihre Position im Capellanischen Heer nicht aufgeben und zu uns kommen wollen.« MacLeods Stimme war bewegt.

»Als Highlander?«

»Allerdings«, stellte Chastity Mulvaney fest. »Sie haben mehr als nur bewiesen, daß Sie ein Highlander sind.«

Loren war sprachlos. Er konnte sich vorstellen, wie schwer es ihr gefallen war, das zu sagen. Jetzt wußte er ein für allemal, daß er ihren Respekt erworben hatte.

Er schüttelte verwirrt den Kopf. »Ich war gerade dabei, mir den Mut für die Frage anzutrinken, ob Sie irgendwo einen Platz für mich haben, und jetzt kommen Sie und bieten ihn mir an. Nachdem ich an Ihrer Seite gekämpft habe, weiß ich, daß ich hier etwas gefunden habe, was mir lange Jahre gefehlt hat.« *Das Gefühl, dazuzugehören. Die Highlanders sind meine Familie. Ich dachte, ich hätte keine mehr. Ich hatte nur noch Erinnerungen. Ich führte Befehle aus, aber nie aus Überzeugung. Die Highlanders sind mein Leben. Abgesehen davon erwartet mich zu Hause nur die Hinrichtung von der Hand meiner ehemaligen Kameraden.*

»Ausgezeichnet«, stellte MacLeod fest. »Die Position, die wir im Auge haben, ist allerdings ziemlich schwierig. Natürlich würden Sie Ihren Rang behalten, aber ich muß Sie warnen, daß Sie unter einer Offizierin arbeiten müßten, die als hitzköpfig berüchtigt ist. Sie ist bekannt dafür, Befehle zu ignorieren und gilt als unberechenbar. Keiner unserer Offiziere reißt sich um diesen Posten.«

Loren warf Mulvaney einen schnellen Blick zu. Aber sie lächelte und schüttelte den Kopf, während sie neben ihn deutete. Loren drehte sich um und sah Cat Stirling, die ihn herausfordernd ansah. »Als mein Stellvertreter dürfen Sie sich auf interessante Zeiten freuen«, meinte sie und legte ein Abzeichen der Kilsyth Guard vor ihm auf den Tisch. »Außerdem möchte ich herausfinden, wie sie sich außerhalb von Bills Einflußbereich machen.«

Loren lachte und erhaschte MacLeods Blick. *Sie bieten mir etwas äußerst Wertvolles an. Kein Geld, sondern Lebensqualität. Das wäre das erstemal, daß ich für Loren Jaffray kämpfe, und nicht für eine anderen Mann oder eine Nation.*

Es gibt nichts im Leben, was ich lieber täte. »Ich nehme Ihr großzügiges Angebot an.«

Loren Jaffray wußte, was auch geschehen mochte, er war zu Hause. Und nach dreißig Jahren des Exils nahm der Clan Jaffray wieder seinen rechtmäßigen Platz in den Reihen der Northwind Highlanders ein.

EPILOG

Prinzenpalais, Avalon City, New Avalon
Mark Crucis, Vereinigtes Commonwealth

1. Januar 3058

Jerrard Cranston goß sich noch ein Glas Brandy ein und nahm gegenüber von Prinz Victor Steiner-Davion, seinem Freund und Herrscher, Platz. »Die Lage ist interessanter, als irgend jemand hätte erwarten können«, meinte er und beugte sich vor, um auch dem müden Prinzen nachzuschenken. »Wir haben mehrere Berichte durchzugehen.«

Victor Davions Miene war ungeachtet der Festtagsstimmung in Stadt und Palast düster. Die ganze Last der Regierung hinterließ ihre Spuren bei dem jungen Prinzen. Er lehnte sich zurück in seinen Sessel, öffnete die lose Jacke der Ausgehuniform ein Stück weiter und trat die Sporen von den Stiefeln. »Ich nehme an, nichts davon kann bis morgen warten.«

»Vielleicht«, meinte Cox schüchtern, und studierte nach einem kurzen Blick zu Victor angestrengt seinen Cognacschwenker. »Aber sie betreffen Sun-Tzu und die Geschehnisse auf Northwind. Ich denke, wir sollten sie wenigstens besprechen.«

Victor zuckte zusammen, als er Sun-Tzu Liaos Namen hörte, und nahm einen tiefen Schluck Brandy. »Jerry, bitte, nicht noch einen Bericht mit schlechten Nachrichten«, sagte er mit müder, angespannter Stimme. Jerrard Cranston verstand genau, was er meinte. Die letzten Monate waren für das Vereinigte Commonwealth alles andere als günstig verlaufen. Victors Schwester Katherine hatte das einst mächtige Reich gespalten. Sie hatte ihrer Hälfte des Staates den Namen

Lyranische Allianz gegeben und sich geweigert, Victor zu helfen, als Liao und Marik zeitgleich in die Mark Sarna eingefallen waren. Mit dieser Invasion hatten sie fast alle Systeme zurückerobert, die Victors Vater vor fast dreißig Jahren im 4. Nachfolgekrieg erbeutet hatte. Was bis vor kurzem noch als Mark Sarna eine Provinz des Vereinigten Commonwealth gewesen war, hieß heute nur noch ›die Chaos-Marken‹. Liao hatte einige Systeme erobert, Marik alle Welten zurückerlangt, die er im 4. Krieg verloren hatte, und andere Welten der Mark hatten ihre Unabhängigkeit erklärt. Jetzt saß Victor am selben Schreibtisch, an dem vor Jahrzehnten die Eroberung geplant worden war, und mußte zusehen, wie sich der Traum seines Vaters in Luft auflöste.

Cranston hob das Glas wie zu einem Trinkspruch, dann nahm er ebenfalls einen langen Schluck. »Es sind weniger Nachrichten als Neuankömmlinge. Ich habe gerade gehört, daß Marschall Bradford und sein Adjutant im System eingetroffen sind. Laut der Mitteilung, die wir von Oberst MacLeod erhielten, haben sich die Highlanders entschlossen, ihn nicht vor Gericht zu stellen, sondern als Geste guten Willens an uns zu übergeben. Er kam an Bord eines langsamen kommerziellen Sprungtransporters und befindet sich jetzt an Bord eines Landungsschiffes im Anflug auf New Avalon. Er wird in etwa einer Woche eintreffen. Er hat um eine Audienz gebeten.«

Victor schüttelte frustriert den Kopf. »Northwind... was könnte dieser Idiot mir darüber schon erzählen? Er und dieser dreimal verfluchte MGUO-Agent... wie hieß er?«

»Catelli, Sir«, meinte Cranston leise. Er hörte die kaum kontrollierte Wut aus der Stimme des Prinzen wohl heraus.

»Ja, Catelli. Die beiden haben diese kleine Operation mit dem Ziel, die Highlanders zu zerschlagen ohne jede Genehmigung ausgebrütet. Ich habe ihn nicht zum

Northwind geschickt, um die Highlanders zu besiegen. Ich habe ihn hingeschickt, damit er für Ordnung sorgt. Nur ein Schwachsinniger käme auf die Idee, die Highlander-Familien als Geiseln zu nehmen und ihre Regimenter auslöschen zu wollen. Verflucht noch einmal, wir hatten diese Truppen nötig, um den Terranischen Korridor intakt zu halten. Jetzt erklärt sich Northwind für unabhängig, und mit allen vier Regimentern im System kann ich mir auf lange Zeit den bloßen Gedanken abschminken, diese Welt wieder zu beanspruchen.«

»Den Berichten zufolge, die ich von unserem zweiten Agenten auf Northwind, Lepeta, erhalten habe, scheint dieser Catelli auf eigene Rechnung agiert zu haben. Sicher werden wir das aber wahrscheinlich nie wissen, denn beide sind spurlos verschwunden, und die Highlanders schweigen sich darüber aus, was aus ihnen geworden ist.«

Victor war unbeeindruckt. »Diese Schwachköpfe haben mich Northwind gekostet. Was mein Vater erobert hat, verliere ich durch die Machtträume größenwahnsinniger Winzlinge. Der Marschall soll sich in seinem Quartier einfinden und sich bis auf weiteres als unter Hausarrest stehend betrachten. Das Allerletzte, was ich bei diesem Tumult brauchte, war ein machtgeiler Truppenkommandeur, der einen Plan ausheckt, wie er seinen Einfluß und seine Karriere fördern kann. Er soll ein paar Monate schmoren und darüber nachdenken, was er sich geleistet hat. Er kann froh sein, daß ich ihn nicht wegen Insubordination vor ein Kriegsgericht bringe.«

»Ich werde den Befehl weiterleiten. Aber ich muß zugeben, ich bin schockiert.«

»Worüber, Jerry?«

»Der Victor Davion, den ich vor ein paar Jahren kannte, hätte ihm den Befehl entzogen und ihn öffentlich bloßgestellt.«

Victor Davion sah auf die elektronische Karte auf der Schreibtischfläche. Das ehemalige Vereinigte Commonwealth war zweigeteilt. Die Systeme, die ihre Unabhängigkeit ausgerufen hatten, leuchteten gelb. Northwind gehörte dazu.

»Wenn du jetzt sagst, ich sei weich geworden, muß ich mir auch einen neuen Geheimdienstberater suchen.«

»Nein, das nicht. Aber Sie sind reifer geworden.«

Der Prinz sah sich in dem Büro um, das früher seinem Vater gehört hatte, und hob die Arme. »Das ist der Einfluß dieses Raums, und der Ereignisse in den letzten drei Jahren. Harrison Bradford ist ein guter Kommandeur, er ist nur zu gierig geworden. Irgendwann in der Zukunft könnte ich ihn wieder brauchen. Und dann kann er seine Schuld mir und dem Haus Davion gegenüber abzahlen.«

»Verstehe.«

»Gut. Noch was?«

»Bleibt die Sache mit Sun-Tzu. Heute ist ein Päckchen für Sie angekommen. Es kam als Diplomatenpost aus der Konföderation Capella. Wir haben es gründlich durchleuchtet, es scheint harmlos. Adressiert ist es an Sie persönlich, von Sun-Tzu Liao.«

Die Erwähnung des capellanischen Kanzlers ließ Victors Miene noch düsterer werden. Galen stellte das Päckchen auf den Tisch, und der Prinz öffnete es. Ein Stapel Porzellanteller kam zum Vorschein. Auf dem obersten Teller lagen ein Zettel, zwei Epauletten und zwei Einheitsabzeichen.

»Am Tag der Hochzeit Ihrer Eltern ließ Ihr Vater beim Empfang Geschirr wie dieses auftragen.« Cranston betrachtete die Teller. Jeder von ihnen trug das Wappen und den Namen einer Welt der Inneren Sphäre. »Eines muß man Sun-Tzu lassen«, stellte er fest. »Er ist reichlich dreist, so ein Geschenk zu schicken.«

»Inwiefern?«

Galen deutete auf Motive der Teller. »Jeder dieser

Teller steht für eine Welt, die uns Sun-Tzu in diesem Krieg abgenommen hat, oder die wir an Thomas Marik verloren haben.« Er zeigte Victor zwei der Teller, auf denen Liao und Wazan verewigt waren. Der oberste Teller trug den Namen Northwind.

Victor nahm den Teller aus der Hand seines Geheimdienstberaters und betrachtete die Epauletten und die an ihnen befestigten Einheitsabzeichen. Eine gehörte Marschall Bradford – die Insignien zeigten die goldene Klapperschlange der 3. Royal Davion Guards RKG. Die zweite Epaulette war die eines Kommandanten, und das Abzeichen war das des 2. NAIW-Ausbildungskaders. Stumme Zeugen für Sun-Tzus Beitrag zum Verlust Northwinds.

Victors Gesicht lief rot an. Dann las er den Zettel vor.

»Nun, da Northwind eine freie Welt ist, möchte ich Ihnen versichern, daß die Konföderation Capella diese Unabhängigkeit nicht nur anerkennt, sondern mithelfen wird, sie zu verteidigen, sollten Sie das Recht seiner Bevölkerung auf Selbstbestimmung je in Frage stellen. Diese Teller repräsentieren die Mark Sarna und Ihre früheren Besitztümer dort. Ich schicke Ihnen die Teller für die Planeten, die bereits in meinem Besitz sind. Ich verspreche Ihnen, im Verlauf der nächsten Jahre werden Sie auch den Rest des Sets erhalten, den Rest der Welten der Inneren Sphäre, die ich einnehmen werde. Die Illusion eines Sternenbunds unter dem Daumen eines Steiner-Davion ist zerbrochen. Die Zukunft gehört mir. Sun-Tzu Liao.«

Victor packte die Marschallsepaulette und ballte die Faust. Er ignorierte die Metalldornen, die sich in sein Fleisch bohrten. Ein Blutstropfen fiel auf die Schreibtischkarte.

»Wir müssen wachsam sein, Jerry«, meinte er und beobachtete, wie das Blut über die Welten zerlief, die ihm noch gehörten. »Er könnte Erfolg haben …«

ANHANG

Glossar

BattleMech-Typen

GLOSSAR

Autokanone: Eine automatische Schnellfeuerkanone. Leichte Fahrzeugkanonen haben Kaliber zwischen 30 und 90 mm, während eine schwere Mechautokanone ein Kaliber von 80 bis 120 mm oder mehr besitzen kann. Die Waffe feuert in schneller Folge panzerbrechende Hochexplosivgranaten ab.

Bataillon: Ein Bataillon ist eine militärische Organisationseinheit der Inneren Sphäre, die in der Regel aus drei Kompanien besteht.

BattleMech: BattleMechs sind die gewaltigsten Kriegsmaschinen, die je von Menschen erbaut wurden. Diese riesigen humanoiden Panzerfahrzeuge wurden ursprünglich vor über 500 Jahren von terranischen Wissenschaftlern und Technikern entwickelt. Sie sind schneller und manövrierfähiger in jedem Gelände, besser gepanzert und schwerer bewaffnet als jeder Panzer des 20. Jahrhunderts. Sie ragen zehn bis zwölf Meter hoch auf und sind bestückt mit Partikelprojektorkanonen, Lasergeschützen, Schnellfeuer-Autokanonen und Raketenlafetten. Ihre Feuerkraft reicht aus, jeden Gegner mit Ausnahme eines anderen BattleMechs niederzumachen. Ein kleiner Fusionsreaktor liefert ihnen nahezu unbegrenzt Energie. BattleMechs können den verschiedensten Umweltbedingungen von glühender Wüstenei bis zu arktischer Eiswüste angepaßt werden.

ComStar: Das interstellare Kommunikationsnetz ComStar wurde von Jerome Blake entwickelt, der in den letzten Jahren des Sternenbunds das Amt des Kommunikationsministers innehatte. Nach dem Zusammenbruch des Bundes eroberte Blake Terra und organisierte die Überreste des Sternenbund-Kommunikationsnetzes in eine Privatorganisation um, die ihre Dienste mit Profit an die fünf Häuser weiterverkaufte. Seitdem hat sich ComStar zu einem mächtigen Geheimbund entwickelt, der sich jahrhundertelang in Mystizismus und Rituale hüllte, bis es nach der Entscheidungsschlacht gegen die Clans auf Tukayyid unter Prima Sharilar Mori und Präzentor Martialum Anastasius Focht zur Reformation des Ordens und zur Abspaltung der erzkonservativen Organisation Blakes Wort kam.

Gaussgeschütz: Ein Gaussgeschütz benutzt eine Reihe von Elektromagneten, um ein Projektil durch den Geschützlauf in Richtung des Ziels zu beschleunigen. Obwohl sein Einsatz mit enormem Energieaufwand verbunden ist, erzeugt das Gaussgeschütz nur sehr wenig Abwärme, und die erreichbare Mündungsgeschwindigkeit liegt doppelt so hoch wie bei einer konventionellen Kanone.

Kompanie: Eine Kompanie ist eine militärische Organisationseinheit der Inneren Sphäre, die aus drei BattleMech-Lanzen oder bei Infanteriekompanien aus drei Zügen mit insgesamt 50 bis 100 Mann besteht.

Kröten: Die in der freien Inneren Sphäre übliche Bezeichnung für die mit Kampfanzügen ausgerüstete Eliteinfanterie, eine zuerst bei den Clans entwickelte Waffengattung. Diese sogenannten Elementare der Clans sind wahre Riesen, die speziell für den Einsatz der von den Clans entwickelten Rüstungen gezüchtet werden. Die freie Innere Sphäre ist bei der Entwicklung ähnlicher Gefechtsanzüge deutlich im Hintertreffen, nicht zuletzt, da als Träger dieser Anzüge nur normale Menschen zur Verfügung stehen.

KSR: Abkürzung für ›Kurzstreckenrakete‹. Es handelt sich um ungelenkte Raketen mit hochexplosiven oder panzerbrechenden Sprengköpfen.

Landungsschiffe: Da Sprungschiffe die inneren Bereiche eines Sonnensystems generell meiden müssen und sich dadurch in erheblicher Entfernung von den bewohnten Planeten einer Sonne aufhalten, setzt man für interplanetarische Flüge Landungsschiffe ein. Diese werden während des Sprungs an die Antriebsspindel des Sprungschiffes gekoppelt. Landungsschiffe besitzen selbst keinen Überlichtantrieb, sind jedoch sehr beweglich, gut bewaffnet und aerodynamisch genug, um auf

Planeten mit einer Atmosphäre aufzusetzen bzw. von dort aus zu starten. Die Reise vom Sprungpunkt zu den bewohnten Planeten eines Systems dauert je nach Spektralklasse der Sonne mehrere Tage oder Wochen.

Lanze: Eine Lanze ist eine militärische Organisationseinheit der Inneren Sphäre, die in der Regel aus vier BattleMechs besteht.

Laser: Ein Akronym für ›Light Amplification through Stimulated Emission of Radiation‹ oder Lichtverstärkung durch stimulierte Strahlungsemission. Als Waffe funktioniert ein Laser, indem er extreme Hitze auf einen minimalen Bereich konzentriert. BattleMechlaser gibt es in drei Größenklassen: leicht, mittelschwer und schwer. Laser sind auch als tragbare Infanteriewaffen verfügbar, die über einen als Tornister getragenen Energiespeicher betrieben werden. Manche Entfernungsmeßgeräte und Zielerfassungssensoren bedienen sich ebenfalls schwacher Laserstrahlen.

LSR: Abkürzung für ›Langstreckenrakete‹, zum indirekten Beschuß entwickelte Raketen mit hochexplosiven Gefechtsköpfen.

Nachfolgerfürsten: Die fünf Nachfolgerstaaten werden von Familien regiert, die ihre Herkunft von einem der ursprünglichen Lordräte des Sternenbunds ableiten. Alle fünf Hausfürsten erheben Anspruch auf den Titel des Ersten Lords. Sie kämpfen seit Ausbruch der Nachfolgekriege im Jahre 2786 gegeneinander. Ihr Schlachtfeld ist die riesige Innere Sphäre, bestehend aus sämtlichen einstmals von den Mitgliedsstaaten des Sternenbunds besetzten Sonnensystemen.

Nachfolgerstaaten: Nach dem Zerfall des Sternenbunds wurden die Reiche der Mitglieder des Hohen Rats, die sämtlich Anspruch auf die Nachfolge des Ersten Lords erhoben, unter dem Namen Nachfolgerstaaten bekannt. Die Nachfolgerstaaten bestehen aus ursprünglich fünf und derzeit noch vier Herrscherhäusern: Haus Kurita (Draconis-Kombinat), Haus Liao (Konföderation Capella), Haus Steiner-Davion (Vereinigtes Commonwealth) und Haus Marik (Liga Freier Welten). Die Clan-

Invasion unterbrach die Jahrhunderte des Krieges seit 2786 – die Nachfolgekriege – einstweilen. Die Nachfolgerfürsten setzten ihre Streitigkeiten aus, um der Bedrohung durch den gemeinsamen Feind, die Clans, zu begegnen. Die trügerische Ruhe seit Abschluß des Waffenstillstands von Tukayyid hat diese Solidarität jedoch inzwischen sehr brüchig werden lassen, und im Jahre 3057 brechen die Kämpfe innerhalb der freien Inneren Sphäre wieder aus.

Peripherie: Jenseits der Grenzen der Inneren Sphäre liegt die Peripherie, das weite Reich bekannter und unbekannter Systeme, das sich bis in die interstellare Nacht hineinerstreckt. Die einstigen terranischen Kolonien in der Peripherie wurden durch den Zerfall des Sternenbundes technologisch, wirtschaftlich und politisch verwüstet. Derzeit ist die Peripherie größtenteils Zufluchtsort für Banditenkönige, Raumpiraten und Ausgestoßene.

PPK: Abkürzung für ›Partikelprojektorkanone‹, einen magnetischen Teilchenbeschleuniger in Waffenform, der hochenergiegeladene Protonen- oder Ionenblitze verschießt und durch deren Aufschlagskraft und hohe Temperatur großen Schaden anrichtet. PPKs gehören zu den effektivsten Waffen eines BattleMechs.

Regiment: Ein Regiment ist eine militärische Organisationseinheit der Inneren Sphäre und besteht aus zwei bis vier Bataillonen von jeweils drei oder vier Kompanien.

Sprungschiffe: Interstellare Reisen erfolgen mittels sogenannter Sprungschiffe, deren Antrieb im 22. Jahrhundert entwickelt wurde. Der Name dieser Schiffe rührt von ihrer Fähigkeit her, ohne Zeitverlust in ein weit entferntes Sonnensystem zu ›springen‹. Es handelt sich um ziemlich unbewegliche Raumfahrzeuge aus einer langen, schlanken Antriebsspindel und einem enormen Solarsegel, das an einen gigantischen Sonnenschirm erinnert. Das gewaltige Segel besteht aus einem Spezialmaterial, das gewaltige Mengen elektromagnetischer Energie aus dem Sonnenwind des jeweiligen Zentralgestirns zieht und langsam an den Antriebskern abgibt.

Dieser baut daraus ein Kraftfeld auf, durch das ein Riß im Raum-Zeit-Gefüge entsteht. Nach einem Sprung kann das Schiff erst weiterreisen, wenn es durch Aufnahme von Sonnenenergie seinen Antrieb wieder aufgeladen hat.

Sprungschiffe reisen mit Hilfe ihres Kearny-Fuchida-Antriebs in Nullzeit über riesige interstellare Entfernungen. Das K-F-Triebwerk baut ein Raum-Zeit-Feld um das Sprungschiff auf und öffnet ein Loch in den Hyperraum. Einen Sekundenbruchteil später materialisiert das Schiff am Zielsprungpunkt, der bis zu 30 Lichtjahre weit entfernt sein kann.

Sprungschiffe landen niemals auf einem Planeten und reisen nur sehr selten in die inneren Bereiche eines Systems. Interplanetarische Flüge werden von Landungsschiffen ausgeführt, Raumschiffen, die bis zum Erreichen des Zielpunktes an das Sprungschiff gekoppelt bleiben.

Sternenbund: Im Jahre 2571 wurde der Sternenbund gegründet, um die wichtigsten nach dem Aufbruch ins All von Menschen besiedelten Systeme zu vereinen. Der Sternenbund existierte annähernd 200 Jahre, bis 2751 ein Bürgerkrieg ausbrach. Als das Regierungsgremium des Sternenbunds, der Hohe Rat, sich in einem Machtkampf auflöste, bedeutete dies das Ende des Bundes. Jeder der Hausfürsten rief sich zum neuen Ersten Lord des Sternenbunds aus, und innerhalb weniger Monate befand sich die gesamte Innere Sphäre im Kriegszustand. Dieser Konflikt hält bis zum heutigen Tage, knapp drei Jahrhunderte später, an. Die Jahrhunderte nahtlos ineinander übergehender Kriege werden in toto als die ›Nachfolgekriege‹ bezeichnet.

Waffenstillstand von Tukayyid: Der Waffenstillstand von Tukayyid hat eine fünfzehnjährige Waffenruhe zwischen den Clans und der Inneren Sphäre begründet. Khan Ulric Kerensky, ilKhan der Clans, vereinbarte mit dem Präzentor Martialium ComStars, Anastasius Focht, auf dem Planeten Tukayyid eine Entscheidungsschlacht. Bei einem Sieg der Clans verpflichtete sich ComStar, ihnen Terra auszuhändigen, bei einem Sieg ComStars verpflichteten sich die Clans zu einem fünfzehnjährigen Waffenstillstand. Der nach einem überwältigenden Sieg der ComGuards auf Tukayyid unterzeichnete Vertrag etablierte eine Grenzlinie, die durch den Planeten Tukayyid verläuft. Die Clans dürfen diese Grenzlinie bis zum Ablauf des Waffenstillstands nicht überschreiten.

Zug: Ein Zug ist eine militärische Organisationseinheit der Inneren Sphäre, die typischerweise aus etwa achtundzwanzig Mann besteht. Ein Zug kann in zwei Abteilungen aufgeteilt werden.

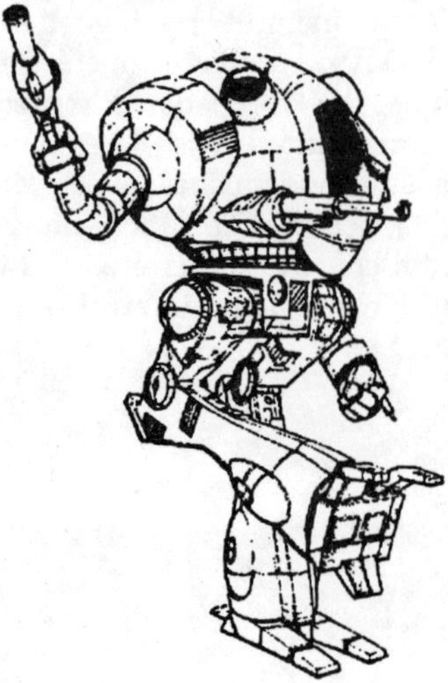

Caesar

Gallowglas

Großtitan

Greif

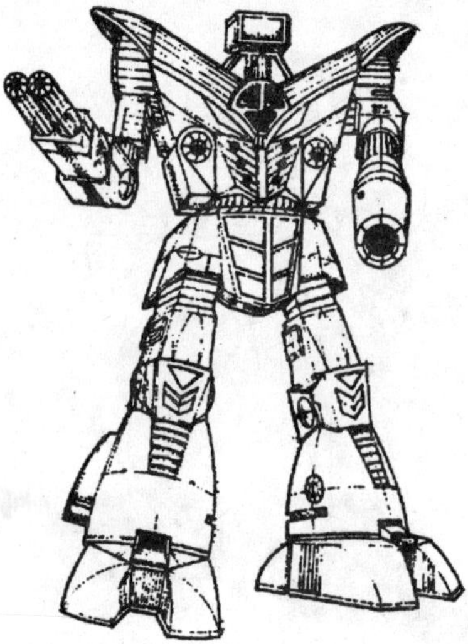

Fallbeil

Marodeur II

Dunkelfalke

Kriegs-
hammer

Hurone

Schwebepanzer Pegasus

Panzer Von Luckner

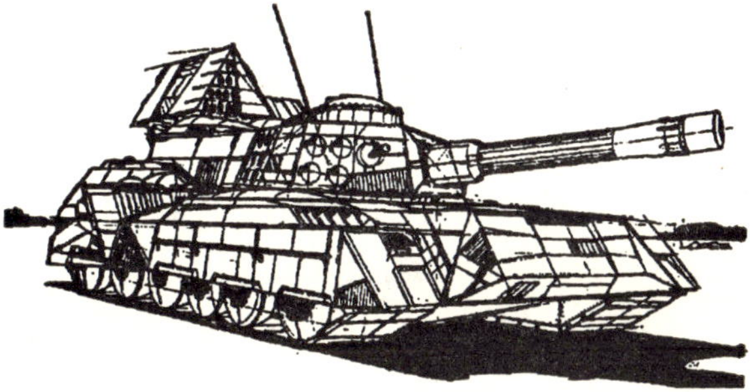

Savannah Master